희생양

희생양

THE SCAPEGOAT

대프니 듀 모리에 지음

이상원 옮김

현대문학

1

나는 대성당 옆에 차를 세우고 자코뱅 광장으로 내려가는 계단을 밟았다. 여전히 세찬 비가 내렸다. 투르를 지난 후부터 한순간도 기세를 늦추지 않고 쏟아지는 비 탓에 평소 좋아하는 시골 풍경 대신 번들거리는 도로 표면만, 그나마 차창 와이퍼 움직임 때문에 규칙적으로 끊어지는 모습으로 보일 뿐이었다.

지난 24시간 동안 점점 커진 울적함이 르망 외곽 부근에 닿자 한층 강해졌다. 휴가 막바지면 늘 울적해지기 마련이지만 이번에는 그 어느 때보다 정도가 심했다. 시간이 너무 빨리 흘러가버렸다는 것, 너무 바빴기 때문이 아니라 이뤄낸 일이 없기 때문이라는 것을 깨달은 탓이었다. 새로 시작될 가을 학기 강의를 위해 만들어둔 자료는 학문적이고 정확했다. 이제 그 자료의 연도와 사실들을 주의 산만한 학생들의 둔한 마음에 자극이 될 만한 설명으로 다듬어야 할 것이었다. 하지만 그 미약한 집중력을 30분 정도 억지로 붙잡는다 해도 내 말이 끝나고 나면 그건 학생들에게 아무 가치 없음을, 나는 그저 밀랍 모형이나 꼭두각시처럼 채색된 역사의 이미지를 주었을 뿐임을 분명히 알게 될 터였다. 역사의 진정한 의미는 내게도 존재하지 않았다. 충분히 사람들과 가까워지지 못했기 때문에 그랬다.

반쯤은 현실이고 반쯤은 상상인 과거 속에서 길을 잃고 현재에 눈이 멀어버리기는 참으로 쉽다. 내가 잘 아는 투르, 블루아, 오를레앙 같은 도시들에서 나는 낡은 벽, 오래된 거리, 한때 화려했던 건물의 허물어진 귀퉁이를 보면서 환상에 빠졌다. 그건 현실의 구조물보다 한층 더 생생했다. 과거의 그림자에는 안정감이 있었지만 현실의 강한 빛에는 의혹과 불안뿐이었다.

블루아에서 연기에 그을린 성벽을 만질 때 나는 불과 몇백 야드 거리에서 고통받고 신음하고 있을지 모를 수많은 사람들을 하나도 보지 못했다. 내 옆에는 향수를 뿌리고 보석 장식을 단 앙리 3세, 애완견을 아이처럼 안은 왕이 벨벳 장갑 낀 손으로 내 어깨를 두드리고 있었기 때문이다. 교활하고 여성스러우며 가식적 매력을 지닌 왕의 얼굴은 과자 봉지에 손을 넣은 채 입을 떡 벌리고 구경하는 관광객의 얼굴보다 더욱 또렷했고 발소리, 비명 소리, 죽어가는 기즈 공*의 모습이 곧 들리고 보일 것만 같았다. 또 오를레앙에서는 잔 다르크와 나란히 말을 달렸고 그녀가 말에 오를 때는 총사령관 뒤누아인 양 등자를 잡아주었으며 뒤누아의 고함 소리와 종소리를 들었다. 잔 다르크와 함께 무릎 꿇고 기도하며 하늘의 목소리를 기다리기도 했다. 내려올 듯 내려올 듯하면서도 내게는 한 번도 내려오지 않았던 그 목소리 말이다. 가슴 설레며 잔 다르크의 순수하고 열광적인 시선으로 그 세상을 바라보다가 비틀거리는 걸음으로 성당을 빠져나와 현실로 돌아오니 잔 다르크는 그저 조각상일 뿐이었고 나는 무심한 역사학자일 뿐이었다. 잔 다르크가 목숨을 바쳐 구해낸 조국 프랑스는 내가 이해하려고 노력조차 해본 적 없는 사람들로 가득했다.

어제 아침, 차를 몰고 투르를 빠져나오면서 런던에서 하게 될 강의에 대한 불만, 평생 해온 것이라고는 관찰뿐, 영국에서든 프랑스에서든 상대의 행복이나 고통에는 참여하지 못했다는 깨달음으로 나는 몹시 울적했다. 차창을 때리는 빗줄기가 울적함을 더했다. 그리하여 르망에 이르렀을 때 나는 계획에도 없이 차를 멈추고 점심을 먹기로 했다. 기분을 바꾸고 싶었던 것이다.

장날이어서 자코뱅 광장은 초록 방수포를 씌운 수레와 트럭들이 성당 아래 계단까지 꽉 들어찼고 늘어선 판매대마다 사람이 가득했다. 시골 사람들이 몰려온 것을 보니 큰 장날임이 분

---

* Duc de Guise(1550~1588). 1572년 파리에서 일어난 성바르톨로메오 축일 대학살을 선동했던 가톨릭교도의 지도자이다. 앙리 3세의 폐위를 계획하던 중 블루아 성에서 앙리 3세에게 암살당했다.

명했다. 공기 중에는 채소와 짐승 냄새가 반반씩 섞여 있었다. 그 짐승 냄새는 불그레한 진흙의 젖은 땅에서만, 몸을 웅크리고 어색하게 모여선 가축들 무리에서만 풍겨 나오게 되는 그런 종류였다. 남자 셋이 내 옆의 트럭 쪽으로 황소 한 마리를 끌어당겼다. 황소는 음매 소리와 함께 밧줄에 묶인 머리를 양쪽으로 흔들었고 두려운 눈빛의 동료들이 벌써 가득 실린 트럭에서 멀어지려 뒷걸음질을 했다. 남자 하나가 소 옆구리를 쇠스랑으로 찌르자 혼란스러운 그 눈에 붉은 빛이 번쩍였다.

검은 숄을 두른 두 여자는 수레 옆에서 말싸움을 벌였다. 한 여자에게 발을 잡힌 수탉은 계속 시끄러운 소리를 내며 날개를 퍼덕여 여자가 기대고 선 커다란 사과 바구니를 쓸어댔다. 밤색 벨벳 코트를 입은 몸집 큰 사내가 두 여자에게 다가왔다. 근처 술집에서 신나게 마신 모양인지 얼굴이 보랏빛이었고 눈이 흐리멍덩했으며 걸음걸이가 불안정했다. 손바닥에 놓인 동전을 눈으로 헤아리던 사내는 예상보다 너무 적은 듯 욕설을 내뱉었다. 열기와 땀, 담배 연기 속에서 몇 시간을 보내면서 계산을 잘못한 것이 틀림없었다. 그리고 이제 어머니와 아내를 상대로 한바탕 하러 온 것이다. 나는 그가 아버지 대부터 살았던 목장을 눈앞에 그려볼 수 있었다. 찻길을 벗어나 구멍투성이 모랫길을 2킬로미터쯤 올라가면 나타나는 야트막한 집, 연노랑 벽에 타일을 붙인 지붕, 갈색 벌판에 얼룩처럼 자리 잡은 농장과 부속 건물들, 겨우내 가축 먹이나 농장 식구들 수프 재료가 될 초록색과 담황색의 둥글고 단단한 호박들이 줄지어 쌓인 모습까지.

나는 트럭을 지나치고 광장을 가로질러 한구석의 식당으로 향했다. 갑자기 변덕스러운 하늘에서 해가 반짝 모습을 드러냈다. 빗속에서는 까마귀처럼 몸을 구부린, 생명 없는 검은 얼룩이던 사람들이 순식간에 활기에 넘쳐 미소를 짓고 손짓을 해대며 움직였다. 하늘이 열리면서 우울한 하루가 황금빛으로 뒤바뀌었다.

식당은 손님으로 가득했고 맛있는 음식 냄새, 치즈와 쏟아진 포도주, 커피 찌꺼기에서 나오는 자극적인 냄새가 났다. 잔뜩 비를 맞았다가 이제 말라가는 외투들 주변을 골루아 담배의 푸른 연기가 감싸고 있었다.

나는 주방과 연결된 문 근처 구석 자리에 앉아 허브 뿌린 오믈렛을 먹었다. 따뜻하고 편안했다. 주방과 연결된 문은 쉴 새 없이 앞뒤로 움직였고 웨이터들은 음식 접시를 높이 쌓은 쟁반을 들고 오갔다. 배가 고팠던 처음에는 그 모습이 식욕을 돋웠지만 식사가 끝나고 나자 오히려 소화에 방해가 되었다. 너무 많은 감자튀김, 너무 많은 폭촙 요리…… 옆에 앉은 여자는 내가 커피를 주문할 때까지도 여전히 포크로 콩을 떠 입에 넣으면서 자매로 보이는 여자에게 생활비 관련 잔소리를 늘어놓고 있었다. 남편 무릎에 앉아 화장실에 데려가달라고 보채는 창백한 얼굴의 어린 딸을 본 체 만 체하면서 말이다. 대화는 끝없이 이어졌고 거기 귀를 기울이다 보니(이건 역사학에 매달리지 않을 때의 내 취미 생활이었다) 아까의 울적함이 다시 살아나기 시작했다. 나는 그 누구와도 연결되지 않은 외톨이였다. 수년의 공부, 훈련, 갈고닦은 프랑스어 실력과 역사 문화 교육 경험이 있었음에도 나와 프랑스 사람들 사이의 거리는 전혀 줄어들지 않았다. 나는 너무 무심하고 너무 조심스러웠다. 내 지식은 도서관에서 얻어졌고 내 프랑스 경험은 관광객 차원을 넘지 못했다. 알고자 하는 욕구, 그리고 그에 따른 고통은 오로지 내 것이었다. 흙냄새, 젖은 도로의 번쩍거림, 내가 들여다볼 수 없도록 창문을 가린 빛바랜 덧창, 결코 들어가볼 수 없는 회색 집 등은 내게 영원한 치욕이었고 거리감과 국적의 차이에 대한 확인이었다. 다른 사람들은 당당히 들어가 장벽을 무너뜨릴 수 있었지만 나는 아니었다. 나는 프랑스인이 아니었으므로 결코 그들 중한 명이 될 수 없었다.

옆에 앉아 있던 가족이 일어나 나갔고 그릇들의 달그락 소리가 멈췄다. 담배 연기도 덜해졌다. 식당 주인 내외가 식사를 하려는지 카운터 자리에 앉았다. 나는 돈을 내고 나와 목적 없이 거리를 걸었다. 장날이라고 지역 주민들이 모여들어 줄에 매달린 징 박은 부츠며, 검은색과 흰색 물방울무늬 앞치마, 손으로 짠 슬리퍼, 소스 팬과 우산 등을 사고파느라 시끌벅적한 가운데 혼자 터덜터덜 걸어 다니는 내 모습은 누가 봐도 외국인이었다. 오래 입어 닳아버린 트위드 재킷에 회색 가방을 든 차림새도 그곳에 어울리지 않았다. 미장원에서 막 나온 듯 머리카락이 곱슬거리는 젊은 처녀 둘이 팔짱을 끼고 웃으며 지나갔다. 나이 많은 아주머니들은 멈춰서 잠시 생각하는 듯하다가 줄무늬 식탁보 가격을 보고는 고개를 흔들며 가버렸다. 파르스름하게 면도를 하고 자줏빛 양복을 빼입은 청년들은 서로를 쿡쿡 찌르며 처녀들에게서 눈을 떼지 못했다. 입술에 어김없이 담배를 문 채였다. 그들 모두가 하루가 저물고 나면 집이라고 하는 익숙한 공간으로 돌아갈 것이었다. 고요한 벌판, 울어대는 가축, 흠뻑 젖은 대지에서 피어오르는 안개는 다 그들 것이었다. 파리가 날아다니는 지저분한 부엌, 요람 옆에서 우유를 핥아 먹는 고양이, 늙은 할머니의 잔소리는 끊임없이 이어지고 그 아들은 양동이를 든 채 쿵쾅거리는 걸음으로 진흙 마당으로 나서겠지.

그 와중에 아무 급할 것 없는 나는 또 다른 낯선 호텔을 찾아들어갈 것이다. 영국 여권을 내밀면 직원이 공손해지고 미소를 지으며 죄송하다는 듯 어깨도 으쓱해 보일지 모른다. "지금 손님이 별로 없습니다. 시즌이 끝나서요. 므시외께서는 조용한 시간을 보내게 되시겠네요." 그 말 속에는 내가 동포들과 만나 사진을 교환하고 펭귄 책이나 《데일리 메일》 신문을 빌리고 싶을 게 틀림없다는 추측이 깔려 있었다. 하룻밤 묵을 호텔의 직원들도, 길거리에서 내 곁을 스쳐 지나가는 사람들도 아무도 몰랐다. 동포나 어울릴 친구가 아닌, 행복을, 단 한 번도 내 것이었던 적 없는 소속감, 함께 자라고 교육받았다는 느낌, 가족과 혈연으로 묶인 관계를 내가 원하고 있다는 걸. 그렇게 함께 살면서 웃음을 나누고 슬픔을 헤아리며 더 이상 낯선 사람의 빵이 아닌 나와 우리의 음식을 먹었으면 한다는 걸.

나는 계속 걸었다. 비는 다시 후드득거리며 굵어졌고 사람들은 상점 안으로, 자동차나 트럭 지붕 아래로 몸을 피했다. 넓게 테를 두른 중절모를 쓰고 겨드랑이에 서류철을 낀 채 관청으로 급히 들어가는 진지한 표정의 남자들처럼 급한 볼일만 아니라면 그런 빗속을 걸어 다닐 사람은 없을 듯했다. 나는 아리스티드 브리앙 광장 한쪽에 어정쩡하게 서 있다가 관청 옆 성당으로 들어갔다. 기도 중인 할머니 한 명을 빼곤 아무도 없었다. 커다랗게 뜬 할머니의 눈가에 눈물방울이 진주처럼 맺혔다. 여자애 하나가 들어오더니 빠른 걸음으로 통로를 올라가 푸른색이 바랜 조각상 앞에 촛불을 밝혔다. 불현듯 나는 이후 내가 술을 퍼마시다가 죽게 될 것이라는 확신이 들었다. 그 실패는 얼마만큼 중요할까? 내 작은 바깥세상에도, 나를 잘 안다고 생각하는 몇몇 친구들에게도, 나를 고용한 학교나 강의를 들은 학생들에게도, 대영박물관에서 늘 예의 바르게 내게 인사를 건네는 관리들에게도 별 의미 없을 것이다. 법을 지키며 조용히 학자로 살아가는 38세 시민인 내가 섞여 숨 쉬었던, 부드럽지만 둔하고 친절한 런던의 그림자들에게도 마찬가지일 테고. 하지만 해방시켜달라고 요구하는 내 자아, 내면의 그 남자에게는 어떨까? 내 초라한 성적표가 그 사람에게는 어떻게 보일까?

그가 누구인지, 언제 나타났으며 어떤 욕구와 바람을 가지는

지 나는 말할 수 없다. 그의 표현을 거부하는 데 익숙해진 나머지 나는 그의 특성조차 모르게 되어버렸다. 어쩌면 내 안의 그는 비웃듯 웃어대고 경박한 성품에 쉽게 발끈하고 야한 말을 내뱉는 존재일지 모른다. 책으로 꽉 찬 아파트에 살지 않을 것이고 아침마다 일어나 가족도, 친척도, 친구도, 귀찮게 엮인 사람도, 특별히 관심 가는 일도, 운 좋게 밥벌이 수단까지 되어준 프랑스 역사와 프랑스어를 제외하고는 목적이나 지향점도 없는 인생이라는 점을 확인하지도 않을 것이다.

내가 내 안에 그렇게 가두어두지 않았다면 그는 큰 소리로 웃어대고 술 마시며 떠들어댔을 수도, 싸움을 벌이고 거짓말을 했을 수도 있다. 어쩌면 고통스러워했을지도, 미워했을지도, 잔인함만으로 살아갔을지도 모른다. 살인을 저질렀을 수도, 실패한 목적에 삶을 낭비했을 수도, 인류를 사랑했을 수도, 신과 인간 모두의 신성함에 대한 믿음을 견지했을 수도 있다. 어떤 존재든 그는 이 작은 성당에 앉아 비가 그치기를 기다리는 창백하고 보잘것없는 내 겉모습 안에 늘 존재하고 있었다. 하루가 지나가기를, 휴가가 예정대로 끝나게 되기를, 다시금 가을 학기가 시작되어 아무 특별할 것 없는 평범한 런던의 삶이 이어지기를, 그렇게 다시 한 해가 마무리되어가기를 기다리는 내 안에. 어떻게 그 문을 열 수 있을까? 내 안의 다른 나를 자유롭게 만들 방법은 무엇일까? 답은 없었다. 그저 카페에서 포도주를 한 병 마시고 잠시나마 몽롱하고 편안한 기분이 된 후 다시 차로 돌아가 북쪽으로 향할 수 있을 뿐. 이 텅 빈 성당에서 기도하는 것이 또 다른 대안일지도 모른다. 하지만 무엇을 위해 기도하지? 반쯤 마음먹은 수도원행을 실행하게끔, 그곳에서 실패한 삶을 다스리는 법을 배우게끔 해달라고? 할머니가 자리에서 일어나 묵주를 치마에 집어넣으며 갈 채비를 했다. 눈물은 없었다. 기도로 위안을 받아서인지, 저절로 말라버려서인지는 알 수 없었다. 나는 차에 두고 온《미슐랭》지도와 푸른색으로 동그라미 표시를 해둔 트라피스트 대수도원에 대해 생각했다. 어째서 거기 가기로 결정했을까? 거기 가는 것으로 무엇을 얻게 되리라 기대하는 걸까? 여행객을 재워주는 건물의 출입문 벨을 울릴 용기라도 있나? 어쩌면 거기 내 삶의 답이 있을지도 모른다. 내 안의 존재에게 줄 답이……

나는 할머니를 따라 성당을 나섰다. 어디가 아픈지, 최근에 남편을 여의었는지, 아니면 아들이 죽어가는지, 기도 후 새로운 희망이 생겼는지 묻고 싶었다. 하지만 출입문을 통과해 할머니에게 다가가자 여전히 무언가 중얼거리던 할머니는 내 간절한 눈빛을 관광객의 자선으로 오해했고 시선을 돌리며 손을 내밀었다. 나는 자신의 초라한 영혼에 환멸을 느끼며 200프랑을 건넨 뒤 씁쓸한 마음으로 그 자리를 떠났다.

비는 더 이상 내리지 않았다. 붉은 리본 같은 노을이 하늘을 휘감았고 젖은 거리가 번쩍거렸다. 사람들은 자전거를 타고 일터에서 집으로 향했다. 산업 지대 공장 굴뚝에서 나오는 짙은 연기가 비에 씻긴 하늘과 대비되어 한층 검고 우울해 보였다.

나는 방향 감각을 완전히 잃어버린 채 상점과 가로수 길과 멀리 떨어진 지역을 걸었고 공장의 담장과 높은 회색 건물을 보고 눈살을 찌푸리기도 했다. 엉뚱한 짓이라는 건 나도 알았다. 차로 돌아가 운전하면서 시내 중심가의 호텔을 찾아 투숙하든지, 아니면 르망을 떠나 트라피스트 대수도원으로 향하든지 해야 했다. 놀랍게도 불쑥 눈앞에 역이 나타났다. 차를 세워둔 성당과는 정반대 지역이었다. 당장 택시를 잡아타고 돌아가야 할 것 같았지만 일단 역 식당에서 한잔 마시면서 수도원행 여부를 최종 결정 하기로 했다. 나는 길을 건넜다. 행인을 피해 가던 차 한 대가 멈춰 섰다. 운전하던 남자가 차창 밖으로 고개를 내밀고 프랑스어로 외쳤다. "어이, 장, 언제 돌아왔나?"

내 이름이 존이었던 탓에 잠시 혼란스러웠다. 어딘가에서 만났던 사람인데 내가 못 알아보는 걸까? 나는 프랑스어로 "그저 지나가는 길이고 오늘 밤에 돌아갈 거요"라고 답하면서 대체 상대가 누구인지 궁금했다.

"성과 없는 여정이었던 모양이군. 그래도 식구들 앞에서는 성공적이었다고 떠들 작정이지?"

공격적인 발언이었다. 내 휴가가 성과가 없었다고 생각하는 이유가 뭘까? 대체 어떻게 내 마음속 깊숙한 곳의 패배감을 눈치챈 거지?

다음 순간 나는 그가 낯선 사람임을 깨달았다. 한 번도 본 적 없는 사람이었다. 나는 예의 바르게 머리를 숙이며 사과했다. "실례했습니다. 저희 둘 다 사람을 착각한 모양입니다."

놀랍게도 상대는 껄껄 웃으며 한쪽 눈을 찡긋해 보이더니 말했다. "좋아. 자네를 못 본 것으로 해두세. 하지만 파리에서 해야할 일을 왜 르망에서 하고 있는지 이유가 궁금하군. 이번 주 일요일에 만나서 물어보도록 하지." 남자는 여전히 웃으며 떠나버렸다.

나는 차가 사라지는 모습을 지켜본 뒤 역 식당으로 향했다. 그 이상한 사람은 아마 취했던 모양이다. 나도 취해버리면 되겠지. 기차를 타려는 사람들과 기차에서 내린 사람들로 식당은 만원이었다. 떠들어대는 사람들이 팔꿈치로 나를 카운터 자리에서 밀어냈다. 바닥은 온통 짐들이 점령했다. 호루라기가 울리고 급행열차가 귀가 멍멍할 정도로 큰 소리를 내며 진입해오자 단거리 열차들 소리는 거기 묻혀버렸다. 목줄에 묶인 개들이 짖어대고 아이가 울음을 터뜨렸다. 성당 옆에 세워둔 차가 그리웠다. 그 안에 평화롭게 앉아 《미슐랭》 지도를 펼치며 담배를 한대 피울 수 있다면 얼마나 좋을까.

한 잔 들이켜는데 누군가 "실례합니다" 하고 양해를 구하며 나를 건드렸다. 살짝 옮겨 앉으며 자리를 내주다가 그와 시선이마주쳤다. 충격과 공포, 구역질이 모두 뒤섞인 듯 묘한 기분이되었다. 상대의 얼굴과 목소리는 내게 너무도 익숙했다.

나는 또 다른 나를 마주 보고 있었다.

2

우리는 말없이 서로를 바라보았다. 오래전에 헤어진 사촌, 태어나면서부터 떨어지게 된 쌍둥이 형제를 우연히 만난다는 식의 이야기는 들어본 적이 있었다. 흥미롭긴 하지만 철가면처럼 뭔가 비극적인 이야기.

하지만 이건 흥미롭지도 비극적이지도 않았다. 살짝 어지럽기도 했다. 상점 진열창이나 거울에 비친 모습이 평소 생각하던 것과 달리 기묘하다는 걸 발견했던 순간이 떠올랐다. 그런 순간이면 겸허해지고 자만심이 사라지곤 했다. 하지만 이토록 등골이 서늘해진 적은, 당장 돌아서 가버리고 싶어진 적은 없었다.

상대가 먼저 입을 열었다. "설마 악마는 아니겠지요?"

"제가 묻고 싶은 질문입니다만." 내가 대답했다.

"잠깐 이리로……"

그가 내 팔을 잡고 계산대 옆으로 데려갔다. 바 뒤쪽 거울은 김이 끼었고 유리잔과 병으로 반쯤 가려진 데다가 다른 사람들 모습까지 잔뜩 비추고 있었지만 거기 나란히 서서 마치 목숨이 라도 걸렸다는 듯 온 신경을 집중한 우리 두 사람의 모습을 보여주기에는 충분했다. 이건 완전히 한 사람이 서 있는 것이나 다름없었다. 머리카락이나 눈 색깔도, 체형이나 표정도, 키나 어깨너비까지 모두 똑같았다.

"전 그 무엇에도 놀라지 않는다는 원칙을 세워두고 있습니다. 이번에도 그 원칙을 지키고 싶군요. 무얼 마시겠습니까?" 그가 말했다. 목소리와 억양마저도 마치 내가 말하는 것 같았다.

나는 아무 대답도 할 수 없었다. 그가 브랜디를 두 잔 주문했고 우리는 카운터 반대쪽 끝자리로 옮겼다. 그쪽에는 사람이 적었고 거울에 서린 김도 덜했다.

거울을 보다가 상대를 보다가 하면서 우리는 마치 동작을 연구하는 배우들처럼 굴었다. 그가 미소 지으면 나도 미소 지었고 그가 찡그리면 나도 찡그렸다. 그가 넥타이를 바로잡으면 나도 넥타이를 매만졌다. 술 마시는 모습은 어떤지 확인하기 위해 동시에 브랜디를 한입에 털어 마시기도 했다.

"당신은 부자인가요?" 그가 물었다.

"아닙니다. 왜요?"

"우리 둘이 같이 서커스에서 공연할 수 있을 것 같아요. 아님

카바레에서 큰돈을 벌지도 모르고요. 당장 기차를 타고 떠나야 하는 상황이 아니라면 한 잔 더 합시다." 그는 다시 브랜디 두 잔을 시켰다. 똑같이 생긴 우리 모습에 놀라는 사람은 없었다. "역에서 쌍둥이가 만난 거라고 생각할 겁니다. 어쩌면 정말 그럴지도 모르지요. 어디서 오셨지요?" 그가 물었다.

"런던에서 왔습니다."

"출장 다녀오신 건가요?"

"아니, 거기 삽니다. 거기서 일하고요."

"그러니까 제가 궁금한 것은 프랑스 어느 지역이 고향이냐는 겁니다."

그제야 상대가 나를 프랑스 사람으로 오해했음을 깨달았다. "전 영국인입니다. 프랑스어는 공부해서 익혔고요."

상대가 눈썹을 치켜 올렸다. "맙소사, 외국인이신 줄 몰랐습니다. 여기 르망에선 뭘 하고 계신 겁니까?"

나는 휴가로 여행을 왔으며 이제 며칠 남지 않았다고 설명했다. 그리고 영국의 대학에서 프랑스에 대해 가르치는 역사 선생이라는 점도 밝혔다.

상대는 즐거운 표정이었다. "그러니까 직업이 교수군요?"

"그렇습니다."

"대단하십니다." 그가 내게 담배를 권했다.

"여기 프랑스에도 역사 교수들이 많습니다. 프랑스는 영국보다 교육을 훨씬 더 진지하게 생각하죠. 프랑스 전국적으로 역사를 가르치는 교수가 몇천 명일 겁니다."

"그렇겠지요. 하지만 그 교수들은 모두 프랑스에 대해 떠드는 프랑스 사람들이죠. 바다 건너 영국으로 가 휴가를 보낸 후 영국에 대해 말하기 위해 돌아오는 프랑스 사람은 없어요. 어째서 우리 나라에 그토록 관심이 많은지 모르겠군요. 월급을 많이 받나요?"

"그렇지 않습니다."

"결혼하셨나요?"

"아니, 가족은 한 명도 없습니다. 혼자 살지요."

"운이 좋으십니다." 상대는 의미심장하게 말하더니 잔을 들어올렸다. "최고의 행운인 자유를 위해! 오래 그 자유가 이어지기를!"

"당신은 어떤데요?" 내가 물었다.

"저요? 가족에 묶여 사는 사람이지요. 아주 오랫동안 긴밀하게, 말입니다. 한 번도 벗어나보지 못했어요. 전쟁 때만 빼고요."

"사업을 하시나요?"

"땅이 좀 있습니다. 여기서 30킬로미터 떨어진 곳에 살지요. 사르트라고 아시는지요?"

"프랑스는 루아르 남쪽만 좀 압니다. 사르트도 가봐야 하는데 지금은 북쪽으로 가는 중이고요. 다음 기회에 가봐야겠군요."

"아쉽습니다. 아주 좋은 곳이……" 상대는 말을 끝내지 않고 자기 술잔을 응시했다. "차를 가져오셨나요?"

"네. 성당에 대놓았습니다. 정신없이 걸어 다니다 보니 여기 역까지 오게 되었군요."

"르망에서 하루 머무실 겁니까?"

"모르겠습니다. 계획에는 없던 일이거든요. 사실은……" 내가 말을 멈췄다. 브랜디가 내면에 편안한 불꽃을 지폈고 이 사람한테는 뭐든 말해도 된다는 느낌이 들었다. 마치 나 자신에게 말하는 것 같았으니까. "사실은 트라피스트 대수도원에서 며칠 보낼까 생각했습니다."

"트라피스트 대수도원이요?" 그가 물었다. "모르타뉴 근처에 있는 시토회 수도원 말씀인가요?"

"그렇습니다. 여기서 80킬로미터만 올라가면 됩니다."

"하느님 맙소사, 거긴 대체 왜 가려는 건가요?"

'하느님 맙소사'라는 감탄사는 퍽 적절했다. 결국 트라피스트 대수도원에 가는 사람은 하느님을 찾기 위한 것이니까.

"영국으로 돌아가기까지 며칠 동안 거기서 머무르다 보면 계속 살아갈 용기가 생길 것 같아서요."

상대는 브랜디를 마시면서 나를 응시했다.

"문제가 뭐죠? 여자인가요?"

"아닙니다."

"돈인가요?"

"아닙니다."

"누군가한테 괴롭힘을 당하는 건가요?"

"아닙니다."

"암에 걸렸나요?"

"아닙니다."

그는 어깨를 으쓱해 보였다. "그렇다면 주정뱅이거나 동성애자인 모양이군요. 아니면 불편함을 즐기는 유형이든지. 트라피스트 대수도원에 가고 싶다면 무언가 심각한 문제가 있어야 하는 거요."

나는 다시 한 번 거울 속의 남자를 쳐다보았다. 이제 그와 나 사이의 차이점이 보였다. 여행용 정장과 트위드 재킷이라는 옷차림 차이는 문제가 아니었다. 그의 편안하고 당당한 분위기는 내 울적함과 대조적이었다. 그는 내가 한 번도 그래보지 못한 모습으로 말하고 미소 지었다.

"심각한 문제는 없습니다. 그저 개인적으로 인생에 실패했을 뿐이지요."

"그건 우리 모두 그렇습니다. 당신도, 나도, 지금 이 식당에 앉아 있는 사람들 모두가. 다들 실패자죠. 그 사실을 일찌감치 깨닫고 타협하는 것이 인생을 사는 비법입니다. 그럼 더 이상 문제 되지 않거든요."

"저한테는 문제가 됩니다. 타협도 안 되었고요." 내가 대답했다.

그는 잔을 비운 후 벽에 걸린 시계를 보았다.

"당장 트라피스트 대수도원에 갈 필요는 없겠지요. 영생을 기다리는 선한 수도사들이 당신을 위해 몇 시간 더 기다리지 못할 리 없습니다. 조금 더 편하게 마실 수 있는 곳, 저녁도 해결할 수 있는 곳으로 갑시다. 가족에 묶인 저는 서둘러 집에 가야 할 이유가 전혀 없답니다."

그 순간 거리를 지나가던 차에서 나에게 말을 걸었던 남자가 떠올랐다. "당신 이름이 장인가요?"

"그렇습니다. 장 드게라고 합니다. 왜요?"

"역 앞 거리에서 누군가 저를 당신으로 혼동했습니다. 장이라고 부르더군요. 사람을 잘못 보았다고 했더니 재미있어했습니다. 제가, 그러니까 당신이 자기 눈에 띄고 싶어 하지 않는다고 생각하는 모양이었죠."

"그건 놀라운 일이 아니군요. 그래서 어떻게 하셨나요?"

"아무것도 안 했습니다. 그 남자는 큰 소리로 웃으면서 이번 일요일에 보자 하고는 가버렸지요."

"그렇군요. 사냥이로군……"

표정이 바뀐 것을 보니 내 말이 뭔가 새로운 생각을 끌어낸 듯했다. 나는 그 마음을 읽어내고 싶었다. 푸른 눈동자에 수심이 깃들었다. 해결하기 어려운 문제가 떠올랐을 때 나도 저런 모습이 되는지 궁금해졌다.

그는 회전문 밖에서 짐 가방을 지키고 있던 짐꾼을 손짓해 불렀다.

"차를 성당 근처에 대놓았다고 했죠?" 그가 물었다.

"그렇습니다." 내가 대답했다.

"괜찮다면 그 차에 제 짐 가방을 싣고 저녁 먹으러 갈까요?"

"좋습니다. 그렇게 하죠."

그는 짐꾼에게 팁을 주었고 우리는 택시를 불러 탔다. 꿈꾸는 것처럼 묘했다. 꿈속에서 나는 종종 그림자가 되어 내 행동을 관찰하곤 했던 것이다. 그게 현실로 나타난 셈이었고 나는 꿈속에서처럼 형체가 없고 의지도 없는 듯했다.

"그럼 완전히 속은 거지요?"

"누가 말입니까?"

택시에 올라탄 후로 한 마디도 하지 않았던 터라 그의 목소리가 마치 내 양심의 목소리처럼 들려 나는 깜짝 놀라며 되물었다.

"역 앞 길에서 봤다는 남자 말입니다."

"아, 그렇지요. 아마 만나면 뭐라 할 겁니다. 당신이 출장을 떠났다는 걸 알더군요. 여정이 별로 성공적이지 못했을 거라는 말도 했고요. 납득이 가는 얘기인가요?"

"가고말고요."

나는 더 이상 캐묻지 않았다. 내가 상관할 일이 아니었다. 잠시 후 슬쩍 그를 쳐다보았더니 그 역시 나를 바라보고 있었다. 시선이 마주쳤다. 친밀감에서 본능적으로 미소를 짓는 대신 위험에 당면한 듯 불쾌한 느낌이 들었다. 나는 눈을 돌려 창밖을 보았다. 택시가 성당 옆에 멈춰 섰을 때 깊고 웅장한 종소리가 삼종*을 알렸다. 내가 늘 감동을 느끼는 순간이었다. 삼종의 부름은 언제나 뜻밖이면서 묘하게 신경을 자극했다. 택시에서 내리면서 듣게 된 오늘 밤의 종소리는 도전적으로 크고 힘찼다. 종소리가 점차 약해져 중얼거림이 되더니 다시 한숨 소리로 줄어들었다. 두세 사람이 성당 안으로 들어갔다. 나는 자동차 문을 열었다. 동행은 호기심 어린 눈으로 차를 살펴보았다.

"포드 칸설이군요. 몇 년 된 거죠?"

"2년 탔습니다. 많이 다녔지요."

"마음에 드시나요?"

"무척요. 주로 주말에만 타긴 합니다만."

그의 짐 가방 두 개를 내가 포드 트렁크에 넣는 사이에 그는 새로운 기계를 공부하는 학생처럼 호기심에 넘쳐 차에 대한 온갖 질문을 쏟아냈다. 스위치를 만져보기도 하고 좌석을 손으로 눌러 스프링을 확인하기도 하고 기어를 조작하기도 하더니 결국은 자기가 운전해도 되겠느냐고 물어 왔다.

"되고말고요. 어차피 당신이 저보다 더 잘 아는 지역이지 않습니까."

그가 자신 있는 태도로 운전석에 앉았고 나는 조수석에 탔다. 성당 옆에서 차를 빼 볼테르 가로 나가면서 그는 연신 감탄을 내뱉었다. "대단하군! 굉장해!" 내 조심스러운 운전과 달리 그는

---

*가톨릭교에서 매일 아침, 낮, 저녁의 정해진 시각에 그리스도의 강생과 성모 마리아를 공경하는 뜻으로 드리는 기도이다.

긴장감 넘치게 운전을 했고 그 순간을 무척이나 즐기고 있었다. 신호가 바뀔 때 아슬아슬하게 통과하면서 우리는 노인 하나가 펄쩍 뒤로 물러서게 만들었고 미국인이 운전하는 커다란 뷰익 차가 화를 내며 길옆으로 비켜나도록 하기도 했다. 그는 그 속도 그대로 원형 교차로에 진입하면서 차 성능을 시험해보았을 뿐이라고 설명했다. "게다가 말입니다, 전 남의 물건 사용하는 걸 아주 좋아한답니다. 그게 인생 최대의 즐거움 중 하나지요." 나는 차가 봅슬레이처럼 코너를 돌 때 눈을 감아버렸다.

"그건 그렇고, 아마 몹시 시장하겠지요?" 그가 물었다.

"전혀 그렇지 않습니다만, 당신 처분대로 따르겠습니다." 나는 새삼 프랑스어가 아주 섬세하고 정중한 언어라고 느끼면서 대답했다.

"괜찮게 식사할 수 있는 유일한 식당으로 모실 생각이었습니다만 마음이 바뀌었습니다. 오늘 밤은 저를 알아보지 못하는 곳으로 가고 싶군요. 또 다른 자기와 만나는 일이 늘 일어나는 건 아니니까요."

그 말에 택시에서 느꼈던 불편한 심정이 되살아났다. 서로 똑같이 닮았다는 걸 우리는 군이 남들에게 드러내 보이고 싶지 않은 것이다. 나 역시 그와 함께 있는 모습을 보이고 싶지 않은 마음이었음을 갑자기 깨달았다. 웨이터가 우리를 보게 하고 싶지 않았다. 어쩐지 숨기고 싶고 부끄러웠다. 독특한 감정이었다. 중심지에 가까워지면서 그는 차 속력을 늦추었다.

"오늘은 집에 가고 싶지 않군. 호텔에 방을 잡아야겠어." 혼잣말처럼 들려 대답할 필요는 없어 보였다. "식사를 하고 나면 너무 늦어 가스통에게 차를 가져오라고 할 수도 없을 거야. 하긴 식구들이 기다리지도 않을 테니까."

불유쾌한 일과 마주치는 것을 피하기 위해 그렇게 핑계를 대본 적은 내게도 있었다. 나는 어째서 그가 귀가를 꺼리는지 궁금했다.

"그리고 당신도." 신호 대기로 차가 멈췄을 때 그가 내 쪽을 돌아보며 말했다. "혹시나 트라피스트 대수도원으로 가지 않겠다고 결정한다면 호텔에 묵어야 할 겁니다."

목소리가 묘했다. 마치 협상을 이끌어내는 듯, 우리 둘 다 완전히 이해하지 못하는 어떤 문제의 해결책을 찾는 듯했다. 그는 꿰뚫는 듯한, 그러면서도 가면을 쓰고 회피하는 듯한 시선으로 나를 바라보았다.

"글쎄요, 전 모르겠습니다." 내가 대답했다.

차는 시내를 그대로 통과했다. 이제 그는 열정적이라기보다는 무언가에 사로잡힌 모습이었다. 그날 내가 봐두었던 큰 호텔로 가는 대신 그는 공장과 창고들 근처 우중충하고 지저분한 건물들 구역으로 들어섰다. 값싼 펜션, 초라한 셋집들이 늘어선 거리, 여권 제시를 요구받거나 질문에 답하지 않고도 하룻밤이든 한 시간이든 보낼 수 있는 곳이었다.

"이쪽이 조용하지." 그가 말했다. 여전히 나에게 하는 말인지,

혼잣말인지 알 수 없었다. 음침한 건물들 사이에 긴 낡은 건물, 반쯤 열린 출입문 위 흐릿한 푸른 전기 불빛 속에 '호텔'이라는 단어가 보이는 곳 앞에 차가 멈춰 섰을 때에도 나는 별생각이 없었다.

"때로는 이런 곳이 유용합니다. 늘 아는 사람과 우연히 마주치고 싶은 것은 아니니까요."

나는 대답하지 않았다. 그가 시동을 끄고 차 문을 열었다.

"가실까요?"

푸른 불빛 아래 작은 글씨로 쓰인 '시설 완비'의 실상을 체험하고 싶은 마음이 전혀 없었지만 어떻든 나는 차에서 내린 뒤 트렁크에서 그의 짐 가방을 끄집어냈다.

"당신은 들어가서 방을 예약하시지요. 전 저녁부터 먹고 다음 일정은 그때 결정하겠습니다."

나는 모르타뉴로 가서 트라피스트 대수도원으로 방향을 꺾겠다는 본래 계획을 실행할 생각이었다.

"좋으실 대로 하시죠." 그가 어깨를 으쓱해 보였다. 나는 담배에 불을 붙이며 그가 호텔 안으로 들어가는 모습을 바라보았다. 역 식당에서 마셨던 술이 슬슬 효과를 나타내기 시작했다. 내게 일어난 상황들이 도무지 현실 같지 않았다. 흐릿한 머리로 나는 르망 뒷골목에서 불과 한 시간 전까지만 해도 전혀 모르고 있던, 다만 우연히 닮은 사람을 만나 저녁 시간을 몽땅 내주게 되다니 어찌 된 일인지 자문했다. 바로 다시 차에 올라타 떠나버려야 하는 건 아닐까, 그렇게 하여 처음에는 매력적이었지만 이 제는 어쩐지 불길한 이 만남을 끝내야 하는 게 아닐까 고민했 다. 그가 돌아왔을 때 나는 막 시동을 걸려는 참이었다.

"자, 됐습니다. 이제 저녁 먹으러 갑시다. 차는 필요 없습니다. 저 모퉁이만 돌면 나오는 식당이어서요."

빠져나갈 핑곗거리가 떠오르지 않았다. 결국 내 나약함을 한 탄하면서 나는 그림자처럼 그를 뒤따라갔다.

그가 안내한 곳은 다음 골목에 있는, 식당과 술집이 반반 섞 인 가게였다. 입구를 점령한 자전거들로 보아 자전거 클럽의 본 부인 모양이었다. 안쪽에는 색색의 운동셔츠를 입은 청년들이 노래하고 떠들어대는 중이었고 조금 더 나이 든 노동자들은 주 사위 놀이를 하고 있었다. 내 동행은 자신 있는 걸음으로 시끄 러운 무리를 뚫고 지나갔고 우리는 낡은 장막 뒤쪽 식탁에 앉았 다. 라디오 소리 덕분에 청년들 목소리가 반쯤 가려졌다.

주인이자, 웨이터이자, 바텐더를 겸하는 사람이 해독 불가능 한 메뉴를 쥐여주면서 내 앞에 포도주 한 잔과 시키지도 않은 수프를 가져다 놓았다. 천장과 바닥이 하나로 합쳐지면서 시간 감각이 사라진 가운데 건너편에 앉은 내 동행은 잔을 높이 들며 "트라피스트 대수도원에서 보낼 시간을 위해!" 하고 외쳤다. 네 번째 잔은 앞선 세 잔이 일으킨 혼란을 잠시나마 깨끗이 지워주 는 효과가 있다. 먹고 마시다 보니 맞은편의 또 다른 내게 초점 이 맞춰지면서 더 이상 위협적이거나 기이하지 않고 거울 속의 나를 보는 듯 익숙하고 편안했다. 내가 미소 지으면 그쪽도 미소 짓고 찡그리면 그쪽도 찡그렸으니까. 내 목소리의 메아리와도 같은 그의 목소리는 자꾸만 내게 말을 시켰고 나도 모르게 고독, 죽음, 빈 껍질 같은 인생, 불확실성, 메말라버린 감정에 대해 털어놓고 있었다.

"그래서," 나는 내가 말하는 목소리를 들었다. "트라피스트 대수도원에 가기로 한 겁니다. 침묵으로 살아가는 수도사들은 답을 알고 있을 테니까. 빛을 찾으러 암흑 속으로 들어간 사람들은 이 진공상태를 어떻게 메워야 하는지 알 테니까. 그렇지만……" 나는 명확히 전달하기 위해 잠시 말을 멈췄다. 내가 하려는 말이 우리 두 자아에게 대단히 중요하기 때문이었다. "그렇지만 물론 트라피스트 대수도원이 답을 주지 않을 수도 있어요. 그래도 어디서 답을 찾아야 할지는 말해주겠지. 우리는 각자의 문제에 대해 각자의 답을 찾아야 하지만, 그러니까 각각의 문에 맞는 열쇠가 따로 있는 법이긴 해도 수도사들한테는 모든 문을 열 수 있는 마스터 열쇠 같은 대답이 있을지 모르잖소?"

당돌하고 즐겁게 빛나는 그의 푸른 눈은 취해버린 내 눈과 달리 취기에서 깨어난 후의 조롱을 담고 있었다.

"아닐세, 친구." 그가 말했다. "나만큼 종교에 대해 안다면 역병을 피하듯 종교에서 거리를 둘 텐데 말입니다. 내 누나는 오로지 종교만 생각하며 산답니다. 난 인생에서 한 가지를 깨달았소. 인간 본성을 움직이는 유일한 힘은 탐욕이라는 거지. 곤충,

동물, 남자, 여자, 아이 할 것 없이 우리 모두 탐욕으로 살아갑니다. 썩 아름답지는 않지만 뭐 어떤가요? 결국 할 수 있는 일은 탐욕을 따르는 것, 사람들에게 원하는 걸 주는 겁니다. 문제는 사람들이 결코 만족하지 못한다는 점이고." 그는 한숨을 내쉬며 다시 포도주를 한 잔 따랐다. "당신 삶이 공허하다고 했지요. 내가 보기에는 낙원이에요. 혼자 쓰는 아파트에 가족도 없고 사업상 고민도 없고 온 런던이 놀이터나 다름없지 않습니까. 물론 내가 전쟁 중에 런던에 피신해 있을 때에는 런던이 전혀 즐겁지 않은 곳이었지만. 그래도 거대하고 자유로운 도시는 맞지요. 목에 감긴 밧줄처럼 거추장스러울 일도 전혀 없고요."

그의 목소리가 바뀌면서 딱딱해졌다. 두 눈에는 후회, 그리고 분노의 빛이 떠올랐다. 그에게도 대면하고 싶지 않은 개인적 문제가 있는 걸 처음 드러낸 셈이었다. 그는 테이블 위로 몸을 숙이고 말했다. "당신은 세상의 모든 행운을 다 지녔으면서도 만족하지 않는군요. 부모님은 오래전에 세상을 떠났다고 했지요. 당신에게 무언가 요구하는 사람은 아무도 없고요. 당신은 자유로운 사람입니다. 혼자 깨어나 먹고 일하고 잠들 수 있지요. 당신이 누리는 행운을 생각해보십시오. 그리고 트라피스트 대수도원 따위는 잊어버리십시오."

외톨이들이 다 그렇듯 나는 너무 빨리 술술 모든 것을 말해버렸던 것이다. 그는 내 삶의 사소한 부분을 다 알아버린 반면 나는 그에 대해 아무것도 몰랐다.

"자, 그럼 이제 당신이 이야기할 차례입니다." 내가 말했다. "당신이 안고 있는 문제는 뭔가요?"

순간적으로 나는 그가 모든 것을 말해주리라 생각했다. 그 눈 속에서 무언가 불안하게 흔들렸던 것이다. 하지만 다음 순간 흔들림은 사라지고 그는 미소를 지으며 어깨를 슬쩍 들어 올렸다 내려놓았다.

"저 말입니까? 제 유일한 문제는 가진 것이 너무 많다는 겁니다. 사람들 말입니다." 이어 담뱃불을 붙이는 몸짓으로 그는 더 이상의 질문을 차단했다. 나 자신의 울적한 기분은 원하는 만큼 파고들 수 있지만 상대방을 파헤칠 수는 없는 노릇이었다. 우리는 이미 식사를 끝낸 후였지만 계속 자리에 앉아 담배를 피우고 술을 마셨다. 라디오의 커다란 노랫소리를 누르고 자전거 클럽 청년들이 떠들어대는 소리, 의자 끄는 소리, 주사위 게임 하는 노동자들이 입씨름하는 소리가 들려왔다.

나는 갑자기 할 말이 없어져 입을 다물었다. 그가 줄곧 나를 바라보는 탓에 묘하게 불편했다. 집에 전화를 걸어야 한다면서 그가 잠시 자리를 비웠을 때 나는 마음이 놓였고 숨쉬기도 훨씬 편해졌다. 그가 돌아왔을 때 "얘기 잘했나요?"라고 한 내 말은 질문보다는 인사에 가까웠고 그는 "내일 아침에 차를 보내라고 했습니다"라고 짧게 대답했다. 그는 주인을 불러 계산했다. 내가 돈을 내려고 했지만 소용없었다. 그는 내 팔을 붙잡고 노래 부르는 청년들 무리를 뚫고 거리로 나왔다.

어두웠고 다시 비가 내리고 있었다. 거리는 텅 비었다. 비 오는 저녁의 시골 마을 외곽만큼 우울한 것도 없다. 나는 차를 타고 떠나겠다고, 그를 만난 것은 참으로 신기한 일이었다고 중얼거렸지만 그는 내 팔을 꽉 잡고 "이렇게 보낼 수는 없어요. 이건 너무도 놀라운 만남이니까"라고 말했다. 우리는 다시 그 허름하고 어두침침한 호텔 입구로 갔다. 반쯤 열린 출입문 안쪽에는 직원이 아무도 없었다. 그도 상황을 파악했는지 나를 돌아보며 "위층으로 갑시다. 떠나기 전에 한 잔 더 하지요"라고 말했다. 남은 시간이 별로 없다는 듯 다급하고 단호한 목소리였다. 나는 돌아서려 했지만 반쯤 끌려가다시피 계단을 올라 복도를 지나갈 수밖에 없었다. 그가 주머니에서 열쇠를 꺼내 방문을 열고 초라한 1인실의 불을 켰다. "자, 편히 앉아요." 의자에는 열린 짐 가방이 올라가 있었으므로 나는 침대에 앉았다. 그는 잠옷과 머리빗, 슬리퍼를 짐 가방 밖으로 끄집어낸 끝에 휴대용 술병을 찾아내어 코냑을 양치 컵에 따랐다. 좀 전 술집에서 그랬듯 다시 한 번 방 천장이 바닥과 합쳐졌고 나는 내게 일어난 일이 피할 수 없는 운명이라고, 그와 나는 서로에게서 벗어날 수 없다고 느꼈다. 조금 있다가 나는 계단을 내려가 차에 오를 테지만 이별의 악수는 하지 않을 것이다. 그는 내 그림자고, 나는 그의 그림자로 영원히 서로 엮여 있을 운명이니까.

"무슨 일입니까? 어디 안 좋으신가요?" 그가 내 눈을 뚫어지게 바라보며 물었다.

나는 일어섰고 두 가지 욕구 사이에서 갈등했다. 하나는 방문을 열고 내려가는 것이고 다른 하나는 역 식당에서 했듯이 그와 나란히 서서 거울을 들여다보는 것이었다. 첫 번째가 지혜로운 행동인 반면 두 번째는 해로운 행동 같았지만 어떻든 그 두 번째를 꼭 다시 한 번 경험해야만 했다. 그도 내 마음을 읽은 게 분명했다. 어느새 우리는 함께 거울 쪽으로 몸을 돌렸다. 이 작고 조용한 방에서는 시끄럽고 연기가 자욱하고 사람들로 가득했던 역 식당에서보다, 거울 볼 생각을 못 했던 술집에서보다 훨씬 더 잘 확인할 수 있었다. 우리는 오싹할 정도로 똑같았다. 무늬 벽지와 삐걱거리는 바닥으로 이루어진 방이 마치 바깥세상으로부터 차단된 무덤 같았다. 우리는 함께 거기 있었고 도망칠 곳은 없었다. 그가 내 떨리는 손에 코냑 담긴 양치 컵을 들려주었고 자기는 병째 마셨다. 그러고는 내 목소리처럼 불안정한 소리로 "내가 당신 옷을 입고 당신이 내 옷을 입어야 할까요?"라고 말했다. 아니, 어쩌면 내가 말한 것인지도 모른다.

　내가 바닥에 쓰러질 때 둘 중 한 사람은 큰 소리로 웃었던 기억이 난다.

3

누군가 방문을 두드리고 있었다. 그 소리가 끝없이 이어지면서 꿈이 의식으로 바뀌었고 마침내 깊이를 알 수 없는 어둠에서 몸을 일으킨 나는 "들어오세요!" 하고 소리쳤다. 낯선 방 풍경이 눈에 들어왔고 서서히 현실로 다가왔다. 단추 달린 코트 밑에 빛바랜 고전적인 운전기사 제복과 품 넓은 반바지를 입고 각반을 찬 남자가 들어왔다. 손에 모자를 든 남자의 체구는 작고 단단했으며 눈은 짙은 갈색이었다. 그는 사려 깊은 눈으로 나를 바라보았다.

"므시외 르콩트*께서 드디어 기상하신 건가요?" 그가 물었다.

* Monsieur le Comte. '백작님'이라는 뜻의 존칭이다.

나는 얼굴을 찌푸리고 잠시 그를 쳐다보았다. 이어 다시 한 번 방을 둘러보니 의자 위에 입을 벌리고 놓인 짐 가방, 바닥에 놓인 또 다른 짐 가방, 간밤의 친구가 침대 끝에 던져놓은 옷가지가 눈에 들어왔다. 나는 내 것이 아닌 줄무늬 잠옷을 입은 채였다. 세면대에는 양치 컵과 코냑병이 놓여 있었다. 내 옷은 온데간데없었지만 옷을 벗은 기억도 치운 기억도 나지 않았다. 기억나는 거라곤 간밤의 친구와 나란히 거울 앞에 섰던 일뿐이었다.

"당신 누굽니까?" 나는 운전기사에게 물었다. "무엇을 원하시는 겁니까?"

그는 한숨을 내쉬며 걱정스러운 시선으로 쑥대밭인 방을 둘러보더니 되물었다. "므시외 르콩트께서는 조금 더 주무시고 싶은 게지요?"

"므시외 르콩트는 여기 안 계십니다. 아마 나간 모양입니다. 지금 몇 시지요?"

간밤의 사건이 조금씩 분명해지면서 술집에서 그 사람이 전화를 걸러 나갔던 일, 다음 날 차가 오도록 했다는 일이 떠올랐다. 바로 그 운전기사가 도착한 것이고 나를 자기 주인과 혼동하는 상황임이 틀림없었다. 남자는 시계를 보더니 5시라고 대답했다.

"5시라니, 무슨 소립니까?" 나는 창밖을 흘낏 보았다. 훤한 낮이었고 자동차 소리가 들렸다.

"오후 5시입니다." 운전기사가 대답했다. "므시외 르콩트께서는 종일 잘 주무셨습니다. 저는 오늘 아침 11시부터 기다리고 있었습니다."

그 말에 비난은 없었다. 그저 사실 진술일 뿐이었다. 나는 지끈거리는 머리를 손으로 감쌌다. 정수리 쪽이 부풀어 올라 만지기도 힘들 만큼 아팠지만 두통은 그것 때문만은 아니었다. 나는 전날 마신 술, 특히 마지막으로 마신 양치 컵 코냑을 떠올렸다. 그게 마지막 잔이 아닐 수도 있나? 기억이 나지 않았다.

"어제 넘어졌어요." 운전기사에게 말했다. "게다가 약에도 취한 것 같군요."

"그럴 수 있습니다. 자주 일어나는 일이니까요."

아이를 달래는 늙은 간호사 같은 다정한 목소리였다. 나는 두 다리를 침대에서 빼내면서 낯선 잠옷 바지를 내려다보았다. 내 것처럼 잘 맞았지만 입은 기억 없는 잠옷이었다. 손을 뻗어 침대 발치에 놓인 조끼와 바지를 만져보았다. 역시 내 것이 아니었다. 간밤의 동행이 입었던 짙은 색 여행복임을 알아볼 수 있었다.

"제 옷은 어디 간 거죠?" 내가 물었다.

운전기사가 앞으로 다가와 여행복을 챙겨서는 상의를 의자 등에 걸고 바지를 매만졌다.

"므시외 르콩트께서 옷을 입지 않고 있을 때에는 늘 엉뚱한 생각을 하시지요." 그는 옷을 살피다가 나를 보며 미소 지었다.

"아니, 그건 제 옷이 아닙니다. 댁의 주인 옷이지요. 제 옷은 저 옷장 안에 있는 모양입니다."

그는 눈썹을 치켜 올리고 입술을 오므렸다. 아이를 웃기려고 찡그리는 것처럼. 그러고는 옷장으로 다가가 그 문을 활짝 열어젖혔다. 아무것도 없었다. "서랍을 열어봐 주세요." 내가 말했고 그가 서랍을 열었지만 역시 비어 있었다. 나는 침대에서 빠져나와 의자 위의 짐 가방과 바닥에 놓인 짐 가방을 뒤졌다. 모두 전날 동행의 소유물뿐이었다. 완전히 취해버린 상태에서 서로 옷을 바꿔 입은 게 틀림없다는 생각이 들었다. 어쩐지 그 생각이 불쾌하고 거북해 일단 제쳐두었다. 그 밖에 또 어떤 일이 있었는지 기억하고 싶지 않았다.

나는 창가로 가서 거리를 내려다보았다. 호텔 앞에는 르노 차가 한 대 서 있을 뿐 내 차는 없었다.

"도착했을 때 제 차를 보셨나요?" 내가 운전기사에게 물었다.

남자가 놀란 표정을 지었다. "므시외 르콩트께서 새 차를 사셨나요? 제가 아침에 왔을 때는 다른 차가 하나도 없었습니다."

계속되는 그의 착각에 나는 화가 났다. "아니, 제 차, 포드 차 말입니다. 전 므시외 르콩트가 아닙니다. 므시외 르콩트는 제 옷을 입고 사라져버렸습니다. 혹시 프런트에 무슨 메시지를 남기지 않았는지 보십시오. 제 차도 가져간 모양입니다. 장난을 치는가 본데 전 별로 유쾌하지 않군요."

운전기사의 눈에 새로운 표정이 떠올랐다. 걱정과 근심의 표정이었다. "서두르실 필요 없습니다. 조금 더 쉬고 싶다면 그렇게 하시지요." 그가 다가오더니 내 이마에 자기 손을 살짝 대어 보았다. "약을 좀 사 올까요? 제가 이렇게 건드리면 아프십니까?"

나는 침착해야 했다. "프런트에 있는 누구든 좀 오라고 해주시겠습니까?"

운전기사가 방을 나서 계단을 내려갔다. 혼자 남은 동안 나는 다시 한 번 침실을 둘러보았지만 옷장이고 서랍이고 탁자 위고 간에 내 신분을 증명할 만한 내 물건은 하나도 없었다. 옷과 함께 지갑, 여권, 돈, 공책, 열쇠 뭉치, 펜 등 늘 지니고 다니던 것들이 한꺼번에 사라졌다. 방 안에 있는 것은 단추 하나까지도 모두 그 사람 것이었다. 짐 가방 안에는 J. de G.라는 머리글자가 찍힌 빗들 아래 여벌의 옷, 신발, 면도 크림, 비누, 목욕 스펀지가 들어 있었고 탁자 위에는 돈과 명함이 든 지갑이 놓였다. '콩트 드게' 즉 드게 백작이라는 이름의 명함에는 '생질, 사르트'라고 주소가 쓰여 있었다. 혹시나 내 물건이 하나라도 있을까 헛된 희망을 품고 다른 짐 가방도 뒤져보았지만 허사였다. 그 사람의 옷, 여행용 시계, 메모지, 수표책, 선물인 듯 포장된 꾸러미들뿐이었다.

나는 다시 침대로 돌아와 앉아 머리를 감싸 쥐었다. 그저 기다리는 것 외에 할 수 있는 일이 없었다. 곧 돌아오겠지. 꼭 돌아올 것이다. 내 차를 가져갔으니 경찰에 가서 차 번호를 말하고 돈, 여행자수표, 여권이 든 지갑을 분실했다고 신고해야지. 그럼 경찰이 그를 찾아줄 것이다. 그 사이에 혹시라도 무슨 일이 생길 수 있을까?

운전기사가 음침한 분위기의 남자 하나와 방으로 들어왔다. 호텔 직원, 어쩌면 주인인지도 몰랐다. 남자는 들고 온 종이를 내밀었다. 1박 2일 숙박에 대한 청구서였다.

"뭐 불만이라도 있으신가요?" 남자가 물었다.

"지난밤에 저와 함께 있었던 신사는 어디 있지요? 오늘 아침에 누군가 그 신사를 본 사람이 있을까요?"

"어제저녁 입실할 때는 혼자셨습니다. 저녁 늦게 돌아오실 때 혼자이셨는지 아니었는지는 모르겠군요. 저희는 손님들에게 괜히 간섭하거나 질문을 던지지 않습니다."

아부하는 투였지만 그 아래에는 드물지 않은 일이라는 심드렁함과 멸시가 깔려 있었다. 운전기사는 바닥에 시선을 고정했다. 호텔 직원인지 주인인지 알 수 없는 남자는 엉망인 침대, 그리고 세면대 위의 브랜디병을 바라보았다.

"경찰을 불러야겠습니다." 내가 말했다.

"뭔가 도난당하셨습니까?" 남자가 놀란 표정을 지었다.

운전기사가 바닥에서 시선을 올리더니 여전히 손에 모자를 든 채 내게 다가와 보호하듯 옆에 섰다.

"므시외 르콩트, 말썽을 일으키지 않으시는 게 좋겠습니다." 운전기사가 낮은 소리로 말했다. "썩 유쾌하지 못한 일입니다.

한두 시간 지나면 제정신이 돌아오실 테지요. 옷 입는 것을 도와드릴 테니 어서 집으로 출발하는 것이 좋겠습니다. 이런 곳에서 말썽이 나면 안 됩니다. 잘 아시지 않습니까."

갑자기 화가 났다. 남의 잠옷을 입고 초라한 호텔 방 침대에 앉아 다른 사람으로 오인되는 내 모습이 얼마나 바보스러운가. 희극 공연에나 나올 법한 일이었다. 간밤의 동행한테는 재미있는 장난이겠지만 나에게는 전혀 아니었다. 좋다. 나를 바보로 만들 작정이라면 나도 똑같이 갚아줘야겠다. 나도 그 작자 옷을 입고 그 작자 차를 타고 가버릴 테다. 그러다 체포되면 그 작자가 나타날 때까지 기다려 분별없는 장난에 대해 설명하게 할 테다.

"그렇군요. 저 사람을 내보내고 날 혼자 있게 해줘요." 나는 운전기사에게 말했다. 두 사람이 나갔다. 묘한 불쾌감과 분노가 뒤섞인 상태로 나는 조끼와 바지를 집어 들고 갈아입기 시작했다.

그의 면도 크림으로 면도를 하고 그의 빗으로 머리를 빗어 준비를 마치자 거울 속에 비친 내 모습이 묘하게 달라 보였다. 좀 전의 나는 어디론가 사라졌다. 거울 속 사람은 지난밤 역 식당에서 처음 마주친 장 드게 바로 그였다. 옷이 바뀌자 사람까지 바뀌었다. 어깨가 평소보다 넓어 보였고 키도 좀 커진 듯했으며 눈빛은 간밤의 동행과 닮아 있었다. 억지로 미소를 지어 보였더니 거울 속 존재도 미소를 보내왔다. 심을 대어 어깨 부분이 사각형인 코트, 생전 처음 해보는 나비넥타이와 어쩐지 잘 어울리는 심드렁한 미소였다. 천천히 그의 지갑을 꺼내 수표를 세었다. 2만 프랑 정도였고 탁자 위에는 잔돈도 놓여 있었다. 이런 장난에 대해 설명하는 쪽지라도 혹시 들어 있지 않을까 뒤져보았지만 아무것도 없었다. 그가 이 방에, 아니 이 호텔에 들어왔다는 단서는 무엇 하나 남지 않은 것이다.

분노가 커졌다. 나는 앞뒤 안 맞는 설명을 늘어놓을 수밖에 없는 처지였다. 경찰에서 띄엄띄엄 끊어지는 이야기를 하면 경찰은 마지못해 역 식당이며 술집에 따라가서 전날 똑같이 생긴 남자 둘이 왔었는지 확인하려 할 것이다. 거의 만 하루가 지나는 동안 장 드게라는 남자는 나를 비웃으며 내 차를 타고 동서남북 어디로든 내키는 대로 달려가고 있으리라. 내 옷을 입고 내 돈인 여행자수표 25파운드와 현금을 갖고. 어디 카페에라도 앉아 내 강의 노트를 읽고 있을지도 모르지. 자기 장난을 마음껏 즐기고 원하는 곳에 갔다가 재미없다 싶을 때 돌아오면 그만이다. 그동안 나는 경찰서 아니면 영사관에서 아무도 믿어주지 않을 설명을 되풀이해야 하는 것이다.

나는 세면도구와 잠옷을 짐 가방에 넣고 계단을 내려가 음침한 남자에게 짐을 빼달라고 부탁했다. 익숙함과 흥미로움이 반반 섞인 그의 표정은 다 이해하고 덮어주겠다고 말하는 듯했다. 혹시 이 호텔이 장 드게가 남몰래 종종 찾아와 기이한 만남을 가지는 장소가 아닐까 하는 생각이 들었다. 숙박비를 계산하고 나자 남자는 짐을 들고 구식 르노 차까지 따라 나왔다. 그 순간 나는 나 역시 한 발을 내딛고 말았다는 걸 깨달았다. 경찰에 항의도, 신고도 하지 않은 채 남의 옷을 입고 30분 동안 장 드게 행세를 하지 않았나. 이제는 사라져버린 남자를 신고하는 입장 이 아니라 공범이 되고 말았다.

운전기사가 짐 가방을 차에 싣고 운전석 차 문을 열어주었다. 그는 "므시외 르콩트께서 이제 괜찮으신가요?"라며 내 기색을 살폈다.

그 순간 '저는 므시외 르콩트가 아닙니다. 당장 경찰서로 가 주십시오'라고 말할 수도 있었지만 나는 그러지 않았다. 두 번 째 걸음을 내디딘 것이다. 나는 르노 운전석에 앉았다. 다행히 잘 아는 차였다. 내 차를 사기 전 몇 년 동안 주로 이 차를 빌려 인근 도시며 마을을 다니곤 했던 것이다. 운전기사는 조수석에 앉았다. 이 초라하고 지저분한 호텔을 어서 벗어나고자, 두 번 다시 눈길도 주지 않고자, 또한 분노와 자기 경멸에 사로잡힌 채 나는 르망을 벗어나는 첫 번째 길을 타고 도시를, 지난밤의 기억을 빠져나왔다. 국도로 들어서자 탁 트인 풍경이 펼쳐졌다. 어젯밤 그는 내 포드를 멋대로 몰았지. 자기 차가 아니라고 부 담 없이 함부로 다뤘던 거야. 나도 그대로 갚아주겠어. 액셀러 레이터를 밟았더니 낡은 차가 출렁했다. 망가뜨려도 상관없다 고 나는 생각했다, 어차피 내 차도 아니니까. 나는 책임이 없다. 사고가 나도 그건 장 드게가 저지르는 거니까. 의도적으로 차를 길가에 처박는다 해도 그건 그 사람의 행동일 뿐, 내 행동이 아니다.

갑자기 나는 웃음을 터뜨렸다. 옆에 있던 운전기사가 말했다. "좋아지셨군요. 르망을 떠나기 전 혹시라도 므시외 르콩트께서 병이 나신 건 아닌지 걱정했습니다. 지난밤에 그리로 데리러 오라고 하셨을 때 정말 놀라기도 했고요. 므시외 폴이 다른 일 때문에 저를 대신 보내신 것이 얼마나 다행인지요."

나는 세 번째 기회도 흘려보냈다. 그때 차를 세우고 '자, 이 정도면 충분합니다. 다시 르망으로 돌아갑시다. 므시외 폴이라는 사람을 저는 전혀 모릅니다. 경찰서에 가서 그걸 증명해드리죠'라고 말할 수 있었지만 한층 더 속력을 내 앞차를 추월하며 달린 것이다. 한 번도 느껴보지 못한 무모함이 나를 사로잡았고 아무래도 괜찮다는 마음이 들었다. 나는 남의 옷을 입고 남의 차를 몰고 있다. 아무도 내 행동에 책임을 요구할 수 없다. 난생 처음으로 나는 자유로웠다.

국도를 따라 25킬로미터쯤 달린 후 마을이 나타나면서 속도를 늦췄다. 표지판에서 마을 이름을 보았지만 생각 없이 넘겼다. 마을을 지나 다시 국도로 접어들 때 운전기사가 말했다. "갈림길을 지나치셨습니다, 므시외 르콩트."

그제야 정신이 돌아왔다. 되돌리기에는 너무 늦어버렸다. 그날, 그 시간, 그 순간에 그 길 위에, 지도 위의 그 한 점에, 내가 속해 있지 않지만 그토록 오랜 세월 이해하고 싶었던 그 나라의 알지 못할 한 지역에 있게 된 것은 기이한 행운이었다. 그때 처음으로 나는 그 장난, 그 아이러니한 상황의 핵심을 이해했다. 잠든 나를 르망 호텔에 내버려두고 떠났을 때 장 드게 역시 그랬을 것이다.

'인간 본성을 움직이는 유일한 힘은 탐욕'이라고 그가 말했지. '할 수 있는 일은 탐욕을 따르는 것, 사람들에게 원하는 걸 주는 것'이라고도 했다. 그는 내가 원하는 것, 받아들여질 기회를 준 것이다. 자기 이름, 소유물, 정체성을 빌려주었다. 삶이 공허하다는 내게 자기 삶을 준 것이다. 실패한 삶을 불평하는 내 옷을 입고 내 차를 몰고 내가 되어 떠남으로써 그 실패의 짐을 벗겨준 것이다. 지금까지 내가 감당해야만 했던 것이 그에게 넘어갔다. 더 이상 내 것이 아니므로 부담도 없고 중요하지도 않다. 젊은 얼굴에 주름을 그려 넣고 배역 뒤로 숨어버린 배우처럼 늘 걱정 많았던 나는 어디론가 사라졌다. 새로운 나는 걱정도 책임도 없는 장 드게이다. 이 가짜 장 드게가 무엇을 하든, 어떤 짓을 저지르든 본래의 나, 존에게는 아무 상관 없다.

속도를 줄이는 동안 이런 생각들이 머리를 스치고 지났다. 옆자리의 운전기사를 비롯해 생판 모르는 사람들이 만들어놓은 것 외에 내게 다른 미래는 없었다. 갈림길을 지나쳤다는 운전기사의 말은 예언일지도 몰랐다.

"좋아." 나는 차를 세웠다. "나머지 길은 자네가 운전하지."

운전기사는 의아한 시선을 던졌지만 아무 말 없이 나와 자리를 바꾸었다. 그는 차를 다시 마을로 돌렸고 이어 좌회전을 했다. 더 이상 조종할 것이 없어진 나는 아무 생각 없이 멍청하게 몸을 좌석에 묻었다. 열기와 흥분은 사라졌다. 맘대로들 하라지. 하지만 '누구' 맘이지? 일단 묻지 않기로 했다.

지는 햇살이 차 안을 파고들었다. 동쪽으로 달리는 동안 차 앞으로 숲에 둘러싸인 고요한 전원이 모습을 드러냈다. 붉게 타오르는 벌판 군데군데 오아시스처럼 동떨어진 농장들이 자리 잡았다. 드넓은 대지는 인간이 가보지 못한 광활한 대양처럼 아름다웠고 구불구불 이어지는 길가의 나무들을 타고 오르는 아스파라거스는 인어의 머리카락 같은 황금빛이었다. 모든 것이 환상처럼, 꿈처럼 느껴졌다. 창백한 나무 그루터기부터 오래전에 꽂은 꺾이고 외로이 가을 첫서리를 맞게 된 키 큰 해바라기 줄기에 이르기까지 눈에 보이는 것 하나하나가 몽환적이었다. 단단하고 말끔하게 정리되어 쌓인 건초 더미가 땅에 합쳐져 그 일부가 되고 길게 줄지어 서 몸을 흔들며 이파리를 떨어뜨리는 포플러 나무들은 돌연히 나타났다가는 어느새 사라지곤 했다. 키 크고 가느다란 유령 같은 나무들 아래로 고개를 푹 숙인 농부 여자가 홀로 어디론가 터벅터벅 걸어갔다. 나는 충동적으로 운전기사에게 차를 세우라고 한 후 내려서 정적 속에 잠시 서 있었다. 뒤쪽으로 해가 지면서 하늘이 검붉게 물들었고 하얀 안개가 피어올랐다. 사람 발길이 닿지 않은 땅을 최초로 탐험하는 누구라 해도 그 텅 빈 길에 선 나보다 더 고독하지는 않았을 것이다. 정적이 땅에서 올라왔다. 오랜 세월이, 백만 년의 시간이, 그 위에서 벌어진 역사가, 그 땅에서 먹고살다 죽은 사람들이 쌓여 만들어진 정적이었다. 그 어떤 생각이나 말, 행동으로도 땅의 정적을 깰 수 없었다. 그곳, 내 발밑과 내 주변에 본질이 있었다. 그 한순간 나는 내 고통과 의혹, 좌절에 대한 답에 접근했다. 내면의 충동을 따라 트라피스트 대수도원을 향해 북쪽으로 차를 몰아가는 것보다 어두워지는 하늘 아래 펼쳐진 들판 한가운데 서 있는 것이 해답에 훨씬 더 가까웠다.

운전기사가 말했다. "므시외 르콩트께서는 집에 가고 싶은 마음이 크지 않으시군요?"

나는 그의 다정하고 정직한, 그리고 배려하는 갈색 눈을 바라보았다. 주인을 깊이 사랑하고 주인을 위해 기꺼이 싸우고 죽을 준비가 되어 있는, 그러면서도 주인이 잘못된 길을 가면 과감하게 직언할 수 있는 사람이 던지는 부드러운 농담이었다. 지금까지 그 누구의 눈에서도 그런 헌신을 느끼지 못했다는 사실이 떠올랐다. 나는 대답 대신 미소를 지어 보였다. 그가 사랑하는 사람이 내가 아닌 장 드게라는 것을 잠시 잊어버리고 말이다. 나는 다시 조수석에 올라탔다.

"가족에 묶여 사는 일이 늘 쉽지만은 않지." 나는 전날 들었던 말을 내 입으로 했다.

"그렇고말고요." 운전기사는 어깨를 으쓱하며 한숨을 내쉬었다. "주인님 집안 같은 경우에는 늘 해결해야 할 문제가 많지요. 때로는 어떻게 므시외 르콩트께서 무난히 헤쳐가시는지 의아해진답니다."

내 집안 같은 경우라고…… 고개 하나를 넘고 나자 생질 마을에 가까웠다는 표지가 나왔다. 우리는 오래된 교회, 낡은 집 몇 채와 식료품점으로 둘러싸인 작은 모래 광장을 지났다. 담배 가게와 주유소도 보였다. 이어 우리 차는 왼쪽으로 돌아 라임 나무들이 늘어선 길을 따라 좁은 다리로 올라섰다. 내가 저지르고 있는 일, 이미 저지른 일은 그야말로 엄청난 것이었다. 불안과 두려움이 걷잡을 수 없이 나를 휘감았다. 공황 상태라는 말의 의미가 온전히 이해가 갔다. 담쟁이로 덮인 담장 안쪽으로 웅장한 모습을 드러낸 저 성 안으로 들어가 운명적 상황을 맞이하기 전에 어디로든 도망쳐 숨어버리고 싶다는, 배수로든 구멍이든 어디든 몸을 감추고 싶다는 마음뿐이었다. 성의 높은 탑 두 개에 뚫린 작은 창문에서 지는 해가 마지막으로 붉게 타올랐다. 과거 물이 채워져 있었겠지만 지금은 풀과 잡초가 자라는 해자 위를 가로지르는 나무다리를 빠른 속도로 통과한 차는 대문을 지나고 자갈이 깔린 원형 진입로를 돌아 드디어 성 앞에 멈춰 섰다. 벌써 덧창이 내려져 건물 전면을 죽은 듯 가라앉게 만드는 창문들 아래로 좁은 테라스가 이어져 있었다. 차에서 머뭇거리고 앉아 있는 동안 창문들 사이의 짙은 색 문으로 남자 한 명이 나와 그 테라스에 섰다.

"므시외 폴이네요. 혹시라도 므시외 폴이 제게 물어보면 주인님이 르망에서 일을 보셨다고 그리고 파리 호텔에서 모셔 왔다고 하겠습니다."

운전기사가 차에서 내렸고 나도 느릿느릿 따라 내렸다.

"가스통, 차를 치우지 말게. 내가 써야 해. 시트로엥 차에 문제
가 좀 있다네." 테라스의 남자가 말했다. 그는 난간에 기대 나를
내려다보았다. "어땠어? 시간을 잘 보냈겠군?" 미소라곤 없는
표정이었다.

인사말이 입술에서 얼어붙었다. 어디든 은신처를 찾는 범죄
자처럼 나는 다시 차 쪽으로 뒷걸음질을 쳤다. 하지만 운전기사
가스통은 벌써 짐 가방 두 개를 꺼내 양손에 들고 집으로 들어
가는 중이었다. 나는 테라스로 올라가는 계단을 밟으며 눈을 들
어 남자의 시선을 받았다. 반말을 하는 것으로 보아 가족이 분
명했다. 나보다 키도 작고 몸도 마르고 나이도 어렸지만 피곤해
서인지 건강이 나쁜지 초췌한 기색이고 못마땅하다는 듯 입가
에는 주름이 잡혀 있었다. 나는 남자 옆에 서서 상대의 행동을
기다렸다.

"전화하지 그랬어." 그가 입을 열었다. "다들 점심도 늦췄는데.
프랑수아즈랑 르네는 사고가 난 게 틀림없다고 했다니까. 나도
정말 이상하다고, 파리 호텔 바에서 종일 노닥거리는 게 틀림
없다고 했지. 그쪽으로 연락했지만 숙박객 중에 없다고 하잖아.
뭐 그다음엔 늘 그렇듯 한탄들을 해댔지."

지척에서 보고도 상대가 의심을 품지 않는 것에 속으로 놀라
면서 나는 입을 열지 않았다. 이것이 내가 기대하던 상황이었을

까? 알 수 없었다. 가까이 다가가면 본능적으로 내가 장 드게가 아니라는 걸 눈치채지 않을까. 남자는 나를 아래위로 훑어보더니 웃음을 터뜨렸다. 즐거운 웃음이 아니라 짜증스러운 웃음이었다.

"솔직히 말하겠는데 영락없이 폐인처럼 보여." 남자가 말했다.

조금 전 가스통이 내게 미소 지었을 때는 낯설지만 축복과도 같은 따뜻함이 느껴졌다. 하지만 지금은 난생처음으로 혐오감을 느꼈다. 그 효과는 괴상했다. 나는 장 드게를 위해 화가 났던 것이다. 그가 내게 그 어떤 적대적인 행동을 했다 해도 나는 그의 편이었다.

"고맙지만 그 의견은 중요치 않아. 난 아주 기분이 좋거든."

남자는 몸을 돌려 문 안쪽으로 걸어갔고 가스통은 내 눈을 바라보며 미소 지었다. 내게 기대되었던 행동을 제대로 해낸 듯했다. 프랑스어로는 한 번도 반말을 하지 않았는데 막상 해보니 힘들지 않고 자연스러웠다.

나는 폴이라는 남자를 뒤따라 집으로 들어섰다. 홀은 작고 놀라울 정도로 좁았는데 안쪽으로 들어가자 복도가 넓어지면서 위층으로 이어지는 구부러진 계단이 나왔다. 광택제의 차갑고 깔끔한 냄새가 났다. 옆에 놓인 루이 16세풍 의자들과 기묘한 대조를 이루며 벽에 붙여진 빛바랜 접이의자와는 어울리지 않는 냄새였다. 넓은 복도의 저쪽 끝에는 거대한 장식장이 문 두 개 사이에 서 있었는데 박물관에 접근 금지 밧줄을 치고 전시해도 이상하지 않을 만큼 멋지고 고급스러웠다. 근처 장식 회벽에는 십자가에서 고통당하는 그리스도를 그린 어두운 색 그림이 걸려 있었다. 반쯤 열린 한쪽 문 안쪽에서 웅성거리는 목소리가 들려왔다.

폴이 복도를 지나며 외쳤다. "드디어 도착했어!" 내게 이미 표출한 분노가 드러나는 목소리였다. "난 지금 나가! 벌써 늦었어!" 그가 나를 흘깃 돌아보았다. "오늘 밤에는 나한테 아무 얘기도 하지 않을 태세군. 일 얘기는 아침에 하자고." 그는 뒤돌아서더니 테라스로 이어지는 문으로 나가버렸다.

짐 가방을 양손에 든 가스통은 계단을 오르고 있었다. 그 뒤를 따라가야 하나 망설이는 순간 안쪽 방에서 여자 목소리가 들렸다. "장, 거기 있어?" 불평하는 듯 높은 소리였고 운전기사는 다시 한 번 공감하는 눈빛으로 나를 바라보았다. 느린 걸음으로 나는 천천히 방 안에 들어섰다. 넓은 공간이었고 묵직한 커튼과 벽지가 보였다. 가장자리에 비드 장식이 달린 보기 싫은 갓 아래에서 등이 흐릿한 빛을 냈다. 어마어마한 샹들리에가 먼지를 뒤집어쓴 채 빛났고 부러진 초들은 높은 천장에 매달려 흔들렸다. 아직 덧창이 내려지지 않은 기다란 창문으로 풀숲 길과 그 바깥쪽의 가로수 길, 작물이 자라는 밭, 석양 속에서 기괴한 형상으로 보이는 검고 흰 가축들이 드러났다.

방 안에는 세 여자가 앉아 있었다. 내가 들어서자 모두들 나를 쳐다보았고 그중 이목구비가 뚜렷하고 입이 작은 한 사람, 거의 나만큼 키가 크고 머리를 깔끔하게 뒤로 모아 올린 여자가 벌떡 자리에서 일어나더니 방에서 나갔다. 머리카락과 눈 색깔이 짙고 미인이라 불릴 만큼 예쁘지만 안색이 창백하고 표정이 침울한 두 번째 여자가 바느질거리인지 자수 일감인지를 옆에 내려놓고 소파에 앉은 채 말없이 나를 응시했다. 첫 번째 여자가 방을 나설 때 두 번째 여자는 몸을 돌리지도 않고 말을 던졌다. "블랑슈, 나가야만 한다면 문 좀 닫아줘요. 다른 사람은 몰라도 전 외풍이 싫거든요."

세 번째 여자는 빛바랜 듯 색깔이 희미한 금발 머리였다. 한때는 미인이었을 테고 지금도 작고 섬세한 외모와 푸른 눈이 아름다웠지만 체념한 듯 맥 빠진 표정이 그 매력을 망가뜨리고 말았다. 여자는 미소 짓지 않았다. 폴이 그랬듯 분노를 담아 잠시 짜증스럽게 웃은 후 자리에서 일어나더니 윤나는 마루를 지나 내게 다가왔다.

"자, 우리한테 입 맞춰주지 않을 작정이야?"

4

    나는 고개를 숙여 여자의 양 볼에 입을 맞추었고 말없이 방을 가로질러 걸어가 나머지 여자에게도 똑같이 했다. 금발 머리에 눈이 푸른 여자가 내 팔을 잡고는 장작 하나가 타고 있는 난로 쪽으로 이끌었다. 목소리를 들어보니 내가 현관에 있을 때 소리쳐 불렀던 그 사람이었다.

    "부끄러운 모양이지." 여자는 폴이 그랬듯 친근한 반말 투였다. "우린 당신이 사고라도 난 줄 알고 얼마나 걱정했는지 몰라. 당신이야 늘 그렇듯 신경도 안 썼겠지만. 하루 종일 뭘 한 거야? 파리 호텔에는 왜 안 간 거고? 폴이 전화했더니 아무도 당신을 못 봤다고 하잖아. 난 당신이 의도적으로 우리를 놀라게 하려고, 최악의 상황을 상상하게 하려고 이러는 거라는 생각이 들기 시작했어."

"최악의 상황이란 게 뭔데?" 내가 물었다.

순간적으로 튀어나온 그 대답이 내게 확신을 안겼다. 이 꿈 같은 상황, 어쩌면 악몽 같은 상황은 내 경험과 철저히 분리되어 있었다. 무슨 말, 무슨 행동을 하든 상관없다는 느낌이 들었다. 이 사람들은 다 받아들여줄 테니까.

"우리가 무얼 불안해하는지 너무도 잘 알잖아." 여자가 말하면서 내 팔을 살짝 밀었다. "집을 떠나 있을 때 당신은 뭐든 할 수 있지. 자기만 좋으면 그만일 뿐 다른 누구도 생각하지 않아. 당신은 말이 너무 많고 술도 너무 많이 마시고 운전도 너무 빨리……"

"그래서 내가 모든 걸 지나치게 한다고?" 내가 가로막았다.

"우리를 슬프게 만들려 작정한 것 같아."

"그냥 좀 내버려둬요." 다른 여자가 끼어들었다. "보아하니 아무 말도 하지 않을 모양인걸. 괜히 시간만 낭비하지 말자고요."

"고맙군." 내가 말했다.

그 여자는 바느질감에서 시선을 들어 내게 다 이해한다는 눈빛을 보냈다. 우리는 동지인 걸까? 나는 여자가 누구인지 궁금했다. 머리카락과 눈 색깔이 짙은 것만 뺀다면 폴과는 외모가 전혀 달랐다. 앞서 내 팔을 잡았던 여자는 다시 자리에 앉아 한숨을 쉬었다. 몸매를 보니 출산이 머지않아 보였다.

"최소한 파리 일이 어떻게 되었는지는 얘기할 수 있잖아." 여자가 말했다. "아님 계속 수수께끼로 남겨둘 거야?"

"파리에서 무슨 일이 있었는지 나도 모르겠네." 내가 무심히 말했다. "기억상실 증세 때문이야."

"술을 너무 마셔서 그래." 여자가 말을 받았다. "아직도 술 냄새가 나. 올라가서 자는 게 좋겠어. 마리노엘 옆에는 가지 마. 열이 좀 있어 옮을지 몰라. 마을에 홍역 환자가 있다던데 내가 옮는다면," 여자는 잠시 말을 멈추고 나와 다른 여자를 의미심장하게 쳐다보았다. "어떤 일이 일어날지 상상이 가겠지."

나는 벽난로를 등지고 서서 어떻게 이 방을 빠져나가 내 방을 찾아갈지 고민했다. 짐 가방이 놓인 방을 찾아야 했다. 혹시라도 누가 짐 가방을 열어 정리해두었다면 머리글자 새겨진 빗을 찾아야지. 침대는 생각하고 계획을 세울 장소, 피난처가 될 수 있었다. 아니, 더 이상 생각하거나 계획을 세우고 싶지 않은 것인지도 모를 일이었다. 불현듯 웃음이 터져 나왔다.

"이건 또 뭐야?" 금발 머리 여자가 짜증을 냈다.

"기이한 상황이야." 내가 말했다. "두 사람 다 이게 얼마나 기이한지 모르니 말이야."

이런 말을 할 수 있는 자유라니. 이건 질기게 남아 있는 내 자아의식에 크나큰 매력으로 다가왔다. 마치 투명인간이나 복화술사가 된 듯했다.

"전염병은 전혀 우습지 않은걸." 금발 머리 여자가 말했다. "지금 상황도 우습지 않고. 난 눈이 멀거나 불구인 아이를 낳고 싶은 마음이 전혀 없어. 하지만 지금 상황에서 홍역에 걸린다면 그렇게 되겠지. 아님 파리에서 일어난 상황이 기이하다는 뜻이야? 제발, 우리 모두를 위해 당신이 합의를 이뤄냈기를 바라. 뭐, 그럴 가능성이 거의 없다고는 보지만."

나는 의문과 책망을 담은 여자의 시선에서 다른 여자에게로 몸을 돌렸다. 그러자 그 여자 표정이 변화했다. 창백한 얼굴에 혈색이 떠오르면서 아름다움을 더했다. 일감으로 다시 눈길을 돌리기 전, 여자는 경고하듯 살며시 고개를 저었다. 조심스러운 모습이었다. 이 여자와 장 드게는 한편이 분명했지만 그 이유는 알 수 없었다. 세 사람은 서로 어떤 관계인 걸까? 나는 충동적으로 진실을 말해버리기로 했다. 내 용기를 시험하기 위해, 또 더이상 내가 누군지 확신할 수 없었기 때문에.

"사실, 저는 장 드게가 아닙니다. 다른 사람이죠. 어젯밤 르망에서 장을 만나 옷을 바꿔 입었습니다. 장은 제 차를 가지고 사라져버렸고 저는 이렇게 그 사람 집에 왔군요. 이건 정말 기이한 상황이 아닐 수 없습니다."

나는 금발 머리 여자가 비명을 지를 것이라 예상했지만 여자는 그저 한숨을 내쉬고 벽난로 안에서 타오르는 장작개비에 시선을 던졌다. 나를 무시한 채 하품을 하던 다른 여자는 금발 머리를 쳐다보며 "폴이 늦을까요? 나한테는 아무 말 안 했는데"라고 말했다.

"로터리 클럽 저녁 식사니 분명 늦을 거야." 금발 머리가 대답했다. "그럴 때 폴이 일찍 들어오는 걸 본 적 있어?"

"즐길 기분이 아니잖아요. 또 장이 이런 모습으로 돌아온 것도 기분이 안 좋을 테고."

두 여자 다 내 쪽을 바라보지 않았다. 내 말은 실없는 농담이라고, 날카롭게 반박할 가치조차 없다고 여기는 것이 분명했다. 내 속임수가 완벽하다는 증명이기도 했다. 나는 내키는 대로 행동하고 말할 수 있었다. 그래도 술에 취했거나 정신이 나간 거라고들 여길 것이었다. 뭐라 형언할 수 없는 느낌이었다. 르노를 운전할 때가 첫 번째 짜릿한 순간이었다면 이제 장 드게 가족들의 시험을 통과한 셈이었다. 어떤 소리를 해도 의심 없이 받아들여주다니 정말 대단한 힘을 지닌 기분이었다. 원한다면 생판 남인 이 가족에게 크나큰 피해를 입힐 수도 있었다. 상처 주고 혼란에 빠뜨리고 서로 다투게 만들어도 나에게는 아무 상관 없었다. 어차피 마네킹과 다를 바 없는 낯선 이들이고 내 삶과는 아무 관련도 없으니까. 르망의 호텔에 나를 남겨두고 떠났을 때 장 드게는 이런 위험을 감지한 걸까? 어쩌면 그건 충동적 장난이 아니라 자기를 꼼짝 못 하게 묶고 있는 가정을 파괴해줬으면 하는 간절한 염원이 아니었을까?

머리색 짙은 여자가 내게 어딘지 수상쩍은 시선을 던졌다. "프랑수아즈 말대로 위층에 어서 올라가죠?" 내가 혹시라도 말실수할까 봐 걱정되어 어서 방에서 나가주었으면 하고 바라기라도 하는 듯했다.

"좋아, 그러지." 나는 이렇게 대답하고 덧붙였다. "둘 다 옳아. 르망에서 너무 많이 마셨어. 호텔에서 정신 못 차리고 하루를 보내버렸거든."

사실이었지만 거짓이 살짝 덧붙여진 말이었다. 두 여자가 나를 응시했다. 아무도 입을 열지 않았다. 나는 방을 가로질러 반쯤 열린 문을 통해 홀로 나갔다. 내가 나오자마자 프랑수아즈라는 여자가 마구 떠들어대는 소리가 들려왔다.

홀은 비어 있었다. 커다란 장식장이 서 있는 반대쪽 문 너머에서 물 흐르는 소리, 그릇 달그락거리는 소리 등 부엌의 소음이 작게 들려왔다. 계단을 올라가보기로 했다. 올라가니 왼쪽과 오른쪽으로 긴 복도가 이어졌고 다시 위층으로 향하는 계단이 나왔다. 나는 망설이다가 왼쪽 복도로 갔다. 갓이 없는 전구 하나만 밝혀져 어두웠다. 마룻바닥이 발밑에서 삐걱거렸다. 복도 끝 문의 손잡이를 돌리면서 나는 남모를 짜릿함을 느꼈다. 방은 어두웠다. 스위치를 찾아 불을 켰더니 천장이 높고 검붉은 커튼이 내려진 음산한 방이 드러났다. 1인용 침대에도 붉은 휘장이 쳐졌고 머리맡에 바로크 화가 귀도 레니의 그림 〈보라 이 사람이로다〉의 대형 모사가 걸려 있었다. 방 형태로 보아 성의 두 탑 중 하나에 위치한 듯했다. 원형 창문 앞은 기도대와 십자가상, 거기에 성수반*까지 갖춰진 것이 기도실 모습이었다. 종교적

*성당 입구에 놓아두는, 성수를 담은 그릇이다.

물품을 제외하면 내부가 황량했다. 나머지 공간에는 책상, 의자 몇 개, 탁자, 커다란 서랍장과 옷장이 놓였다. 거실과 침실이 어색하게 결합된 느낌이었다. 침대와 마주 보고 〈채찍질당하는 그리스도〉 그림이 걸렸고 내가 서 있는 문 근처 벽에는 〈십자가에서 내려지는 그리스도〉 그림이 있었다. 한 번도 난방을 안 한 방처럼 추웠다. 광을 낸 가구와 묵직한 그림들이 어우러져 무언가 금지된 공간의 느낌도 풍겼다.

나는 불을 끄고 방을 나왔다. 그러는 내 모습을 누군가 지켜보고 있었다. 위층에서 내려오던 여자 하나가 걸음을 멈추고 내게 의아하다는 시선을 던졌다.

"안녕하세요, 므시외 르콩트." 여자가 말했다. "마드무아젤 블랑슈를 찾으시나요?"

"그래. 방에 없군." 내가 금방 거짓말을 했다.

왠지 그래야 할 것 같아 여자 앞으로 다가갔다. 작고 마른 체구에 나이가 많은 여자였다. 옷차림이나 말투로 보아 하인 같았다.

"마드무아젤 블랑슈는 마담 라콩테스와 함께 계십니다." 여자는 본능적으로 뭔가 잘못되었다고 느끼는 듯했다. 호기심 어린, 더 나아가 놀란 눈빛으로 내 어깨 너머 내가 방금 나온 방 쪽을 바라보았던 것이다.

"괜찮아. 나중에 보면 되니까." 내가 말을 받았다.

"뭐 잘못된 거라도 있습니까, 므시외 르콩트?" 여자가 물었다.

그 작은 눈에 한층 더 큰 호기심이 어렸다. 나와의 사이에 무슨 비밀이라도 있는 듯 친밀하고 은밀한 목소리였다.

"아니. 왜 잘못되었다고 생각하지?"

다시 한 번 여자의 시선은 나를 떠나 복도 끝 닫힌 방문으로 향했다.

"죄송합니다. 저는 그저 므시외 르콩트께서 마드무아젤 블랑슈 방에 가신 걸 보고 뭔가 잘못되었다고 생각했습니다."

여자의 눈길이 멀어졌다. 가스통과 달리 거기엔 애정도, 따뜻함도, 신뢰도 없었다. 하지만 오랜 세월 동안 만들어진 익숙함, 그리고 어딘지 불편한 이해가 느껴졌다.

"므시외 르콩트의 파리 방문이 성공적이셨다면 좋겠습니다." 정중하지만 뭔가 잘못되면 큰일이라는 듯한 어조였다.

"성공적이고말고." 내가 이렇게 대답하고 여자를 지나쳐 가려 할 때 여자가 말했다. "마담 라콩테스께서 므시외가 돌아오신 것을 압니다. 그 말씀을 드리러 내려오던 길이었습니다. 바로 올라가 만나시는 것이 좋겠습니다. 아니면 제가 난처해집니다."

마담 라콩테스라, 어쩐지 불길했다. 내가 므시외 르콩트라면 백작 부인은 누구일까? 의문이 처음의 약한 두려움과 함께 다시 일었다.

"나중에 가지. 급할 것 없어."

"마담이 기다리지 못하는 분이라는 걸 잘 알고 계시지 않습니까." 여자의 검은 눈이 따지듯 나를 응시했다. 빠져나갈 도리가 없었다.

"알았네."

여자가 계단 쪽으로 돌아섰고 나는 그 뒤를 따라 구부러진 긴 계단을 올랐다. 아래층과 똑같이 생긴 복도가 나왔고 나란하게 이어지는 세 번째 복도가 거기서 갈라졌다. 여닫는 소리가 나지 않도록 천을 댄 회전문 틈으로 하인용 복도가 보였고 멀리서 음식 냄새가 올라왔다. 우리는 또 다른 문을 통과해 복도 끝 방 앞에 섰다. 여자가 내게 신호를 보내듯 고개를 살짝 끄덕이며 그 문을 열고 안으로 들어가면서 "계단에서 므시외 르콩트를 만났습니다. 이리로 오시는 중이었습니다" 하고 말했다.

방에는 세 사람이 있었다. 넓은 방이었지만 가구로 꽉 차 있어 탁자와 의자 사이로 지나갈 공간이 거의 없었다. 휘장이 달린 커다란 2인용 침대가 공간을 압도했다. 밝게 타오르는 난로에서 강한 열기가 뿜어져 나와 아래쪽 차가운 방에 있다가 들어간 나는 숨이 막힐 것 같았다. 작은 폭스테리어 두 마리가 방울 소리를 내며 내 쪽으로 달려와 사납게 짖어댔다.

나는 상황을 파악하기 위해 방 안을 바삐 살폈다. 개 두 마리가 내 다리 위로 뛰어올랐다. 아까 아래층에서 내가 들어갈 때 방을 나갔던 키 크고 마른 여자가 있었고 그 옆에는 흰머리에 작고 검은 모자를 쓴 늙은 사제가 있었다. 즐거워 보이는 둥근 얼굴은 분홍빛이었고 주름도 없었다. 그 뒤쪽, 난로 바로 앞에 놓인 커다란 안락의자에 체구 큰 할머니가 앉아 있었다. 백 개는 될 법한 주름으로 쭈글쭈글한 피부를 제외한다면 눈, 코, 입이 충격적일 만큼 나와 똑같았다. 한순간 장 드게가 변장을 하고 마지막 일격을 가하려 나타난 것이 아닌가 생각했을 정도였다.

할머니는 내 쪽으로 팔을 벌렸고 나는 자석에라도 끌리듯 다가가 무릎을 꿇었다. 그러고는 거대한 거미줄에 걸린 파리처럼 풍성한 살집과 양모 덮개에 파묻혀버렸다. 하지만 나와 똑같이 생긴, 그리하여 늙고 약간 기괴한 여성 모습의 또 다른 나를 만나는 것은 흥미로운 일이었다. 나는 내가 열 살 때 돌아가신 어머니를 생각했다. 오래전 일이라 이미 기억에서 희미하게 지워진 어머니는 눈앞에 나타난 이 거대한 할머니와 전혀 닮지 않았다.

절대 놓아주지 않겠다는 듯 두 손으로 나를 붙잡는 동시에 밀어내면서 할머니가 귓가에 속삭였다. "그래, 가버려라, 이 녀석아. 실컷 즐기고 돌아왔구나." 나는 살짝 거리를 두고 할머니의 눈, 두터운 눈꺼풀에 반쯤 가려진 눈과 그 아래 늘어진 살을 바라보았다. 그러자 그 눈이 내 눈이 되었다. 내 눈이 그렇게 파묻히고 바뀌었다.

"늘 그렇듯 너 때문에 모두들 난리구나." 할머니가 말을 이었다. "프랑수아즈는 히스테리 상태고 마리노엘은 열이 나고 르네는 뾰로통하고 폴은 못된 성질을 부리고 있지! 그 꼴들을 보자니 나도 병이 날 지경이다. 그래도 난 걱정 안 했다. 네가 집에 올 준비가 되어야 비로소 돌아오리라는 걸 아니까." 할머니는 나를 다시 끌어당겨 쯧쯧 혀 차는 소리를 내면서 어깨를 두드려 준 후 다시 밀어냈다. "이 집에서 신앙을 가진 건 나밖에 없으니 말이다." 할머니가 늙은 사제 쪽을 보자 그는 미소 지으며 고개를 끄덕였다. 하지만 간헐적으로 계속 고개를 끄덕이는 것을 보니 일종의 신경 경련일 뿐 동조의 표시는 전혀 아니었다. 나는 살짝 당황스러워 시선을 돌려 몸이 여윈 여자 쪽을 바라보았다. 내가 방에 들어온 이후 한 번도 나를 쳐다보지 않은 여자가 이제 책을 덮는 중이었다.

"제가 계속 책을 읽어드리는 건 원치 않으시겠죠, 엄마." 메마르고 냉랭한 목소리였다. 이 여자가 하녀가 말했던 마드무아젤 블랑슈, 내가 우연히 들어가보았던 방의 주인이었다. 장의 누나가 분명했다. 할머니가 사제 쪽으로 몸을 돌렸다.

"신부님, 장이 집에 돌아왔으니 오늘 밤 의식은 생략해달라고 부탁드려도 될지요? 이 애가 저한테 할 말이 아주 많을 것 같아서요." 할머니의 목소리는 내 귀에 대고 속삭일 때와는 전혀 다르게 정중하고 기품 있었다.

"그럼요, 마담 라콩테스." 사제가 대답했다. 그 미소와 끄덕거림 덕분에 자애로운 분위기가 물씬 풍겼고 설사 그 입술에서 거부나 거절의 말이 나온다 해도 가혹하게 들리지 않을 듯했다. "길지 않은 기간이었음에도 얼마나 마음 졸이고 기다리셨는지 잘 압니다. 이제 이렇게 돌아왔으니 얼마나 안심이 되시겠습니까?" 사제가 내 쪽을 보았다. "파리 일은 다 잘되었나요? 요즘 그곳은 교통이 엉망이라고 들었습니다. 콩코르드에서 노트르담까지 가는 데 한 시간이나 걸린다고요. 난 정말 질색이지만 므시외 같은 젊은 사람들에게는 별문제 아니겠지요."

"상황에 따라 다릅니다. 파리에 업무차 갔는지 즐기러 갔는지에 따라서요." 내가 대답했다. 사제를 대화에 끼워 넣는 것이 안전했다. 분명 본능적으로 뭔가 잘못되었다고 느낄 저 할머니와 단둘이 남겨지기 싫었다.

"그렇지요. 이번 방문이 두 목적 다 해결해주었기를 바랍니다. 자, 그럼 그만 방해하도록 하죠." 사제는 예고도 없이 의자에서 일어나 무릎을 꿇더니 두 눈을 감고 두 손을 모아 빠르게 기도문을 외우기 시작했다. 마드무아젤 블랑슈가 따라 기도했고 할머니도 두 손을 모으고는 거대한 머리를 가슴 쪽으로 숙였다. 나도 무릎을 꿇고 손으로 눈을 가렸다. 폭스테리어 두 마리가 내 주머니 냄새를 맡고 긁어댔다. 곁눈질로 보니 나를 방에 데려온 하녀도 무릎을 꿇고 눈을 감은 채 사제의 기도를 따라 하고 있었다. 사제는 마무리로 손을 들어 우리 모두의 머리 위로 십자가를 그려 보이고 일어섰다.

"안녕히 계십시오, 마담 라콩테스. 안녕히 계십시오, 므시외 르콩트. 안녕히 계십시오, 마드무아젤 블랑슈. 안녕히 계십시오, 샤를로트." 사제는 차례로 절을 하고 고개를 끄덕이며 인사했다. 분홍빛 얼굴에 미소가 가득했다. 문간에서는 사제와 이 집 따님이 문을 잡고 서로 상대에게 양보하는 작은 소동이 일어났다. 결국은 사제가 먼저 나가고 마치 복사처럼 고개를 깊이 숙인 마드무아젤 블랑슈가 뒤를 따랐다.

하녀 샤를로트가 방구석에 놓인 병에서 무언가를 따라 가져왔다. "므시외 르콩트께서도 여기서 저녁 쟁반을 받으시겠습니까?"

"당연하지. 바보 같으니라고." 할머니가 말했다. "그리고 난 그 약은 안 먹을 거야. 내다 버려. 가서 저녁 쟁반이나 가져와. 어서!" 할머니는 성질을 부리며 문을 가리켰다. 얼굴의 주름이 한층 화난 표정을 만들어냈다. 이어 할머니는 내게 자기 옆자리를 가리켰다. "자, 어서 가까이 와보렴. 그래, 카르발레와 얘기가 잘된 거냐?" 폭스테리어 두 마리가 할머니 무릎으로 기어올라 자리를 잡았다.

성에 들어온 이후 장난이나 무심한 말로 넘겨버릴 수 없는 첫 번째 직접적인 질문이 들어온 것이다.

나는 침을 꿀꺽 삼켰다. "뭐가 잘되었냐고요?"

"계약 갱신 말이다."

장 드게는 사업차 파리에 갔던 모양이군. 나는 짐 가방에 들어 있던 봉투와 서류철을 떠올렸다. 역 앞에서 만난 장의 친구는 그 방문이 성과 없는 여정이었을 거라 말했지. 아주 중요한 사안이었던 모양이다. 할머니의 눈빛은 탐욕에 대한 장 드게의 말을 다시 떠올리게 했다. 할 수 있는 일은 사람들에게 원하는 걸 주는 것이라 했지. 그러면 자기 신조대로 분명 지금 어머니를 만족시킬 말을 했으리라. "걱정 마세요." 내가 말했다. "모든 일이 다 해결되었으니까."

"아!" 흡족한 탄성이 터져 나왔다. "결국 합의에 이른 게구나?"

"그럼요."

"폴은 정말 바보야." 할머니가 편안하게 의자에 기대앉으며 말했다. "늘 투덜거리며 나쁜 면만 보려 하지. 누구든 폴 말을 들으면 우리가 완전히 몰락해 내일 당장 문 닫아야만 할 걸로 생각할 거야. 폴을 봤니?"

"제가 집에 올 때 막 나갔어요."

"소식은 알렸니?"

"아뇨, 시간이 없었어요."

"그 소식을 들으려면 아직 한참 걸리겠구나. 근데 무슨 일 있는 거냐? 아파 보인다."

"르망에서 너무 많이 마셨어요."

"르망에서? 어째서 르망에서 마신 거냐? 축하를 하고 싶었다면 파리에 머무를 수 있었을 텐데."

"파리에서도 물론 마셨지요."

"아!" 이번에는 탄성이 아닌 동정의 표시였다. "불쌍한 녀석. 힘들었던 거구나, 그렇지? 그래서 오래 머물며 즐겨야 했던 거야. 자, 다시 입 맞춰주렴." 할머니는 나를 끌어당겼고 나는 또 그 풍성한 살집에 파묻혔다. "잘 즐겼기를 바란다. 그랬니? 그런 거니?" 할머니가 중얼거렸다.

비위를 맞추고 환심을 사려는 기색이 역력한 목소리였다. 하지만 싫기는커녕 이 거대한 할머니가 나를 어마어마하게 좋아한다는 점이, 방금까지 사제와 기도하던 모습과는 딴판으로 아들과 비밀을 공유하고 싶어 한다는 점이 나는 내심 만족스러웠고 그 감정에 빠져들었다.

"당연히 잘 즐겼고말고요, 어머니." 나는 아무 어려움 없이 그 할머니를 어머니라고 부르고 있었다. 그건 다른 무엇보다도 충격적인 점이었다.

"나한테 약속했던 선물도 물론 사 왔겠지?" 할머니의 눈이 작아지고 그 몸이 기대감으로 꼿꼿해졌다.

"제가 선물을 약속했던가요?" 내가 반문했다.

할머니의 커다란 입이 축 처졌다. 그 눈에는 조금 전과는 딴판인 긴장과 두려움의 빛이 떠올랐다.

"설마 잊어버리진 않았겠지?"

그 순간 블랑슈가 다시 들어오는 덕분에 나는 시간을 벌 수 있었다. 할머니는 가면을 바꾸듯 순간적으로 표정을 바꾸었다. 그리고 몸을 굽혀 무릎 위의 개들을 쓰다듬기 시작했다. "자 자, 주주야, 꼬리를 물어뜯으면 못쓰지. 착하게 굴렴. 피피, 너는 주주한테도 자리를 좀 내주렴. 네가 무릎 위를 다 차지하고 있잖니. 자, 삼촌한테 가보렴." 할머니는 억지로 개를 내 손에 안겨주었다. 개는 안간힘을 쓰며 몸을 비틀어 내 손에서 빠져나가더니 안락의자 아래 숨었다. "피피가 왜 저러지? 너한테서 도망친 적

67

은 한 번도 없었는데. 정신이 이상해진 걸까?" 할머니가 놀라 물었다.

"그냥 두세요. 저한테 기차 냄새가 나는 모양이죠."

동물은 속일 수 없었다. 이건 흥미로운 지점이었다. 개들이 보기에 나와 장 드게 사이의 차이는 어디 있는 것일까? 할머니는 의자 깊숙이 몸을 묻고는 뚱한 표정으로 딸을 바라보았다. 블랑슈는 두 손을 의자 등받이에 올린 채 꼿꼿이 서서 어머니를 응시했다.

"이 방으로 저녁 쟁반 두 사람분이 오는 것이 맞나요?" 블랑슈가 물었다.

"그래." 할머니가 재빨리 대답했다. "장도 여기서 나랑 먹는 것이 더 즐거울 거야."

"흥분 상태가 너무 오래갔다고 생각하지 않으세요?"

"난 흥분하지 않았어. 너와 마찬가지로 완벽하게 침착하다. 우리 즐거움을 망치려고 그런 소리를 하는구나."

"전 아무것도 망치고 싶지 않아요. 그저 엄마 생각을 하는 거죠. 너무 흥분하면 잠을 못 주무실 테고 그럼 내일 종일 기분이 안 좋으실 거예요."

"장이 지금 내 곁에 없다면 오늘 밤도, 내일도 더 나빠질 거야."

"알았어요." 블랑슈는 차분한 모습으로 이야기를 매듭지었다. 그러고는 방 안의 책과 신문을 정리하기 시작했다. 나는 아무런 감정을 싣지 않고 생기 또한 전혀 없는 블랑슈의 목소리에, 그리고 내 쪽을 한 번도 쳐다보지 않는다는 것에 충격을 받았다. 마치 내가 거기 없다고 여기는 듯했다. 내 눈에 블랑슈는 마흔둘이나 셋 정도로 보였는데 그보다 더 어리거나 많을 수도 있었다. 검은 스웨터와 치마를 입고 장신구라고는 십자가 목걸이 하나뿐이었다. 블랑슈가 어머니의 의자 옆으로 탁자를 옮겼다.

"샤를로트가 약을 드렸나요?"

"그래."

블랑슈는 난로에서 약간 떨어진 곳에 앉아 뜨개질감을 집어 들었다. 뜨개질감이 놓여 있던 탁자 위에는 미사전서, 가죽 장정의 기도서, 성서도 보였다.

"넌 그만 나가지 그러니?" 할머니가 갑자기 거칠게 말했다.

"샤를로트가 쟁반을 가져올 때까지 기다리는 거예요."

모녀 사이에 오가는 말을 듣고 있자니 나는 당장 어머니 편이 되고 말았다. 이유는 설명할 수 없었다. 할머니는 추악한 모습이었지만 마음은 따뜻했다. 딸은 정반대였다. 아니, 어쩌면 할머니가 나를 좋아해준다는 이유만으로 끌린 것인지도 몰랐다.

"마리노엘이 또다시 환영을 보았어요." 블랑슈가 말했다.

마리노엘이라…… 아래층에서도 누군가 마리노엘이 열이 난다고 했지. 종교에 푹 빠진 또 다른 누나일까? 내가 뭔가 말해야 할 상황 같았다.

"열 때문에 그럴 거야."

"열은 없어. 아무 문제 없다고." 할머니가 말했다. "모두가 자기한테 관심 가져주기를 바라는 것뿐이지. 파리로 가기 전에 마리노엘에게 대체 무슨 소릴 한 거냐?"

"아무 말 안 했어요."

"아니, 뭔가 말한 것이 분명해. 마리노엘은 계속 프랑수아즈와 르네에게 네가 돌아오지 않을 거라고 했다는구나. 너뿐 아니라 성모님도 그러셨다고. 안 그러냐, 블랑슈?"

나는 말이 없는 누나를 바라보았다. 블랑슈가 뜨개질바늘에서 눈을 들더니 어머니를 보았다.

"마리노엘이 환영을 보았다면 저도 그걸 믿어요. 이제는 이집의 누군가가 그걸 진지하게 받아들일 시간이죠. 벌써 오랫동안 말해왔잖아요. 신부님도 같은 생각이고요."

"말도 안 되는 일이야." 할머니가 말을 받았다. "오늘 저녁에 나도 신부님이랑 이야기를 해보았다. 흔한 일이라고, 특히 가난한 사람들 사이에 자주 나타나는 현상이라고 하시더구나. 마리노엘은 아마 제르멘한테서 영향을 받았을 게다. 샤를로트한테 물어봐야겠어. 샤를로트는 뭐든 다 아니까."

블랑슈의 얼굴에는 아무 표정 변화도 없었지만 입술이 굳게 다물어졌다. "신부님이 벌써 노인이라는 점을 기억해야 해요. 너무 많은 사람들이 한꺼번에 자기 이야기를 하니 잊어버리시는 거죠. 환영이 계속된다면 제가 주교님께 편지를 쓰겠어요. 어떻게 해야 할지 최선의 방법을 알려주시겠죠. 어떤 조언일지는 보나 마나지만요."

"어떤 조언인데?" 할머니가 물었다.

"마리노엘은 자기를 오염시킬 수 있는 사람들과 떨어져 살아야 해요. 그리고 자기 재능을 신의 영광을 위해 바쳐야 하죠."

나는 할머니가 고함이라도 치지 않을까 생각했다. 하지만 할머니는 무릎 위의 개를 토닥이더니 옆에 놓인 종이봉투에서 초콜릿 사탕을 하나 꺼내 개 이빨 사이에 넣어주었다.

"자, 맛이 괜찮지? 피피는 어디 있니? 피피, 너도 하나 주련?" 다른 테리어가 의자 아래에서 할머니 무릎 위로 뛰어올라 종이봉투에 코를 갖다 댔다. "넌 바보야, 블랑슈." 할머니가 입을 열었다. "가족 중에 성인聖人이 나온다면 집에 있도록 해야 해. 여러 가능성이 생기는 대단한 일이 아니냐. 여기 생질이 순례지가되는 거다. 물론 주교님과 교회의 승인을 받아야 하지만 그건충분히 가능할 거야. 최소한 교회 지붕 고칠 돈은 나올 테고. 예술품은 많아봤자 아무 소용 없어."

"교회 지붕보다는 마리노엘의 영혼이 훨씬 더 중요해요." 블랑슈가 말했다. "제 마음대로 할 수 있다면 마리노엘이 당장 내일이라도 이 성을 떠나게 할 거예요."

"넌 질투심이 많아. 그게 네 문제다. 마리노엘의 예쁜 얼굴과큰 눈을 질투하는 게지. 조금만 지나면 환영 따위는 없을 거다. 마리노엘이 신랑감을 원할 테니까." 할머니가 내 옆구리를 팔꿈치로 쿡 찔렀다. 블랑슈는 아무 대답도 하지 않았다. "안 그러냐,

장?" 할머니가 다시 대답을 구했다.

"아마도요." 내가 대답했다.

"내가 마리노엘 결혼식을 볼 때까지 살아야 하는데. 신랑감은 돈이 많아야 해."

샤를로트가 쟁반을 들고 들어왔다. 바로 뒤에는 볼이 빨간 열 여덟 살가량의 어린 하녀가 따라오다가 나를 보고 얼굴을 붉히 며 "안녕하세요, 므시외 르콩트"라고 인사했다. 나도 인사를 건 네면서 내 저녁 쟁반을 받았다. 블랑슈가 뜨개질감을 옆으로 치 우고 일어섰다.

"오늘 밤 주무시기 전에 프랑수아즈와 르네를 보고 싶으세 요?"

"아니다." 할머니가 대답했다. "낮에 차 마실 때 둘 다 봤어. 오 늘은 푹 자야 해. 장이 돌아왔으니 다른 사람한테 방해받고 싶 지 않다. 특히 너한테는."

블랑슈가 어머니에게 다가가 입을 맞추며 밤 인사를 했다. 그 러고는 여전히 내게는 한 마디 말도, 눈길 한 번도 주지 않고 방 을 나섰다. 나는 장 드게가 어떤 행동으로 블랑슈와 적이 되었 을지 궁금했다. 내 몫의 쟁반에서 수프 그릇 뚜껑을 열었다. 냄 새가 좋았다. 배도 고픈 참이었다. 샤를로트가 제르멘이라고 부 른 어린 하녀는 블랑슈와 함께 방을 나갔지만 샤를로트는 뒤쪽 으로 물러나 우리가 먹는 모습을 지켜보았다.

호기심을 못 참고 나는 할머니에게 물어보았다. "블랑슈에게 무슨 문제가 있었나요?"

"특별한 건 없다. 그저 평소보다 나를 덜 괴롭힌 게 특별하다면 그렇고. 집안에 성자가 있다면 여러 가능성이 생긴다는 내말에 펄쩍 뛰지 않는 걸 너도 봤지 않니?"

"충격을 받은 것 같지 않아요?"

"충격을 받았다고? 기뻐했다고 해야지. 거기 열심인 걸 너도알지 않니. 마리노엘이 환영을 보았다고 해서 유명해진다면 그누구보다도 블랑슈가 기뻐할 게다. 평생을 바칠 무언가가 생겨난 것이니까. 샤를로트, 거기 있니? 이것 좀 치워라. 난 다 먹었으니까. 므시외 장에게 포도주 좀 드리고. 넌 어째서 파리 이야기를 해주지 않는 거냐? 아직 한 마디도 하지 않았잖니."

나는 상상력을 발휘했다. 예전 휴가 때 이후 파리에 가본 적이 없었고 파리에서도 박물관과 역사 유적만 찾아다닌 터였다. 요리 이야기를 하자 할머니가 흥미를 보였고 식사비 얘기를 꺼내자 한층 더 재미있어했다. 나는 극장에 가서 전쟁 때 친구를만난 이야기를 꾸며내기 시작했다. 할머니가 친구들 이름을 알려주면서 내 얘기는 한층 그럴싸해졌다. 식사를 끝내고 쟁반이 치워질 때쯤 되자 나는 평생 만나본 누구보다도 할머니에게서 더 편안한 기분을 느꼈다. 이유는 단순했다. 할머니가 그무엇도 감추지 않았던 것이다. 나를 있는 그대로 받아들이고 믿고사랑하고 신뢰해주었다. 한 번도 경험해본 적 없는 일이었다. 낯선 사람으로 할머니와 만났다면 나눌 말이 하나도 없었을 것이다. 하지만 아들로서는 무슨 말을 하든 다 받아들여질 수 있었다. 나는 웃었고 농담을 했고 실없는 소리를 했다. 익숙지 않은 편안함이 참으로 즐거웠다. 샤를로트가 방을 나간 후 할머니가 갑자기 "장, 정말로 내 선물을 잊어버린 것은 아니겠지? 아까는 그냥 해본 소리지?"라고 물어볼 때까지는 그랬다.

다시 한 번 할머니의 입술이 아래로 처지고 간절한 눈빛이 되었다. 순식간에 나타난 변화였다. 짓궂은 유머, 눈가의 주름, 다정함과 대범함이 섞인 장난기는 사라져버렸다. 할머니는 가련하게 몸을 떠는 모습으로 내게 손을 내밀었다. 어떻게 해야 할지, 무슨 말을 해야 할지 몰랐다. 나는 자리에서 일어나 문 쪽으로 가며 "샤를로트, 거기 있어?" 하고 물었다. 내 목소리에 깨어난 개들이 할머니 무릎에서 뛰어내리더니 맹렬하게 짖어댔다.

샤를로트가 근처 방에서 금세 나타났다. 나는 "마담 라콩테스 상태가 좋지 않아. 가보도록 해"라고 말했다. 샤를로트는 나를 쳐다보며 "안 사 오신 거예요?"라고 물었다. "무얼 말이야?" 하고 되묻자 하녀는 눈을 가늘게 뜨고 나를 응시했다. "뭐긴 뭐예요, 므시외 르콩트께서 파리에서 사 오기로 약속했던 것이지요."

나는 짐 가방 속 내용물을 떠올려보았다. 선물처럼 보이는 포장된 물건들이 떠올랐다. 어디서 어떤 물건을 산 것인지는 알수 없었다.

샤를로트가 재빨리 말했다. "어서 이리로 가져오세요. 안 그러면 어머님이 속상하실 테니."

나는 복도를 지나 계단으로 한 층을 내려간 후 어느 쪽으로 돌아야 할지 몰라 머뭇거렸다. 왼쪽 복도의 어느 방에서 욕조 물 받는 소리가 났다. 그 소리를 따라가다 보니 욕실 옆으로 반쯤 문 열린 방이 보였다. 방문 앞에서 들여다보니 안에서 누군가 움직이고 있었다. 나는 다음 방으로 갔다. 활짝 문이 열리고 사람은 없었다. 급히 안을 둘러보았다. 운이 좋았다. 작은 옷 방이었는데 탁자 위에 머리글자 쓰인 빗이 놓이고 의자 등받이에 가운이 걸쳐져 있었다. 누군가 짐 가방을 풀어 정리해둔 것이다. 짐 가방은 없었지만 탁자 위에는 포장된 꾸러미들이 마치 성탄 나무 아래 놓이듯 가지런히 쌓여 있었다. 포장을 묶은 줄에 글자가 쓰여 있다는 생각이 났다. 르망 호텔 방에서는 전혀 짐작할 수 없었지만 이제 F, R, B, P, M-N이라는 글자들의 뜻을 알 수 있었다. 그리고 고맙게도 '어머니'라고 쓰인 물건도 있었다. 화려한 포장은 아니고 그저 튼튼한 갈색 종이에 싸인 꾸러미였다. 나는 그걸 집어 들고 방을 나서 다시 계단을 올라갔다.

샤를로트가 계단 위에서 나를 기다리고 있었다. "가져오셨나요?"

"그래. 내가 직접 드릴까?"

하녀는 놀랍다는 듯, 더 나아가 화가 났다는 듯 나를 보더니 대답했다. "아뇨." 그리고 내게서 꾸러미를 받아 들고 "안녕히 주

75

무세요, 므시외 르콩트"라고 인사한 후 총총걸음으로 복도를 걸어갔다.

더 이상 내가 필요하지 않은 것이 분명했고 나는 천천히 다시 옷 방으로 향했다. 저녁 시간이 왜 이렇게 급작스럽게 끝나버렸는지 의아했다. 할머니에게 일종의 경련 혹은 정신 문제, 하녀와 장 드게는 알지만 나머지 식구들은 모르는 증상이라도 있는 듯했다. 나는 파리에서 가져온 알 수 없는 무언가가 할머니에게 평안을 가져오길 빌었다. 할머니는 그 전까지 완벽하게 이성적으로 자신을 통제하는 듯 보였다. 정신적 문제가 있다는 인상은 전혀 받지 못했다.

나는 옷 방으로 들어가 섰다. 갑자기 피곤과 우울이 몰려왔다. 할머니의 표정 변화를 잊을 수 없었다. 이제 어떻게 해야 하나 고민하며 서 있는데 누군가 욕실에서 부르는 소리가 들렸다. "어머니한테 밤 인사 하고 왔어?"

금발 머리 여자, 프랑수아즈의 목소리였다. 그제야 커다란 옷장에 가려져 있던 문이 욕실로 이어진다는 것을 알아차릴 수 있었다. 프랑수아즈는 내가 옷 방에 들어오는 소리를 들은 것이다. 그 순간 새로운 사실을 발견했다. 옷 방에는 침대가 없었다. 장 드게는 어디서 잠을 자는 걸까?

"장, 거기 있어?" 그 목소리가 다시 들렸다. "목욕하고 싶을 것 같아 물을 틀어놓았어." 옆방으로 간 듯 멀리서 울리는 목소리였다.

나는 욕실로 갔다. 스펀지 두 개, 치마분 두 개, 수건 두 개 등 모든 것이 두 사람이 쓰는 공간임을 보여주었다. 면도 도구와 함께 목욕 모자, 여성용 슬리퍼, 여성 목욕 가운도 보였다.

먼 방에서 내가 움직이는 소리를 듣게 될까 두려워서 나는 가만히 서 있었다. 스위치 올리는 소리, 한숨 소리, 이어 불평하는 말소리가 들렸다. "어째서 내가 말하는데 대답을 안 하는 거야?" 나는 마음을 단단히 먹고 방문 안을 들여다보았다. 누나 블랑슈의 방과 똑같은 모양, 똑같은 크기인 큰 침실이었지만 무늬 벽지가 붙은 더 밝은 방이었다. 종교화 같은 것은 없었다. 기도대 대신 탁자, 스탠드 조명, 거울이 놓였다. 휘장 없는 커다란 2인용 침대는 창문을 마주 보는 위치였다. 프랑수아즈라는 여자는 컬핀을 머리에 꽂고 풍성한 분홍색 가운을 입고 침대에 앉아 있었다. 아래층에서 보았을 때보다 훨씬 쪼그라들고 작아진 모습이었다.

여자는 여전히 하소연하듯, 그러면서도 공격적으로 말했다. "물론 당신은 저녁 내내 어머니하고 시간을 보냈어야겠지. 한순간이라도 내 생각을 하진 않았어? 늘 당신 편인 르네마저도 당신이 대책 없는 사람이 되었다고 하더군."

나는 여자의 불만스럽고 지친 얼굴에서 눈을 돌려 침대 반대편의 베개를 보았다. 그 옆 협탁에 여행용 시계와 담뱃갑이 올려져 있었다. 호텔에서 입었던 줄무늬 잠옷도 얌전하게 개어져 욧잇 위에 놓였다.

나는 멍청하게도 프랑수아즈가 폴의 아내이자 장 드게의 여동생이라 생각했던 것이다. 하지만 가슴 철렁하게도 프랑수아즈는 장 드게의 아내였다.

5

내 본능적이고 자동적인 첫 번째 반응은 침대에서 잠옷을 낚아채 오는 것이었다. 나는 프랑수아즈를 쳐다보지도 않고 침대로 가서 잠옷을 집어 든 후 다시 욕실로 향했다. 그러자 당황스럽게도 프랑수아즈는 자기를 제대로 보살펴주지 않아 불행하다고, 어머니가 늘 부부 사이에 끼어든다고 한탄하며 소리 내 울기 시작했다. 나는 울음소리가 잦아들 때까지 욕실에서 기다렸다. 코 푸는 소리, 코를 쿵쿵거리는 소리, 재채기 소리가 들렸고 서서히 여자가 자기를 추스르는 듯했다. 언제 침대에서 일어나 욕실로 뛰어들어 올지 모른다는 걱정에 나는 문을 쾅 소리 나게 닫고 잠가버렸다. 내 생각엔 제대로 역할을 해내는 것 같았다. 내 입장이라면 장 드게도 수치심에, 혹은 지겨움에 똑같이 행동하지 않았을까. 다시 한 번 화가 났다. 호텔에서 나도 모르게 그의 옷을 걸치고 있는 내 모습을 발견했을 때처럼. 팔에 잠옷을 걸쳐 들고 욕실에 숨어 옆방의 자기 아내 울음소리를 듣고 있는 내 꼴을 그가 보았다면 얼마나 웃어댈까. 극장에서 관객들이 괴성을 지르며 좋아할 만한 상황이었다. 유머는 혐오 혹은 공포와 백지장 차이라는 생각이 들었다. 우리는 공포를 피하기 위해 웃고 또 혐오하면서 마음이 끌린다. 침실을 배경으로 한 희극에서 관객들이 비명 지르며 좋아하는 것은 상황의 추악함, 은밀한 호기심과 결합된 추악함이다. 장 드게가 이 순간을 예상했을지, 아니면 내가 성으로 들어오면서 생각했듯 한두 시간 후에는 정체가 발각될 것으로 보았을지 궁금해졌다. 내가 이렇게까지 해낼 수 있으리라고는 생각지 못했을 듯했다. 어떻든 전날 밤 삶의 공허함, 사람에 대한 갈증을 털어놓은 내 하소연이 얼마나 좋은 먹잇감이었을지는 분명했다. 그는 껄껄 웃으며 '그럼 내 입장으로 살아봐!'라고 말할 절호의 기회를 잡은 것이다.

정말로 나를 자기 대신으로 세워두고 사라질 작정이었다면 그건 그가 성의 그 누구도 소중히 여기지 않는다는 증거였다. 그를 사랑하는 어머니나 아내를 아무렇지도 않게 여기는 것이다. 그들에게, 또 다른 사람에게 어떤 일이 일어나든 아랑곳 않는 것이다. 그렇다면 나도 그들을 마음대로 대할 수 있었다. 냉정하게 생각하면 이 가면 놀이는 참으로 잔혹하고 비인간적이었다. 나는 욕조 수도를 잠그고 옷 방으로 돌아왔다. 할머니와 저녁 식사를 하면서 느꼈던 기쁘고 편안한 기분은 할머니의 기분 변화와 함께 우울함으로 바뀌었다. 성난 얼굴을 그 환상적인 저녁 시간의 작은 사건으로 무시하는 대신 나는 허둥지둥 선물을 찾아내 샤를로트에게 전달하면서 달래려 했다. 불만 많은 프랑수아즈가 장 드게의 아내임을 알았으니 이제 그 여자 또한 달래고 싶었다. 눈물이 나를 불편하게 만들었던 것이다. 아래층 거실에서 비현실적인 느낌으로 다가왔던 여자가 사적 공간에서는 방어벽을 걷고 내게 감정을 드러냈다. 이 여자가 알지도 못한 채 장난에 희생된다는 사실이 더 이상 우습지 않았다. 이건 기묘한 힘겨루기 혹은 인내력 시험이었다. 장 드게가 '좋아. 난 지금까지 가족에 묶여 살았어. 너라면 더 잘 해낼 수 있을 것 같아?'라고 말하는 것만 같았다.

나는 탁자로 가서 F라 쓰인 꾸러미를 집어 들었다. 멋지게 포장된 작고 단단한 물건이었다. 나는 그 무게를 가늠해보며 잠시 서 있다가 다시 욕실을 통과해 침실 문을 열었다. 캄캄했다.

"아직 안 자지?" 내가 물었다.

움직이는 소리가 나더니 불이 켜졌다. 일어나 앉은 여자가 나를 바라보았다. 머리카락은 그물 모양으로 짠 수면 모자 속에 들어가 보이지 않았다. 분홍색 모자 끈이 턱 아래 묶여 있고 풍성한 가운 대신 숄을 둘렀다. 창백하고 피곤한 얼굴과 대조되는 옷차림이었다. 여자가 하품을 하고는 눈을 깜박였다.

"무슨 일이야?"

내가 다가갔다. "갑자기 깨운 거라면 미안해. 아까는 어머니 상태가 몹시 안 좋아 보여서 걱정스러웠어. 더 일찍 내려올 수도 있었지만 그랬다면 어머니가 어떠실지 당신도 알잖아. 자, 이건 내가 파리에서 사 온 선물이야."

여자는 손에 쥐여준 꾸러미를 미심쩍다는 듯 쳐다보았다. 그리고 침대보 위에 내려놓고는 한숨을 쉬었다. "가끔 한 번씩이라면 나도 상관없어. 하지만 너무 자주, 거의 매일 일어나는 일이야. 때로는 어머니가 나를 미워하는 것 같아. 어머니뿐 아니라 당신, 폴, 르네, 블랑슈까지 전부 다. 심지어는 마리노엘도 내게 별 애정이 없는 것 같다니까." 대답을 기대하지 않는 것 같아 다행이었다. 어차피 할 말이 없었으니까. "처음 결혼했을 땐 이렇지 않았어. 우리 둘 다 젊었고 독일 점령이 끝난 직후여서 모두들 희망에 차 있었지. 난 정말 행복했어. 그러다가 서서히 모든 것이 사라졌지. 그게 내 잘못인지, 당신들 잘못인지도 모르겠어."

수면 모자 아래에서 창백한 얼굴이 절망적인 표정으로 나를 응시했다.

"누구한테나 한 번은 일어나는 일이야." 내가 천천히 말했다. "결혼한 사람들은 서로에게 익숙해지고 당연하게 생각하게 되지. 어쩔 수 없어. 그렇다고 불행해지는 건 아니야."

"아니, 그게 아니야. 우리가 서로를 당연하게 여긴다는 건 나도 알아. 난 그저 당신을 온전히 가질 수만 있다면 좋겠어. 여기서는 모두가 우리 위에 있어. 너무 많은 사람들과 당신을 나눠야 해. 제일 끔찍한 건 당신이 그걸 알지도 못하고 불편하게 여기지도 않는다는 거야."

할머니와 보낸 저녁 시간은 아주 수월했다. 이건 완전히 다른 일이었다. 나는 무슨 말을 해야 할지 알 수 없었다.

"모든 것이 나를 짓눌러. 이 성이, 가족이, 이 시골이. 질식할 것 같아. 이 성에서 뭔가 하는 건 오래전에 포기했어. 지시도 내리지 않고 뭔가 바꾸지도 않아. 당신 가족은 내 행동을 그저 간섭으로만 생각하니까. 여기서는 늘 해왔던 식으로만 사니까. 지난 몇 달 동안 내 유일한 관심사가 우리 침실에 달 커튼감이랑 탁자에 붙일 주름 장식을 주문하는 것뿐이었다는 걸 알아? 그것조차도 사치라는 말을 들으면서?"

여자가 나를 바라보았다. 뭔가 사과의 말을 해야 할 시점이었다.

"미안해. 하지만 당신도 어떻게 돌아가는지 알잖아. 이런 시골에서는 굳어진 방식대로 살게 되지. 모두 습관의 문제라고."

"습관이라고?" 여자가 말을 받았다. "다른 누구보다도 당신한테는 그렇겠지. 사업 핑계 대고 언제든 원할 때 떠나버리니까. 당신 생활은 그렇게 굳어져 있어. 매일매일 똑같이. 내 생활이 그런 것처럼. 한 번이라도 나한테 같이 가자고 한 적 있어? '다음에는' '언젠가는' 이런 말들뿐이었지. 이젠 그 핑계에 신물이 나서 묻지도 않아. 지금 같은 순간엔 더욱 그렇지. 난 너무도 불행하니까."

여자가 아직 열지도 않은 꾸러미를 손가락으로 만지작거렸다. 남편이라면 이럴 때 위로와 공감의 말을 한 마디라도 해야 할 것 같았지만 여자의 그런 상태는 내게 한없이 낯설었다.

갑자기 여자가 불평이나 불만의 어조 없이 "장, 난 무서워"라고 말했다. 나는 어떻게 대답해야 할지 몰랐다. 그저 꾸러미를 잡아당겨 풀기 시작했을 뿐이다. 여자는 이어 "지난번에 또 쓰러졌을 때 르브륑 선생님이 뭐라고 했는지 알잖아. 나한테는 쉽지 않은 일이야"라고 덧붙였다.

나는 상황에 어울리지 않고 쓸모없는 존재라는 기분이 들었다. 말없이 끈을 풀고 포장지를 여니 작은 벨벳 상자가 나왔다. 상자 안에는 진주로 테를 두른 로켓이 들어 있었는데 열면 내 모습, 아니 장 드게의 모습이 나오는 방식이었다. 클립처럼 끼울 수도 있고 뒤쪽의 금색 핀으로 브로치처럼 붙일 수도 있었다. 섬세한 기술로 만들어진 물건으로 분명 값도 꽤 나가 보였다.

여자가 놀람과 기쁨의 탄성을 질렀다. "아, 정말 예뻐! 얼마나 사랑스러운지! 어떻게 이런 선물을 생각했어? 난 늘 투덜거리고 불평만 하는데 당신은 이런 선물을 해주었네. 미안해." 여자가 내 얼굴을 손으로 어루만졌다. 나는 억지로 미소를 지었다. "나라는 사람을 참아내 주니 당신은 대단해. 이 상태가 곧 끝나고 나면 다시 본래의 나로 돌아갈게. 당신하고 말할 때면 본심과는 다른 말이 튀어나가 버려. 그런 내가 싫은데도 어떻게 할수가 없네."

여자는 로켓을 닫았다가 열기를 두세 차례 반복하며 미소를 지었다. 그리고 숄에 로켓을 달았다.

"이거 봐. 내 가슴에 남편을 달고 있어. 앞으로 누군가 당신이 어디 있느냐고 물으면 이 로켓만 열어서 보여주면 되겠어. 정말 잘 만들어졌는걸. 내가 좋아하던 당신 옛날 신분증 사진으로 만들었나 봐. 파리에서 특별히 나를 위해 마련한 선물이야?"

"그래." 아마 정말로 그랬을 테지만 내 귀에는 초라한 거짓말로 들렸다.

"폴이 이걸 봤다면 또 폭발했을 거야. 하지만 난 모든 게 잘되었고 파리 일도 성공적이었다는 뜻으로 생각할게. 이런 특별한 것으로 축하하다니 정말 당신다워. 폴이 더 이상 유리 공장을 유지하는 건 도저히 불가능하다고 했을 때 내가 얼마나 무력감을 느꼈는지 당신도 알잖아. 내 돈이 모두 묶여 쓸 수 없다는 걸 또 비난한다고 생각했거든. 우리한테 아들만 있다면……" 여자는 숄에 붙인 로켓을 만지작거리며 누웠다. "이제 자야겠어. 당신도 어서 자. 저녁 내내 어머니한테 사업 이야기를 했다면 피곤할 거야."

여자가 불을 껐다. 나는 여자가 한숨을 쉬고 베개 위에서 뒤척이는 소리를 들었다.

나는 다시 옷 방으로 돌아와 창문을 열고 몸을 밖으로 내밀었다. 밝고 추운, 청명한 달밤이었다. 아래쪽은 해자의 뒤엉킨 풀숲과 담쟁이로 뒤덮인 돌벽이었다. 그 너머로는 한때 정원이었겠지만 지금은 가축이 돌아다니는 초지로 변해버린 곳이 보였고 길들이 살짝 보이다가 무성한 나무들 속에 사라졌다. 앞쪽 풀잎들 사이로 작고 둥근 건물이 해자 위 다리를 지키는 쌍둥이 탑처럼 서 있었다. 모양으로 보건대 오래된 비둘기 집이었다. 그 옆에는 줄이 끊어진 어린이용 그네가 있었다.

조용한 풍경 위로 설명하기 어려운 울적한 느낌이 감돌았다. 한때 웃음과 삶이 있던 곳이었지만 이제는 다 사라지고, 나처럼 성 창문으로 밖을 내다보는 사람에게는 후회와 불만만을 안겨주는 듯했다. 깊은 정적이 가끔씩 퐁당 소리로 깨졌다. 수도꼭지에서 물이 한 방울씩 떨어지는 것처럼. 나는 고개를 앞으로 쑥 내밀고 소리의 근원을 찾으려 했지만 허사였다. 위쪽 탑을 떠받치며 히죽 웃는 가고일 조각상에게서는 물이 떨어지지 않았다.

성 뒤쪽 마을의 교회 시계가 11시를 쳤다. 깊이라고는 없이 높기만 한 그 소리가 르망 성당의 삼종 소리와 똑같은 경고를 했다. 마지막 소리가 사라지자 압박감과 불안이 차올랐다. '대체 여기서 뭘 하고 있는 거야? 너무 늦기 전에 어서 나가'라는 이성의 목소리가 들렸다.

나는 복도 쪽 문을 열고 귀를 기울였다. 고요했다. 샤를로트에게 건네준 의문의 보따리에 만족한 할머니가 잠이 들었는지,

아니면 아직도 안락의자에 앉아 있을지 궁금했다. 블랑슈는 기도대에 무릎을 꿇고 있을까, 아니면 침대 맞은편의 채찍질당하는 그리스도 얼굴을 보고 있을까? '장, 난 무서워'라는 프랑수아즈의 친밀하고 애처로운 말은 잊을 수 없을 것이다. 하지만 그들은 내게 의미가 없었다. 그 무엇도 내 것은 아니었다. 나는 이방인일 뿐 그들 삶의 일부가 아니었다.

나는 복도를 따라가다가 아래층으로 내려갔다. 처음 성으로 들어왔던 테라스로 나가려고 문손잡이를 돌렸을 때 뒤쪽 계단에서 발소리가 들렸다. 올려다보니 짙은 머리색의 여인, 르네가 서 있었다. 가운과 슬리퍼 차림이었고 낮에는 높이 올렸던 머리카락을 이제는 느슨히 풀어놓았다.

"어디 가려고?" 르네가 속삭였다.

"바람 좀 쐬려고." 나는 곧바로 둘러댔다. "잠이 안 와서."

"무슨 일이야? 정말로 피곤하거나 아픈 게 아니라는 건 나도 알아. 프랑수아즈한테 핑계를 댄 것뿐이지. 어머니 방에서 내려오는 소리를 듣고 방문을 열어두고 기다렸는데. 몰랐어?"

"몰랐어."

르네는 믿을 수 없다는 표정이었다. "당신이 올 때 맞춰서 내가 일부러 폴을 저녁때 나가게 했다는 걸 알았어야지. 이제 저녁 시간이 다 지났어. 폴은 곧 들어올 테고."

"미안해. 어머니가 하실 말씀이 많아 빠져나올 수가 없었어. 내일 얘기하면 되잖아?"

"내일?" 르네가 괴상한 소리로 반문했다. "파리에서 열흘을 보내고 와서는 내일 얘기하면 되지 않겠냐고? 내가 왜 깨닫지 못했을까. 내 편지에 답도 안 한 이유가 이것이었는데!"

손잡이를 붙잡은 채 어쩔 줄 모르고 어리둥절한 내 모습이 어떻게 비칠지 몰랐다. 초저녁에는 한편이자 친구처럼 보였던 르네가 이제는 완전히 달라진 모습이었다. 몹시 화가 난 듯했다. 르네가 나머지 가족들과 어떤 관계인지, 장과 그렇게 시급하고 은밀하게 논의할 문제가 무엇인지 불안하면서도 궁금했다.

"미안할 뿐이야. 특별히 나를 보고 싶어 할지 몰랐어. 어머니랑 있을 때 전갈을 하지 그랬어? 그럼 바로 내려왔을 텐데."

"지금 비꼬는 거야, 아니면 정말 취한 거야?"

르네의 분노가 불편했다. 장의 어머니 기분, 그리고 장의 아내 기분과 마주한 것만으로도 힘든 와중이었다. 이 상황에서 탈출하려는 내 앞에 갑자기 나타난 르네까지는 고려할 여유가 없었다.

"감기 걸리겠어. 어서 침대로 가지그래?"

르네는 잠시 나를 노려보더니 한숨을 쉬며 "아, 때로는 정말 당신이 증오스러워"라고 말하고 돌아서 계단을 올라갔다.

나는 테라스로 통하는 문을 열고 바깥으로 걸어 나갔다. 덧창이 닫힌 집 안의 눅눅함과는 전혀 다른 깨끗하고 맑은 공기가 느껴졌다. 바닥에 깔린 자갈이 발아래에서 잘그락 소리를 냈다. 나는 최대한 살금살금 걸어 차를 돌리는 곳까지 갔다. 왼쪽으로 방향을 틀어 해자 옆 두터운 벽에 붙은 건물들, 마구간과 차고로 보이는 별채를 향해 걷고 있을 때 라임 나무 늘어선 내리막길을 따라 차량 전조등이 번쩍이더니 다리를 지나 대문으로 들어왔다. 폴이 돌아온 것이다. 나는 옆에 선 삼나무 그늘에 몸을 숨겼다. 혹시라도 나를 보았을까 봐 걱정스러웠다. 다행히 폴은 성에 들어선 후 오른쪽으로 돌아 별채로 향했다. 쾅 하고 르노차 문 열리는 소리, 홈을 따라 차고 문이 올라가는 소리가 들렸다. 1~2분쯤 지난 후 그는 내 옆을 지나 테라스로 향했고 계단을 올라가 성으로 들어가더니 등 뒤로 문을 닫았다.

나는 몇 분 더 기다렸다. 이어 해자 벽을 향해 조심스레 걷기 시작했다. 폴이 지나갔던 원형 진입로 끝에 거의 닿았을 때 으르렁 소리가 들렸다. 진입로 옆으로 개 장이 있었고 그 안의 커다란 리트리버 한 마리가 나를 보고 미친 듯이 짖어댔다. 달래는 말을 해보았지만 소용없었다. 내 목소리는 개를 한층 자극할 뿐이었다. 나는 다시 개의 눈길을 피해 삼나무 그늘로 들어갔고 조용해질 때까지 기다리기로 했다. 짖는 소리가 간헐적으로 이어지다가 으르렁 소리로 줄어들었고 마침내 조용해졌다. 다시 걸음을 떼며 고개를 들어 두터운 해자 벽을 올려다보았다. 침입을 허락하지 않는 그 희끄무레한 벽이 밝은 달빛 아래에서 기묘하게 아름다웠다. 해자 벽에 난 문은 저 너머에 있는 정원으로 이어졌고 나는 그 문을 통과해 움푹 파인 해자와 가축이 노니는 초지, 숲 가장자리의 유령이 출몰할 듯한 좁은 길, 고요한 비둘기 집, 부서진 그네를 보러 가고 싶다는 충동을 느꼈다.

나한테 이런 장난을 친 작자는 어디선가 누워 자고 있을까. 아니, 내 곤란한 처지를 생각하며 웃어대고 있을지도 몰랐다. 내 옷을 입은 자기는 이제 자유롭다고 생각하면서. 여기서는 자기 식구들이 고통받고 있는데 말이다. 식구들이 어떻게 상처받고 괴로워할지는 조금도 아랑곳하지 않는 것이다.

옷 방에서 들었던 물 떨어지는 듯한 작은 소리가 이번에는 바로 옆에서 다시 울렸다. 밤송이가 해자 너머 자갈길 위로 떨어지는 소리였다. 서리도, 낙엽도, 빗줄기도 여름의 끝을 이만큼 극명하게 보여주지는 못할 것이다. 밤송이 떨어지는 소리에는 가을이 모두 담겨 있었다. 나는 덧창 닫힌 창문들을 올려다보며 할머니가 잠든 둥근 탑이 어디일지, 블랑슈의 기도실은 어디일지 가늠해보았다. 내 바로 위는 좀 전까지 서 있던 옷 방이었고 그 옆의 긴 창문은 침실이었다.

교회 시계가 30분을 알렸다. 출발 신호였다. 나는 낯선 이들 틈에서 너무 오래 지체했다. 다시 개 옆을 지나 집 안을 소란스럽게 만들지 않기 위해 나는 대문을 통과해 다리를 건너고 라임나무 길을 지나 도로로 나가기로 했다. 밤새 걷다 보면 가장 가까운 마을이 나오겠지.

밤은 계속 해자 옆으로 떨어졌다. 나무 한 그루 없는 곳인데도 밤 하나가 내 머리를 때리고 떨어졌다. 놀라 올려다보는데 옷 방 위 작은 탑의 조그만 창에 누군가 나와 있는 것이, 창문틀에 무릎을 대고 몸을 내민 것이 보였다. 그 형상이 던진 밤이 내 이마를 맞혔다. 두 번째, 세 번째 밤이 연이어 날아왔다. 내 주의를 끌려는 모양이었다. 갑자기 그 형상이 창문틀에 두 발을 올리고 섰다. 열 살쯤 될까 싶은 아이로 흰 잠옷 차림이었다. 한 발만 삐끗해도 아래쪽으로 거꾸로 떨어질 판이었다. 아이의 성별이나 외모는 알 수 없었다. 다만 긴박하고 위험했다.

"물러서." 내가 부드럽게 불렀다. "물러서서 방으로 들어가렴." 형체는 움직이지 않았다. 또 다른 밤이 내 이마를 맞혔다. "물러서라니까. 그러다 떨어질라."

아이가 입을 열었다. 맑고 높은, 아주 태연한 목소리였다.

"백 셀 때까지 나한테 오지 않으면 여기서 뛰어내릴 거야."

나는 움직이지 않았다. 그 목소리가 다시 말했다.

"내가 허튼 말 안 하는 거 알지? 이제 세기 시작할게. 백 셀 때까지 나한테 오지 않으면 떨어져버리겠다고 성모님께 맹세해. 하나, 둘, 셋……"

열, 성인, 환영 등 아까 들었던 말들이 마음속에 마구 떠올랐다. 저녁 시간의 대화가 비로소 납득되기 시작했다. 신심 깊은 성자 같은 마리노엘이 설마 어린아이일 것이라고는 전혀 생각지 못했다. 아이는 계속 숫자를 셌다. 나는 정원 문을 지나 테라스로 올라갔고 안으로 들어갔다. 한 층을 올라가서는 더듬거리며 하인용 계단을 찾았다. 그 계단을 통해야 옷 방 위의 탑으로 갈 수 있었던 것이다. 간신히 회전문을 찾아내 힘껏 발로 차 열었다. 이제는 온 식구가 내 소리를 듣고 깨어나더라도 문제가 아니었다. 끔찍한 사고를 막는 것, 그것만이 중요했다.

나는 흐릿한 푸른 전구 하나로 밝혀진 구부러진 계단을 한 번에 두 개씩 뛰어올라 갔다. 계단참이 나오더니 또 다른 구부러진 계단으로 이어졌고 어느새 눈앞에 문이 나타났다. 그 안쪽에서 "팔십오, 팔십육, 팔십칠……"이라고 세는 목소리가 들렸다. 방으로 뛰어들어 가 창문틀 위에 있던 아이를 끌어안은 후 벽 옆 침대에 던졌다. 아이는 커다란 두 눈으로 나를 올려다보았다. 머리를 짧게 자른 상태였는데 장 드게를 빼닮은 얼굴이었다. 오래전에 과거 속에 파묻고는 잊어버린 나 자신을 보는 듯 묘한 기분이었다.

"왜 잘 자라고 인사하러 안 온 거야, 아빠?" 아이가 말했다.

6

아이는 내가 대답을 생각할 여유를 주지 않았다. 침대에서 펄쩍 뛰어올라 내게 매달리더니 두 팔을 목에 감고 마구 입을 맞추었다.

"자, 그만, 이제 그만하렴." 나는 벗어나려고 애쓰며 말했다.

아이는 원숭이처럼 한층 팔에 힘을 주어 세게 매달리면서 웃어댔고 이어 몸을 돌려 공중제비를 넘으며 침대로 뛰어내렸다. 그리고 균형을 잡은 후 침대 끝에 책상다리를 하고 앉아 웃음기 없는 얼굴로 나를 바라보았다. 나는 호흡을 가라앉히고 머리를 매만졌다. 우리는 전투를 앞둔 두 마리 동물처럼 서로를 응시했다.

"그래서?" 아이가 말했다. 이럴 때 쓰는 프랑스어 단어 'Alors'

에는 질문과 감탄, 반박이 모두 담겨 있다. 나도 같은 단어를 말했다. 장의 딸이라는 이 예상 밖의 새로운 존재 앞에서 정신을 가다듬고 시간을 벌기 위해서였다. "열이 난다고 하던데?"

"아침에 그랬어. 하지만 블랑슈 고모가 저녁에 체온을 재보더니 정상에서 아주 약간 높을 뿐이라고 했어. 창가에 서 있었으니까 지금은 다시 좀 올라갔을지 모르지. 여기 앉아." 아이가 자기 옆자리를 두드렸다. "어째서 돌아오자마자 날 보러 안 온 거야?"

어딘지 고압적인 태도였다. 명령하는 데 익숙한 아이일지도 몰랐다. 나는 대답하지 않았다.

"말썽쟁이." 아이가 가볍게 말했다. 이어 손을 내밀어 내 손을 잡더니 거기 입을 맞추었다. "손톱 손질 했어?"

"아니."

"손톱 모양이 달라졌는데. 손도 깨끗해지고. 파리에 다녀오면 이렇게 되나 봐. 냄새도 약간 달라졌어."

"어떤 냄새가 나는데?"

아이가 코에 주름을 잡았다. "의사 선생님? 아니면 신부님 냄새. 차 마시러 오는 손님 냄새."

"미안." 나는 당황한 채 아이를 보았다.

"냄새는 곧 없어질 거야. 어떻든 아빠가 파리에서 고위층들과 어울렸다는 건 분명해. 참, 아래층에서 내 얘기 했어?"

아이를 적당히 무시해줘야겠다는 생각이 들었다. "아니."

"거짓말. 제르멘이 식사 시간 내내 내 얘기만 했다고 말하던 걸. 아빠가 늦게 와서 다들 난리였다고 하고. 아빠는 대체 무얼 하고 있었던 거야?"

나는 가능한 한 사실을 말하는 편이 좋겠다고 마음먹었다. "르망의 어느 호텔에서 잠을 잤단다."

"아니 왜? 많이 피곤했어?"

"그 전날 술을 너무 많이 마시고 바닥에 머리를 부딪쳤거든. 그러고는 실수로 수면제를 먹었지."

"수면제를 먹지 않았다면 멀리 떠나버렸을 거야?"

"그게 무슨 말이니?"

"어디론가 떠나버려 다시 돌아오지 않았을 거냐고?"

"무슨 소린지 모르겠구나."

"성모님이 아빠가 돌아오지 않을 거라고 하셨어. 난 그것 때문에 열이 났던 거고." 아이는 더 이상 고압적이지 않았고 나를 찬찬히 바라보며 내 얼굴에서 눈을 떼지 않았다. "파리로 떠나기 전에 아빠가 나한테 한 말을 잊어버린 거야?"

"내가 뭐라고 했는데?"

"최근 삶이 너무 힘들어졌다고, 그래서 그냥 사라져 집으로 돌아오지 않겠다고."

"난 다 잊어버렸는걸."

"난 안 잊어버렸어. 폴 삼촌이랑 다른 식구들이 돈 문제를 입에 올리기 시작하고 아빠가 문제를 해결하기 위해 파리로 떠났을 때 삼촌은 아빠가 성공하지 못할 거라 여겼지만 난 안 그랬어. 지금이야말로 아빠가 떠나갈 순간이라고 생각했지. 한밤중에 아파서 깨어났는데 성모님이 발치에 서서 슬픈 눈으로 바라봐주셨어."

아이의 시선을 맞받아주기가 힘들었다. 나는 고개를 돌려 아이 옆에 누워 있는 낡은 토끼 인형을 집어 들었고 하나뿐인 귀를 갖고 놀기 시작했다.

"아빠가 돌아오지 않았다면 넌 어떻게 할 작정이었는데?"

"죽어버렸을 거야."

나는 토끼가 침대보 위에서 춤을 추게끔 움직였다. 오래전 어렸을 때 이런 장난으로 깔깔 웃었던 아련한 기억이 떠올랐다. 아이는 웃지 않았다. 내게서 토끼를 빼앗아 베개 뒤로 치웠다.

"아이들은 자살하지 않아." 내가 말했다.

"그럼 왜 조금 전에 허둥지둥 뛰어 올라왔는데?"

"네가 미끄러질까 봐."

"난 미끄러지지 않아. 잘 잡고 있었는걸. 종종 창틀에 서 있곤 해. 하지만 아빠가 집에 오지 않는다면 상황은 달라져. 잘 붙잡고 있을 필요가 없지. 뛰어내려 죽어버릴 거야. 그다음에는 지옥 불에 타겠지. 하지만 지옥에서 불타는 편이 이 세상에서 아빠 없이 사는 것보다 나아."

나는 다시 아이를 보았다. 작고 둥근 얼굴, 짧게 자른 머리, 반짝이는 두 눈. 그 열정적인 고백은 충격적이고 마음 불편했다.

아이보다는 광신도가 할 법한 고백. 나는 무슨 말을 해야 할지 몰랐다.

"네가 몇 살이지?"

"다음 생일이면 열한 살이 된다는 걸 아빠도 잘 알잖아."

"그래, 네 앞에는 인생이 통째로 펼쳐져 있어. 네 어머니, 고모, 할머니 모든 사람이 너를 사랑하고. 그런데도 내가 없으면 창문에서 뛰어내린다는 엉뚱한 소리를 하는구나."

"하지만 난 다른 사람은 사랑하지 않아. 아빠만 사랑하는걸."

그런 것이군. 담배를 피우고 싶었다. 무의식적으로 주머니를 뒤졌다. 아이가 벌떡 일어나 창가 작은 책상으로 가더니 성냥을 꺼냈고 순식간에 다시 내 곁으로 돌아와 성냥에 불을 붙여 내밀었다.

"말해봐. 홍역이 배 속 아이한테 나쁘다는 게 사실이야?"

금방금방 기분이 바뀌는 모습이 낯설었다. "모르겠는데."

"엄마가 그랬어. 내가 홍역에 걸려 엄마한테 옮기면 배 속의 동생도 병에 걸려 눈먼 채 태어날 수 있다고."

"난 잘 모르겠구나."

"동생이 눈이 먼 채로 태어나도 아빠는 동생을 사랑할 거야?"

아이는 더 이상 진지하지 않았다. 한쪽 발끝으로 서서 온 방 안을 오가며 빙글빙글 돌았다. 뭐라고 대답해야 할지 알 수 없었다. 아이는 춤을 추면서 계속 나를 응시했다.

"눈먼 아이가 태어난다면 정말 슬플 거야." 나는 별 필요도 없는 말을 했다.

"그럼 그 애는 시설로 보내지나?"

"아니. 집에서 돌봐줘야지. 다른 데 보내는 일은 없을 거야."

"그럴 수 있어. 난 홍역에 걸렸을지도 몰라. 그리고 그랬다면 엄마한테 옮겼을 거야."

나는 꼬투리를 잡았다고 느꼈다. 놓치기에는 너무 좋은 기회였다.

"좀 전에는 내가 집에 오지 않을까 봐 두려워서 열이 났다고 했잖니." 내가 가볍게 말했다. "그때는 홍역 얘기가 없었지."

"열은 성모님이 오셨기 때문에 난 거야. 은총의 상징이야."

아이는 춤을 멈추고 침대로 와서 얼굴을 욧잇으로 감쌌다. 나는 담뱃재를 인형의 작은 접시에 떨며 방 안을 둘러보았다. 아이 방과 수도원이 기묘하게 뒤섞인 형태였다. 아이가 내 머리에 밤을 던지며 서 있던 창과 똑같은 긴 창이 하나 더 있었고 그 창 바로 아래에 종이 상자로 만든 기도대가 놓였다. 기도대 위에는 낡은 양단을 덮어두었다. 그 위에 묵주로 장식한 십자가, 초 두 개, 초들 사이에 놓인 성모상이 있었다. 근처 벽에는 성가족* 그림, 소화小花 테레즈 얼굴 그림이 걸렸다. 의자 위에 비스듬히 놓인 것은 헝겊 인형인데 벌거벗은 몸통 위로 페인트 얼룩이 잔뜩 묻었고 가슴팍에 펜대가 관통해 있었다. 인형 목에는 '성세

---

*성모 마리아, 요셉, 예수 그리스도로 이루어진 성스러운 가족이다.

바스티안의 순교'라 적힌 카드가 걸렸다. 나이에 더 잘 어울릴 법한 장난감은 바닥에 흩어진 채였다. 침대 옆에는 군복을 입은 장 드게 사진이 자리했다. 젊은 모습으로 보아 아이가 태어나기 전의 사진인 듯싶었다.

나는 담배를 끄고 일어났다. 담요 아래 들어간 아이는 움직이지 않았다.

"마리노엘, 우리 약속하자."

여전히 움직임이 없었다. 자는 체하는지도 몰랐다. 상관없었다.

"다시는 창문틀에 올라가지 않겠다고 약속해."

아무 반응이 없었다. 잠시 후 무언가 긁는 소리가 나더니 작아지면서 멈췄고 이어 더 크게 긁는 소리가 났다. 아이가 쥐 흉내를 내며 침대 옆벽을 긁는 중이었다. 쥐를 흉내 내는 찍찍 소리 후 담요 아래 발을 한 번 찼다. 어른이 꾸중하는 말, 오랫동안 잊고 살았던 말이 떠올랐다.

"이건 영리하지도, 재미있지도 않은 행동이야. 당장 대답하지 않으면 밤 인사는 안 해주겠어." 대답 대신 찍찍 소리가 한층 커지고 벽을 긁는 소리도 강해졌다. "좋다." 나는 단호히 말하고 방문을 열었다. 사실 그런 위협의 효과는 미지수였다. 결정권은 어디까지나 아이에게 있었다. 또다시 창틀로 올라가기만 하면 되니까.

다행히도 위협이 효과를 거두었다. 아이가 담요를 젖히고 침대에 앉은 채 내게 팔을 내밀었다. 나는 마지못한 척 다가갔다.

"아빠가 약속하면 나도 약속할게." 아이가 말했다.

타당한 논리였지만 나는 덫에 걸린 셈이었다. 내가 아닌 장 드게가 와야 해결할 수 있는 문제이리라. 나는 아이를 전혀 모르니까.

"내가 뭘 약속해야 하지?"

"앞으로는 나를 두고 멀리 가지 않기. 꼭 가야만 한다면 나도 데려가기."

다시 한 번 나는 아이 눈 속에 담긴 직접적 질문을 회피했다. 갈수록 태산이었다. 이미 장의 어머니와 아내를 달래준 참이었다. 이 딸아이에게도 항복해야 하는 걸까?

"잘 들어. 어른들은 그런 약속을 하기 어렵단다. 앞일을 미리 알 수가 없거든. 또 전쟁이 날 수도 있고."

"전쟁 얘기를 하는 건 아니야."

아이 목소리에는 낯선, 성숙한 지혜가 담겨 있었다. 나는 아이가 더 나이가 많았으면, 아니면 좀 더 어렸으면, 하여튼 지금과는 달랐으면 싶었다. 지금은 가장 어려운 나이였다. 더 큰 사람에게는 진실을 털어놓았을지 모르지만 여전히 자기만의 비밀 세계 속에 사는 열 살 먹은 아이에게는 그럴 수 없었다.

"그럼 약속할 거야?"

미래에 대한 선고를 기다리는 그 어떤 어른도 이만큼 고요하고 진지할 수는 없을 것이다. 어째서 장 드게는 이런 딸아이에게 집을 떠나 사라져버릴 거라고 말했는지 의아했다. 조금 전의 내 행동처럼 복종을 얻어내기 위한 위협이었을까? 아니면 정말로 그런 일이 일어났을 때 마음의 준비가 되어 있도록 하기 위한 의도적 위협이었을까?

"아니, 난 그런 약속은 할 수 없다."

"약속할 거라고 기대 안 했어. 인생은 힘든 것이니까. 그렇지? 우리는 둘 다 최선을 기대해야 해. 아빠가 집에 있는 것, 그리고 내가 어린 나이에 죽지 않는 것."

아무렇지도 않은 듯 말하는 이 의미심장한 목소리는 감정을 드러냈을 때보다 더 나빴다. 아이는 다시 내 손에 입을 맞추었다. 나는 기회를 잡았다.

"들어봐. 아빠가 멀리 가게 되면 너한테 제일 먼저 알려준다고 약속할게. 다른 누구도 아닌 너한테 제일 먼저."

"그럼 공평해." 아이가 고개를 끄덕였다.

"그럼 이제 잘 거지?"

"응, 아빠. 담요가 흐트러졌어. 바로 해줘."

발치 부분이 침대에서 빠져나와 있었다. 나는 담요를 매트리스 아래 넣어 빠지지 않도록 정리했다. 아이는 베개를 베고 누워 나를 지켜보았다. 입을 맞춰주어야 하는 모양이었다.

"잘 자라. 푹 자도록 해." 나는 아이 뺨에 입을 맞추었다.

아이는 뼈가 드러날 정도로 여위었고 얼굴과 목이 작았다. 눈만 지나치게 컸다.

"너무 말랐구나. 많이 먹어야겠다."

"어째서 표정이 그렇게 어색한 거야?"

"어색하지 않아."

"거짓말하는 사람의 얼굴인걸."

"난 늘 거짓말을 하니까."

"그건 나도 알아. 하지만 나한테는 아니잖아."

"자, 이제 그만. 어서 자렴."

나는 방을 나와 문을 닫았다. 밖에 잠시 서서 귀를 기울였지만 아무 소리도 나지 않았기에 계단을 내려와 회전문을 통과하여 옷 방이 있는 복도로 돌아왔다.

갑자기 무척 피곤했다. 집 안은 고요했다. 내가 쿵쾅거리며 올라가는 소리도, 바깥에서 개가 짖는 소리도 아무도 못 들은 모양이었다. 나는 살금살금 욕실로 들어가 침실 문 앞에 서서 귀를 기울였다. 프랑수아즈는 미동도 하지 않았다. 침대 가까이 가보니 깊이 잠든 숨소리가 들렸다. 나는 다시 옷 방으로 돌아와 옷을 벗고 욕조로 들어갔다. 목욕물이 식어 차가웠지만 다시 더운물을 틀어 여자를 깨우고 싶지는 않았다. 대충 몸을 씻고 호텔에서 입었던 줄무늬 잠옷과 의자에 걸쳐져 있던 가운을 입었다. 아침에 그랬듯 장의 빗으로 머리를 빗은 후 탁자에 놓인 꾸러미들 중 M-N이라 쓰인 것을 집어 들었다. 책 같았다. 조심스레 끈을 풀고 포장지를 벗겨내자 예상대로 책이었다. 『작은 꽃』이라는 제목의 책과 함께 소화 테레즈를 그린 커다란 채

색 판도 들어 있었다. 따로 사서 함께 포장한 모양이었다. 책 속 표지에는 '사랑하는 마리노엘에게, 진심을 담아, 아빠가'라고 장 드게가 써두었다. 나는 책을 다시 포장해 탁자에 올려두었다. 최선을 다해 선물들을 고른 것이 분명했다. 어머니에게는 무엇을 사다 드렸는지 모르지만 간절히 원하던 것임이 확실했다. 로켓은 아내의 눈물을 그치게 하고 남편을 신뢰하며 잠들도록 도왔다.『작은 꽃』이라는 책도 아이 손에 들어가면 탑 위 방 안, 아버지 사진 옆에 놓여 상상력을 북돋고 꿈을 꾸도록 만들 것이었다. 이로써 그의 양심도 덜 가책받게 되겠지. 양심이라는 게 있다면 말이다. 나는 다시 한 번 창밖으로 몸을 내밀었다. 여전히 나무에서 해자 너머 자갈길로 밤송이가 떨어졌고 풀밭에서 일어난 안개가 어두컴컴한 나무들을 향해 흘러갔다.

사람들의 삶을 갖고 장난칠 자격은 누구에게도 없다. 그 감정에 개입해서도 안 된다. 말 한 마디, 눈길 하나, 미소나 찡그린 표정 하나하나가 상대방에게 영향을 미치고 호응이나 반감을 일으킨다. 그리하여 끝도 시작도 없는 그물이 내면과 외면 양쪽에서 펼쳐져나가고 엉키거나 합쳐지면서 한 사람의 투쟁이 다른 사람의 투쟁에 좌우되게 된다.

장 드게는 그릇된 행동을 했다. 그는 자기 삶에서 도망쳤고 그 자신이 만들어낸 감정들로부터 숨어버렸다. 지금까지 그가 해온 행동들이 아니었다면 이 성의 사람들이 오늘 내게 보인 행동 또한 없었으리라. 할머니는 두려운 눈빛으로 나를 바라보지 않았을 것이고 블랑슈는 말없이 방을 나가지 않았을 것이며 폴은 적대적으로 말하지 않았을 것이고 르네는 계단에서 나를 저주하지 않았을 것이다. 아내라는 여자가 흐느껴 울지도, 아이가 창밖으로 뛰어내리겠다고 위협하지도 않았으리라. 장 드게는 실패했다. 그는 나보다 더 큰 실패자이다. 그리고 그 때문에 그는 르망 호텔 방에 잠든 나를 남겨두고 가버린 것이다. 그건 장난이 아니라 패배의 고백이었다. 나는 그가 돌아오지 않으리라는 것을 알았다. 어떤 일이 일어나고 있는지 알려는 노력조차 하지 않을 것이다. 나는 멋대로 행동하면 된다. 이 집을 떠나버릴 수도, 머무를 수도 있다. 장을 만나지 않았다면, 이런 일들이 일어나지 않았다면 나는 지금쯤 트라피스트 대수도원 손님방에 묵으면서 실패와 극복에 대해 배우고 있었을 것이다. 수도사들의 노랫소리를 들으면서 난생처음 기도를 했을지도 모른다. 하지만 그런 계획은 모두 수포로 돌아갔고 홀로 여기 있게 되었다. 아니, 홀로는 아니다. 다른 사람들 삶의 일부가 되었으니까. 오래전에 죽은 역사 속 인물을 제외하고 다른 사람의 감정에 이토록 신경을 써본 적은 처음이었다. 이제 나는 속임수를 통해 다르게 행동할 기회를 갖게 되었다. 거짓을 통해 무언가 좋은 결과를 얻게 되리라는 생각은 들지 않았다. 거짓은 골칫거리, 전쟁, 재앙만을 낳지 않는가? 트라피스트 대수도원에 갔더라면 답을 얻었을지 모르겠지만 지금 나는 다른 사람 집에 들어와버린 상황이다.

나는 옷 방 창문에서 몸을 돌려 침실로 가 가운과 슬리퍼를 벗었다. 이어 장의 가련하고 불행한 아내 옆에 누웠다. 여자는 숄에 로켓을 단 채 평화롭게 잠들어 있었다. 나는 말했다. "오, 하느님, 저는 어떻게 해야 하나요? 이 집을 떠나야 하나요, 아니면 머물러야 할까요?"

대답이 없었다. 있는 것은 물음표뿐이었다.

7

푹 자고 일어나니 덧창이 이미 열려 있었고 방 안 가득 빛이 환했다. 여자는 옆에 없었다. 욕실 저편에서 여러 사람 말소리가 들렸지만 나는 두 손을 머리 뒤에 깍지 끼고 누운 채 주변을 둘러보았다. 줄무늬 벽지는 어두운 빛 목재 부분과도, 50년 동안 한 번도 자리를 옮기지 않았을 법한 중후한 가구들과도 어울리지 않았다. 밝은 빛의 커튼이나 탁자의 주름 장식은 이 방을 현대적으로 보이게 하려는 노력이었다. 의자 위 쿠션도 벽지와 맞추려는 듯 줄무늬였지만 분홍과 암갈색이 섞인 묘한 색깔이라 오래 보고 있으면 어지러웠다.

벽난로 근처의 작은 책상, 차 마시는 테이블, 도자기를 넣어둔 모서리 장식장, 책장 등으로 보건대 이 방은 내실을 겸하는 듯했다. 하지만 이런 가구들은 편안한 분위기를 더하기는커녕 어색한 효과가 났다. 상점 진열창으로 보이는 가구들처럼 딱딱하고 공식적인 느낌이랄까. 혹은 다른 배경에서라면 훌륭하게 돋보였을 물건들을 마구잡이로 늘어놓았달까.

말소리들이 사라지고 수도꼭지를 틀었다가 잠그는가 싶더니 누군가의 발소리가 복도를 따라 울렸다. 어딘가에서 문이 열리고 닫히는 소리, 전화하는 소리, 시동을 걸고 출발하는 자동차 소리가 나더니 정적이 찾아왔고 잠시 후 누군가 빗자루로 복도를 쓸었다. 잠은 내게 묘한 효과를 낳았다. 나는 완전히 새로운 기분으로 깨어났다. 간밤에 나를 사로잡았던 급작스러운 비통함은 사라졌다. 성의 사람들은 다시금 꼭두각시가 되었고 신나는 장난은 내 것이었다. 지난밤 나는 비극의 주인공이 된 느낌이었고 장의 가족과 나 자신이 다 불쌍한 나머지 모두의 삶에서 잘못된 것을 내가 나서서 고쳐놓아야 할 것 같은 기분이었다. 하지만 자고 일어나니 그 생각은 사라졌다. 책임감이 장난으로 바뀌었다. 장 드게가 가족에게 속박되었던 것, 그리하여 책무를 저버린 것은 나와 아무 상관 없었다. 장뿐 아니라 가족들도 비난받아 마땅할 것이었다. 오늘 아침 깨어난 내 자아는 예기치 못한 이 모든 상황이 내 휴가의 일부일 뿐이며 도저히 수습 못 할 상황이 조만간 닥치면 그만두어버리면 된다고 말해주었다. 누군가 내 정체를 의심하거나 밝혀내게 될 상황이었다면 간밤에 이미 그랬을 터였다. 하지만 장의 어머니도, 아내도, 딸아

107

이도 모두 속아 넘어갔다. 내 정체가 의심받지 않는 한 향후 어떤 실수를 하든 장난이나 변덕으로 받아들여질 것이다. 조국을 위해 일하는 어떤 첩보원도 이만큼 완벽히 위장하지는 못했으리라. 원하기만 한다면 얼마든지 이 성 사람들을 이용해먹을 수 있는 상황이었다. 원하기만 한다면…… 나는 뭘 원하지? 간밤에는 내 마음의 치유를 원했다. 이 아침에는 즐거움을 원하고 있다. 이 두 가지가 절대 양립할 수 없는 것도 아니지 않을까.

나는 머리 위로 늘어진 줄을 잡아당겼다. 하인을 부르는 구식 종이었다. 복도의 비질 소리가 멈췄다. 문 앞까지 발소리가 이어지더니 누군가 노크를 했다. "들어와!" 하고 대답하자 전날 저녁 쟁반을 들고 들어왔던 볼이 빨간 어린 하녀가 문을 열었다.

"므시외 르콩트께서 잘 주무셨나요?" 하녀가 물었다.

나는 잘 잤다고 대답하고 커피를 가져오라고 했다. 다른 식구들 안부를 물었더니 마담 라콩테스는 몸이 불편해 침대에 누워 있다고 했고, 마드무아젤 블랑슈는 교회에 갔으며 므시외 폴은 유리 공장으로 갔고, 마리노엘은 이제 일어났고, 마담 장과 마담 폴은 거실에 있다는 대답이 돌아왔다. 나는 고맙다고 말하고 하녀를 내보냈다. 2분 동안의 대화에서 세 가지를 알아냈다. 내가 집에 돌아온 것이 할머니에게는 별로 좋은 영향을 미치지 못했다는 점, 폴의 사업이자 가족의 사업이 유리 공장이라는 점, 그리고 머리색이 짙은 여자 르네가 폴의 아내라는 점이었다.

나는 자리에서 일어나 욕실로 가서 면도를 했다.

가스통이 옷 방으로 커피를 가져왔다. 어제의 제복과 각반 대신 시종이 입는 줄무늬 코트 차림이었다. 나는 친구를 환영했다.

"오늘 아침은 괜찮으십니까?" 가스통이 쟁반을 탁자에 놓으며 물었다. "어떻든 집으로 돌아온다는 건 그리 나쁜 일은 아니지요."

그는 무엇을 입겠느냐고 물었고 나는 아침 시간에 어울릴 만한 것으로 골라달라고 했다. 그는 내 부탁에 기뻐했다.

"아침 시간을 즐겁게 만드는 것은 코트가 아닌 그걸 입은 사람이지요. 므시외 르콩트께서는 오늘 환히 빛나십니다."

어머니 건강이 걱정이라고 했더니 그는 얼굴을 찡그렸다.

"어떤 건지 잘 아시잖습니까, 므시외 르콩트. 나이를 먹고 나면 내면이 아주 강하지 않는 한 외로움과 공포를 느끼게 되지요." 그가 자기 가슴팍을 두드렸다. "신체적으로 마담 라콩테스는 생질의 누구보다도 건강하십니다. 정신도 그렇고요. 다만 마음의 측면은 다른 문제지요." 그는 옷장으로 가서 갈색 트위드 재킷을 꺼내 와 솔질하기 시작했다.

나는 커피를 마시면서 가스통을 바라보았다. 내가 투르나 블루아의 호텔 투숙객이고 그가 호텔 급사였다면 얼마나 상황이 달랐을까 상상해보았다. 호텔 급사는 특유의 공손하고 무심한 말투로 도시가 마음에 들었는지, 내년에 다시 오고 싶은지 질문을 던지겠지. 그러고는 팁을 받고 짐꾼에게 짐을 넘긴 후 방 열쇠를 보관함에 넣자마자 나를 잊어버릴 것이다. 반면 가스통은 내 친구였다. 하지만 어쩐지 나는 유다가 된 것 같았다.

나는 가스통이 준비해준 옷을 입었다. 가깝게 지내다가 죽은 사람이 남긴 옷을 입는 듯 기분이 이상했다. 어제 입었던 여행복에서는 이런 느낌이 들지 않았는데 말이다. 이 재킷은 한 사람의 역사가 담긴 옷이었다. 거칠고 낯익은, 하지만 불쾌하지 않은 냄새가 났다. 재킷은 숲에 들어가기도, 비를 맞기도, 땅바닥에서 뒹굴기도, 여름철 풀밭에 놓이기도, 모닥불을 쬐기도 했을 것이다. 왠지 모르게 원시시대 사제들 생각이 났다. 그들은 의식을 벌일 때면 제물로 바쳐진 동물의 가죽을 입고 그 동물의 용맹함과 뜨거운 피로 부족에게 더 강한 힘을 불어넣었다지.

"므시외 르콩트께서는 유리 공장에 가시겠습니까?" 가스통이 물었다.

"아침엔 안 가겠어. 므시외 폴이 오라고 하던가?"

"므시외 폴은 늘 그렇듯 점심때 돌아오실 겁니다. 아마도 오후에 함께 가기를 바라실 것이고요."

"지금 몇 시지?"

"벌써 10시 반입니다."

내 옷을 살피는 가스통, 침실의 침대를 정리하는 어린 하녀를 남겨두고 나는 계단을 내려갔다. 광내기 청소가 끝난 서늘한 느낌은 벽 위에 걸린 십자가의 그리스도와 어쩐지 어울리지 않았다. 거실에서 여자들이 이야기하는 소리가 웅성웅성 들려왔다.

거기 끼고 싶지 않아 테라스로 연결되는 열린 문을 통해 밖으로 나가서 간밤에 몸을 숨긴 삼나무 근처로 갔다. 황금빛 가을날이었다. 하늘에는 강렬한 빛 대신 부드러운 빛이 감돌았고 땅에서 올라오는 습기는 대기를 따사롭고 온화하게 했다. 해자를 둘러싼 밝은색 벽으로 외부 세계와 단절된 우아하고 고요한 성은 마을과 교회, 라임 나무 도로와 모랫길과 분리된 섬인지도 몰랐다. 수세기 전부터의 생활 방식을 그대로 이어가는 섬, 교회를 지나 다리로 올라가는 우체부의 자전거나 모퉁이 식료품점에 상품을 싣고 온 높다란 밴 자동차와는 아무 상관 없는 섬 말이다.

별채로 이어지는 원형 진입로 근처에서 누군가 노래를 부르며 걷다가 개를 피하려는 듯 왼쪽으로 방향을 틀었다. 내려다보니 해자 벽 벌어진 곳에 생겨난 웅덩이 옆으로 여자 하나가 무릎을 꿇고 나무 빨래판에 욧잇을 문지르고 있었다. 비눗물이 튀었다. 여자가 내 쪽을 올려다보더니 젖은 손으로 이마 위의 머리카락을 쓸어 올렸다. 그리고 미소 지으며 "안녕하세요, 므시외 르콩트"라고 인사를 건넸다.

나는 벽에 난 출입문과 해자를 건너가는 좁은 인도교를 찾아냈다. 차고와 마구간을 피해 왼쪽으로 돌자 외양간과 밀짚, 진흙 땅바닥이 불쑥 모습을 드러냈다. 3~4에이커 정도의 채마밭이 거친 돌벽에 둘러싸였고 그 너머는 숲이었다. 외양간 옆에는 단단히 묶어놓은 황금빛 밀짚 더미가 있었고 그 아래로는 호박들이 차곡차곡 쌓였다. 남자아이 엉덩이처럼 부드럽고 둥근 호박들이 분홍색, 레몬색, 라임색 등으로 다양했다. 그 꼭대기에는 갈퀴와 쇠스랑이 놓였고 흰 고양이 한 마리가 햇살 아래에서 눈을 깜박거렸다.

외양간 바닥은 막 씻어내 물이 흐르고 있었지만 건강한 소, 거름, 벽과 나무 칸막이에 매달린 우유 통에서 좋은 냄새가 풍겼다. 몸을 돌리는데 뚱뚱한 여자가 저 끝 허름한 집에서 나왔다. 이가 하나도 남지 않은 입으로 미소를 짓는 여자의 나막신이 돌바닥에 부딪쳐 소리를 냈고 어깨에 멘 장대 양쪽으로 빈 물통이 대롱거렸다. "안녕하세요, 므시외 르콩트." 여자가 인사를 건네더니 고개를 흔들어대고 웃으면서 빠른 속도로 말을 이어갔다. 이가 없이 입을 크게 벌리며 하는 말을 알아들을 수 없어 난감했다.

나는 그냥 손을 흔들어 보이고는 압착해 술을 만들기 위해 쌓아놓은 사과 더미, 줄지어 보라색이며 초록색 싹이 돋아난 채마밭을 지났다. 아직 아침 이슬이 맺힌 채소 싹의 자극적인 흙냄새에 마른 해바라기, 사철쑥, 나무딸기 냄새가 섞여 들었다. 다른 문을 통해 성벽을 한 번 더 통과하자 밤나무들이 늘어선 정원이 나타났다. 떨어진 밤나무 이파리들이 모랫길 위에 초록과 황금빛 무늬를 그렸다. 인공적인 느낌 없이 자연스러운 공간이었고 가축들이 풀을 뜯는 초지 한중간에 비둘기 집이 서 있었다. 숲으로 이어지는 초지, 그리고 숲을 통과하는 길들은 해시계의 바늘처럼 가운데 한 점에서 방사형으로 뻗어 나갔다. 그 중심점은 이끼 낀 조각상이었다. 주름 잡힌 옷을 입은 고전적인 사냥의 여신 아르테미스 조각으로 오른손은 떨어져 나가 없었다.

나는 길게 뻗은 길 가운데 하나를 골라 걸어가면서 멀리서 성을 바라보았다. 액자에 든 한 폭의 그림 같았다. 검푸른 지붕, 작은 탑들, 키 큰 굴뚝들, 그리고 사암 벽이 점차 요정 이야기에나 어울릴 만한 크기로 줄어들었다. 감정을 지닌 산 사람들의 공간이 아니라 그림책 속의 한 장면, 미술관 벽에 잠시 그 아름다움을 드러냈다가 사라져버리는 무언가 같았다.

나는 걸음을 돌려 다시 아르테미스 조각상을 지난 후 비둘기집 쪽으로 방향을 잡았다. 건초로 채워진 그곳은 여전히 공작비둘기의 둥지가 되어주고 있었다. 비둘기들은 좁은 입구를 오가며 몸치장을 하고 멋진 자세를 취하는가 하면 고개를 숙이거나 꼬리를 활짝 펼치기도 했다. 거실의 긴 창문이 열리더니 프랑수아즈와 르네가 테라스에 나타나 내게 손을 흔들었다. 두 사람 사이에서 아이가 나와 "아빠, 아빠!" 하고 외치며 어서 돌아오라는 어머니 부름에도 아랑곳하지 않고 달려오기 시작했다. 해자를 가로지르는 인도교를 건넌 아이는 내게 다가오면서 발레리나처럼 높이 뛰어올랐고 나는 공중에서 아이를 받아 안을 수밖에 없었다.

"왜 유리 공장에 안 간 거야?" 아이가 내 목을 안고 머리카락을 헝클어뜨리면서 물었다. "폴 삼촌이 혼자 가야 해서 기분 나빠했잖아."

"너 때문에 늦잠을 잤단다." 내가 아이를 내려놓았다. "안으로 들어가는 게 좋겠다. 엄마가 부르시잖니."

아이는 깔깔 웃으며 내 손을 잡고 비둘기 집을 지나 그네 쪽으로 이끌었다. "오늘은 나한테 아무 문제 없을 거야. 아빠가 집에 있으니까. 그네 좀 고쳐줘. 줄이 끊어졌어."

나는 서툰 손놀림으로 줄을 잇느라 끙끙거렸다. 아이는 나를 지켜보며 혼자서 조잘조잘 떠들었다. 그리고 그네가 고쳐지자 올라서서 힘껏 앞뒤를 오갔다. 짧은 치마 아래 가느다란 다리는 원숭이 다리처럼 탄력성이 좋았고 발그레한 두 뺨은 어제의 창백함을 말끔히 지워버렸다.

"이제 가." 갑자기 아이가 말했다. 더 높이 그네를 밀어주려고 뒤쪽에 가 있던 나는 아이와 손을 잡고 이리저리 돌아다녔다. 밤나무 아래 이르자 아이는 몸을 굽혀 밤을 줍더니 작은 주머니에 가득 채워 넣었다. 나머지 밤은 멀리 던져버렸다.

"사람들은 여자아이보다 남자아이를 좋아하지?" 아이가 뜬금없이 물었다.

"그건 아닌 것 같은데. 왜 남자아이를 좋아한다는 거야?"

"블랑슈 고모가 그렇다고 했어. 하지만 성자들 중에는 남자보다 여자가 더 많다고, 천국에는 여자들을 위해 더 큰 즐거움이 있다고. 경주할까?"

"경주에서 널 이기긴 싫은데."

아이가 깡충거리며 먼저 달리기 시작했다. 정원 출입문을 통과해 테라스까지, 전날 내가 달려갔던 길 그대로 말이다. 탑 위아이 방의 작은 창문을 올려다보며 나는 그 창틀에서 아래 땅까지의 높이가 얼마나 어마어마한지 새삼 확인했다. 아이를 뒤따라 마구간과 별채 쪽으로 갔다. 아이가 해자 위 담장으로 뛰어올라 가더니 뒤엉킨 담쟁이 사이로 담 위를 걸었다. 이어 원형진입로 근처에서 뛰어내려 햇살을 받으며 잠자고 있는 개에게다가갔다. 개는 기지개를 켜고 꼬리를 흔들었다. 아이가 개 장문을 열고 밖으로 나오게 했다. 내가 다가가자 개가 짖었고 "자, 무슨 일이야? 괜찮아"라며 내가 달래자 거리를 유지한 채 으르렁거렸다. 마리노엘을 지키겠다는 듯 그 옆에 붙어 선 채로 말이다.

"세자르, 그만해." 아이가 개 목줄을 잡아당겼다. "주인도 못알아보다니 갑자기 눈이 멀기라도 한 거니?"

개는 꼬리를 흔들며 아이 손을 핥았지만 내게 다가오지는 않았다. 다가가면 또 으르렁거릴 것 같아, 친해지려 해봤자 의심만 살 것 같아 나는 그 자리에 멈춰 섰다.

"녀석을 내버려두렴. 자극하지 말고."

아이가 목줄을 놓자 개가 내 쪽으로 껑충 뛰어와 냄새를 맡고는 관심 없다는 듯 다시 물러서 해자 담 주변 담쟁이 냄새를 맡았다.

"왜 아빠를 반기지 않지. 참말 이상하네. 아마 기분이 좋지 않은가 봐. 세자르, 집에 가자."

"내버려둬. 개는 괜찮다."

나는 집을 향해 걷기 시작했지만 개는 뒤따라오지 않았다. 제자리에 서서 아이만 바라보았다. 아이가 다가가 개 옆구리를 두드려주고 코를 만져주었다.

나는 성 안쪽과 다리, 그리고 다리 너머 마을을 둘러보았다. 교회에서 언덕길을 내려와 성 입구 탑들 사이 대문으로 들어오는 여자가 한 명 보였다. 검은 옷에 구식의 작은 털모자를 쓰고 성경책을 들고 있었다. 블랑슈였다. 왼쪽으로도 오른쪽으로도 눈길을 주지 않고 날씨도 의식하지 못하는 듯 곧은 자세로 걸어 곧장 자갈길을 지나 테라스 계단으로 향했다. 마리노엘이 고모를 맞으러 달려갔을 때조차 굳은 얼굴은 한순간도 펴지지 않고 딱딱한 표정 그대로였다.

"세자르가 아빠한테 으르렁거려. 반가워하지도 않고. 전에는 그런 적이 없었는데. 세자르가 아픈 걸까?"

꼬리를 흔들며 다가오는 개를 블랑슈가 흘깃 쳐다보았다. "산책을 시켜줄 게 아니라면 개 장에 다시 들여보내는 게 좋겠다." 블랑슈는 이렇게 말하고 계단을 올랐다. 개의 행동에 관심 없는 것이 분명했다. "그리고 이제 밖에 나와 뛰어다닐 만큼 회복되었다면 점심 먹고 나랑 공부하는 것도 문제없겠구나."

"난 오늘 공부할 필요 없어. 그렇지, 아빠?" 아이가 반박했다.

"필요 없을 것 같지는 않은데." 나는 블랑슈의 눈치를 보면서 말했다. "엄마가 어떻게 생각하는지 여쭤보렴."

블랑슈는 아무 말도 하지 않았다. 그저 나를 지나쳐 집으로 들어갔다. 마치 내가 거기 없다는 듯이. 마리노엘은 내 손을 잡고 옆으로 흔들었다.

"아빠는 어째서 오늘 기분이 나쁜 거야?"

"기분 나쁘지 않은데."

"아냐. 나랑 놀아주려 하지도 않고. 또 오후에 내가 공부를 하느냐 마느냐는 엄마랑 아무 상관이 없어. 아빠도 잘 알잖아."

"그럼 내가 명령을 내려야 하는 거니?"

아이가 눈을 동그랗게 뜨고 나를 바라보았다. "아빤 늘 그렇게 하잖아."

"그럼 좋다." 내가 단호하게 말했다. "고모가 시간을 내줄 수만 있다면 공부를 하도록 해. 자, 이제 올라가자. 너한테 줄 게 있단다."

그 순간 선물을 가족 한 명 한 명에게 따로 전달하는 것보다 점심 먹으러 모였을 때 식탁 위에 두는 편이 훨씬 간편하겠다는 생각이 들었다. 하지만 아이에게는 지금 주는 것이 좋을 듯했다. 공부 문제로 기분 상한 아이를 달랠 겸 말이다.

아이를 데리고 웃 방에 올라온 나는 포장된 책을 건네주었다. 아이는 포장을 뜯고 책을 보자 기쁨의 환성을 지르며 가슴에 꼭 껴안았다.

"갖고 싶던 바로 그 책이야! 아빠, 고마워. 어떻게 늘 내 마음을 아는 거야?"

아이는 다시 한 번 나를 향해 뛰어올랐고 그 팔이 내 목을 감고 뺨을 맞댄 채 퍼붓는 입맞춤을 받아주어야 했다. 이번에는 나도 예상한 일이었던 터라 새끼 사자나 강아지를 다루듯 아이를 팔로 안고 한 바퀴 돌려주었다. 어리고 귀여운 존재는 상대의 마음을 빼앗기 마련인 것이다. 어느새 나는 어색해하지 않고 제대로 반응하고 있었다. 나는 아이 머리카락을 잡아당기고 목 뒤에 간지럼을 태웠다. 그리고 둘이 같이 큰 소리로 깔깔대며 웃었다. 너무도 자연스럽게 대해주는 아이 태도에 나는 두려움을 잊고 나 자신과 아이 모두에 자신감을 느꼈다. 물론 이토록 사랑스럽게 구는 아이라도 내 정체를 안다면 두려워하며 곧장 뒤로 물러설 것이고 세자르가 그랬듯 완전히 무관심해지리라는 생각도 머릿속 한구석에 남아 있었다.

"나 공부해야 해?" 내 반응을 본능적으로 알아차린 아이가 기회를 놓치지 않고 물었다.

"모르겠다. 나중에 결정하자."

아이를 내려놓고 나는 다시 탁자로 가서 다른 선물 꾸러미들을 바라보았다.

"한번 들어봐. 아빠가 모두를 위해 선물을 사 왔거든. 엄마 선물이랑 할머니 선물은 지난밤에 이미 드렸어. 나머지는 식당에 가져다 놓고 점심 먹으면서 풀어보게 하는 것이 어떨까?"

"폴 삼촌이랑 르네 숙모 것도 있어? 생일도 아닌데 선물을?"

"언제든 선물하는 건 좋은 일이야. 마음을 표현하는 것이거든. 블랑슈 고모 것도 있어."

"블랑슈 고모 것도?" 아이가 놀란 눈으로 나를 쳐다보았다.

"그럼. 왜 고모만 빼놓겠어?"

"아빠는 지금까지 성탄절이나 새해에도 고모한테는 선물 안 했잖아!"

"이제는 하기로 했단다. 그럼 고모 기분도 좀 좋아지겠지."

아이가 나를 한참 쳐다보더니 손가락을 깨물기 시작했다. "식탁에 선물을 두는 건 좋은 생각이 아닌 것 같아." 걱정스럽다는 말투였다. "무슨 축제나 명절 같은걸. 혹시 아빠가 나한테 말하지 않은 일이 일어나는 건 아니겠지?"

"무슨 뜻이니?"

"남동생이 오늘 태어나는 건 아니지?"

"물론 아니야. 그 일과는 아무 상관 없단다."

"동방박사들이 선물을 가져온 것 같아. 엄마 선물이 뭔지는 나도 알아. 엄마가 달고 있던걸. 엄마가 르네 숙모한테 로켓이 아주 비싼 거라고, 낭비긴 하지만 아빠 마음을 전해주는 거라고 했어."

"거 봐라. 아빠 말이 맞지? 선물은 좋은 거야."

"응. 근데 특별한 선물이라면 모두가 보는 앞에서 주는 건 좋지 않아. 내 선물을 아빠가 식당에서 주지 않아서 다행이야. 다른 식구들 선물은 뭐야?"

"나중에 확인하렴."

아이는 옷 방 바닥에 무릎을 꿇고 앉아 책을 펼쳤다. 아이는 어른의 자세를 흉내 내지 않는다는 말이 어렴풋이 떠올랐다. 똑바로 누워 책을 읽고 서서 그림을 그리고 걸으면서 먹기를 좋아하는 식으로 말이다. 순간 위층으로 올라가 할머니 안부를 물어야 한다는 생각이 들어 마리노엘에게 "가서 할머니가 좀 나아지셨는지 보고 오렴"이라고 말했지만 아이는 책에서 눈을 떼지 않은 채 "할머니를 방해하지 말라고 샤를로트가 말했어"라고만 대답했다. 그래도 나는 위층으로 올라갔다. 이제는 어떤 행동에도 자신이 있었다.

나는 어려움 없이 2층으로 올라가 갈라지는 복도로 들어섰고 끝 방으로 향했다. 문을 두드렸지만 대답이 없었고 테리어들 짖는 소리도 없었다. 가만히 문을 여니 덧문이 닫히고 커튼도 쳐져 어두컴컴했다. 침대 이불 안에 누운 형체가 보여 다가갔다. 얼굴이 회색빛으로 초췌했고 호흡이 거칠었다. 똑바로 누운 자세였는데 욧잇이 뺨 바로 아래까지 말려들어 가 있었다. 방 전체에 답답하고 퀴퀴한 냄새가 감돌았다. 나는 할머니가 많이 아픈 모양이라고, 할머니를 이렇게 내버려둔 샤를로트가 태만하다고 생각했다. 할머니가 정말로 잠든 것인지, 아니면 눈을 감고 그저 누워 있는 것인지도 분명치 않아 "혹시 필요한 것 있으세요?"라고 속삭였지만 대답은 없었다. 거친 호흡이 고통스러워 보였다. 나는 방을 나와 조심스레 문을 닫고 돌아섰다. 복도를 걸어오다 샤를로트와 마주쳤다.

"어떠신 거야? 막 뵙고 나왔는데 내 소리를 못 들으시는군."

샤를로트의 작고 검은 눈에 놀랍다는 빛이 떠올랐다.

"오후가 되기 전에는 일어나지 않을 겁니다, 므시외 르콩트." 하녀가 속삭였다.

"의사가 다녀갔나?"

"의사요? 물론 아닙니다만."

"편찮으시면 의사를 부르는 것이 좋지 않아?"

하녀가 나를 뻔히 쳐다보았다. "누가 편찮으시다고 하던가요? 아무 문제 없는데요."

"가스통 말이⋯⋯"

"저는 늘 그렇듯이 마담 라콩테스께서 아무도 방해하지 말라고 지시하신 말을 부엌에 전했을 뿐입니다."

샤를로트는 마치 내가 부당한 공격을 가하고 있다는 듯 방어적으로 나왔다. 괜히 방에 들러 자고 있는 할머니를 아픈 것으로 착각하고 상태를 캐물은 것이 내 실수였던 모양이다.

"내가 잘못 알아들었나 보군. 편찮으시다는 걸로 오해했어." 나는 그렇게 말을 끝내고 선물 꾸러미들을 챙기러 아래층 옷 방으로 돌아왔다. 아이는 여전히 책에 빠져 있었고 내가 발로 건드리기 전까지는 내가 돌아왔다는 것조차 알지 못했다.

"아빠, 여기 나오는 애는 나하고 똑같아. 어릴 때는 다들 평범

하다고 생각했지. 가끔 말썽을 부려 부모님을 슬프게 하긴 했지만. 나중에 신이 얘를 성스러운 도구로 선택해 수백 수천 명을 위로하도록 하셨어."

나는 선물 꾸러미를 집어 들었다. "그런 일은 자주 일어나는 게 아냐. 성자는 아주 드물단다."

"이 애는 알랑송 시에서 태어났어, 아빠. 바로 이 근처잖아. 누군가를 성자로 만드는 건 공기 중의 무엇일까, 아니면 어떤 행동인 걸까?"

"그건 고모한테 물어보는 게 좋겠다."

"물어봤어. 고모 말은 기도와 단식만으로는 소용이 없고 진정으로 겸손하고 순수할 때 예고 없이 갑자기 신의 은총이 내리게 된대. 난 순수한 영혼일까?"

"잘 모르겠구나."

자동차 소리가 났고 마리노엘이 창가로 달려가 목을 빼고 내다보았다.

"폴 삼촌이야. 삼촌 선물이 제일 조그마하네. 나 같으면 싫을 거야. 그래도 남자니까 삼촌은 그런 마음을 드러내지 않겠지."

우리는 공모자가 된 기분으로 식당에 내려갔다. 들어가자마자 왼쪽으로 테라스가 나타나는 좁고 긴 방으로, 나는 처음 와보는 곳이었다. 아이에게 선물을 자리마다 놓으라고 했더니 아이는 아까 한 말을 잊은 듯 신이 나서 선물을 배치했다. 덕분에 식구들이 앉는 자리를 파악할 수 있었다. 놀랍게도 식탁 끝자리는 프랑수아즈가 아닌 블랑슈 차지였다. 반대쪽 상석에 선물이 없는 것으로 보아 그게 내 자리인 모양이었다. 아이는 바로 그 옆자리에 르네 선물을 놓고 블랑슈 옆자리에 폴 선물을 놓았다. 자기 책은 르네 맞은편의 내 옆자리에 두었다. 그리하여 프랑수아즈 자리는 폴과 아이 중간이 되었다. 예상 밖의 자리 배치에 당황하던 차에 가스통이 들어왔다. 시종 옷을 벗고 짙은 색 코트로 갈아입은 모습이었다. 그 뒤로 볼이 빨간 제르멘과 처음 보는 여자가 뒤따라 들어왔다. 통통하고 머리가 곱슬거리는 것으로 보아 해자 벽 아래에서 빨래를 하고 있던 여자 딸 같았다.

"가스통, 아빠가 모두에게 선물을 사 오셨어. 블랑슈 고모 것도 있어. 무얼 축하하기 위한 게 아니라 마음을 표현하는 거래."

가스통이 나를 흘깃 보았다. 집에 돌아오면서 선물을 사 오는 게 어째서 이렇게 특별하게 여겨지는지 의아했다. 내가 또다시 술에 취했다고 여기는 걸까? 1~2분 후 그가 도서실처럼 보이는 방으로 이어지는 식당 끝의 여닫이문을 열고 "마담 라콩테스를 모시겠습니다" 하고 말했다. 문이 열리면서 드러난 것은 18세기 화가가 그려낼 만한 거실 풍경이었다. 프랑수아즈와 르네는 약간 거리를 두고 딱딱한 의자에 앉아 한 사람은 책을 읽고 다른 사람은 바느질을 하는 중이었다. 폴은 아내 의자에 기대서 있고 키 크고 마른 블랑슈는 안쪽 문을 배경으로 서 있었다. 내가 그 방으로 들어서자 모두들 아이처럼 나를 쳐다보았다.

"아빠가 모두 깜짝 놀랄 일을 준비했어. 하지만 뭔지 말해주지는 않을 테야."

장 드게였더라면 방에 들어서면서 나처럼 식구들 모습을 유심히 바라보았을지, 아니면 워낙 익숙한 배경과 친숙한 가족인 만큼 쳐다보는 둥 마는 둥 했을지 궁금해졌다. 이방인으로서 나는 연극의 관객 입장이었지만 동시에 연출이기도 했다. 가족들은 내 지휘에 따랐고 내 행동에 의존했다. 나는 마법사 멀린이자 프로스페로*였고 아이는 내 명령에 따라 분리된 두 세계를 연결해주는 요정이었다. 프랑수아즈와 르네의 얼굴에 순간 긴장감이 돌았다. 종류와 정도는 달랐다. 한쪽은 의혹과 상처받을지 모른다는 두려움, 다른 쪽은 방어적인 조심스러움이 깔린 긴장감이었다. 폴은 적대감을 드러내며 못마땅한 눈길을 던졌다. 문가의 블랑슈는 아무 반응도 없었다. 다만 몸이 좀 굳어지는 듯하며 내가 아닌 아이를 바라보았을 뿐이다.

"장, 놀랄 일이 뭐지?" 프랑수아즈가 자리에서 일어나며 물었다.

"별것 아냐. 마리노엘이 좀 과장을 해서. 그냥 모두를 위해 작은 선물을 사 왔을 뿐이야. 식탁 위에 놓아두었지."

긴장이 풀어졌다. 르네 얼굴이 편해졌고 폴이 어깨를 으쓱했으며 프랑수아즈는 스웨터에 꽂은 로켓을 만지작거리며 미소

---

* 셰익스피어의 작품 『템페스트』에 등장하는 인물이다. 밀라노 공국의 대공이었지만 동생의 배신으로 외딴 섬에 쫓겨난 프로스페로는 12년간의 수련을 통해 강력한 마법의 힘을 얻게 된다.

짓고 말했다.

"파리에서 돈을 너무 많이 썼을까 봐 걱정이야. 이런 선물을 계속 사 오다가는 한 푼도 남지 않을지 몰라."

프랑수아즈가 식당으로 걸음을 옮겼고 모두 그 뒤를 따랐다. 나는 모두가 자리에 앉을 때까지 신발 끈을 묶는 척했다. 식탁 머리 상석이 내 자리인지 확인하기 위해서였다. 마지막까지 그 자리가 비는 것을 보고 거기 앉았다. 블랑슈가 식전 기도를 올리는 동안 모두 접시 위로 고개를 숙였다. 마리노엘은 경탄의 시선으로 고모를 바라보았고 맞은편 블랑슈의 시선은 냅킨 옆 선물 꾸러미에 머물렀다. 얼어붙은 듯 굳은 태도가 의구심으로 바뀌었다. 그 꾸러미가 똬리 튼 뱀 한 마리라 해도 그보다 더 큰 반응은 없었을 듯했다. 블랑슈는 입을 굳게 다물고 자세를 바로 잡은 후 선물을 무시한 채 냅킨을 집어 무릎 위에 펼쳤다.

"선물 풀어보지 않을 거야?" 아이가 물었다.

블랑슈는 대답 대신 빵을 뜯었다. 모두들 궁금하다는 표정으로 나를 바라보는 것을 보니 전례 없는 일이 일어난 모양이었다. 순간적으로 내가 앉아 있는 모습, 어색한 태도가 마침내 내 정체를 드러냈나 보다고 생각했을 정도였다.

"뭐 잘못되었나? 왜 다들 날 그렇게 보는 거야?"

내 요정인 마리노엘이 답을 했다. "아빠가 블랑슈 고모한테 선물을 주니까 모두들 놀랐잖아."

그런 것이었다. 내가 평소답지 않은 행동을 했던 것이다. 하지만 여전히 정체가 폭로되지는 않았다.

"어쩐지 너그러운 기분이 되었거든." 입을 연 순간 장 드게가 르망의 식당에서 했던 말이 떠올랐고, 그가 얼마나 정성 들여 가족들 선물을 골랐을지 생각하면서 나는 "각자 가장 원하는 것을 고르려 했어. 그게 내 방식이니까"라고 덧붙였다.

"나한테는 아빠가 『작은 꽃』이라는 책을 줬어. 내가 제일 원하는 거였지. 하지만 블랑슈 고모한테 소화 테레즈에 대한 책을 선물하지는 않았을 거야. 그건 고모가 원하는 게 아닐 테니까."

"자, 이제 말은 그만하고 밥을 먹어야지. 선물은 나중에 각자 풀어보면 되니까." 내가 말했다.

"내가 원하는 선물은 딱 하나야. 카르발레 계약 갱신, 그리고 천만 프랑 수표지. 그 선물은 없는 건가?"

"그렇담 네 선물은 잘못 골라 왔군." 내가 대답했다. "식사할 때 사업 얘기는 질색이야. 오후에 같이 유리 공장에 가자고."

내 자신감은 끝을 몰랐다. 계약이나 사업 건은 전혀 모르는 상황이었지만 내 허세가 썩 그럴싸했던 모양인지 모두들 먹는 데 전념했다. 시간이 흐르면서 더욱 당당해진 나는 가스통에게 포도주를 한 잔 따르라고 신호를 보냈다. 간밤에 할머니와 성공적으로 대화했던 것을 떠올려 같은 얘기를 시작했다. 파리의 극장에 갔던 일, 옛 친구들을 만났던 일 등. 할머니가 여러 단서를 던져주었던 것처럼 이번에도 이런저런 얘기가 나왔다. 식사를 하면서 나는 전쟁 동안 장 드게가 레지스탕스를 위해 싸웠다는 것, 폴이 감옥에 갇혀 있었다는 것, 장 드게와 프랑수아즈가 해방 직후 만나 결혼했다는 것을 알게 되었다. 화제가 전환되면서 가족사의 작은 파편들이 내 귀에 들어오기도 했다. 이렇게 주워 모은 것들은 나중에 한가할 때 분류하고 거를 재료였다. 하지만 아직도 장 드게와 폴, 르네 사이의 관계는 수수께끼였다. 폴과 르네가 부부라는 것, 폴이 전적으로든 부수적으로든 가족 사업을 지휘한다는 것 이상으로는 알 수 없었다. 장 드게와 그 어머니, 그리고 딸아이는 생김새가 아주 비슷했지만 블랑슈의 체격이나 피부색은 전혀 달랐다. 또 폴과 르네는 둘 다 머리나 피부색이 검은 편이어서 혈연관계가 있는 것처럼 보였다.

블랑슈는 대화에 거의 끼지 않았고 특히 나와는 말을 섞지 않았다. 나를 가장 많이 도우면서 정보를 제공한 것이 프랑수아즈였다는 점은 놀라웠다. 불만스러운 말투가 완전히 사라졌고 행복하게, 심지어 신나게 보였다. 계속 만지작거리는 로켓 덕분인 듯싶었다. 반면 대화를 주도하리라 여겼던 르네는 말이 없고 시큰둥했다. 블랑슈가 편두통이 어떠냐고 물었을 때도 안 좋다고 짧게 대답했다.

"약이라도 좀 먹지그래?" 폴이 짜증스럽게 말했다. "최근에 새로 나온 약이 있는 모양이던데? 르브룅 선생님이 알약을 가져다주었잖아."

"소용없다는 걸 잘 알면서 그래." 르네가 대답했다. "오후에 누워서 좀 자야겠어. 간밤에 너무 힘들었어."

"르네 숙모가 홍역에 걸렸나 봐." 마리노엘이 말했다. "홍역은 두통으로 시작된다고 하던걸. 하지만 숙모는 아이를 낳지 않을 거니까 괜찮아."

마지막 말은 적절치 못했다. 르네가 얼굴을 붉히며 조카를 노려보았고 프랑수아즈는 허둥지둥 화제를 돌려 폴에게 다친 공장 직원에 대해 물어보면서 아이에게 눈살을 찌푸려 보였다. 유리 공장 일꾼 하나가 팔에 화상을 입은 모양이었다.

"직원 복지나 치료에 들이는 돈을 사업에 돌릴 수만 있어도 향후 상황이 훨씬 나아질 텐데 말이지." 폴이 말했다. "직원들은 온갖 핑계를 대고 게으름을 피우지. 어차피 우리가 돌봐줄 거라고 생각하니까. 아버지 때와는 아주 달라졌다니까."

"아버지는 명석한 두뇌와 고결함을 지니고 계셨지." 뜻밖에 블랑슈가 말을 받았다. "그 아들들은 불행히도 둘 다 갖추지 못했고."

나는 속으로 블랑슈에게 박수를 보냈다. 하지만 폴은 입을 삐죽거리며 좀 전의 르네만큼이나 얼굴을 붉혔다. "그래서 내가 부정직하다는 거야?"

"아니, 상황을 호도한다는 거야."

"제발, 그만들 하세요." 프랑수아즈가 사정하듯 말했다. "식탁에서 굳이 이래야 해요? 오늘만큼은 사업 얘기를 하지 않을 수 있겠다 생각했는데."

"아니죠, 프랑수아즈. 형이 형수가 달고 있는 괴상한 물건에 기울이는 정성의 4분의 1만 사업에 쏟았더라도 우리가 걱정할 일은 없었을 거요. 아무도 불평 같은 건 하지 않았을 테고. 최소한 나는 안 그랬을 겁니다."

"남편에게서 몇 달 만에 처음으로 받은 선물인 걸 잘 알면서 그래요." 프랑수아즈가 항변했다.

"그럴 수 있겠군요. 하지만 더 운 좋은 사람들도 있었을걸요?"

"이를테면 누가 그렇죠?"

"나한테 묻지 마세요. 여행한 사람은 형이니까. 난 집에 있었고. 이것이 차남의 특권이죠."

불쾌한 빈정거림이었다. 그 역시 이 가문의 후손이나 차남이라는 위치에 불만이 큰 모양이었다. 조금씩 퍼즐이 맞춰졌다. 하지만 르네가 그저 제수씨에 불과한 것인지는 확신할 수 없었다.

"혹시 장이 다른 여자한테 돈을 썼다고 생각하는 거라면……" 프랑수아즈가 말했다.

"그건 맞아." 아이가 끼어들었다. "아빠가 르네 숙모랑 블랑슈 고모 선물도 샀으니까. 대체 무슨 선물인지 궁금해."

"넌 좀 조용히 하렴." 프랑수아즈가 아이를 돌아보았다. "식탁에서 먼저 일어나고 싶지 않다면 말이다."

양 다리 요리가 끝나고 채소까지 먹은 후 이제 치즈와 과일이 놓인 참이었다. 나는 긴장감을 누그러뜨릴 때라고 느꼈다.

"선물들을 풀어보지그래?" 내가 유쾌한 어조로 말했다. "나도 프랑수아즈 생각과 같아. 일 얘기는 그만두자고. 자, 르네부터 풀어봐. 편두통이 나아질지 몰라."

마리노엘은 내 허락을 받은 후 의자에서 일어나 식탁을 돌아 숙모 옆으로 가서 섰다. 르네는 마지못해 포장지 리본을 풀었다. 예쁜 종이를 젖히니 그 안은 다시 종이로 채워져 있었다. 얼핏 레이스가 보였고 르네는 손을 멈추고 서둘러 말했다. "위층에 올라가 풀어볼게요. 뭐라도 흘릴까 봐 걱정스러워서."

"뭔데 그래요? 블라우스예요?" 프랑수아즈가 물었다.

선물을 감추려는 숙모 손보다 더 빨리 움직인 마리노엘의 손이 얇디얇은 잠옷을 끄집어냈다. 한여름의 신부가 결혼 전날 준비할 만한 고운 옷이었다.

"정말 예쁘네요." 온기라곤 찾아볼 수 없는 프랑수아즈의 목소리였다.

르네는 서둘러 마리노엘에게서 잠옷을 빼앗아 다시 포장지 안에 집어넣었다. 내게 고맙다는 인사도 하지 않았다. 그제야 단추가 잘못 꿰어졌다는 생각이 들었다. 모두가 보는 앞에서 풀어볼 만한 선물이 아니었다. 선물은 개인적으로 전달해 혼자 풀어보게 해야 한다는 아이 말이 옳았다. 하지만 너무 늦었다. 폴이 우울한 표정으로 아내를 보았고 프랑수아즈는 아무 문제 없다는 척 가식적인 밝은 미소를 짓고 있었다. 블랑슈는 얼굴에 경멸의 빛을 띠었다. 마리노엘 혼자만 신이 났다.

"르네 숙모는 그걸 특별한 날을 위해 간직해둬야겠네. 입은 모습은 폴 삼촌밖에 보지 못하는 게 아쉽지만."

아이는 폴 옆으로 옮겨 가 "아빠가 삼촌한테는 뭘 줬을까?"
하고 궁금해했다.

폴은 어깨를 으쓱했다. 아내가 받은 선물을 본 후 기분이 상
한 듯했다. "모르겠는걸. 네가 열어보려무나."

아이는 신나서 나이프로 끈을 잘랐다. 나는 그동안 장 드게를
위한 변명을 고민하고 있었다. 전날 밤 계단에서 르네와 마주쳤
던 일이 떠올랐다. 그때 내가 해야 했던 일이 이것이었구나. 폴
이 집을 비우고 둘만 있는 틈에 전달했어야 할 선물을 온 식구
가 모인 식당에서 주고 말았다니. 그래도 장 드게가 다행히 동
생을 위한 선물도 준비했으니 그 실수가 어느 정도 만회되겠지.
하지만 그건 틀린 생각이었다. 더 끔찍한 상황이 바야흐로 펼쳐
질 판이었다. 아이가 고개를 갸우뚱하며 작은 병 하나를 꺼낸
것이다.

"약인데. 엘릭시르래." 아이는 큰 소리로 설명서를 읽기 시작
했다. "인체 기관의 기능을 높임. 발기부전을 해결하는 호르몬
약제. 발기부전이 뭐야, 아빠?"

더 이상 읽지 못하도록 폴이 약병을 낚아챘다. "자, 이리 주고
조용히 하렴." 폴은 약병을 윗옷 주머니에 넣고 격분한 얼굴을
내게 돌렸다. "이게 장난이라면 나한테는 전혀 재미가 없는걸."

그는 벌떡 일어나 나가버렸다. 간담 서늘한 침묵이 식당에 가
득 찼다. 그렇게 고의적이고 사악한 장의 행동에 대해 나는 어

떤 변명도 생각해낼 수가 없었다.

"이게 무슨 일이람. 폴 삼촌이 실망했어. 나도 그럴 만하다고 생각해." 마리노엘이 나무라는 시선을 던졌다.

옆쪽에서 나를 바라보는 가스통의 눈길도 느껴졌다. 나는 고개를 숙여 접시만 바라보았다. 사방에서 적개심이 뻗쳐 왔다. 르네를 쳐다볼 엄두가 나지 않았고 못마땅한 기침 소리로 볼 때 프랑수아즈도 전혀 내 편이 아니었다. 장 드게라면 이런 형편없는 실수를 저지르지 않았겠지. 사과조차 무의미했다. "우리에게 베풀어주신 모든 것에 진정 감사드립니다." 블랑슈가 간단히 기도를 마치고 자리에서 일어났다. 프랑수아즈와 르네도 뒤따라 일어났고 나만 식탁에 남았다.

"블랑슈 고모, 선물을 가져가야지." 아이가 손에 꾸러미를 챙겨 들고 여자들 뒤를 따라갔다.

가스통이 쟁반을 가지고 와 식탁 위 빵 부스러기를 쓸었다. "므시외 르콩트께서 유리 공장에 가실 거라면 차가 대기하고 있습니다."

눈을 들자 책망의 시선과 마주쳤다. 내게 자신감을 준 것이 그의 헌신이었던 만큼 참으로 난처했다.

"지금 일어난 일은 전혀 의도한 바가 아니야." 내가 해명했다.

"물론 아니시죠, 므시외 르콩트."

"실수였어. 선물로 뭘 준비했는지 잊어버렸다네."

"그렇고말고요, 므시외 르콩트."

더 이상 할 말이 없었다. 나는 식당에서 홀로, 이어 테라스로 나가 계단을 내려갔다. 르노 자동차가 서 있고 폴이 차 문을 열어놓은 채 나를 기다리는 중이었다.

8

폴을 피해 갈 길은 없었다. 그 상황은 내 책임이었다. 장 드게는 개인적으로 선물을 전달하려는 의도였을 텐데 내가 엉뚱한 친밀감을 과시하며 어처구니없는 실수를 저질러 다 망쳐버린 것이다.

"자, 타지. 네가 운전해." 나는 짧게 말하곤 조수석에 앉았다. 장 드게의 이름으로 저지른 잘못에 대해 뭔가 조치를 취해야만 한다는 마음이 들었다. 어떻든 체면의 문제였다.

"조금 전 상황은 미안해. 완전 실수야. 짐 가방에서 물건이 마구 뒤섞이는 바람에."

폴은 금방 대답하지 않았다. 마을 언덕을 올라 교회를 지나면서 슬쩍 폴을 쳐다보았더니 양 끝이 아래로 처진 채 굳게 다문

입술 모양이 블랑슈와 닮았다는 걸 처음으로 알아볼 수 있었다. 하지만 높은 코와 짙은 눈썹은 폴만의 특징이었고 블랑슈의 부드럽고 창백한 피부와 달리 폴의 피부는 색소 침착으로 얼룩덜룩했다.

"형은 정말 믿을 만한 사람이 못 돼." 그가 입을 열었다. "식구들 앞에서, 심지어 하인들까지 있는 상황에서 나를 바보로 만들려는 의도였잖아. 지금쯤 다들 부엌에 모여 배꼽을 잡고 웃어대지 않겠어? 거기 끼어 있다면 나 역시 그럴 테고."

"말도 안 돼. 아무도 눈치채지 못했어. 실수였다니까. 잊어버려."

차는 마을을 벗어나 묘지 옆을 지나더니 똑바른 길을 따라 숲을 향해 달렸다.

"평생 동안 형의 장난을 참아왔어. 하지만 한계라는 게 있는 거야. 클럽이나 우리 둘 사이에서라면 재미있을지 몰라도 내 아내와 형수까지 있는 상황에서 공개적으로 날 조롱하다니. 여자들한테도 상처를 주면서 말이야. 솔직히 형이 이 정도까지 악취미인 줄 미처 몰랐어."

"그래. 사과했잖니. 더 이상 뭘 해야 할지 모르겠다. 실수였다는 걸 믿어주지 않는다면 더는 할 말이 없군."

눈앞으로 숲이 다가왔다. 사람을 내치는 짙은 색이 아닌 황금빛 녹음이었다. 떡갈나무, 서어나무, 밤나무, 너도밤나무들이 뒤섞였고 나뭇잎들은 그늘을 만들기보다 반짝였다. 세월을 담은 가지들이 뻗어 나갔고 나무줄기는 색이 바래 있었다. 여름이나 겨울이나 어두운 색인 침엽수와 달리 계절에 따라 다른 모습을 보이는 이 나무들은 가을을 맞아 온 대지를 가을 색으로 물들이고 있었다.

"그리고 하나 더." 폴이 말했다. "이제 르네를 그만 좀 건드릴 때가 되지 않았어? 르네는 마리노엘이 아니야. 딸한테 장난을 거는 거야 형 마음대로지만 내 아내는 아냐. 내 아내가 형의 인기욕을 채워주는 인형 노릇 하는 건 절대 반대야."

사과하는 역할은 쉽지 않았다. 나는 장 드게라면 모두 앞에서 잠옷 선물을 드러낸 실수를 어떻게 덮을지 생각해보았다.

"여자들은 선물을 좋아해. 너도 프랑수아즈가 받은 선물을 봤잖아? 르네한테도 뭔가 예쁜 것을 사주고 싶었을 뿐이야. 마리노엘한테처럼 성자전이나 사주라는 거야?"

폴이 오른쪽으로 핸들을 꺾었다. 차는 타르 포장 된 길을 벗어나 모랫길로 접어들었다. 숲이 끝나가면서 앞이 훤히 뚫렸다.

"형이 고른 선물도 천박했고 전달한 방법도 형편없었어. 그 순간 형수 얼굴을 봤어야지. 하여튼 다음번에 또다시 르네한테 선물을 할 거라면 나한테 먼저 의논해줘."

길이 좁아지면서 막다른 길에 다다랐다. 정면에 일꾼들 오두막집이 길게 늘어서 있었다. 비탈 지붕에 키 큰 굴뚝들이 선 오른쪽의 커다란 건물이 작업장인 듯했다. 그 근처에 비슷한 건물이 여럿 늘어섰고 담장이 쳐져 길이나 오두막집들과 구분되어 있었다. 손수레를 끄는 일꾼들이 작업장을 부지런히 들고 났다. 폐기물을 잔뜩 실은 트럭 한 대는 레일을 따라 움직였다. 용광로에서 나오는 연기가 꿀럭꿀럭 소리를 내면서 굴뚝을 통과했다. 폴은 열린 문으로 차를 운전해 들어가자마자 작은 건물 앞에 차를 세웠다. 그러곤 내게 한 마디 말도 없이 내려서는 높은 굴뚝 작업장 뒤쪽 두 번째 건물 쪽으로 걸어갔다.

나도 차에서 내려 폴 뒤를 따랐다. 레일들 사이로 걷다 보니 발밑에서 뭔가 버석거렸다. 바닥이 모래알처럼 작고 고운 유리알로 덮여 있었던 것이다. 흙 속에도, 진흙 속에도, 쓰레기 더미 속에도 파랗거나 초록이거나 호박색인 유리 천지였다. 일꾼들은 우리가 지나갈 수 있도록 손수레를 멈추었다. 폴에게는 고개를 숙였지만 나를 보면서는 미소 지었다. 가식적 존중이 아닌, 동료애와 다정함을 담은 미소였다. 내 얼굴을 보게 되어 진심으로 기쁘다는 듯이 말이다. 그렇게 환영받는다고 느끼자 으쓱하며 기분이 좋아졌다. 특히나 폴이 아닌 내게 그런 미소를 지어주는 것이 만족스러웠다.

폴은 곧장 18세기풍의 기다란 2층 건물로 들어갔다. 건물은 오래된 빨간 타일 벽에 지붕에는 이끼가 끼고 출입문을 열면 허름한 사각형 방으로 이어졌다. 벽에 패널을 붙이고 바닥은 돌로 된 방이었다. 방 한가운데 책이며 서류, 서류철이 쌓인 탁자가 있고 한구석에 커다란 책상이 놓였다. 뺨이 움푹 꺼지고 안경을 쓴 양복 차림 대머리 남자가 탁자에 앉아 있다 일어났다.

"어서 오십시오, 므시외 르콩트." 그가 내게 인사했다. "이제 좀 괜찮으십니까?"

폴이 내 숙취에 대해 얘기해버린 모양이었다. 남자의 미소에는 바깥쪽 일꾼들의 다정함과 친밀함이 아닌, 떨림과 긴장이 있었고 안경 속 두 눈에도 불안감이 깃들었다.

"아무 문제 없소. 그냥 바보짓을 좀 했지."

폴이 낄낄거리며 웃었다. 즐거운 웃음이 아니었다. 즐겁지 않은 사람이 비웃으며 내는 소리였다. "아침 내내 침대에 누워 있는 건 분명 즐겁겠지. 특별한 일이야. 난 아주 오랫동안 그럴 수가 없었지만 말이야. 자크도 마찬가지고."

남자는 우리 둘을 번갈아 보며 누구도 공격하고 싶지 않다는 공손한 태도를 취했고 "두 분께서 긴히 의논하실 일이 있나요? 그렇다면 바로 자리를 비켜드리겠습니다"라고 재빨리 말했다.

"아니, 유리 공장의 미래에 대해서는 자네도 우리만큼이나 관심이 크지 않나. 나도 형이 파리에서 어떻게 일을 처리했는지 아직 전혀 모른다네."

두 사람은 나를 쳐다보았고 나도 그들을 마주 보았다. 이어 나는 책상 앞 의자로 가서 자리에 앉아 거기 놓인 담뱃갑에서 한 대를 꺼냈다.

"구체적으로 뭘 알고 싶은 거야?" 나는 담뱃불을 붙이기 위해 몸을 구부리며 물었다. 덕분에 뭐라 대답할지 몰라 혼란스러운 얼굴을 감출 수 있었다.

"하느님 맙소사……" 폴이 한숨을 내쉬었다. 조심스럽게 떠보는 내 질문이 오랫동안 발휘한 인내심에 마지막 일격이라도 가했다는 투였다. "문제는 하나뿐이잖아. 앞으로 우리가 문을 닫는 거야, 아닌 거야?"

누군가, 아마 할머니가 계약 얘기를 했었다. 파리 출장이 카르발레 계약을 위한 것이었다고. 장 드게는 그 결과를 알려줘야 하는 상황이었구나. 좋아, 그럼 원하는 답을 해주겠어.

"카르발레와 계약 갱신을 했느냐고 묻는 거라면 그렇다고 답해주지." 내가 말했다.

두 사람이 놀란 눈으로 나를 쳐다보았다. 자크가 "만세!" 하고 환성을 지르는 순간 폴이 끼어들었다. "어떤 조건으로? 그쪽 요구 사항은?"

"본래 계약대로. 특별한 요구 사항은 붙이지 않았어."

"그러면 전과 동일한 조건으로 우리 물건을 가져가겠다는 거야? 다른 공장들에서 더 낮은 견적을 제시했는데도?"

"내가 그렇게 설득했지."

"논의를 얼마나 했는데?"

"여러 번."

"그럼 그 해명서는 뭐야? 편지들은? 우리 가격을 내리기 위해 허세를 부린 거였나?"

"그건 나도 모르지."

"그럼 전적으로 만족스러운 결과를 얻은 것이고 우리는 다음

6개월 동안 계속 생산할 수 있는 거야?"

"바로 그렇다니까."

"믿을 수가 없어. 대단한걸. 솔직히 불가능한 일이라 생각했거든. 정말 기쁘군."

폴이 담뱃갑에서 담배를 꺼내 자크에게 건네고 자기도 하나 피워 물었다. 그리고 둘이서 무언가 열심히 의논하기 시작했다. 나는 회전의자를 창 쪽으로 돌려 바깥을 바라보았다. 방금 대체 무슨 소리를 한 것인지 의아했다. 아마도 곧 두 사람이 내게 질문을 퍼붓겠지. 내가 제대로 아는 게 없다는 점도 금방 들통날 거야. 그 사이에…… 그 사이에 뭘 해야 하지? 햇살을 받아 황금빛을 띤 울창한 과수원에서는 열매를 무겁게 매단 사과나무 가지들이 축 늘어져 있었다. 저 멀리에서는 늙은 말이 흰 갈기를 휘날리며 땅을 가는 중이었다. 검은 앞치마 위에 회색 숄을 두르고 나막신을 신은 여자 하나가 밭두렁에서 괭이질을 했고 닭들이 그 뒤를 따라다니며 모이를 찾아 먹었다. 창틀을 배경으로 한 그 풍경은 그대로 평화롭고 마음 편한 그림 한 폭이었다. 여행객이 기차에서 지나가는 풍경을 바라보듯 나도 그렇게 계속 구경꾼으로 바라만 보고 싶었다. 그렇게 구경꾼으로 남는 삶, 남의 인생과 접촉이 없는 삶을 지금까지 늘 불만스러워했으면서도 말이다.

"계약서를 가져왔어?" 폴이 물었다.

"아니, 보내주기로 했어."

괭이질하던 여자가 고개를 들고 창 쪽을 바라보았다. 체구가 크고 나이가 많은 여자였다. 갈색으로 그을린 농부다운 얼굴에 주름이 가득했다. 이쪽을 보는 첫 시선은 조심스럽고 의혹에 차 있었지만 나를 알아본 순간 미소를 짓더니 괭이를 버려둔 채 밭을 가로질러 달려왔다.

"그럼 공장 문 닫을 걱정은 없다고 모두에게 알려도 될까요, 므시외 폴?" 자크라는 남자가 물었다. "지금까지 저는 아무 말 안 했습니다만, 워낙 소문이 무성해서요. 지난주 내내 일꾼들 사이에 온갖 추측이 많았지요."

"나도 잘 아네. 그 분위기를 도대체 바꿔놓을 수가 없었지. 이제 서둘러 소식을 알리게."

농부 여자가 이제 창문 바로 앞까지 도달했다. 그제야 여자를 본 폴이 "마침 쥘리가 왔군. 좋은 소식이든 나쁜 소식이든 금방 퍼뜨리는 사람이지"라고 말하며 창밖으로 몸을 내밀었다. "므시외 장이 파리에서 계약에 성공했어. 무슨 뜻인지 모르는 척하지는 말게."

여자 얼굴에 미소가 번졌다. 그러고는 팔을 뻗어 옆의 포도 덩굴에서 포도송이를 하나 따서 여왕처럼 우아한 자태로 내게 내밀었다.

"여기 있습니다. 므시외를 위해 키운 포도입니다. 싱싱할 때 어서 드세요. 그럼 이제 다 잘된 것인가요?"

"그렇다네." 폴이 다정하고 편안한 목소리로 대답했다.

"전 바로 그렇게 생각했습니다. 현명한 누군가가 그 사람들을 설득해야 한다고요. 파리에서 유명세를 누린다는 이유로 우리를 제멋대로 휘두르려는 그 사람들 말입니다. 한번 정신을 차려야죠. 므시외께서 그 사람들 코를 납작하게 해주셨다면 좋겠는데요." 여자의 눈빛에도 가스통과 마찬가지로 강한 신뢰와 힘, 충성심이 드러났다. 하지만 자신이 믿었던 사람이 실패할 경우 지체 없이 비판에 나설 유형이기도 했다. 나는 여자의 주름진 갈색 얼굴에서 시선을 돌려 축 늘어진 사과나무 가지와 쟁기질하는 말, 그 너머로 줄지어 선 숲속 나무들을 바라보았다. "이제 용광로는 계속 타오르고 굴뚝은 연기를 내뿜고 오두막 바닥에는 유리 가루가 쌓일 테지요. 6개월 이후를 걱정하는 사람은 없을 것이고요." 여자가 말했다. "앙드레에게 가서 한마디 해주시겠어요? 사고 소식은 들으셨지요?"

일꾼 하나가 다쳤다는 말이 기억났다. 나는 부담스러운 시선을 피하며 "알겠네. 나중에 가지"라고 대답했다. 여자는 뒤따르는 닭들을 쫓아버리며 다시 채소밭으로 향했다. 고개를 돌리자 폴이 코트를 벗어 걸고 작업복을 걸치는 중이었다.

"형이 없는 동안 우편물이 많이 오지는 않았어. 저기 책상 위에 모아 뒀어. 자크가 보여줄 거야."

폴이 문을 열고 나갔다. 나와 자크, 우편물과 서류 더미만 남았다. 하나씩 열어보니 대부분 다른 회사가 공급한 물품에 대한 청구서였고 배송 계약 회사의 요청서, 철도 회사가 보낸 계산서가 있었다. 한번 죽 살펴보았지만 전혀 이해할 수 없었고 어떤 행동을 해야 할지 알 수 없었다. 편지를 써야 할지? 지시를 내려야 할지? 숫자들은 뒤죽박죽 섞여 아무 의미도 전달해주지 못했다. 나는 갑자기 어른들 세상에 내던져진 아이처럼 무기력했다.

이상한 일이지만 진실을 털어놓는 게 유일한 방법이었다. 나는 서류를 밀쳐두고 "이게 다 뭐지? 내가 어떻게 해야 하는 거지?"라고 물었다. 자크가 미소를 지었다. 폴이 나가고 둘만 남으니 훨씬 더 편안해진 모습이었다. 그는 "계약이 연장되었다니 므시외 르콩트께서 더 이상 하실 일은 없습니다. 이건 제가 늘 하는 일이니 알아서 처리하겠습니다" 하고 대답했다.

나는 책상에서 일어나 문 쪽으로 갔고 문을 열었다. 그리고 문턱에 서서 작업장을 내다보았다. 일꾼들이 앞뒤로 오갔고 화물차 한 대가 정문에서 들어오고 있었다. 농장과 농장 건물은 유리 공장에서 45미터가량 떨어져 있었는데 너무 가깝다는 느낌이었다. 거위들이 마당을 돌아다니고 여자 하나가 울타리에 빨래를 널었으며 농장의 소 울음소리와 작업장 안의 금속 부딪치는 소리가 섞여 들었다. 굴뚝에서 연기가 뿜어져 나왔고, 땜질 자국이 있는 골 진 지붕에 매달린 낡은 종은 햇살을 받아 갑자기 반짝였다. 작업장 입구에 선 성모자상과 성요셉상은 이 작은 공동체와 그 안에서 살고 일하는 모두를 축복한다는 듯 양손을 들어 올리고 있었다. 건물들의 노후 정도나 분위기를 볼 때

이삼백 년 전에도 이곳 모습은 지금과 똑같았으리라는 생각이 들었다. 전쟁도 혁명도 그 모습을 바꾸지 못했다. 가족과 일꾼들이 믿는 방식, 원하는 방식으로 지속되어온 것이다. 옛 모습 그대로의 작은 유리 공장은 농장과 벌판, 오래된 사과나무들과 숲이 그렇듯 이 프랑스 작은 지역의 배경을 이루었다. 이 공장이 파괴된다면 이 땅에서 살아가는 생명체의 뿌리가 뽑히고 말 것이었다.

나는 고개를 돌려 자크를 보며 말했다. "이런 유리 공장이 최신 설비를 갖추고 임금도 많이 주는 큰 공장과 얼마나 경쟁할 수 있을까?"

자크가 청구서와 서류 틈에서 고개를 들었다. 안경 뒤의 눈빛이 불안하게 번쩍였다.

"그거야 므시외 르콩트께 달려 있습니다. 오래는 못 간다는 걸 잘 알고 있지요. 이미 소득이 아닌 부채가 되어 부자의 취미 생활로 전락한 상황이니까요. 돈을 잃어도 괜찮다고 생각하시면 별문제 아닙니다. 다만……"

"다만?"

"과거에 므시외께 속한 것에 조금만 더 신경을 썼더라면 오늘날 이렇게 큰 손해는 입지 않으셨을 겁니다. 용서하십시오, 제가 괜한 소리를 했군요. 제 일도 아닌데 말입니다. 므시외께 아쉬운 점은 이겁니다. 비즈니스는 가정과도 같습니다. 가장이, 중심축이 필요하죠. 중심축에 따라 번성하기도 하고 산산조각 나버리기도 합니다. 아시다시피 저는 므시외 아버님과 일해보지는 못했습니다. 그때는 제가 어렸으니까요. 하지만 아버님은 공명정대해 많은 존경을 받으셨지요. 므시외 뒤발도 비슷한 분이었습니다. 살아 계셨다면 여기서 훌륭한 가정을 일구셨을 테고 공장 존속에 대한 걱정도 없었겠지요. 므시외 뒤발은 일꾼들을 이해했고 상황이 바뀌면 어떻게 처신해야 하는지 아셨습니다. 하지만 지금은······." 그가 말을 맺지 못하고 내 눈치를 보았다.

"나와 동생을 비난하는 건가?" 내가 물었다.

"저는 누구도 비난하지 않습니다. 상황이 우리를 도와주지 않았을 뿐입니다. 므시외 폴은 책임감이 강하고 전쟁 이후 공장에 전념하고 계시지만 비용과 임금을 상대하는 전투에서 계속 지기만 하십니다. 일꾼들과 관계가 원만하지 못해 때로 일이 아주 어렵게 되고 만다는 건 므시외나 저나 잘 알고 있고요."

자크가 얼마나 어려운 입장일까 싶었다. 고용주와 일꾼들 사이에 끼어 양쪽 모두에게 욕을 먹으며 중재해야 하는, 그러면서도 비즈니스의 온갖 부담을 어깨에 짊어진 채 주문을 확인하고 채권자들을 달래며 초과근무를 마다하지 않고 수지 타산을 맞추는 사람. 무너져가는 체계를 지탱하는 마지막 기둥.

"난 어떻다고 보나? 솔직히 말해보게. 나 때문에 이렇게 된 거라고 말하려는 게 아닌가?" 내가 물었다.

자크는 미소를 지었지만 자포자기라는 듯 양어깨를 한번 올렸다 내렸다.

"므시외 르콩트, 모두가 므시외를 좋아합니다. 험담하는 사람은 하나도 없지요. 하지만 여기 관심이 없으시잖습니까. 유리 공장은 당장 내일이라도 므시외가 관심 있는 것들을 위해 폐쇄될 수 있지요. 아니, 아까 소식을 전해주실 때까지만 해도 그렇게 생각했습니다. 파리에는 그저 즐기기 위해 가신 것이라 생각했거든요. 그렇지만…… 므시외 폴이 말씀했듯 므시외께서는 불가능하던 일을 해내셨습니다."

나는 열린 문으로 시선을 돌렸다. 쥘리가 작업장 밖 쓰레기장을 지나 자기 집으로 돌아가고 있었다. 일꾼 몇 명이 큰 소리로 웃으며 쥘리를 불렀고 여자는 괭이를 어깨에 멘 채 큰 소리로 뭐라 대꾸했다.

"제가 한 말에 기분 상하시지는 않았지요, 므시외 르콩트?" 자크가 공손하게 물었다.

"아니, 전혀. 오히려 고맙네."

나는 밖으로 나가 유리 공장 작업장으로 갔다. 펄펄 끓는 용광로 근처에서 일꾼들이 옷을 벗은 채 일하고 있었다. 주변에는 크고 작은 통과 봉, 연결 파이프가 널려 있었다. 우르릉 소리와 쨍그랑 소리, 코를 찌르는 냄새까지 편안함과는 거리가 먼 환경이었다. 상황을 지켜보려고 다가서자 남자들이 미소 지으며 길을 비켜주었다. 공장에 들어올 때 보았던 웃음, 친근감과 인내심이 섞인 웃음, 뭘 하든 놀이 이상이 될 수 없는 아이에게 마음대로 해보라고 간혹 허락하면서 어른이 보여주는 그런 웃음이었다.

더운 작업장에서 시원한 바깥으로 나왔다가 다른 작업장으로 들어갔다. 아래위 붙은 작업복 차림 남자들이 여러 도구로 유리와 씨름했다. 나는 파랗거나 초록색이거나 황금색인 작은 유리 용기들, 갖가지 모양과 크기의 유리병들을 만져보았다. 완벽해 보이는데 불량이라고 했다. 선별과 포장이 이루어지는 작업장에는 발송 준비가 완료된 상자가 쌓여 있었다. 자동화된 공장의 비인간적인 느낌은 어디에도 없었다. 세월의 흐름에도 변치 않는 품질을 고스란히 유지하고 있는 개성적이고 친근한 수공업, 일꾼들을 고용하지만 공장 자체도 일꾼들에게 소속된 듯한 그런 모습이었다.

"즐겁게 구경하시는 중인가요?"

만지작거리던 유리 제품에서 시선을 들어 보니 쥘리의 넓적한 얼굴이 미소 짓고 있었다.

"그렇게도 말할 수 있겠군."

"생산관리는 늘 그래왔듯 므시외 폴에게 맡기시지요. 지금 앙드레를 보러 가시겠어요?"

쥘리가 작업장을 나서 오두막집들이 늘어선 모랫길로 나를 안내했다. 작업장 건물처럼 색 바랜 노란색 집들이었는데 얼룩무늬 타일 지붕에 창을 뚫은 모습이 다들 똑같았다. 집들 사이에는 손바닥만 한 마당과 부서진 담장이 있었다. 쥘리를 따라 들어간 세 번째 오두막은 거실과 부엌, 침실이 구분 없이 한 공간이었다. 난로 근처 삐걱거리는 나무 침대에 남자가 누워 있고 한구석에는 마리노엘 또래의 눈 색깔 옅은 사내애가 부서진 트럭 장난감을 굴리며 놀고 있었다.

"자, 므시외 르콩트께서 널 보러 오셨어. 일어나 앉아 네가 살아 있다는 걸 보여드리렴." 쥘리가 말했다.

눈이 쑥 들어가고 창백한 남자가 미소를 지었다. 목부터 팔까지 붕대를 감고 있었다.

"괜찮은가? 무슨 일이었나?"

쥘리는 내가 왔는데도 일어서지 않는 사내아이를 혼내다가 고개를 돌렸다.

"무슨 일이었냐고요? 몸의 오른쪽 절반이 거의 다 불에 타버렸지요. 므시외의 현대식 용광로와 기계 때문에요. 그러니 므시외 책임도 있습니다. 자, 여기 앉으세요." 쥘리가 하나뿐인 의자에 앉은 고양이를 쫓아버리더니 먼지를 떨었다. "넌 뭐 할 말 없니?" 남자는 말을 하기에는 너무 아프고 기운이 없는 듯했다. "므시외 르콩트께서 파리의 즐거운 여행에서 돌아오셨는데 미소라도 보여드려야지. 잘못하다가는 다시 파리로 가버리시겠다. 잠깐만요, 커피 한잔 드릴게요."

여자는 난로 앞에 몸을 구부리고 휘어진 꼬챙이로 불길을 살렸다.

"얼마나 누워 있어야 하는 건가?" 내가 물었다.

"저도 모르겠습니다. 말을 안 해주네요, 므시외 르콩트." 남자가 대답하면서 쥘리 쪽을 보았다. "다시 일할 수 있을 때까지 너무 오래 기다리게 될까 봐 걱정입니다."

"이제 괜찮아." 쥘리가 말했다. "므시외 장이 상황을 다 아셨으니까. 괜히 시끄럽게 할 필요 없다. 므시외께서 제대로 급여와 보상을 받게 해주실 거야. 오래 치료받아야 한다고 해서 해고되는 일은 없어. 그렇지 않은가요, 므시외 장? 우린 이제 다시 숨 쉴 수 있게 되었어요. 파리의 그 상어 떼들이 그저 안 된다고만 하지 않았다니 다행이지요. 자, 이제 커피 드세요, 설탕을 많이 넣으시죠? 늘 그러셨던 걸 안답니다." 여자가 찬장에서 작은 각설탕 봉지를 꺼냈다. 아이는 설탕 봉지를 보고 일어나 하나 얻으려 할머니를 부르며 다가왔다.

"저리 비켜 있어라. 무슨 버릇이니? 엄마가 가버리고 나니 제멋대로 구는구나." 이어 쥘리는 돌아서 혼잣말처럼 "애가 엄마를 그리워해 문제랍니다. 앙드레까지 다쳐서 눕고 나니 오냐오냐할 수밖에 없게 되네요. 어서 커피 드세요. 도시에서 창백해진 얼굴색을 바꿔줄 거예요"라고 말했다.

커피를 마시고 얼굴색을 바꿔야 할 사람은 내가 아니라 침대에 누운 앙드레였다. 하지만 쥘리는 커피를 딱 한 잔만 만들었다. 주위를 둘러보니 벽의 회반죽은 금세 떨어질 지경이었고 천장에는 젖은 자국이 커다랗게 나 있었다. 쥘리가 재빠르게 내 시선을 알아차렸다.

"어쩌겠어요? 며칠 안에 제가 손을 봐야지요. 여기 오두막집들은 보수를 못 한 지 오래되었어요. 하지만 불평해봤자 므시외한테 뭐 좋겠어요? 므시외도 돈이 넉넉하지 않다는 걸 잘 안답니다. 식구도 많으시고요. 1~2년 지나면 좀 나아지겠지요. 성의 식구들은 어떠신가요? 마담 라콩테스는 건강하신가요?"

"썩 건강하시지는 않다네."

"그렇군요. 우리 다 같이 늙어가고 있지요. 짬 날 때 한번 올라가 뵈어야겠네요. 마담 장은 언제 출산이신가요?"

"잘 모르겠네. 한참 후는 아닐 것 같지만."

"훌륭한 아드님이 태어나면 많은 것이 달라질 겁니다. 제가젊으면 올라가서 돌봐드릴 텐데요. 옛날에 그랬던 것처럼요. 참그때는 좋았지요. 사람들도 지금하고는 달랐어요. 이젠 자청해서 더 일하겠다는 사람이 없어요. 전 일을 안 하면 바로 죽어버릴 것 같은데 말이에요. 마담 라콩테스의 문제가 무엇인지 아세요? 하실 일이 별로 없다는 겁니다. 어서 커피 드세요. 설탕도더 있습니다. 하나 더 넣으세요."

앙드레는 내가 커피 마시는 모습을 보고 있었다. 힘없는 시선이 내 찻잔에 고정되었다. 아이도 마찬가지였다. 둘 다 커피와설탕이 간절했지만 마실 수 없었다. 쥘리가 주기 싫어서가 아니라 모두 나눠 먹을 만큼 넉넉지 않기 때문이었다. 커피와 설탕을 충분히 살 돈이 없었던 것이다. 앙드레는 유리 공장에서 충분한 돈을 벌지 못했다. 공장 주인인 장 드게는 공장이 당장 내일이라도 문을 닫든 말든 개의치 않는 사람이었다. 나는 커피 잔을 난로 위에 내려놓았다.

"고마워, 쥘리. 벌써 효과가 있는걸."

나는 자리에서 일어나 곧바로 오두막집을 나섰다. 의례적 방문이 끝난 것이다. 쥘리가 문밖까지 따라 나왔다.

"앙드레는 두 번 다시 일하지 못할 거예요." 바깥에서 쥘리가 말했다. "므시외도 짐작하셨겠지만요. 앙드레한테는 얘기 안 했어요. 괜히 마음만 불편할 테니까. 뭐 삶이 다 그런 거죠. 제가 아들과 손자를 돌볼 수 있으니 다행이에요. 마담 라콩테스께 제 인사를 전해주세요. 포도를 좀 따서 보낼게요. 옛날에는 포도를 참 좋아하셨죠. 그럼 안녕히 가세요."

나는 차에서 꺼낼 것이 있다면서 쥘리 혼자 공장으로 돌아가게 했다. 그리고 쥘리가 쓰레기 유리 더미를 지나 나막신 밑으로 바스락 소리를 내면서 걸어가는 모습을 지켜보았다. 검은 숄과 앞치마를 두른 여자의 튼튼한 체구가 회색으로 칠해진 작업장의 일부로 섞여 들었다. 오래된 건물 뒤 무성한 채소밭으로 여자가 사라지자마자 나는 르노 차에 올라타 아까 왔던 숲 사이 큰길로 들어섰다. 4킬로미터쯤 달린 후 내리막길이 시작되기 전에 차를 멈추고 담뱃불을 붙였다. 밖으로 나와 아래쪽 풍경을 내려다보았다.

유리 공장의 작은 공동체가 숲속 개간지에 한적하게 자리 잡은 모습이었다. 그 너머 숲이 끝난 곳에는 농지가 펼쳐지고 여기저기 흩어진 목장과 마을이 보였다. 마을마다 교회 첨탑이 하

나씩 서 있었다. 그 너머는 다시 농지와 숲이었다. 바로 아래에
는 생질 마을이 있었다. 교회 첨탑은 보였지만 성은 빽빽한 나
무 뒤에 가려졌다. 보이는 것은 가을 햇살을 받아 어둡고 부드
러운 색을 띤 농장 건물들, 그리고 검은 골목과 나무들을 배경
으로 서 있는 회색 성벽뿐이었다.

　나는 구경꾼이 되고 싶었다. 아무 다른 감정 없이 생질 마을
과 성벽을 내려다볼 수 있다면 얼마나 좋을까. 아침에 느꼈던
즐거움, 어린 학생처럼 들뜨고 신났던 기분은 자취 없이 사라
졌다. 첩보원 연기가 부메랑처럼 내게 되돌아왔다. 아무 의심도
사지 않고 사람들을 속여 넘겼다는 승리감과 우쭐함이 수치심
으로 다가왔다. 장 드게가 다른 종류의 사람이었다면 좋았을 듯
했다. 그가 가치 없는 존재였다는 걸 한 단계 한 단계 밝혀나가
고 싶지 않았다. 훌륭한 사람의 역할을 대신한다면 얼마나 좋을
까. 그럼 정말 열심히 할 수 있을 텐데. 본래의 나도 무시할 만한
존재였는데 대신하게 된 사람도 아무 가치 없는 인간이라니. 그
는 자신의 가치 따위에 아무 신경 쓰지 않는다는 점에서는 나보
다 우월했다. 아니, 결국 신경을 쓰긴 쓴 걸까? 그래서 사라져버
린 걸까?

　나는 고요한 마을을 하염없이 내려다보았다. 아이 하나가 몰
고 가는 검고 흰 가축들이 교회 옆을 느릿느릿 지나갔다. 불쑥
뒤에서 말소리가 들렸다. 돌아보니 고개를 끄덕거리는 낯익은
늙은 사제의 미소 띤 얼굴이 보였다. 긴 사제복을 검은 부츠 위

로 걸어 올리고 세발자전거를 타고 있었다. 우스꽝스럽지만 마음이 따뜻해지는 모습이었다.

"햇볕을 쬐고 있으니 좋지요?" 사제가 물었다.

나는 갑자기 다 고백해버리고 싶은 충동에 사로잡혀 세발자전거 쪽으로 다가가 핸들에 손을 올리고 말했다. "신부님, 제가 죄를 지었습니다. 지난 24시간 동안 거짓말을 하고 살았습니다."

사제의 얼굴에 인자한 주름이 잡혔다. 하지만 중국 상점에서 파는 관료 인형과 너무 비슷한 그 습관적인 고갯짓 때문에 순간 나는 신뢰감을 잃었다. 사기와 기만에 빠진 내게 자전거를 타고 이 언덕을 지나는 사제가 대체 무엇을 해줄 수 있을까?

"언제 마지막 고해를 하셨나요?" 사제가 물었다. 어릴 때 어느 간호사로부터 똑같은 질문을 받았던 기억이 떠올랐다.

"모르겠습니다. 기억이 나지 않습니다."

사제는 여전히 고개를 끄덕이며 말했다. "오늘 저녁에 찾아오시는 게 좋겠습니다."

마땅히 들을 만한 답변이었지만 실상 내겐 아무 소용이 없었다. 나중은 필요 없었다. 나는 당장 그 언덕 위에서 답을 들어야 했다. 차를 몰고 멀리 사라져 성 안 사람들이 알아서 살아가도록 내버려둘 것인지, 아닌지를.

"제가 생질을 떠나 사라져버린다면, 영영 돌아오지 않는다면 신부님은 저를 어떻게 생각하실까요?"

늙은 분홍빛 얼굴에 다시 미소가 떠올랐고 사제는 내 어깨를 두드려주었다. "므시외는 절대 그러지 못할 거요. 너무 많은 사람이 므시외에게 의존하고 있으니까. 설사 그렇다 해도 내가 므시외를 비난할 것 같은가요? 아니, 그건 내 일이 아닙니다. 늘 그랬듯 므시외를 위해 계속 기도할 것입니다. 자, 이제 엉뚱한 소리는 그만하십시오. 시름에 빠지고 영혼이 약해지는 것은 좋은 신호라는 걸 기억하십시오. 신께서 멀리 계시지 않는다는 뜻이니까요. 자, 햇볕을 쬐며 담배를 마저 피우시고 주님에 대해 생각하십시오."

사제는 손을 흔들고 다시 출발했다. 나는 페달을 밟지 않고 언덕을 내려가는 자전거를 바라보았다. 자전거는 마을로 들어가 가축 떼를 피해 굴러갔다. 사제는 성당으로 오르는 계단 옆 벽에 자전거를 기대두고 사라졌다. 나는 담배를 마저 피우고 차에 올라 신부가 간 길을 따라 운전했다. 마을을 통과하고 다리를 지나 성 대문으로 향했다. 원형 진입로에서 별채로 가고 있는 가스통이 보이기에 차를 유리 공장으로 가져가 폴이 타고 오게 하라고 지시했다. 그러고는 집 안으로 들어가 옷 방으로 갔고 탁자 위에서 짐 가방에 들어 있던 서류를 찾아냈다.

카르발레라는 이름과 주소가 찍힌 서류가 있었다. 집중해 읽어보니 두려워하던 그대로였다. 과거의 오랜 거래 관계, 특히나 최근 있었던 개인적 만남을 고려한다면 너무도 유감스럽지만 장기적으로 판단할 때 계약 갱신은 불가능하다고 쓰여 있었다.

9

그 순간 내 머릿속에 자크나 성 안 식구들은 떠오르지 않았다. 계약 갱신 이야기를 듣고 보인 반응으로 볼 때 이미 최악의 상황을 각오한 것이 분명했기 때문이다. 토지에서 나오는 수입이나 상속재산 등 다른 방법으로 어떻게든 먹고살 수 있을 것이다. 성이 쇠락하고 식구들은 바깥세상을 탓하며 불만에 차 나이들어가면 그만이었다. 하지만 그날 오후 유리 공장에서 만난 일꾼들, 용광로 옆에서 웃통을 벗은 채 땀 흘리던 이들, 작업장에서 기술을 발휘하던 이들, 특히 화상으로 붕대를 감고 오두막집에 누워 있던 앙드레, 작은 찬장에서 커피와 설탕을 꺼내 나를 대접했던 쥘리는 마음에 걸렸다. 다시 공장으로 돌아가 실은 카르발레와의 계약이 끝나버렸다고, 갱신 얘기는 거짓말일 뿐이었다고 알린다면 일꾼들 눈빛이 어떻게 변할까. 그 참을성 있는 너그러운 미소 대신 외면하고 무시하고 심지어는 멸시까지 드러내겠지. 자크가 나서서 모든 것이 오해였다고, 안타깝게도 므시외 르콩트는 손실을 보며 사업을 유지할 여력이 없다고 설명한다면 일꾼들의 얼굴에 화상 입은 앙드레같이 공허한 표정이 떠오를 것이다. 몸이 아프지 않으니 공허함의 정도는 조금 약할지 몰라도 말이다. 일꾼들 자신은 어찌해볼 수 없다 해도 므시외 르콩트가 진작 신경을 썼더라면 충분히 예측하고 막을 수 있었던 일이 결국 일꾼들의 삶을 망가뜨리게 된 것이다. 일꾼들은 나와 폴이 성으로 돌아가는 모습을 지켜본 후 기계를 멈추고 용광로를 끄고 포장 직전 상태의 작은 병들을 쌓아둔 채 모랫길을 따라 오두막집으로 돌아갈 것이다. 회반죽이 벗겨지고 천장에 물 샌 자국이 있는 그곳으로. '어차피 므시외한테는 별일 아니겠지. 하지만 우리는? 우리는 이제 어쩌지?'라는 말을 주고받으면서.

어째서 이토록 마음이 불편한 것인지 당혹스러웠다. 쥘리의 충성스러운 눈빛도, 앙드레의 체념 어린 표정도, 적대적이었다가 순식간에 존경에 가깝게 바뀐 폴의 태도도, 그보다 더했던 자크의 모습도, 일꾼들의 애정 어린 환대도 하나같이 내가 아닌 장 드게를 향한 것이 아닌가. 이후 가해질 비난과 환멸 또한 장의 것이지 나와는 상관없었다. 남의 옷을 입고 남의 흉내를 내며 돌아다니는 사람한테는 죄가 없었다. 그저 흉내만 내는 허수아비일 뿐. 바이올린과 바이올린 상자가 서로 다르듯 나도 본래 인물과 거리가 멀었다. 감정은 끼어들 여지가 없었다. 나는 단 한순간도 사람들이 보여주는 다정함이 나를 향한 것이라 착각하지 않았다. 갑자기 내 장점이 겉으로 드러나 환영받을 리는 없었다. 모든 것은 장, 오직 장만을 위한 광채였다. 내가 장 드게를 파멸에서 보호하고 싶어 하다니 대체 어찌 된 일일까? 나는 그가 멸시당하는 모습을 참을 수 없었다. 구원할 가치는 없지만 그래도 보호는 해주어야 했다. 어째서? 나랑 똑같이 생긴 사람이어서?

나는 옷 방에 앉아 카르발레의 정중하지만 단호한 편지를 뚫어져라 바라보았다. 짐 가방에 이 편지를 집어넣을 때 장 드게의 마음속에는 어떤 생각이 스쳐 갔을까. 나는 선택을 해야만 했다. 폴이 성에 돌아오자마자 거짓을 실토하든지, 아니면 계속해서 계약이 갱신된 것으로 폴이 믿게끔 하든지. 전자는 비난과 조소, 일꾼들 앞에서의 발언 번복, 즉각적인 공장 폐쇄로 이어질 것이었다. 그 상황이 되면 어쩌면 장 드게가 돌아올지도 몰랐다. 후자는 한층 더 큰 혼란을 낳을 것이었다. 주문도 받지 않은 제품을 파리로 발송하면 당황한 카르발레 측에서 어찌 된 일인지 문의하는 전화가 올 테니까.

현재의 계약은 며칠, 몇 주의 말미를 두고 있을 것이다. 정확히는 알 수 없었다. 사실과 수치가 내 앞에 있다 해도 별 도움은 안 되었을 것이다. 난 사업에 대해 전혀 모르니까. 지금까지 거래해본 상대라고는 쥐꼬리만 한 대가를 지불하는 학교, 또 내 논문과 강의를 출판하는 편집자나 출판업자뿐이었다. 유리 공장 사장이 자기 제품을 사줄 회사와 접촉하는 과정은 어떻게 될까? 사안이 긴급하다면 회사 전화를 사용하겠지. 나는 공장이 아니라 성의 옷 방에 있었다. 프랑스 시골 깊숙이 자리 잡은 성. 나는 전화가 성 안 어디에 있는지조차 몰랐다.

나는 코트 주머니에 카르발레 편지를 넣고 아래층으로 내려 갔다. 오후 4시가 다 된 때였다. 다들 낮잠이라도 자는지 아무도 보이지 않았다. 내가 아직 가보지 못한 부엌 쪽에서는 여전히 분주하게 움직이는 소리가 들렸다. 설거지는 끝났어도 벽이나 천장에 걸어두어야 할 것이 있고 채마밭에서 가져온 채소는 저녁 식사를 위해 씻고 다듬어야 하리라. 나는 거실 쪽으로 갔다. 문이 반쯤 열려 있었는데 귀를 기울여도 조용했다. 안으로 들어서니 소파에 누워 잠든 프랑수아즈 혼자뿐이었다. 나는 다시 살금살금 홀로 나왔다. 르네는 위층에 있는 게 분명했다. 편두통에 시달리든지, 내가 알 바 없는 고운 잠옷을 입어보든지 하겠지. 마리노엘은 내가 갑자기 공장으로 가는 바람에 수업을 받아야만 하는 입장이었을 테니 블랑슈 고모의 황량하고 음산한 침실에 있을 것이다. 바깥에서는 비둘기 집과 그네에 햇볕이 내리쬘 텐데 말이다. 나는 뜻밖의 곳에서 전화기를 찾아냈다. 비옷들을 처박아둔 어두컴컴한 구석이었는데 송화기가 벽에 붙어 있고 수화기는 반대쪽 벽 위에 걸린 구식 전화였다. 전화하면서 시선이 머물게 되는 벽 위에는 블랑슈의 배려인 듯 순교자들 그림이 붙어 있었다. 목이 잘린 두 순교자의 피를 굶주린 사냥개들이 핥아 먹는 장면이었다.

나는 수화기를 들고 기다렸다. 잠시 후 지지직거리는 소리와 함께 "말씀하세요" 하는 코맹맹이 소리가 들렸다. 이미 전화번호부를 뒤져 여기 번호가 생질 2번이라는 걸 알아낸 후였다. 전화선 가설 후 아마 한 번도 바뀌지 않은 번호이리라. 파리와 연결해달라고 하면서 카르발레 편지에 인쇄된 번호를 댔다. 그리고 그 어두컴컴한 구석에서 영원과도 같이 오랜 시간을 기다렸다. 마침내 카르발레와 연결되었다는 말이 흘러나왔을 때 나는 계단에서 발소리를 들은 것 같아 놀란 나머지 편지와 수화기를 떨어뜨렸다. 대롱거리는 수화기 속에서 교환수는 다시 연결되었다는 안내를 했고 나는 편지를 집어 들고 아래쪽에 갈겨쓴 서명을 간신히 읽어낸 후 므시외 메르시에와 연결해달라고 했다. 전화 거시는 분은 누구신가요? 콩트 드게라고 대답했다. 갑자기 이전 어느 때보다 거짓이 크게 다가왔다. 상대에게 내 모습이 보이지 않는 상황이었으니 말이다. 기다리라는 말이 나왔고 잠시 후 므시외 메르시에라는 사람이 전화를 받았다.

"므시외, 불쑥 이렇게 전화를 드려 방해하게 된 것을 진심으로 사과드립니다. 또한 편지에 답장도 하지 않은 무례를 용서하십시오. 가족 중에 환자가 생겨 급작스럽게 집에 돌아와야 하는 상황이었습니다. 그 일이 아니었다면 다시 찾아뵙고 한두 가지

불명확한 점을 논의했을 겁니다. 저희 형제가 여러 사항을 재점검했습니다. 이제 가격을 낮춰 귀사의 요구에 맞추고자 합니다."

잠시 말이 없던 상대는 정중하지만 놀란 빛을 감추지 못하고 대답했다. "하지만 지난주에 전체적으로 이미 상세히 논의한 것으로 아는데요, 므시외 르콩트. 그때 므시외께서 입장을 명확히 해주셔서 고맙게 생각하고 있습니다. 지금 하신 말씀은, 그러니까 두 회사 사이의 협상을 다시 시작하자는 뜻인지요?"

"바로 그렇습니다. 저와 제 동생은 유리 공장이 계속 돌아가고 일꾼들이 일할 수 있도록 어떤 개인적 희생도 감수할 준비가 되어 있습니다."

또다시 침묵이 흘렀다. "죄송합니다만, 므시외, 그 말씀은 예전의 입장과는 완전히 반대되는 것 같군요."

"저도 압니다. 하지만 솔직히 그때는 가족들과 논의가 되지 않은 상태였습니다. 아시다시피 이건 가족 사업이어서요."

"물론 잘 압니다. 그것 때문에 늘 특별히 배려한 것이었고요. 계약 조건 조정이 불가피했고 게다가 저희와 합의에 이르지 못하면 므시외의 공장이 문을 닫아야 한다는 상황 때문에 참으로 유감스러웠습니다. 결국 그렇게 결정이 났던 것도요. 므시외께서 개인적인 감정을 개입시키지 않겠다고, 이제 유리 공장은 감당하기 어려운 부채일 뿐이라고 말씀하셨던 기억이 나는군요."

정중하지만 냉정한 말이 이어졌다. 이 사람과 장 드게가 만나 포옹하며 인사하고 가죽 의자에 마주 앉아 담배 피우는 모습을 머릿속에 그려보았다. 만남이 끝나자마자 이 문제는 두 사람 마음에서 깨끗이 지워졌겠지. 그런데 지금 이방인인 내가 다 끝나버린 일에 우스꽝스럽게 매달린 것이다. 일꾼들과 농부 여자, 불구가 되어버린 그 아들이 고용주를 비난하는 게 싫다는 이유로. 정작 그 고용주는 비난받는 것도 모르고 거기 신경조차 쓰지 않을 상황인데.

"말씀하신 게 다 맞습니다." 내가 말했다. "제가 말씀드리려는 것은 제 마음이 바뀌었다는 겁니다. 유리 공장이 계속 돌아갈 수만 있다면 어떤 조건이든 동의하겠습니다. 저희 쪽 생산비는 제가 해결할 문제입니다. 그러니 그쪽 상황에 맞춰 계약을 갱신해주십시오."

이번에는 침묵이 길었다. "사실 워낙 오래 거래해온 사이기 때문에 저희로서도 므시외와 관계를 끊는 것이 부담스러웠습니다. 이제 다시 논의할 준비가 되었다고 하시니 저도 저희 쪽 이사진과 한 번 더 의논을 하겠습니다. 이런 문제는 아무래도 전화로는 해결할 수 없으니까요. 우여곡절이 있었지만 그렇다고 양측 모두에게 만족스러운 최종 결정을 못 내리라는 법은 없겠지요?"

마지막 말이 내게 확신을 안겨주었다. 다시 서신이 오가고 현재 계약은 다른 조건에서 연장이 될 것이다. 우리는 정중한 인사를 나누었고 상대가 전화 끊는 소리를 들으며 나는 내 손수건, 아니 장 드게의 손수건을 꺼내 이마를 닦았다. 비옷 사이 좁은 공간에 끼인 탓에 더웠을뿐더러 정신적으로 피곤했다. 어떻게 처리해야 할지 하나도 모르는 상태로 무작정 해결에 뛰어든 셈이었으니까. 상황이 이렇게까지 온 것을 보면 카르발레가 지불하는 유리병 가격이 공장 운영과 임금 지급을 충당하지 못하는 게 틀림없었다. 그렇다면 다른 곳에서 돈을 끌어와야 했다. 그 순간이었다. 아무 생각 없이 여전히 귀에 대고 있던 수화기에서 누군가의 숨소리가 들렸다. 다른 사람이 어디선가 수화기를 들고 있었다. 나는 숨을 죽이고 수화기를 귀에 바짝 댄 채 기다렸다. 교환수가 통화가 끝났는지 확인해 그렇다고 대답하고 연결이 끊어진 후였는데 숨소리가 들리다니. 이어 딸깍하고 수화기 내려놓는 소리가 났다. 성 안의 누군가가 전화를 끊은 것이다. 내가 파리와 한 통화를 엿들은 누군가가. 대체 누구일까? 전화는 어느 방에 있을까? 나는 수화기를 다시 벽에 걸고 홀로 나왔다. 전화하는 중에 계단을 내려오는 발소리를 들었다 생각했던 것은 불안감으로 인한 착각이었던 듯했다. 아무도 없었고 온 집 안이 여전히 고요했다. 하지만 수화기에서 들린 숨소리는 착각이 아니었다. 나는 테라스로 나갔다. 이제는 누가 나를 보든 말든 상관없었다. 바깥에서 성을 올려다보았지만 탑과 벽 사이 한 지점에서 성 지붕으로 올라가는 전화선이 보일 뿐이었다. 높은 굴뚝과 작은 탑, 가고일 머리들이 시야를 가리는 바람에 선이 중간에 어디로 들어가는지는 알 수 없었다.

어느 방에 전화기가 있는지, 엿듣은 사람이 누군지 찾는 것은 나중 일이었다. 당장은 장 드게의 재정 상황을 알아내는 일이 급했다. 위층 옷 방으로 올라가 반쯤 쓴 수표책을 펼쳐보았더니 암호 같은 숫자와 알파벳 머리글자뿐 잔고 상황은 없었다. 거래 은행 이름과 가까운 마을의 지점 주소를 알게 된 것이 소득이라면 소득이었다. 옷 방에는 책상이 없었다. 성 어딘가에 장이 편지와 개인 물건을 보관하는 방이 있을 것이다. 점심 먹기 전에 식구들이 모였던 도서실이 떠올랐다. 나는 다시 아래층으로 내려가 식당을 거쳐 도서실로 들어갔다. 햇빛을 가리기 위해 방 끝 긴 창의 덧창을 닫아놓아 어둑어둑했다. 덧창을 여니 찾던 것이 보였다. 구석에 책상이 있었다. 잠긴 상태였다. 잔돈, 지갑, 수표책, 운전면허증 등 이때까지 아무 용도도 없던 장 드게의 개인 소지품 중에 열쇠 꾸러미도 있었다. 열쇠 하나가 구멍에 맞았다. 절도 행위라는 우려는 하지 않았다. 다시 한 번 첩보원이 되는 것이고 아무도 상처받을 일은 없으니까.

책상을 열자 구획된 칸들이 눈에 들어왔다. 어지러웠다. 깔끔하게 정리된 본래의 내 소유 책상과는 전혀 달랐다. 종이가 잔뜩 든 봉투들, 편지, 청구서, 영수증 온갖 것이 뒤죽박죽 가득했다. 서랍들도 마찬가지였다. 몇 센티미터 열리다가는 안에 든 서류와 책, 사진들이 걸려 멈춰버렸다. 장 드게 자신뿐 아니라 그 가문 몇 세대의 역사가 다 들어 있는 듯했다. 서랍들이 좀체 빠지지 않자 마음이 다급해졌다. 통장이 필요했지만 통장 대신 오래전에 사용하고 남은 수표책만 잔뜩 있었다. 나는 멈칫하다가 진주 목걸이를 찾지 못한 도둑처럼 다른 것들, 호기심을 자극하는 것들을 빼보기로 했다. 빨간 가죽 표지 책이 보여 장부인가 싶어 끄집어내 펼쳤다. 꿩, 자고새, 토끼 등이 등장하는 전쟁 이전 시기의 사냥 일지였다. 그 책이 빠진 틈새로 손을 넣어 뒤지다 보니 권총 옆에 또 다른 두꺼운 책이 잡혔다. 곰팡이 냄새 나는 사진첩이었다. 빛바랜 사진들이 모서리가 단단히 고정된 채 붙어 있었다.

일단 통장 생각은 지워버렸다. 과거를 엿보고 싶은 유혹이 컸다. 표지에 가문 문장이 있었다. 사냥개 머리와 나무 한 그루였다. 아래쪽에는 길고 기울어진 필체로 '마리 드게'라 쓰여 있었다. 첫 장을 여니 할머니가 이십 대 중반의 젊은 여자로 등장했다. 거대한 이중 턱 대신 둥글고 강단 있어 보이는 턱이, 헝클어진 회색빛 머리카락 대신 풍성하게 말아놓은 금발 머리가, 몇 개인지 셀 수도 없을 만큼 겹겹이 숄을 두른 구부러진 어깨 대신 프릴 달린 블라우스를 입은 날씬한 상체가 보였다. 내게 여자 옷을 입히고 가발과 소품을 동원해 여자 행세를 시킨 것이라 해도 믿을 정도로 얼굴은 나와 똑같았다. 작은 글씨로 1914년이라 쓰여 있었다. 이어 할머니의 남편 장 드게가 등장했다. 짧은 콧수염과 날카로운 눈만 빼면 폴과 똑같은 모습이었다. 휘장이 드리워지고 조화가 놓인 것을 보니 사진관에서 찍은 모양이었다. 두 사람이 함께 사랑스러운 눈으로 리본을 단 블랑슈를 바라보는 사진도 있었다. 더 위 세대의 아저씨 아주머니, 휠체어를 탄 할아버지 모습도 볼 수 있었다. 사진마다 날짜가 있는 것은 아니어서 나는 망아지에 올라탄 아이들 체구로 나이를 가늠했고 목도리 두른 부부가 서로를 팔로 감싼 모습 뒤쪽의 눈에 파묻힌 비둘기 집으로 계절과 연도를 추측했다. 장 드게의 부모님은 늘 붙어 지낸 것 같았다. 한 사람이 낚싯대나 총을 들고 서 있으면 다른 사람도 근처에 있었다. 또한 놀랍게도, 그리고 조금은 기분 나쁘게도 두 번째로 사진이 많은 블랑슈의 어린 시절 모습이 오늘날 마리노엘과 판박이처럼 똑같았다. 긴 다리, 가느다란 몸, 짧게 자른 머리까지. 열다섯 살쯤 된 후에나 블랑슈의 둥근 얼굴이 길어지고 두 눈빛이 보다 침울하고 조심스러워지는 변화가 나타났다. 하지만 그래도 다정하고 진지한 얼굴이어서 오늘날의 말 없는 독신녀와는 거리가 멀었다.

반면 어린 장에게는 진지한 구석이 전혀 없었다. 사진마다 깔깔 웃거나 우스꽝스러운 포즈를 취하거나 사진사를 놀리는 모습이었다. 생김새는 똑같다 해도 내 어린 시절 사진과는 영 딴판이었다. 나는 늘 무표정한 눈빛에 불안한 얼굴이었다. 폴은 앨범에 자주 등장하지 않았다. 그나마 초점 밖에 물러선 바람에 희미하게 찍히거나 신발 끈을 매느라 허리를 굽히고 있거나 했다. 십 대 시절의 세 남매가 가장 선명하게 나온 사진에서조차 폴은 장의 넓은 어깨 뒤에 반쯤 가려졌고 장의 당당한 미소에 빛을 잃은 모습이었다.

단체 사진 여기저기서 뜻밖의 인물들이 보였다. 젊은 시절의 사제는 몸이 날씬했지만 그때도 순진한 모습이었다. 더 어린 시절로 돌아가보니 유리 공장에서 보았던 쥘리가 폴을 돌보고 있었다. 앨범 뒤쪽에 자주 등장하는 모리스라는 남자도 있었다. 유리 공장 단체 사진에도, 성 식구들 단체 사진에도 있었고 장과 둘이 정원의 조각상 옆에 서서 찍은 사진도 있었다. 그러다가 갑자기 사진이 끝나버렸다. 앨범 서너 장이 빈 채 채워지기를 기다리고 있었다. 아버지 장 드게가 돌아가셨기 때문인지, 전쟁이 일어났기 때문인지, 할머니가 사진 찍는 데 싫증이 났기 때문인지 알 수 없었다. 한 시대가 끝나고 원은 닫혀버렸다.

나는 묘한 향수를 느끼며 앨범을 덮었다. 역사적 과거를 파헤치는 데 오랜 시간을 바쳐온 덕분에 옛 편지, 서류, 수백 년 전의 기록에 익숙한 내게 같은 시대, 같은 세대 한 가족의 역사를 훔쳐본다는 것은 어쩐지 감동적이었다. 앨범 시작 부분의 그 아름다운 부인이 늙어 할머니가 되고 금발 머리가 회색빛이 된 사실 자체보다는 나이 들어 지금 모습이 되어버린 것이 가슴 아팠다. 당당하고 자신 있던 두 눈은 불안하게 탐색하는 눈이 되고 또렷했던 입매는 게걸스럽게 변했으며 목과 어깨에는 쓸데없는 지방이 붙은 모습 말이다. 어린 시절에 그토록 귀여웠던 블랑슈가 자라면서 진지하고 조심스러워지다가 온통 꼬이고 공격적으로 변해버린 것도 마음에 걸렸다. 웃어대는 장 뒤에 숨어 있는 폴조차도 한 발로 서기 좋아하고 걸핏하면 머리카락에 눈이 가려지는 사랑스러운 아이였다. 하지만 지금은 내면의 아픔이나 수치가 파헤쳐질 때만 감정을 드러내는 뚱한 인간이 되고 말았다.

모두들 잘 지내는 듯한 과거 사진을 보고 있는데 갑자기 현재의 누군가가 방해꾼으로 등장했다. 식당과 연결된 문이 열리는 소리가 났다. 나는 사진첩을 책상 안으로 밀어 넣었다. 르네였다. 르네와 프랑수아즈는 빛바랜 사진에 등장하지 않았다. 두 사람은 사진첩 이후의 암울한 시기, 생질이 매력을 잃어버린 시기에 속해 있었다. 르네는 등 뒤에서 문을 닫고 그 자리에 선 채 나를 바라보았다.

"차 소리를 들었어. 폴이 당신하고 함께 돌아왔다고 생각했지. 복도에서 샤를로트가 당신 혼자 왔다고 하더군. 프랑수아즈는 아직 거실에서 쉬는 중이어서 당신이 여기 있을 거라 생각했어. 자, 이제 점심 식사 때 당신이 한 행동에 대해 사과해야 하지 않아?"

선물 사건이 다시금 나를 곤경에 빠뜨렸다. 르네 생각으로는 당연히 내 책임이었다. 나는 한숨을 쉬고 어깨를 으쓱해 보였다.

"벌써 폴한테 사과했어. 그럼 됐지 않나?"

감정을 억누르는지 르네 몸과 두 손에 힘이 실렸다. 얼굴에는 당혹감과 실망스러움이 반씩 섞인 표정, 상대를 불안하게 하고 기분 상하게 하는 표정이 떠올랐다. 그런 아내의 모습을 참아 넘겨야 하는 폴에게 일순 동정심이 느껴졌다.

"왜 그런 거야? 식구들 의심을 사기에 충분하지 않았어? 아님 폴에게 상처를 주려고? 나까지 바보로 만들고 싶어 치밀하게 상황을 연출한 거야?"

"르망에서 너무 마시는 바람에 선물 꾸러미에 무얼 넣었는지도 잊어버린 거야. 모두에게 책을 샀다고 생각했지 뭐야."

"나더러 지금 그 말을 믿으라는 거야? 프랑수아즈에게 준 선물에는 실수가 없었잖아? 값이 얼마가 나가는 물건이든 신경 안 썼잖아? 당신 아닌 다른 사람이 돈을 치르기라도 했나?"

남편이 아내에게 준 선물을 물고 늘어지다니 여자가 부리는 심술로는 최악이었다. 르네가 아닌 프랑수아즈가 그 로켓을 받게 된 것이 얼마나 다행인지.

"프랑수아즈가 받을 만한 선물을 한 거야." 내가 말했다. "선물이 마음에 들지 않는다면 유감이군. 제르멘한테라도 줘버려. 어떻게 하든 신경 쓰지 않을 테니."

르네는 한 방 맞기라도 한 듯 격하게 반응했다. 얼굴이 붉게 상기되어 나를 노려보았고 천천히 방을 가로질러 책상으로 다가왔다. 다행히 이미 서랍을 잠그고 열쇠를 주머니에 넣은 후였다. 미처 내가 알아차리기도 전에 르네는 두 팔로 나를 감싸 안고 얼굴을 비볐다. 나는 삼류 극장 배우라도 된 양 뻣뻣하게 서서 어쩔 줄을 몰랐다.

"무슨 일이야? 대체 어떻게 된 거야? 왜 이렇게 변한 거지? 날 사랑하는 게 무서워졌어?"

이것이었구나. 짐작했어야 마땅할 일이지만 어떻든 그 순간 나는 충격과 실망에 휩싸였다. 나는 입 맞추고 싶지 않았다. 나를 감은 팔을 풀어버리고 열정적으로 다가오는 입술을 차갑게 외면했다. 장 드게가 어떤 멍청한 짓을 했든 나까지 그걸 반복할 필요는 없었다.

"르네, 누가 들어올 수도 있어." 겁쟁이 연인이 위험하지도 않은 상황에서 내뱉는 변명. 나는 당황스러울 정도로 가까워진 거리에서 물러섰다. 어깨를 움츠리고 책상 쪽으로 움직였지만 르네는 어서 포옹해달라는 듯 두 팔을 벌리고 다시 내 쪽으로 다가왔다. 이런 공격 앞에서 남자는 얼마나 초라하고 형편없는지. 여자라면 치한에게 공격받는 상황일지라도 여성적 나약함으로 매력을 더할 수 있을 텐데.

서투르게 어깨를 두드려주거나 머리카락에 살짝 입을 맞춰주는 등의 반응으로는 소용이 없을 것 같았다. 나는 말로 상황을 모면해보기로 했다.

"조심해야 해. 이렇게 정신 못 차려서야 되겠어. 내가 선물을 주면서 어이없는 실수를 저지르는 바람에 폴이 눈치챘을 거야. 내가 생각이 짧았어. 프랑수아즈도 이상하게 생각할 거야. 이제 이런 식으로 만나서는 안 돼. 하인들이 볼 수도 있고. 한번 이상하다는 말이 돌기 시작하면 걷잡을 수 없게 될걸."

내 귀로 들리는 그 속삭임은 불륜 관계를 오히려 더 깊게 만드는 꼴이었다. 관계를 기정사실로 확인했으니 말이다. 솔직하고 단호하게 '난 너를 사랑하지 않아. 원하지도 않고. 이젠 끝이야'라고 선언할 천금 같은 기회를 날려버리고 말았다.

"그러니까 다른 곳에서 만나야 한다는 뜻이야? 하지만 어떻게? 어딜 가야 하지?"

르네는 눈물을 흘리지 않았다. 애틋한 사랑은 없었다. 그 마음속에는 한 가지, 단 한 가지뿐인 듯했다. 장 드게가 그저 심심풀이로 시작한 일탈이 이제 덫이 되어버린 셈이었다. 장이 첫 불장난 이후 얼마나 진력이 났을지 짐작이 갔다.

"방법을 생각해볼게. 하지만 조심해야 한다는 걸 기억해. 지금 멍청하게 굴어서 미래의 행복을 잃어서는 안 되지."

진짜 장 드게라 해도 이보다 더 장답지는 못했을 것이다. 비열한 행동은 얼마나 하기 쉬운지. 내 말을 들은 르네는 침착해졌고 긴장된 접촉도 완화되었다. 그 순간 고맙게도 아이 목소리가 들렸다. 르네는 짜증스럽다는 표정으로 내게서 떨어졌다.

"아빠, 어디 있어?"

"여기 있어. 왜 그러니?"

아이가 달려 들어왔다. 아이는 원숭이처럼 뛰어올랐고 신기하게도 나는 본능적으로 팔을 벌려 안아 올렸다. 이제 어른들 세상의 요구에 맞선 완충재로 아이를 사용할 수 있었다.

"할머니가 깨어났어. 내가 보고 왔어. 할머니가 아빠랑 같이 차 마시러 오라고 하던걸. 내가 할머니한테 선물 얘기도 했어. 폴 삼촌이 실망한 얘기도. 또 그거 알아, 아빠? 블랑슈 고모 선물에도 실수가 있었어. 고모가 열어보지 않으려 해서 엄마랑 내가 열어보았는데 '아름다운 벨러를 위해, 장'이라고 쓰인 카드가 나오지 뭐야. 블랑슈가 아니라 벨러였다고. '팜'이라고 쓰인 커다란 향수병이 예쁜 상자에 들어 있는데 가격표도 붙었어. 만 프랑이래."

10

손을 잡고 계단을 올라가면서 마리노엘이 말했다. "참 이상해. 모두들 선물 때문에 기분이 나쁜 것 같아. 엄마는 오늘 아침만 해도 기뻐했는데 점심을 먹은 후에는 로켓을 떼어 보석함에 넣어버렸어. 르네 숙모는 자기 선물에 눈길도 주지 않더니 지금 블랑슈 고모 선물 얘기를 듣고는 아빠랑 나를 둘 다 때려줄 것 같은 표정이던걸. 벨러가 누구야, 아빠?"

나도 누군지 모른다는 게 감사한 일이었다. 한층 더 복잡해질 일이 없으니. 장 드게가 B라는 머리글자에 한두 글자를 덧붙이는 혜안을 발휘해주었다면 한층 좋았을 텐데.

"값비싼 향수를 좋아하는 사람이야."

"엄마도 아는 사람이야?"

"아마 모를걸."

"내 생각에도 그런 것 같아. 내가 물어보았더니 메모를 구겨버리고 아빠가 파리에서 사업차 만난 사람일 거라고, 아빠가 저녁 식사에 초대받은 감사 인사로 산 걸 거라고 했어."

"그런 것 같다."

"아빠는 점점 기억력이 나빠지나 봐. 정말 문제야. 선물을 그렇게 뒤죽박죽으로 만들고 블랑슈 고모한테 엉뚱한 걸 주고. 난 처음부터 뭔가 잘못되었다고 생각했어. 내 기억에 아빠는 한 번도 고모한테 선물을 준 적이 없으니까. 왜 그러는지 난 몰라. 어른들은 하여튼 이상한 행동을 해. 그래도 15년이나 아빠한테 말을 안 하는 블랑슈 고모한테 선물 주는 건 별 의미가 없었어."

15년이라…… 우연히 들어온 갑작스러운 정보로 나는 계단 중간에서 걸음을 멈추고 아이를 쳐다보았다. 아이는 나를 잡아당기며 재촉했다. "어서 가." 나는 충격을 받은 채 말없이 뒤따랐다. 일시적인 불화라 생각했는데 그토록 뿌리가 깊다니. 다른 식구들과의 관계 역시 영향을 받았을 것이다. 르네와의 불륜은 거기 비하면 아무것도 아니었다. 선물하는 것이 놀랍게 보인 것도 당연했다. 그 깨달음은 불편했고 불길하기까지 했다. 어깨동무를 하고 있던 두 아이의 사진을 떠올리니 더욱 그랬다. 블랑슈와 장 드게 사이에는 무언가 개인적인 아픈 사연이 있었다. 그걸 마리노엘까지 포함해 모든 식구가 다 인정하는 것이고.

"자, 도착!" 마리노엘이 커다란 침실의 문을 활짝 열면서 말했다. 전날 저녁때처럼 난로에서 퍼져 나오는 열기가 나를 감쌌다. 낮에는 없던 작은 테리어 개들이 돌아와 있었다. 침대에서 벌떡 일어난 녀석들은 미친 듯이 짖어댔다. 아이가 때리고 쓰다듬어도 조용해지지 않았다.

"참 이상해. 개들이 정신이 나가기라도 한 모양이야. 오늘 아침에는 세자르도 아빠를 보고 짖던데."

"샤를로트." 할머니가 말했다. "주주와 피피를 산책시킨 게 맞니? 아니면 오후 내내 수다만 떨고 시간을 보낸 거냐?"

"물론 산책을 시켰습니다, 마담 라콩테스." 샤를로트가 발끈하며 대답했다. "거의 한 시간이나 정원을 오르락내리락했는걸요. 제가 개를 방치할 사람으로 보이세요?"

샤를로트는 내가 자신을 비난했다는 듯 내 쪽으로 원망스러운 시선을 보냈다. 그 시선은 유리 공장 쥘리의 충성스러운 눈빛과 참으로 달랐다. 마음 불편하게 인색한 커피 대접을 하면서도 쥘리의 눈빛은 정직했다.

"알았으니 나가봐." 할머니가 화난 목소리로 지시했다. "마리 노엘이 있으니 우린 괜찮아." 눈 아래 짙은 그림자가 드리워지고 회색빛으로 축 늘어진 얼굴이 베개와 쿠션들 틈에서 나를 올려다보며 손을 내밀어 자기 옆에 끌어 앉혔다. 나는 그 늘어진 뺨에 입을 맞추며 낯설고 어색해야 마땅할 그 애정 표현이 왜 이렇게 편한지 의아했다. 반면 미녀 르네의 손길은 그토록 불쾌하고 불편했는데 말이다.

"하느님 맙소사, 이 녀석 때문에 얼마나 웃었는지!" 할머니는 이렇게 속삭인 후 나를 밀어내고 큰 소리로 말했다. "자리에 앉아 차를 마시렴. 선물을 엉망으로 섞어버리는 것 말고 하루 종일 무얼 했니?"

다시 한 번 나는 편한 마음이 되었다. 나는 무엇이든 말하고 웃을 수 있었다. 할머니는 나 자신도 미처 몰랐던 내 안의 유쾌함을 끌어냈다. 마리노엘까지 끼어 우리 셋은 서로 완벽히 편안했다. 할머니는 찻잔 받침에 차를 따라 홀짝홀짝 마셨고 마지막 한 방울은 개에게 흘려주었다. 찻주전자를 차지하고 따라주는 역할을 맡은 마리노엘은 샌드위치를 골라 먹으면서도 우리에게서 눈을 떼지 않았다.

나는 유리 공장 갔던 일에 대해 얘기했다. 남몰래 파리에 전화를 건 것이 어떻게든 상황을 바꿔놓으리라는 희망에 한층 자신만만했다. 할머니는 나이 든 사람들이 흔히 그렇듯 과거의 영광을 과장하며 들려줘 내 비밀스러운 호기심을 채우고 아이를 기쁘게 했다. 손으로 공기를 불어 넣어 유리잔을 만들던 시절에 대해, 근처 숲에서 나무를 해 와 용광로를 유지하던 할머니 이전 시대에 대해(유리 공장이 하나같이 숲 근처에 위치한 이유가 바로 그것이었다), 160마리 말들에 여자, 아이들까지 일을 했다는 한 세기 전 상황에 대해 말해주었다. 그 일꾼과 가족들의 이름을 책에 다 기록해두었는데 아마 도서실에 있을 거라고도 했다.

"그땐 그랬지. 다 지나간 일들이야. 이제는 그렇지 않아. 옛 시절은 두 번 다시 돌아오지 않는 거지."

나는 변화에 대해 똑같이 받아들였던, 지나가버린 것들을 똑같이 포기해버렸던 쥘리를 떠올렸다. 그리고 다친 몸으로 오두막 침대에 누워 있는 불쌍한 앙드레 얘기를 꺼냈다. 할머니는 어깨를 으쓱해 보이며 갑자기 냉담한 얼굴이 되었다.

"하여튼, 그 사람들이 문제야. 우리한테서 마지막 1프랑까지 쥐어짜려 들지. 쥘리도 나한테 얼마나 많이 뜯어 갔는지 몰라. 그 아들은 아무짝에도 쓸모없는 녀석이고, 며느리가 정비공하고 르망으로 달아난 것도 당연하다니까."

"오두막집은 보수가 안 되어 엉망이더군요."

"보수는 하지 마라. 일단 시작하면 또 다른 걸 요구할 테니. 그 일이 아니더라도 우린 이미 가난한 상황이야. 프랑수아즈가 아들을 낳지 않는 한 계속 이 상태일 테고……" 할머니가 말을 멈췄다. 나는 말뜻을 이해하지 못했지만 목소리 어조나 내게 던지는 곁눈질이 어쩐지 당혹스러웠다. 잠시 후 할머니가 말을 이었다. "요즘 같은 시절에는 스스로 문제를 해결해야 해. 집세 한 푼 안 내면서 뭘 투덜거린다는 말이냐?"

"쥘리는 투덜거리지 않았어요. 뭘 요구하지도 않았고요."

"그랬기를 바란다. 분명 마룻바닥 아래 큰돈을 모아 두었을 거야. 나도 그만큼 가지고 있다면 좋겠다."

할머니의 태도에 나는 혼란스러워졌다. 환상이 깨진 느낌이었다. 그토록 정직하고 충성스럽게 보였던 쥘리가 탐욕스러운 사람으로 비쳐졌고 조금 전까지만 해도 다정하고 관대했던 할머니는 갑자기 인정머리 없고 상황 판단 못 하는 존재가 되었다. 두 사람에게 느낀 본능적 공감이 무뎌지는 그 순간 마리노엘이 차를 한 잔 더 따라주었다. 그리고 나는 상황 판단을 못 하는 것이 할머니가 아니라 나 자신임을 깨달았다. 나는 감상주의자였다. 사람들이 실제보다 더 관대하기를 바랐던 것이다.

"근데 말이야." 마리노엘이 불쑥 대화에 끼어들었다. "엄마하고 내가 블랑슈 고모 앞의 선물을 뜯었을 때 말이야, 엄마가 이렇게 말했어. '블랑슈, 그렇게 긴장할 것 없어요. 죽고 사는 일이 아니니. 장이 선물을 사 온 걸 보면 고모한테 좋은 감정이 있어서 전하려는 거예요.' 블랑슈 고모는 고개를 숙이고 있더니 한참 만에 '그럼 올케가 뜯어봐. 난 관심 없으니'라고 대답했어. 그렇지만 입술 모양을 보면 고모도 궁금했던 게 분명해. 포장을 뜯고 커다란 향수병이 나오니까 엄마는 놀라서 '아니, 왜 이런 선물을?'이라고 했고 고모는 한번 쳐다보더니 죽은 사람처럼 얼굴이 하얗게 되어서는 곧장 일어나 나가버렸어. 내가 엄마한테 이것도 폴 삼촌 선물처럼 약이냐고, 그래서 고모가 기분 나쁜 거냐고 물었더니 엄마는 '아빠가 장난을 친 모양인데, 근데 너무 짓궂은 장난이야'라고 했지. 그러다가 쪽지를 발견한 거야. 벨러라는 사람한테 쓴 쪽지. 엄마는 '이건 장난이 아니라 실수구나. 다른 사람 줄 선물인걸'이라고 했어."

아이의 말 덕분에 화제가 전환되었다. 아이와 나는 묘한 협력 관계였다. 나는 상황을 몰라서, 아이는 천진해서 하나가 되었다. 할머니는 나를 응시했고 그 눈빛에는 내가 읽어낼 수 없는 무언가가 있었다. 비난이나 질책이 아닌 짐작하려는 눈빛이었다. 그럴 리는 없겠지만 그래도 할머니가 내면의 어떤 감각으로 거짓을 눈치채고 내 정체를 간파해냈다고 여겨질 만한 그런 눈빛. 하지만 할머니의 다음 말은 내가 아닌 아이를 향해 나왔다.

"아가야, 여자의 삶, 특히 고모처럼 신앙심 깊은 여자의 삶은 수수께끼투성이란다. 너는 고모처럼 신앙에 빠져서는 안 된다. 꼭 기억하렴."

할머니는 갑자기 피곤하고 늙어 보였다. 우스운 얘기도 다 떨어졌다. 테리어들을 쫓아 보내는 할머니 손짓이 지친 듯 거칠었다.

"자, 우리는 다과 탁자를 치워놓도록 하자." 내가 마리노엘에게 말했다.

우리는 탁자를 원래대로 다시 벽에 붙여두었다. 그 옆 화장대 위에 놓인 커다란 액자에 눈길이 갔다. 은빛 덤불을 배경으로 한층 돋보이는 군복 차림의 장 드게 사진이었다. 직감적으로 침대 쪽을 보니 할머니 역시 아까처럼 짐작하려는 눈빛으로 액자를 바라보는 중이었다. 우리는 시선이 마주쳤을 때 동시에 외면했다. 그 순간 샤를로트가 방으로 들어왔고 사제가 뒤따라왔다. 아이가 사제에게 다가가 한 발을 뒤로 빼며 절을 했다.

"안녕하세요, 신부님. 아빠가 소화 테레즈의 삶에 대한 책을 선물해주셨어요. 신부님께 보여드릴까요?"

사제가 아이 머리를 두드려주었다. "나중에 보자꾸나. 이따 아래층에 내려갔을 때 보여주면 좋겠다." 사제는 침대 발치로 다가와 둥근 배 위로 두 손을 모아 잡고 서서 할머니의 지친, 회색빛 얼굴을 내려다보았다.

"오늘은 썩 좋으시지 않군요? 며칠 못 주무시고 악몽에 시달리다가 어제 갑자기 너무 흥분하신 모양입니다. 성아우구스티누스의 말씀을 들으면 좋겠군요. 그분 역시 고통을 많이 받으셨으니까요."

사제는 옷 주름 사이에서 책을 한 권 꺼냈다. 할머니는 자꾸 흩어지는 주의를 집중하려 안간힘을 썼다. 할머니가 방금 내가 앉았다 일어난 의자를 가리키자 사제는 긴 옷을 양쪽으로 펼치며 거기 앉았다. 방 저쪽 끝에서는 샤를로트가 두 손을 모으고 고개를 숙인 채 귀 기울이고 있었다.

"나도 여기 있어도 돼?" 마리노엘이 뭔가 재미있는 것이라도 보게 된다는 듯 눈을 반짝거리며 물었다. 어떤 대답을 해야 좋을지 몰랐지만 나는 그러라고 허락했다. 아이는 화장대에서 의자를 빼 와 사제 바로 옆에 놓았다. 이어 배우라도 된 듯 어느새 황홀한 표정이 되어 눈을 감고 두 손을 모으고 사제의 기도를 따라 소리 없이 입술을 움직였다. 할머니 쪽을 보았더니 체면과 훈련 덕분에 상체는 베개에 기대 꼿꼿했지만 거대한 머리는 자꾸만 조금씩 가슴 쪽으로 수그러들었다. 눈꺼풀이 떨리는 것을 보니 신앙심보다는 피로감이 우선인 듯했다.

나는 방을 나와 아래층으로 내려갔고 정원으로 갔다. 아르테미스 조각상 뒤쪽, 이제는 해가 저물어 회색빛으로 엄숙해 보이는 오솔길을 거닐었다. 햇빛 아래에서 보석처럼 보이던 성이 저녁 어스름 속에서는 음산했다. 아까는 푸른색과 섞여 들었던 성의 지붕과 작은 탑이 이제 변해가는 하늘을 배경으로 날카롭게 느껴졌다. 성 중앙부의 18세기 파사드*가 초기 르네상스풍 탑들과 연결되기 전, 해자에 물이 채워지면 그야말로 튼튼한 요새였을 것이다. 르네와 프랑수아즈보다 더 고독한 모습으로 창을 통해 담장에 찰랑거리는 물과 울창한 숲을 내다보는 고운 여인들이 그때도 있지 않았을까? 지금은 가축이 풀을 뜯는 저곳에 눈을 번득이는 야생 멧돼지가 나타나 아직 나무 위 이슬도 걷히지 않은 이른 아침에 사냥꾼들의 뿔 나팔 소리가 울리지는 않았을까? 사냥하고 싸우고 또한 죽이기 위해 요란하게 저 다리를 건너 진격했을 옛 프랑스 공국 앙주의 귀족들은 무엇을 마셨을까? 밤이면 어떤 사랑을 나누고 얼마나 긴 출산의 고통을 겪었으며 어떻게 급작스러운 죽음을 맞았을까? 시대가 바뀌었다지만 얼마나 많은 일들이 지금도 반복되고 있는지. 감정이 메마르고 욕망이 모호해지면서 구체적인 모습은 조금 달라졌을 테

* 건축물의 주된 출입문이 있는 정면부이다. 건물 전체의 인상을 단적으로 나타내는 부분으로서, 내부나 다른 공간과 관계없이 독자적인 구성을 띠기도 한다.

지만. 오늘날 잔혹함은 깊이 파고드는 형태로 영혼을 상처 내고 비밀스러운 자아를 사냥한다. 반면 과거에는 내놓고 폭력적이었다. 강한 자만이 살아남는 그 시절이었다면 외로운 프랑수아즈나 불안한 르네 모두 언제 꺼질지 모르는 촛불이었으리라. 장드게와 같은 모습의 왕들, 벨벳 천 두른 어깨를 으쓱거리며 먹어대고 싸워대는 왕들은 그런 여자를 곧 잊었을 것이다.

누군가 성 안을 돌아다니며 덧문을 닫고 긴 창문을 내리는 중이었다. 밤이 되어 덧문을 닫는 것은 사생활로의 퇴각을 뜻했다. 그 안에서 일어나는 일은 이미 죽은 것 혹은 끝난 것, 그 이상이 되지 못했다. 성은 무덤이었다. 살아 있는 존재는 내 곁에서 젖은 풀에 코를 대고 킁킁거리며 뜯어 먹는 가축들, 쉴 곳을 찾아 퍼덕거리며 날아가는 갈까마귀들, 그리고 성당 너머 마을에서 짖어대는 개 한 마리뿐이었다.

가면 놀이의 두 번째 밤이 모양과 재료를 갖춰갔다. 학교에 입학하고 두 번째로 맞는 밤처럼. 이제 주변 것들에 익숙했다. 아무것도 모른 채 놀라는 상황은 지나갔다. 지난밤 날 도취시켰던 대담한 생각도 이젠 자연스럽게 느껴졌다. 문을 열고 어느 방에 들어가도, 누구와 맞닥뜨려도 더 이상 놀랄 것은 없었다. 나는 소리와 냄새, 목소리를 구분할 수 있었다. 어느 의자가 누구 것인지 알았고 속으로 움찔하는 일 없이 벨 소리를 들었으며 손을 씻으면서 내 행동에 놀라지도 않았다. 저녁 식사를 위해 옷과 신발을 갈아 신었다. 새로 입학한 소년이 집에서의 본래 모습이나 습관은 방학 때까지 접어두고 무리 본능을 발휘해 동료들을 따라 하듯, 학기가 진행되는 동안은 딱딱한 껍질이나 가면을 뒤집어쓰고 또래와 선생님의 마음을 얻으려 하듯, 그리하여 자신을 속이고 자기 자리에 대신 들어온 낯선 인물에 빠져들 듯. 먹는 일, 마시는 일, 신문을 집어 드는 일 등이 갑자기 재미있는 행동이 되었다. 내 행동이 아니라 장 드게의 행동이었기 때문에. 꿈꾸는 사람은 낯선 꿈도 늘 자연스럽게 받아들인다. 나는 내게 말을 걸고 미소 지어주는, 혹은 무시하는 유령들 틈에서 편하게 움직이기 시작했다. 관습은 이미 확립되어 있었다. 늘 굴러가던 바퀴는 변함없이 계속 구르고 나는 그저 전체 틀의 일부로서 저항 없이 거기 매달려 있으면 되었다.

저녁 식사는 조용히 이루어졌다. 인원은 넷뿐이었다. 마리노엘은 7시에 수프와 비스킷을 먹었다면서 나타나지 않았고 블랑슈는 금식하겠다고 가스통을 통해 알려 왔다. 오늘 저녁에는 방에서 나오지 않겠다고도 했다.

대화는 제대로 이어지지 못했다. 점심 식사 분위기를 지탱하던 프랑수아즈는 피곤해 보였고 침묵을 깨기 위해 마을에 도는 전염병, 사제의 저녁 방문, 오를레앙 사는 친척이 보내온 편지, 알제 지역 사태, 리옹 북부 열차 충돌 사건 등 소소한 화젯거리를 맥 빠지게 던질 뿐이었다. 불만을 토로할 때의 명료하고 생생한 목소리와는 전혀 다른 그 힘없는 목소리가 오히려 내 마음을 편하게 해주었다. 르네는 목 부분이 위로 올라오는 블라우스를 멋지게 차려입고 머리를 빗어 올려 귀를 드러냈으며 양쪽 볼에 붉은 분을 발랐다. 내게 매력을 과시하려는지, 상처를 주려는지, 그도 아니면 질투심을 불러일으키려는지 르네는 드러내놓고 폴과 살갑게 대화를 나누려 했다. 그게 작전이었다면 작전은 실패였다. 나는 꿈쩍하지 않았고 폴도 아내의 변화를 눈치채지 못한 채 음식에만 집중하고 있었다. 그는 쩝쩝거리며 입안 가득 음식이 든 상태에서 웅얼거리는 대답을 했고 시선은 접시에 고정되었다. 그리고 식사가 끝나자마자 거실에서 제일 밝은 곳 의자로 가서 시가에 불을 붙이고 신문을 펼쳐 들었다.

마리노엘은 실내복 차림으로 내려와 나와 프랑수아즈와 함께 체커와 도미노 놀이를 했다. 밤마다 늘 그렇게 해온 것이 분명한 평화로운 세 식구의 모습이었다. 그사이에 르네는 책을 들고 소파에 앉았는데 책장 넘기는 소리는 한 번도 들리지 않았다. 9시가 되자 프랑수아즈가 하품을 하며 "자, 우리 딸, 잘 시간이다"라고 말했다. 아이는 지체 없이 일어나 게임 판을 정리해 서랍에 넣더니 삼촌과 숙모, 엄마에게 차례로 입을 맞추었다. 그리고 "가, 아빠"라며 내 손을 잡았다.

이 역시 밤 시간의 관행인 모양이었다. 우리는 작은 탑의 마리노엘 방으로 갔다. 펜꽂이에 가슴을 관통당했던 인형은 고통에서 해방되었지만 이제는 고해대 격인 뒤집은 깡통 앞에 무릎을 꿇고 참회하는 모습이었다. 다리 하나가 없어 한쪽으로 기울어진 도널드 덕이 사제 역할을 하고 있었다. 도널드 덕 머리 위의 검은 선원 모자는 사제의 사각 모자를 나타내는 듯했다.

"여기 앉아." 아이가 명령하더니 실내복 가운을 벗었고 잠시 머뭇거리다가 자기가 꾸며놓은 기도대로 기도를 하러 갔다.

"내가 육욕 억제 고행을 보여줄까?"

"무슨 말이니?"

"아빠도 알잖아. 어젯밤에 자살하겠다고 말하는 죄를 저질렀어. 블랑슈 고모한테 말했더니 그건 아주 나쁜 일이라고 했어. 하지만 고해를 하려면 좀 기다려야 하니 직접 속죄를 하려고." 아이는 가운 속 잠옷까지 벗고 여윈 알몸을 드러냈다. "영혼은 강해도 육체는 약한 거야." 아이는 이렇게 말하면서 어질러진 책장에 가서 잠시 뒤지더니 가죽 채찍을 꺼냈다. 눈을 감은 아이는 내가 미처 상황을 파악하기도 전에 어느새 자기 등과 어깨에 채찍을 휘둘렀다. 눈속임 행동이 아니었다. 아이는 고통으로 숨을 들이쉬며 자기도 모르게 펄쩍 뛰어올랐다.

"그만둬." 나는 자리에서 일어나 채찍을 빼앗았다.

"아빠가 해줘. 나 대신 채찍을 휘둘러줘."

아이는 밝은 눈으로 나를 바라보았다. 나는 바닥에 떨어져 있는 잠옷을 집어 들었다.

"입어라, 어서." 나는 단호하게 말했다. "그리고 기도한 다음에 침대에 누워."

아이는 내 말에 따랐다. 그 즉각적인 복종, 시키는 대로 하는 열정이 어쩐지 반항보다 더 나쁜 것처럼 여겨졌다. 아이는 마땅히 의무를 다했다는 생각에 흥분하고 긴장된 상태였다. 나는 아이에 대해서도, 고행 관습에 대해서도 아는 바 없었지만 그 흥분 상태는 부자연스럽고 부정적으로 보였다.

포장 상자로 만든 기도대 앞의 기도는 끝없이 오래 이어졌다. 소리 내어 기도하는 게 아니었으므로 그냥 기도하는 척만 하는지도 몰랐다. 마침내 아이가 성호를 긋고 일어나 고분고분한 표정으로 침대에 올라갔다.

"잘 자렴." 나는 허리를 굽혀 아이에게 입 맞춰주었다. 나를 바라보는 그 차갑고 굳은 얼굴은 자신에게 혹은 내게 또 다른 속죄를 의도하는 것일까? 알 수 없었다. 나는 방을 나와 문을 닫고 끝에 매듭까지 해놓은 채찍을 내려다본 후 왼쪽으로 돌았다. 계단 아래 회전문을 지난 후 충동적으로 반대쪽 끝 방으로 향했다. 손잡이를 돌려보니 잠겨 있었다. 문을 두드렸다.

"누구세요?" 블랑슈가 물었다.

나는 대답하지 않았다. 다시 문을 두드리자 발소리가 나고 자물쇠에 열쇠를 넣어 돌리는 소리도 났다. 문이 열리자 늘 틀어올렸던 머리카락을 길게 늘어뜨리고 실내복을 입은 블랑슈가 보였다. 순간적으로 위층의 마리노엘과 같은 아이로 느껴졌다. 믿지 못하겠다는 듯 놀란 눈빛을 마주하자 마음이 약해졌다. 블랑슈와 장 남매의 불화는 나와 무관한 일이었다. 하지만 아이와 관련해서는 경고를 해야 했다. 나는 블랑슈 손에 채찍을 쥐여주었다.

"이걸 보관하든지 내버려. 마리노엘이 이걸로 자기를 때리려 하더군. 채찍은 악마를 물리치는 게 아니라 불러들인다고 말해 줬으면 해."

블랑슈의 눈빛이 증오로 바뀌었다. 그 증오가 어찌나 강한 지 그 창백하고 무표정한 얼굴에 돌연 야만적인 표정이 떠올랐고, 그 모습을 지켜보던 나는 순간 멍해졌다. 그리고 뭐라 더 말할 틈도 없이 블랑슈가 문을 쾅 닫고 잠가버렸다. 복도에 남은 나는 얻은 것은 하나도 없이 적개심만 한층 키운 꼴이었다. 나는 천천히 복도를 되돌아 나오면서도 원한 가득한 그 냉혹한 눈길이 안긴 충격과 혼란에서 벗어나지 못했다. 한때는 분명 신뢰 가득한 큰 눈이었는데 말이다.

계단참까지 와서 어디로 가야 할까 생각하던 중에 줄지어 올라오는 세 식구와 만났다. 창백한 얼굴에 눈꺼풀을 내리깐 몸 무거운 프랑수아즈, 붉은 뺨 화장이 여전히 생생하고 빗어 올린 머리를 강조하는 목깃 높은 블라우스 차림의 르네, 겨드랑이에 신문을 끼고 다른 쪽 손으로 조명 스위치를 끄면서 하품을 하는 꼴이었다. 나를 본 세 얼굴에 서로 다른 표정이 순간 떠올랐다. 나는 그들이 생각하는 장이 아닌 이방인, 외부에서 그 세상을 들여다보는 사람이었고 그래서 가면을 쓰지 않고 벌거벗은 그들의 모습을 보는 셈이었다. 프랑수아즈는 괴로워하며 숨을 내쉬다가 곧 자신을 억누르고 참아냈다. 르네는 자신이 아름답다고 확신하며 의기양양했지만 늘 되살아나되 결코 충족되지 못

하는 욕망을 드러내는 모습이었다. 한편 혼란스럽고 지친, 그러면서 질투심 많은 폴은 자기 삶에 어떤 기적이 일어날지, 혹은 그저 그렇게 잊혀갈지 의심하는 듯했다.

우리는 서로 잘 자라는 인사를 남기고 짝지어 헤어졌다. 프랑수아즈를 뒤따라 복도를 걸어가면서 나는 상황이 달랐다면, 르네가 장 드게의 아내였다면 내게 어떤 감정이 들었을지 궁금해졌다. 매력과 혐오는 종이 한 장 차이고 결혼이라는 강제적 근접성을 통해 결국 그 차이가 사라져 하나가 되어버리는 것일까? 나는 옷 방이 조금 바뀐 것을 보고 더 이상의 생각을 중단했다. 방 안에 간이침대며 베개, 욧잇과 담요가 갖춰져 있었다. 묘하게도 그걸 보고 느낀 첫 감정은 안도가 아닌 죄의식이었다. 무슨 일이지? 문제가 뭐지? 서랍장 위에 놓인 커다란 팜 향수병이 눈에 들어왔다. 손도 대지 않은 새것 그대로였다.

나는 잠시 생각하다가 욕실을 지나 침실로 갔다. 프랑수아즈는 화장대 앞에서 머리에 핀을 꽂고 있었다.

"옷 방에서 자라는 거야?" 내가 물었다.

"그게 더 좋지 않아?"

"나야 어떻든 상관없어."

"내 생각도 그래."

프랑수아즈는 핀 꽂는 일을 계속했다. 이것이 타협이나 눈물, 끝나지 않는 논쟁으로 연결되는 결혼 생활의 문제인 모양이었다. 그렇게 부주의하게 B라고 휘갈겨 쓴 여성 향수병만 아니었다면 이런 일이 없었을 텐데. 덕분에 프랑수아즈의 남편과 나둘 다 곤란한 상황에 빠지고 말았다. 장이라면 침묵으로 대처했을 것이다. 나도 그렇게 선택할 수밖에 없었다.

"좋아. 난 옷 방에서 자도록 하지."

나는 다시 욕실로 가 수도를 틀었다. 어떤 것이 내 칫솔인지, 어떤 것이 내 양치 컵인지 기억하면서 양치질을 했다. 어렴풋이 생각나는 기숙학교의 두 번째 밤, 묘하게 모든 것이 익숙해졌던 그때와 비슷했다. 욕실 풍경은 더 이상 낯설지 않았고 수돗물 흐르는 소리노 심사는 날랐지만 예상한 대로였다. 옆으로 와 빗질을 하고 크림 통을 꺼내 가는 프랑수아즈와 나는 한 마디도 나누지 않았다. 지나간 시절의 기숙사 친구, 간혹 낯설게 느껴졌던 룸메이트와 그랬듯 말이다. 긴 가운 차림의 여자 앞에서 조끼와 바지를 입은 내가 어색하지도, 낯설지도 않게 느껴졌다. 나는 욕실 배경의 일부가 되었다. 프랑수아즈도 마찬가지였다. 다만 침묵이 어색했다. 잠옷과 가운을 입은 내가 밤 인사를 하러 갔을 때 프랑수아즈는 책을 읽다가 창백하고 무심한 뺨을 내 쪽으로 돌렸다. 전날 밤의 비통함도, 전날 밤의 눈물도 없었다. 나는 다시금 안도감보다는 죄의식을 느꼈다. 장 드게의 죄가 희생양 덕분에 열 배나 늘어나버렸다는 죄책감이었다.

나는 옷 방으로 가 창문을 열었다. 밤나무들이 밤 떨어지는 소리를 내지 않았다. 맑은 하늘도, 별도, 위쪽 작은 탑의 방 창가에 선 사람 형체도 없었다. 간이침대에 올라가 담뱃불을 붙이며 성에 들어온 후 두 번째 밤이라는 것, 생질로 온 뒤 24시간보다 약간 더 흘렀다는 것을 생각했다. 내 말과 행동 하나하나가 나와 다른 몸, 나와 다른 마음, 나와 다른 생각과 행동을 하는 누군가의 삶에 점점 더 광범위하게, 깊숙이 연루되고 있었다. 그 사람 내면의 무언가는 실상 나의 일부, 내 비밀스러운 자아의 일부였다.

11

　다음 날 아침 잠에서 깨었을 때 나는 꼭 해야 할 일에 대해 생각했다. 긴급했다. 가족의 재정 상황을 거의 모르는 채 카르발레 측의 조건에 맞춰 생산을 계속하는 데 나를, 아니 더 정확하게는 생질 유리 공장을 걸 수는 없었다. 내게 있는 것이라고는 장 드게의 수표책, 빌라르에 있는 은행 이름과 주소뿐이었다. 은행에 가서 책임자와 얘기를 해야 했다. 어떻게든 핑계를 대내 무지한 상태를 감춘 채 말이다. 은행에서는 현재의 재정 상황에 대해 대충이라도 알려줄 것이었다.

　나는 일어나 씻고 옷을 입었다. 프랑수아즈는 아직 침실에서 아침 식사 중이었다. 옷 방에서 커피를 마시면서 마음속 지도 위에 르망에서 성으로 왔던 길을 표시해보았다. 그 길 따라 어딘가, 생질에서 15킬로미터 안팎 떨어진 곳에 빌라르가 있었다. 르망에서 모르타뉴, 트라피스트 대수도원으로 향하는 북서쪽 길을 확인할 때 그 이름이 나왔었다. 지금은 지도가 없지만 빌라르는 충분히 찾아갈 수 있을 듯했다. 가스통이 옷 손질을 위해 옷 방에 들어왔을 때 나는 빌라르의 은행에 갈 생각이니 차를 써야겠다고 말했다.

"므시외 르콩트께서는 언제 빌라르에 가고 싶으신가요?"

"아무 때나. 아, 10시 반쯤이 좋겠군."

"그럼 10시에 르노를 대기시키겠습니다. 므시외 폴은 시트로엥을 타고 유리 공장에 가실 수 있을 겁니다."

차가 한 대 더 있다는 건 미처 생각하지 못했다. 다행이었다. 폴이 은행에 함께 가겠다고 나설까 봐 걱정이었는데 그럴 필요가 없게 되었다. 그래도 다른 가족들이 따라나서리라는 생각은 못 했다. 주머니에 잔돈을 집어넣고 아래층으로 내려가려 할 때 어린 하녀가 문을 두드렸다. 가스통이 당연히 내 외출 계획을 가족들에게 알렸던 것이다.

"실례합니다, 므시외 르콩트. 마담 폴께서 빌라르에 함께 갈 수 있는지 여쭤보라십니다. 미용실에 예약이 있으시답니다."

르네가 또다시 편두통에 시달리면 좋았을 것을. 또다시 르네와 단둘이 남겨지는 상황은 어떻게 해서든 피하고 싶었다. 하지만 마땅한 핑곗거리가 없었다.

"마담 폴이 내가 10시 출발이란 걸 알고 계시나?"

"네. 그래서 10시 반으로 예약하셨답니다."

나와 동행하기 위한 치밀한 계획 같았다. 나는 제르멘에게 물론 마담 폴을 미용실에 모셔다드릴 수 있다고 한 후 욕실을 거쳐 침실로 갔다. 프랑수아즈가 침대 위에 앉아 있었다. 계획이 떠올랐다.

"빌라르에 가려는데, 같이 가겠어?"

옆에서 자지 못한 경우 아침에 아내를 처음 만난 남편은 먼저 입맞춤을 해야 한다는 생각이 문득 떠올라 나는 프랑수아즈 옆으로 가 입을 맞추고 잘 잤는지 안부를 물었다.

"설쳤어. 당신도 간이침대에서 그랬겠지. 근데 난 빌라르에 안 갈래. 누워 있는 게 좋겠어. 오전에 르브룅 선생님도 왕진 오실 테고. 어째서 빌라르에 간다는 거야? 당신도 의사 선생님을 같이 만나면 좋겠는데."

"은행에 가봐야 해."

"돈이 필요해? 그럼 가스통을 보내면 되잖아."

"그게 아니야. 사업상 의논이 좀 필요해서."

"므시외 페기는 아직 병가 중일 텐데. 누가 그 일을 대신하는지도 모르겠고. 별로 소용없어 보여."

"그래도 가봐야 해."

"아이를 낳으러 르망으로 가야 할지, 아니면 여기 그냥 있어야 할지 최종 결정을 해야 해." 다시금 애처로운 목소리였다. 제대로 보살핌을 받지 못해 불만스러운 말투.

"당신은 어떻게 하고 싶어?" 내가 물었다.

프랑수아즈는 아무래도 좋다는 듯 어깨를 으쓱해 보였다. "당신이 결정을 내려줘. 그럼 악몽이 사라지고 더 이상 걱정할 필요 없다고 안심할 것 같으니까."

나는 원망의 눈빛에서 시선을 돌렸다. 이런 순간이 부부가 겪을 수밖에 없는 일상의 작은 갈등들이구나. 하지만 이건 내 문제가 아니었고 내가 선택할 일도 아니었다. 은행에 갈 일로 머리가 꽉 차 있는데 자꾸 결정을 내리라는 프랑수아즈가 부담스러웠다.

"르브륀 선생님이 결국 결정해야 하지 않겠어? 선생님 조언을 따르자고. 오늘 아침에 오시면 의견을 물어봐."

이렇게 말하는 순간 잘못된 대답임을 느꼈다. 프랑수아즈가 원하는 것은 이게 아니었다. 혼자라는 느낌 때문에 안심시키는 말이 필요했던 것이다. '이봐요, 난 당신 남편이 아니오. 그러니 어떻게 하라고 말할 수가 없어요'라고 말하고 싶은 마음이 간절했다. 그럼 죄책감이 사라질 것 같았다. 하지만 그렇게 하지 못하고 그저 "오래 걸리지 않을 거야. 의사 선생님이 가시기 전까지 돌아올게"라고 덧붙였다.

프랑수아즈는 대답하지 않았다. 제르멘이 아침 식사 쟁반을 가지러 왔고 그 뒤로 마리노엘이 따라왔다. 아이는 우리에게 입을 맞추며 아침 인사를 하자마자 자기도 빌라르에 데려가달라고 말했다.

르네에 맞설 완벽한 상황이 조성된 셈이었다. 어째서 진작 이 생각을 못 했을까. 좋다고 대답하자 아이는 어머니가 머리를 빗 겨주는 동안에도 신이 나서 어쩔 줄 몰랐다.

"장날이야. 사람들이 잔뜩 모여 있을 테니 조심해서 다녀라. 벼룩이 옮을지도 몰라. 장, 마리노엘이 시장에서 너무 오래 돌 아다니지 않게 해."

"내가 잘 데리고 다닐게. 참, 르네도 간다더군."

"르네가? 왜?"

"르네 숙모는 미장원 약속이 있대." 마리노엘이 끼어들었다. "아빠가 빌라르에 간다는 말을 듣자마자 블랑슈 고모 방으로 가 서 전화를 걸던걸."

"이상하네. 나흘인가 전에 머리를 하고 왔을 텐데."

아이가 사냥 때 멋있어 보이기 위해 르네 숙모가 신경을 쓰는 거라고 말을 이었지만 내 귀에는 그게 들리지 않았다. 블랑슈 방에 전화가 있다는 정보에 정신이 번쩍 들었다. 그렇다면 내가 파리와 통화할 때 수화기를 들고 엿들은 사람은 블랑슈일까? 블랑슈가 아니라면 누구였을까? 어디부터 어디까지 들은 것일 까?

"당신이 돌아올 때까지 르브룅 선생님을 붙잡아볼게. 하지만 당신도 알잖아. 선생님이 오래 머물지 못한다는 걸."

"선생님이 왜 오는 거야? 뭘 하는 거야?" 마리노엘이 물었다.

"네 남동생이 내는 소리를 확인하러 오시는 거야." 프랑수아즈가 대답했다.

"아무 소리도 듣지 못하면 그건 동생이 죽었다는 뜻이야?"

"아니. 멍청하게 굴지 말렴. 자, 이제 어서 가봐."

아이는 불안과 기대를 담은 시선으로 우리 둘을 번갈아 쳐다보다가 갑자기 재주넘기를 해 보였다.

"가스통 말이 난 팔다리가 아주 튼튼하대. 두 팔로 거꾸로 서는 건 여자애들이 거의 못하는 동작이라면서."

"조심해." 프랑수아즈가 주의를 줬지만 이미 때는 늦었다. 거꾸로 들어 올린 다리가 균형을 잃으면서 벽난로 옆 작은 탁자 위로 떨어졌고 그 바람에 고양이와 강아지 도자기가 바닥으로 떨어지면서 산산조각 나버렸다. 잠시 정적이 흘렀다. 몸을 추스르고 일어선 아이는 얼굴이 홍당무가 되어 엄마를 바라보았다. 프랑수아즈는 넋 나간 듯 도자기 조각을 바라보았다.

"내가 제일 좋아하는 고양이와 강아지 도자기, 친정을 떠날 때 어머니가 주신 도자기가……" 나는 급작스러운 사고의 충격이 너무 커서 분노로 이어질 수 있겠다 생각했다. 하지만 감정의 동요는 순식간에 프랑수아즈를 감싸 모든 자제력을 잃게 만들 정도였다. 수개월, 어쩌면 수년 동안 쌓인 고통이 폭발했다.

"넌 정말 구제불능이구나. 그 서툰 발짓으로 내가 이 집에서 가진 유일한 것을 날려버리다니. 네 아버지는 성자니 환영이니 하는 터무니없는 것들로 네 머리를 채우는 대신 제대로 버릇을 가르쳐야 했어. 이제 동생이 태어나면 식구들의 관심이 그리로 집중되고 너는 두 번째가 되겠지. 그게 너나 다른 모두에게 좋은 일이야. 자, 둘 다 이제 나가버려. 다 필요 없으니 나가라고."

아이가 창백해진 얼굴로 방에서 달려 나갔다. 나는 침대로 다가갔다.

"프랑수아즈." 내가 말을 꺼냈지만 여자는 괴로운 눈빛으로 나를 밀어냈다.

"싫어. 싫다고!" 프랑수아즈는 몸을 돌려 베개에 얼굴을 파묻었다. 나는 뭔가 유용한, 건설적인 행동을 하려는 헛된 노력으로 깨진 도자기 조각들을 모아 옷 방으로 가져왔다. 처참하게 깨진 꼴이 또다시 프랑수아즈 눈에 띄지 않도록 말이다. 기계적으로 나는 서랍장 위 커다란 향수병을 포장했던 셀로판지와 종이에 조각들을 쌌다. 마리노엘은 보이지 않았다. 전날 밤의 채찍, 더 나아가 뛰어내리겠다는 위협을 떠올린 나는 급히 옷 방을 나서 뒤쪽 계단을 한 번에 세 개씩 뛰어올라 작은 탑의 방으로 갔다. 다행히 창문은 닫혀 있었고 아이는 옷을 벗으며 의자 위에 얌전히 개어두는 참이었다.

"무슨 일이니?"

"내가 버릇없게 굴었으니 다시 침대로 들어가야 하는 것 아냐?"

불현듯 아이 눈으로 바라본 어른들 세계가 얼마나 강력하고 비논리적이며 가차 없는 것인지 이해가 갔다. 일어난 지 한 시간밖에 되지 않았고 햇살이 방 안 가득 들어오는 오전인데도 군

말 없이 다시 침대로 들어갈 작정을 한 것이다. 그게 어른들의 처벌 방식이니까.

"내 생각은 다른걸. 이 방법은 별로 좋지 않아. 그리고 넌 버릇없이 굴었던 것이 아니다. 운이 나빴을 뿐이야."

"그래도 빌라르에 갈 수는 없는 거지?"

"안 될 이유가 없지."

아이는 놀란 표정이었다. "나들이는 즐거운 일이잖아. 귀한 물건을 망가뜨린 사람은 즐거움을 누릴 수 없는 거야."

"네가 도자기를 깨뜨리려고 한 게 아니잖아. 그게 차이란다. 도자기를 수선할 방법을 찾아보자. 빌라르에 그런 가게가 있을지 몰라."

아이는 미심쩍다는 얼굴로 고개를 저었다. "그런 가게는 없을 거야."

"찾아보자꾸나."

"손만 아니었다면 균형을 잃는 일이 없었을 거야. 그 탁자에 너무 가까웠고 손목이 너무 약했어. 정원에서는 수없이 성공했는데."

"그래, 장소를 잘못 택한 거야. 그게 다구나."

"맞아."

아이의 두 눈이 나를 집요하게 바라보았다. 마치 무언가 하지 못한 말을 찾으려는 듯. 나는 더 이상 할 말이 없었다.

"그럼 옷을 다시 입어도 돼?"

"되고말고. 어서 입고 내려오렴. 벌써 10시가 다 되었다."

나는 옷 방으로 와 싸놓은 도자기 조각을 챙겼다. 내려가보니 벌써 자동차가 준비되었고 르네가 홀에 서 있었다.

"절 기다리게 하고 싶지 않아서요." 르네가 말했다.

그 목소리에는 기대와 확신이 담겨 있었다. 르네는 나를 지나쳐 테라스로 나가 계단을 내려갔다. 그 움직임, 가스통에게 건네는 아침 인사, 따뜻하고 밝은 하늘을 올려다보는 눈길이 흥분과 욕망을 드러냈다. 완벽하게 상황이 갖춰진, 르네를 위한 날이었다. 그때 마리노엘이 테라스를 가로질러 우리 쪽으로 뛰어왔다. 흰 면장갑을 끼고 손목에는 흰 플라스틱 핸드백이 체인 줄로 매달려 달랑거렸다.

"나도 같이 가, 르네 숙모. 하지만 그냥 놀러 가는 건 아냐. 쇼핑할 일이 있어서."

확신의 표정이 그토록 빨리 실망으로 바뀌는 모습은 처음 보았다.

"누가 가도 된다고 했지?" 르네가 물었다. "공부를 해야 하지 않아?"

가스통이 상황을 다 이해한다는, 그리고 정말 다행이라는 시선을 보냈다. 나는 그와 악수를 하고 싶은 생각까지 들었다.

"블랑슈 고모는 오후에 수업하는 걸 더 좋아해. 그리고 아빠가 같이 가도 된다고 했어. 그렇지, 아빠? 내가 앞자리에 앉아도 되지? 뒤에 앉으면 멀미가 나서."

순간 르네가 뒤돌아 다시 성 안으로 들어갈지 모른다는 생각이 들었다. 그토록 절망한 모습이었던 것이다. 하지만 르네는 자신을 다잡고 내 쪽은 쳐다보지도 않은 채 차에 올랐다.

빌라르로 가는 길은 걱정할 필요가 없었다. 늘 그렇듯 진실이 난국을 쉽게 타개해주었다.

"자, 아빠는 여기 처음 온 사람인 척할 거야. 당연히 길도 모르지. 네가 길을 인도해야 해." 내가 마리노엘에게 말했다.

"좋아. 정말 멋진 생각인걸."

일은 간단히 풀렸다.

우리는 생질을 벗어나 시월의 하늘 아래 황금빛과 초록빛 시골을 통과했다. 나는 아이들이 얼마나 쉽고 행복하게 환상에 자신을 맡기는지 생각했다. 아이들의 삶은 사물을 실제와 달리 볼 수 있는 그 자기 속임수 능력 덕분에 그나마 견딜 만하게 되는 것이다. 장 드게에 대한 신뢰가 깨지지 않도록 하면서 마리노엘에게 내 정체를 솔직히 털어놓는다면, 아이는 얼마나 열정적으로 이 연극에 참여해줄까. 알라딘 램프의 지니 요정처럼 얼마나 큰 도움을 주게 될까.

곧 들판과 농장, 숲의 마법이 끝났다. 모랫길을 지나니 포장된 곧은 국도가 펼쳐졌다. 왼쪽이나 오른쪽으로 돌아야 할 때마다 아이는 노랫소리로 길을 안내했고 뒤쪽의 르네는 말이 없었다. 딱 한 번 갑자기 앞에서 속력를 줄이는 차 때문에 브레이크를 밟았을 때 가벼운 비명 소리를 냈을 뿐이었다. 몸이 앞으로 쏠리면서 순간 감정이 드러난 것이다.

"르네 숙모를 미용실에 내려주고 그다음에 공화국 광장에 차를 세우면 돼." 마리노엘이 말했다.

나는 털 깎일 때가 다 된 양처럼 보이는 곱슬머리 밀랍 두상이 창가에 놓인 작은 가게 앞에 차를 세우고 르네에게 문을 열어주었다. 르네는 한 마디도 하지 않고 내렸다.

"몇 시쯤이면 끝날까?" 내가 묻는데도 대답이 없었다. 르네는 뒤도 돌아보지 않고 미용실 안으로 사라졌다.

"기분이 나쁜 모양이야. 이유가 뭘까." 마리노엘이 말했다.

"신경 쓰지 말고 다시 길 안내를 해주렴. 난 여기 처음 온 사람이라는 걸 잊지 말고."

르네가 내리자 긴장감도 사라졌고 아이와 나는 둘 다 축제처럼 들뜬 기분이 되었다. 우리는 트럭들 옆으로 차 세울 자리를 찾아냈고 프랑수아즈의 벼룩 경고를 무시한 채 교회 옆 시장으로 들어갔다.

르망처럼 규모가 크지는 않았다. 가축 시장은 없었지만 비좁게 몰려선 가판대 위로 앞치마, 윗옷, 비옷, 나막신 등이 높이 쌓여 있었다. 아이와 나는 한가롭게 가판대 사이를 돌아다녔다. 물방울무늬 손수건이나 스카프, 수탉 머리처럼 생긴 도자기 주전자, 분홍색 고무공, 한쪽은 빨간색이고 반대쪽은 파란색인 두툼한 색연필 등에 한참 시선을 빼앗기기도 했다. 우리는 회색과 흰색 체크무늬 슬리퍼를 제르멘 선물로 샀고 그러자마자 옆 가판대에서 권하는 밝은 초록색 슬리퍼도 사버렸다. 슬리퍼를 포장하고 값을 치른 후에는 노란 신발 끈을 사고 싶어졌다. 우리 둘과 가스통을 위해 신발 끈을 사고 줄에 매달린 스펀지 두 개, 마지막으로 새하얀 비누 한 덩어리를 샀다. 돌고래를 탄 인어가 새겨진 비누였다.

우리는 사들인 물건들을 무겁게 들고 복잡한 시장 길에서 방향을 틀었다. 밝은 파란색 코트를 입고 달리아 꽃을 품에 가득 안은 금발 여자가 우리를 지켜보고 있다가 옆쪽 상인에게 건네는 말인 척 "저 집은 생질 유리 공장을 닫고 그 자리에 백화점을 세울 것이 분명해요"라고 하였다. 이어 우리를 지나쳐 반대쪽으로 가면서 내 귀에 대고 "집주인께서 변화를 원하시나 보죠?"라고 속삭였다.

파란 코트가 재미있어 죽겠다는 듯한 모습으로 사라져가는 것을 돌아보고 있는데 마리노엘이 나를 잡아당겼다. "아빠, 저기 레이스 파는 곳들이 있어. 어서 가봐. 내 기도대에 필요한 거야." 우리는 다시 한 번 여러 가판대를 오가며 물건 사는 일에 매달렸다. 나는 따뜻한 햇살 아래에서 나른하고 편안한 기분이 되어 빌라르에 온 이유조차 잊어버리고 있다가 교회 종이 11시 반을 알리고 나서야 화들짝 놀랐다. 은행은 12시부터 점심시간으로 문을 닫을 터였다.

"자, 어서 가자." 우리는 서둘러 차 안에 물건을 실었다. 마리노엘이 뒷자리를 정리하는 동안 나는 다시 한 번 수표책을 살펴

은행 주소를 확인했다.

"아빠, 엄마 도자기를 수리할 수 있는 곳이 있는지 알아보지 않았어." 마리노엘 얼굴에는 어느새 행복감이 사라지고 불안이 떠올라 있었다.

"그렇구나. 나중에 확인하자. 은행 일이 더 중요하단다."

"하지만 가게도 곧 닫을 거야."

"어쩔 수 없어. 닫으면 그만이다."

"성문 앞 가게에서 도자기 수리를 할 것 같아. 왜, 촛대를 팔던 가게 말이야."

"모르겠구나. 자, 여기 차에 앉아서 좀 기다릴래? 은행 안에서 멍하니 있는 것보다 나을 테니."

"괜찮아. 아빠랑 같이 갈래."

아이가 내가 하는 말 한 마디 한 마디를 다 듣는 상황은 원치 않았다.

"자, 아빠는 은행에서 시간이 좀 걸릴 거야. 이야기할 것도 많고. 그러니 너는 여기 차에서 기다리든지, 아니면 르네 숙모한테 가는 것이 좋겠다."

"아, 그건 은행에 가는 것보다 더 싫어. 그럼 내가 혼자 성문 앞 가게에 가서 도자기 수리가 가능한지 알아보고 은행으로 가는 건 어떨까, 아빠?"

아이는 멋진 해결책을 찾아낸 것이 즐겁다는 표정으로 나를 바라보았다. 나는 잠시 망설였다.

"어디라고? 난 기억이 안 나는구나. 거기까지 뭘 타고 갈 건데?"

"성문 바로 앞이야." 아이가 서둘러 설명했다. "여기선 그냥 걸어가면 돼. 우산 가게 바로 옆이라니까. 그리고 교회를 지나 은행으로 가면 되지. 4분이면 충분할 거야."

나는 차를 주차한 거리를 위아래로 훑어보았다. 거대한 교회의 고딕 양식 첨탑이 나무들 위로 솟아 있었다. 그 근처라면 멀지 않을 터였다.

"좋아. 자, 여기 조각이 있다. 조심하렴." 나는 셀로판지와 종이에 싼 꾸러미를 아이 손에 쥐여주었다.

"가게 사람들이 널 알까?" 내가 물었다.

"그거야 드게라는 이름만 대면 되지." 아이가 대답했다.

나는 마리노엘이 길을 건너 왼쪽으로 도는 것을 보고 시장으로 되돌아와 구석에 서 있는 은행 건물로 갔다. 문을 열고 들어서며 기억에 남아 있는 므시외 페기 이름을 댔다.

"므시외 르콩트, 죄송합니다만 므시외 페기께서는 아직 안 돌아오셨습니다. 제가 무얼 도와드릴까요?" 남자 은행원이 대답했다.

"그렇군요. 제 계좌 상황을 보고 싶습니다만."

"어떤 계좌 말씀인가요?"

"전부 다요."

카운터 뒤 책상에서 타이핑을 하고 있던 여자가 고개를 들고 나를 쳐다보았다.

"잔액을 말씀하시나요, 아니면 계좌 내역 전체를 말씀하시나요?"

"전부 다 보고 싶습니다."

행원이 자리를 떴고 나는 카운터에 기대 여자의 타이핑 소리, 벽시계의 초침 소리를 들으며 담배에 불을 붙였다. 은행 특유의 답답하고 폐쇄적인 분위기였다. 프랑스 전역을 돌아다니며 여행자수표를 현금으로 바꾸던 일들이 떠올랐다. 이제 폭력배처럼 남의 금융 비밀을 캐내려는 참이었다. 행원은 서류 뭉치를 들고 돌아왔다.

"어디 앉아서 보시는 것이 좋겠지요?" 그는 나를 유리문 안쪽 작은 방으로 안내했다.

나는 혼자 그 방에 앉아 행원에게서 넘겨받은 서류를 살펴보았다. 유리 공장에서 청구서를 마주했을 때처럼 머릿속이 텅 비었다. 한 장씩 꼼꼼히 읽어봐도 도대체 무슨 뜻인지 알 수 없었다. 행원이 혹시 더 필요한 것이 없느냐며 들어왔다.

"이게 전부입니까? 내 서류는 더 없습니까?"

행원은 놀라고 당황한 표정으로 나를 보았다. "제가 드릴 수 있는 것은 그게 전부입니다, 므시외 르콩트. 물론 금고에 두신 서류를 더 살펴보실 수는 있겠지요."

순간 거대한 금고에 들어 있는 황금 주머니가 떠올랐다. "내 금고라고요? 금고 안에 제가 뭘 두었습니까?"

"그거야 저는 모릅니다." 행원은 모욕이라도 당했다는 듯 화들짝 놀라며 므시외 페기가 병가 중이어서 유감이라고 중얼거렸다.

"은행 문 닫기 전에 제가 좀 살펴볼 수 있을까요?"

"물론입니다." 행원은 다시 사라졌다가 열쇠 꾸러미를 들고 나타났다. 나는 행원 뒤를 따라 지하로 이어지는 좁은 계단을 내려갔다. 열쇠 하나로 문을 열고 들어가니 포도주 저장실처럼 넓고 천장 낮은 방이 나왔다. 벽마다 금고들이 번호를 붙인 채 늘어서 있었다. 행원은 17번 금고 앞으로 갔고 다른 열쇠를 꺼내 구멍에 넣어 돌렸다. 금고 문이 열리기를 기다리는데 행원이 열쇠를 빼고 옆으로 비켜서며 나를 바라보았다. 내가 가만히 있는 것을 보고는 "므시외 르콩트께서 설마 열쇠를 안 가지고 오신 것은 아니겠지요?" 하고 물었다. 나는 멍청하게 군 것을 자책하며 주머니에서 장 드게의 열쇠 꾸러미를 꺼냈다. 다른 것보다 더 길고 큰 열쇠가 눈에 띄었다. 금고 앞으로 다가가 자신 있는 동작을 꾸며 보이며 열쇠를 밀어 넣었다. 고맙게도 열쇠가 돌아갔고 금고 손잡이를 당기자 문이 활짝 열렸다.

행원은 원하는 서류를 살펴보시라는 말을 중얼거리며 밖으로 나갔다. 금고에 손을 넣어보았지만 황금 주머니는 없고 끈으로 묶인 서류만 나왔다. 실망스러운 마음으로 서류 꾸러미를 밝은 곳으로 가지고 나왔다. '프랑수아즈 브뤼예르의 부부 재산 계약'이라고 쓰인 서류가 눈에 띄었다. 끈을 풀기 시작하는데 행원이 들어왔다.

"따님이 밖에 있습니다. 도자기 수리 관련해서 문제가 해결되었다고 전해달라는군요. 또 마담 이브의 트럭을 타고 돌아가도 되겠느냐고 묻습니다."

"뭐라고요?" 나는 서류에 정신이 팔린 채 되물었다.

그는 같은 말을 반복했지만 나한테는 여전히 이해되지 않았다. 하지만 무슨 트럭인지, 마담 이브가 누구인지 물어보고 싶지는 않았다.

"좋아, 좋습니다, 나도 곧 간다고 전해줘요."

드디어 끈이 풀리고 서류가 펼쳐졌다. 순간 나는 은행 금고 안이라는 걸 잊었다. 법률 서류이긴 했지만 상황 자체가 워낙 익숙했던 것이다. 투르와 블루아의 문서고에서, 대영박물관의 열람실에서 이렇게 서류를 살펴보던 일이 많았다. 프랑스 혼인 법률의 온갖 복잡한 표현들이 쏟아져 나왔다. 금방 이해하긴 어려웠지만 몹시도 흥미로운 서류였다. 나는 시간도 잊은 채 그 자리에 앉아 읽기 시작했다.

내용은 다음과 같았다. 프랑수아즈의 아버지 므시외 로베르 브뤼예르는 재산이 많았지만 장 드게를 별로 신뢰하지 않았고 생질 일가의 부실한 재정 상황을 뒷받침할 마음도 전혀 없었다. 그리하여 프랑수아즈의 지참금은 남성 상속자를 위한 신탁 자산으로 관리되고 그 신탁 자산에서 나오는 수입은 그 남성 상속자가 미성년인 동안 부부가 공동으로 쓸 수 있도록 해두었다.

아들이 없을 경우, 프랑수아즈가 50세가 되었을 때 신탁 자산을 프랑수아즈와 딸들이 나눠 가지고, 만약 프랑수아즈가 50세가 되기 전에 남편보다 먼저 사망했다면 신탁 자산은 남편과 딸들 몫이었다. 즉, 아들 상속자가 태어나야 신탁 수입을 부부가 사용할 수 있고 아들이 없다면 프랑수아즈가 50세가 될 때까지 그 돈에 아무도 손대지 못한다는 것이 핵심이었다. 혹시라도 프랑수아즈가 일찍 세상을 떠나지 않는 한 말이다. 결혼식 날 남편은 마음대로 쓸 수 있는 돈을 어느 정도 받지만 그 액수는 전체 지참금의 4분의 1도 채 되지 않았다.

나는 그 복잡한 문서를 열 번 넘게 읽었다. 그리고 프랑수아즈와 다른 가족들이 간절히 아들을 기다리는 이유가 무엇인지 깨달았다. 프랑수아즈의 아버지가 무엇 때문에 이런 식으로 재산을 묶어두었는지, 그리고 장 드게는 반드시 아들이 태어날 것이라 믿고 이 계약을 받아들였을지 궁금해졌다. 마리노엘은 남동생이 태어나는 경우 한 푼도 받지 못할 상황이었다. 장 드게는 아들이 없고 프랑수아즈가 50세 이전에 사망하는 경우에만 신탁 자산의 절반을 차지할 수 있었다.

"죄송합니다만, 므시외 르콩트, 오래 걸리십니까? 제가 점심을 먹으러 가야 합니다. 알고 계시겠지만 저희는 12시에 문을 닫는데 지금 벌써 12시 20분입니다."

은행원이 귀중한 점심시간을 빼앗겼다는 억울한 얼굴로 옆에 다가와 섰다. 나는 간신히 정신을 차렸다. 거대한 침실에서 할머니가 '우린 이미 가난한 상황이야. 프랑수아즈가 아들을 낳지 않는 한 계속 이 상태일 테고……'라고 중얼거렸던 순간으로 되돌아간 듯했다. 이제야 그 말뜻이 이해되었다. 물론 그 어조에 숨은 뜻이나 곁눈질의 의미는 여전히 수수께끼였지만. 어머니와 아들 사이에는 절대 깨지지 않을 정도로 강력한, 그러면서도 비밀스러운 유대 관계가 존재한다는 점이 어렴풋이 느껴졌다. 그 관계 속에는 다른 누구도, 아내나 아이, 누이까지도 들어올 수 없었다. 남의 가면을 쓴 나는 언제 들통날지 모르는 아슬아슬한 상황에서 계속 새로운 깨달음을 얻는 중이었다.

"지금 나가죠. 그렇게 지체되었는지 몰랐습니다."

나는 서류 뭉치를 다시 금고에 넣었다. 그 와중에 서류 한 장이 따로 떨어졌다. 급하게 쑤셔 넣었는지 묶이지 않은 상태였던 것이다. 얼핏 보니 탈베르라는 변호사가 두세 주 전에 보낸 편지였다. '유리 공장' '투자금' '배당금' 같은 단어가 눈에 들어왔다. 복잡한 재정 상황을 파악하는 단서가 될 수 있을 것 같다는 느낌에 나는 그 편지를 주머니에 집어넣었다. 그리고 다시 행원과 열쇠를 교대로 꽂아 금고를 잠그고 계단을 올라 작은 사무실로 들어갔다.

나는 여전히 멍한 상태로 주위를 둘러보았다. 마음속은 결혼계약 내용으로 꽉 차 있었다. 뒤늦게 정신을 차린 나는 "제 딸은 어디 있습니까?" 하고 물었다.

행원은 "벌써 떠난 지 한참 되었습니다"라고 대답했다.

"떠났다고요? 어디로요?"

"므시외 르콩트, 트럭에 탄 사람들과 함께 가도 되느냐고 따님이 묻는다고 전했을 때 좋다고 대답하셨습니다."

"나는 그런 말은 한 적이 없습니다!"

나는 나 자신과 행원에게 화가 나서 쏘아붙였다. 행원은 이전 어느 때보다 발끈해 내가 했던 말을 되풀이했다. 내가 의도하지 않았던 의미까지 덧붙여서 말이다. 내 불찰이었다. 어서 서류를 읽어보고 싶은 마음에 아무 말이나 생각 없이 내뱉었던 것이다.

"그래, 누구라고 했지요? 어디로 간다고 했나요?" 책임감이 나를 짓눌렀다. 집시들, 유괴범들, 숲에서 살해당한 어린 소녀 등이 떠올랐다.

"므시외의 유리 공장에서 온 트럭 중 하나였습니다. 일꾼들이 역에 왔었나 봅니다. 따님은 완벽하게 편안해 보였습니다. 여자 분과 함께 앞자리에 타더군요."

이제 와 할 수 있는 일은 아무것도 없었다. 마리노엘의 운에 맡겨야 했다. 무사히 성에 도착하든지 아니면 숲에서 살해당할 것이다. 혹시라도 불행한 일이 닥치면 나는 비난을 피할 수 없었다.

행원은 텅 비고 고요한 카운터를 지나 나를 밖으로 안내한 후 뒤에서 문을 닫고 잠갔다. 나는 왼쪽으로 돌아 교회 쪽으로 걸어갔다. 깨진 도자기가 어떻게 되었는지는 확인해야 했다. 마리노엘이 성문 바로 앞이라고 했던가? 나는 불안하고 짜증스러운 상태로 아이가 갔던 길을 그대로 따라가다가 아름다운 풍경과 마주쳤다. 오래된 집들 사이를 평화롭게 구불거리며 흘러가는 운하, 운하를 가로질러 집 뒷마당으로 연결되는 작은 인도교들, 홈통이 매달린 오래된 노란 지붕, 구부러진 기둥들. 드디어 성 문에 도착했다. 한때는 잘 방비된 성의 입구였을 것이다. 도개 교가 있었을 자리에는 이제 돌다리가 놓였다. 나는 아치형 문을 지나 마을의 중심 상가임이 분명한 곳으로 들어섰다. 곧바로 오 른쪽으로 아이가 말했던 골동품 가게가 나왔다. 진열장에 도자 기와 은 제품이 있었다. 하지만 정오부터 3시까지 닫는다는 안 내문이 붙은 출입문은 굳게 잠긴 채였다.

돌아서는데 반대쪽 가게에서 나를 바라보는 한 남자와 시선 이 부딪쳤다.

"안녕하세요, 므시외 르콩트? 마담을 찾으시나요?"

나를 잘 아는 사람 같았지만 말을 섞고 싶지 않았다.

"아닙니다. 중요한 일은 아닙니다."

그의 얼굴에 미소가 스쳐 지나갔다. 재미있어하는 표정이었 다. "주제넘게 나서고 싶지는 않습니다만, 마담은 문이 닫히면 벨 소리를 듣지 못합니다. 정원 출입구로 가시는 게 좋겠습니 다."

그는 내게 도움이 되어 기쁘다는 듯 계속 미소를 지었다. 하 지만 난 어느 집 뒷문으로 들어갈 마음도, 낮잠을 즐기고 있을 골동품 상인을 방해할 생각도 없었다. 그래서 고맙다고 인사한 후 다시 성문 아래로 돌아와 슬쩍 궁금한 마음에 왼쪽을 보았다. 좁은 중심가의 상점과 주택들이 운하를 뒤로하고 늘어섰는데 골동품 가게 뒤로는 18세기풍 작은 집이 있었다. 발코니가 붙어 있고 운하를 바라보는 좁다란 정원이 딸린 집이었다. 베네치아 한구석의 궁전을 축소한 듯했다. 창문은 활짝 열려 햇빛을 받아들였고 발코니에는 앵무새 새장이 놓였다. 널빤지 다리가 길과 정원을 연결해주었다. 관광 책자에서 '그림 같은'이라고 소개될 만했다. 이 마을의 컬러사진 엽서가 얼마나 많이 복제되어 팔리고 있을지 궁금해졌다. 거기 서서 담배에 불을 붙이는데 누군가 앵무새 모이를 주러 발코니로 나왔다. 짧은 순간이었지만 시장에서 나와 마리노엘을 보고 웃었던 파란 코트의 금발 여자임을 알아볼 수 있었다. 그 여자가 골동품 가게 사람이었나? 만약 그렇다면 깨진 도자기 수리 건이 어떻게 처리되었는지 묻지 못할 이유가 없었다.

나는 널빤지 다리로 다가갔다. 너무 대담한 것 같다는 생각을 하면서 "죄송합니다만, 마담, 방금 가게에 갔는데 닫혀 있더군요. 제 딸아이가 아침에 가게에 들렀지요?" 하고 물었다.

여자는 놀라 주변을 둘러보더니 갑자기 웃음을 터뜨렸다. 당황스러운 일이었다.

"바보 같으니. 당신이 집에 간 줄 알았어요. 거기 길거리에 서서 웬 바보짓이에요?"

너무도 친밀한 말투에 나는 어찌할 바를 몰랐다. 뭐라 대답해야 할지 몰라 그저 멍하니 쳐다보기만 했다. 여자는 성문 너머 생쥘리앵 광장까지 살펴보았다. 과연 시에스타 시간이어서 그런지 개미 새끼 한 마리 없었다.

"아무도 없군요. 들어와요."

빌라르에서 장 드게의 명성은 그리 드높지 않은 모양이었다. 나는 주저하면서 광장 너머를 바라보다가 금발 여자의 초대에 응해야 하는 결정적인 이유를 찾아냈다. 까맣게 잊어버리고 있던 르네가 벌써 한참 전에 머리 손질을 마치고 날 찾아다니고 있었다. 마리노엘이 트럭을 타고 사라져버렸으니 이제 꼼짝없이 르네와 단둘이 생쥘까지 가야 할 판이었다. 금발 여자는 내 속마음을 금방 알아차렸다.

"서둘러요. 지금 다른 방향을 보고 있어요. 당신을 못 봤다고요."

나는 날 듯이 널빤지 다리를 건너 발코니로 들어갔다. 여자는 여전히 깔깔 웃으며 나를 방에 들였다.

"운이 좋네요. 몇 초만 늦었으면 우리를 봤을걸요."

여자가 긴 창문을 닫고 미소 지으며 내 쪽으로 돌아섰다. 시장에서 보았던 재미있어 죽겠다는 표정 그대로였다. 다만 한층 자유롭고 활짝 열린, 아무것도 감출 것 없다는 느낌이 더해지기는 했다.

"당신 딸은 정말 사랑스럽더군요. 하지만 딸아이를 보내다니 너무 짓궂어요. 게다가 깨진 도자기 조각을 셀로판지와 포장지로 싸면서 저한테 주는 카드까지 넣다니요? 아이는 파리에 있는 친구에게 줄 선물이 잘못 전달되었다느니 뭐 그런 설명을 하더군요. 당신, 장난이 지나치네요." 여자는 파란 코트 주머니에서 셀로판지 조각과 끈을 꺼냈다. "깨진 도자기는 해결해볼게요. 생질에서 사람을 보내는 건 좋지만 아이나 아내, 누나는 대신 보내지 말아요. 가족을 바보로 만드는 짓이잖아요. 전 당신 가문을 존경한다고요."

여자는 다른 주머니에 손을 넣어 구겨진 카드도 꺼냈다. '아름다운 벨러를 위해, 장'이라고 쓰인 카드였다. 개와 고양이 도자기 조각은 탁자에 놓여 있었다. 그 조각들 덕분에 커다란 팜 향수병의 주인이 밝혀진 셈이었다.

12

긴 창문을 닫고 풍성한 커튼을 내렸음에도 방 안은 햇살로 가
득했다. 파란색과 회색이 섞인 벽과 흰 쿠션은 차가움 대신 공
기처럼 가벼운 느낌을 주었다. 시장에서 여자가 안고 가던 붉은
색과 황금색 달리아 꽃은 방 한구석 화병에 넘치도록 꽂혀 햇살
을 받고 있었다. 과일 바구니가 놓인 탁자, 책꽂이, 벽난로 위에
걸린 마리 로랑생* 그림이 눈에 띄었다. 방 안 곳곳에 안락의자
가 놓였고 그중 하나에 올라앉은 페르시아고양이는 앞발을 깨
끗이 핥는 중이었다. 창문 옆 야트막한 탁자 위에 작고 가는 붓
들, 특별한 종류의 종이 등 그림 도구가 있었다. 어디선가 살구

* Marie Laurencin(1883~1956). 프랑스의 여성 화가이자 시인이다. 파스텔 색감
과 단순한 형태의 화풍으로 이름을 알렸다.

냄새가 풍겼다.

"대낮에 빌라르에서 무얼 하고 있는 거죠?"

"은행에 갔소. 그러곤 시간 가는 줄 몰랐지. 미장원에서 사람을 태워야 하는데."

"나중에 해도 돼요. 마담은 산책을 즐기지 않나요?" 여자가 찬장으로 가더니 뒤보네 포도주와 잔 두 개를 가져왔다. "아이는요?"

"모르겠소. 일꾼들과 트럭을 타고 돌아갔다는군."

"소탈한 성향이군요. 잘 키웠어요. 저랑 점심 먹을래요? 햄, 샐러드, 치즈, 과일, 커피 다 여기 있어요." 여자가 벽장을 열어 보였다. 음식을 담은 쟁반이 벌써 준비되어 있었다.

"바깥에서 제수씨가 기다리는데 어떻게 점심을 먹는단 말이오?"

여자가 다시 창가로 가 문을 열고 생쥘리앵 광장 쪽을 내다보았다.

"이제 여기 없는데요. 제대로 머리가 돌아간다면 차에 가서 기다리겠지요. 정 지겨우면 직접 운전해서 생질로 돌아갈 수도 있고요."

르네가 운전을 할 줄 알까? 뭐, 상관 안 하기로 했다. 그보다는 이 여자가 왜 헝가리 왕들과 똑같은 벨러라는 이름일지가 더 궁금했다. 나는 안락의자에 앉아 포도주를 마셨다. 갑자기 책임감에서 벗어나 상황을 되는 대로 내버려두고 싶었다. 장 드게에게는 참으로 여자가 많았군.

"아침에 뱅상이 와서 당신 어린 딸이 가게에 왔고 어머니가 아주 귀중하게 여기는 물건을 수리할 수 있는지 물어본다고 알렸을 때 제가 어떤 기분이었을지 상상을 좀 해봐요. 대체 무슨 일인지 이해도 못 했어요. 당신 아내가 로켓 미니어처 만든 사람이 저라는 걸 알아버렸나 하는 생각도 순간 들었어요. 그건 어떻게 되었어요? 아내한테 선물했나요? 좋아하던가요?"

나는 사건들의 순서를 제대로 꿰어 맞추느라 잠시 입을 열지 못하다가 말했다. "그럼, 아주 좋아하던걸. 행복해했어."

"제가 말한 대로 세팅을 할 수 있었어요? 제가 전화해서 부탁한 대로 제대로 로켓을 보관하고 있던가요?"

"그랬소. 완벽하게."

"정말 기뻐요. 그 멋진 생각은 당신 최고의 순간에 떠오른 게 분명해요. 아이는 로켓에 대해 아무 말 하지 않았고 저도 그랬지요. 다만 아침에 자기가 도자기를 깨뜨리는 바람에 어머니가 몹시 화를 냈다고 하더군요. 개와 고양이 도자기상이 아주 값비싼 거라는 얘기죠. 물론 수리는 안 돼요. 하지만 파리에서 복제품을 주문할 수 있지요. 코펜하겐 제품이더라고요. 알고 있었나요? 자, 이제 먹지요. 당신은 몰라도 전 배가 고프거든요."

여자가 식탁을 준비해 내 안락의자 옆으로 끌어왔다. 내 가면극에서 가장 힘이 들지 않는 순간이라는 생각이 들었다. 운명이 안겨준 선물이라고 해도 좋았다. 그때까지는 도무지 만만한 부분이 없었던 운명 말이다. 문제는 빌라르 거리를 돌아다니며 점점 더 화가 치솟게 될 르네였다.

장 드게의 벨러는 내 생각을 알아차렸다. "뱅상이 곧 점심 먹고 돌아올 거예요. 그럼 나가서 여자가 차에 타고 있는지 보고 오라고 할게요. 공화국 광장에 주차해둔 것 맞지요?"

"응." 그랬나? 확실치 않았다.

"걱정 마요. 마담이 운전해 집으로 갈 테니까. 제가 마담이라도 그렇게 하고말고요. 나중에 가스통이 다시 몰고 오면 되니까. 아이가 트럭을 타고 떠났다니 그건 농담인가요?"

"아니, 농담 아니야. 은행에서 그렇게 전해주더군."

"다행히 침착하시네요."

"유리 공장에서 온 트럭이라고 했거든. 어차피 내가 할 수 있는 일은 없었어. 은행 금고에서 나와보니 아이랑 트럭은 벌써 사라진 후였으니까."

"금고에서 뭘 했는데요?"

"내 자료를 살펴보았지."

"뭐 충격받으신 일이라도 있었던 모양이군요."

"그랬어."

나는 햄과 샐러드를 먹고 빵을 뜯었다. 어제 성에서 먹은 점심에 비해 이 여자와 마주 앉은 점심은 얼마나 즐거운지 몰랐다. 이런저런 생각을 이어가다 보니 전달되지 못한 선물이 떠올랐다.

"당신에게 줄 향수가 있어. 생질 옷 방의 서랍장 위에."

"고마워요. 저더러 성에 가서 가져오라는 건 아니죠?"

나는 머리글자 B 때문에 일어난 사건을 가감 없이 들려주었다.

여자는 놀란 표정을 지었다. "어떻게 그런 일이 일어난 거죠? 서로 말 한 마디 주고받지 않는 남매잖아요. 오랜 반목을 깨뜨리는 평화의 표시로 정말로 무언가 선물을 준비했던 건가요?"

"아니. 내가 제정신이 아니었어. 전날 르망에서 너무 많이 마셨거든."

"그런 엄청난 실수를 저지르려면 코가 비뚤어지게 마시고 바닥에 쓰러졌어야 할 것 같은데요."

"두 가지 다였소."

여자가 눈썹을 치켜 올렸다. "파리 방문이 성공적이지 못했나요?"

"완전한 실패작이었지."

"카르발레가 협조적이지 않았군요?"

"우리 조건으로는 계약을 연장하지 못한다고 했어. 난 돌아와서 폴한테 연장이 되었다고 말했지. 가족과 유리 공장 일꾼들은 모두 일이 잘되었다고 믿게 되었고. 어제 나는 전화를 걸어 협상을 다시 하자고 했고 결국 그쪽 조건대로 연장이 될 거야. 아직 아무도 모르는 일이야. 그래서 아침에 은행에 간 거야. 손실을 감당할 상황이 되는지 확인하려고. 근데 아직도 답을 모르겠군."

나는 눈을 들어 나를 응시하는 커다랗고 푸른 두 눈을 바라보았다.

"무슨 말이에요, 답을 모른다니?" 여자가 말했다. "당연히 알고 있잖아요? 파리로 가면서 유리 공장은 손실을 보면서 운영되고 있고 그래서 카르발레가 당신 조건에 동의하지 않으면 문을 닫겠다고 말하지 않았나요?"

"하지만 문을 닫고 싶지 않아. 일꾼들에게 공정하지 않은 일이야."

"언제부터 당신이 그렇게 일꾼들 걱정을 하게 되었지요?"

"르망에서 코가 비뚤어지게 마신 이후부터."

어딘가에서 문 열리는 소리가 들렸다. 여자가 일어나 복도 쪽으로 나갔다. "뱅상? 뱅상이야?"

"네."

"나가서 므시외 르콩트의 차가 공화국 광장에 서 있는지, 그리고 그 안에 마담이 타고 있는지 보고 와."

"알겠습니다."

여자가 돌아와 과일 바구니와 치즈를 가져오더니 포도주를 한 잔 더 따랐다.

"당신은 파리에서 돌아온 후 모든 일을 엉망으로 만드는 것 같네요. 이제 어떻게 할 작정이죠?"

"나도 전혀 모르겠소. 그냥 하루하루 살고 있을 뿐."

"우리 같은 사람들이야 오래전부터 그렇게 살아왔지요."

"요즘 난 더 그런 상황이야. 하루하루 사는 것도 못 되고 1분 1분 사는 거라고나 할까."

여자는 그뤼예르 치즈를 잘라 내게 주었다. "때때로 자기 삶을 객관적으로 바라보는 건 좋은 일이에요. 어디를 잘못 가고 있는지 보는 거죠. 저도 때로는 어째서 계속 빌라르에 살고 있는 건지 의아하답니다. 가게 수입은 거의 없고 조르주가 남겨준 것으로 먹고살아야 하는데 그것도 요즘 같아서는 너무 적으니까."

조르주는 남편일까? 뭐라도 한 마디 맞장구쳐야 할 것 같았다.

"그런데 왜 계속 여기 사는 거요?"

여자가 어깨를 으쓱해 보였다. "아마 습관 때문인가 봐요. 여기 삶이 저한테 맞아요. 이 작은 집도 좋고. 당신이 가끔 오는 것 때문에 제가 여기 있는 거라고 착각하진 말아요."

여자가 웃었다. 장 드게라면 그런 착각을 했을지 궁금해졌다. 하긴 어느 쪽이든 괜찮았다.

"갑자기 유리 공장을 달리 보게 된 건 어떻든 250년이나 되는 역사가 있고 또 결국 아들을 낳을 수 있으리라 생각하기 때문인가요?"

"아니요."

"정말요?"

"그래요. 어제 새로운 눈으로 유리 공장을 바라본 뒤 생긴 마음이오. 거기서 일하는 사람들을 처음으로 지켜봤지. 자부심을 가진 사람들이었고 사장에 대한 마음도 각별하더군. 공장이 문을 닫으면 다들 실직할 뿐 아니라 배신감과 절망을 느낄 것 같았어."

"그럼 자부심 때문인가요?"

"그런 것 같소. 일종의 자부심."

여자가 배 껍질을 깎더니 네 조각으로 잘라 내게 주었다. "경영을 동생분한테 너무 많이 맡겨둔 게 실수예요. 그렇게 게으름을 피우지 않았다면 스스로 할 수 있었을 텐데."

"그래 말이오."

"다시 시작하기엔 너무 늦었나요?"

"한참 늦었지. 게다가 난 상황도 이해 못 하고 있고."

"말도 안 돼요. 어린아이일 때부터 봐온 일이잖아요. 관심은 전혀 없었다 해도 그래도 보고 배우는 게 있었을 거예요. 때로는 그런 생각이 들어요……" 여자가 말을 멈추고 자기 몫의 사과를 깎기 시작했다.

"어떤 생각?"

"아니에요. 괜히 캐물을 생각은 없어요."

"말해봐. 궁금하군. 캐물어보라니까."

"그냥 때로 그런 생각이 드네요. 당신이 유리 공장에 무관심한 건 너무 깊이 생각하기 싫기 때문이라고. 모리스 뒤발 일을 떠올리기 싫어서요."

나는 입을 다물었다. 무언가 드러나려는 참이었다. 자크가 말했던 사람, 옛날 사진에서 장 드게의 옆에 서 있었던 남자.

"그럴 수도 있지." 잠시 후 나는 천천히 대답했다.

"거 봐요." 여자가 가볍게 말했다. "캐묻는 것 싫잖아요."

아니, 정반대였다. 장 드게에 대해 알아낼 수 있는 모든 것을 알아야 했다. 하지만 또다시 실수를 저질러서는 안 될 터였다.

"아니, 잘못 생각하는 거야. 난 당신이 계속 얘기해주면 좋겠는데."

여자가 처음으로 내게서 시선을 돌렸다. 내 머리 위쪽을 보기도 하고 먼 곳을 바라보기도 했다.

"독일 점령기로부터 벌써 15년 넘게 세월이 지났어요. 그가 떠난 지도 그렇게 되었지요. 하지만 아직도 사람들은 그를 기억해요. 얼마나 좋은 사람이었는지, 또 어떻게 죽었는지. 거기 연관된 사람들은 마음의 평화를 얻기 어렵지요."

문 두드리는 소리가 나더니 작고 마른 남자가 들어왔다. 베레모를 쓰고 있었다. 나를 보고는 미소를 지었다.

"안녕하세요, 므시외 르콩트. 만나뵈니 기쁩니다. 잘 지내시나요?"

"잘 지냅니다. 당신도요?"

"차 안에 마담은 없었습니다. 대신 이런 메모가 있더군요."

남자가 내게 인사를 하며 메모를 건넸다. '한 시간 가까이 당신이랑 마리노엘을 찾아다녔어. 차를 구해 생질로 먼저 돌아갈 게. R.'라고 쓰인 짧은 메모였다. 나는 메모를 여자에게도 보여 주었다.

"이제 마음 편하게 있어도 되네요." 여자가 말했다. "뱅상, 이 것들 좀 부엌에 옮겨놓아 줄래?"

"네." 뱅상이 대답했다.

"자, 당신은 얼마나 있을 수 있죠? 나를 위해서라면 3시까지. 당신을 위해서라면 원하는 만큼. 쿠션 하나 더 줄까요?"

"아니, 지금 편안해."

여자는 탁자를 정리하고 담배와 커피를 내놓았다. "갑자기 유리 공장에 대해 그런 감정을 갖게 되었다니 반갑네요. 겉으로 보이는 것보다는 그래도 감정이 풍부하다는 뜻이니까. 안 그래 도 손실을 보는 상황에서 더 불리한 계약을 맺는다니 어떻게 공 장을 유지할지 이해가 안 가긴 하지만요."

"나도 그렇다오."

"가끔 사냥하러 오는 그 친구분은 어때요? 조언을 해줄 수 있 지 않을까요? 뭔가 방법을 생각해낼 것 같아요."

여자가 밝은 파란색 스웨터를 벗었다. 회색조의 얇은 모직 원 피스가 드러났다. 그렇게 여자를 바라보고 있자니 편안했다. 그 방에서는 아무것도 내게 요구하는 것이 없었다. 장 드게가 얼마 나 자주 성을 빠져나와 이곳으로 와서 지금의 나처럼 쿠션에 머 리를 기대고 있었을지 궁금했다. 여자의 허물없는 친밀한 태도는 상대가 마음을 놓게 하는 것을 넘어 무장해제 시켰다. 감정적 요구 없이 서로를 이해하는 그런 종류의 편안함이었다. 나는 고양이를 안고 쓰다듬어주었다. 생질 성의 주인이 되는 대신 이런 정도 역할만 하면 된다면, 그게 내 가면극이 요구하는 수준이라면 해볼 만하다는 생각이 들었다. 여기 이곳에 앉아 햇살을 받으며 무릎에 고양이를 앉히고 빌라르의 벨러가 깎아주는 배를 먹으면서 지내는 세월은 영원히 이어져도 나쁠 것 없었다.

"증권이나 땅을 좀 팔 수는 없을까요? 아내분 상황은 어때요? 돈이 전부 다 묶여 있는 건가요?"

"그렇다오."

"아들을 낳기 전까지 그랬죠. 이제 기억나요."

여자가 다시 커피 한 잔을 따라주었다. "아내분 상태는요? 그렇게 튼튼한 편이 아니잖아요? 누가 돌봐주고 있죠?"

나는 잠시 생각했다. "르브룅 선생님이."

"나이가 너무 많은 선생님 아니신가요? 저 같으면 전문의를 찾겠어요. 당신은 참 이상할 정도로 무관심해요. 집에서 조금 더 다정하면 좋겠네요."

나는 담배를 비벼 껐다. 이 여자는 진실을 알아도 상처받지 않을 유일한 사람이었지만 참으로 이상하게도 나는 진실을 알리기 싫었다. 낯선 이에게 보이는 의례적 미소, 눈썹 올림, 무엇을 해야 할지 알아보느라 적당한 거리까지 다가오다가 서둘러 뒤로 물러서는 그런 태도가 상상되었기 때문이다.

"난 무심한 게 아니오. 다정하려고 노력하고 있고. 문제는 프랑수아즈를 충분히 알지 못한다는 거지."

여자가 생각에 잠겨 나를 바라보았다. 그 솔직한 눈빛이 불안감을 드러냈다.

"뭐가 문제지요? 재정적 문제만이 아니지요? 뭔가 훨씬 더 깊숙한 문제가 있어요. 르망에서 대체 무슨 일이 있었던 거죠?"

나는 예전 어렸을 때 하던 골무 찾기를 떠올렸다. 미혼의 이모와 주로 했던 놀이였다. 어른 입장에서는 자리에 앉은 채 내가 가구로 가득한 방 안 어딘가에 골무를 감추는 동안 눈만 감고 있으면 되는 쉽고 편안한 놀이였다. 이모가 눈을 뜨면 두려운 질문들이 시작되었다. 이모의 눈길이 하필이면 그 작은 골무를 숨겨둔 시계 쪽을 향하면 '가까워지네요'라고 말해줘야 했다. 하지만 지금은 내가 눈을 감고 앉아 무릎 위 고양이를 쓰다듬는 입장이었다. 안전함은 진실뿐 아니라 회피에도 있었다.

"조금 전에 당신이 증권 얘길 했는데, 얼마 동안 내가 매달린 일이 바로 그거요. 결국 르망에서 맞은 저녁때 그게 방법이 될 수 없다는 걸 알았어. 실패한 거지. 실패의 책임을 피할 유일한 방법은 다른 사람이 되는 것이었소. 그러면 책임을 남에게 돌릴 수 있으니."

여자는 아무 말도 하지 않았다. 생각하는 모양이었다. 눈을 감고 있었기에 여자 얼굴은 보이지 않았다.

"다른 장 드게라고요, 즐겁고 매력적인 겉모습 아래 오랫동안

감춰두었던 사람이군요. 그런 사람이 존재하기는 하는지 종종 궁금했어요. 그가 이제 나타났다면 앞으론 일이 잘 해결되겠군요. 때가 된 거예요."

신비로울 정도로 직관적으로 여자는 내 말뜻을 이해했지만 진실과는 다른 방향이었다. 시계 뒤의 골무는 안전했다. 안락의자에 앉아 있으니 참으로 평온했고 나는 움직이고 싶지 않았다.

"당신이 내 말뜻을 그대로 이해한 건 아니야." 내가 말했다.

"아니, 이해했어요. 당신 혼자만 이중인격은 아니에요. 우리 모두 다중 자아를 지니고 있지요. 하지만 누구도 그런 식으로 책임을 회피하진 않아요. 문제는 여전히 그대로 남게 되니까요."

골무를 찾을 가능성은 점점 더 희박해졌다. 여자는 아예 반대쪽을 보고 있었다.

"아니, 핵심에서 벗어났소. 문제와 책임이 새로워진 거야. 다른 사람이 그 자리에 왔으니."

"그 자리에 온 사람은 당신한테 어떻게 보이나요?" 여자가 물었다.

빌라르의 거대한 교회에서 2시를 알리는 종이 울렸다. 어느 성당에서 울려 퍼지든 종소리는 사람을 부르는 느낌이다. 지금의 깊고 엄숙한 종소리는 너무 가까워 마음의 평화를 느끼기 어려웠다.

"때로는 아무 느낌 없이 그 사람을 보지. 때로는 너무나 느낌이 많고. 그 사람은 가까운 사람들을 다 죽여버리겠다고 마음먹었다가는 다음 순간 자기 삶을 포기하고 낯선 이에게 내주고 말아. 사람을 움직이는 유일한 힘은 탐욕이라고, 그리고 그 탐욕을 따르는 것이 생존하는 방식이라고 말하지. 그 사람은 생각이 좀 꼬여 있기는 하지만 진실에 바짝 다가가 있어."

여자가 자리에서 일어나 내 커피 잔을 쟁반에 담고 벽장으로 가는 소리가 들렸다. 다시 돌아온 여자는 내 의자의 손잡이 부분에 걸터앉았다. 자연스럽고 일상적인 행동이었지만 이상하게도 나는 화가 났다. 그건 내가 아닌, 여자가 장이라고 믿는 사람에게 한 행동이었으니까. 성의 서랍장 위에 놓인 선물 역시 화나는 일이었다.

"그 자리에 온 사람은 왜 당신한테 팜 향수를 사주었을까?"

"그 향기를 좋아하니까요. 저도 그렇고."

"이건 탐욕을 따르는 걸까?"

"병 크기에 따라 다르죠."

"병은 아주 큰 거요."

"그렇담 선견지명이 있다고 해야겠네요."

난 팜 향기를 알고 있나? 지금까지 향수 선물을 해본 적도 없고 향수 냄새 짙은 여자는 싫어하며 피하는 편이었다. 이 여자는 향수 냄새를 풍기지 않았다. 살구 냄새가 날 뿐.

"하지만 그건 탐욕이 아냐. 굶주림이지. 그 사람은 그게 틀렸어. 굶주림이 유일한 동기가 되는 경우 서로 어긋나는 요구들은 어떻게 해야 하지? 어머니, 아내, 아이, 동생, 제수씨, 일꾼들까지 전부 다 만족시킬 수는 없어. 솔직히 어디서 뭐부터 시작해야 할지 모르겠어."

여자는 대답하지 않았다. 머리 위에 부드러운 손길이 느껴졌다. 나는 두 세계의 경계선에 있었다. 나를 가둬두었던 좁은 섬은 파도에 쓸려 나가고 바윗돌 몇 개만 남았다. 사람들로 가득한 대륙, 소란스럽고 요구가 많은 그 대륙은 잠시 시야에서 벗어나 있었다. 가면을 쓰는 것은 자유인 동시에 구속이기도 했다. 무언가 되살아났고 또 소진되었다. 요구를 잊고 망각을 유지할 수 있을 때 나는 누구일까, 나 자신인가 장 드게인가?

나는 손을 내밀어 여자 얼굴을 어루만졌다. "생각해야만 하는게 싫어."

여자가 웃더니 내 감은 눈에 입을 맞추었다.

"그래서 여기 온 것 아니었어요?"

13

그 집에서 나왔을 때는 늦은 오후의 햇살이 연초록색 지붕들을 황금빛으로 물들이고 있었다. 책가방을 메고 교과서를 손에 든 아이들이 옆 건물에서 달려 나와 인도교로 운하를 건넜다. 포장 덮은 수레를 끄는 말의 발굽 소리가 성문 옆에서 울렸고 마부는 축 늘어져 앉은 채 게으르게 채찍을 휘둘렀다. 덧창이 열리고 출입문들도 쇼핑 거리를 향해 활짝 열렸다. 시장 근처 플라타너스 가로수 길, 북적였던 아침 시간 동안 트럭이며 수레가 늘어섰던 그곳에선 이제 나이 든 사람들이 서넛씩 모여 앉아 쌀쌀해지기 전의 따스함을 즐겼고 어린아이들은 새처럼 재잘거리며 떨어지는 나뭇잎 사이를 뛰어다니거나 흙먼지를 발로 찼다. 밤이 오면 이 빌라르가 어떤 모습이 될지 궁금해졌다. 다른 장터 마을이 다 그렇듯 일찌감치 잠과 침묵으로 빠져들어 주민들은 덧창 뒤로 들어가고 집들은 그림자 속에 숨어들며 지붕은 검은 경사로로 보이게 되는 것일까. 성당의 당당한 고딕 탑은 짙푸른 하늘을 찌르고 서 있겠지. 뒤늦게 집으로 돌아가는 몇 사람의 발걸음 외에는 아무 소리도 들리지 않고 담 옆을 고요히 흐르는 운하조차 조용할 것이다.

지나치다가 충동적으로 멈춰 하루 묵어가곤 했던 바로 그런 동네였다. 저녁을 먹고 나면 여행자라고는 온 거리에 나 혼자뿐인 곳을 돌아다녔다. 덧창을 내린 고요한 집들은 내게 아무 말도 해주지 않았다. 가끔씩 틈새로 살짝 새어 나오는 불빛만이 그 안쪽의 삶을 느끼게 했다. 2층 창문은 간혹 열려 있기도 했지만 안은 캄캄했다. 촛불이 천장에 던지는 그림자가 보이거나 드물게 아이 울음소리가 들리기도 했지만 대부분의 경우 잠잠했고 나는 홀로 걸어 다녔다. 자갈 깔린 길가 배수구 냄새를 맡으며 소리 없이 돌아다니는 배고픈 고양이들만이 친구가 되어주었다. 그런 여행자 입장이었다면 빌라르 성문도 무심히 지나갔을 것이다. 운하를 한번 내려다보고 인도교와 뒤쪽 작은 집을 흘깃 쳐다본 후 숙소 침대로 돌아와 잠들었으리라. 눈에 보이는 그 풍경 외에는 아무것도 모른 채로. 하지만 지금, 인생이 통째로 바뀐 이 상황에서 빌라르의 일부는 내 소유물이 되었다.

늦은 오후의 햇살이 온기와 색깔을 뿜어냈다. 여기는 사람들이 미소 짓는 정든 동네였다. 공화국 광장에서 나를 기다리는 르노 자동차가 내 것인 양 갑자기 친숙했다. 시장 본 물건들과 함께 마리노엘이 좌석에 던져둔 흰색 플라스틱 가방도 낯선 이의 차에 놓인 물건이 아니라 의미로 가득했다. 그 가방이 짧은 흰 면장갑 위 가느다란 팔목에 걸려 대롱거리는 모습을 보았기 때문이었다. 모퉁이의 은행도 이제 나름의 위치와 목적을 지니는 배경이었다. 빌라르는 성채이자 피난처였다. 차를 타고 빌라르를 빠져나오면서 나는 다른 남자가 정부에게 준 선물이 이토록 흥미로운 사건으로 연결되는 이유가 무엇일지 의아했다. 이제는 그 무엇에도 흔들리지 않을 것 같았다. 프랑수아즈의 눈물에도, 르네의 짜증에도. 어머니는 애정으로 달래면 되고 아이에게는 이성적으로 한계를 정해주면 되고 동생과는 화해하고 누나도 위로하면 될 일이었다. 그 누구도 문젯거리가 아니었다. 성 지붕 아래에서 보낸 지난 48시간 동안 그랬듯이.

이렇게 생각이 바뀐 이유는 알기 어려웠다. 신체적 편안함만은 아니었다. 그게 무가치하다는 건 과거에 익히 경험한 바였다. 정체를 바꾼다고 해서 맥박이 달라지거나 자신을 옥죄던 편견에서 자유로워지게 될까? 세상은 비극적인 유령들로 가득했고 그들은 거짓 사랑에서 피난처를 찾았다. 나는 그런 부류가 아니었다. 빌라르의 벨러는 어머니, 아내, 아이가 합쳐진 모습이었다. 첫 번째 사람의 애정, 두 번째 사람의 의존성, 세 번째 사람의 웃음이 한꺼번에 존재했고 나는 거기서 나 자신을 잃어버렸다. 여기 부분적인 답이 있었다. 전체는 아니겠지만.

나는 생질로 가는 길을 기억해냈고 차는 라임 나무 길을 따라 가다가 다리를 건너고 대문을 거쳐 해자의 원형 진입로를 지나 별채에 닿았다. 멀리서 본 적 있는 건물일 뿐이지만 나는 망설이지 않았다. 이제 주눅 들 이유는 전혀 없었다. 문이 활짝 열린 차고 두 개, 묘목장, 다 망가지고 텅 빈 마구간이 있는 곳이었다. 차에서 내려 쾅 하고 문을 닫았다. 전날 말을 나눴던 늙은 여자가 외양간 입구에서 나오더니 안쪽으로 고개를 돌려 누군가를 불렀다. '므시외 르콩트'에 관해 무슨 말을 하는 모양이었다. 푸른색 작업복 차림 남자가 나왔다. 두 사람은 미소 지으며 내게 다가왔다. 남자가 세차를 해야 하느냐고 물었다. 나는 그러라고 했다. 이게 관행인 것 같았다. 다시 한 번 여자는 이해할 수 없는 말들을 내뱉기 시작했고 나는 미소 지으며 고개를 끄덕여주었다. '좋은 계절'이니 '사냥'이니 몇 단어만 귀에 들어왔다.

원형 진입로 쪽으로 다시 걸어 나오자 리트리버가 개 장 안에서 달려오며 짖었다. 가만히 멈춰서 개 이름을 불러보았다. 녀석은 맹렬히 짖으면서도 당황스럽다는 듯 꼬리도 동시에 흔들었다. 개 장 입구로 가서 녀석이 내 옷 냄새를 맡게 했다. 개는 냄새를 맡은 후 여전히 혼란스러운 모습이었다. 작업복 차림 남자가 마구간 뜰에서 이쪽을 보고 있었다.

"세자르 녀석이 왜 저럴까요?" 남자가 물었다.

"아무 일도 아니야. 놀란 모양이지, 뭐."

"주인어른만 보면 좋아서 정신을 못 차리던 녀석인데 말입니다. 돌아버린 게 아니면 좋겠습니다만."

"개는 멀쩡하다니까. 안 그러니, 세자르?"

나는 개 장 안으로 손을 넣어 개 머리를 쓰다듬어주었다. 개는 조용히 내 손길을 받으며 계속 코를 킁킁거렸다. 하지만 개장에서 물러서자 다시 으르렁거리기 시작했다.

"저렇게 굴다가는 일요일에도 주인어른께 별 쓸모가 없겠어요. 제가 혼을 좀 내줄까요?"

"아니, 그냥 두게. 곧 괜찮아질 거야."

일요일에 개가 어떤 쓸모가 있을지 궁금했다. 산책을 좀 시켜주면 익숙해지지 않을까? 그럼 경계하고 짖는 대신 애교를 부리며 끙끙거리게 될지도 몰랐다. 안 그랬다가는 주인도 모르고 덤벼드는 버릇없는 개로 엉뚱한 낙인이 찍힐 판이었다. 실상 녀석은 내 정체를 분명히 파악했을 뿐인데 말이다.

나는 테라스로 가는 계단을 올랐다. 홀로 들어가니 계단 오른쪽 외투실에서 폴이 나오는 참이었다.

"대체 종일 어디 있다가 오는 거야? 1시부터 형을 찾던 중이야. 르네는 형이 없어지는 바람에 차를 빌려 타고 돌아왔고 그다음에는 점심을 먹고 있는데 마리노엘 혼자 돌아와 우리 모두 기절초풍을 했지 뭐야. 아무렇지도 않게 트럭을 타고 왔다고 말하더군. 르브륀 선생님은 2시까지 기다리다가 갔어. 방금 전에 또 전화를 해 왔고."

"뭐가 문젠데?" 내가 물었다.

"뭐가 문제냐고? 형수 상태가 좋지 않다는 게 문제지. 르브룅 선생님은 침대에서 꼼짝하지 말라고 했어. 조심하지 않으면 조산해서 아이를 잃어버릴 수 있고 몸도 심각하게 나빠질 거라고. 문제는 그게 다야."

그 목소리에 담긴 경멸은 내가 감수해야만 했다. 이 잘못은 장 드게가 아니라 내 것이니까. 의사를 만날 수 있도록 시간 맞춰 돌아온다고 약속하지 않았나. 약속을 지켰어야 했다. 그런데 기억조차 못 했으니.

"의사 선생님 번호가 뭐지? 바로 전화할게."

"소용없어. 다시 왕진 가셨으니까. 이따 저녁때 다시 전화를 해 올 거야."

폴은 뒤돌아서서 식당을 거쳐 도서실로 가버렸다. 더 이상 뭘 묻고 싶지도 않은 모양이었다. 나로서는 고마운 일이었다. 뭘 해야 할지는 분명했다. 나는 곧장 위층으로 올라가 복도를 따라 침실로 갔다. 커튼이 반쯤 내려지고 벽난로 불이 지펴졌으며 불빛을 가리기 위해 침대 발치에 가림막을 세워두었다. 프랑수아즈는 눈을 감고 베개에 몸을 기댄 채 누워 있었다. 내가 방에 들어서자 프랑수아즈가 눈을 떴다.

"아, 당신이군. 난 당신을 포기한 지 벌써 오래야. 당신이 다시 파리행 기차를 탔을 거라고 말했지."

건조하고 감정이 실리지 않은 목소리였다. 나는 침대로 다가가 손을 잡았다.

"전화를 해야 했어. 빌라르에서 너무 지체하고 말았어. 솔직히 말해 약속은 잊어버렸어. 더 이상 다른 이유가 뭐 있겠어. 용서해달라는 부탁도 못 하겠군. 기분이 어때? 폴 말로는 르브륀 선생님이 침대에서 나오지 말라고 했다면서."

프랑수아즈의 손은 딱딱하고 차가웠다. 내 손을 뿌리치지는 않았다.

"안 그러면 아이를 잃을 거래. 그건 내가 제일 두려워하던 일이야. 틀림없이 무언가 잘못될 것 같더라니."

"잘못되지 않을 거야. 조심만 하면 말이지. 그런데 르브륀 선생으로 충분할까? 다른 전문의를 부르는 건 어떨까?"

"싫어. 이 상황에서 낯선 사람이 끼어드는 건 원치 않아. 나도, 르브륀 선생님도 힘들어. 안정 상태로 지내고 사람들이 날 건드리지만 않으면 괜찮아. 당신이 사라져서 마리노엘은 일꾼들 트럭을 타고 돌아오고 르네는 차를 빌려 타고 왔다기에 난 불안해서 미칠 지경이었어. 그러다가 오후가 절반쯤 지났을 때 생각했지. 그래, 그냥 포기하고 당신이 돌아오지 않을 거라는 사실을 받아들여야겠다고. 당신은 두 사람을 의도적으로 따돌리고 파리로 떠난 거라고."

지친 눈이 내 얼굴을 응시했다. 가능한 한 진실에 다가가는 것만이 유일한 답이었다.

"은행에서 시간이 오래 걸렸어. 당신한테는 몰라도 다른 사람한테는 알리고 싶지 않은 일이 있어서. 사실 계약 건에 대해 내가 거짓말을 했어. 파리에 있을 때 계약 연장을 하지 못했거든. 오늘 은행에서 전화를 걸어 겨우 상황을 수습했어. 계약 연장 동의는 받았지만 조건은 그쪽이 정하는 대로 따라야 해. 유리 공장이 전보다 더 큰 손실을 봐야 한다는 뜻이지. 그래서 어떻게든 돈을 마련해야 한다고 생각했어."

프랑수아즈는 놀란 표정이었다. 나는 계속 그 손을 잡고 서 있었다.

"대체 왜 거짓말을 한 거야? 난 이유를 모르겠어."

"자존심 때문이었나 봐. 모두들 내가 성공했다고 믿기를 바랐어. 뭐 결국은 성공한 것인지도 모르지만. 아직 수치들을 다 검토하지는 못했어. 하지만 일단은 당신만 알고 있도록 해. 어머니나 폴, 하여튼 당신 외의 다른 식구들은 당분간 몰랐으면 해."

프랑수아즈가 처음으로 미소를 지었다. 그리고 베개에서 반쯤 몸을 일으켰다. 입을 맞춰달라는 의미로 보여 그렇게 하고 손을 놓아주었다.

"아무한테도 얘기 안 할게. 나한테는 사실을 알려줘서 고마워. 그런데 당신이 유리 공장에 그토록 신경을 많이 쓴다니 재미있네. 유리 공장 폐쇄를 걱정하는 건 당신이 아니라 폴이나 블랑슈라고 생각했는데."

"전에는 그랬지. 어제부터 생각이 바뀐 거야. 오후에 거기 다녀온 후부터."

프랑수아즈는 화장대에서 빗과 손거울을 가져다달라고 했다.

그리고 베개에 기대 똑바로 앉더니 곧은 머리카락을 빗기 시작했다. 두 시간 전에 내 앞에서 다른 여자가 그랬듯 똑같이. 한쪽은 걱정 없이 즐거운 모습이고 다른 쪽은 지치고 생기 없는 모습이라 판이하게 달랐지만 그럼에도 둘 다 친밀하게 느껴진다는 점에서 나는 까닭 없이 감동을 받았다. 둘 사이 균형이 좀 맞춰졌다면, 프랑수아즈가 더 행복하고 활기차면 좋겠다 싶었다.

"당신이 돌아온 날 얘기하지 그랬어?" 프랑수아즈가 물었다.

"결정을 못 한 상태였어. 이렇게 될지 몰랐지."

"폴은 알아낼 거야. 비밀을 지키기 어려울 거라고. 게다가 이제는 계약 연장을 했으니 폴이 알아도 상관없지 않아? 여하튼 아들만 태어나면 문제는 다 해결될 텐데." 프랑수아즈가 침대 옆 탁자에 거울을 내려놓았다. "마리노엘은 당신이 은행 금고로 내려갔다고 하더군. 모두들 당신이 거기서 뭘 했는지 궁금해해. 나도 당신이 거기 뭘 두었는지 모르고."

"증권이며 서류 같은 거지."

"우리 결혼 계약서도 거기 있어?"

"응."

"그것도 다시 본 거야?"

"잠깐 훑어봤지."

"또다시 딸이 태어난다면 그냥 끝인 거지?"

"그래."

"내가 죽으면 어떻게 되지? 당신이 다 받는 거 아냐?"

"당신은 죽지 않을 거야. 자, 이제 덧창을 닫고 커튼을 칠게. 불은 켜놓을까? 뭐 읽을래?"

프랑수아즈는 잠자코 있었다. 그리고 베개에 기대 다시 누웠다. 이어 "파리에서 사 온 로켓 좀 가져다줘. 여기 탁자 위에 둘게"라고 말했다.

나는 화장대로 가서 보석함을 가져와 건네주었다. 프랑수아즈가 보석함 안의 로켓을 가만히 보다가 집어 들고 딸각 소리를 내며 열었다.

"이건 어디서 산 거야?"

"파리의 어느 상점에서. 이름은 잊어버렸어."

"르네 말이 빌라르의 골동품 가게 여자가 이런 걸 만든대."

"그래? 그럴 수도 있겠네. 난 몰랐어."

"그 말이 맞는다면 나중에 마리노엘과 태어날 아이에게도 로켓을 만들어줄 수 있잖아. 파리보다는 여기가 싸겠지."

"그렇겠군."

프랑수아즈는 로켓을 열어놓은 채 탁자에 놓았다. "자, 이제 내려가 르네랑 화해하고 와. 난 너무 아파서 르네를 상대해줄 수가 없었어. 당신도 알잖아. 르네가 흥분하면 어떻게 되는지."

"내버려두면 진정될 거야."

나는 덧창을 닫고 벽난로에 장작을 하나 더 집어넣었다.

"마리노엘은 블랑슈랑 있나 봐. 아님 위층 어머니 방에 있든지. 몸이 안 좋아 아이를 보지 못했네. 아침에 한 말은 진심이 아니었다고, 아파서 기분이 안 좋았던 거라고 해줘."

"마리노엘도 그렇게 이해할 거야."

"깨진 조각은 어떻게 했어?"

"그건 신경 쓰지 마. 내가 알아서 처리할게. 또 뭐 필요한 거 없어?"

"없어. 난 여기서 조용히 누워 있을게."

나는 욕실을 거쳐 옷 방으로 가서 전날 저녁에 그랬듯 신발을 갈아 신고 옷도 갈아입었다. 팜 향수병은 여전히 서랍장 위에 서 있었다. 그건 더 이상 상점 진열창에 보이는 낯선 물건이 아니라 내 사적인 삶의 중요한 존재였다. 나는 향수병을 서랍에 넣고 열쇠를 꽂아 잠근 후 빼낸 열쇠를 주머니에 집어넣었다. 복도로 나와 계단 앞까지 갔을 때 샤를로트와 마주쳤다.

"신부님이 막 가셨습니다. 마담 라콩테스께서 찾으십니다."

"바로 가지."

첫날 저녁처럼 이번에도 샤를로트가 앞서서 계단을 올라갔다. 그렇게 뒤따라 걸어가다 보니 48시간 전의 그 순간이 까마득한 과거처럼 느껴졌다. 그날 밤에 가면극 하던 남자는 지금 계단을 오르는 나와 달랐다. 르망 호텔 침실에서 깨어난 사람과 이틀 전 성에 처음 들어와 샤를로트 뒤를 따라가던 사람이 다른 것처럼. 나를 덮은 피부가 마치 갑옷 같았다. 그때는 용기가 바닥이었지만 지금은 막강했다.

"므시외 르콩트께서 빌라르에서 오래 지체하셨다면서요?" 샤를로트가 물었다.

나는 샤를로트를 불신하고 미워할 권리가 있었다. 그 입에서 나오는 말은 모두 거짓이었다.

"그래." 짧게 대답했다.

"마담 폴께서 오후에 마담 라콩테스와 함께 차를 드셨습니다. 성으로 차를 빌려 돌아와야 했다고 몹시 화를 내셨지요. 마담 라콩테스께 상황을 다 말씀드렸고요."

"상황이랄 것도 없어. 지체된 것, 그게 다야."

우리는 위층에 다다랐고 나는 샤를로트를 지나쳐 복도 끝 방으로 걸어갔다. 안으로 들어가자 어김없이 개들이 짖어댔지만 길을 막는 녀석들을 걷어차버리고 곧장 난롯불 앞 의자로 다가갔다. 의자에 앉은 할머니의 거대한 어깨에 보라색 숄이 둘려 있었다. 허리를 굽혀 입을 맞춰드리면서 나는 블랑슈가 거기 없다는 데 안도했다.

"아침 인사와 밤 인사를 한꺼번에 드리네요. 아침에 인사드리러 오지 못해 죄송합니다. 일찍 출발해서요. 벌써 얘기를 다 들으셨다고요. 이렇게 앉아 계신 걸 보니 좋네요. 하루를 잘 보내셨나요?"

놀리는 듯, 탐색하는 듯한 시선이 나를 응시했다. 할머니는 끙 소리를 내며 의자 하나를 가리켰다.

"앉아라. 거기 불빛 비치는 자리에 앉아야 네 얼굴을 보지. 샤를로트, 넌 나가고. 문 앞에 서서 엿듣지도 마. 부엌으로 가서 저

녁 식사 두 사람분을 쟁반에 담게 해라. 자, 어서 가. 먼저 이것
들 좀 치우고." 할머니는 미사책과 기도서를 탁자에서 밀어냈
다. 테리어 개들이 할머니 무릎에 뛰어올라 가 자리를 잡았다.
할머니는 샤를로트가 나갈 때까지 말이 없었다. 나는 할머니의
시선을 느끼며 담뱃불을 붙였다.

"그래, 어디 있었던 거냐?"

르네와 마리노엘이 아침 일을 이미 다 얘기했으리라. 빌라르
까지 간 것, 시장 구경, 은행 금고에 들어간 것까지. 어쩌면 은행
에 전화를 걸어 내가 몇 시에 나갔는지 확인했을 수도 있었다.
어디 있었느냐는 질문은 운하 옆 작은 집에 대해 모른다는 뜻이
었다. 이건 장 드게가 어머니에게도 털어놓지 않은 비밀이었군.

"볼일이 있었어요."

"12시 반이 되기 전에 은행에서 나갔잖니. 지금은 6시 반이나
되었구나."

"르망까지 운전해 갔던 모양이죠."

"그럼 르노 차로는 아니었어. 오후 내내 공화국 광장에 서 있
었으니까. 르네를 태워다준 사람이 빌라르 차고로 돌아가면서
르노 차를 확인했다더구나. 내가 르네한테 그렇게 확인하라고
했지."

나는 미소를 지었다. 아이처럼 노골적인 호기심이었다.

"사실을 알고 싶으시다면 말씀드리죠. 제가 르네를 따돌리려
했습니다. 성공했고요. 그게 답니다. 한밤중까지 캐물으셔도 좋

지만 더 얻어내실 얘기는 없을 겁니다."

할머니가 혀를 찼다. 거짓말하지 않으려는 내 본능이 다시 한 번 나를 구원하는 순간이었다. "널 비난하지는 않으마. 르네한 테 굴복하지 말아라. 그랬다가는 끝도 한도 없을 테니까."

"할 일이 없어서 그래요. 우리 집 여자들은 다들 그렇지요."

"예전에는 나도 할 일이 무척 많았다. 네 아버지가 살아 계시 던 옛날, 전쟁 전에, 네 결혼 전에 말이다. 그때는 할 일 없이 앉 아 있는 여자가 아무도 없었어. 프랑수아즈나 르네처럼 머리 텅 빈 바보들은 그때 십 대 아이들이었지. 난 삶을 바쳐야 할 무언 가가 있었다. 블랑슈도 그랬고."

갑자기 표독스러워진 목소리에 나는 내심 놀랐다. 할머니 입 매가 블랑슈처럼 좁고 단단해졌다. 좀 전까지 나를 놀리던 눈길 은 눈꺼풀 아래 사라졌다.

"무슨 뜻이세요?"

"내 말뜻을 잘 알지 않니." 할머니의 표정이 다시 순식간에 바 뀌었다. 입이 축 처지면서 표정이 편해졌다. 할머니가 어깨를 으쓱해 보였다. "난 늙고 아픈 사람이야. 사는 게 지루해졌어. 너 도 시간이 지나가면 그렇게 될 거다. 우리는 똑같이 닮았으니 까. 우리는 자신의 병이든, 남의 병이든 그걸로 방해받고 싶어 하지 않아. 프랑수아즈는 어떠냐?"

나는 내면의 어떤 깨달음에 근접했다고 느꼈다. 순간적일지 라도 그 깨달음은 이 겹겹의 살집 아래에서 일어났던 일을 이해하게 해줄 터였다. 하지만 새로운 궁금증도 생겨났다. 그 조용하고 자연스러운 목소리는 아무 감정도, 애정도 없는 사람에게서 나올 만한 것이었다.

"아시겠지만 르브뢴 선생님을 못 만났습니다. 나중에 전화하신다는군요. 프랑수아즈는 침대에 있습니다. 상태가 썩 좋지는 않고요."

할머니가 손가락으로 의자 팔걸이를 두드렸다. 세 번, 두 번, 다시 세 번의 리듬이었다. 할머니는 의식하지 못하는 것 같았다. 손가락이 움직이고 있다는 것조차 모르는 걸까? 그 두드림은 명료하게 정리되지 못한 생각, 그래서 말로 나올지 알 수 없는 그 생각과 보조를 맞추었다.

"내가 르브뢴을 만났다. 내게 말한 것 이상을 너한테 말할 것 같지는 않구나. 그 의사는 별로 실력이 없는데 스스로는 그걸 인정하지 않지. 프랑수아즈는 지난번처럼 어려움을 겪을 게다. 난 전부터 알고 있었어. 차이가 있다면 이번에는 조금 더 오래 유지했다는 거지."

의자 손잡이의 두드림 소리가 이어졌다. 나는 홀린 듯 그 모습을 지켜보았다.

"프랑수아즈는 전문의가 싫대요. 제가 방금 말해보았거든요."

"그랬니? 대체 왜?"

"그거야 물론, 혹시라도 무슨 문제라도 생겨서 어려워진다면……" 할머니와 시선이 마주치자 이유도 없이 마음이 불편해졌다. 나는 결혼 계약 내용을 떠올렸다. 프랑수아즈가 아들을 낳지 못하고 죽는다면 막대한 지참금은 장 드게와 마리노엘이 나눠 갖도록 되어 있었다.

안 그래도 답답했던 방 안이 갑자기 더 참기 어려워졌다. 나는 자리에서 일어나 목깃을 느슨하게 했다. 등 뒤에서 할머니의 시선을 느끼며 창가로 갔다. 덧창과 한참 씨름하다가 간신히 열고 창문도 하나 열어 몸을 내밀고 심호흡을 했다. 그동안 할머니는 한 마디도 하지 않았다. 어둠이 내리면서 안개도 함께 왔다. 길이 흐릿해지고 아르테미스상이 보이지 않았다. 잔디밭 가장자리의 비둘기 집조차도 검게 툭 튀어나온 형체로만 보였다. 내 바로 옆으로 가고일의 머리가 있었다. 귀가 납작하고 눈이 옆으로 찢어졌는데 튀어나온 입술은 빗물이 떨어지는 구멍이었다. 납을 씌운 홈통이 나뭇잎으로 막혔다가도 비가 오면 진창물이 되어 가고일의 입에서 쏟아져 나오는 식이었다. 지붕과 가까운 이 방 창문에서는 빗소리가 얼마나 크게 들릴까. 처음에는 홈통을 두드리는 소리, 그다음에는 빠르게 흘러내리는 소리, 가고일의 머리 위에서 소용돌이치며 내려가는 소리, 창문 유리를 타고 내려가는 소리. 지붕 아래 이 방 주인은 홀로 침대에 누워 긴 밤 내내 빗소리, 나뭇잎 섞인 물이 가고일의 입을 타고 쏟아지는 소리만 듣게 되는 것이다.

나는 창문을 닫고 다시 안쪽으로 돌아섰다. 할머니는 조용히 나를 기다리고 있었다. 손가락은 더 이상 의자 손잡이를 두드리지 않았다.

"무슨 일이냐? 신경이 곤두서 있는 것 맞지?"

"아니에요. 숨이 답답해서 그랬어요. 이 방은 너무 더워요."

"그건 네 탓이기도 하다. 늘 성이 너무 춥다고 했잖니. 이리로 오렴."

나는 마지못해 천천히 할머니 옆으로 다가갔다. 아들과 똑같은, 나와도 똑같은 할머니의 눈이 거울처럼 가면극을 드러낼 게 분명했다. 할머니는 손을 뻗어 내 손을 잡았다.

"드디어 양심이 생긴 게냐?"

손을 잡으면 사람을 알 수 있다고들 한다. 어린아이는 자기 손을 잡은 어른을 믿어도 되는지 싫어해야 하는지 본능적으로 알아차린다. 이틀 전 이 손은 초조했고 애원하는 듯하며 공포에 사로잡혀 갈 곳을 몰랐지만 오늘 밤에는 내 손보다 더 강인했다. 잡는 힘이 탄탄했고 가차 없는 압박이 느껴졌다. 할머니의 손은 자신감을 주지도, 기를 죽이지도 않았다. 다만 내가 지녔던 확신을 다른 차원으로 바꿔놓았다. 아들에 대한 할머니의 믿음은 얼마나 강력한지 아들의 비밀을 모른다 해도, 아들의 삶을 극히 일부만 공유한다 해도 늘 자기 안에 아들을 두고 있는 듯했다. 마치 낳기 전에 한 몸이었듯이. 할머니는 절대로 아들을 풀어놓지 않을 것이었다.

"감상적이 되지는 말자꾸나. 운명이 내려주는 것에 괴로워하지도 말고. 너한테나 나한테나 너무 늦었으니까. 인생은 흔히 생각하듯 짧지 않아. 인생은 아주, 아주 길다. 우리는 둘 다 몇 년 안에는 죽지 않을 게고. 그러니 될 수 있는 한 편안하게 생각하자."

조심스레 문 두드리는 소리가 나더니 샤를로트가 쟁반을 들고 나타났다. 제르멘도 뒤따라 들어왔다. 다시 한 번 식사의 과정이 시작되었다. 이제는 익숙했다. 첫날 저녁때 할머니는 거의 음식을 먹지 않았지만 오늘 밤은 부드러운 빵 조각으로 수프를 싹싹 닦아 먹었다. 완전히 집중해 두 뺨이 접시에 닿을 듯했다. 나는 빌라르의 그 집에서 먹은 햄이며 치즈, 과일을 생각했다. 그 집의 금발 여자를 생각했다. 이 저녁 벨러는 무얼 하고 있을지 궁금했다. 외출해 친구들과 함께 저녁을 먹을까, 홀로 집에 앉아 있을까. 덧창이 내려진 그곳은 어떻게 보일까. 할머니가 내 쪽으로 몸을 돌리더니 스테이크 한 조각을 입에서 꺼내 개에게 주면서 물었다. "왜 그렇게 조용하냐? 뭘 생각하는 거니?"

"여자요. 어머니가 모르시는 여자."

"그 여자가 너한테 잘 맞니?"

"네."

"그게 문제구나. 네 아버지도 한때 르망에 정부를 두었지. 나도 한 번 봤다. 머리카락이 붉고 아주 미인이더구나. 매주 금요일마다 네 아버지는 그 여자를 만나러 갔어. 그러고는 주말에 아주 기분이 좋았지. 나중에 그 여자는 돈 많은 정육점 주인하고 결혼해서 투르로 떠났다. 난 여자가 떠나는 게 섭섭했어. 아버지한테 좋은 사람이었으니까."

샤를로트가 후식으로 캐러멜 입힌 푸딩을 가져왔다. 개들은 기대에 차서 고개를 치켜들었다.

"그래서 마리노엘을 쥘리랑 그 손자랑 함께 돌아오게 했구나." 할머니가 말을 이었다. "마리노엘은 잔뜩 신이 났더구나. 르노보다 트럭이 더 좋다고. 누가 운전했냐고 물었더니 머리가 곱슬거리는 일꾼이라고 해. 그 남자한테서 나는 냄새가 좋았다고도 말했지. 그래서 그 얘길 블랑슈 고모한테 해보라고, 무슨 대답이 나오는지 보라고 했단다."

마담 이브는 쥘리였군. 나는 안심했다. 돌아와서 프랑수아즈를 보러 갈 때까지 나는 아이와 트럭에 대해 잊어버리고 있었다.

"아이들은 다 트럭에 타는 걸 좋아해요. 저도 그랬던 것 같은데요?"

"너 말이냐?" 할머니가 깔깔 웃었다. "그 나이 때 네가 어땠는지는 잊어버리는 게 좋을 거다. 차 마시러 오던 세실이라는 애 기억하니? 네가 그 앨 비둘기 집 안에 넣고 문을 잠가버렸지. 그 어머니는 두 번 다시 아이를 데려오지 않았어. 불쌍한 세실. 마리노엘을 잘 지켜봐라. 빨리 자라고 있으니."

"지나친 말씀이에요. 아직 아이일 뿐인데."

"천만에, 걔는 성숙하다. 다른 애들하고 놀고 싶어 하지 않아. 더 나이 든 사람을 좋아하지. 나도 그 나이 때 그랬기 때문에 잘 안다. 그때 난 어른이 된 사촌 오빠들과 전부 사랑에 빠졌지. 마리노엘은 사촌이라곤 없으니 유리 공장 일꾼들과 사랑에 빠질 게다."

문 두드리는 소리가 났다. "누구냐?" 할머니가 외쳤다. "들어와. 난 문 두드리는 게 싫다."

제르멘이 문간에 나타났다. "르브룅 선생님이 전화하셔서 므시외 르콩트를 찾으십니다."

"고마워." 나는 냅킨을 쟁반 위에 내려놓고 일어났다.

"그럼 지금 나한테도 인사를 해주려무나. 금방 피곤해질 것 같으니. 늙다리 바보 의사한테는 걱정할 것 없다고 해라. 프랑수아즈는 그냥 누워만 있으면 돼. 그럼 아들을 낳을 게다. 자, 입 맞춰주렴." 다시 한 번 할머니의 손이 나를 잡았고 시선이 나와 마주쳤다. "전문의 같은 소리는 집어치워라. 비용이 많이 들 테니."

나는 계단을 내려가 전화가 있는 외투실로 들어갔다. 잠옷 가운을 입은 마리노엘이 창백하고 불안한 얼굴로 전화기 옆에서 기다리고 있었다.

"블랑슈 고모 방에서 들어도 돼?" 아이가 물었다.

"그건 안 되지. 르브룅 선생님은 아빠하고 얘기하려는 것이거든."

"그럼 선생님이 뭐라고 했는지 나중에 말해줄 거야?"

"그건 아직 모르겠다."

나는 아이를 내보내고 외투실 문을 닫았다. "여보세요?" 하고
전화를 받자 고음의 나이 많은 목소리가 끊임없이 말을 이어갔
다.

"안녕하세요, 므시외 르콩트. 오늘 아침에 만나지 못해 유감
입니다. 오후에 저도 빌라르에 갔으니 므시외가 계신 걸 알았
다면 거기서 만날 수 있었을 텐데요. 마담 장께서는 심리적으
로 몹시 불안한 상태입니다. 걱정도 많고요. 이런 감정 동요는
쉽게 조산으로 연결될 수 있습니다. 임신과 관련된 과거의 여
러 문제와 빈혈 등을 고려하면 아마 상당한 어려움을 예상해야
할 것 같습니다. 일단은 며칠 동안 절대 안정을 취하는 것이 중
요합니다. 아시다시피 지금 같은 임신 일곱 번째 달은 아주 민
감한 시기여서요. 혹시 제가 너무 충격을 드리는 것은 아니겠지
요?"

의사는 숨을 들이마시느라 2초 정도 말을 멈췄다. 그 틈에 나
는 전문의 상담이 필요하다고 보는지 물었다.

"지금은 아닙니다. 마담이 잘 쉬고 더 이상 이상 증세를 보이
지 않는다면, 무엇보다도 출혈이 나타나지 않는다면 괜찮을 겁
니다. 그런 상황이 된다면 저부터도 르망의 전문 병원에 가시도
록 권할 겁니다. 한두 주는 더 지켜보는 게 좋겠습니다. 어떻든
므시외와 지속적으로 연락을 하겠습니다. 내일 다시 전화드리
지요. 참, 일요일에 저도 참석하는 것이겠지요?"

일요일이면 의사가 성에 방문해 함께 점심이라도 먹는 것일

까? 아니면 진료가 아닌 사교적 방문이 관례인 걸까?

"물론입니다. 와주신다면 기쁘겠습니다."

"다행히 침실이 전면을 향해 있으니 마담은 방해받지 않을 겁니다. 좋습니다. 그럼 일요일에 뵙도록 하지요."

"그날 뵙겠습니다, 선생님."

나는 전화를 끊었다. 마담이 방해받지 않을 거라고…… 일요일 점심 식사가 얼마나 떠들썩하길래 그 소리가 거실을 거쳐 성 전체에 울린단 말인가? 가능성 없는 일이었다. 의사 말뜻이 궁금했다. 외투실을 나오니 마리노엘이 여전히 서 있었다.

"선생님이 뭐라고 하셔?" 아이가 서둘러 물었다.

"엄마가 침대에 누워 계셔야 한대."

"동생이 나올 준비가 된 거야?"

"아직 아냐."

"그럼 왜 모두들 아이가 나올 거라고 말을 하지? 그것도 죽은 채 나올 거라고."

"누가 그런 말을 하던?"

"제르멘, 샤를로트, 전부 다. 부엌에서 떠드는 말을 들었어."

"문간에서 엿듣는 사람들은 늘 거짓말을 듣게 된단다."

식당에서 폴이 르네에게 말하는 소리가 들렸다. 아직 저녁 식사가 끝나지 않은 것이다. 나는 거실로 향했고 아이도 뒤따랐다.

"아빠." 아이가 속삭이는 소리로 말했다. "내가 도자기를 깨뜨려 슬프게 만드는 바람에 엄마가 아픈 거야?"

"아니, 그거하고는 아무 상관 없어."

나는 안락의자에 앉아 아이를 안아 올렸다.

"무슨 일이니? 왜 그렇게 신경을 쓰는 거야?"

아이가 내 눈길을 외면하며 방 안 여기저기를 쳐다보았다.

"왜 다들 동생을 바라는지 모르겠어. 왜 아이를 낳아야 하는 건지. 엄마도 이걸 성가신 일이라고 생각하던걸. 전에 르네 숙모한테 더 이상 아이를 낳고 싶지 않다고 말했어."

불안에 가득한 아이의 질문은 대단히 논리적이었다. 엄마는 왜 원하지도 않은 아이를 임신해야만 한 걸까? 이 질문은 장 드게에게 했어야 했다. 나는 안타깝게도 대리인에 불과했지만 그래도 이 상황에서는 진실을 말하는 게 가장 쉬울 듯했다.

"특별한 상황 때문에 그렇단다. 네 외할아버지는 돈이 아주 많으셨어. 그런데 아빠랑 엄마한테 아들이 태어나지 않으면 그 돈을 쓰지 못하도록 해두셨단다. 우리는 너 하나로 완벽하게 만족하는 상태이긴 하지만 그래도 아들이 있으면 재정 상황이 훨씬 좋아진단다."

곧바로 아이 얼굴에 안심하는 표정이 떠올랐다. 신체적 고통을 해결하는 해독제라도 마신 듯이.

"아, 그게 다야? 돈 때문인 거야?"

"그래, 돈이 목적이라니 좀 창피하지?"

"아니, 충분히 그럴 만해. 그럼 아들이 많으면 많을수록 더 많은 돈을 받는 거야?"

"그건 아냐. 조건은 한 명뿐이야."

안도한 아이는 내 무릎에서 내려가 재주넘기를 하며 기쁨을 표현했다. 잠옷과 가운이 머리 위로 올라가면서 작은 엉덩이가 드러나 보였다. 얼굴이 옷에 가려버린 아이가 가슴 아래로는 벗은 몸을 드러내며 낄낄거리고 환성을 지르는 상황에서 블랑슈, 르네, 폴이 거실로 들어왔다.

블랑슈는 그런 아이 모습을 보자 멈춰 섰다.

"대체 무슨 짓이니? 어서 당장 옷을 내려라."

마리노엘은 돌아서 몸을 흔들어 옷이 내려오게 한 후 어른들을 보며 미소 지었다.

"이제 괜찮아, 블랑슈 고모. 엄마 아빠는 아이를 원해서가 아니라 돈 때문에 이러는 거야. 세상 사람들이 아들을 낳고 싶어 하는 이유도 이거지. 경제적으로 도움이 되니까." 아이가 내게 달려와 내 손을 잡고 다른 사람들과 마주 보게 했다. 그리고 특유의 행복한 말투로 덧붙였다. "아빠, 블랑슈 고모는 아빠가 태어난 이후로 모든 사람이 자기를 사랑하지 않고 관심도 주지 않아 결국 신께 의지하게 되었대. 하지만 난 동생이 태어나도 지금하고 똑같을 거야. 아빠는 지금처럼 날 많이 사랑할 거잖아. 성모 마리아님은 블랑슈 고모와는 다른 방법으로 내게 겸손의 교훈을 주시려나 봐."

고모와 삼촌 표정이 여전히 딱딱하게 굳은 것에 아이는 당황한 기색이었다. 쭈뼛거리며 나를 보다가 르네를 보다가 했다. 르네는 누구보다도 화나고 충격받은 얼굴이었다. 아이도 그걸 눈치채고 미소를 지어 보였다.

"하지만 겸손 외에 다른 미덕도 많아. 나는 르네 숙모처럼 인내를 배울 수도 있어. 누구나 아이를 키울 수 있는 건 아니니까. 숙모는 폴 삼촌과 결혼한 지 벌써 3년째지만 아직 아무 소식이 없잖아."

14

프랑수아즈 몸이 편치 않은 것이 얼마나 다행인지. 나는 아내
의 건강을 핑계로 마리노엘과 함께 거실을 빠져나왔다. 폴과 르
네와 같이 거실에 있는 것보다 침실의 프랑수아즈 곁에 있는 것
이 훨씬 쉬웠다. 우선 아이 방으로 가서 아이를 침대에 눕히고
이불을 잘 덮어주었다. 다음으로는 프랑수아즈에게 가서 똑같
이 자리를 봐주었다. 욕실에서 더운물을 받고 스펀지, 비누, 수
건을 챙겨 왔다. 그다음에는 칫솔과 치분, 머리핀, 크림 통, 턱
아래에서 리본으로 묶게 되어 있는 수면 모자를 가져다주었다.
병원의 간병인처럼, 혹은 응급 구호 인력처럼 시중을 들었다.
문득 전쟁 시절이 떠올랐다. 암호를 해독하던 지하 벙커에서 나
와 구급차 운전이든 뭐든 한밤의 격전 중에 필요한 일들을 해야

했던 그 시절. 낯선 여자나 아이들에게 불쑥 친밀감을 느끼기도 했었지. 두려움과 고통에 시달리던 그 사람들은 지금 프랑수아즈를 보살필 때와 마찬가지로 공감과 겸허함을 안겨주었다. 프랑수아즈 역시 그때 그 사람들처럼 진심으로 고마워했다. 놀라고 감탄하는 말투로 거듭 나더러 친절하다고 했다.

"이건 아무것도 아니야. 뭐 더 필요한 건 없어?"

"익숙하지 않아서 그래. 당신은 보통 무심했으니까. 난 피곤해서 일찍 누워도 당신은 아래층에서 폴이나 르네와 이야기를 하곤 했지. 혹시 다들 빌라르 일을 물을까 봐 그걸 피해 올라온 거야?"

아이가 그랬듯 프랑수아즈에게도 나름의 직관이 있었다. 나는 입을 맞춰주고 불을 끄면서 그 직관으로 내가 하루 겪은 일 중 일부만 알려주었다는 걸 알아차리지는 않았을까 궁금했다.

옷 방으로 돌아오니 은행에서 가져온 탈베르 변호사의 편지가 떠올랐다. 여전히 주머니 속에 들어 있었다. 꺼내서 읽기 시작했다. 상황을 명료하게 정리해주는 편지였다. 유리 공장은 지속적인 손실을 보고 있었고 토지나 증권을 매각하는 등의 방법으로 다른 곳에서 돈을 마련하지 않는 한 파산을 면치 못할 것이라 했다. 벨러가 말한 대로였다. 또한 이 문제를 의논하기 위해 기꺼이 생질로 올 용의가 있으며 상황이 급박한 만큼 하루빨리 약속을 잡으면 좋겠다고 쓰여 있었다. 장 드게가 직접 카르발레 사람들을 만나 설득하려 했던 것도 이 편지 때문인 것으로 짐작됐다.

　다음 날은 토요일이었다. 나는 아침의 첫 일정으로 유리 공장에 내려가기로 했다. 폴이 옷을 입고 커피를 마시기 전에 말이다. 카르발레에서 편지가 왔는지 확인할 참이었다. 이사진이 금요일 오전에 논의를 했다면 그 내용을 담은 편지가 오늘 도착할 수 있었다. 나는 가스통이 옷을 준비하러 오기 전에 방을 나서 차고로 갔다. 이번에는 세자르가 짖지 않고 나를 통과시켜주었다. 개 장 입구에 서서 쓰다듬어주었더니 꼬리도 흔들었다. 드디어 승리했다는 생각이 들었다. 주위에는 아무도 없었다. 외양간 쪽에서 소리가 나는 걸 보면 늙은 여자가 가축을 돌보는 모양이었다. 작업복 차림 남자가 멀리 들판에서 허리를 구부리고 괭이질하는 모습도 보였다. 나는 차를 몰고 왼쪽으로 돌아 마을을 빠져나온 후 언덕을 올라 숲길로 향했다. 그 모든 행동에 낯선 느낌은 전혀 없었다. 참나무와 밤나무들 사이 부드러운 길에서 속도를 올리는 것은 다른 어떤 날의 행동보다도 더욱 내 삶다웠다. 유리 공장 입구 옆에 차를 세우고 내려 차 문을 쾅 닫고 벌써 작업을 시작한 일꾼들에게 인사를 건넬 때에도 그 감정은 여전했다.

　커다란 작업장 뒤쪽 작은 집을 향해 유리 알갱이 깔린 버석거리는 길로 걸어가다가 거기서 나오는 우체부를 만났다. 아침 일찍 온 것이 옳았다. 빠른 걸음으로 사무실에 들어가보니 자크가 책상 옆에서 우편물을 분류하는 중이었다. 그는 돌아서 나를 보자 깜짝 놀랐다.

"안녕하세요, 므시외 르콩트. 오늘 아침에 나오실 줄 몰랐습니다. 므시외 폴께서 오늘은 형제분 다 안 오실 거라고 해서요."

폴이 왜 그런 말을 했는지 의아했다. 일종의 휴일인 걸까?

"카르발레에서 편지가 왔을지 모른다는 생각이 들어서 왔네. 이사진이 개인적으로 서신을 주기로 했거든."

자크는 계속 나를 응시했다. 내 명랑한 태도가 낯선 듯했다.

"혹시 무슨 문제가 있는 건 아니겠지요?"

"아니고말고. 편지를 저기 두었나? 카르발레에서 온 것이 있는지 보세나."

자크는 손에 든 편지 뭉치를 살펴보았다. 두 번째 것이 카르발레 주소가 찍힌 긴 봉투였다.

"여기 있군. 고맙소, 자크."

나는 편지를 받아 들었다. 창가로 가서 내가 편지를 읽는 동안 자크는 방 한가운데 탁자 쪽으로 물러서 기다렸다. 예상했던 내용이었다. 전화 통화 내용을 확인하면서 새로운 조건하에 추후 6개월 동안 연장될 계약서를 첨부해두었다. 두 회사가 결국 합의에 이르게 된 것에 만족감도 표현하고 있었다.

"자크, 우리 계약서가 어디 있나? 옛날 계약서 말이야."

"므시외께서 갖고 계십니다. 책상 위 서류철에 들어 있습니다."

"내가 나머지 편지들을 살펴보는 동안 좀 찾아주겠어?"

자크는 질문을 하지 않았지만 당황한 얼굴이었다. 그가 책상 위 서류철을 살피는 사이 나는 나머지 편지들을 손가락으로 넘겨보았다. 청구서뿐이었다. 자크는 아무 말 없이 옛날 계약서를 내게 넘겨주었고 나는 책상에 앉아 내용을 비교했다. 거래 조건 외에는 모든 조항이 똑같았다. 사업에 대해, 유리 공장의 생산에 대해 아무것도 모르는 나는 그저 향후 카르발레가 우리 제품에 값을 덜 치른다는 점만 확인할 수 있었다.

주머니에서 변호사 편지도 꺼내 두 계약서 옆에 놓았다.

"수치들을 좀 봅시다." 나는 자크에게 말했다. "급료, 생산비, 생산량 등등."

자크가 나를 쳐다보았다. "최근에 검토하셨습니다. 파리에 가시기 전에 므시외 폴과 저까지 셋이서 모든 것을 확인했습니다."

"다시 검토하고 싶어서 그래."

그 작업은 한 시간 반 정도 걸렸다. 지루하고 이해하기 어렵지만 흥미로운 일이기도 했다. 자크가 커피를 만들어 오겠다고 부엌으로 간 후 나는 계산한 수치들을 새로운 계약 조건과 맞춰보았다. 비용을 충당하려면 장 드게의 개인 자산에서 5백만 프랑이 나와야 한다는 게 결론이었다. 왜 그가 공장 문을 닫으려 했는지 분명해졌다. 토지나 증권을 팔고 싶지 않다면 달리 방법이 없었다. 유리 공장은 옛 계약 조건에서도 밑지는 장사였다. 새로운 조건에서는 아예 사업이라고 부를 수도 없었다. 공장에서 만들어지는 유리 제품처럼 약하고 금방 깨지는 값비싼 장난감에 불과했다. 내가 턱없이 감상적으로 군 덕분에 드게 가문은 크나큰 손실을 피할 수 없게 되었다.

나는 새 계약서와 편지들을 외투 주머니에 넣고 부엌으로 갔다.

"자, 한참 일을 하셨으니 기분 전환이 될 겁니다." 자크가 김이 오르는 커피 잔을 건네주었다. "저는 아직도 므시외께서 파리 협상 건을 해내신 데 감탄하고 있습니다. 아무 희망도 없는 그저 의례적 방문일 수밖에 없다고 생각했거든요. 하지만 결국 직접 만나야 해결되는 일이었나 봅니다."

"아무도 일자리를 잃지 않을 거야. 그게 제일 중요한 일이지."

자크가 눈썹을 치켜 올렸다. "일꾼들한테 그렇게 마음을 쓰고 계셨습니까? 저는 몰랐습니다. 그렇지만 위기가 닥치면 다들 새로운 일자리를 찾아낼 겁니다. 오랫동안 마음의 준비를 한 셈이니까요."

나는 현실을 새로 깨달으며 커피를 마셨다. 결국 내가 모든 것을 엉망진창으로 만들었는지도 몰랐다. 누군가 건물 바깥쪽 문을 두드렸고 자크는 양해를 구하며 사무실을 나갔다. 나는 주변을 둘러보았다. 한때 일가족이 사용했을 법한 꽤 큰 부엌이었다. 저쪽에 집 다른 부분과 연결되는 문도 나 있었다. 호기심에 그 문을 열어보니 넓은 돌바닥 복도가 나왔고 방들 몇 개와 위층으로 올라가는 계단이 보였다. 복도를 걸어가며 방들을 들여다보았다. 가구 없이 텅 빈 상태로 벽은 페인트가 갈라져 벗겨지고 바닥에 먼지가 쌓여 있었다. 제일 끝에 나오는 사각형 방이 가장 멀쩡했다. 나무 판을 붙인 벽 쪽으로 큰 가구들, 그릇장, 겹쳐 쌓은 의자들이 밀어붙여져 있었다. 주인이 자기 물건을 다 한쪽에 몰아넣고 잊어버리기라도 한 듯 버려진 풍경이었다. 벽에 붙은 옛날 달력은 1941년 것이었고 그 옆에 책 상자가 있었다. 책 한 권을 펼쳐보았더니 '모리스 뒤발'이라는 서명이 나왔다.

창가에서 무슨 소리가 났다. 고개를 돌려보니 나비였다. 긴 여름을 지내고 남은 마지막 나비가 햇살에 깨어나 거미줄에서 빠져나가려 안간힘을 쓰는 중이었다. 나는 창문을 열려고 했지만 꽉 끼어 열리지 않았다. 몇 년 동안 한 번도 연 적이 없는 듯했다. 힘들게 창문을 열고 나비를 풀어주었다. 하지만 나비는 창가를 날아다니다가 또다시 거미줄에 걸리고 말았다.

부엌 쪽에서 누군가 걸어오는 소리가 들렸다. 돌아보니 자크가 서서 나를 보고 있었다. 그는 망설이다가 앞으로 걸어 들어와 방 한가운데 멈춰 섰다.

"뭘 찾으십니까, 므시외 르콩트?"

조심스럽고 당황한 모습이었다. 자크가 이 물건들을 관리하는 것일까? 집 안을 살펴보는 것이 뭔가 예의에 어긋나는 행동이었을까?

"왜 우리가 이 물건들을 다 보관해야 하지?" 내가 가구를 가리키며 물었다.

자크는 나를 보더니 곧 시선을 돌렸다. "분부하시는 대로 처리하겠습니다, 므시외 르콩트."

나는 다시 가구들을 바라보았다. 사용되지 않고 잊힌 채 벽에 기대 쌓여 있는 가구들은 어쩐지 우울한 느낌이었다. 이 방은 한때 거실이나 식당으로 사용되었을 듯했다.

"낭비가 심하군." 내가 말했다.

"그렇습니다."

나는 다음 질문을 던져도 될지 잠시 생각했다. 장 드게라면 절대 던지지 않았을 질문, 그 사람이라면 자명하게 답을 알고 있을 것 같은 질문이었던 것이다.

"우리가 이 방을 사용해야 하지 않을까?" 나는 질문을 던지기로 했다. "이렇게 비워두는 것보다 누군가 들어와 사는 것이 좋지 않겠나?"

자크는 금방 대답하지 않았다. 그는 편치 않은 모습으로 서서 방 안과 가구를 둘러볼 뿐 나를 쳐다보지 않았다. 그러다가 마침내 "누가 여기 와서 살면 되겠다고 생각하십니까?"라고 되물었다.

이건 답이 아니라 또 다른 질문이었고 향후 대화에 대해 아무 단서도 던져주지 않는 말이었다. 나는 창가로 가서 밖을 내다보았다. 공장 건물이 조금 떨어진 왼쪽으로, 농장은 오른쪽으로 보였다. 두 곳 다 이 집의 정원과 울타리로 경계가 지어져 있었다. 한때는 길에서 이 집으로 이어졌던 포장도로의 흔적이 있고 그 옆으로 이제는 사용하지 않는 망가진 우물도 있었다.

"자네가 와서 살면 어떨까?"

자크의 표정이 한층 더 불편해졌다. 내가 자기를 공격한다고 여기는 듯한 그런 표정이었다.

"저와 아내는 로레에서 사는 것에 만족합니다. 거리도 멀지 않고요. 므시외께서 생질에서 오시는 것이나 마찬가지 정도니까요. 제 아내는 어울릴 사람들이 있는 곳에 살고 싶어 합니다. 여기는 외딴곳처럼 여겨질 테고 더군다나……" 자크가 말을 꺼내려다가 움찔했다.

"더군다나 뭔가?"

"모두들 이상하다고 여길 겁니다. 오랫동안 아무도 살지 않은 집이고 더군다나…… 이렇게 말씀드려 죄송합니다만, 마지막으로 여기 사람이 살았을 때의 기억이 워낙 나쁘기도 해서요. 지금 여기서 살고 싶어 하는 사람은 아무도 없습니다." 다시 한 번 그는 머뭇거렸지만 결국 용기를 내어 서둘러 말을 이어가기 시작했다. 나에 대한 존경심을 압도하는 더 강력한 다른 무언가가 있었다. "므시외 르콩트, 유리 공장에서 전투가 있지 않았습니까. 군인들 사이의 전투니까 그래도 그건 괜찮습니다. 하지만 마지막으로 여기 살았던 공장장 므시외 뒤발이 한밤중에 아래층에서 끌려 나와 동포에게 총살을 당한 후 우물에 던져져 자기 공장의 유리로 온몸이 찢겼던 것은 다르지요. 아무리 오래된 일이고 다들 잊어버리려 애쓴다고는 해도 여기 와서 살고 싶어 하는 사람은 없는 게 당연합니다. 게다가 아내와 가족까지 데려와야 한다면요."

나는 대답하지 않았다. 할 말이 없었다. 나비는 거미줄에서 빠져나오기 위해 다시 몸부림을 쳤다. 나는 또 한 번 구해주고자 손을 뻗었다. 낡은 우물의 녹슨 쇠줄 부분, 망가진 석조물들, 바닥에서 자라난 쐐기풀에 시선이 닿았다.

"그렇군. 자네 말이 옳아."

나는 뒤돌아 방을 나섰고 돌 복도를 따라 부엌을 거쳐 사무실로 갔다. 사무용 가구들, 찌든 담배 냄새, 서류철과 종이들 때문에 비인간적으로 느껴지는 공간이었다. 잠시 책상 앞에 서서 청구서와 편지들을 내려다보았다. 하지만 더 할 일은 없었다. 알아야 할 수치들은 다 확인했다. 유리 공장은 언젠가 누군가가 더 이상 급료나 청구서를 해결할 돈이 없다고 깨달을 때까지 굴러갈 것이었다.

"카르발레의 므시외 메르시에를 수신인으로 하는 봉투를 만들어주면 돌아가는 길에 계약서 한 부를 내가 발송하겠소. 사본은 보관할 것이고." 나는 뒤따르는 자크에게 말했다.

하지만 그는 딴 데 정신이 팔린 상태였다. 우리 둘 다 그 집의 텅 빈 공간에 대해 생각하는 중이었던 것이다. 일 얘기로 다시 돌아가려면 시간이 좀 필요했다.

"난 수치를 확인하러 왔을 뿐이네. 그러니 므시외 폴한테는 내가 왔었다고 굳이 얘기할 필요 없어." 내가 다시 말했다.

"알겠습니다." 자크가 대답하고는 서랍에서 봉투를 하나 꺼내 주소를 적고 우표를 붙였다. 발송 봉투를 넘겨주는 그의 목소리에 다시 친밀감이 깃들었다. "내일 저도 가는 것이겠지요? 성공적으로 치르실 수 있을 겁니다. 오늘 아침 라디오 기상 예보가 좋더라고요. 그럼 10시 반에 성에서 뵙겠습니다."

그는 몇 발 앞서가 문을 열어주었다. 나는 "내일 봅시다" 하고 인사하고 뜰로 나왔다. 내일은 일요일이었다. 자크 부부는 생질 에서 미사를 보고 르브룅 선생과 더불어 식사라도 하는 모양이 었다.

나는 왼쪽으로 돌아 첫날 쥘리가 쟁기질을 하던 버려진 과수 밭으로 통하는 작은 문을 지났다. 이쪽에서는 공장 건물이 하나도 보이지 않았고 담쟁이덩굴로 뒤덮인 집은 초록 벌판에 자리 잡은 17세기풍의 평화로운 지주 저택 같았다. 햇살 아래 옅은 색을 띤 집은 분명 다른 시대에 속해 있었다. 5분 전에 보았던 망가진 우물, 녹슨 쇠줄을 달고 쐐기풀 사이에 홀로 선 우물역시 그 다른 시대, 평화로웠던 시대에 속해 있었다. 살인과 파괴의 역사를 지닌 납골당이 아니라 이 집의 식구들과 유리 공장 사람들에게 땅속 깊은 곳의 신선한 물을 공급하는 역할로서 말이다. 두레박을 끌어 올리던 쇠줄은 끊어졌고 아마 안에 물도 없을 것이다. 수원이 마르거나 물길이 바뀌어 먼지와 돌, 깨진 유리만 남았으리라. 유리 공장과 공장장의 집이 생질 성과 연결되던 고리도 끊어지고 공동체는 와해되었으며 한쪽이 다른 한쪽을 뒷받침하는 관계가 중단된 것이다. 어째서 이렇게 마음이 쓰이는지, 어째서 이곳 공장장이다가 살해당한 모리스 뒤발이 한 세대 최고의 유산을 다음 세대로 넘겨주는 영속성의 상징처럼 여겨지는지, 어째서 그의 죽음이 갑자기 내 책임으로 인식되면서 같은 민족이 갈라져 증오했던 기억을 감추기보다는 드러내고 정화해야 한다고 생각되는지 알 수 없었다.

나는 과수원을 떠나 다시 공장 건물을 지나쳐 입구로 나왔다. 오두막집 문 앞에 푸성귀를 한 아름 든 쥘리가 서 있었다. 아침인사를 건네면서 나는 다시 한 번 그 얼굴에 떠오른 정직함, 갈색 두 눈의 따뜻함과 빈틈없음, 그 몸의 탄탄함과 강인함에 감탄했다. 내가 쥘리를 신뢰하게 된 것은 순간적 감정이 아니라 내면 깊숙한 직감이었다. 빌라르의 벨러에게 그랬듯 쥘리에게도 본능적으로 반응을 보이게 되었던 것이다.

"일찍 나오셨습니다, 므시외 르콩트." 쥘리가 말했다. "토요일 아침에 유리 공장에서 뵙는 것도 흔치 않은 일이고요. 안녕하신가요? 사모님은 어떠신지요? 어제 상태가 좋지 못했다고들 하더군요."

좁은 동네에서 소문은 순식간에 퍼지는 법이었다. 쥘리는 마리노엘을 태워다주느라 성에 들른 김에 하인들과 이야기를 나눈 모양이었다.

"안정해야 한다는군. 지난밤에 내가 집에 갔을 때는 좋아진 상태였어. 참 사과할 게 있군. 어제 빌라르에서 마리노엘을 챙기게 해 미안하네. 은행에서 제대로 말을 전해주지 않는 바람에 내가 금방 상황 파악을 하지 못했어."

쥘리가 소리 내어 웃으며 손사래를 쳤다. "그건 므시외께서 사과하실 일이 아니라 저희가 감사해야 할 일이지요. 역에서 돌아오는 길이었는데 성문에서 마리노엘이 튀어나오지 뭐예요. 당연히 저는 귀스타브한테 차를 세우라고 했죠. 마리노엘에게 어째서 혼자 있느냐고 물었더니 아버지가 은행 볼일을 보고 있다고, 저희와 함께 돌아가면 좋겠다고 하는 겁니다. 참으로 기쁜 일이었지요. 어두침침하던 트럭 안이 단번에 환해졌으니까요. 빌라르에서 생질로 오는 동안 잠시도 쉬지 않고 이야기를 하더군요."

나는 쥘리 뒤를 따라 오두막집 옆 작은 텃밭으로 갔다. 각종 채소와 꽃들이 빼곡했다. 나는 쥘리가 토끼장 안 토끼들에게 계속 말을 걸면서 푸성귀 먹이는 모습을 지켜보았다. 성의 할머니가 테리어 개들에게 설탕 먹이던 생각이 났다. 두 여자 모두 강인하고 남성적이면서 부드러운 모습이 기본적으로 똑같다는 점을 불현듯 깨달았다. 그럼에도 한 사람은 찡그리고 잔뜩 꼬였으며 괴상한 불구가 되어버린 상태였다. 내면의 무언가가 제대로 꽃피지 못했던 탓에.

"쥘리." 나는 입을 열었다. 지금 이런 걸 묻는 상황이 참으로 이상해 보일 거라는 것, 장 드게라면 다 아는 일이어서 절대 묻지 않으리라는 것을 알면서도 질문을 던질 참이었다. "쥘리, 독일 점령기에 생질은 어땠어?"

이상하게도 쥘리는 내 질문에 놀라지 않았다. 아마 장 드게라도 던질 수 있는 질문이었나 보다. 장 드게 역시 내가 그렇듯 이 농부 여자가 다른 누구도 보여줄 수 없는 퍼즐 조각을 드러낼 수 있으리라 생각할지 몰랐다.

잠시 침묵하던 쥘리가 말했다. "므시외처럼 레지스탕스로 싸웠던 사람에게 전쟁이란 잘 계획되어 똑똑한 사람들이 수행하는 활동이겠지요. 하지만 뒤에 남겨진 사람들한테는 전혀 달랐습니다. 창살 없는 감옥 같았죠. 누가 범죄자고 누가 간수인지, 누가 거짓말을 하고 누구를 배신하는 것인지 아무도 몰랐습니다. 사람들에겐 더 이상 믿음이 없었습니다. 강하다고 여겼던 것이 약한 것으로 드러났고 저희는 수치심을 느끼면서 그게 무엇 때문인지 알아내려 했습니다. 자신의 나약함인지, 상대의 나약함인지. 하지만 답은 아무도 몰랐고 책임을 지는 사람도 없었습니다."

"쥘리, 당신은 뭘 했는데? 무슨 생각을 했느냐니까?" 내가 고집스럽게 물었다.

"저요? 저야 여기서 살았을 뿐입니다. 늘 그랬듯 텃밭 농사도 짓고 암탉 먹이도 주고 그때만 해도 살아 있던 남편도 돌보고요. 저한테 혼잣말도 했지요. 전에도 있던 일이고 앞으로도 일어날 일이니 참고 견디면 된다고요."

쥘리가 토끼장에서 돌아서더니 넓고 튼튼한 손을 앞치마에 닦았다. "들판에서 점액종증에 걸려 죽어가는 토끼들을 보신 적 있겠지요? 전 그래서 동물은 우리에 들어가 있어야 자유롭다고 깨닫게 되었지요. 사람도 다를 것 없다고 생각합니다. 간혹 전쟁이 일어나고 고통을 당하는 게 어떤 것인지 아는 편이 좋습니다. 언젠가 사람들은 토끼를 전멸시키듯 사람도 전멸시키겠지요. 아주 좋은 일입니다. 그럼 세상은 다시 평화로워질 테니까. 저 숲과 흙 외에는 아무것도 남지 않을 테니까."

쥘리가 나를 보며 미소 지었다. "안으로 들어가시죠. 므시외께 보여드릴 것이 있습니다."

나는 작은 집 안으로 들어갔다. 성의 비둘기 집만 했다. 한구석에 난로가 있고 지붕과 연결된 연통, 나무 탁자, 의자 하나, 벽 전체 길이만큼 이어진 찬장이 보였다. 암탉 한 마리가 난로 앞에 앉아 있었다. 쥘리가 발짓으로 닭을 쫓아버리자 꽥꽥거리며 문밖으로 나갔다.

"여기서 알을 깔 수 있다고 생각하는 모양이에요. 저 암탉은 아주 영리하죠. 나이가 많다 보니 아주 저를 이겨먹으려 든답니다. 잠깐 기다리세요. 사진을 가져올 테니."

쥘리는 앞치마 아래 입은 치마 주머니에서 열쇠를 꺼내 찬장 문을 열었다. 종이며 책, 그릇이 가득했지만 뒤섞이지 않고 잘 정돈되어 있었다. "여기 어디 두었는데 말이에요." 쥘리가 종이 사이를 뒤지더니 공책을 하나 꺼내 펼쳤다. 거기 끼어 있던 봉투에서 사진 한 장이 나왔다.

"점령기 때 뭘 했느냐고 물으셨지요. 그 아이 때문에 저는 적과 협력한 사람으로 몰렸답니다."

독일 군복을 입은 어린 병사 사진이었다. 특별한 점은 전혀 없었다. 특별한 자세를 취하지도 않고 미소 짓지도 않는 그저 어린아이일 뿐이었다.

"이 아이가 무엇을 했기에?"

"무엇을 했냐고요? 아무것도 안 했답니다. 동료 병사들과 몇 달 동안 주둔했던 게 다예요. 하루는 문제가 생겼지요. 검사를 받아야 했는데 군복에 얼룩이 있었거든요. 저한테 찾아와 손짓 발짓으로 얼룩을 지워줄 수 있는지 묻더군요. 안 그러면 처벌을 받게 된다고요. 므시외 장, 전 제 두 아들을 생각했답니다. 앙드레는 포로였고 알베르는 전사한 상태였지요. 딱 그 또래 아이가 집에서 멀리 떨어진 이곳에서 엄마뻘 되는 저한테 옷 얼룩을 지워달라는데 어떻게 하겠습니까? 해줬지요. 나중에 다시 찾아와 고맙다면서 이 사진을 줬어요. 그 아이가 독일인이든 일본인이든 달나라에서 왔든 저한테는 아무 차이가 없었어요. 그 아이는 나중에 결국 총에 맞아 죽었습니다. 동료들과 함께요. 그 아이들은 우리 아이들처럼 그렇게 죽으려고 태어났던 것이죠. 하지만 제가 그 아이 군복을 빨아주었다는 이유로 생질 시장을 비롯해 많은 사람들은 2년 동안이나 저한테 한 마디도 하지 않더군요. 아시겠습니까, 전쟁이 내가 사는 마을로, 내 집 앞으로 오게 되면 그건 더 이상 객관적인 비극이 아니에요. 사적인 원한을 풀어낼 구실일 뿐이지요. 전 그래서 열렬한 애국자가 아닙니다. 점령기 때 생질 일을 거리낌 없이 얘기하는 것도 그 때문이고요."

나는 사진을 돌려주었다. 쥘리는 다시 찬장 속 책과 종이 있는 곳에 사진을 간수했다. 내 쪽으로 되돌아선 쥘리의 주름지고 거친 얼굴은 다시 침착하고 무표정했다.

"그렇게 시간이 지나면 모든 게 잊힌답니다." 쥘리가 말했다. "그게 인생이죠. 예전에 저 사진을 므시외께 보여드렸다면 전 이 자리에 없었겠지요. 저 바깥 숲속 어느 나무엔가 목이 매달려 죽어 있었을 겁니다."

나는 또다시 할 말을 잃었다. 쥘리의 조국에 비해 내 조국은 전쟁의 영향을 덜 받았다. 그래서 미움, 증오, 테러 같은 것은 잘 알지 못했다. 나는 그저 한 개인으로서 실패와 무익함을 느꼈을 뿐이다. 나를 대신 세워두고 책임에서 도망쳐버린 장 드게를 이해할 수 있을 것 같았다. 레지스탕스 장교였던 장 드게, 그 시절에도 살아남으려면 탐욕을 따라야 한다고 믿었을까? 어떤 개인적 갈등이 그토록 즐겁게 웃어대는 사진 속 소년을 냉소적이고 무심하게 만들었을까? 나는 순간 쥘리가 오랫동안 겪어온 고통과 가난, 상실에 대해, 절망을 자아낸 모든 장애물에 대해 진심으로 함께 슬퍼한다고 말해주고 싶다는 충동을 느꼈다. 장 드게의 이름으로 말이다. 엉뚱한 생각이었다. 정말 그랬다가는 몹시 놀라고 당황할 것이 뻔했으므로 나는 그저 쥘리 어깨에 손을 얹고 다독여주었다. 그렇게 우리는 함께 바깥으로 나왔다. 쥘리는 나를 위해 차 문을 열어주었고 숄 아래에서 팔짱을 끼고 선 채 미소 지었다.

손을 흔들어 보이고 차를 몰아 나오면서 나는 유리 공장의 쥘리, 그리고 빌라르의 벨러와 함께 살 수 있다면 삶이 늘 고통 없이 만족스럽겠다고 생각했다. 가스통도 거기 끼워 넣을 수 있었다. 하지만 그 세 사람이 한집에서 나를 돌봐주는 모습을 상상해보니 하나같이 자신감 넘치고 독자적인 인물들이어서 채 하루가 지나기도 전에 싸움이 날 듯했다. 내가 감상에 빠져 만들어냈던 환상은 산산조각 깨져버렸다. 그러니까 사람 사이 관계는 대개 의미가 없는 거라고, 내 마음이 끌리는 사람들은 서로를 좋아하지 않는다고, 결국 그래서 사슬이 끊어지고 메시지가 사라지는 거라고 나는 숲을 따라 운전하며 생각했다. 성 안 침대에 누워 있는 프랑수아즈에 대한 내 공감은 마찬가지로 고독하고 단절된 채 과거만 곱씹는 할머니에게 도움이 되지 않았다. 어리고 예쁜 사랑스러운 마리노엘에 대한 내 즉각적인 애정은 블랑슈라는 딱딱하고 적의에 찬 그림자를 감싸 안지 못했다. 어째서 빌라르의 벨러는 아무것도 요구하지 않은 채 자기를 선물처럼 내놓는 반면 생질의 르네는 연인을 문어처럼 감아 조이는 걸까? 파괴적 관계의 첫 씨앗은 언제 뿌려지는 걸까?

그날 아침 나는 세 가지를 알게 되었다. 첫째, 카르발레와의 전화 통화를 통해 나는 결국 종말이 예정된 길로 유리 공장을 밀어 넣었다. 둘째, 모두의 사랑을 받던 유리 공장 마지막 공장장은 자기 집 문 앞에서 살해당해 우물에 던져졌다. 셋째, 생질 사람들은 세상 모든 사람들이 그렇듯 전쟁을 친구 배신의 핑계로 사용했다.

마을에 도착하기 전, 나는 차를 멈추고 주머니에서 계약서와 장 드게의 지갑을 꺼냈다. 지갑에서 운전면허증을 찾아 펼쳤다. 장의 서명은 예상대로 전형적인 프랑스어 필기체였다. 여행과 공부 과정에서 접한 프랑스 서류 수백 건에서 본 그대로였다. 열 번 정도 연습하자 자신감이 붙었다. 나는 계약서를 집어 올려 아래쪽에 서명을 했다. 장 드게가 봤다 해도 위조인지 못 알아볼 정도였다. 이어 나는 언덕을 내려와 마을로 향했고 계약서 발송을 위해 한 번 멈췄을 뿐 곧장 성 출입문을 통과했다.

건물 정문이 활짝 열려 있고 홀이 소란스러웠다. 소매를 걷어 올린 가스통이 무거운 탁자를 식당 쪽으로 천천히 옮기는 중이었다. 차고에 있던 작업복 입은 남자, 처음 보는 또 다른 남자, 제르멘, 빨래하던 여자의 체구 큰 딸이 힘을 보탰다. 상황을 전혀 모른다는 내색을 하지 않으려 애쓰고 있는데 가스통이 나를 보자마자 알렸다. "므시외 폴께서 아침 내내 찾으셨습니다. 로베르한테 아직 아무 지시도 하지 않으셨다고요. 제르멘, 부엌에 가서 아직 로베르가 거기 있는지 확인해봐." 다시 일에 매달린 가스통은 내가 모르는, 아마도 정원사일 것 같은 남자에게 "자,

조제프, 그쪽을 들어주게. 무거우니 조심하고. 지금 들어!" 하고
외쳤다.

제르멘은 성 뒤쪽으로 사라졌다. 나는 홀에서 기다리며 어찌
할 바를 몰랐다. 로베르는 누구며 나는 어떤 지시를 해야 하는
것일까? 곧 제르멘이 키 작고 체격 단단한 남자를 이끌고 나타
났다. 반백인 머리에 뺨에 흉터가 있고 반바지에 각반을 신은
차림이었다. "로베르를 데려왔습니다, 므시외 르콩트."

"잘 지내는가, 로베르." 나는 그와 악수를 했다. 상대가 미소를
지었다. "그래서 뭘 알고 싶은 거지?"

남자는 당황스럽다는 듯 나를 쳐다보다가 다음 순간 어색하
게 웃어댔다. 내가 던진 농담을 어떻게 받아야 할지 모르겠다는
듯 말이다.

"내일입니다, 므시외 르콩트. 제게 전갈을 보내 금요일에 세
부 사항을 의논하자고 하셨지 않습니까. 한데 가스통 말이 므시
외께서 어제 종일 외출하셨고 마담께서도 건강이 좋지 않으시
다기에 굳이 귀찮게 하지 않으려고 어젯밤에 찾아뵙지 않았습
니다."

나는 그를 쳐다보았다. 우리 둘뿐이었다. 제르멘과 다른 사람
들은 일단 작업을 끝내고 부엌으로 돌아가 있었다.

"그래, 내일이지. 사람들이 많이 올 거야. 혹시 내일 무얼 먹어
야 할지 궁금해서 그러나?"

남자는 농담이 지나치다는 듯 몸을 움찔했다. "므시외 르콩

트, 제 일은 식사와는 아무 상관 없다는 걸 잘 알면서 그러십니다. 내일 구체적인 일정을 정해야 해서 그럽니다. 므시외 폴과도 아무 의논을 하지 않으셨다고 들어서요."

나는 시월 둘째 일요일에 생질의 주인이 주도하여 진행할 수 있는 온갖 행사를 떠올려보았다. 경계선 확인 예절*? 무도회 춤 경연? 입으로 사과 물어 올리기 놀이? 무엇이든 기꺼이 폴에게 지휘 역할을 넘길 작정이었다.

"한 번쯤은 이렇게 하면 어떨까?" 나는 조심스럽게 말을 꺼냈다. "므시외 폴이 결정하고 진행하도록 하면?"

남자는 충격을 받은 듯했다. "그런 일은 한 번도 없었습니다. 제가 생질에 사는 내내 말입니다. 아버님께서 세상을 떠나신 후로 일요일의 대규모 사냥은 늘 므시외께서 조직하시지 않았습니까?"

이번에는 내가 상대의 터무니없는 농담에 몸이 움찔할 차례였다. 사냥이라니, 이게 대체 웬일이람. 지난 이틀 동안 계속 나온 얘기들이 이거였구나. 아무도 분명하게 말을 해주지 않았다. 당장 내일 일요일에 성의 주인인 장 드게가 계획하고 조직하는 연례행사로 대규모 사냥이 진행되어야 한다.

로베르가 불안한 눈으로 나를 바라보았다. "므시외 르콩트, 괜찮으십니까?"

---

*가톨릭교회 본당 경계선을 확인하며 도는 행사이다.

"이봐, 로베르. 파리에 다녀온 후 내가 좀 정신이 없네. 솔직히 내일 일정을 아직 생각하지 못했어. 이따가 다시 만나세."

로베르는 어쩔 줄 몰랐다. "하지만 므시외, 시간이 벌써 촉박합니다. 할 일은 아주 많고요. 그럼 2시에 뵈러 올까요?"

"2시로 하세." 나는 급히 전화라도 하는 척 그 자리를 피했고 로베르가 하인용 문으로 나가는 소리가 들릴 때까지 기다렸다. 이어 다시 홀로 나와 테라스를 지나 첫날 밤 내 은신처가 되어주었던 삼나무 그늘 아래로 들어갔다. 2시든 자정이든 언제든 나에게는 차이가 없었다. 어차피 일정 계획 따위는 없을 테니까. 프랑스 역사 강의나 해온 사람한테 사냥이라니. 나는 제대로 총을 쏘아본 경험조차 없었다.

15

마을 교회에서 치는 정오 종소리가 들리고 곧 성에서 남자들 목소리가 들려왔다. 정원사 조제프와 로베르가 함께 쪽문에서 나와 별채로 가는 소리였다. 나는 삼나무 낮은 가지에 가려진 덕분에 두 사람 눈에 띄지 않았다. 두 사람이 사라진 후 나는 해자 벽에 난 문을 통과했고 빠른 걸음으로 해자를 지나 밤나무 정원을 거쳐 숲으로 들어섰다. 어디로 얼마나 멀리 가는지는 중요하지 않았다. 내일 행사 때문에 누군가 나를 불러도 들리지 않는 곳까지 가야 한다는 생각뿐이었다. 제일 좋은 방법은 아프다고 꾸며대는 것이었다. 갑자기 어지럽다거나 팔다리에 알 수 없는 통증이 왔다고 해볼까. 하지만 당장 르브륀 선생이 왕진을 올 테고 아무 문제 없다는 게 들통날 터였다. 경미한 병은 아예 소용이 없었다. 복통이 좀 있다고 해서 생질의 영주가 대규모 사냥이 있는 날 자리보전을 하지는 않을 테니. 내일만 문제 되는 것도 아니었다. 당장 2시에 로베르가 다시 지시를 받으러 올 게 아닌가.

프랑수아즈를 핑계로 내세울까도 생각해봤지만 그 역시 장드게에겐 어울리지 않았다. 아내가 어떤 상태든 눈 하나 깜짝하지 않을 위인이었다. 이참에 가면극을 끝내고 사라져버릴 수도 있었다. 사실 낮이고 밤이고 사라지는 일은 언제든 가능했다. 어쩌면 바로 지금이 그때인지도 몰랐다. 정말로 큰 도전을 받지 않았던 덕분에 나는 아직까지 버텨냈다. 가족 간의 복잡한 관계도, 선물 사건도, 낯선 일상의 습관들도, 불가능하게만 여겨지던 사업과 돈 문제도 나를 굴복시키지 못했다. 나는 이 알지 못할 세계에 겁도 없이 발을 들여놓고는 한 걸음씩 걸어 들어갈 때마다 더 깊이 늪 속에 빠지고 몸부림칠 때마다 더 꽁꽁 묶여버리는 여행자였다. 하지만 다행스러운 점은 너무 깊이 빠져든다고 느껴질 때면 뒤로 물러 나와 과거로 돌아갈 수 있다는 것, 그래서 르망에 버리고 온 본래의 나로 돌아갈 수 있다는 것이었다.

나는 길을 가로지르고 또 가로질렀다. 깊은 숲속이었다. 갑자기 길들이 조각상이 있는 중심점으로 모아지면서 앞이 탁 트였다. 나는 딜레마에서 빠져나갈 방법을 찾지 못했고 이 우스꽝스러운 상황에 대한 답을 구하지 못했다. 그저 패배를 인정할 뿐이었다.

나는 조각상으로 향하는 길 하나를 따라 천천히 걸었다. 그리고 조각상 옆에 서서 성을 바라보았다. 하늘에는 구름이 많았다. 어제처럼 빛나는 푸른색이 아니었다. 가을의 창백함이 태양을 흐리게 만들었다. 해자로 둘러싸인 성은 회색빛으로 차가워 보였다. 거실의 긴 창문들이 활짝 열려 있었지만 사람을 끄는 포근한 느낌이기는커녕 어둠을 내뿜는 듯했다. 검고 흰 가축들이 비둘기 집 근처에서 풀을 뜯었고 좀 떨어진 곳에서는 모닥불이 타고 있었다. 회색 연기 사이로 불길이 올라왔다가는 가라앉았다. 숯이 된 젖은 나무와 젖은 나뭇잎에서 풍기는 우울한 냄새가 공기에 섞여 들었다.

자기혐오감이 걷잡을 수 없이 나를 채웠다. 힘과 자신감은 어디론가 사라지고 나는 장 드게의 어릿광대일 뿐이라는 생각이 들었다. 페인트와 분으로 만든 엉터리 가면은 어느새 녹아서 줄줄 흘러내리는 중이었고 그 아래에서 변함없이 무익하고 초라한 본모습이 드러났다. 평생 무기를 다루지 못하고 제대로 조준도 해보지 못한 무능력함 때문에 결국 정체가 탄로 날 판이었다. 기본 교육만 받았더라도 과장스레 행동하면서 어떻게 상황을 모면하련만 나는 그렇지도 못했다. 그저 개머리판과 총신을 구분하는 수준이었다.

장 드게의 웃음소리, 내 곤란한 상황을 비웃는 사람들의 웃음소리가 떠올랐다. 모욕은, 특히 자기만족 다음에 찾아오는 모욕은 참기 어려운 법이다. 어제 빌라르에서 집으로 운전해 오면서 나는 벨러가 발코니에서 새 모이 주는 모습을 상상하며 자신만 만했다. 주머니에 계약서를 넣고 돌아온 오늘 아침, 채 한 시간 전만 해도 자신감이 넘쳤다. 하지만 지금은 바람이 다 빠진 꼴이었다. 자만의 거품이 빵 터져 공기 중에서 사라져버렸다.

날 조롱하기라도 하듯 왼쪽 손목에 차고 있던 장 드게의 시계가 갑자기 바닥에 떨어지면서 유리가 박살 났다. 나는 허리를 굽혀 시계를 주웠다. 끈이 끊어져버렸다. 끈이 다 닳았다는 것을 진작 눈치챘어야 했다. 시계를 손에 든 채 불편한 마음으로 천천히 걸었다. 노출된 시곗바늘이 12시 반을 가리켰다. 식당의 식탁 머리에 앉아 온 가족을 향해 사냥 관련 지시를 내리며 점심을 먹어야 할 시간이었다. 나는 비둘기 집에 닿았다. 둥글게 둘러선 담 덕분에 성 창문에서는 보이지 않는 곳이었다. 마리노엘이 놀다 갔는지 아이 스웨터가 그네에 걸려 있었다. 나는 모닥불 옆에 섰다. 발로 툭툭 건드리니 매운 연기가 일면서 눈을 자극했다. 문득 유리 공장 그 집 앞 우물이 떠올랐다. 쐐기풀과 유리 조각도 있었지. 마리노엘의 그네도 그 우물처럼 낡고 황폐했던 적이 있었다. 줄이 끊어져 아래로 늘어진 그네는 우물의 녹슨 사슬처럼 쓸모없었다. 그 우물 사슬이 축 늘어진 남자 시신을 휘감고 검고 깊은 구멍 안 물속으로 떨어져 내리는 모습이 그려졌다. 사슬을 들고 있는 남자들이 아래를 내려다보다가 불현듯 두려움과 공포에 사로잡혀 공장 뒤편 버려진 유리 더미에서 뾰족한 유리 조각을 한 줌씩 들고 와 우물 바닥의 시신에 내

던졌으리라. 시신은 결국 유리에 덮여 보이지 않게 되고 물 위
로는 밤하늘만이 비쳐 보였겠지.

한 줄기 바람이 불면서 또다시 모닥불에서 연기가 피어올랐
다. 문득 죽은 남자의 모습이 내 머릿속에 떠오른 순간, 나는 어
떻게 해야 할지 깨달았다. 연기가 가시기를 기다린 뒤 들고 있
던 시계를 모닥불 속으로 던졌다. 시계는 불타는 장작더미 틈으
로 떨어졌다. 이어 무릎을 꿇고 손을 불 속에 집어넣어 시계를
끄집어냈다. 혹독한 아픔에 나는 비명을 지르며 옆쪽 잔디밭에
쓰러졌고 나뭇잎이고 풀잎이고 닥치는 대로 집어 불에 그을린
손을 덮으려 했다. 깨진 시계는 옆에 던져버린 채였다.

쇼크 상태와 헛구역질이 지나갈 때까지 잠시 누워 있다가 일
어선 나는 지독한 통증을 느끼며 성 쪽으로 뛰어가기 시작했다.
고통을 멈춰야 한다, 저 불길에서 멀어져야 한다, 저 열린 창문
의 어둠 속으로 들어가야 한다는 생각뿐이었다. 그다음에 기억
나는 것은 집 문턱에서 발을 헛디디면서 소파에 쓰러졌던 일,
공포에 질려 나를 바라보던 르네의 얼굴과 울부짖는 소리, 어둠
속으로 찾아들어 왔음에도 계속되는 고통이었다. 르네는 폴을
부르고 폴은 가스통을 불렀다. 불안한 얼굴들이 나를 둘러싸고
코트 주머니에 넣고 있던 내 손을 꺼내려 했다. 하지만 나는 몸
을 앞뒤로 경련적으로 흔들 뿐 다들 물러가라고, 날 혼자 내버
려두라고 말할 수조차 없었다. 고통, 고통이 너무도 심했기 때
문이다.

가스통이 "마드무아젤 블랑슈를 찾아와야 합니다"라고 말하자 르네가 즉각 블랑슈를 부르며 방에서 달려 나갔다. 폴이 의사에게 전화하는 소리가 들렸다. 나는 기절을 해야 고통이 중단되겠다고 어렴풋이 생각했다. 가스통이 내 옆에 무릎을 꿇고 앉아 "칼로 그으신 겁니까, 므시외 르콩트?"라고 물었고 나는 "아니, 화상이야"라고 대답하곤 고개를 돌렸다. 영어로 실컷 욕이나 할 수 있다면 덜 아플 것 같다는 생각이 들었다.

다시 사람들이 몰려와 나를 둘러싸고는 서로서로 "화상이래. 손이래. 대체 어디서? 어떻게?"라고 속삭이는 바보 같은 상황이 이어졌다. 갑자기 얼굴들이 뒤로 물러나고 블랑슈가 옆에 와 무릎을 꿇었다. 블랑슈는 내 손을 잡았다. 내가 "안 돼! 너무 아파!" 하고 외치자 블랑슈는 "좀 붙잡아요"라고 폴과 가스통에게 지시했고 두 사람은 내 어깨를 잡고 꼼짝 못 하게 했다. 덴 손 전체에 무언가 차가운 약이 뿌려지고 그 위에 붕대를 감았다. 블랑슈는 1～2분 지나면 통증이 줄어들 것이라 말했다. 나는 눈을 감고 웅성대는 목소리들을 들었다. 여전히 "어디서 이렇게 된 거야?"라는 말들이었다. 서서히, 아주 서서히 고통이 참을 만한 것이 되었고 고통 하나만이 존재하던 상태에서 나는 다른 쪽손, 몸통, 다리도 지닌 존재가 되어 겨우 눈을 뜨고 주변 사람들을 바라볼 여유가 생겼다.

"좀 괜찮아?" 폴이 물었고 나는 "응, 그런 것 같아"라고 대답했다. 당장의 고통으로부터의 해방이 여전히 낯선 상태라 정말 나아진 것인지 확신할 수는 없었다. 어느새 마리노엘도 주위에 다가와 작고 흰 얼굴 위로 두 눈이 휘둥그레한 채 나를 바라보고 있었다.

"대체 뭘 한 거야? 무슨 일이에요?" 르네가 물었고 그 뒤로 침울한 얼굴의 가스통이 브랜디 잔을 들고 나타났다.

"손목에 차고 있던 시계가 모닥불 속으로 떨어졌어. 비둘기 집 옆의 모닥불 말이야. 그냥 잃어버릴 수는 없어서 손으로 집어내다가 화상을 입었어. 내 실수야. 바보같이 멍청한 짓을 저질렀다고."

"그게 무슨 행동인지 생각하지 못했단 말이에요?" 르네가 물었다.

"못 했어. 불이 그렇게 뜨거운 줄 미처 몰랐던 거지."

"형은 정말 돌았나 봐. 나뭇가지 같은 걸로 끌어내면 됐잖아." 폴이 말했다.

"그 생각이 안 났어."

"모닥불 아주 가까이까지 갔나 봐요. 시계가 불 안쪽으로 떨어진 걸 보면." 르네가 말했다.

"그랬어. 연기가 눈에 들어가서 제대로 앞을 볼 수 없었거든. 그게 문제였어."

"르브룅 선생님한테 전화했어. 당장 오신다고 했어. 제일 먼저 묻는 말씀이 프랑수아즈가 아느냐는 것이더군. 아직 모른다고 했더니 절대 얘기하지 말라고, 충격을 주면 안 된다고 했어."

"곧 괜찮아질 거야. 지금은 아까처럼 아프지 않아. 블랑슈가 처치를 잘해주었어." 나는 주위를 둘러보며 블랑슈를 찾았지만 이미 사라진 후였다. 통증과 함께 가버린 셈이었다.

"한 가지는 확실하군. 형은 내일 총을 쏘기 어렵겠어." 폴이 말했다.

"나도 제일 먼저 그 생각을 했어." 내가 대답했다.

사람들이 동정 어린 시선으로 나를 바라보았다. 가스통이 살짝 혀를 찼다. "므시외 르콩트께서 제일 좋아하시는 일인데 어쩌면 좋습니까."

나는 어깨를 으쓱했다. "하는 수 없지, 뭐. 다른 사람들이 충분히 즐겨주면 돼. 참, 시계는 끌어냈어. 거기 잿더미 옆 어딘가에 있을 거야."

"그 시계가 말썽이에요. 이렇게 어리석은 행동은 보다 보다 처음이네요."

"게다가 금시계도 아니랍니다, 마담." 가스통이 거들었다. "금시계는 르망에 수리를 보내놓았거든요. 요즘 차신 낡은 시계는 므시외 뒤발이 스물한 번째 생일 선물로 주었던 것이지요."

"그래서 잃어버리고 싶지 않았던 거야. 추억이 있으니까."

묘한 침묵이 흘렀다. 아무도 입을 열지 않았다. 가스통은 브랜디 잔을 탁자에 내려놓았고 잠시 후 폴이 담배 한 대를 권했다.

"어떻든 더 심하지 않아서 다행이야. 손등은 다쳤지만 옷에 불이 붙거나 하진 않았으니까." 폴이 말했다.

마리노엘은 한 마디도 하지 않았다. 아이를 놀라게 한 것이 미안했다. "너무 심각하게 생각할 것 없어." 내가 미소를 지었다. "아빠는 괜찮아. 곧 멀쩡해질 거야."

"아빠 시계 여기 있어요." 아이가 말했다.

그러면서 등 뒤에 모으고 있던 두 손을 앞으로 내밀어 검게 불탄 시계를 보여주었다. 시계를 찾으러 그새 달려갔다 온 모양이었다.

"어디서 찾았니?" 르네가 물었다.

"재 속에서요." 아이가 대답했다.

나는 왼손을 뻗어 시계를 받아 주머니에 넣었다. "자, 이제 그만들 합시다. 아침 시간의 소동으로는 이 정도로 충분해. 어서 점심 식사들 하라고. 1시가 넘었을 텐데." 나는 잠시 생각하다가 말을 이었다. "프랑수아즈는 왜 내가 침실에 안 오는지 궁금해할지 몰라. 로베르하고 나가서 아직 돌아오지 않았다고 말해두는 게 좋겠어. 샤를로트가 위층 어머니한테 떠들어대지 않도록 누가 단속 좀 해주고. 이제 혼자 있게 해줘. 점심은 먹고 싶지 않아. 르브륀 선생님이 도착하면 여기서 만날게."

나는 피곤했고 힘들었다. 속살이 드러나버린 손의 상처보다는 마음속이 더욱 고통스러웠다. 내가 다시 눈을 감자 다들 흩어졌다. 얼마 후 현관 벨 소리가 울렸고 콧수염 기른 늙은 의사 얼굴이 나를 내려다보았다. 커다란 코에 코안경을 올려놓은 의사 옆에 무표정한 블랑슈도 서 있었다.

"대체 어찌 된 일입니까? 듣기론 모닥불에서 불장난을 하셨다고요." 의사가 말했다.

나는 이제 지루해진 이야기를 한 차례 더 반복했다. 그리고 주머니에서 검게 그을린 시계를 증거로 꺼내 보였다.

"알겠습니다. 우리는 늘 바보 같은 짓을 저지르면서 살지요. 자, 상처를 좀 보겠습니다. 마드무아젤 블랑슈, 붕대를 풀어주시지요."

냉정하고 침착한 블랑슈가 다시 한 번 내 손을 잡았다. 의사는 손 상태를 확인하고 가져온 연고를 바른 뒤 거즈를 덮고 붕대로 감았다. 정말 고맙게도 그 처치 과정은 아프지 않았다. 화상의 고통은 여전히 남아 있었지만 더 이상 심하지는 않았다.

"자, 이제 조금 더 편안해지실 겁니다. 심각한 화상은 아니니 며칠 지나면 어딜 다쳤는지도 모르실 테고요. 마드무아젤 블랑슈, 아침저녁으로 붕대를 갈아주십시오. 그럼 별문제 없을 겁니다. 제일 걱정스러운 건 므시외께서 내일 총을 쏘실 수 없다는 점이군요."

"염려 마십시오. 저 없이도 아무 문제 없을 겁니다."

"그렇지 않을걸요." 의사가 미소 지었다. "므시외는 그 시계의 중심 스프링 같은 역할이시니까요. 중심 스프링이 작동 안 하면 시계는 멈춰버리죠."

나는 블랑슈가 나와 시계를 번갈아 쳐다보는 것을 눈치챘다.

마주친 시선에서 의혹과 탐색이 묻어났다. 그 표정을 보면 오싹하게도 내 정체를 다 아는 듯했다. 블랑슈는 바로 그 때문에, 낯선 사람이기 때문에 기꺼이 응급처치를 하고 고통을 줄여준 것이다. 죄의식으로 나는 눈을 들지 못했다. 블랑슈는 의사를 보며 함께 식당으로 가서 뭘 좀 드시라고 권했다. 의사는 고맙다고 하며 먼저 가 있으면 곧 뒤따라가겠다고 대답했다.

블랑슈가 나가고 둘만 남자 의사는 프랑수아즈 이야기를 꺼냈다. 전화로 했던 얘기를 반복했다. 코안경을 벗어 흔들어대며 의사가 하는 얘기에 집중하려 애써보았지만 여전히 내 생각은 블랑슈의 눈빛과 표정, 내 가면을 꿰뚫어 본 방법과 이유에 멈춰 있었다. 아니, 이건 다 내 상상에 불과한 것일까?

가스통이 음식 쟁반을 들고 나타났지만 나는 손사래를 쳐 돌려세웠다.

"지금은 아니지만 저녁때쯤 되면 먹고 싶은 생각이 드실 겁니다." 의사가 이렇게 말하면서 가방에서 알약을 꺼내주었다. 두 시간에 한 알씩, 아플 경우 두 알씩 먹으라고 지시하고는 식당으로 가버렸다.

가스통은 다시 내 곁에 붙어서 쿠션을 더 가져오기도 하고 다리를 덮어주기도 했다. 진실을 알게 된다면, 내가 자기 주인을 흉내 내는 그림자에 불과하고 정체가 탄로 날까 봐 두려운 마음에 스스로를 다치게 했다는 점을 안다면, 그 헌신과 염려가 당혹감으로, 거부감으로, 결국은 경멸로 변해가겠지. 이건 가스통,

그리고 더 나아가 생질 사람들 모두의 상상을 뛰어넘는 일이었다. 사람들은 이런 식으로 행동하지 않는다. 속이는 사람에게 이토록 많은 고통을 안기는 이 속임수가 대체 왜 필요한 것일까? 얻는 것이 무엇일까? 이게 바로 핵심적인 질문이었다. 내가 얻는 것은 대체 무엇일까? 나는 소파에 누워 붕대 감은 손을 내려다보다가 갑자기 깔깔 웃어댔다.

"좀 나아지셨나요?" 가스통이 다정한 얼굴로 물었다. 웃음 덕분에 둘 다 긴장이 풀렸다.

"뭐가 나아졌냐는 말인가?"

"물론 화상 말입니다, 므시외 르콩트. 아까처럼 아프지는 않으신가 보죠?"

"다른 방식으로 아프군. 내가 아니라 다른 사람이 손을 덴 것 같다니까."

"고통스러우면 그럴 수 있습니다. 엉뚱한 다른 곳이 아프기도 하고요. 제 동생이 전쟁 중에 다리를 잃었던 걸 기억하시지요? 그런데 동생은 늘 팔이 아프다고 했어요. 제 할머니는 브르통 출신이었는데 거기서는 고통이나 질병을 동물한테 옮겨주는 관습이 있었다고 합니다. 예를 들어 누가 천연두에 걸리면 닭이나 오리를 산 채로 그 방 천장에 매달아두지요. 그럼 병이 사람에게서 그 동물에게로 옮겨 가면서 24시간 안에 동물이 죽어버리고 환자는 회복된다고 합니다. 지금 당장 제가 닭을 한 마리 가져오게 하여 므시외 곁에 매달아두어도 괜찮겠군요."

"난 믿을 수 없는데. 반대 방향으로 갈 수도 있잖은가. 병든 닭이 나한테 병을 옮겨줄지도 몰라. 천연두가 아니라도 말이 야."

질문은 여전히 남아 있었다. 탈출했던 사람은 누구일까, 장 드게인가, 나 자신인가?

점심 식사를 마친 가족들이 다시금 나를 보러 몰려왔다. 나는 계획 2단계를 실천에 옮겼다. "폴, 로베르와 함께 내일 프로그램을 만들어줘. 어차피 난 내일 빠져야 하니 아예 상관 안 하고 싶어. 둘이서 다 결정하라고."

"이런, 말도 안 돼!" 폴이 외쳤다. "한두 시간만 지나면 형 기분이 나아질 거야. 늘 하던 일이잖아. 로베르하고 내가 맡았다가 뭐 하나 잘못되기라도 하면 또 비난을 퍼부으려고 그러는 거지?"

"그러지 않을 테니 걱정 말고 진행해. 총도 못 쏘는데 내가 무슨 관심이 있겠어."

나는 소파에서 일어서며 도서실에서 혼자 쉬겠다고 말했다. 몹시 실망한 상태에서 그런 결정을 내렸으려니, 여전히 고통이 심하려니 모두들 믿는 표정이었다. 르네는 한구석에서 의사에게 무언가 물었고 의사는 고개를 저으며 "아니, 괜찮습니다. 쇼크가 좀 있어서 그렇습니다. 저런 화상은 몹시 고통스럽거든요"라고 작은 소리로 대답하고 있었다. 맞는 말이라고 난 생각했다. 특히 스스로 입은 화상이라면 더욱 그렇지. 사냥에 참여하지 못하게 되어 충격을 받은 입장에서 더 이상 사냥 준비에 관여하지 않겠다는 선언은 충분히 가능한 것으로 받아들여졌다. 아니, 뭐든 받아들여졌으리라, 내가 자기들이 생각하는 그 사람이 아니라는 의혹이 순간적이나마 들기 전까지는.

내가 도서실로 들어가면서 성 전체에 무겁고 나른한 오후가 내려앉았다. 나는 내 고행이 두 가지 효과를 거두었다는 점을 깨달았다. 난감하기만 한 사냥 준비에서 벗어날 수 있었을 뿐 아니라 다음 행동을 준비하며 휴식할 여유를 얻은 것이다. 휴식이 끝나면 해결하고 싶은 의문들에 매달려야 했다. 나는 책상에 앉아 한 손으로 힘들여 서랍을 열고 다시 사진첩을 꺼냈다. 이번에는 아무도 방해할 사람이 없었다. 나는 충분히 여유를 부려가며 옛날 사진들부터 최근 것까지 살펴보았다. 지난번에 급히 볼 때는 알아차리지 못했던 점이 있었다. 모리스 뒤발은 유리 공장 사람들 사이에 상당히 일찍부터 섞여 있었다. 앳된 모습으로 뒷줄에 선 단체 사진은 1925년 것이었다. 이후에는 해가 갈수록 점점 중심 자리로 이동했고 사진첩 마지막 부분에서는 장드게 바로 옆자리에 앉기에 이르렀다. 자신만만하고 편안한 표정의 장드게 옆에 공장장으로서 자리한 것이다. 나는 모리스 뒤발의 얼굴이 마음에 들었다. 강인하고 현명하면서도 신의 있는 얼굴, 존경과 사랑을 충분히 받을 만한 얼굴이었다.

나는 사진첩을 닫고 다시 서랍에 넣었다. 다른 사진첩도 있을지 모르지만 한 손밖에 쓰지 못하는 상태에서 서랍을 뒤지기는 어려웠다. 주머니에는 아직도 새 계약서가 들어 있었다. 모리스 뒤발이라면 이 계약에 대해 어떻게 생각했을지 궁금했다…… 그러다가 의자에 앉아 깜박 잠든 모양이었다. 6시쯤 갑자기 나를 깨운 사람은 폴도 르네도 마리노엘도 아닌 사제였다. 그가 책상 옆 불을 켜고 나를 바라보고 있었다. 늙은 얼굴이 계속 아래위로 움직였다.

"이런, 내가 깨웠군요. 그럴 생각은 아니었는데." 그가 말했다. "지금은 아프지 않은지 확인하고 싶었을 뿐입니다."

나는 괜찮다고, 다 잤다고 대답했다.

"마담 장도 잠들었습니다. 어머님도 그렇고요. 이 집의 환자들이 전부 평온하게 휴식하는 중이군요. 두 사람이 충격받을지 모른다는 걱정은 할 것 없습니다. 내가 나서서 이 작은 사고를 설명하고 가벼운 일로 만들어버렸으니까요. 혹시 이렇게 한 것이 언짢은가요?"

"그럴 리가요. 정말 고맙습니다."

"좋아요. 두 사람은 그저 므시외가 내일 사냥을 못 하게 된 것만 안타까워하고 있습니다."

"괜찮습니다. 깨끗이 포기했으니까요."

"용감한 결정이군요. 므시외처럼 사냥을 좋아하는 분이 말입니다."

"전 용감하지 않습니다, 신부님. 정반대지요. 솔직히 말씀드려 몸이나 마음 모두 겁쟁이입니다."

사제가 여전히 고개를 끄덕이며 미소를 지었다. "아니, 그렇게 나쁜 것은 아닙니다. 자신을 최악으로 생각하는 것도 일종의 응석입니다. 바닥에 이르러 더 떨어질 곳이 없다고 하는 사람들은 많은 경우 그 어두운 구덩이에서 뒹구는 걸 즐기고 있습니다. 문제는 그것이 진실이 아니란 겁니다. 우리 안의 악은 끝이 없습니다. 선에 끝이 없는 것처럼요. 결국 선택의 문제입니다. 올라가려고 애쓰든지, 떨어지려고 애쓰든지 둘 중 하나죠. 어느 길로 가고 있는지 깨달아야 합니다."

"떨어지는 건 더 쉽습니다. 중력의 법칙이 그걸 증명하지요." 내가 말했다.

"그럴 수도 있지요. 난 모르겠습니다. 하느님의 사랑은 늘 중력의 법칙에 따라가지는 않습니다. 물론 둘 다 기적이긴 합니다만. 이제 더 심한 화상을 입지 않은 것에 대해 감사의 기도를 드립시다."

사제가 무릎을 꿇었다. 체구가 큰 그에게는 쉬운 일이 아니었다. 그는 손을 모으고 고개를 숙이고 기도하기 시작했다. 기도하는 내내 고개가 끄덕거렸다. 사제는 나를 위험에서 보호해주시고 고통을 덜어주신 신에게 감사했다. 그리고 그토록 좋아하는 사냥을 하지 못하게 된 내게 위로의 은총을 내려주셔서 이 사고를 고통스러운 시련보다는 축복으로 여기게 해달라고 덧붙였다.

몸을 일으켜 세우기 위해 사제가 애쓰는 동안 나는 구덩이의 비유에 대해 생각했다. 얼마나 더 깊이 떨어져야 하는 것인지 궁금했다. 나를 사로잡은 이 부끄러운 감정이 사제의 말대로 어둠을 즐기는 데 불과한 것인지도 의문이었다. 나는 의자에서 일어나 흘까지 사제를 배웅했고 테라스를 지나 찻길로 내려가는 뒷모습을 지켜보았다. 비가 내리고 있어 사제는 커다란 우산을 펼쳐 썼는데 그 모습이 꼭 버섯 아래 웅크린 땅속 요정 같았다.

겁쟁이 노릇은 충분히 오랫동안 해왔다. 최소한 남들에게는 아프지 않다는 걸 보여줄 수 있었다. 침실에 가보니 침대에 앉은 프랑수아즈가 마리노엘에게 소화 테레즈 책을 읽어주고 있었다. 사제가 자기 역할을 충분히 잘 해낸 덕분에 프랑수아즈는 가슴 아파하면서도 크게 걱정하지 않았다. 손가락 하나 살짝 그을린 정도로 짐작하는 모양이었다. 사냥을 못 하게 되어 얼마나 실망했느냐며 거듭 위로하고 그래도 자기 건강 문제가 원인이 되지 않았다는 점에 대해 다행스러워했다.

마리노엘은 이상할 정도로 조용하고 온순했다. 대화에 끼어들지 않았고 어머니가 말을 시작하자 책을 들고 구석 자리로 가 혼자 읽었다. 내가 다친 일로 충격을 받은 게 틀림없었다. 저녁을 먹으러 내려갔더니 샤를로트가 마담 라콩테스는 일찍 잠자리에 들었고 아무도 오지 말라고 했다는 말을 전했다. 나로서는 다행이었다. 온갖 질문에 대답하기가 쉽지 않았을 것이기 때문이었다.

폴과 르네는 사냥 준비로 분주했다. 언제 손님들이 도착할지,

누가 올지, 비가 올 경우 농장에서 어떻게 점심을 먹어야 할지 등등을 결정해야 했다. 내 우스꽝스러운 행동 덕분에 두 사람이 역할과 권위를 얻게 된 것은 뜻밖의 수확이었다. 폴은 행사 주최자의 역할을 즐기는 게 분명했고 르네 역시 프랑수아즈를 대신하여 갑자기 안주인 역할을 맡아야 했다. 르네는 손님들을 테라스에서 맞자고 말했고 계속 폴에게 이것저것을 챙기며 질문을 했다. 작년에는 이러저러한 일들이 안 되었다는 점을 상기시키기도 하고 내게 동의를 구하기도 했다. 그 열정과 주도면밀함에는 오랜 연습을 거친 대역이 마침내 주역으로 발탁된 것처럼 감동적인 면이 있었다.

블랑슈는 낮 시간에 잠깐 중심적 역할을 해낸 후 또다시 침묵으로 빠져들었다. 다음 날 준비에도 거의 관심이 없었다. 식탁에서 일어서면서 손님들이 테라스에서 10시 반에 만나든 말든 상관없이 미사는 평소처럼 9시라고 밝혔을 뿐이었다. 르브륀 선생이 내 손 붕대 교체를 부탁한 것을 잊어버린 모양이라는 생각이 들었다. 르네도 같은 생각을 했는지 거실로 들어가면서 "일찍 올라갈 거면 제가 장의 손을 봐줄게요. 붕대랑 약이 어디 있죠?"라고 블랑슈에게 물었다.

"지금 내가 할 거야." 짧은 대답이 돌아왔다. 블랑슈는 곧 의사가 주고 간 약과 붕대를 들고 와서 여전히 내게는 한 마디도 건네지 않은 채 내 손을 잡고 처치를 했다.

처치가 끝난 후 블랑슈는 나만 빼고 모두에게 밤 인사를 했다. 르네는 소파에 앉아 "마리노엘은 도미노 게임을 하러 안 내려오나요?"라고 말했다.

"오늘은 안 올 거야. 위층에서 내가 책을 읽어주기로 했으니까." 블랑슈가 설명했다.

블랑슈가 나가고 잠시 시간이 흐른 후 르네는 "마리노엘이 도미노 게임을 안 한다니 정말 이상한걸"이라고 말했다.

"형 때문에 속이 상했거든." 폴은 신문을 집어 들고 내게도 다른 신문을 건네면서 응수했다. "난 바로 눈치챘어. 잘 지켜보지 않으면 또다시 환영을 보기 시작할지 몰라. 소화 테레즈 같은 책을 주는 것이 과연 괜찮을지 걱정이야."

저녁 시간은 더디게 흘러갔다. 신문을 읽는 내 쪽으로 르네는 자꾸 눈길을 보내며 미소 지었다. 더 이상 아프지 않은지, 좀 괜찮은지를 계속 말없이 묻는 공감의 미소, 공모자의 미소였다. 다친 덕분에 어제 내가 소홀했던 잘못은 다 용서된 듯했다. 나는 마리노엘이 걱정되었다. 철 목도리를 두른다든지, 못 위에 눕는다든지 하는 뭔가 새로운 고행을 스스로에게 가하고 있을지도 몰랐다. 10시 반이 지났을 때 나는 폴과 르네에게 밤 인사를 하고 위층으로 올라갔다. 곧장 작은 탑의 아이 방으로 가서 문을 열었다. 방은 어두웠다. 나는 더듬더듬 스위치를 찾아 불을 켰다. 아이는 묵주를 쥔 채 기도대에 무릎 꿇고 있었다. 내가 묵상을 방해한 것이다.

"미안하구나. 끝나면 다시 올게."

아이는 초점 없는 눈을 내 쪽으로 돌린 후 말없이 두 손을 높이 들었다. 스위치를 내려야 할지 그냥 둬야 할지 몰라 나는 그저 기다리고 서 있었다. 1~2분 정도 흐른 후 아이는 성호를 긋고 묵주를 성모님 발치에 놓더니 일어나 침대로 들어갔다.

"십자가의 길 기도를 하고 있었어. 내일 미사를 준비하는 거야. 딴생각이 들 때는 십자가의 길이 좋다고 블랑슈 고모가 늘 말하거든."

"어떤 딴생각을 했는데?" 내가 물었다.

"오늘 아침에는 내일 사냥이 얼마나 재미있을까 생각했어. 하지만 그건 명백한 죄이기 때문에 남은 시간 동안은 아빠 생각을 했지."

아이의 눈은 걱정보다는 혼란을 담고 있었다. 나는 안심했다. 아이를 놀라게 하고 싶지 않았기 때문이다. "아빠 걱정은 할 필요 없어." 나는 한 손으로 아이 이불을 잘 덮어주었다. "아빠 손은 이제 많이 나았어. 르브룅 선생님이 며칠만 있으면 완쾌될 거라 하셨고. 멍청한 실수였어. 시계가 떨어지기 전에 시곗줄이 닳은 걸 알아차렸어야 했는데."

"하지만 시계가 떨어진 게 아니잖아." 아이가 말했다.

"무슨 소리니?"

아이가 나를 빤히 쳐다보더니 얼굴이 붉어진 채 침대보 끝단을 잡아당기기 시작했다. "난 아까 비둘기 집에 있었어. 꼭대기까지 올라가 비둘기가 드나드는 구멍 옆 작은 틈을 들여다보고 있었지. 아빠가 시계를 흔들면서 길에서 내려오는 걸 봤어. 소리쳐 부르려 했지만 너무 심각한 표정이어서 가만히 있었지. 아빠는 모닥불 옆에서 몇 분 동안 서 있더니 갑자기 시계를 불 속에 던져 넣었어. 아빠 눈앞에 연기나 그런 건 전혀 없었지. 일부러 그랬던 거야. 왜 그랬어?"

16

　나는 침대 옆 의자에 앉았다. 서 있는 것보다는 앉는 것이 나았다. 둘 사이의 거리감이 줄어들었다. 눈높이가 같아진 나는 더 이상 아이를 내려다보는 어른의 입장이 아니었다. 아이는 내가 일부러 시계를 던지고 그다음에 후회하는 마음이 들어 찾다가 덴 것으로 여기는 모양이었다. 내가 일부러 자신에게 상처를 입혔다고는 생각지 못하는 것이다.

　"시계는 핑계였어. 아빠는 내일 사냥하고 싶지 않은데 어떻게 빠져나갈지 방법을 찾을 수 없었어. 모닥불 옆에 서 있자니 손에 화상을 입으면 되겠다는 생각이 떠올랐어. 간단하지만 바보 같은 방법이지. 서투르게 행동하는 바람에 생각보다 심한 화상을 입은 거야."

아이는 조용히 내 말을 들었다. 그리고 붕대 감은 내 손을 들어 살펴보았다.

"그냥 몸이 아픈 척하면 되지 않았을까?"

"그건 안 돼. 사람들은 곧바로 꾀병이라는 걸 알게 될걸. 화상 입은 손이 최고지."

"응, 불통나는 건 절대 즐겁지 않지. 이제 아빠는 고행을 하고 교훈을 얻은 거네. 시계 한번 다시 봐도 돼?" 나는 주머니에 손을 넣어 시계를 꺼내주었다. "불쌍해라. 시커멓게 타버린 데다가 유리도 없어. 이제 그만 버려야 하나 봐. 점심때 온 식구가 왜 시계를 꺼내려고 그런 행동을 했는지 이상하다고 하던걸. 나는 비밀을 지켰어. 애초에 아빠가 시계를 불 속에 던져 넣었다는 말은 하지 않았어. 시계를 그렇게 다룬다는 건 부끄러운 일이니까. 아빠는 그런 생각 안 했어?"

"그 생각은 못 했구나. 머릿속이 뒤죽박죽이어서. 시계를 불 속에 던졌다가 다시 꺼내는 그 짧은 순간 동안 오래전에 총에 맞아 죽은 사람 생각이 났단다. 정말 순간적인 일이었어."

아이가 고개를 끄덕였다. "아빠 므시외 뒤발 생각을 했구나."

나는 놀라 아이를 쳐다보았다. "그랬단다."

"당연하지. 그 시계를 아빠한테 준 게 그 사람이니까. 시계랑 므시외 뒤발은 같이 존재하는 거지."

"넌 므시외 뒤발에 대해 뭘 아는 거니?" 내가 물었다.

"유리 공장 공장장이었잖아. 제르멘이 그러는데 므시외 뒤발이 애국자였다고 하는 사람도 있고 배신자라고 하는 사람도 있대. 하지만 끔찍한 죽음을 맞았기 때문에 난 그 얘기는 하지 못하게 돼 있어. 특히 아빠나 블랑슈 고모 앞에서는. 그래서 한 번도 안 했지." 아이가 시계를 돌려주었다.

"누가 그 얘기를 하지 말라고 하던?"

"할머니가."

"언제?"

"몰라. 아주 오래전, 제르멘한테 내가 처음 얘기를 들었을 때부터. 할머니한테 말했더니 '입 다물어. 하인들 소문을 따라 할 것 없다. 다 거짓말이니까'라고 했어. 그리고 할머니는 잔뜩 골을 내면서 두 번 다시 그 얘기를 안 했지. 아빠, 근데 어째서 내일 사냥하고 싶지 않은 거야?"

어떻게 대답해야 할지 모를 질문이었다. "그냥. 이유는 없어."

"이유가 있을 거야." 아이가 다시 물었다. "사냥은 아빠가 제일 좋아하는 일이었잖아."

"아니, 이제는 아냐. 난 사냥하기 싫단다."

아이는 진지한 눈으로 나를 쳐다보았다. 그 커다란 눈이 갑자기 오싹할 정도로 블랑슈의 어린 시절과 똑같았다.

"죽이기 싫어서 그런 거야? 다른 생명의 목숨을 빼앗는 일이 갑자기 싫어진 거야?"

그게 아니라고, 사냥하기 싫은 이유는 형편없는 사격 솜씨가 들통날까 봐 걱정스러워서라고 즉각 대답해야 했지만 나는 빠져나갈 구멍을 찾으며 머뭇거렸다. 그 머뭇거림이 동의로 받아들여졌다. 아이의 눈이 흥분으로 반짝거렸다. 갑자기 아빠가 피와 살육을 고통스러워하게 되었다고, 그래서 또다시 살생하지 않도록 자신에게 화상을 입혔다고 생각하는 모양이었다.

"아마도." 마침내 내가 말했다.

그렇게 말하자마자 나는 실수를 깨달았다. 그때까지는 아이에게 의도적으로 거짓말을 한 적이 없었다. 그런데 그때는 거짓말을 하고 있었다. 진실을 밝히지 않기 위해 아이가 원하는 대로 장 드게의 거짓 이미지를 만들어낸 것이다.

아이는 침대에 무릎을 꿇고 일어나 앉더니 내 다친 손을 건드리지 않도록 조심하면서 내 목에 두 팔을 감았다. "아빠는 대단한 용기를 보여준 거야.『성마태오 복음』에도 나오잖아. '손이나 발이 죄를 짓게 하거든 그것을 찍어 던져버려라. 두 손과 두 발을 가지고 영원한 불 속에 던져지는 것보다는 차라리 불구의 몸이 되더라도 영원한 생명에 들어가는 편이 더 낫다. 또 눈이 죄를 짓게 하거든 그것을 빼어 던져버려라'라고 말이야. 아빠가 눈을 빼버리지 않아 다행이야. 그랬다면 훨씬 더 힘들었을 테니까. 손은 곧 아물겠지. 그렇지만 손이 다치게 된 이유가 중요한 거야. 블랑슈 고모도 늘 그렇게 말하거든. 우리가 고모한테 이 얘기를 할 수 있으면 좋을 텐데. 그렇지만 아빠랑 나만의 비밀로 간직할게."

"이 일로 뭐 대단한 얘기를 만들 필요는 전혀 없단다. 아빠는 손을 데어서 총을 쏠 수 없어. 총을 쏘기도 싫고, 그게 다야. 그렇게 기억하렴."

아이는 미소를 짓고 몸을 굽혀 내 붕대 감은 손에 입을 맞추었다. "아무한테도 말 안 할게. 하지만 아빠가 내 생각까지 막을 수는 없어. 내일 내가 특별한 시선으로 아빠를 바라본다면 그건 아빠의 위대한 희생에 대해 생각하고 있다는 뜻이야."

"위대한 일이 아니라니까. 바보 같은 짓이었어."

"신이 보시기에는 바보가 현명한 사람인걸. 아빠, 리마의 성녀 로사 얘기 읽어봤어?"

"그 성녀도 모닥불에 손을 집어넣었니?"

"아니, 무거운 강철 허리띠를 평생 벗지 않았대. 몸에 꽉 끼는 허리띠라 살이 다 상했고, 몇 년이나 허리띠를 매고 있다가 그 상태로 순교한 거야. 아빠, 블랑슈 고모는 내가 수녀가 되면 좋겠대. 이 세상에서는 행복을 찾을 수 없을 거라는데 내 생각에도 그래. 소화 테레즈 이야기를 읽다 보니까 더 그런 생각이 들어. 아빠가 보기엔 어때?"

나는 아이를 바라보았다. 아이는 일어서 있었다. 흰 잠옷을 입은 모습은 심각했고 두 손은 꼭 마주 잡은 채였다.

"난 모르겠다. 결정하기엔 아직 너무 어려. 블랑슈 고모가 이 세상에서 행복을 찾지 못했다고 해서 너도 꼭 그렇게 되는 건 아니야. 행복을 무엇이라 생각하느냐에 따라 다르지. 그건 나무 아래 묻힌 황금의 항아리가 아니거든. 신부님하고 얘기해보렴."

"벌써 해봤어. 신부님은 열심히 기도하면 곧 하느님이 답을 보여주신다고 했어. 하지만 블랑슈 고모는 쉬지 않고 기도하고 나보다 나이도 많은데 아직 답을 얻지 못했잖아."

교회 종소리가 10시를 쳤다. 나는 피곤했다. 블랑슈나 마리노엘, 나 자신의 영적 상태에 대해 토론하고 싶지 않았다.

"아마 넌 블랑슈 고모보다는 운이 좋아서 답을 더 빨리 얻을지도 모르지."

아이가 한숨을 쉬며 침대에 누웠다. "삶은 정말 커다란 문제야."

"나도 그렇게 생각한단다."

"다른 사람이 되어서 산다면 조금 더 쉬울까?"

"나도 그게 궁금하구나."

"아빠가 내 아빠이기만 하다면 난 다른 아이가 되어도 상관없어."

"아니, 그건 착각일 뿐이야. 그럼 잘 자렴."

아이가 그렇게 나를 따른다는 것이 이상하게도 우울했다. 나는 불을 꺼주고 아래층 옷 방의 간이침대로 내려왔다. 잠이 오지 않았다. 화상 입은 손 때문은 아니었다. 더 이상 아프지도 않았으니까. 사람들이 원하는 것은 그저 겉모습, 장 드게의 외관뿐이라는 깨달음 때문이었다. 나를 낯선 존재로 인식한 세자르만이 유일하게 사실을 아는 존재였지만 결국 타협하지 않았는가. 오늘 아침 자기를 쓰다듬게 하고 꼬리까지 흔들어주었으니까.

나는 몇 시간 동안 뒤척였고 결국 가스통이 들어와 덧창을 여는 소리에 깨어났다. 부슬비가 내리는 회색빛 축축한 아침이었다. 그 순간 그날 하루가 거대한 모습으로 다가왔다. 사냥과 손님들. 나에게는 원시 부족의 잔치처럼 낯설기만 한 관습과 전통. 식구들 누구도 우울한 모습은 보이지 못하도록, 드게 가문이나 생질 성의 명예를 더럽히지 못하도록 해야겠다는 절박한 심정이 되었다. 부재중인 영주를 존경해서가 아니라 내 안의 뭔가가 전통을 인정했기 때문이었다. 복도에서는 발소리가, 계단에서는 말소리가 들려왔다. 미사를 알리는 교회 종이 울렸다. 다행히 면도를 해둔 상태였고 준비된 검은 양복만 입으면 되었다. 문 두드리는 소리와 함께 마리노엘이 들어와 옷 입기를 도와주었다.

"왜 이렇게 늦었어, 아빠?" 아이가 물었다. "손이 아픈 거야?"

"아냐. 시간을 깜박했지 뭐야." 우리는 함께 침실로 가서 프랑수아즈에게 아침 인사를 하고 아래층 테라스로 나갔다. 가족들 무리가 앞서 걸어가고 있었다. 폴, 르네, 블랑슈, 그리고 블랑슈 팔에 기댄 거대하고 구부정한 검은 형체가 대문을 지나 벌써 다리를 건너고 있었다. 저 검은 형체는 무엇이냐고 아이에게 물으려던 순간 지금까지 앉거나 누운 모습만 보아온 할머니라는 걸 깨달았다. 아주 크고 당당한 검은 형체가 여위고 꼿꼿한 검은 형체에 기댄 모습은 언덕과 오래된 교회를 배경으로 선명한 실루엣을 이루었다. 더 큰 배경은 창백한 회색 하늘이었다.

우리는 곧 앞선 일행을 따라잡았고 나는 할머니에게 내 팔을 내주어 블랑슈와 나 사이에 몸을 기대도록 했다. 할머니는 내 생각보다 키가 더 컸다. 셋이 같은 키였지만 할머니가 워낙 뚱뚱해 더 커 보였다.

"그래, 혼자 화상을 입었다는 건 무슨 얘기냐?" 할머니가 물었다. "누구 하나 속 시원히 설명을 안 해주는구나." 내가 이야기를 거의 끝냈을 때 우리는 교회 입구에 도착했고 종소리가 그쳤다. "믿을 수가 없구나. 바보 천치나 그런 실수를 할 게다. 네가 갑자기 바보 천치라도 된 거냐?"

현관에 서 있던 마을 사람들 몇몇이 물러나 우리가 지나갈 길을 터주었다. 교회로 들어가면서도 할머니는 나와 블랑슈에게 기대고 있었다. 가족 중 두 사람이 15년 동안이나 서로 말을 하지 않는 상황에서 드게 가족이 기도하고 죄 사함을 청하는 것은 참으로 앞뒤가 맞지 않는다는 생각이 들었다. 12세기에 지은 작은 교회는 돌에 이끼가 끼고 아무 장식도 없는 옛날 건물이었지만 내부는 화려했다. 감리교회처럼 니스 냄새가 났고 창문은 보라색과 푸른색이 섞인 모습이었으며 제단 옆 성단소* 계단 근처 성모상은 인형처럼 예쁜 얼굴로 품에 안은 아기 예수를 내려다보고 있었다.

일단 교회에 들어가 미사에 참여하게 되면 가면극을 잊고 정

* 성가대와 성직자가 있는 자리이다.

말로 생질의 영주가 될 수 있지 않을까 기대했지만 기대와 달리 마음 깊숙이에서 죄의식이 혼란스럽게 일어났다. 나는 그 어느 때보다도 내 속임수를 의식했다. 옆에서 함께 무릎 꿇은 일가족, 이미 익숙하고 그 죄까지 알고 있으며 얼마만큼은 공유하기까지 하는 이들은 그나마 괜찮았다. 내가 거의 아는 바 없는 마을 사람들까지 속이고 있다는 것이 거북했다. 제일 불편한 것은 분홍빛 순진한 얼굴을 한 선량한 늙은 사제까지 속이고 있다는 점이었다. 계속 고개를 끄덕이며 기도문을 외우는 사제의 모습은 아프리카의 주술사를 연상시켰다. 나는 사제를 외면하며 신심 깊은 척 손으로 눈을 가렸다.

두 가지 감정이 나를 사로잡았다. 하나는 모두를 속이고 있다는 자책감으로, 미사의 한 마디 한 마디가 내 잘못을 준엄하게 공표하는 것만 같았다. 다른 하나는 곁에 있는 사람들이 견디고 있는 불편함에 대한 분명한 인식이었다. 할머니는 무릎을 꿇거나 일어날 때마다 누구에게나 들릴 정도로 끙끙거렸고, 폴은 흡연자 특유의 아침 기침을 했으며, 르네는 분을 바르지 않아 누런 피부가 창백해 보였다. 마리노엘은 블랑슈 고모의 행동 하나하나를 애써 흉내 내며 모아 쥔 두 손 쪽으로 점점 더 깊게 고개를 숙였다. 미사가 그토록 길게 느껴진 적은, 내면의 생각이 그토록 많았던 적은, 그러면서도 그토록 은총과 거리가 멀었던 적은 처음이었다. 마침내 미사가 끝나고 모두들 통로로 걸어 나올 때 내 팔에 무겁게 기댄 할머니가 처음 한 말은 "바보 같은 르네가 프랑수아즈 대신 앵무새처럼 나대겠구나. 내가 아래층에 내려가 르네 혼자 신나지 않게 만들어야겠다"였다.

현관에서 다시 블랑슈가 할머니의 반대쪽을 부축했다. 우리 셋은 천천히 언덕을 내려가 성 쪽으로 걸었다. 양옆의 남매가 한 마디도 하지 않는 동안 할머니는 비가 내려서 잘되었다고, 오늘 사냥은 실패할 테고 손님들은 홀딱 젖어버릴 것이라고, 깃털로 멋을 잔뜩 낸 르네는 방 밖으로 나오자마자 치장이 엉망이 되고 사냥을 책임질 폴은 뭐 하나 제대로 처리 못 해 바보가 될 거라고 말했다. "그리고 넌," 할머니가 내 팔을 꽉 잡으며 덧붙였다. "그 모두를 비웃으면 되는 거지."

첫 번째 손님 차가 입구를 통과했을 때인 10시 반쯤 우리는 약한 비를 맞으며 테라스에 서 있었다. 시어머니의 거대한 형체 뒤에서 불쌍한 르네는 눈에 잘 띄지도 않았고 애써 세웠던 손님맞이 계획도 망가져버렸다. 지팡이를 짚고 커다란 숄을 어깨에 두른 할머니는 성 입구 주인 자리에 서서 당당히 손님을 맞았다. 그런 할머니의 모습이 예상 밖이었던 탓에 영주의 손 화상은 작은 사건으로 묻혀버렸고 프랑수아즈가 없다는 사실에는 아무도 신경조차 쓰지 않았다. 마담 라콩테스가 손님을 맞이하는 상황에서 다른 것은 하나도 중요할 것 없었다.

할머니의 변신은 완벽했다. 이웃 영지의 손님들 사이에 서서 재미난 이야기를 풀어내는 사람이 위층 의자에 구부정하게 앉아 있거나 회색빛 얼굴로 맥없이 누워 있던 사람이라고는 믿기 어려울 지경이었다. 할머니의 말 한 마디 한 마디에는 오늘의 행사를 비아냥거리는 뜻이 담겨 있었다. "총은 놔두고 호두나 줍는 게 좋겠어"라든가 "운동이 필요하다면 내 테리어 개들을 산책시켜요. 폴과 다섯 시간 보내는 것보다 개들하고 10분 있는 게 더 운동이 될 테니까" 등등.

나는 할머니의 사악함을 거들고 싶지 않아 한옆에 비켜서 있었다. 하지만 내 침묵은 사고로 짜증이 난 탓이라고 엉뚱하게 받아들여졌다. "저한테 묻지 마시고 폴과 의논하세요"라는 내 말은 폴을 비웃는 것으로 해석되었다. 결국 그날은 대충 흉내만 내게 될 사냥으로, 책임질 사람이 없어 모든 것이 우스꽝스럽게 풀릴 것으로 다들 생각하는 분위기가 역력했다. 신경이 곤두서고 마음이 상한 폴은 연신 시계를 들여다보며 떠날 시간을 초조하게 기다렸다. 벌써 예상보다 늦어졌던 것이다. 누가 내 팔을 건드렸다. 차고 옆 오두막집에 사는 작업복 차림의 남자였다. 옆에 세자르를 데리고 있었다.

"세자르를 데려왔습니다, 므시외 르콩트. 잊으신 것 같아서요."

"난 오늘 총을 안 쏠 거네. 므시외 폴에게 데려다주게."

개 장에서 풀려나 신이 난 데다가 사냥 분위기까지 감지한 개는 주인을 찾아 마구 돌아다녔고 폴이 부르는 소리에 전혀 반응하지 않았다. 초조해진 개는 엉덩이를 땅에 대고 얌전히 앉아 있던 훈련된 리트리버 한 마리를 괜히 건드렸고 즉각 두 마리

개가 으르렁대며 뒤엉키는 소동이 벌어졌다. 리트리버 주인인 나이 많은 남자는 목청껏 고함을 질렀고 폴은 잔뜩 화가 나서 "형은 자기 개도 통제 못 하는 거야?" 하고 외쳤다. 정원사 조제 프와 내가 개를 잡으려 덤벼들었지만 한 손을 못 쓰는 상황에서 나는 제대로 역할을 하지 못했다. 억지로 개를 진정시켜 목줄을 매고 나자 모두들 배꼽을 잡고 웃어댔다. 리트리버 주인과 폴만 빼고 말이다. 폴은 내 옆을 지나가면서 "또 다른 장난인가 보지? 말 안 듣는 개가 날뛰도록 방치해 하루를 엉망으로 시작하게 하 는 게 그렇게 재미있어?"라고 말했다.

내가 할 수 있는 일은 없었다. 내 말을 도통 듣지 않는 세자르 의 행동이 폴 눈에는 개의 불복종이 아닌, 내 냉소적 무관심으 로 비쳤다.

"그래서 저희랑 같이 안 가시는 건가요?" 누군가 내게 물었다.

"지금은 아니고 나중에 따라가겠습니다"라고 대답하자 사람 들이 몇 명씩 무리를 지어 움직이기 시작했다. 깔깔 웃기도 하 고 어깨를 으쓱거리기도 했다. 한두 명은 짙은 먹구름을 올려다 보며 찡그렸다. '오늘은 보나 마나 실패야. 그냥 집에 가는 것이 좋겠어'라고 생각하듯이.

사람들이 사라진 후 나는 할머니에게 말했다. "잘하셨습니다. 폴과 르네의 기분을 망치겠다고 하시더니 성공하셨네요. 자랑 스러우시죠?"

할머니는 어리둥절한 표정으로 나를 보았다. 눈에는 아무 감정도 담겨 있지 않았다. "무슨 뜻이냐? 난 이해를 못 하겠구나."

"이해를 잘하시면서 그래요. 이번에야말로 폴과 르네가 권위를 보일 기회였는데 의도적으로 그 자리를 빼앗아 모든 걸 조롱거리로 만드셨잖아요. 아무도 르네한테 말을 걸지 않았어요. 폴도 무시당했고요. 두 사람한테 오늘 하루는 끝장난 것이나 다름없어요. 다른 사람들이 어떤 사냥을 할지는 뭐, 신만이 아시겠지만."

할머니의 얼굴이 순식간에 어두워졌다. 충격 때문인지 분노 때문인지는 알 수 없었다. 나는 할머니와 단둘이라 생각했지만 홀 안쪽에서 샤를로트가 기다리고 있었다. 샤를로트가 앞으로 나서 할머니 팔을 잡았고 두 사람은 말없이 계단을 오르기 시작했다. 르네나 블랑슈는 어디 갔는지 흔적도 없었다. 두 번째 증인은 마리노엘이었다. 아이는 어색하게 딴청을 피우며 얼굴을 붉혔다. 아무 소리도 듣지 못한 척.

나는 다른 사람 역할을 하면서 흥분을 참지 못한 나머지 그 다른 사람이라면 절대 하지 않았을 행동을 하고 말았다. 장 드 게라면 큰 소리로 웃으며 어머니를 두둔했을 것이다. 내가 화난 것은 장 드 게가 있었더라면 이런 상황 자체가 일어나지 않았으리라는 점 때문이었다. 사고를 당해 사냥에 직접 참여하지는 못한다 해도 장이라면 늘 그랬듯 사냥을 주관했을 것이다. 오늘 하루가 망쳐진 것은 할머니가 아닌, 내 잘못이었다.

마리노엘은 한 발로 섰다가 다시 다른 쪽 발로 섰다가 했다.

비옷에 모자까지 쓴 걸 보니 우리 둘이 곧 사냥꾼들을 뒤따라가 지켜볼 것이라 생각한 모양이었다.

"아빠, 손이 많이 아파?"

"아니."

"손님들과 어울리지 않는 걸 보고 많이 아픈 거라 생각했어. 지금은 사냥 못 하는 것이 슬프지 않아?"

"아니, 일이 망쳐진 것이 속상할 뿐이야."

"할머니는 이제 아프실 거야. 몸 상태가 아주 안 좋게 될걸. 왜 아빠는 할머니한테 화를 내고 그래? 할머니는 아빠를 위해 그렇게 한 건데."

그렇다, 아무 소용 없는 짓이었다. 우리 행동의 동기는 모두 틀려먹었다. 나는 올바른 일을 잘못된 방식으로, 아니면 잘못된 일을 올바른 방식으로 시도한 꼴이었다. 어느 쪽인지는 알 수 없었다. 내 계획은 제대로 먹혀들지 않았고 할머니의 계획 또한 마찬가지였다. 개까지도 통제를 무시하고 날뛰어 망신을 샀다.

"르네 숙모는 어디 있니?"

"위층에. 머리 모양이 흐트러졌어. 숙모도 금방 울어버릴 것 같은 얼굴이던걸."

"숙모한테 가서 가스통 차를 타고 사냥 무리에 가보자고 말해."

아이는 얼굴이 환해져서 뛰어 올라갔다.

나는 가스통에게 차로 한 바퀴 돌자고 했다. 고맙게도 가스통은 트렁크에 포도주 한 상자를 실어놓고 있었다. 모두를 위한 최고의 선택이었다. 한잔 마시고 기분을 풀면 되니. 집에서 르네와 아이가 걸어 나왔다. 세자르도 커다란 꼬리를 흔들면서 함께 왔다.

"개는 두고 가자."

두 사람은 놀라 멈춰 섰다. "하지만 세자르가 새를 주워 올 텐데, 아빠." 마리노엘이 외쳤다.

"안 돼. 난 총을 쏘지 않을 테니 세자르를 데려갈 필요 없어. 한 손으로는 제대로 통제할 수도 없고."

"통제 같은 건 필요 없어. 언제나 아빠 말을 잘 듣잖아. 아침에는 아빠가 명령하지 않아서 그랬던 거야. 가자, 세자르."

"목줄이 있지 않아요? 목줄이 어디 있지?" 르네도 거들었다.

나는 더 이상 논쟁할 수 없어 그러기로 했다. 어차피 내 통제를 벗어난 하루였다. 나는 르노 차의 뒤에 올랐고 한옆에는 세자르가, 반대쪽 옆에는 마리노엘이 앉았다. 르네가 조수석에 타고 가스통이 차를 몰았다. 울퉁불퉁한 수레바퀴 자국을 넘느라 차는 덜컹거리며 숲으로 들어섰다. 내 몸이 흔들려 자기랑 부딪칠 때마다 세자르는 목젖을 울리며 으르렁거리기 직전의 소리를 냈고 나는 개가 얼마나 오래 예의를 차릴까, 편치 않은 상황에서 얼마나 빨리 돌변하게 될까 생각했다.

"세자르가 왜 저러지?" 르네가 뒤돌아보았다. "왜 자꾸 저런 소리를 내는 거야?"

"아빠가 괴롭히는 거야. 그렇지, 아빠?" 아이도 물었다.

"아니, 그건 절대 아냐."

"완전히 훈련되지 않은 개는 지나치게 흥분할 수 있어. 세자르는 겨우 세 살밖에 안 되었고." 르네가 지적했다.

"조제프도 이틀 전에 세자르 얘기를 했습니다." 가스통이 말했다. "므시외 르콩트를 보고 여러 차례 으르렁거렸다고요."

"세자르가 정신이 나가면 어떻게 해야 하지?" 마리노엘이 걱정했다.

"세자르는 정신 나가지 않아. 하지만 누군가 개 줄을 단단히 쥐고 있어야 할 것 같구나."

갑자기 차가 멈췄다. 사냥꾼들 바로 근처였다. 우리는 차에서 내렸다. 거기 간 것이 실수임을 나는 당장 깨달았다. 어떻게 다음 행동을 해야 할지 전혀 알 수 없었다. 더욱이 세자르에 대한 명령도 전혀 먹혀들지 않았다. 개는 아까 집 앞에서 그랬듯 또다시 주인을 찾느라 사방으로 돌아다녔다.

"이리 와, 세자르." 내가 말했지만 개는 들은 척도 하지 않았다. 개가 사냥꾼들 사이를 뛰어다니자 "저 개 좀 잡아!" 하는 성난 외침이 여기저기서 들려왔다. 르네는 못마땅하다는 듯 혀를 찼다. "장, 개를 좀 더 잘 다뤄야겠는데요."

"데려오지 말아야 한다고 했잖아." 내가 응수했다. "마리노엘, 가서 세자르를 붙잡아라."

마리노엘이 막 뛰어가는데 숲속에서 커다란 소리가 나면서 새들이 머리 위로 일제히 날아올랐다. 곧이어 총소리가 주변을 가득 채웠고 새들이 우수수 떨어졌다. 나는 본능적으로 눈을 가리고 몸을 웅크렸다. 벌판의 죽음에 익숙하지 않은 도시인다운 반응이었다.

"무슨 일이야? 어지러워?" 르네가 물었다. 내가 미처 몸을 펴기도 전에 세자르는 제일 가까이 떨어진 새를 물러 달려갔다. 개는 그 새가 부재중인 주인의 소유물이라고 여겼던 것이다. 그 와중에 테라스 앞에서 뒤엉켰던 리트리버와 또다시 충돌하는 상황이 빚어졌다. 떨어진 새는 내 오른쪽, 리트리버 주인의 몫이었던 것이다. 내가 미처 세자르를 부를 틈도 없이 개들은 다시 싸움을 시작했다. 팔꿈치가 해진 스웨터에 낡은 트위드 모자를 쓴 리트리버 주인은 얼굴이 붉으락푸르락되어 내게 "그 개 좀 어떻게 해보라니까!"라고 고함을 질렀다. 르네, 마리노엘과 나는 한 마리 더 합세해 미친 듯 날뛰고 있는 세 마리 개 사이로 뛰어들었다. 화가 나 신경질적이 된 사냥꾼은 뒤늦게 날아오른 새들을 겨냥했지만 감정이 고조된 탓인지 두 발 다 빗나갔고 새들은 곧 방향을 돌려 숨어버렸다.

그는 죽은 듯 창백해진 얼굴로 우리를 돌아보며 들릴락 말락한 분노의 말을 내뱉었다. "대체 우리를 왜 초대한 거요? 웃음거리로 만들려고? 당신 개가 우리 개를 공격한 게 벌써 두 번째요. 난 집에 돌아가겠소."

겨우 붙잡힌 세자르를 르네와 마리노엘이 질질 끌고 나갔다.

개 짖는 소리와 개 주인의 고함 소리에 이끌려 다른 사냥꾼들도 몰려들었다. 폴은 개 주인이 여전히 보랏빛 얼굴로 씩씩거리며 절뚝거리는 개와 화난 걸음을 옮기기 시작했을 때 현장에 도착했다.

"후작님한테 무슨 일이 일어난 거야?" 폴이 말했다. "일부러 여기 계시도록 했는데. 가장 좋아하시는 위치여서. 뭐가 문제였지?"

무수히 많은 얼굴 중에서 알아볼 수 있는 사람이 딱 한 명 있었다. 르망 기차역 근처에서 차를 몰고 가다가 나를 장으로 오해했던 남자였다. 그가 미소를 지었다. 이 낭패스러운 상황이 재미있는 듯했다.

"장이 바보짓을 했거든. 새들이 날아왔을 때 내가 장을 보고 있었다네. 자네 부인을 기쁘게 해주려는지 총소리가 날 때 재빨리 웅크렸다가 그다음에는 세자르가 후작님이 잡은 새를 물어 오도록 놓아줬지 뭔가. 그러니 그쪽 개 쥐스탱과 싸움이 붙었지. 아마 후작님은 자네 형제와 두 번 다시 말을 섞지 않으려 할걸."

폴은 새하얗게 변한 얼굴을 내 쪽으로 돌렸다. "무슨 짓이야? 형이 즐기지 못하니 모두의 사냥을 망쳐버리겠다는 속셈이야?"

르네가 상황 파악도 못 하고 나를 두둔했다. "그렇게 몰아붙이지 마. 장이 바보짓 한 게 아니야. 손이 아파서 거의 기절할 뻔했다고. 개는 장이 통제할 수 없는 상태야. 아무래도 세자르는 제정신이 아닌 것 같아."

"그럼 집에 두고 왔어야지. 또 형은 아프다면서 대체 왜 여기까지 나온 거야?"

손님들이 슬금슬금 자리를 떴다. 가족 간 싸움을 지켜보고 싶은 사람은 없었던 것이다. 르망에서 보았던 사람은 내게 눈을 찡긋하면서 어깨를 으쓱했다. 르브뢴 선생이 서둘러 우리 쪽으로 달려오는 모습이 보였다.

"정말입니까?" 의사가 걱정스럽게 외쳤다. "플레시브레 후작님이 자기 발을 쏘셨다는 게 사실입니까?"

폴이 한숨을 쉬더니 후작을 뒤쫓아 갔다. 땅딸막한 후작은 여전히 멀리 찻길 쪽으로 걸어 나가는 중이었다.

"우리도 집에 돌아가는 게 좋겠어." 내가 말하니 르네와 마리 노엘 모두 실망한 얼굴이 되었다. 두 사람의 하루도 내가 망쳐 버려야 하는 걸까?

"사냥 몰이 장면을 딱 한 번 봤을 뿐이에요. 폴 눈에만 띄지 않게 구경하면 되지 않아요?" 르네가 말했다.

"그럼 두 사람은 여기 있어. 난 이걸로 충분해. 자, 개는 나한테 주고."

나는 불쌍한 세자르의 목줄을 잡았다. 개는 수치스러워서 그랬는지, 아니면 다친 사냥감이 숲으로 기어 들어간 냄새를 맡았는지 불쑥 앞으로 내달리기 시작했다. 개 줄을 붙잡은 팔이 앞으로 휙 당겨지면서 거의 빠질 뻔했다. 나와 개는 시커멓고 빽빽한 잡목림을 마구 헤치며 나아갔다. 멀리서 폴이 조심하라고 외치는 듯했지만 어찌할 수가 없었다. 내 운명은 세자르에게, 그리고 세자르의 운명은 내게 달려 있었다. 숲을 통과해 달리던 우리는 숨이 턱에 닿으면서 솔방울 수북한 곳에 나가떨어졌다. 세자르는 침을 흘리면서 나를 보더니 내가 때리거나 혼내지 않을 것을 알고 뒤돌아 아까의 싸움에서 다친 곳을 핥기 시작했다.

나는 한숨을 쉬며 담뱃불을 붙였다. 나무에 등을 기대고 앉아 생질에서 얼마나 떨어진 곳일지 추측해보았다. 사람 소리도, 총이나 새소리도 없었다. 들리는 것이라고는 가볍게 내리는 빗소리뿐이었다. 젖고 굳어버린 다친 손이 다시 아파 와 나는 억지로 몸을 일으켰고 개를 이끌며 빽빽한 숲을 걷기 시작했다. 어느 시인이 말했듯 내 동반자는 여러 밤과 여러 낮을 나와 함께하며 세월의 아치 아래를 지날 것이며 나는 절대 그 동반자와 헤어지지 않을 것만 같았다.

비 내리는 하늘에 이정표가 될 만한 것은 전혀 없었다. 동서남북 어디로 걷고 있는지 알지 못했고 세자르도 도움이 되지 않았다. 여전히 목줄을 맨 개는 마치 푸들처럼 내 옆에서 총총 걸었다. 내가 서면 자기도 멈춰 섰고 내가 걸으면 자기도 움직였다. 갑자기 개가 긴장하는 듯했다. 그때 내 발 아래에서 꿩 한 마리가 푸드덕 날아올라 앞쪽 덤불로 들어갔다. 빽빽한 나무들 사이를 뚫고 지나다 보니 또 한 마리, 다시 또 한 마리가 날아올랐다. 의도치 않게 꿩들의 은신처에 침입한 것이다. 멀리 왼쪽에서 고함 소리와 총소리가 울렸다. 놀란 새들은 오른쪽으로 날아갔다.

고맙게도 앞쪽으로 마침내 나무들이 사라졌다. 내가 찾으려 했던 길, 숲을 가로지르는 다른 길로 나온 것이다. 우리는 빗물과 진흙을 뒤집어쓰고 나뭇잎과 잔가지를 여기저기 붙인 채 비틀거리며 그 길로 들어섰다. 밀렵꾼과 똥개처럼. 채 20미터도 되지 않은 곳에서 폴과 로베르가 경계 중인 군인들처럼 대기하고 있었다. 다른 사냥꾼들도 줄지어 서 있었다. 모두가 노리던 꿩 떼를 내가 섣불리 흩어버린 것이었다.

17

어디선가 가스통이 차를 끌고 나타났다. 르망 호텔 방에서 본 적 있는 휴대용 술병에 코냑을 담아 들고 왔다. 나는 그걸 마시고 르노 뒷좌석에 올라탔다. 흐릿한 차창으로 사냥감을 빼앗긴 사냥꾼들이 망연자실하다가 다시 새로운 추적을 위해 흩어지는 모습이 보였다. 헌신적인 가스통이 불안한 눈으로 내 얼굴을 뚫어지게 보면서 르브륀 선생님을 불러 진찰을 받아야 하지 않겠느냐고 말했다. 하지만 나는 손도 아프지 않고 열도 나지 않았다. 코냑만으로 충분했다.

내가 코냑병을 다 비운 후 차는 다시 진흙탕 길을 따라 덜컹거리며 움직이기 시작했다. 낮은 농가 건물, 그 앞을 가득 채운 자동차들, 나를 맞으러 나온 거대한 체구의 얼굴 붉은 농장 주

인이 생각난다. 커다란 헛간으로 안내받아 구석에서 잠시 쉬려
는 순간 사냥꾼들이 들이닥쳤다. 목마르고 지친 상태로 젖은 몸
에서 모락모락 김을 피워 올리는 사냥꾼들로 헛간은 삽시간에
왁자지껄 소란해졌다. 성에서 나온 하인들이 서둘러 가스통이
가져온 포도주를 돌렸다. 내 한쪽 옆에는 르네가, 다른 쪽 옆에
는 르망에서 온 남자가 자리를 잡았고 르네는 내 모닥불 사건
이야기를 상세하게 설명하면서 내가 섬망 직전 상태인데 자기
말고는 아무도 그걸 이해 못 한다고 하소연했다. 르네 말이 끝
나자마자 르망에서 온 남자는 증권으로 한탕 성공해 돈 번 이야
기를 늘어놓았다. 머리가 빙글빙글 돌았다. 이 남자가 바로 벨
러가 말했던 그 사람, 나를 도와줄 수 있는 사람일까? 하지만 이
남자의 이름도, 하는 일도 알 수 없었다.

"오늘 밤 늦게 런던으로 갈 거야. 한 달에 한 번씩 가는 출장
이지. 거기서 혹시 내게 부탁할 일이 있다면 알려줘. 어디로 연
락해야 하는지는 이미 알고 있지?"

알코올로 혼미한 상태에서 나는 남자가 내 정체를 알아냈다
고 생각했다. 그래서 충격을 받은 채 그의 소맷자락을 잡고 물
었다. "어떤 부탁 말이야? 무슨 뜻이야?"

"파운드화 환전 말이야." 그가 짧게 대답했다. "영국인 친구가
있다면 내가 도와줄 수 있어. 세상에서 가장 쉬운 일이라니까."

"친구? 영국인 친구는 있고말고." 나는 정체가 발각되지 않았
다는 데 안심해서 바보스러운 미소를 지었다. 물론 남자는 내

말뜻을 알지 못했다. "대영박물관 근처에 사는 아주 좋은 친구가 있어. 아마 파운드를 프랑으로 바꾸고 싶어 할 거야." 내가 나 자신에 대해 말하게 된 그 상황이 재미있었다. "종이하고 펜을 줘봐."

남자는 주머니에서 수첩과 볼펜을 꺼냈고 나는 거기 내 이름과 주소를 대문자로 쓴 뒤 남자에게 돌려주며 몽롱한 상태로 말했다. "이 친구에게 주는 도움은 내게 주는 것과 같아. 우리는 형제보다 더 가까운 사이니까." 이어 나는 큰 소리로 웃어댔다. 상황을 파악하지 못하는 상대가 너무도 바보스럽게 느껴졌다. 누군가 내 팔꿈치를 건드렸다. 마리노엘이었다. "폴 삼촌이 아빠가 인사말을 하겠느냐고, 아니면 자기가 하는 게 좋겠느냐고 물어보래." 미처 대답도 하기 전에 옆자리 남자가 열렬히 박수를 쳤고 모두들 상을 치고 발을 굴렀다. 남자는 내 어깨를 두드리며 "자, 어서 한마디 해봐"라고 말했다. 얼떨떨한 상태로 사방이 낯선 얼굴들로 가득한 가운데 일어섰다. 생질의 영주로서 깊은 인상을 남길 작정이었다. 아침의 사냥은 망쳐버렸을지 몰라도 지금은 준비가 된 것이다.

"신사 숙녀 여러분, 이 즐거운 사냥 행사에서 여러분께 인사드리게 되어 기쁩니다. 작은 사고 때문에 사냥에 적극 참여하지는 못했지만 동생이 충분히 역할을 대신해주어 다행입니다. 다른 사람의 역할을 대신 맡는다는 것이 쉽지 않다는 걸 잘 알거든요. 바로 어제 아침에 유리 공장에서 재무 상황을 살펴보면서도 그런 생각을 했습니다." 나는 자세를 바로 했다. 대체 무슨 소리를 지껄이고 있는 거야? 두 개의 내가 하나로 합쳐졌다. "어떻든, 지금은," 나는 당황스러웠다. "유리 공장이 아니라 사냥에 대해 말씀드려야 하는 것이지요."

누가 내 팔을 건드렸다. 얼굴이 새빨갛게 된 옆자리 남자가 그만 끝내라는 손짓을 하면서 내 귀에 대고 속삭였다. "뭐야, 정신이 나간 건가?" 다른 얼굴들도 혼란스럽고 불편하다는 표정이었다. 연설이 썩 성공적이지 못한 모양이니 농담이라도 섞어서 끝내야겠다는 생각이 들었다.

"마지막으로," 나는 술잔을 들었다. "한마디만 더 드리지요. 제 다친 팔이 오늘 재앙을 막았습니다. 후작님은 현명하게도 집에 잘 돌아가신 겁니다. 제 손에 총이 있었다면······" 나는 효과를 위해 잠시 짬을 두었다. "여러분 중 몇몇은 살아서 집에 돌아가지 못하셨을 테니까요." 나름대로 짜낸 유머에 만족하며 나는 말을 끝냈다. 어째서 아무도 박수를 치지 않는지 이상했다. 내유머가 썩 와 닿지 않는다 해도 예의 차원에서 박수는 쳐야 하는 것 아닌가? 박수는커녕 모든 사람이 발소리를 내며 밖으로 나가기 시작했다. 마치 헛간이 참을 수 없이 더워 당장 시원한 공기가 필요하기라도 하다는 듯이. 내 연설이 길지도 않았는데 사람들이 대체 왜 저런 반응을 보이는지 알 수 없었다.

다시 르네가 내 곁으로 왔고 르브룅 선생은 "열이 많이 나시는 모양입니다. 어서 성으로 돌아가시는 게 좋겠습니다"라고 말했다.

"아닙니다. 손은 하나도 안 아파요."

"어떻든 어서 눕는 게 좋겠습니다." 의사가 다시 말했다.

나는 논쟁할 상태가 아니었다. 결국 가스통의 부축을 받고 차에 올랐다. 농장 앞마당을 빠져나오면서 나는 사냥꾼들이 오후 사냥을 위해 다시 대열을 지어 움직이는 모습을 보았다. 여전히 비가 내리는 상황이라 썩 부러운 모습은 아니었다.

"내 연설이 별로 감동적이지 않았나 봐." 나는 말없이 운전하는 가스통에게 말했다. 반쯤은 변명하고 싶었고 반쯤은 좀 전의 일을 웃음거리로 삼고 싶기도 했다.

가스통은 금방 대답하지 않았다. 그의 입꼬리가 떨렸다.

"므시외 르콩트, 제 생각엔 너무 취하신 것 같습니다. 그게 문제였을 뿐입니다." 미안하다는 투였다.

"그렇게 티가 났나?"

가스통이 어깨를 으쓱하는 듯했다. "사람들은 예민합니다. 특히 과거 문제에 대해서는요. 전쟁과 평화를 섞어서 농담거리로 삼는 것은 적절치 않습니다."

"난 그럴 생각이 없었어. 전혀 다른 얘기였다고."

"죄송합니다만, 저는 그렇게 오해했습니다, 므시외 르콩트. 다른 사람들도 그랬고요."

몇 마일을 가는 동안 둘 다 입을 열지 않았다. 차에서 내리는데 가스통은 다른 지시 사항이 없는지 기다리며 서 있었다. 불

현듯 손님들이 나중에 식사하러 오지 않을지 모르겠다는 걱정
이 들었다. 그냥 집으로 가버릴 구실이 충분히 생긴 셈이니까.
가스통에게 그 생각을 말해주었다.

"그런 문제는 저희한테 맡겨두셔도 됩니다. 몇 분이 성으로
오시든 대접은 완벽할 겁니다."

나는 위층으로 올라가 프랑수아즈에게 방해가 되지 않도록
살그머니 옆 방에 들어갔다. 침대에 눕자마자 잠들었다가 누군
가 귓전에 대고 속삭이는 소리에 깨어났다. 처음에는 꿈속의 대
화인 듯 작은 속삭임이더니 곧 소리가 커졌다. 눈을 뜨자 어두
워진 창밖에 여전히 비가 내리고 있었다. 속삭이는 사람은 제르
멘이었다.

"어서 가십시오, 므시외 르콩트. 마담 라콩테스께서 몸이 편
치 않으십니다. 지금 오라고 하십니다."

나는 당장 일어나 스위치를 켰다. 제르멘은 겁먹은 모습이었
다. 어째서 제르멘이 나에게 왔는지 알 수 없었다.

"샤를로트는 어디 있어? 샤를로트가 너를 나한테 보낸 거야?"

"샤를로트는 아래층에 있습니다, 므시외 르콩트." 제르멘이
속삭였다. "오늘 왔던 사냥꾼들이 부엌에 모여 먹고 마시는 중
입니다. 샤를로트는 아래층에서 어울리고 싶어서 저더러 마담
라콩테스를 지키라고 했습니다. 성에 이렇게 사람들이 와서 노
는 건 흔치 않은 일이라고요. 어차피 마담 라콩테스는 주무시고
아무 일 없을 테니 저만 위층에 있으면 된다고 했습니다."

나는 일어서서 윗옷을 입기 시작했다. "몇 시지?"

"8시입니다. 식당에도 손님들이 몇 분 있어서 므시외 폴과 마담 폴, 마드무아젤 블랑슈가 대접하고 계십니다. 예상보다는 적게 오셨습니다. 가스통 말로는 다들 젖어버리기도 했고 므시외가 편찮으셔서, 또 예년하고는 영 달라서 집으로 가셨다고 합니다."

나는 넥타이를 바로잡고 거울 앞에서 머리를 다듬었다. 이제야 정신이 맑아졌다.

"마담 라콩테스는 무슨 일이지?" 내가 물었다.

"저도 모르겠습니다, 므시외 르콩트." 제르멘은 다시 겁먹은 표정이 되었다. "주무시다가 끙끙거리는 소리를 내시더니 샤를로트를 찾으셨습니다. 하지만 샤를로트가 자기를 부르지 말라고 했기 때문에 제가 침대 옆으로 가서 뭐가 필요하신지 여쭤보았습니다. 샤를로트가 어디 있는지 모르겠다고 거짓말을 하고요. 그랬더니 므시외를 불러오라고 하셨습니다. 마드무아젤 블랑슈도, 의사 선생님도 다 필요 없고 샤를로트 아니면 므시외만 오면 된다고요. 므시외가 어디서 뭘 하고 계시든 당장 찾아오라고 하셨습니다. 많이 불편해 보이셔서 저는 겁이 났습니다."

제르멘은 내 뒤를 따라 옷 방을 나와 위층으로 함께 올라갔다. 아래층 부엌 쪽에서 떠들썩하게 노는 소리가 들려왔다. 늘 적막하던 생질의 평상시와는 전혀 다른 모습이었다. 우리는 회전문을 통과해 세 번째 복도로 들어섰다. 갑자기 음악과 웃음

소리가 사라졌다. 소리가 차단되었다. 성의 이 영역은 아래층의 흥겨운 분위기와 전혀 관련이 없었다.

침실 문 앞에 이르렀을 때 나는 걸음을 멈췄다. 왠지 나 혼자 들어가야 한다고 무언가 내게 말하는 것 같았다. 제르멘에게 복도에서 기다리라고 했다. 방 안은 어두웠다. 난로에서 나오는 희미한 불빛으로 간신히 가구 형태를 구분할 수 있었다. 불을 켜면 할머니를 방해하게 될 것 같아 나는 창가로 가 덧문을 살짝 열었고 빛이 바닥 카펫으로 떨어지도록 했다. 납을 씌운 홈통에서 물 흐르는 소리가 들렸다. 전에 내가 상상했던 대로 흙먼지와 나뭇잎 섞인 물이 가고일 입을 통해 떨어지는 중이었다. 안개도 잔뜩 끼어 있었다. 성은 텅 빈 해자 위로 고립된 채 수증기 속으로 사라지는 죽은 세계 같았다.

가냘프고 쉰 목소리가 커다란 침대 깊숙한 곳에서 울렸다.

"누구냐?"

"장이에요."

나는 창가를 떠나 할머니 곁으로 갔다. 이불 아래 형체가 어렴풋이 보일 뿐 얼굴은 보이지 않았다.

"난 아프다. 어디 가 있었던 거냐?"

'아프다'라는 할머니 말에는 도저히 다른 말로 바꾸지 못할 만큼 절절하게 정신적, 신체적 괴로움이 담겨 있었다.

"제가 어떻게 해드리면 될까요?"

할머니는 자꾸만 뒤척였다. 나는 침대 옆에 무릎을 꿇고 할머니 손을 잡았다.

"어떻게 해줘야 할지 잘 알잖니."

침대 옆 탁자에 약들이 놓여 있었다. 내가 당황해 그쪽으로 시선을 돌리자 할머니는 고개를 저었다. 참을 수 없다는 듯 괴롭다는 듯 끙끙거리며 고개를 양쪽으로 마구 흔들었다. "샤를로트가 옆방에 두었다. 옷 방, 벽장 서랍에. 어디 있는지 알지?"

나는 일어나 옷 방으로 가 불을 켰다. 작은 방에 벽장은 하나뿐이었다. 열어보니 상자가 두 개 있었다. 하나는 여전히 포장지에 반쯤 싸인 채였다. 여행 가방 속에 있던 선물, 첫날 밤에 샤를로트 손에 전해드렸던 바로 그 물건이었다. 나는 포장지를 다 벗겨내고 상자를 열었다. 작은 앰플이 차곡차곡 쌓여 있었다. 액체가 든 앰플 겉면에는 하나같이 '모르핀'이라고 쓰인 딱지가 붙어 있었다. 다른 상자를 열어보니 피하주사기가 나왔다. 벽장 안에 다른 것이라고는 하나도 없었다. 거기 멍하니 서 있는데 "장, 어째서 어서 안 오는 거냐?" 하고 부르는 소리가 들렸다. 천천히 나는 주사기와 앰플 하나를 챙겨 탁자에 놓았다. 탁자에는 탈지면과 알코올병도 놓여 있었다. 전쟁 당시 방공호나 구급차 바닥, 의사 옆에 무릎 꿇고 앉아 익숙하게 하던 일이었다. 하지만 그때는 느껴본 적 없는 혐오감이 나를 사로잡았다. 당시 우리는 고통을 줄이기 위해 모르핀을 놓았다. 지금은 상황이 달랐다. 장 드게가 파리에서 어머니를 위해 가져온 것이 무엇이었는지 마침내 알게 된 것이다. 하지만 그의 어머니는 아픈 것도, 죽어가는 것도 아니었다. 고통도 극심하지 않았다.

　나는 침실로 돌아가 침대 휘장에 가려져 있던 스위치를 올렸다. 거기 누운 여자는 아침에 테라스에서 내 옆에 섰던 그 당당하고 자신 있는 사람이 아니었다. 늙고 공포에 질린 회색빛 존재, 손이 덜덜 떨리고 마치 음식이나 불빛, 물 없이 오래 갇혀 있었던 사람처럼 쉴 새 없이 베개 위 머리를 양쪽으로 돌려대는 끔찍하고 역겨운 모습이었다.

　"뭘 기다리는 거냐? 왜 이렇게 오래 걸려?"

　내가 침대 옆에 무릎을 꿇었다. 불에 덴 곳은 더 이상 아프지 않았기에 나는 두 손으로 할머니 머리를 붙잡아 나를 똑바로 쳐다보게 했다.

　"놓고 싶지 않아요."

　"어째서?"

　그 눈이 나를 뚫어지게 바라보았다. 회색빛의 거대하고 주름진 얼굴은 구겨진 듯 보였다. 종이 가면 같기도 했다. 피부는 죽은 사람의 그것이었고 두 눈은 눈이 아니라 눈구멍으로, 입은 시커먼 빈 공간으로, 헝클어진 머리는 말의 갈기털로 보였다. 생명도 감정도 없는 껍데기뿐인 사람이었다. 하지만 그 껍데기 안 어딘가에는 모닥불의 마지막 불꽃보다 더 희미하게나마 반짝이는 빛이 있을 것이었다. 보이지 않는 감춰진 빛이라 해도 어떻든 거기 있는 그 빛을 나는 꺼뜨리고 싶지 않았다.

　"어째서?"

할머니가 다시 물었다. 이번에는 화난 소리였다. 할머니는 침대에 일어나 앉아 내 어깨를 잡았다. 얼굴이 다시 돌아왔다. 할머니의 얼굴, 내 얼굴, 마리노엘의 얼굴이. 나를 바라보는 할머니 눈 속에 우리 셋은 함께 있었다. 그 목소리는 더 이상 쉬고 깊은 소리가 아니라 첫날 저녁에 내가 들었던 '왜 잘 자라고 인사하러 안 온 거야, 아빠?'라고 말하는 아이 소리였다.

나는 일어나 욕실로 갔다. 앰플 위를 따서 주사기에 흘려 넣은 후 가지고 나왔다. 할머니 팔에 알코올을 발랐다. 전쟁 때 했던 그대로였다. 이어 주사기를 찔러 넣고 액체를 주입한 뒤 기다렸다. 할머니도 베개에 몸을 기대고 기다렸다. 할머니의 눈꺼풀이 몇 번 떨렸다. 눈이 감기기 전에 할머니는 나를 보며 미소지었다. 나는 주사기를 옷 방으로 가져가 세척하고 다시 상자에 넣었다. 빈 앰플은 주머니에 넣었다. 옷 방 문을 닫고 나와 침대 옆에 섰다. 할머니의 얼굴에서는 분노가 사라졌다. 닮은 느낌도 사라졌다. 할머니는 마리노엘도, 나 자신도, 장 드게의 어머니도 아닌, 그저 고통 없이 무의식 상태에서 잠자는 존재였다. 나는 방을 가로질러 창가로 갔고 덧창을 활짝 열었다. 홈통 위로 떨어지는 빗물, 홈통을 통과해 가고일 입으로 쏟아지는 빗물이 아래쪽 해자로 흘러내렸다. 다른 소리는 하나도 없이 빗소리만 들렸다. 나는 붕대 감은 손을 내려다보았다. 그 손이 할 수 없는 일을 감추기 위한 나약하고 부끄러운 행동의 결과물이었다. 하지만 방금 이 방에서 한 일은 한층 더 나약하고 부끄러웠다. 아무리 그게 공감과 자비 때문이었다고 자위해봐도 그건 사실이 아니었다. 예전부터 어머니와 아들이 여러 차례 해온 일을 나도 반복한 것은 그저 쉽게 상황을 벗어나기 위해서였다.

복도로 나가니 제르멘이 여전히 기다리고 서 있었다. 나는 제르멘에게 말했다. "이제 괜찮아. 마담 라콩테스는 주무신다. 불은 켜두었어. 그냥 둬도 괜찮을 거야. 샤를로트가 올라올 때까지 난로 옆에 앉아 있도록 해."

나는 복도를 걸어 나와 회전문을 통과했다. 다시금 웃음소리와 음악 소리가 들려왔다. 거실 쪽에서도 말소리가 들렸다. 손님들이 아직 가지 않은 것이다. 테라스까지 걸어가는 중에 거실 문이 열렸다가 닫혔다. 그와 함께 떠드는 소리가 커졌다가 다시 작아졌다. 마리노엘이 나온 것이었다.

"어디 가?"

아이는 파란색 실크 원피스에 흰 양말, 앞이 뾰족한 구두를 신고 있었다. 목에 작은 황금 십자가를 걸었고 짧게 자른 금발 머리 위로 파란 벨벳 머리띠를 했다. 아이 얼굴은 흥분으로 상기되어 있었다. 축제의 밤이었다. 손님들을 즐겁게 해준 모양이었다. 나는 첫날 밤에 아이와 했던 약속을 떠올렸다.

"나도 모르겠구나. 어쩌면 돌아오지 않을지도 몰라."

아이는 즉각 내 말을 이해했는지 얼굴에서 핏기가 사라졌다. 달려와 내 손을 붙잡으려다가는 붕대 감은 손을 보고 멈췄다.

"사냥터에서 벌어진 일 때문이야?"

아침나절의 말실수, 사냥꾼들의 즐거움을 망쳐버린 일, 코냑과 포도주 때문에 엉망이 된 연설 등은 벌써 기억에서 사라진 후였다.

"아니, 사냥하고는 상관없어."

아이는 나를 한참 쳐다보더니 두 손을 마주 잡고 말했다. "나도 데려가줘."

"어떻게 널 데려가겠니? 나도 내가 어디로 갈지 모르는데." 내가 되물었다.

세찬 비가 파란 실크 원피스 차림의 야윈 어깨를 적셨다. "걸어갈 거야? 손 때문에 운전하기 어렵잖아." 아이가 말했다.

그 말을 듣고서야 아무 생각도, 계획도 없었다는 걸 깨달았다. 나는 위층에서 내려오면서 그저 가능한 한 빨리 성을 떠난다는 그 한 가지 생각에만 몰두하고 있었다. 하지만 화상 입은 손 때문에 꼼짝없이 포로가 되어버린 셈이었다.

"거 봐. 그렇게 쉬운 일이 아니지?" 아이가 말했다.

쉬운 일은 없었다. 나 자신으로 사는 것도, 장 드게로서 사는 것도. 나는 위층 할머니의 아들로도, 이 아이의 아버지로도 태어나지 않았다. 나는 이들과 아무 관련이 없다. 이들은 내 사람이 아니고 나도 그들의 사람이 아니다. 치밀한 장난의 공범이 되었다고 해서 꼭 희생당해야 하는 것은 아니었다. 피해 갈 다른 길, 내가 아닌 그들이 대가를 치르게 하는 길이 있지 않을까? 어떻든 나는 그 사람들에게 속하지 않았으니.

거실 안의 소리들이 다시 한 번 커졌다. 마리노엘이 뒤를 돌아다보았다. "이제 작별 인사를 시작했어. 아빠 어떻게 해야 할지 마음을 정해야 해." 갑자기 아이는 더 이상 아이가 아니라 나이 많고 현명한 사람이 된 것 같았다. 다른 시대, 다른 때 내가 알았던 누군가 같았다. 아이의 그런 모습은 싫었다. 고통스러웠다. 아이가 계속 낯선 존재였으면 싶었다. "아직 아빠 날 떠나면 안 돼. 내가 조금 더 클 때까지 기다려. 머지않았으니까."

홀에 발소리가 들렸고 누군가 나왔다. 블랑슈였다. 문 위의 채광창에서 흘러나온 빛이 블랑슈의 머리카락 위에서 빛났다. 빗줄기가 비스듬히 그 빛 쪽으로 떨어지다가 계단 위 어둠 속으로 사라졌다.

"그러다가 감기 걸리겠다. 이리로 들어오렴." 블랑슈는 나를 보지 않고 오로지 아이만 보았다. 자기와 마리노엘 둘만 있는 것으로 생각했는지 내가 한 번도 들어보지 못한 부드럽고 다정한 목소리였다. 딱딱하고 단호한 소리는 사라지고 없었다. 마치 다른 사람 같았다. "이제 금방 다들 가실 거야. 몇 분만 더 예의 바르게 있으면 된다. 그다음에 위층에 올라가 책을 읽어줄게. 아빠가 아직 자고 있다면 말이지." 블랑슈가 뒤돌아 안으로 들어갔다.

아이가 나를 보았다. "어서 들어가렴. 고모가 시키는 대로 해. 널 두고 가지 않을게." 내 말을 들은 아이가 미소 지었다. 묘하게도 그 미소가 내게 무언가를 떠올리게 했다. 고통에서 벗어난 미소. 10분쯤 전에 위층 방에서 봤던 미소였다. 마리노엘은 블랑슈 뒤를 따라 안으로 뛰어 들어갔다.

마을에서 오는 차가 입구를 들어서는 소리가 들렸다. 원형 진입로를 돌면서 전조등 불빛에 내 모습이 드러났는지 차가 멈추고 가스통이 내렸다. 르노였다. 가스통이 내 쪽으로 걸어왔다. 얼굴이 상기되어 약간 어색했다.

"므시외 르콩트께서 내려와 계신지 몰랐습니다. 죄송합니다. 비가 많이 내리는군요. 마담 이브와 나이 많은 몇 사람을 유리 공장에 데려다주고 오는 길입니다. 미리 허락을 구하지 못했습니다. 방해드리고 싶지 않아서요."

"괜찮아. 데려다주다니 잘했군."

가스통이 다가와 내 얼굴을 들여다보았다. "화가 나신 것 같은데요, 므시외 르콩트. 뭐가 잘못된 일이라도 있나요? 아직도 몸이 편치 않으신가요?"

"아니, 그냥 저쪽 상황 때문에……" 나는 성 안쪽을 가리켜 보였다. 가스통이 어떻게 생각하든 상관없었다. 사실 나 자신이 어떻게 생각하는지도 분명치 않았으니.

"용서하십시오." 가스통이 조심스럽게, 확인을 구하듯 부드럽게 말했다. "제가 경솔한 소리를 하는 게 아니었으면 합니다. 혹시라도 므시외 르콩트께서는 빌라르까지 제가 태워드렸으면 하시는지요?"

나는 이해하지 못하고 침묵했다. 다음 말까지 들어봐야 이해가 갈 듯했다.

"오늘 하루 힘드셨습니다, 므시외 르콩트. 성 안 사람들은 다 므시외가 침대에 누워 계신다고 생각할 겁니다. 지금 빌라르까지 태워드릴 테니 거기서 편안하게 몇 시간을 보내십시오. 아침 일찍 모시러 가겠습니다. 지금 직접 운전하시기 어려운 상황이라 이런 말씀을 드립니다."

내 속을 떠보려는 듯 흘깃 가스통이 나를 보았다. 자기 제안이 내 어지러운 몸과 마음, 그리고 영혼에 대한 해결책이 분명하다는, 굳이 그렇다는 대답조차 필요 없다는 눈길이었다. 그는 다시 차에 타 후진을 하더니 테라스 아래에 차를 댔다. 그리고 내게 문을 열어주었다. 차는 빌라르까지 캄캄한 길을 달렸고 비는 창문을 때렸다. 우리 둘 다 아무 말 없었다. 이제는 르망 호텔 객실에서 신분을 바꾸었던 과거의 내가 무엇 하나 남지 않았다는 느낌이 들었다. 이제는 내 행동, 본능, 약점 등 모든 것이 장 드게의 그것과 섞여버렸던 것이다.

18

여러 해 묵은 흙먼지와 쓰레기를 품고 가고일 입에서 쏟아져 내리는 물소리라고 생각했다. 납작하고 사악한 귀가 달린 가고일 자체가 밑에서부터 금이 가 흐르는 물과 함께 휩쓸려가는 소리 같기도 했다. 악몽이 끝나고 나니 새로운 날이었다. 벨러의 욕실 수도가 소리를 내고 있었다. 어둠과 함께 비도 지나갔다. 이른 아침의 태양 빛으로 지붕들이 황금빛으로 변했다.

나는 두 손을 머리 뒤에 깍지 끼고 등을 기댔다. 열린 창으로 여러 모양과 각도의 지붕들, 이끼 낀 타일, 구불거리는 굴뚝, 돔형 창문, 우뚝 홀로 솟은 성당의 첨탑이 보였다. 아래쪽 거리에서는 새로운 하루를 시작하는 소리가 들려왔다. 덧창 열리는 소리, 보도를 청소하는 소리, 오가는 발소리, 호루라기 부는 소리.

이 작고 여유로운 장터 마을에 또 다른 한 주가 시작되었다. 물 흐르는 소리가 경쾌한 거리 소리와 섞여 들었고 나는 나른한 평화로움을 만끽했다. 언제든 목소리만 내면 물을 잠그고 와줄 사람, 언제든 하던 일을 내려놓고 사랑하는 아이와 시간을 함께 보내주는 어른처럼 내 기분과 시간에 맞춰 아무것도 묻지 않고 나를 삶의 한 부분으로 받아들여주는 사람이 가까이 있는 것이다. 어제 하루 종일 방치되었던 다친 손은 다시 소독되어 새로 붕대를 감은 덕분에 시원한 느낌이 들었다. 누군가 아무것도 요구하지 않고 날 소유하려 들지도 않은 채 늘 기다리고 보살펴주는 경험은 과거의 나에게나 현재의 나에게나 새로웠다. 어쩔 수 없이 항복할 수밖에 없는 상황이었다. 나는 가능한 한 오래 그 따뜻함을 즐기고 싶었다.

벨러가 복도 건너편 방 덧문을 열고 앵무새들에게 말을 걸며 새장을 발코니로 내놓는 소리, 새들이 수돗물 흐르는 소리를 변주하며 지저귀는 소리가 들렸다. 나는 벨러를 불렀고 벨러는 가운과 슬리퍼 차림으로 달려와 몸을 굽히고 입을 맞춰주었다. 마음이 편안한 사람 특유의 고요하고 무심한 모습이었다.

"잘 잤어요?"

"응." 헐렁한 소매 속 벨러의 팔과 어깨를 쓰다듬는 것, 살구 냄새 풍기는 피부에 익숙해지는 것, 벨러와 함께 있으면 첫 번째나 두 번째 세상과는 아무 관련 없으나 그럼에도 작은 상자들을 품은 큰 상자처럼 그 두 세상을 포함하는 세 번째 차원으로 들어설 수 있다는 것, 그 모두가 기쁜 일이었다.

"바로 커피를 끓일게요. 그리고 뱅상이 오는 대로 빵집에 보내 크루아상을 사 오라고 해야겠어요. 손은 아프지 않아요? 떠나기 전에 한번 다시 봐줄게요."

벨러가 방을 나갔고 나는 다시 한 번 노곤함과 평화로움에 빠졌다.

벨러는 아무것에도 놀라지 않는 사람인 듯했다. 지난밤 가스통이 나를 성문 바깥에 내려주고 간 후 나는 인도교로 운하를 건너 덧창이 내려진 창문을 두드렸다. 벨러는 뭐 하나 묻지 않고 곧바로 문을 열어주었다. 붕대 감은 손과 지친 몰골을 보고는 전에 앉았던 안락의자를 가리켰고 음료를 가져다주었다. 먼저 입을 연 것은 내 쪽이었다. 주머니 속의 빈 앰플이 걸리적거려 의자 너머 휴지통에 던지면서 말이다.

"어머니가 모르핀 맞는다는 얘길 했던가?"

"아뇨. 하지만 짐작했어요."

"어떻게?"

벨러가 주저했다. "가끔씩 당신이 하는 말로요. 뭐, 어차피 제가 간섭할 일이 아니지요."

장 드게가 어떤 말을 하든 받아들여주겠다는, 칭찬이든 비난이든 자기 의견은 드러내지 않겠다는 속내를 전달하듯 무심한 목소리였다.

"내가 당신한테 줄 향수를 사 왔듯 파리에서 어머니 선물로 모르핀을 사 왔다는 걸 안다면 역겨운 생각이 들지 않소?"

"전 아무것도 역겹지 않아요, 장. 당신의 선택을 싫어하기에는 너무 가까운 사이가 되어버렸으니까요."

벨러가 나를 가만히 쳐다보았다. 나는 몸을 앞으로 굽히고 탁자 위 상자에서 담배를 한 개비 꺼냈다.

"오늘 아침 어머니는 아래층으로 내려와 식구들이랑 미사를 보러 갔어. 그리고 비 내리는 테라스에 서서 손님들 쉰 명을 맞이했지. 위엄 넘치는 모습이었어. 물론 프랑수아즈가 못 내려오는 틈에 르네가 신나게 안주인 노릇을 하지 못하도록 만들려는 의도 때문이긴 했지만. 저녁에 하녀 제르멘이 나를 부르더군. 어머니 하녀인 샤를로트가 아래층에 내려가버리는 바람에. 어머니 방으로 가보니……" 나는 말을 멈췄다. 어둡고 밀폐된 방, 옆의 옷 방, 세면대 위의 벽장 등 아까 보았던 모습이 너무도 선명하게 되살아났던 것이다. 나는 빈 앰플을 던져버린 휴지통 쪽을 바라보았다.

"그래서 그렇게 했어요?"

"응."

벨러는 말이 없었다. 그저 나를 바라보기만 했다.

"그래서 당신한테 온 거야. 내가 가련하고 또 역겨워서."

"그런 건 당신 나름대로 처리해야 하는 일이에요. 제가 그런 마음을 없애줄 수는 없어요."

"전에 그렇게 해주었는걸."

"정말요?"

어쩌면 내 상상일지도 모르지만, 어째서 이틀 전 오후에 비해 벨러의 태도는 더 딱딱하고 더 퉁명스러운 걸까? 아니면 관심이 없어 덜 공감하는 걸까?

"성에서 일어나는 일을 알고 잊으려고 지금까지 내가 당신을 찾아 이 집에 온 게 몇 번이나 될까? 그리고 이 집 덕분에 그걸 잊어버린 적은 몇 번일까?"

내가 오늘 밤에 했듯 장 드게가 성문에서 차를 내려 인도교를 건너고 창문을 두드리는 모습을 그려보았다. 이 집 문턱을 넘자마자 모든 죄의식과 근심을 벗어버리고 지금의 나처럼 걱정 없는 상태가 되었겠지.

"기억 안 난다면 기억하지 말아요. 그래봤자 현재에 도움이 안 되니까. 그건 그렇고 금요일에 그런 말을 했죠. 문제와 책임이 새로워졌다고, 다른 사람이 그 자리에 온 거라고. 새로운 장 드게는 성공하고 있나요?"

벨러는 미소 짓고 있었다. 그 목소리에 살짝 섞인 비웃음은 벨러가 장을 믿지 않았고 앞으로도 믿지 않을 것임을, 유리 공장을 지켜내고 일꾼들을 보호하겠다는 금요일의 내 다짐은 취객의 순간적인 헛소리로 여겨질 뿐임을 알려주었다.

"실패했어, 전에 실패했던 그대로 또다시. 비겁하게 회피하면서 가족들이 원하는 것을 주었지. 어머니뿐 아니라 딸에게도. 차이가 있다면 전에는 즐겁고 신나게 하다가 이제는 억지로 싫어하면서 한다는 거야."

"그건 발전일지 몰라요. 보는 관점에 따라서요." 벨러의 목소리에서 미소와 조롱이 함께 사라졌다. 벨러는 내게 다가와 손을 잡았다. "그래서 오늘은 사냥을 못 했군요. 손을 다시 봐줄까요? 당신이 화상을 입었다는 말을 들었어요."

"누가 얘기하던가?"

"사냥꾼 한 사람요. 사냥이 평소 같지 않았다면서 농장에서 점심만 먹고 빌라르에 돌아왔다더군요." 벨러는 붕대를 풀면서 말을 이었다. "더 이상은 아프지 않을 거예요. 그래도 다시 약을 발라야 해요. 전 당신 죄는 없애주지 못해도 이건 해줄 수 있지요."

벨러가 방을 나갔다. 장 드게는 벨러에 대해 나보다 얼마나 더 알고 있을지, 두 사람의 친밀한 관계는 몇 달 혹은 몇 년 전까지 거슬러 올라가는지, 벽난로 선반 위 '조르주'라 쓰인 사진 속 군복 입은 남자는 죽은 남편인지 등 많은 것이 궁금해졌다. 다른 무엇보다도 궁금한 것은 내가 아닌 사람과 함께 있는 것이 벨러에게 즐거웠는지, 혹은 모멸감 속에 참아냈을 뿐인지, 즉 돈 때문이었는지 사랑 때문이었는지 알고 싶었다.

벨러가 붕대와 약을 가지고 돌아왔다. 손놀림이 블랑슈 못지않게 민첩했다. 옆에 무릎을 꿇고 앉아 손을 봐주는 벨러에게 나는 "내가 의도적으로 불 속에 손을 넣은 거야. 총을 쏘고 싶지 않았거든"이라고 말했다. 벨러의 솔직한 두 눈에 놀라움이 떠오르도록 하기에 충분한 말이었다. 자신이 너무도 잘 아는 장 드게, 그 성격과 결함에도 역겨움이 들지 않는 그 사람의 새로운 측면, 지금까지 알지 못했던 특성이 드러난 셈이었으니까.

"왜요? 총이 잘 안 맞을까 봐 두려웠나요?"

벨러 입에서 바로 정답이 나오자 나는 놀라서 대답을 하지 못했다. 벨러가 붕대 감기를 마칠 때까지 기다렸다가 당황해 손을 움츠렸다.

"한바탕 퍼마신 뒤 눈이 풀리고 손이 제멋대로 움직이는 상태가 된 적이 전에도 한 번 있었지요. 그때도 당신은 변명을 하면서 총을 쏘지 않겠다고 했어요. 생질이 아니라 몽투블로 너머에서의 일이었죠. 그래도 손에 일부러 화상을 입히는 건 극단적이네요. 이것도 책임지는 새로운 사람의 속죄라고 할 수 있나요?"

다시금 역설적인 어조가 돌아왔다. 벨러는 일어서서 내 어깨를 두드려주었다. 반쯤은 놀리는, 반쯤은 애정 어린 몸짓이었다. "자, 이제 다시 편안히 앉아 담배를 마저 피워요. 종일 먹은 것보다는 마신 것이 더 많았을 테니 오믈렛을 먹을 수 있을 거예요."

내 연설도, 아무도 박수를 치지 않고 흩어져버린 일도 분명 알고 있을 터였다. 벨러에게 소식을 전한 사람은 주식 투자자일 수도 분노한 플레시브레 후작일 수도 있었다. 하지만 별로 중요하지 않았다. 망신은 이미 당할 대로 당했다. 생질 영주의 하루에 더한 굴욕은 없을 것이었다.

나는 벨러를 뒤따라 작은 부엌으로 들어갔고 오믈렛 만드는 모습을 지켜보았다. "어떻든 난 원칙을 깬 거야. 손님들의 탐욕을 채워주지 않았지. 그런 연설에서는 아첨이나 아무 의미 없는 시시한 말을 늘어놓는 법이잖아. 난 그저 솔직하려 했어. 그렇게 모두를 화나게 만들 줄은 몰랐다고."

"진실은 늘 사람들을 놀라게 해요. 당신은 이제야 그걸 배운 셈이고요. 나들이 점심 자리에서 그건 적절하지 않았어요."

"어쩔 수 없어. 내 진실이 우연히 상대의 진실이 된다 해도 말이야. 난 그저 내 손에 총이 있었다면 그 자리의 몇 사람은 하루가 끝날 때까지 살아남아 집에 돌아가지 못할 거라 했어."

벨러는 포크로 달걀을 휘젓느라 분주했다. "한때의 레지스탕스 지도자가 독일군 부역자들 무리 앞에서 그런 말을 하다니 얼마나 재미있는 일이에요?"

나는 멍하니 여자 얼굴을 바라보았다. 농장에서 내뱉은 말은 나의 비밀이었을 뿐 장 드게의 복잡한 과거가 아니었건만.

"난 그런 뜻이 아니었어." 나는 포도주와 연기, 열기로 혼란스러웠던 헛간 분위기와 불편한 얼굴로 침묵하던 사람들을 떠올렸다. "그런 뜻은 전혀 아니었다니까."

"그 사람들은 그런 뜻으로 받아들였어요." 눈빛에 웃음이 떠올랐다. 가스통 입가의 경련과 비슷한 웃음이었다. 벨러는 박수치지도 비난하지도 않았다. 이미 말해버렸으니 그것으로 끝이라는 듯했다. "그 사람들이 그런 비꼼을 당해 마땅하냐고 저한테 묻진 말아요. 저도 그때 무슨 일이 일어났는지는 몰라요. 형

가리에서 탈출하려고 애쓸 때였으니까."

헝가리라고? 벨러가 어째서 남자 이름을 갖고 있는지가 추측을 넘어 조금 더 분명해지는 듯했다.

벨러는 팬에 달걀 물을 붓고 손에 빈 그릇과 포크를 든 채 나를 쳐다보았다. "당신의 새로운 책임감이 일을 바로잡고 싶은 거라면 그렇게 해줄 수 있는 사람은 단 한 명, 블랑슈밖에 없지 않나요?"

벨러는 잠시 나를 바라본 뒤 오믈렛 쪽으로 돌아섰다. 지나간 세월이, 내가 군이 끼어들 필요가 없었던 과거의 일들이 달걀과 버터, 허브처럼 하나로 뒤섞여 들었다. 이제 하나씩 떼놓을 수도, 따로 살펴볼 수도 없었다. 나는 과거가 아닌 현재에 책임이 있었다.

"언제까지 있을 거예요?"

"아침까지."

"어머니나 아이 엄마가 화내거나 따지지 않았어요?"

"가스통이 잘 처리했을 거야."

벨러는 오믈렛을 접시에 놓고 접시를 쟁반에, 쟁반은 다시 작은 거실의 의자 옆 탁자 위에 옮겨놓았다. 포도주의 코르크를 따고 잔에 따랐다.

"자, 이 새로운 장은 가족에게 묶여 살지 않는 건가요?"

"전에도 그렇지 않았어."

"그게 당신이 틀린 점이에요. 가족의 끈은 쉽게 끊어지지 않아요. 내일까지 기다려봐요."

그 내일이 벌써 와버렸다. 발코니 새장에서 앵무새들이 노래를 불렀고 교회는 30분마다 종을 울렸으며 아래쪽 거리에서 누군가 지나가는 사람에게 인사를 건넸다. 내가 장 드게에게 훔쳐온 게으름을 끝내야 할 때였다.

커피를 마시고 옷을 입은 후 발코니에서 운하 쪽을 내려다보니 성문 바깥쪽에 차가 와 있었다. 충실한 가스통이 기다리고 있는 것이다. 내 시간은 꿈속의 꿈과도 같았다. 나는 벨러의 세계에도, 나를 기다리는 세계에도 속하지 않았으니 말이다. 벨러가 간밤에 안았던 연인은 존재하지 않는 그림자였고 가스통이 모시는 주인은 그의 환상 속에만 살아가는 유령이었다.

생질로 가는 차 안은 어제 올 때처럼 고요했다. 모두들 내가 방에 있는 것으로 생각한다고 가스통이 짤막하게 설명했을 뿐이다. "므시외 르콩트께서 아무도 방해하지 말라고 하셨다고 전했습니다." 가스통이 도로를 바라보며 말했다. "옷 방으로 들어가는 양쪽 문도 잠가두었습니다." 그가 내게 열쇠를 건네주었다.

"고맙네, 가스통."

우리는 가로수 길을 지나 계곡으로 접근했다. 아래쪽으로 마을과 강, 다리가 보였다. 간밤의 거센 비로 깨끗이 씻긴 후 아침 햇살에 반짝거리는 모습이었다.

"내가 자초한 곤경에서 자네가 나를 끌어내준 적이 얼마나 되지?" 내가 물었다.

가스통은 좌회전을 해 라임 나무 길로 접어들었다. 아직도 덧창이 닫힌 생질의 면모가 멀리서 드러났다.

"세어본 적 없습니다, 므시외. 그건 제가 므시외 르콩트와 그 가족분들께 해드려야 하는 일들 중 하나일 뿐입니다."

가스통은 대문을 통해 들어가지 않고 해자를 둘러싼 벽을 돌아 차고 건물로 갔다. 나는 원형 진입로를 지나 세자르의 개 장을 통과했고 잠시 삼나무 아래 서서 그 어느 때보다도 평화롭고 고요하게 느껴지는 성을 바라보았다. 상쾌하고 강렬한 햇살을 받은 성은 이제 요정의 나라 같지도 근엄하지도 않았다. 어스름 녘과 한밤중의 그림자들은 어둠과 비와 함께 사라지고 벽과 지붕, 탑은 새벽 몇 시간 동안만 볼 수 있는 광채 속에서 부드럽고 말끔하고 섬세한 모습이었다. 그 안에서 자고 있는 사람들에게도 분명 이런 광채가 내면에 존재할 것이다. 유령 같은 꿈과 슬픔이 사라져 여전히 어두운 숲속으로 숨어들면 덧창 틈새에 새어 드는 빛을 향해 본능적으로 몸을 움직일 것이다. 이른 아침의 이 분위기가 분주한 낮으로, 갈라진 마음들과 서로 다른 의지가 충돌하는 부산한 시간으로 향해 가지 않길 바랐다. 성 안 사람들은 마치 『잠자는 숲속의 미녀』 속 왕궁 사람들처럼 가시덤불에 갇혀 미래에서 차단된 채 무기력한 상태에 놓여 있는지도 몰랐다.

나는 덧창 닫은 창문 아래 테라스를 가로질러 어둡고 추운 홀로 들어갔다. 그 침입 행위가 여전히 잠에 빠진 성의 평화와 침묵을 깨뜨리는 듯했다. 나는 성이 깨어났을 때 그리 밝은 날이 아닐 것 같다는 불안한 예감을 안고 어두운 계단을 올랐다. 2층 복도를 따라 옷 방으로 가 열쇠를 구멍에 넣고 돌렸다. 문을 열고 한 걸음 내디디는데 종이 한 장이 보였다. 가장자리에 꽃이 그려진 분홍색 종이, 짝이 되는 봉투와 함께 아이들 생일이나 성탄 선물로 주곤 하는 그런 장식 종이였다. 거기에는 삐뚤빼뚤한 글씨로 이렇게 쓰여 있었다. '아빠, 날 두고 가버리지 않을 거라고 해서 그렇게 믿었어. 하지만 나한테 잘 자라고 인사하러 오지 않고 방도 잠겨 있네. 성모 마리아님은 아빠가 불행하다고, 과거에 한 일로 고통받는 거라고 해. 그래서 난 아빠의 모든 죄가 아직 어리고 강한 나한테 내리게 해달라고 기도할 거야. 그러니 아빠를 깊이 사랑하는 마리노엘을 믿고 잘 자.'

나는 주머니에 종이를 넣고 열린 창문 옆 의자에 앉았다. 압박감이 심해졌다. 내 힘으로는 더 이상 통제할 수 없는 어떤 힘이 움직이기 시작한 것이다. 간밤에 성을 비우지 말았어야 했다는, 빌라르에서 휴식하는 시간을 보내지 말아야 했다는 생각이 들었다. 그곳에서는 5시만 넘으면 동네가 움직이기 시작하고 아침의 소리들이 상쾌하게 귀를 울린다. 반면 이곳에서는 마을 교회가 7시를 알려도 여전히 조용하고, 살아 움직이는 것이라고는 농장의 우리에서 정원으로 유령처럼 이동하는 검고 흰 가축들뿐이다.

나는 가스통이 쟁반을 들고 나타나는 시간을 기다리며 계속 창가에 앉아 있었다. 8시가 거의 다 된 시간, 복도를 달려오는 급한 발걸음 소리와 문 두드리는 소리가 들렸다. 옷 방이 아닌 프랑수아즈 방이었다. 이어 서둘러 말하는 소리, 놀라는 소리, 울음소리가 뒤섞이더니 내가 아직 열지 않은 욕실 쪽 문을 누군가 두드리고 손잡이를 돌려댔다. 날카롭고 다급한 목소리는 프랑수아즈의 것이었다. "장, 장, 당신 일어났어?"

나는 창문가 의자에서 튀어 일어나 주머니에서 열쇠를 꺼내 문을 열었다. 가운 차림의 프랑수아즈가 파리한 얼굴로 서 있고 뒤에는 제르멘이, 더 멀리 침실 쪽으로는 책망하는 듯한 표정의 여윈 블랑슈가 말없이 나를 바라보았다.

나는 프랑수아즈를 부축하기 위해 손을 내밀며 말했다. "괜찮아. 말 안 해도 돼. 어머니 때문에 그러지?"

프랑수아즈의 눈이 놀란 빛으로 나를 훑었고 내 어깨 너머 옷 방까지 닿았다. "어머니 때문이냐고? 아니야. 어째서 어머님께 무슨 일이 있을 거라고 생각하는 거야? 아이가 없어졌어. 제르멘이 방금 부르러 갔는데 침대에는 누운 흔적도 없대. 옷을 벗고 잠옷으로 갈아입지도 않은 거야. 당신하고 같이 있는 게 아니라면 성 안 어디에도 마리노엘은 없어. 사라져버렸다고."

19

식구들의 얼굴이 나를 향했다. 소식을 듣고 옷도 제대로 입지 못한 채 달려온 폴과 르네도 침실 문 앞에 서 있었다. 가장으로 서 나는 책임을 져야 했다. 계획과 결정이 모두 내게서 나와야 했다. 온몸을 주체 못 하고 후들후들 떨고 있는 프랑수아즈부터 돌봐야 했다.

"당신은 어서 침대로 들어가. 우리가 곧 아이를 찾아올게. 어 차피 당신이 할 수 있는 일은 없어."

울며 저항하는 프랑수아즈를 블랑슈가 침대로 데려갔다.

"정원이나 숲에 갔을 거야. 아이가 일찍 일어나는 일은 자주 있잖아. 우리가 너무 예민하게 구는 것 아냐?"

"침대에서 잔 흔적이 없다고 하잖아!" 내 말에 프랑수아즈가 외쳤다. "제르멘이 부르러 갔을 때 잠옷은 접힌 채 그대로였고 침대도 건드리지 않았대. 아예 침대에 들어가지 않았다고!"

제르멘도 눈물 바람이었다. 통통한 붉은 얼굴이 온통 눈물 자국에 눈이 부어올랐다. "침대는 어제저녁에 제가 준비해둔 그대로입니다, 므시외 르콩트. 옷도 갈아입지 않고 제일 좋은 원피스와 그 얇은 구두 차림으로 나간 거예요. 금방 감기에 걸릴 차림이라고요."

"누가 마지막으로 아이를 보았지?" 내가 물었다. "몇 시에 침실로 간 거야?"

"블랑슈와 함께 있었어." 프랑수아즈가 대답했다. "블랑슈가 책을 읽어주었거든. 그렇지요, 블랑슈? 아이를 9시 반쯤 침실로 보냈대. 그때까지도 들떠서 흥분한 상태였고."

나는 블랑슈를 쳐다보았다. 표정이 딱딱하게 굳어 있었다. 블랑슈는 나를 바라보지 않고 프랑수아즈에게 대답을 했다. "평소와 똑같았어. 아버지 때문에 화나고 마음 상한 아이는 어떤 바보 같은 짓도 할 수 있어."

"하지만 마리노엘은 저녁 내내 장을 보지 못했잖아요!" 르네가 끼어들었다. "장은 방에서 자고 있었어요. 아이가 행사마다 참석해 어른들과 어울리게 한 것이 우리 모두의 잘못이에요. 어제는 하루 종일 모두의 관심을 받으며 기뻐하더라고요. 전 진작 눈치챘어요. 분명 아이는 과도한 흥분 상태였던 거예요!"

"난 마리노엘이 평소보다 더 조용하다는 느낌을 받았는걸."

폴이 말했다. "더 고분고분하게 말을 들었어. 어제 벌어진 일을 생각하면 놀랄 일도 아니지. 우리는 빌라르부터 르망에 이르기까지 전 지역의 웃음거리가 되었다고. 당신도 잘 알잖아." 이어 폴은 프랑수아즈를 보며 덧붙였다. "형수는 다행히 그 상황에서 빠져 있었지만."

프랑수아즈가 눈물 글썽한 눈을 폴에서 내게로 돌렸다. "너무 많이 마신 거야? 대체 사람들이 뭘 어떻게 생각한다는 거야?"

제르멘은 눈이 퉁퉁 부은 채 한구석에서 우리를 보고 있었다.

"가서 가스통한테 수색을 시작하라고 해." 내가 제르멘에게 말했다. "조제프를 비롯해 사람들을 모으라고도 하고. 므시외 폴이랑 나는 바로 내려갈 테니."

"내 의견을 알고 싶다면 말해주지." 폴이 말했다. "마리노엘은 형이 모두 앞에서 바보짓을 하니까 도망간 거야. 부끄러워서 말이야. 우리도 같은 심정이고."

"마리노엘은 부끄러워하지 않았어." 르네가 반박했다. "아빠는 세상에서 제일 용감한 사람이라고, 그건 아무도 모르고 자기만 아는 일이라고 모두에게 얘기하고 다니던걸. 물론 애가 그렇게 조숙한 걸 사람들이 어떻게 생각했을지는 모르겠어. 난 그게 제일 걱정이야."

"용감하다고? 대체 왜 용감하다고 하는 거야?" 프랑수아즈가 물었다.

"그것도 용감하다면 용감한 거지." 폴이 말을 받았다. "하루

행사를 성공적으로 끌고 가기 위해 무수한 난관을 겪고 있는 사람들한테 종일 치밀한 방해를 해대는 것. 여기 초대받은 쉰 명 가까운 사람들 중에서 사냥이 끝난 후 겨우 스무 명만 나타났다는 것이 재미있지 않아? 이건 개인적 모욕을 넘어 우리 가문에 대한 모욕이라고."

"날씨가 문제였어." 르네가 다시 나섰다. "다들 완전히 젖어버렸잖아."

문 두드리는 소리가 나면서 언쟁이 중단되었다. 모두들 기대와 희망을 갖고 돌아보았지만 들어온 사람은 비장한 표정의 샤를로트였다.

"죄송합니다, 므시외 르콩트, 그리고 마담 장께도요. 방금 소식을 들었습니다. 제 생각에는 마지막으로 마리노엘을 본 사람이 저인 것 같습니다. 어젯밤 위층으로 올라가면서 우연히 복도 쪽을 보니 아이가 옷 방 문 앞에 무릎을 꿇고 있더군요. 아버지한테 밤 인사를 하고 싶은 모양이었습니다. 아마 므시외 르콩트 귀에는 들리지 않았을 겁니다."

"그건 놀랄 것 없는 일이군." 폴이 말했다.

"어째서 내 방 문을 두드리지 않았을까?" 프랑수아즈가 물었다. "난 깨어 있었어요. 문을 두드리기만 하면 내가 바로 대답할 거라는 걸 알았을 텐데."

"그건 제 잘못입니다, 마담 장." 샤를로트가 설명했다. "아버지는 마음이 복잡한 상태니 절대 방해하지 말라고 제가 말했거든요. 어머니도 어린 동생이 태어나도록 하려면 푹 주무셔야 하니 역시 방해하면 안 된다고요. 어린 동생은 천국에서 보내준 꼬마 친구니까 사랑하고 아끼는 법을 배워야 한다고요."

단추처럼 작은 눈이 나를 바라보며 빛나다가 지나갔다. 샤를 로트는 초췌한 입술 위로 반쯤 미소를 머금고 아부하듯 우리를 한 명씩 바라보았다. 나는 탑 위쪽 다른 침실과 연결된 옷 방을 떠올렸다. 세면대 위 벽장 안 상자의 위치가 바뀐 것을 보고 샤를로트 역시 지난밤 내가 한 일을 알아차렸을 게 분명했다. 하지만 자신을 배신하지 않듯 나를 배신하지는 않을 것이었다. 나는 공범자였다. 그 사실이 증오스러웠지만 바꿀 방법은 없었다.

"그래서, 그다음엔 어떻게 되었나?" 내가 물었다.

"약간 화가 난 것처럼 보였습니다, 므시외 르콩트. 전 상당히 놀랐고요. 마리노엘 말이 '아빠한테는 내가 필요해. 다른 누구도 아니고. 아들을 기다리는 건 집안에 돈이 필요하기 때문이야'라 더군요. 저는 그렇게 말하면 못쓴다고, 신부님도, 생질의 누구도 허락하지 않을 행동이라고 했습니다. 아이가 태어나면 우리는 모두가, 아버지부터 세자르까지 전부 아이를 사랑할 것이라고, 오랫동안 기다려온 아이기 때문이라고 했죠. 마리노엘은 저와 함께 올라가 자기 방으로 향했습니다. 저는 마담 라콩테스 방으로 갔고요. 천사처럼 평화롭게 잠들어 계시더군요."

내가 놓은 모르핀 때문에 사실 할머니는 의식 없이 누워 있었던 것이다. 어쩌면 이나 저나 똑같을지 몰랐다. 별로 중요하지 않은 일이었다. 중요한 단 한 가지는 마리노엘이 없어졌다는 것, 그리고 그건 내가 성에 머무는 대신 빌라르에 가버렸기 때문이라는 것이었다.

"혹시 말입니다, 마드무아젤." 샤를로트가 블랑슈 쪽으로 돌아서며 말했다. "아이가 교회로 갔을 리는 없을까요? 그렇게……" 이 순간 샤를로트는 잠시 비굴하게 내 눈치를 보며 주저하다가 말을 이었다. "혹시라도 뭔가 부끄러운 마음이 들었다면 신부님에게 가서 고해하고 싶어 하지 않을까요?"

"아니야. 그랬다면 나한테 먼저 왔을 거야." 블랑슈가 말했다.

폴이 어깨를 으쓱했다. "일단 우리 모두 옷부터 입는 게 좋지 않을까? 누나는 신부님한테 가보고 형이랑 나는 가스통이랑 근처를 수색할게. 만약," 그가 나를 흘깃 보았다. "형이 어제 상태에서 충분히 회복되었다면 말이야."

대답하지 않고 나는 뒤돌아 옷 방으로 갔고 창가에서 해자를 내려다보았다. 뒤엉켜 자란 풀, 담쟁이, 잡초뿐 아무것도 없었다. 파란 원피스를 입은 작은 몸이 엉망으로 부러져 해자 안에 떨어진 모습은 다행히 내 상상이었다.

가스통이 들어오더니 세자르도 보이지 않는다고 말했다. 조제프가 먹이를 주러 가보니 개 장이 비어 있었다는 것이다. 이 소식은 묘한 안도감을 안겨주었다. 세자르는 여러 위험으로부터 마리노엘을 지켜줄 수 있을 테니까. 또 개를 데리고 갔다면 아이가 자해 행위는 하지 않을 것이었다.

성 밖으로 나온 폴과 나, 일꾼들은 무리를 나눠 주변을 살피기로 했다. 내가 맡은 곳은 어제의 사냥터 쪽이었다. 숲은 낮부터 밤까지 내린 비로 질척거렸고 발밑의 낙엽이 젖은 종이 같았다. 부드러운 덤불이 썩은 내를 풍겼다. 하지만 밝은 햇살 덕분에 나무들의 외관은 또렷하게 보였다. 어제는 하나같이 어렴풋했는데 말이다. 오늘 아침에는 안개도, 후드득 떨어져 바닥을 습기 차게 하는 물방울도 없었다. 깨끗하고 강한 햇살이 덤불을 은색으로 빛낼 뿐이었다. 어제의 빗물은 곧 땅과 하나가 될 낙엽의 움푹 꺼진 부분에 웅덩이처럼 고여 반짝거렸다.

긴 길을 걸어가면서, 검은 숲의 도랑을 올라가면서 나는 마리노엘이 이쪽으로 가지는 않았다고 확신했다. 사냥개를 끌고 이 길 끝까지 갔을 리도, 숲속 나무 아래서 잠이 들었을 리도 없었다. 그렇게 돌아다니는 것은 달리 찾아볼 곳이 없기 때문이었다. 나는 그저 산책을 하는 셈이었다. 성 가까운 쪽 사람들이 쓸데없이 고함지르고 부르는 소리는 여기까지 들리지 않았다. 저쪽에서 열심히 수색하는 일은 쇠스랑으로 건초를 뒤져 포크를 찾는 격이었다. 발견될 작정이었다면 저쪽으로도 이쪽으로도 가지 않고 자기 방 제단 앞에 숨어 기다렸겠지.

마침내 숲에서 벗어나 다시 벌판으로 나오면서 나는 내가 반원을 그리며 움직였음을 알아차렸다. 밝고 환한 아침이라 어제의 안개 속에서는 감춰졌던 것이 보였다. 들판 몇 개를 넘어서 유리 녹이는 공장 건물이 있었다. 구역을 표시하는 담장으로 반쯤 가려졌지만 가늘고 높은 굴뚝이 솟아 있었다. 나는 숲을 둘러싼 철사 구획을 넘어 산울타리 옆에서 풀을 뜯는 흰말 곁을 지나 들장미와 쐐기풀에 뒤덮인 작은 문을 열었다. 공장장 집 뒤의 사과 과수원이 나왔다. 서쪽으로 난 창들은 흐릿했고, 잡초 무성한 정원은 숲속의 빗방울처럼 빛났다. 이슬이 거미집 그물인 양 식물들과 굴러떨어진 새빨간 사과를 덮었다. 대지는 태양이 끌어낸 열기로 김을 뿜어냈다. 집은 잠들어 있지만 황량하지는 않았다. 포도 줄기가 창문과 벽을 보호했고 풍성한 정원과 과수원에서 자라는 채소와 과일은 아무도 거두지 않은 상태였다. 과거의 약속과 메아리가 여전히 충족되지 않은 상태라고나 할까. 갑자기 과거가 현재와 섞였다. 군데군데 벗겨진 문 옆 창문, 사흘 전에 들렀을 때만 해도 몇 년째 열린 일 없다는 듯 굳게 닫혔던 창문이 반쯤 열려 있었기 때문이다.

집 안에서 누군가가 창가로 다가와 섰다. 나와 눈이 마주쳤다. 나는 젖은 땅과 떨어진 사과를 밟고 걸어갔다. 창가로 가자 안에 있던 사람이 쥘리임을 알아볼 수 있었다. 쥘리는 손가락을 입에 대고 조용히 하라는 신호를 보냈다.

"일찍 오셨네요. 겨우 10분 전에 사람을 성으로 보냈는데요. 아무도 전화를 안 받아서요." 쥘리가 말했다.

그 말은 내게 아무 의미도 전해주지 못했다. 나는 두려웠다. 늘 따뜻하고 생기 있던 갈색 눈이 혼란을 드러냈기 때문이다. 절대 불신해서는 안 될 내 직감이 불안으로 바뀌었다.

"연락은 못 받았네. 우연히 온 거야." 내가 대답했다.

나는 창문을 통해 방으로 들어갔다. 전에 보았던 방, 한때 거실로 쓰였지만 지금은 가구가 쌓인 방이었다. 두 방향으로 창문이 나 있었다. 하나는 쥘리가 서 있던, 과수원과 정원을 내다보는 창이었고 다른 하나는 우물 쪽이었다. 한 줄기 햇살이 담요를 겹겹이 덮은 창백하고 고요한 아이 위로, 또 아이 발치에 누워 두 앞발 사이에 주둥이를 올려놓은 개 위로 떨어지고 있었다. 내 환상이 더욱 기이하고 가슴 아프게 마법을 부린 모양이었다. 아이는 물을 뚝뚝 떨어뜨리지도, 찢어지거나 토막 나지도 않고 그저 고요했다.

"일꾼 한 사람이 세자르 덕분에 아이를 발견했어요." 쥘리가 설명했다. "우물 옆에서 개가 버티고 서 있더라는군요. 아이는 사다리를 타고 바닥까지 내려가 밤새도록 유리와 돌들 틈에 누워 있었나 봐요. 일꾼이 아이를 안아 올렸을 때는 잠들어 있었대요. 이 집으로 옮겨져 제가 불려 왔을 때도 여전히 자고 있었고요."

자고 있다고? 나는 아이가 죽은 줄 알았다. 나는 쥘리를 돌아보았다. 주름진 얼굴은 당황하고 조심스러웠지만 충격받은 기색은 없었다. 내 팔을 잡은 쥘리는 소곤거리는 소리로 "예전에 마담 라콩테스도 자면서 걸어 다니신 적이 있어요. 어쩌면 유전일지도 모릅니다, 므시외 장. 마음속에 뭔가 고민이 있었던 게 틀림없어요"라고 말했다.

주머니 속에 든 종이가 만져졌다. 그건 장 드게의 것이었지만 내 것이기도 했다. 베개 위에서 약에 취한 여자의 이미지 역시 내 것이기도 했다. 장 드게의 어머니는 내가 고통을 없애주자 미소 지었다. 하지만 나는 그 고통을 멀리 보내지 못했다. 장의 딸이 대신 고통을 받게 된 것이다.

검은 담요 아래 작은 얼굴은 멀고 비현실적으로 보였다. 차가운 복도 천장에 장식된 천사의 얼굴 같기도 했다.

"불쌍한 것." 쥘리가 말했다. "이 나이 때는 머릿속에 환상이 가득하죠. 저한테는 그게 동네 사내애였어요. 어딜 가든 쫓아다녔죠. 여동생은 선생님을 사모했고요. 마리노엘은 마드무아젤 블랑슈처럼 종교적으로 빠져 있습니다만, 지나갈 겁니다."

쥘리가 담요를 토닥토닥했다. 얼굴처럼 갈색으로, 강인하고 주름진 손이었다. 엄지손톱은 흙이 들어가 새까맸다. 잠긴 문을 열 귀중한 열쇠 같았던 주머니 속 편지가 갑자기 의미 없는 종잇장이 되었다. 여러 해가 지나 누군가, 블랑슈처럼 보이는 여자가 어느 서랍에서 우연히 이 편지를 찾아내 쓰레기통에 던져버리기 전에 찌푸린 얼굴로 이게 무슨 내용인지 의아해하는 광경이 머릿속에 펼쳐졌다. 하지만 자신을 우물까지 가게 했던 고통과 괴로움에 대해서는 전혀 기억하지 못하는 광경이.

"므시외께서도 잘 아시죠. 그 댁처럼 여자들로 가득한 집에서는 누군가 아이에게 앞으로 닥칠 일을 설명해줘야 해요. 아이는 아주 빨리 크거든요. 어린 식물처럼 금방 자라죠. 마리노엘을 발견해 이리로 데려온 에르네스트는 저희 옆집에 사는데 딸 셋의 아버지죠. 에르네스트는 제일 먼저 아이 나이부터 물었어요. 아직 열한 살이 안 되었다고 했더니 그렇다면 문제없다고 하더군요. 그 집 막내딸은 성숙했을 때 열 살이었대요. 아이가 어린 소녀가 되었는데 여전히 아무것도 모른다면 그건 두려운 일이 된답니다. 마리노엘한테 그런 일이 일어난대도 전 놀라지 않을 거예요."

난 쥘리의 상식과 유연함, 인식이 부러웠다. 세 딸을 키우는 옆집 남자 에르네스트처럼 나도 아는 것이 있었으면 싶었다. 잔 다르크에 대해 강의하는 것은 가장 노릇에 아무 도움이 되지 않았고 나는 심지어 가장조차 아니었다. 그저 가면을 쓰고 다른 사람의 역할을 하고 있을 뿐.

"아이한테 무슨 말을 해야 할지 모르겠어. 어떻게 해야 할지도 모르겠고."

쥘리가 안됐다는 눈으로 나를 보았다. "이런 일은 우리한테는 하나도 어렵지 않아요. 하지만 성 안의 분들한테는 삶이 복잡하기 짝이 없지요. 가끔은 므시외와 가족분들이 어떻게 사시는지 신기하기도 해요. 뭐 하나 자연스러운 것이 없으니까요."

아이가 뒤척였지만 깨어나지는 않았다. 거친 모로 짠 담요가 아이 뺨을 간질인 모양이었다. 앞으로 다가올 세월의 고통 없이 여기 머물도록 하면 좋을 듯했다. 쥘리가 보기에 마리노엘은 햇빛을 필요로 하는 묘목이었다. 내 눈에는 잃어버린 나 자신의

자아 일부였다. 어둠 속에서 그 둘은 고통이라는 한 점으로 모아졌다.

"참 이상하지만, 아이가 없어졌다는 말을 들었을 때부터 왠지 물에 빠졌을 것 같다는 생각이 들었어."

"물에 빠졌다고요?" 쥘리가 어처구니없다는 듯 되물었다. "이 근처에 빠져 죽을 곳은 없어요." 쥘리는 내 어깨 뒤로 창밖을 내다보았다. "아시다시피 우물은 15년 동안이나 말라 있었던걸요."

쥘리와 나의 시선이 마주쳤다. 갑자기 나는 더 이상 진실을 감추고 있을 필요가 없다고 느꼈다. "난 몰라. 아는 게 없어. 여기선 이방인이니까."

쥘리는 알고 있지 않았을까? 워낙 솔직해 속아 넘어가지 않을 테니까. 내가 그저 침입자이자 사기꾼에 불과하다는 걸 분명히 알아차렸을 것이다.

"므시외 르콩트는 유리 공장에서 늘 이방인이었습니다. 그게 문제였지요. 그렇지요? 상속받은 재산과 가족을 소홀히 했고 그래서 다른 사람이 므시외 자리를 차지한 채 책임을 지도록 만들었던 겁니다."

쥘리가 내 어깨를 두드렸다. 쥘리는 과거 얘기를, 나는 현재 이야기를 하고 있었다. 우리는 서로 다른 두 세상에 속한 사람들이었다.

"내가 어떻게 살아야 하는지 알려주게. 당신은 현명하고 현실적이니까."

쥘리의 눈이 미소 지으면서 주름이 잡혔다. "어차피 므시외는 제 말을 안 들으실 겁니다. 제가 므시외를 무릎 위에 올리고 작은 엉덩이를 찰싹 때려줄 때부터도 그랬으니까요. 늘 스스로 결정을 내리셨지요. 삶이 좋다고 느끼지 않으신다면 그건 신나는 것, 즐거운 것, 새로운 것만 추구할 뿐, 지속되는 것, 이겨내는 것을 보지 않으셨기 때문입니다. 그렇지 않나요? 므시외는 너무 높은 분이거든요. 게다가 이제는 마흔이 다 되셨으니 바뀌기에는 너무 늦었습니다. 젊은 시절을 되돌릴 수는 없습니다. 불쌍한 므시외 뒤발을 다시 데려올 수 없는 것처럼요. 므시외 뒤발의 죄라면 므시외가 없는 동안 유리 공장을 잘 유지했다는 것뿐인데 므시외와 몇몇 애국자 무리는 그걸 이유로 므시외 뒤발을 부역자라 부르고 총을 쏜 후 우물 속에서 죽어가게 하지 않았습니까."

쥘리는 아까 그랬듯 불쌍하다는 눈으로 나를 보았다. 그 말은 비난도 원망도 아니었다. 쥘리도, 장 드게의 가족도, 온 지역 사람들도 다 알고 있었다. 장 드게가 모리스 뒤발을 죽였다는 걸. 오로지 나 혼자만 몰랐던 것이다.

"쥘리, 뒤발이 죽던 밤 당신은 어디 있었나?"

"공장 입구 근처 제 집에 있었지요. 아무것도 보지 못했지만 소리는 다 들었습니다. 하지만 그때나 지금이나 제가 나설 일은 아니었지요. 이미 다 끝난 일이고 므시외의 양심 문제일 뿐 제

문제는 아닙니다."

쥘리가 여전히 내 어깨를 두드리고 있을 때 트럭이 문으로 들어서는 소리가 들렸다.

"쥘리, 당신은 모리스 뒤발을 좋아했나?"

"우리 모두 좋아했습니다. 그러지 않을 수가 없었지요. 므시외께 없는 모든 것을 가진 사람이었거든요. 므시외 아버지께서 그를 유리 공장 공장장으로 삼은 것도 그 때문이었습니다. 이렇게 말씀드려 죄송합니다만, 므시외 르콩트, 그건 사실입니다."

쓰레기장을 지나 다가오는 발걸음 소리와 말소리가 들렸다. 돌출된 벽이 가리는 바람에 누구인지 모습은 보이지 않았다. 쥘리가 고개를 돌렸다.

"연락을 받았군요. 성에서 사람들이 온 모양입니다. 아이를 차로 옮겨 침대에 누이면 아마 아이는 자기가 잠자면서 유리 공장에 왔다는 것조차 모를 겁니다."

"마리노엘은 잠자면서 걸어온 것이 아니야. 일부러 온 거지. 우물 아래로 내려가고 싶었던 거야. 방금 당신이 한 말을 들으니 납득이 가는군."

손을 덴 이유에 대한 내 거짓말, 사냥터에서의 내 행동, 간밤에 홀로 사라졌던 일 등이 모두 마리노엘에게는 참회로 연결되었던 것이다. 그리고 자신이 희생자가 되어봄으로써 아버지의 잘못을 속죄하고자 한 것이다. 그렇게 해야만 아버지가 용서받을 수 있다고 믿었기에. 나는 주머니 속 편지를 꺼내 다시 한 번 읽어보았다. 그건 한낱 종잇장이 아니라 신앙고백이었다.

누군가 사무실을 통해 건물로 들어왔다. 발걸음 소리는 부엌을 지나 작은 홀로, 그리고 옆방으로 이어졌다. 쥘리가 문간에 나갔고 내게는 조용히 있으라는 뜻으로 손가락을 입술에 댔다.

"조용히 들어오세요, 아이가 아직 자고 있어요." 쥘리가 속삭였다.

가스통이나 폴일 것이라 생각했지만 둘 다 아니었다. 블랑슈였다.

"마드무아젤이 오셨나요?" 쥘리가 당황했다. 그리고 다급한 눈길을 뒤쪽의 나와 벽에 붙여놓은 가구들에 던졌다. 지금까지 보지 못했던 급작스러운 감정 변화였다.

"마드무아젤께서 오실 필요는 없었는데요. 에르네스트에게 그저 아이가 무사히 잘 있다고만 알리라고 했습니다. 제가 죽 지켜보았고 므시외 르콩트는 10분쯤 전에 오셨습니다."

블랑슈는 아무 말 없이 곧장 마리노엘에게 가서 무릎을 꿇고 가만히 담요를 젖혀보았다. 아이는 파란 원피스 위에 코트를 입고 어젯밤 모습과 달리 두꺼운 양말과 신발을 신고 있었다. 옷은 석회와 먼지투성이였고 여러 곳이 찢어져 있었다. 지난밤에 마리노엘이 어떻게 움직였을지 분명히 알 수 있었다. 개 장에서 개를 풀어주고 빗속을 걸어 유리 공장의 검은 건물을 찾아가 빈 우물의 검은 구멍을 한 계단씩 내려간 것이다. 그러는 중에 코트는 이끼 낀 석회 벽에 닿았을 것이다. 바닥에 이르자 유리와 돌멩이 사이에 누웠으리라. 저 위 높은 곳에 동그랗게 보이는 밤하늘을 바라보면서.

블랑슈는 여전히 무릎을 꿇은 채 쥘리에게 물었다. "아이를 어디서 찾았나?" 어찌나 낮은지 간신히 알아들을 수 있을 정도였다.

쥘리는 답을 구하기라도 하는 듯 나를 흘깃 바라보며 당황한 기색을 감추지 못했다.

"에르네스트가 찾았습니다, 마드무아젤. 여기 이 집 안에서요. 에르네스트가 아무 말 않던가요?"

"나한테는 공장 안에서 찾았다고 하더군. 하지만 공장은 밤에는 늘 잠겨 있잖아. 아이는 깨진 유리와 석회 틈에 누워 있었던 것 같은데."

집 안이든, 공장 안이든 다 거짓말이었다. 어째서 에르네스트와 쥘리는 거짓말을 하는 것일까? 쥘리는 나에게는 거짓말을 하지 않았다. 블랑슈는 쥘리를 응시했다. 평소 늘 솔직하고 당당하던 쥘리는 마치 다른 사람이 된 것처럼 어찌할 바를 모르고 허둥거리며 에르네스트 말을 자기가 잘못 들은 것 같다느니, 에르네스트가 공장장 집에서 잠든 아이를 발견했다는 얘기를 할 때 자기는 닭 모이를 주느라 정신이 없었다느니 변명을 해댔다.

"아이 주머니에 유리가 가득해. 알고 있었어?" 블랑슈가 다시 물었다.

쥘리는 대답하지 않았다. 그저 도와달라는 듯 다시 한 번 나

를 쳐다보았을 뿐이다. 블랑슈는 아이의 코트 주머니에서 엄지
손톱 크기의 항아리며 병, 컵 등 아주 작지만 완벽한 형태의 유
리 제품을 꺼냈다. 그중에는 생질 성의 모형도 있었다. 두 탑은
부서진 채였다.

"이건 전쟁 전까지만 만들었던 모형인데. 내가 디자인을 도왔
으니까 잘 알지." 블랑슈가 말했다.

그리고 처음으로 블랑슈는 아이에게서 눈을 떼고 방 안을 둘
러보았다. 탁자와 의자, 책장과 트렁크 등. 아무도 손대지 않고
그 방에 쌓아둔 물건들을. 그 순간 섬광같이 상황이 이해되었
다. 블랑슈가 보고 있는 것은 한때 그녀 삶의 일부였던 것이다.
이 빈 방은 블랑슈에게는 성 안의 춥고 삭막한 방처럼 익숙한
공간이었다. 물론 지금처럼 죽은 모습이 아닌 활기차고 즐거웠
던 공간으로. 공장장 집의 이 먼지 쌓인 거실은 서로 사랑하던
두 사람, 과거와 전통에 충실했고 전쟁이 끝나면 안정적인 미래
가 열리리라 예상했던 두 사람이 쓰던 공간이었다. 하지만 상황
이 잘못되면서 슬픔이 내면을 사로잡았고 창조성이 소멸되었
다. 침실에서 블랑슈가 그 앞에 무릎 꿇고 있던 십자가는 구세
주가 아니라 처형당한 자신의 희망이었다.

충동적으로 나는 주머니에서 편지를 꺼내 블랑슈에게 내밀었
다. 블랑슈가 입술만 움직이며 편지를 읽어 내려가는 동안 나는
15년 전 어두운 밤에 일어났던 일이 우연이 아님을, 심장이나
감정이 없는 남자가 치밀하게 계획해 행한 일임을 깨달았다. 쥘

리가 몇 분 전에 말한 대로 그 남자는 상대가 자신에게 없는 모든 장점을 지닌 더 훌륭한 사람임을 알아보았던 것이다.

"아이가 손에 피를 흘렸더군요." 불쑥 쥘리가 말했다. "담요를 덮어줄 때 알았어요."

블랑슈는 말없이 내게 편지를 돌려주었고 우리는 함께 아이 옆에 무릎을 꿇었다. 주먹 쥔 한 손을 블랑슈가, 다른 손을 내가 벌렸다. 양 손바닥 한가운데 최근에 베인 흔적이 있었지만 지금은 말라 있었고 피도 흐르지 않았다. 손은 먼지도 유리도 없이 깨끗했다. 나는 아무 말 하지 않았다. 블랑슈도 마찬가지였다. 블랑슈는 가만히 눈을 감았다.

"쥘리, 자크에게 부탁해 신부님께 전화를 걸어 당장 오시라고 해줘. 그리고 전화번호부에서 로레 성심 수녀원 번호를 찾아 수녀원장님과 내가 통화할 수 있는지 알아봐줘."

쥘리는 당황해 내게로 시선을 돌렸다.

"안 돼. 안 된다고." 내가 말했다.

내 긴박한 목소리가 세자르를 긴장시켰다. 개는 일어나 아이를 지키려는 몸짓을 보였다.

"미쳤어? 아이가 의도적으로 한 일이라는 걸 모르겠어? 날 위해서 한 거야. 내가 손을 데었기 때문에."

"쥘리." 블랑슈는 아랑곳하지 않았다. "내가 말한 대로 해."

나는 일어나 내 몸으로 문을 막았다. 쥘리는 어쩔 줄 몰라 나와 블랑슈를 번갈아 쳐다보았다.

"신부님을 부르실 필요는 없습니다." 쥘리가 말했다. "아이는 아무 피해도 입지 않았어요. 유리에 찔렸을 뿐이지요. 우물 바닥은 유리로 가득했거든요."

"우물이라고?" 블랑슈가 말했다. "아이가 우물로 기어 내려갔다는 거야?"

쥘리는 뒤늦게 실수를 깨달았다. 벌써 입 밖으로 말이 나온 것이다. "사실은 그랬답니다, 마드무아젤. 아이가 한밤중에 우물로 기어 내려가 내내 거기 누워 있었다면 어땠겠습니까? 15년 동안이나 말라 있는 우물이지요. 잠든 상태로든 깨어 있는 상태로든 저 불쌍한 어린것이 너무 많은 일을 상상하고 두 분을 위해서 여기 유리 공장으로 왔으니 어쩝니까? 그게 지나가버린 일들을 조금이라도 바꿀 수 있을까요? 어째서 성의 식구들은 아이를 제대로 돌보고 아이 자체로 사랑해주지 않을까요? 열심히 살펴야 하는 것은 아이 손의 상처가 아니라 아이의 몸에 곧 일어날 일이란 말입니다."

블랑슈의 얼굴이 창백해졌다. 오랫동안 억누르던 감정이 분출되었다. "감히 무슨 소리를 지껄이는 거야, 감히?" 분노에 불타는 목소리였다. "난 아이가 태어난 이후부터 늘 보살펴왔어. 마치 내 아이인 양 사랑하고 교육시키고 키워왔지. 왜냐하면 아이 엄마는 바보고 아이 아빠는 악마니까. 아이가 나처럼 이 세상에서 고통받게 하지 않을 거야. 이 아이는 다른 세상, 다른 삶을 위한 존재야. 아이 손의 표시가 바로 그 증거야. 신께서 아이를 통해 우리에게 말씀하신다고."

　부드러움이나 연민 따위는 사라지고 없었다. 아이를 찾기 위해 추억이 가득한 공장장의 집으로 들어온 블랑슈는 열정적인 광신도, 구원하고 싶은 상대에게서 희생자를 찾는 사람으로 돌변했다.

　"주님께서는 그렇게 행동하지 않으십니다, 마드무아젤." 쥘리가 말했다. "주님이 아이를 당신에게 불러들인다면 좋으실 때 그렇게 하실 겁니다. 므시외 르콩트가 마드무아젤이 사랑하던 남자를 죽였기 때문이 아니라 말입니다. 이 아이는 마드무아젤이 아이에게 해준 일 때문에 고통받는 겁니다. 그래요, 고모인 당신, 아버지, 할머니 등 성의 모든 사람이 자기에게 한 일 때문에요. 당신들은 과거에 갇혀 소진된, 아무 쓸모 없는 존재들이에요. 이 나라에 또 다른 혁명이 필요한 때라는 사람들 말이 옳습니다. 그럼 당신들이 퍼뜨린 질시와 미움을 없앨 수 있겠지요. 자, 보세요. 당신들이 아이를 깨웠군요. 또다시 해를 끼친 겁니다."

　실상 아이가 놀라 깨어난 것은 쥘리가 목소리를 높여 화내는 바람에 세자르가 짖은 탓이었다. 마리노엘은 눈을 반짝 뜨고는 호기심 어린 눈길을 보냈다. 그리고 곧장 일어나 앉아서는 우리를 차례로 쳐다보았다.

　"무서운 꿈을 꿨어." 아이가 말했다.

　블랑슈가 곧 몸을 숙여 아이를 안아주었다.

"괜찮다. 고모랑 있으니 이제 안전해. 널 잘 이해하고 돌봐줄 곳으로 데려다줄게. 이런 일은 다신 없을 거야. 우물 안에서 공포와 두려움에 떠는 일은."

마리노엘은 가만히 블랑슈를 쳐다보았다.

"두렵지 않았어. 겁먹은 것도 아니고. 제르멘은 귀신 씐 곳이라 했지만 난 귀신은 한 번도 못 봤는걸. 유리 공장은 행복한 곳이야. 귀신이 가득한 곳은 성이고."

아이 목소리에 마음을 놓은 세자르가 다시 발치에 누웠다. 마리노엘은 세자르를 쓰다듬었다. "개는 배가 고파. 나도 그렇고. 마담 이브 집으로 가서 빵을 좀 먹을 수 있을까?"

집 반대쪽 사무실의 전화가 울리기 시작했다. 갑작스러운 큰 소리에 우리 모두 현실로 되돌아왔다. 쥘리가 기계적으로 문 쪽으로 움직였다. 내가 문을 열어주었고 블랑슈는 천천히 일어섰다. 살아 있는 현실 앞에서 우리 셋은 모두 본능적으로 움직였다. 아이만이 혼란스러운 표정이었다.

"그게 시작이 아니면 좋겠어." 아이가 말했다.

"무엇의 시작 말이니?" 내가 물었다.

"내 불길한 꿈의 시작." 담요를 옆으로 밀어놓고 아이가 일어서더니 코트의 먼지를 떨고 자기 손을 내 손 안에 넣었다. "성모님이 우리 모두를 걱정하고 계셔. 성모님 말씀이 할머니는 엄마가 죽기를 바란대. 꿈속에서 나 역시 그랬어. 아빠도 그랬고. 우리 다 죄인이었다고. 아주 악한 일이었어. 그런 일이 일어나지 않도록 아빠가 할 수 있는 일이 없을까?"

자크가 사무실 안으로 들어온 모양이었다. 전화벨 소리가 그치고 열린 문과 빈 방 너머에서 그의 낮은 목소리가 들렸다. 쥘리는 말없이 내 옆을 지나 부엌으로 갔고 두 사람이 속삭이는 소리로 무언가 의논했다. 이어 쥘리가 다시 부엌 쪽에서 모습을 드러냈다. 잠시 꼼짝 않고 서 있다가 손짓으로 나를 불렀다. 나는 마리노엘을 두고 쥘리 쪽으로 갔다.

"므시외 폴을 찾는 샤를로트 전화였습니다. 므시외 르콩트와 마드무아젤 블랑슈가 여기 계시다고 했더니 두 분 다 당장 성으로 오시랍니다. 사고가 일어났다고요. 아이는 데려오지 말라고……"

이번에는 직감이 거짓말을 하지 않았다. 쥘리가 눈길을 떨어뜨렸다. 나는 어깨 뒤로 방 안을 보았다. 마리노엘이 무릎을 꿇고 자기 주머니에 들어 있던 작은 유리 모형들을 지저분한 벽앞으로 줄지어 세우고 있었다. 한가운데는 생질 성, 탑 부분이 망가진 성 자리였다. 그러다가 자기 손을 보고는 손바닥을 위쪽으로 젖히고 블랑슈를 불렀다.

"내가 손을 베었나 봐. 하지만 어떻게 된 일인지는 기억이 안나. 베인 자국이 저절로 나을까, 아니면 고모가 아빠한테 했듯이 나한테도 붕대를 감아줘야 할까?"

20

비상 호출은 남매를 한데 뭉치게 해야 마땅했지만 우리는 한층 더 멀어졌다. 블랑슈는 내게 한 마디도 하지 않았고 나도 마찬가지였다. 에르네스트라는 일꾼이 우리를 트럭에 태워 데려다주었다. 우리를 둘러싼 악은 뚫을 수 없는 구름 같았다.

성은 텅 비어 있었다. 아이를 찾아 모두들 밖으로 나갔기 때문이다. 샤를로트는 히스테리 상태에서 횡설수설했고 소젖 짜는 늙은 여자는 내 귀에 대고 비명을 질렀으며 그때까지 본 적은 없지만 가스통의 아내라고 알고 있던 요리사도 있었다. 성으로 들어서는데 부엌 쪽에서 요리사가 여전히 놀란 눈으로 머리에는 제대로 핀도 꽂지 못한 채 나오며 말했다. "빌라르에서 구급차가 와서 태워 모셔 갔습니다. 어디로 전화를 해야 할지 몰라서요." 그제야 나는 전화 연락에 실패한 쥘리의 부탁을 받고 생질로 오던 에르네스트가 교회에서 돌아오던 블랑슈를 중간에 만났고 블랑슈는 곧장 차를 유리 공장으로 돌리게 해 달려왔음을 짐작했다.

시간 감각이 모두 사라져버렸다. 얼마나 오래 숲을 걸어 다닌 것인지 알 수 없었다. 프랑수아즈가 옷 방 문간에 서서 아이가 없어졌다고 외치던 그 순간부터 삐걱거리기 시작한 그날 하루는 분도, 시간도 없이 지나갔다. 위쪽으로 활짝 열린 침실 창문을 올려다보다가 아래쪽 해자의 뭉개진 잔디를 내려다보다가 하니 정오 무렵인지 오후인지도 알 수 없었다. 담요 아래 잠든 마리노엘은 지나간 과거에 속해 있었다. 성이 텅 비어 있을 때 급작스러운 재난이 일어났다는 점 빼고는 모든 것이 불확실했다.

구부러진 손가락으로 해자의 잔디를 꾹꾹 누르고 있던 소젖 짜는 여자는 나와 블랑슈를 보더니 알아듣기 어려운 새된 소리로 무슨 말인가를 반복했다. 알아들을 수 있는 부분은 "제가 떨어지는 걸 봤어요! 떨어지는 걸 봤어요!"뿐이었다. 땅에 찔러 넣은 그 손가락, 위로 치켜뜬 눈, 그리고 떨어지는 순간을 흉내 내는 손의 움직임이 너무도 끔찍하고 생생해서 마녀의 연극과도 같았다. 샤를로트가 블랑슈의 소매를 움켜쥐고 "숨을 쉬고 있었어요, 마드무아젤. 제가 거울을 입술 앞에 대보았어요"라고 중얼거리는 것도 그 연극의 일부였다.

악몽이 다시 시작되었다. 진입로를 벗어나 대문을 나서고 빌라르로 가는 찻길을 달리며 구급차를 뒤쫓았다. 25분 전에 출발했다고 했다. 이제는 확신으로 변해버린 불길한 예감 가운데 우리 둘을 연결해주는 유일한 끈은 트럭을 운전하는 에르네스트였다.

"난 교회에 있었어." 블랑슈가 말했다. "그 일이 일어났을 때 교회에서 기도를 하고 있었다고."

"저는 구급차를 보지 못했습니다, 마드무아젤." 에르네스트가 말했다. "마드무아젤은 구급차가 오기 전에 교회에서 나와 제 트럭을 만나신 것이고요."

"성으로 돌아갔어야 했어." 블랑슈가 다시 말했다. "성으로 돌아가 아이가 무사하다고 알렸어야 했어. 그럼 늦지 않았을 텐데."

재난이 일어난 뒤 늘 그렇듯 어떻게 하면 재난을 피할 수 있었을지 절망적으로 되짚어보는 상황이 몇 분 동안 이어졌다. "모두가 다 수색에 나설 필요는 없었어. 일부는 남아 있었어야지. 한 사람이라도 남았다면 이런 일은 일어나지 않았을 거야."

마지막으로 "빌라르의 병원은 이런 응급 상황에 준비가 되어 있지 않을 거야. 르망으로 옮겨야 해"라는 말도 나왔다.

우회전, 좌회전, 우회전, 그다음은 직진. 빌라르로 향하는 길은 이제 내 삶의 중요한 일부가 되어버려 나는 어디서 구부러지고 돌아야 하는지 다 알고 있었다. 여기는 어제저녁 가스통이 운전하던 차가 미끄러진 곳이군. 저기는 오늘 아침에 마치 황금처럼 빛나던 웅덩이야. 6시에 말끔하게 씻긴 모습으로 빛을 발하던 빌라르는 이제 먼지투성이의 소란스러운 곳이었다. 남자들이 길가에서 운동을 했고 차들은 빼곡하게 주차되어 있었다. 마리노엘과 시장을 돌아다닐 때는 미처 보지 못했던 병원이 이제는 두려움 때문인지 유난히 크고 보기 싫게 두드러졌다. 앞서 들어간 사람은 블랑슈였다. 블랑슈는 흰옷을 입고 복도에 선 젊은 사람에게 빠른 말투로 무어라 말하면서 안쪽 문 뒤로 사라졌다. 이어 다시 돌아왔을 때는 평소의 침착하고 냉정한 모습이었다. 감정을 다뤄야 하는 그 세상의 동료들이 모두 그렇듯. 블랑슈의 말도 회화책에서 튀어나온 듯 단정했다.

"다친 정도는 아직 말할 수가 없대. 의사가 검사하는 중이야."
블랑슈는 우리를 대기실에서 작은 방으로 옮기게 하면서 말했다.

블랑슈는 의자를 끌어다 놓고도 앉지 않았다. 창가로 가 내게 등을 돌리고 섰다. 기도를 하는 모양이었다. 고개를 숙이고 두 손을 앞에 모으고 있었다. 나는 벽에 걸린 지역 지도를 살펴보았다. 빌라르는 모르타뉴에서 20킬로미터였고 모르타뉴에서는 트라피스트 대수도원까지 찻길이 바로 연결되어 있었다. 책상 위에는 달력이 놓였다. 하루 빠진 일주일 전 나는 르망으로 운전을 하고 있었다. 일주일 전…… 그 이후의 내 말과 행동 모두가 이 가족에게 재난과 고통을 안겨주었다. 책임도 내 것이고 죄의식도 내 것이었다. 호텔 침실 거울 앞에서 껄껄 웃던 장 드게는 내가 알아서 자기 문제를 해결하라며 나를 놓고 사라졌다. 그 후 며칠 동안 내가 거쳐온 길을 돌이켜보니 모두 고통과 피해를 낳았을 뿐이었다. 어리석음, 무지, 허풍, 눈먼 자만심 등이 지금 이 순간을 만든 것이다.

"므시외 르콩트?" 키 크고 건장한 남자가 들어왔다. 환자 가족들에게 신뢰를 줄 만한 모습이었지만 전쟁 중에 의사들 얼굴 표정을 너무도 많이 봤던 나는 최악의 상황임을 읽어냈다. "저는 무티에 박사라고 합니다. 할 수 있는 일은 다 한 상태입니다. 상태가 심각하고 큰 희망을 갖기는 어렵습니다. 마담께서는 물론 의식이 없으십니다. 사고가 일어났을 때 아무도 현장에 계시지 않았다는 이야기도 들었습니다."

다시 한 번 블랑슈가 우리를 대표해 필요도 없는 설명을 반복했다.

"창문이 크답니다. 올케는 몸이 좋지 않았어요. 어지러운 상태에서 창문을 너무 활짝 열고 몸을 내밀었다가 그만……" 블랑슈는 말을 맺지 못했다.

의사는 기계적으로 짧게 대답했다. "그렇군요. 알겠습니다." 이어 덧붙였다. "옷을 다 입고 계시던데요. 잠옷 차림이 아니었습니다. 아이를 찾으러 나가려 하셨는지도 모르겠습니다."

나는 블랑슈를 쳐다보았다. 블랑슈의 시선은 의사에게 못 박혀 있었다. "우리가 성을 나설 때 올케는 잠옷 차림이었는데요.

침대에 누워 있었어요. 올케가 일어나 움직일 거라고는 전혀 생각지 못했어요."

"마드무아젤, 늘 예상 밖의 일이 사고를 낳지요. 실례합니다."
의사가 등을 돌려 문간에 나타난 간호사와 말을 나누었다. 낮고 빠른 목소리의 대화가 방 안의 우리에게는 제대로 들리지 않았지만 '수혈'과 '르망'이라는 말이 들린 것 같았다. 블랑슈도 그 말을 들은 모양이었다.

"수혈을 할 생각인가 봐." 블랑슈가 말했다. "르망에서 혈액을 가져오게 했다고 하는데."

블랑슈는 계속 문 쪽을 쳐다보았다. 방금 전 15년 만에 처음으로 남동생에게 말을 건넸다는 사실을 인식했을까? 하지만 너무 늦어버렸다. 이제는 소용없는 말이었다. 그 말을 들어야 할 장은 여기 없다.

의사가 다시 우리 쪽으로 왔다. "죄송합니다, 므시외, 마드무아젤. 여기서 기다리십시오. 다른 사람이 없어 조금은 더 편하실 겁니다. 중요한 상황이 발생하면 곧 알려드리겠습니다."

블랑슈가 의사 소매를 잡았다. "죄송합니다. 간호사와 나누는 말씀을 얼핏 들었습니다. 르망으로 혈액을 가지러 갔다고요?"

"그렇습니다, 마드무아젤."

"장이 피를 준다면 시간을 절약할 수 있지 않을까요? 장과 폴은 모두 오형이에요. 오형은 누구에게든 피를 줘도 안전하지 않나요?"

순간 의사가 나를 쳐다보며 머뭇거렸다. 상황을 한층 악화시키게 될지 몰라 나는 서둘러 "전 오형이 아닙니다. 제발 오형이라면 좋겠지만 말입니다"라고 말했다.

블랑슈가 영문을 모르겠다는 표정을 지었다. "그게 무슨 소리야. 너랑 폴 모두 오형 맞잖아. 불과 몇 달 전에 폴이 나한테 얘기한 걸 똑똑히 기억하는데."

나는 고개를 저었다. "아니, 오해야. 폴은 모르겠지만 나는 오형이 아니라 에이형이야. 내 피는 소용이 없어."

의사가 끼어들었다. "괜히 마음 쓰지 마십시오. 저희는 실험실에서 바로 나온 혈액을 사용하는 편이 더 좋습니다. 오래 걸리지도 않고요. 르망에서 빌라르로 혈액을 이송하는 데 아무 문제도 없습니다."

의사는 말을 마치고 나와 블랑슈를 번갈아 바라보다가 방을 나갔다.

잠시 동안 블랑슈는 아무 말도 하지 않았다. 갑자기 그 얼굴에서 걱정과 괴로움의 표정이 싹 사라졌다. '이제 눈치챘군.' 나는 생각했다. '드디어 알아버렸어. 내 정체가 드러난 거야.' 하지만 내 생각은 틀렸다. 천천히 블랑슈는 자기도 믿기 어려운 얘기라는 듯 말했다. "넌 올케를 구하고 싶지 않구나. 올케가 죽기를 바라는 거지."

나는 깜짝 놀라 블랑슈를 쳐다보았다. 블랑슈는 다시 등을 돌리고 섰다. 그리고 창가로 갔다. 나는 할 수 있는 말도, 할 수 있는 행동도 없었다.

우리는 계속 기다렸다. 복도 쪽에서 말소리가 들리기도 하고 발소리가 울리기도 했다. 아무도 들어오지 않았다. 교회에서 낮 삼종을 알리는 종이 울렸다. 나는 다시 한 번 지도를 보면서 르망에서 빌라르까지의 거리가 44킬로미터임을 확인했다. 40분이면 충분한 거리였다. 그 40분이 삶과 죽음이라는 차이를 만들어낼 수 있을까? 알 수 없었다. 나는 의학 지식이 없었다. 내가 아는 건 장 드게와 나는 혈액형이 다르다는 것, 우리는 그 결정적으로 중요한 한 가지에서 서로 다르다는 것뿐이었다. 장이라면 아내를 살릴 수 있었겠지만 나는 아니었다. 키, 체구, 피부색, 모습, 목소리 등이 똑같았지만 혈액형은 아니었다. 그 사실은 잘못되어버린 모든 일을 상징하는 듯했다. 장은 살아 있는 사람이지만 나는 그림자였다. 나는 살아 있는 사람을 대체하지 못했다.

나는 그렇게 거기 선 채 지도 위의 두 점 사이 거리를 눈으로 훑었다. 그 거리는 참으로 짧았지만 구불거리는 곳마다 속도가 늦춰질 것이었다. 일꾼들이 공사하는 지역에서는 우회해야 할 것이고 교통도 막힐지 모른다. 언제쯤 혈액을 실은 차나 구급차가 도착할지 알 수 없었다. 다른 입구로 들어올 수도 있었다. 나는 누군가 만나지 않을까 기대하며 복도로 나갔다. 하지만 바닥을 청소하는 여자 말고는 아무도 없었다.

1시에 폴과 르네가 병원 입구에 나타났다. 나는 블랑슈가 있는 방을 가리켰다. 어차피 블랑슈가 다 설명할 테니 나는 한 마디도 하지 않았다. 르네는 곧장 안으로 들어갔지만 폴은 잠시 머뭇거리다가 내 곁으로 왔다.

"에르네스트 트럭이 아직 밖에서 기다리는 중이야. 가라고 할까?"

"내가 말할게."

"형수는 어때?"

나는 고개를 젓고는 병원 밖 길가로 나가 에르네스트에게 유리 공장으로 되돌아가라고 말했다. 그가 차에 올라 출발하자 안전하고 견고한 연결선이 끊어진 듯했다. 가스통이나 쥘리와 마찬가지로 에르네스트의 시선과 목소리에는 공감이 있었다. 세 딸을 키우는 아버지라는 쥘리의 말도 기억에 남아 있었다. 그를 보내고 싶지 않아 잠시 차에 올라 아내와 아이들에 대해 물어보았을 때 그는 내게 힘과 용기를 주었지만, 조용한 병원에서 나는 오해와 침묵, 비난을 맞닥뜨렸을 뿐이다.

나는 광장을 가로질러 아무 생각도, 목적도 없이 걷기 시작했다. 반쯤은 의식이 없는 상태로 나는 어디로 가야 할지 알았다. 어느새 '골동품점'이라 쓰인 닫힌 문 앞에 서 있었다. 유리문에 덧문이 내려지고 '월요일 휴무'라는 쪽지가 붙었다. 성문 쪽으로 가 인도교 위에 서서 작은 집의 발코니와 창문을 올려다보았다. 창문은 닫힌 채였고 앵무새 새장도 보이지 않았다. 갑자기 그 집은 나와 아무렇게도 연결되지 않는 공간인 듯했다. 그 다리를 건너 밤새도록 집 안에 머물렀던 사람은 다른 사람이었다. 그 집의 회색 벽지, 파란 쿠션, 달리아 꽃은 내 상상의 산물일 뿐 낯선 집의 다른 방들과 다를 바 없을 듯했다. 내가 문턱을 넘어 본 적도 없고 주인을 만나본 적도 없는 곳. 다정하고 이해심 많은 벨러는 없는 존재였다.

나는 성문을 통해 계단을 오르며 다시 한 번 닫힌 상점 문을 쳐다본 후 병원으로 돌아왔다.

폴이 입구에 서 있었다. "형을 찾고 있었어."

나는 끝나버렸다는 것을 알았다. 폴이 내 팔을 잡고 어색하게 반쯤 부축하면서 함께 작은 방으로 들어갔다. 무티에 박사와 블랑슈, 르네, 간호사 한 명이 있었다. 의사는 곧바로 내게 다가왔다. 목소리가 달라져 있었다. 더 이상은 전문가다운 권위를 지닌 냉정한 목소리가 아니었다. 아버지이자 남편인 사람의 목소리였다.

"다 끝났습니다. 참으로 유감입니다."

돌아서 있는 블랑슈를 빼고는 모두가 나를 바라보았다. 내가 금방 대답을 못 하자 의사가 덧붙였다. "끝까지 의식은 회복하지 못하셨습니다. 고통도 없었습니다. 그건 확실히 말씀드립니다."

나는 "혈액 수혈이 별 소용이 없었나요?"라고 물었다.

"그렇습니다. 실낱같은 가능성이었을 뿐입니다. 워낙 큰 충격을 견뎌야 했기 때문에……"

"너무 늦게 도착했나요?" 내가 다시 물었다.

"너무 늦다니요?" 의사가 어리둥절해했다.

"혈액 말입니다. 르망에서 너무 늦게 온 건가요?"

"아, 아닙니다. 30분 만에 왔습니다. 당장 수혈을 했고요. 가능한 조치는 모두 했습니다. 조치에 문제가 있어 마담이 사망하신 것은 절대 아닙니다. 그건 확실합니다. 마지막 순간까지 필요한 모든 조치를 했습니다. 하지만 소용이 없었습니다. 결국 마담을 구하지 못했으니까요."

간호사가 말했다. "마담을 보고 싶으시겠지요." 질문이 아닌 사실 진술이었다. 나는 간호사 뒤를 따라 다른 방으로 갔고 침대 옆에 서서 프랑수아즈 드게를 내려다보았다. 사고의 흔적은 전혀 없었다. 마치 잠든 것 같았다. 죽은 사람 같지도 않았다.

간호사가 말했다. "죽은 후 첫 한 시간 동안 진정한 내면이 드러나는 법이라고 저는 늘 생각합니다. 그렇게 믿는 것이 때로는 도움이 되지요."

나는 동의할 수 없었다. 죽어서 누운 프랑수아즈는 아침에 옷방 입구에서 비명 지르던 때에 비해 평화롭고 행복해 보였다. 더 젊어 보이기도 했다. 아침의 프랑수아즈는 초췌하고 불안하며 짜증이 나 있었다. 지금의 죽은 모습이 진짜고 나머지는 거짓이라면 삶은 아무것도 이뤄내지 못한 그저 시간 낭비가 아닌가.

"둘 다 잃으셨으니 얼마나 힘드시겠어요." 간호사가 위로했다.

둘이라고? 순간 마리노엘 이야기를 들었나 싶었다.

"딸이 있습니다. 열한 살이죠." 내가 말했다.

"무티에 선생님 말로는 태아가 아드님이었다고 합니다."

간호사는 문가로 물러나 눈을 내리깔고 기다렸다. 내가 혼자 기도하고 싶어 할 것이라 생각하는 모양이었다. 나는 기도하지 않고 지난 한 주 동안 프랑수아즈에게 불친절한 말을 하지 않았는지 기억을 더듬었다. 생각이 나지 않았다. 너무 많은 일이 일어났던 것이다. 첫날 저녁에 로켓을 준 것이 다행이었다. 그때 프랑수아즈는 행복해했고 기뻐했다. 그 외에는 금요일에 곁에 있어준 게 다였다. 달리 특별한 것은 없었다. 나는 더 많은 것을 해줬으면 좋았겠다고 생각했다. 나는 뒤돌아 나와 다른 사람들과 합류했다.

폴이 말했다. "형은 생질로 돌아가는 게 좋겠어. 가스통에게 시트로엥을 몰고 오라고 전화했어. 누나와 내가 남은 일을 처리할게. 가스통이 형하고 르네는 집으로 데리고 갈 거야."

이미 의논이 끝난 모양이었다. 죽음을 맞이한 이들 특유의 조용하고 공식적인 말투와 몸짓들이었다. 내가 직접 해야 할 일은 없었다. 상을 당한 당사자는 그저 혼자 슬퍼하기만 하라는 식이니 이건 뭔가 잘못된 일 같았다. 내게도 뭔가 의논하고 서명하고 조직할 일이 있는 편이 좋았을 것이다. 하지만 나는 말없이 무력하게 가족을 지켜보기만 했다.

가스통이 오자 나는 안도감을 느꼈다. 모두들 내가 떠나주기를 바랐다. 르네가 말없이 나를 앞좌석에 앉혔고 자기는 뒷좌석에 탔다. 차가 출발했다.

가스통의 얼굴은 충격에 휩싸여 있었고 창백했다. 그는 내가 차에 오르는 동안 한 마디도 하지 않았고 그저 가만히 무릎 덮개를 덮어주었다. 익숙한 길을 되짚어 갈 때 나는 내가 그랬듯이 가스통이 오늘 아침에 왔던 일, 그리고 지난밤에 오갔던 일을 생각하지 않을지 궁금했다. 지난 시간들이 마치 일어나지 않았던 일들처럼 아득했다.

애도의 표시인지 성의 덧창은 모두 내려져 있었다. 폴이 병원에서 전화한 후 가스통이 그렇게 시켰으리라 짐작했다. 그래도 삶은 부정되지 않는 것이었다. 한낮의 낮은 햇살이 덧창 틈새로 파고들어 거실 바닥에 무늬를 그렸다. 병원의 작은 방에 조용히 평화롭게 누워 있는 프랑수아즈에 대한 애도는 불필요하고 잘못된 일 같았다. 태양과 한낮의 따뜻함은 프랑수아즈에게 해를 입힌 적 없었다. 앞을 내다보지 못하고 제대로 보살피지 않고 알아차리지 못한 것은 바로 우리였다.

가스통은 식당에 음식을 차려놓으라고도 지시해두었다. 우리 모두 하루 종일 아무것도 먹지 못했던 것이다. 나는 가스통을 실망시키지 않기 위해 자리에 앉아 기계적으로 먹었다. 평소와 달리 다소곳하고 다정한 모습의 르네는 폴이 아침 내내 반경 10킬로미터 내 모든 농장을 차로 돌아다니며 아이를 찾다가 12시 반이 지나서야 생질로 돌아왔다고 설명했다. 급작스러운 죽음은 마치 전쟁처럼 순간적인 공감을 만들어냈다. 이상했다. 지난주의 도전적이고 관능적이었던 모습은 어디론가 사라지고 르네는 이제 자연스럽고 친절하고 뭐든 도우려고 애쓰는 중이었다. 르네는 마리노엘이 혼자 잠자지 않게끔 블랑슈 방에 아이 잠자리를 마련하겠다고, 아니면 폴을 다른 방으로 보내고 자기가 데리고 자겠다고 했다. 유리 공장에 가서 직접 아이를 데려오겠다고도 했다. 갑자기 엄마를 잃은 마리노엘이 조금이라도 충격을 덜받도록 무엇이든 하겠다는 것이다.

"아이는 충격받지 않을 거야." 내가 말했다. "이유는 설명하기 어렵지만 하여튼 아이는 준비가 되어 있는 것 같아."

불과 몇 시간 전까지만 해도 마리노엘의 행동 모두가 괴상하고 과시적이라고, 그래서 벌을 주어야 한다고 말했던 르네는 대답을 하지 않았다. 그저 자면서 걸어 다니는 아이를 혼자 재워서는 안 된다고 했을 뿐이다.

르네는 위층으로 올라갔고 나는 식당에 앉아 생각에 잠겼다. 잠시 후 가스통을 불러 유리 공장의 쥘리에게 메모를 전하라고 했다. 프랑수아즈가 죽었다는 사실을 알리고 마리노엘에게 그 소식을 말해달라는 부탁이었다.

"신부님이 오셔서 위층 마담 라콩테스 방에 계십니다." 잠시 머뭇거리던 가스통이 말했다. "므시외 르콩트께서는 신부님을 지금 만나시겠습니까, 아니면 조금 있다가 보시겠습니까?"

"오신 지 오래되었나?"

"샤를로트가 사고 소식을 전하자마자 마담 라콩테스께서 신부님을 오시게 했습니다."

"그게 언제지?"

"저도 모르겠습니다. 므시외 폴과 제가 집에 돌아와 만난 여자들 말은 도무지 종잡을 수가 없어서요. 다들 제정신이 아니라 분명치가 않습니다."

"바로 신부님을 뵈러 가겠네. 그리고 제르멘을 좀 불러주게."

"알겠습니다, 므시외 르콩트."

제르멘은 훌쩍훌쩍 울면서 들어와 내 얼굴을 보고는 울음을 터뜨렸다. 그리고 조금 시간이 지난 후에야 진정했다.

"자, 됐다. 그렇게 우는 건 우리 모두를 더 힘들게 만들 뿐이야. 물어보고 싶은 것이 있다. 마담 장이 오늘 사고 전에 일어나 옷을 입으셨다고 했지?"

"네, 므시외 르콩트. 9시에 아침을 가져다드렸는데 그때까지 침대에 누워 계셨습니다. 일어난다는 말씀은 없으셨고요. 마드무아젤 블랑슈가 시키신 대로 마을로 가서 아이 소식이 없는지 물어보고는 돌아와 곧장 부엌으로 갔습니다. 그러니까 그 이후로는 마담 장을 뵙지 못했습니다."

다시 한 번 눈물이 쏟아졌고 나는 더 이상 물을 것이 없었다. 제르멘을 내보내면서 샤를로트를 불러오게 했다.

샤를로트가 곧 나타났다. 아침의 충격 상태에서는 벗어나 있었다. 신중하고 침착한 가는 눈이 도전적으로 나를 바라보았다. 나는 시간을 낭비하지 않고 곧바로 물어보았다. "오늘 아침에 아이를 찾으러 다 나갔을 때 마담 장한테 다시 갔었나?"

잠시 주저하는 눈빛을 보이던 샤를로트가 대답했다. "네, 므시외 르콩트. 아침을 드시는 동안 한두 마디 위로의 말을 하기 위해 들렀습니다."

"무슨 말을 했지?"

"별것 없었습니다. 걱정하지 마시라고, 곧 아이를 찾게 될 거라고요."

"많이 불안해하던가?"

"마리노엘이 사라졌다는 것보다는 아이의 마음 상태에 더 신경을 쓰고 계셨습니다. 아이가 자신을 멀리한다고 걱정하셨습니다. 아버지와 마드무아젤 블랑슈를 지나치게 좋아하는 나머지 엄마인 자신에게는 다가오지 않는다고요. 정확히 그렇게 말씀하셨습니다."

"그래서 어떻게 대답했나?"

"진실을 말씀드렸습니다, 므시외 르콩트. 므시외 르콩트께서 마리노엘에게 하듯 아버지가 딸을 우상화하게 되면 늘 어머니 입장이 힘들다고요. 제 아주머니도 그런 어려움을 겪으셨습니다. 딸이 성장한 후엔 더 문제입니다. 딸과 아버지가 떨어지지 않으려 하자 제 아주머니는 신경쇠약에까지 걸리셨거든요."

"그런 말을 위로랍시고 했다는 건가?"

"남의 일 같지 않아 말씀드렸을 뿐입니다, 므시외 르콩트. 마담 장은 이곳에서 자주 외톨이이셨으니까요."

현재와 과거에 샤를로트가 얼마나 많은 해를 입혔을지 아연했다. "마담 장이 자리에서 일어났다는 걸 알고 있었나?" 내가 물었다.

다시 한 번 주저하던 샤를로트가 "확실한 말은 안 하셨습니다만, 어떤 상황인지 모른 채 혼자서 누워 있는 것이 싫다고 하셨습니다. 위층의 마담 라콩테스가 깨어 계신지 물으시더군요. 아직 아니라고, 늦게 잠드셨다고 말씀드렸습니다. 어머님은 아이 찾을 방법을 알고 계실지 모른다고 하시더군요. 저는 쟁반을 챙겨 아래층으로 내려와 세탁과 다림질을 했습니다. 그게 제가 마담 장을 본 마지막입니다"라고 대답했다.

말하는 중에 샤를로트는 천천히 고개를 저었고 한숨을 쉬며 두 손을 모으기도 했다. 하지만 그 몸짓에 진심이라고는 없었다. 제르멘의 눈물이 그랬듯 말이다.

"마담 라콩테스는 몇 시에 일어나셨나?"

샤를로트는 잠시 생각했다. "확실히는 모르겠습니다만, 므시외 르콩트, 10시 직전이었던 것 같습니다. 벨을 울리셨지만 아침 드실 생각은 없다고 하셨습니다. 아이 소식을 알려드렸지만 어깨만 으쓱하셨을 뿐 별 관심이 없으시더군요. 마담이 의자에 앉으셨고 저는 침대를 정리했습니다. 제가 별로 필요하시지 않은 상황이라 아래로 내려왔습니다. 그리고 사고가 일어났을 때까지 바느질 방에서 다림질을 했습니다. 가스통의 아내와 제가 소젖 짜는 베르트 비명 소리를 듣고 달려 나갔고…… 그다음은 므시외께서 아시는 바와 같습니다."

샤를로트가 눈을 내리깔고 고개를 숙였다. 나는 그만 가보라고 짧게 말했다. 그리고 나가는 샤를로트에게 하나 더 물어보았다. "사고 소식을 알렸을 때 마담 라콩테스가 뭐라고 하시던가?"

샤를로트가 문손잡이를 잡고 나를 향해 돌아섰다. "놀라고 충격을 받으셨습니다. 그래서 당장 신부님을 부르러 보낸 것이고요. 달리 어떻게 해야 할지 몰랐습니다. 이해하시겠지요?"

"이해하네."

샤를로트가 나가고 나는 옷 방으로 올라가 욕실을 거쳐 침실로 들어갔다. 누군가 이 방에도 창문과 덧창을 닫아두었다. 침대는 정리하지 않았고 욧잇과 담요만 젖혀두었다. 나는 창가로 가 창문과 덧창을 열었다. 창턱이 내 엉덩이 높이였다. 창틀에 앉아 몸을 바깥으로 내미는 것, 지나치게 멀리 내미는 것이 얼마든지 가능했다. 가능했지만 일어날 것 같지 않은 일. 그 일이 일어나고 말았다…… 나는 창문과 덧창을 다시 닫았다. 침실을 둘러보았지만 끔찍한 사고의 단서가 될 만한 것은 전혀 없었다. 나는 방을 나와 등 뒤로 문을 닫았다. 복도를 지나고 계단을 올라 다른 복도로 통하는 문을 통과해 제일 끝 탑의 방으로 향했다.

21

　나는 노크를 하지 않았다. 그대로 문을 열고 곧장 안으로 들어갔다. 이 방도 덧창과 창문이 닫히고 커튼까지 쳐져 있었다. 햇빛은 전혀 들어오지 않았다. 마치 겨울 같았다. 침대 옆 램프와 난로 옆 탁자의 램프가 켜져 있었다. 늦가을 오후 4시의 태양이 밝게 빛나고 있다는 사실은 늘 어둡고 늘 낮과 담을 쌓은 탑 위 이 방에서 아무 의미도 없었다.

　개들은 다른 곳으로 치워져 없었고 낮은 소리로 기도하는 사제의 목소리와 반대편 의자에서 거기 응답하는 목소리만 들렸다. 두 사람 다 손에 묵주를 쥐었다. 사제는 무릎을 꿇고 고개를 숙였고 할머니는 의자에서 몸을 웅크려 뺨을 가슴에 대고 있었다. 내가 들어갔을 때 두 사람 다 반응이 없었다. 다만 묵주를 쥔 할머니 손에 순간적으로 힘이 들어갔다가 풀렸을 뿐이다. 주기도문과 성모송 다음에 나오는 아멘 소리는 나라는 청중을 의식한 듯 크고 강렬했다.

나는 무릎을 꿇지 않고 그저 들으면서 기다렸다. 사제의 중얼거림은 단조롭게 끝없이 이어졌다. 마음을 달래고 생각을 억누르는 듯했다. 어쩌면 그게 목적인지도 모르겠다는 생각이 들었다. 산 자를 위한 기도든, 죽은 자를 위한 기도든 말이다. 병원에 누운 프랑수아즈의 영혼은 자신이 떠나온 세상에서 겪었던 일을 기억하고 싶지 않을 테고 기도에 응답하는 할머니 역시 갑작스러운 의문을 품고 싶지 않을 것이 분명하니까. 부드럽고 굴곡 없는 기도 소리, 꽃잎 안으로 들어간 벌의 웅웅거림과도 같은 그 소리는 의문을 무디게 했고, 금방 끊어질 듯 팽팽하게 긴장되었던 내 감각과 신경도 서서히 무뎌져 생기 없는 이 방의 분위기와 속도에 적응해갔다.

마지막 영광송이 끝나고 마지막 아멘이 지나간 후 다시 한 번이 세상이 그 자리를 차지하기까지 잠시 시간이 흘렀다. 기도 소리뿐이었던 곳에 아이 같은 얼굴로 고개를 끄덕거리는 늙은 사제가 다시금 실체가 되어 움직었다. 사제는 자리에서 일어서자마자 내게 다가와 손을 잡았다.

"어머님과 나는 므시외를 위해 이토록 열심히 기도한 겁니다. 이 끔찍한 고통의 순간을 견뎌낼 용기와 힘을 달라고요."

나는 감사 인사를 했고 사제는 계속 서서 내 손을 잡고 토닥여주었다. 나를 걱정하는 얼굴이었지만 평화로웠다. 사제의 일 편단심, 우리 모두가 못난 아들 혹은 길 잃은 양일 뿐이지만 선한 목자께서 곧 우리를 품에 안고 죄와 부족함을 용서하리라는 그 믿음이 부러웠다.

"제가 따님께 상황을 알릴까요?" 사제는 내 가장 큰 고민거리가 그것이리라 짐작하고 곧장 물었다. 나는 아니라고, 이미 쥘리에게 부탁을 했다고, 또한 폴과 블랑슈가 곧 집에 올 것이니 두 사람과 나머지 일을 의논하면 된다고 대답했다.

"지금이든, 내일이든, 언제든 저는 필요한 도움을 드릴 준비가 되어 있다는 걸 알고 있지요. 므시외, 마담 라콩테스, 따님을 비롯해 성의 누구든 말씀만 하시면 됩니다."

사제는 나와 할머니를 축복하고 책을 챙겨 방을 나섰다. 둘만 남았다. 나는 아무 말 하지 않았다. 할머니도 그러했다. 나는 할머니를 쳐다보지도 않았다. 그러다가 갑자기 충동적으로 창가로 다가가 두꺼운 커튼을 열어젖혔다. 창문도, 덧창도 활짝 열어 공기와 빛이 방으로 들어오게 했다. 램프를 꺼버리자 비로소 대낮이 되었다. 나는 할머니 의자 옆으로 가 섰다. 늦은 오후의 햇살이 내리쬐면서 회색빛 얼굴, 눈꺼풀 내려온 눈, 축 늘어진 뺨, 거대한 턱살이 극명하게 드러났다. 눈을 가리려고 할머니가 손을 들자 검은 모직 옷의 소매가 올라가면서 손목과 팔의 주삿바늘 자국들도 선명하게 보였다.

"무슨 짓이냐? 나를 장님으로 만들 생각이야?" 할머니가 이렇게 말하면서 의자를 움직여 햇빛을 피했다. 묵주와 기도서가 바닥에 떨어졌다. 나는 그것을 주워 돌려주고 할머니와 햇빛 사이에 섰다.

"어떻게 된 일입니까?" 내가 물었다.

"어떻게 된 일이라니?" 할머니는 고개를 들고 나를 바라보며 되물었다. 하지만 내가 해를 등지고 있는 바람에 내 눈을 쳐다보지는 못했다. "쓸모없는 노인네로 이 방에만 갇혀 사는 내가 어떻게 된 일인지 알 방법이 있느냐? 벨을 울려도 누구 하나 오지도 않고. 난 네가 나한테 상황 설명을 하러 왔다고 생각했다. 내가 너한테 설명하는 게 아니고." 할머니는 잠시 말을 멈췄다가 "덧창을 닫고 커튼을 내려라. 내가 빛을 싫어하는 걸 알지 않니"라고 덧붙였다.

"싫습니다."

할머니는 찡그리며 어깨를 으쓱했다. "좋을 대로 하려무나. 지금은 창문을 활짝 열 때가 아니야. 그뿐이다. 가스통에게 성의 모든 덧창을 닫으라고 했다. 시킨 대로 해두었을 게다."

할머니는 의자 깊숙이 등을 기대고 묵주를 기도서 사이에 서표라도 끼우듯 넣어두고는 기도서를 옆 탁자에 올려놓았다. 그리고 등 뒤의 쿠션과 발아래 받침대 위치를 조정했다.

"이제 신부님이 가셨으니 샤를로트에게 개들을 데려오라고 해야겠구나. 신부님이 오실 때면 늘 개들이 귀찮게 해서 말이다. 왜 그렇게 서 있니? 의자를 끌고 와 앉지 그러니?"

나는 앉지 않았다. 나는 할머니 의자 옆에 한쪽 무릎을 꿇고 앉아 팔걸이를 손으로 잡았다. 가면 같은 얼굴이 나를 바라보았다.

"뭐라고 말하신 거예요?" 내가 물었다.

"누구한테 무슨 말을 했다는 거냐? 샤를로트한테 말이냐?"

"프랑수아즈한테요."

할머니가 자세를 더 꼿꼿이 했다. 숄 밑단을 만지작거리던 왼손이 움직임을 멈췄다.

"언제? 몸이 안 좋아 그 애가 침대에만 누워 지낸 이후로 난 프랑수아즈를 보지 못했다. 그러니까 며칠 동안 못 봤어."

"거짓말 마세요. 오늘 아침에 보셨잖아요."

내 말이 예상 밖이었는지 할머니의 온몸이 움찔했다.

"누가 그러더냐? 누가 말을 했어?"

"제가 말하는 거예요. 다른 사람은 말한 적 없어요."

나는 의도적으로 목소리를 낮췄다. 비난하려는 뜻은 없었기 때문이다.

"의식을 회복했었냐? 죽기 전에 병원에서 무슨 말을 한 거야?" 갑작스럽고 날카로운 질문이었다.

"아뇨. 저한테나 다른 사람한테나 아무 말 못 했습니다."

"그렇담 뭐가 문제인 거냐? 왜 그걸 알고 싶은 거야? 오늘 아침에 그 애가 여길 왔었다 해도 지금 와서 그게 무슨 의미가 있어?"

"프랑수아즈가 왜, 어떻게 죽었는지 알고 싶으니까요."

할머니가 손을 내저었다. "도대체 무엇 때문에? 아무도 모를 일이야. 현기증이 나서 떨어진 거다. 베르트가 소들을 몰고 정원을 가로지르다가 봤다고 하지 않던? 샤를로트도 그렇게 말했고. 너도 그 얘기를 들었을 것 아니냐?"

"네. 저도 같은 얘기를 들었습니다. 블랑슈도 그렇고요. 폴과 르네도 그럴 겁니다. 그렇지만 전 믿지 않습니다."

"넌 뭘 믿는데?"

나는 무표정한 얼굴을 바라보았다. "프랑수아즈가 자살한 거라고 믿습니다. 어머니가 거기 일조했고요."

나는 부인, 폭발, 비난, 그도 아니면 자포자기의 방어와 변명을 기대했다. 하지만 믿기 어렵게도 할머니는 어깨를 으쓱한 후 미소를 지었고 아무 감정 없이 말했다. "만약 그 애가 그랬다면……"

급작스러운 죽음을 아무렇지도 않게 만들어버리는 이 냉정함과 비정함은 내가 가장 두려워하던 모든 것을 확인시켜주었다. 처음부터 할머니가 프랑수아즈에게 무관심하다는 것은 나도 느꼈지만 겉으로 드러나지 않은 다른 것도 있었다. 며느리가 죽었으면 하는 시어머니의 바람. 그 이유가 소유욕이든, 사악함이든, 탐욕이든 무엇이든 간에 할머니는 프랑수아즈가 사라져주기를 바랐고 마음속 깊숙이에서는 아들 또한 그것을 바란다고 믿었다. 임신 질환은 그런 결과를 가져올 수 있었다. 오늘의 재난은 더 빠른 종말을 가져왔고 말이다. 제대로 보살핌을 받지 못한 불행한 프랑수아즈가 삶의 의지를 잃고 충동적으로 자신을 놓아버렸을지 모른다는 데 대해 할머니는 아무런 동정심도 갖지 않았다. 죽음 혹은 사내아이의 탄생. 빈곤에서 놓여나기 위해서는 둘 중 하나가 필요했다. 장의 어머니는 드디어 문제가 해결되었다는 안도감을 느낄 뿐이었다.

"어떻게 된 일이든," 할머니가 말했다. "너는 아무 의심도 사지 않을 게다. 여기 없었으니까. 그러니까 잊어버려. 네 역할을 하고 애도하면 된다." 할머니가 의자에서 몸을 앞으로 굽혀 양손으로 내 얼굴을 감쌌다. "양심을 키우기에는 너무 늦었다. 지난번에 내가 말한 대로 말이야. 프랑수아즈가 아이를 낳고 살아남을 거라 생각했다면 어째서 그 죽음을 걸고 도박을 한 게냐?"

"무슨 말씀이세요?"

"네가 파리에서 돌아온 다음 날 카르발레와 통화를 했잖니. 샤를로트가 블랑슈 방의 전화로 듣고 알려줬다. 늘 그렇게 엿듣고 필요한 내용이 있으면 나한테 보고하지. 그쪽의 말도 안 되는 요구에 응하기로 했다는 얘길 듣자마자 그게 도박인 걸 알았어. 너는 앞으로 생기게 될 돈을 계산했던 게다. 그렇게 재산이 들어오지 않으면 우린 파멸이니까. 다음 날 아침 넌 일말의 가책을 느꼈겠지. 그래서 결혼 계약을 다시 보러 빌라르 은행 금고에 갔던 것이고. 도서실에 사본이 있으니 굳이 힘들여 빌라르에 가지 않아도 되었을 텐데 일부러 갔던 것은 즐기기 위해서

였겠지? 거기 여자가 있으니. 네가 돌아온 날 나한테 말했듯이 말이야."

모든 일이 명백했고 부인할 수 없었다. 내 의도가 곡해되어 뒤틀렸다는 것은 이제 중요하지 않았다.

"프랑수아즈는 계약에 대해 알고 있었어요." 내가 말했다. "아내한테는 감추지 않고 진실을 말했어요."

"진실?" 할머니의 시선은 냉소적이고 딱딱했다. 간밤의 고통과 괴로움은 사라지고 없었다. 내 도움은 요청한 적도 없고, 괴로워한 적도 없었던 듯했다. "우리는 모두 자기한테 맞을 때에는 진실을 말한단다. 프랑수아즈도 오늘 아침 여기 와서 내게 진실을 말했어. 그래, 네 말이 옳다. 난 그 애를 만났어. 내가 아마 마지막으로 본 사람일 게다. 옷을 다 입고 아이를 찾아 나설 준비가 된 상태더구나. 마리노엘이 무엇 때문에 마음이 상해 멀리 가버린 거냐고 묻기에 내가 대답해줬지. '무엇 때문에 마음이 상했냐고? 자기가 아무것도 아닌 존재가 될까 봐 두려운 거지. 누구나 버려지는 건 싫잖니. 아이는 너랑 배 속 아이가 모두 사라지기를 원하는 게다.' 그랬더니 프랑수아즈는 여기서 한 번도 행복한 적이 없었다고, 늘 집이 그립고 외롭다고, 그건 처음부터 내가 자기를 싫어한 탓이라고 하더구나. '장은 절 사랑한 적이 없어요'라고 하기에 나도 그렇다고 했다. '지금도 돈을 원할 뿐이에요'라고 하기에 나도 '그렇지'라고 대답했어. 마지막으로 '장은 제가 죽어 다른 사람과 결혼하기를 바라는 걸까요?'라고 묻기에 그건 모르겠다고 했지. '장은 누구와도 잠자리를 함께할 수 있는 사람이야. 그래서 여기 성에서는 르네와 그랬고 빌라르에도 정부가 있지'라고는 말했고. 프랑수아즈는 자기도 짐작했던 일이라고, 최근 며칠 동안 네가 친절하게 군 것은 위장하기 위해서일 뿐이었다고 했어. '그러니까 제가 사라지기를 바라는 사람은 아이만이 아니군요. 장도 그렇고 어머님도 그러시고요. 르네와 빌라르에 있는 여자까지도'라고 하더라. 난 대답 안 했다. 더 흥분할 것 없으니 그냥 내려가라고 했고. 그게 전부야. 더 말한 것은 없다. 프랑수아즈는 진실을 구했고 그걸 얻었어. 진실을 대면할 만큼 용감하지 못했다면 그건 그 애 문제지 내 문제가 아니다. 창밖으로 뛰어내렸든, 현기증으로 떨어졌든 그건 중요하지 않아. 증명할 수도 없는 노릇이고. 결과는 똑같지 않니. 어떻든 넌 원하는 것을 얻지 않았니?"

"아니, 아니에요!" 나는 외쳤다.

나는 할머니를 의자 뒤쪽으로 밀어붙였고 할머니 표정이 바뀌었다. 당황하고 두려운 듯했다. 내가 스스로가 아닌 할머니 때문에 분노한다는 생각이 그제야 들었는지 할머니의 얼굴은 냉소에서 불안으로 돌변했다. 그걸 보면서 나는 설명해봤자 소용없음을, 이해시키려 애쓰는 것은 헛된 노력임을 깨달았다. 아무리 진실이라 해도 아무리 가혹하다 해도 할머니가 프랑수아즈에게 한 말은 모두 아들을 위한 것이었다. 그러니 할머니를 비난할 수 없었다.

나는 벌떡 일어나 창가로 가서 정원 너머 나무들을 내려다보았다. 오 하느님, 무언가 해답이, 출구가 분명 있을 겁니다. 남의 흉내를 내는 내가 아니라 저들 모두, 어머니, 아이, 블랑슈, 폴과 르네를 위한 답이. 장 드게가 질시와 불화, 반감을 퍼뜨렸다면 거기엔 과거의 평계가 있었을 것이다. 나에겐 그런 구실이 없었다. 나는 그저 정체를 감추기 위해 그를 뒤따르기만 했다.

지난밤의 거센 비로 주석 홈통의 쓰레기가 깨끗이 청소된 상태였다. 가고일의 혓바닥 위에 물이 고여 반짝였다. 홈통 속에서 무언가 또 다른 것이 유리처럼 빛났다. 샤를로트가 던져버린 빈 모르핀 앰플이었다. 나뭇잎이 다 쓸려 나가면서 모습을 드러낸 것이다. 홈통 속 모르핀병을 보면서 나는 생각했다. 어제 모르핀을 주사하지 않고 이 방을 지켰더라면 어떻게 되었을까. 어떤 희망, 어떤 이해가 가능했을까. 나는 빌라르에 가지 않았을 것이고 아이도 우물에 들어가지 않았을 것이다. 비극을 피할 수 있었을지도 모른다. 프랑수아즈는 죽지 않을 수 있었다. 나는 창을 등지고 돌아서 의자에 앉은 여인을 바라보았다. "어머니가 저를 도와주셔야겠습니다."

"도우라고? 어떻게? 어떻게 도우면 되느냐?" 할머니가 물었다.

나는 의자 옆에 무릎을 꿇고 앉아 할머니 손을 잡았다. 지나간 세월 동안 그 어떤 나쁜 일들이 있었다 해도 그건 이방인이 바로잡을 수 없는 것이었다. 나는 현재를 만들 수 있을 뿐이었다. 하지만 혼자서는 불가능했다.

"제가 원하는 것을 얻었다고 하셨지요. 돈 말인가요? 유리 공장과 우리 가족, 생질을 위한 돈?"

"그 밖에 뭐가 필요하단 말이냐? 넌 부자야. 원하는 걸 할 수 있고 자유로워. 그게 너한테 중요한 전부 아니었니?"

"아뇨, 어머니도 중요해요. 전 어머니가 과거처럼 집안의 어른이 되어주시길 바라요. 하지만 모르핀을 맞는 동안에는 그럴 수 없어요."

무언가 무너져 내렸다. 외부의 공격에서 스스로를 방어하기 위해, 그리하여 어떤 도전도 들리지 않고 어떤 신호도 보이지 않도록 우리 각자가 쳐둔 겹겹의 방어막이. 아무도 건드리지 않고 놓아둔 그 방어막이 내가 말하는 그 짧은 순간, 붕괴했다. 나는 나를 꽉 움켜잡은 손에서 오랜 세월의 고독, 둔해진 감각, 조롱하는 마음, 텅 빈 가슴을 느꼈다. 그렇게 할머니 손을 잡자 그 모든 것이 나의 일부가 된 듯 느껴졌다. 도저히 버텨내지 못할 것 같은 부담이었다. 할머니가 손을 빼냈다. 다시 한 번 주위에 보호막을 친 것이다. 달리 대안이 없으므로 선택했던 삶의 방식을 그대로 유지하겠다는 확고한 태도였다. 자기 옆에 무릎 꿇은, 아들이라 믿는 사람이 유일한 위로, 유일한 망각의 방식으로부터 자기를 빼내려 하고 있었다.

"난 지쳤다. 늙고 쓸모없는 존재야. 다 잊어버리고 살겠다는데 왜 괴롭히는 거냐?"

"어머니는 지치지도, 늙거나 쓸모없지도 않아요. 어머니 자신께는 어떨지 몰라도 제게는 아닙니다. 어제 어머니는 아래층에 내려오셔서 테라스에서 손님들을 맞으셨어요. 아버지 곁에 서 계셨듯 제 옆에 서셨어요. 오래전 과거에 그러셨듯이 말이에요. 그건 과거에 매달리는 것도, 괜한 오만도 아닙니다. 어머니 자신을 증명하는 마땅한 일이에요. 저 방에 있는 주사기나 약상자에, 샤를로트에 의존하지 않기 위한 방법이고요. 이제 벗어나실 수 있습니다. 저를 위해서라도 그렇게 해주세요."

할머니는 방어적인 시선으로 나를 바라보았다. "무슨 소리냐?"

"어제 아침, 손님들이 떠나고 난 후 무슨 생각을 하셨나요?"

"네 생각을 했다. 옛날 생각도 했고. 오래전으로 돌아갔던 거지. 하지만 내가 무슨 생각을 했든 그게 대수냐? 난 고통을 받고 있어. 고통받을 때는 모르핀을 맞아야 한다. 그게 다야."

"제가 어머니를 고통스럽게 했어요. 제가 원인입니다."

"그랬던들 어쩌겠느냐? 모든 어머니는 아들 때문에 고통을 받아. 그게 우리 삶이지. 그렇다고 아들을 비난하는 어머니는 없다."

"하지만 아들 삶의 일부는 아니에요. 아들은 고통을 견디지 못해요. 전 겁쟁이고 과거에도 늘 겁쟁이였습니다. 그래서 어머니 도움이 필요해요. 과거보다 앞으로는 더욱더 많이 그럴 겁니다."

나는 자리에서 일어나 옆의 옷 방으로 갔다. 세면대 위 벽장에서 앰플 상자와 주사기를 꺼내 침실로 가져와서 할머니 앞에 내밀었다.

"다 갖다 버리겠어요. 위험한 일일지도 모르겠습니다. 어머니는 제가 카르발레와 새로 계약한 것이 도박이라고 했지요. 이건 또 다른 도박입니다."

할머니의 손이 의자를 움켜쥐었다. 그 눈에서 순간적으로 공포와 절망의 빛이 번쩍였다.

"난 그럴 수 없다, 장. 넌 이해하지 못할 거야. 하지만 이런 식으로 갑자기 빼앗아버리면 안 돼. 난 너무 늙고 너무 지쳤어. 언젠가는 할 수 있을지 모르지만 지금은 아니야. 내가 그만두기를 바랐다면 왜 진작 말하지 않았니? 이젠 너무 늦었어."

"너무 늦지 않았어요." 나는 탁자에 상자를 올려놓았다. "손을 주세요."

할머니가 손을 내밀었고 나는 그 손을 잡고 할머니를 일으켜 세웠다. 할머니는 중심을 잡기 위해 붕대 감은 내 손을 강하게 움켜잡았고 나는 손가락에서 팔꿈치까지 격렬한 통증을 느꼈다. 할머니는 내 상황을 알아차리지 못하고 계속 내 손을 잡고 있었다. 그 상황에서 손을 놓는 것은 그 순간 할머니에게 꼭 필요한 확신과 힘을 잃게 할 것이었다.

"자, 이제 아래층으로 내려가세요." 내가 말했다.

할머니는 나와 창문 사이에 섰다. 그 거대한 몸이 햇빛을 가로막았다. 잠시 후들거리던 할머니는 균형을 찾았다. 목에 걸고 있는 흑단 십자가가 진자처럼 좌우로 흔들렸다.

"아래층으로? 왜?"

"제게 어머니가 필요하니까요. 그리고 앞으로는 매일 아래층으로 내려오실 거예요."

한참 동안 할머니는 내 손을 꽉 잡고 의지했다. 그다음에는 나를 놓고 천천히 문으로 움직였다. 위엄 넘치는 모습이었다. 복도로 나가자 내 손을 잡지 않고 앞서서 걸었고 다른 방의 문을 열었다. 테리어들이 달려 나와 짖어댔고 할머니 손을 핥기 위해 뛰어올랐다.

할머니는 의기양양한 얼굴로 나를 보았다. "내 생각대로야. 개들은 산책을 나가지 않았어. 샤를로트가 거짓말을 한 거지. 매일 오후에 정원으로 개를 데리고 나가야 하는데 말이야. 감독할 사람이 없으니 집안에 질서가 안 잡히는군."

갇혀 있다 놓여난 개들은 계단으로 달려갔고 우리는 그 뒤를 따랐다. 할머니가 "블랑슈와 폴이 장례식 절차를 결정할 거라고 신부님한테 한 말이 정말이냐?"라고 물었다.

"네."

"걔들은 그런 일을 처리할 수 없어. 네 아버지가 돌아가신 이후로 성에는 장례식이 없었거든. 제대로 절차를 밟아야 한다. 프랑수아즈는 중요한 사람이니 모든 격식을 갖춰 보내줘야 해. 네 아내가 아니냐. 드게 가문의 콩테스란 말이다."

계단참에 이르러 할머니가 잠시 서서 기다리게 하고 나는 앰플과 주사기 상자를 내 옷 방에 가져다 놓았다. 거실로 들어서자 말소리가 들렸다. 식구들이 돌아온 것이다. 폴은 벽난로 옆에 섰고 그 옆에 사제가 있었다. 르네는 늘 앉던 소파에, 블랑슈는 다른 의자에 앉은 채였다. 모두들 당황스러운 시선으로 우리를 보았다. 사제조차 깜짝 놀란 나머지 금방 앞으로 나서 할머니를 부축하지 못하고 눈만 껌벅였다. 할머니는 손을 내저어 부축을 마다하고 벽난로 옆 의자, 프랑수아즈가 늘 앉던 의자로 갔다. 블랑슈가 벌떡 일어나 할머니에게 다가갔다.

"침대에 누워 계셔야 해요. 샤를로트 말로는 충격을 많이 받아 기력이 없으시다고 하던데요."

"샤를로트는 거짓말쟁이야." 이게 대답이었다. "넌 네 일이나 신경 써라." 할머니는 흑단 십자가와 함께 목에 걸려 대롱거리는 안경을 찾아 끼고 우리를 한 사람씩 둘러보았다. "여기는 상가喪家야. 요양원이 아니다. 내 며느리가 세상을 떠났다. 고인을 마땅하게 추모하게끔 내가 모든 것을 감독할 거야. 폴, 펜하고 종이 몇 장을 가지고 오너라. 블랑슈는 내 방으로 가서 책상 제일 위 서랍을 살펴봐라. 아버지 장례식에 왔던 조문객들 명단이랑 관련 서류가 있을 거야. 그때 조문객들은 많이 돌아가셨지만 가족들은 살아 있으니. 르네는 옷 방에서 전화번호부를 가져와라. 신부님은 이쪽으로 와서 앉으시면 좋겠습니다. 매장 절차와 관련해 확인해야 할 사항들이 있어서요. 장⋯⋯" 할머니가 나를 보며 잠시 말을 멈췄다. "일단 너한테는 부탁할 일이 없구나. 산책이라도 좀 하는 게 좋겠다. 신선한 공기가 필요할 거야. 샤를로트 대신 개들 산책을 시켜도 좋고. 그리고 나가기 전에," 할머니가 덧붙였다. "검은 옷으로 갈아입어라. 콩트 드게는 아내 상을 당했을 때 평상복 차림으로 돌아다니지 않는 법이다."

22

나는 거실을 나와 위층으로 가서 옷을 갈아입었다. 이어 가스
통을 불러 차를 가져오라고 했다.

"유리 공장까지 좀 태워주게. 아이를 데리러 가야 하니."

"잘 알겠습니다, 므시외 르콩트."

마을을 나서 언덕길을 올라 숲으로 향할 때 가스통이 말했다.
"저와 제 아내, 그리고 성의 모든 사람들은 이번 일에 깊은 조의
를 표하고 싶습니다, 므시외 르콩트."

"고맙네, 가스통."

"무엇이든 저희가 할 일이 있으면 말씀만 하십시오, 므시외
르콩트."

나는 다시 한 번 고맙다고 말했다. 하지만 나 자신이 아니라

면 그 누가 어떤 행동을 하든 상황을 바꾸지 못할 것이었다. 그리고 나는 향후 더 비극적인 상황을 낳을 수 있는 모르핀 중독을 끊어버리는 것으로 첫걸음을 내디딘 참이었다. 결과는 모를 일이었다. 아는 것은 이제 내가 장 드게처럼 도박꾼이 되었다는 것뿐.

가스통이 유리 공장 입구 바깥쪽에 차를 세웠다. 아직 이른 시간이었지만 주변에는 아무도 없었다. 일꾼들은 프랑수아즈를 추모하며 하루 휴업하는 것이 분명했다.

나는 차에서 내려 버려진 집으로 갔다. 아무도 없었다. 쥘리가 분명 마리노엘을 데리고 다른 집으로 갔을 터였다. 가스통에게 기다리라고 하고 나는 공장장 집 담장 안으로 들어갔다. 창문들 앞 버석거리는 길을 지나 우물로 가서 안을 들여다보았다. 깊이가 6미터쯤 되어 보였다. 여기저기가 떨어져 나간 허술한 사다리는 부식이 심했다. 우물 벽은 곰팡이가 피어 초록색이었고 끈적끈적했다. 아래쪽 바닥에 쌓인 깨진 유리와 모래, 진흙이 보였다. 열 살 먹은 아이가 한밤중에 겁도 없이 그리로 들어가면서 다치지 않았다는 걸 믿기 어려웠다. 하지만 그건 사실이었다.

나는 우물가를 떠나 공장장 집의 유리창 안을 들여다보았다. 마리노엘이 누워 있던 바닥에는 여전히 담요가 수북이 쌓여 있었다. 뒤쪽 과수원으로 돌아가보니 아침에 내가 들어갔던 창문은 닫혀 있었다. 하지만 잠겨 있지는 않았다. 쥘리는 블랑슈와 내가 떠난 후 서둘러 창문을 닫고 마리노엘과 함께 자기 집으로, 혹은 아들 집으로 간 모양이었다.

나는 다시 한 번 창문을 열고 안으로 들어갔다. 아침에 그랬듯 담요 더미 앞에 섰다. 그곳에서 자고 있던 아이의 작고 평온한 얼굴을 떠올려보았다. 어떤 공포나 고통도 모르는 듯하지만 그 이면에서는 힘겹게 악몽을 이겨내고 있던 얼굴. 나는 몸을 굽혀 담요를 만졌다. 시농이나 오를레앙에서 줄지어 선 관광 순례객들이 눈을 크게 뜨고 과거 잔 다르크가 무릎 꿇었다는 계단을 지저분한 손으로 만지던 일이 기억났다. 그 돌계단에서 애국심이라도 끌어내리려는 듯이. 나는 그걸 보고 바보 같은 짓이라 생각했다. 지금 내 행동도 바보 같기는 마찬가지였다. 내가 만지는 담요에 너무 많은 상상을 덧붙일 필요는 없었다. 우물에서 밤을 보낸 후 잠깐 들어갔을 뿐이니까. 나는 주머니에서 다시 아이 편지를 꺼내 마지막 줄을 읽어보았다. '성모 마리아님은 아빠가 불행하다고, 과거에 한 일로 고통받는 거라고 해. 그래서 난 아빠의 모든 죄가 아직 어리고 강한 나한테 내리게 해달라고 기도할 거야. 그러니 아빠를 깊이 사랑하는 마리노엘을 믿고 잘 자.' 나는 종이를 다시 주머니에 넣었다. 나 역시 그저 순례객일 뿐이었다……

나는 창문을 통해 밖으로 나와 내가 왔던 길을 되짚어 갔다. 사과가 매달린 울퉁불퉁한 늙은 나무, 쓰러진 해바라기, 집을 타고 올라간 포도 줄기에 아무도 따 가지 않은 포도송이가 무겁게 매달린 모습을 쳐다보면서. 집 앞쪽으로 나오니 마리노엘이 내 쪽으로 다가오는 중이었다. 가스통이 내가 왔다고 알린 모양이었다.

갑자기 나는 무슨 말을 해야 할지 몰랐다. 먼저 쥘리를 봐야 한다고 생각했던 것이다. 쥘리가 아이한테 어떻게 소식을 전했는지부터 들어야 했으니까.

"웃지 마." 아이가 먼저 입을 열었다.

웃는다고? 살면서 웃음과 그토록 거리가 먼 순간은 처음인데. 나는 무슨 뜻인지 몰라 멍하니 서 있었다.

"피에르 옷을 입었어. 이 티셔츠하고 바지 말이야. 마담 이브가 내 파란 원피스가 젖었다고 갈아입게 했어. 근데 잘 맞긴 해."

그제야 아이가 어울리지 않는 옷차림이라는 걸 깨달았다. 셔츠고 바지고 너무 짧아 아이 다리가 한층 길고 가늘어 보였다. 나막신도 빌려 신었는데 이건 또 너무 커서 질질 끌면서 걸어야 했다.

"이것 봐. 내가 피에르보다 키가 큰 거야. 피에르는 열두 살인데 말이야."

아이는 옷소매가 자기 손목에 오지 않는다는 걸 보여주고 옷이 한층 작아 보이도록 몸을 쭉 폈다.

"그래, 그렇구나."

나는 아이를 내려다보며 어색하게 서 있었다. 이런 비극적인 상황에서 아버지가 해야 할 말이나 행동이 있지 않을까? 이렇게 옷 얘기나 하면서 서 있기만 하지는 않을 것 같았다.

"진작 데리러 오지 못한 건……" 아이는 내 말이 끝나기도 전에 내 손을 잡고 말했다. "일찍 안 와서 다행이야. 피에르랑 내가 뭘 만들었는지 보여줄게." 아이는 유리 폐기물 더미 옆 돌무더기 쪽으로 나를 이끌었다. "이게 성이야." 아침에 아이 주머니에 들어 있던 작은 유리 모형이었다. "그리고 이건 생질의 다른 집들이야. 저 큰 조각이 교회고. 피에르가 자갈을 퍼내서 길을 만들었어. 저쪽은 강이고 이 나뭇가지가 다리야. 오후 내내 우리가 만든 거야."

그럼 쥘리가 말할 틈이 없었겠군. 아직 모르는 거야. 나는 뒤돌아 쥘리나 가스통이 없는지 살폈지만 아무도 보이지 않았다.

"마담 이브는 어디 있어?" 내가 물었다.

"집에. 가스통하고 앙드레하고 이야기하고 있어. 피에르는 농장에 우유 가지러 갔고. 오늘 아침에 그 집 우유를 내가 다 마셔버렸거든. 아주 조금밖에 없더라고. 점심에 뭘 먹었는지 알아? 닭고기! 마담 이브가 늘 다른 닭이랑 싸운다는 늙은 절름발이 수탉을 잡았어. 그 닭은 이제 안식할 시간이래. 내 방문을 기념해 용감하게 사라지는 거래."

아이가 나를 올려다보았다. 내 놀란 표정을 알아차린 듯했다. 나는 어떻게 상황을 설명할지 여전히 고민하고 있었다.

"그거 알아?" 아이가 목소리를 낮췄다. "피에르 엄마는 이제

가족이랑 살지 않는대. 몇 주 전에 르망으로 도망가버렸고 그래서 마담 이브가 앙드레와 피에르 집에 가서 요리를 해주는 거야. 엄마 없는 아이와 아내 없는 남편이라니 너무 끔찍해."

쥘리에게 충분히 시간을 주지 못한 것이 확실했다. 가스통이 소식을 전한 것이 불과 한 시간 전이니 쥘리가 아직 말할 짬을 잡지 못한 게 이상한 일도 아니지. 하지만 그 생각은 틀렸다.

"우리 상황도 비슷해. 아빠도 앙드레처럼 화상을 입었지만 앙드레는 평생 아플 테고 아빠는 며칠이면 괜찮아지지. 우리는 엄마가 잘 보살핌을 받는다는 것으로 위로를 받아야 해. 마담 이브가 설명했듯 결국은 르망에서 정비공하고 있는 것보다는 천국에서 예수 그리스도와 있는 것이 훨씬 나아." 아이가 손에 쥔 모래를 물처럼 흐르게 하며 일어서 말을 계속했다. "에르네스트가 트럭을 타고 돌아와 엄마가 병원에 있다고 했을 때 난 이렇게 될 줄 알았어. 내 꿈은 현실이 되는 일이 많거든. 하지만 이건 사고였어. 꿈속에서는 우리가 의도적으로 엄마를 죽이려 했고. 어쩌다가 창문에서 떨어진 거야?"

"나도 모른단다. 아무도 몰라."

"내가 알아내겠어. 그럼 천국에서 엄마가 위로받을 거야."

아이는 유리 성 모형을 집어 들어 주머니에 넣었다. 우리는 손을 잡고 오두막으로 갔고 쥘리가 가스통과 함께 나왔다. 쥘리는 아이 옷을 팔에 걸고 있었다.

"이제 말랐으니 갈아입는 게 좋겠구나. 그렇게 입고 성에 갈 수는 없지. 어서 서둘러라." 쥘리가 아이에게 옷을 들려 안으로 들여보냈다. 그리고 나를 보며 "아주 용감한 아이군요. 자랑스러워하셔도 되겠어요"라고 말했다.

"너무 급작스러운 일이어서 아직 제대로 느끼지 못하는 거야."

쥘리는 오늘 아침 잠든 아이 옆에서 그랬던 것처럼 불쌍히 여기는 시선을 보냈다. "울지 않는다고 감정이 없는 거라 생각하신다면 아이들을 잘 모르시는 겁니다, 므시외 장. 그건 완전히 틀린 생각이에요." 쥘리는 비난받는 아이를 옹호하러 나서기라도 한 듯 빠른 말투였다. 하지만 곧 침착함을 되찾았다. "이렇게 솔직하게 말씀드린 걸 용서하세요. 오늘 따님이 우리 모두의 마음을 사로잡았다는 것만 아시면 됩니다. 크나큰 슬픔에 위로를 드립니다, 므시외 르콩트." 우리 사이에 다시 예의가 회복되었다. 유리 공장의 일꾼 대표가 생질의 영주에게 말하고 있었다. 나는 고개를 숙여 감사를 표했다. 이어 다시 친구로 돌아갔다.

"오늘 우리한테 많은 것을 해주었어. 다른 누구보다도 쥘리 당신이 아이에게 소식을 전해주는 게 좋을 거라고 생각했지. 그 생각이 옳았고."

"굳이 말할 필요도 없었어요. 아이가 우리에게 먼저 이야기 하더군요. 꿈이 예고해주었다고요. 물론 저야 꿈을 믿지 않지만 말입니다. 아이들만이 동물처럼 신과 가까이 있지요." 쥘리가 공장장의 집과 우물로 이어진 버려진 땅을 바라보았다. "경찰 심문이 있겠지요? 그게 끝난 후에야 마담 장을 모셔 올 생각이신지요?"

"심문이라고?" 내가 되물었다.

"분명 의사들이 알아서 할 겁니다. 빨리 끝나기를 바라야지요. 즐거울 것 없는 일이니까." 쥘리가 고개를 끄덕였다.

나는 충격을 받아 멍한 상태여서 심문 같은 것은 생각하지 못했다. 물론 쥘리 말이 옳았다. 내가 병원을 떠난 후 폴과 블랑슈는 그 일도 의논했을 것이다.

"어떻게 하기로 했는지 모르겠어, 쥘리. 므시외 폴과 마드무아젤 블랑슈에게 일 처리를 다 맡겨서."

원피스와 외투 차림의 마리노엘이 오두막에서 나왔다. 아이가 쥘리에게 입을 맞추고 우리는 작별 인사를 했다. 가스통이 운전을 해 우리는 생질로 돌아왔다. 입구를 지나면서 보니 테라스 앞에 차 네 대가 서 있었다.

"르브룅 선생님 차하고 므시외 탈베르 차가 있네. 다른 두 대는 모르겠는걸." 마리노엘이 말했다.

탈베르라면 금고에 있던 편지를 보낸 변호사였다. 가족의 대소사를 그가 다 챙기는 모양이었다. 차에서 내리면서 보니 제일 앞쪽 차에는 제복 차림 남자가 운전석에 앉아 있었다.

"경찰서장님 차입니다." 가스통이 속삭였다. "므시외 탈베르와 의사들을 이끌고 빌라르에서 온 모양입니다."

"왜 다들 몰려온 거야?" 마리노엘이 물었다. "누굴 체포하지는 않겠지?"

"사고가 나면 늘 오시게 되어 있어. 아빠가 만나봐야겠다. 넌 위층으로 가서 제르멘에게 책을 읽어달라고 하는 게 좋겠지?"

"제르멘은 책을 잘 못 읽어. 내 걱정은 하지 마. 말썽이 될 일은 지금도 앞으로도 하지 않는다고 맹세할게."

아이는 테라스로 올라가 문 안으로 사라졌다. 나는 가스통을 쳐다보았다.

"서장님이 자네 아내를 만나고 싶어 할 것 같군. 사고 현장에 있었으니까."

"알겠습니다, 므시외 르콩트."

가스통은 불안해 보였다. 나 역시 불안했다. 한낮의 악몽은 아직 끝난 것이 아니었다. 나는 성으로 들어가 거실에서 흘러나오는 말소리를 들었다. 내가 들어서자 소리가 뚝 그치고 모두들 고개를 돌려 나를 쳐다보았다. 르브륀 선생과 병원에서 보았던 무티에 박사가 있었다. 세 번째 사람은 땅딸막한 체구에 머리가 회색빛으로 희끗했는데 탈베르 변호사인 것 같았다. 보다 공식적인 분위기를 풍기는 네 번째 사람이 서장임에 틀림없었다.

제일 먼저 할머니한테 생각이 미쳤다. 할머니는 여전히 벽난로 옆 의자에 당당한 모습으로 앉아 있었다. 아픈 표시는 전혀 없었고 그 존재만으로도 다른 사람들을 모두 작게 만들며 방을 꽉 채웠다.

"우리 아들이 왔군요, 므시외." 할머니가 서장에게 말했다. 이어 내 쪽을 돌아보며 "므시외 르모트께서 필요한 사항을 확인하기 위해 직접 이렇게 빌라르에서 와주셨구나"라고 말했다.

세 남자가 내게 다가와 서둘러 조의를 표했다. "이런 순간에 불쑥 찾아오게 되어 참으로 유감입니다"라는 경찰서장, "저 또한 얼마나 충격을 받았는지 모릅니다. 이 힘든 순간을 저도 함께할 수 있도록 해주십시오"라는 변호사, 그리고 "정말 놀랐습니다. 어떤 말로 위로해야 할지 모르겠습니다"라는 르브륀 선생. 고맙다는 중얼거림과 악수가 이어지면서 분위기가 누그러졌고 심문 시작 전의 어색함이 그럭저럭 정리되었다. 예의 차린 인사가 끝난 후 서장이 내 쪽으로 돌아섰다.

"르브륀 선생님과 무티에 선생님 두 분으로부터 마담께서 몇 주 후 출산할 예정이었다는 말을 들었습니다. 최근 신경이 날카로운 상태였다는 것도요. 맞습니까?"

"그렇습니다."

"혹시라도 출산에 대해 지나치게 불안을 느꼈나요?"

"그랬던 것 같습니다."

"죄송합니다만, 서장님." 변호사 탈베르가 끼어들었다. "므시외 르콩트께서 설명하시겠지만 그 출산은 부부가 간절히 기다리던 일이었습니다. 아들을 바랐지요."

"그랬겠지요." 서장이 대답했다. "모든 부모가 마찬가지니까요."

"하지만 이 경우는 좀 특별합니다. 결혼 계약에 따르면 아들이 태어나야 므시외 르콩트의 재산이 크게 늘어나도록 되어 있어서요. 마담 라콩테스는 제게 남편과 시댁 식구들을 실망시키게 될까 봐 두렵다는 말을 여러 번 하셨습니다. 그리고 그것이 제 생각에는 특히 더 신경을 날카롭게 만든 원인이었던 듯합니다."

"두려움은 너무 강한 표현이군, 탈베르 선생." 모두들 벽난로 옆 안락의자 쪽을 돌아보았다. "내 며느리는 우리 누구도 두려워할 필요가 없었어요. 우리는 결혼 계약에 목맬 정도로 어려운 상황은 아닙니다. 죽은 내 남편 가문은 300년 동안 이 지역을 소유하고 있으니까요."

변호사 얼굴이 확 붉어졌다. "물론 마담 장이 위협을 느꼈다거나 하는 의미는 아닙니다. 그저 입장이 미묘했고 책임감을 느꼈다는 말이었습니다. 아들 출산은 경제적 곤란을 크게 완화시켜줄 것이고 마담 장도 그 점을 잘 알고 있었습니다."

서장이 르브뢴 선생 쪽을 보았다. 머뭇거리며 할머니와 나를 바라보던 르브뢴 선생은 "마담 장은 분명 간절히 아들을 바랐습니다. 지난주 저한테도 그 말을 했고요. 그 불안이 신경을 예민하게 했던 것은 분명합니다"라고 말했다.

"한마디로 마담 라콩테스께서 히스테리 성향을 보이셨다는 것이군요." 서장이 말했다. "용서하십시오, 므시외. 저는 마담께서 사고 순간에 특별히 불안한 상태였고 그 경우 현기증을 느낄 가능성이 높다는 점을 확인하고 싶을 뿐입니다. 의사 선생님들은 제 말에 동의하시나요?"

"동의합니다."

"므시외께서는 어떠십니까?" 서장이 내게 물었다.

"그렇다고 생각합니다. 게다가 딸아이 때문에도 불안한 상황이었습니다. 어떤 일이었는지 들으셨지요?"

"므시외 폴 드게와 마드무아젤 블랑슈가 진술해주셨습니다. 하녀 말도 들었고요. 따님을 무사히 찾아서 다행입니다. 그럼 오늘 아침에 마지막으로 부인을 보신 것은 아이를 찾으러 나가기 전이었군요?"

"그렇습니다."

"크게 동요하는 모습이었습니까?"

"심하게 불안해했습니다. 다른 사람들보다 훨씬 더요."

"자신도 일어나 수색하러 가겠다고 하지는 않으셨나요?"

"그러지는 않았습니다."

"그래서 마담을 침대에 눕게 하고 아이 소식을 확인하고 돌아올 때까지 기다리게 하셨습니까?"

"그렇습니다."

"그러면 모두들 아이를 찾으러 나간 후 남은 사람은 몇 안 되는군요. 하녀인 샤를로트와 제르멘, 아, 제르멘은 마담 장의 아침 식사를 갖다 드리고 마드무아젤 블랑슈의 지시로 마을로 나갔습니다. 요리사는 아래층에 있었고 마지막으로 마담 라콩테스는 위층 자기 방에 계셨고요. 아내분이 떨어진 자리를 살펴봐야겠습니다." 서장이 나를 보며 덧붙였다. "허락하신다면 바로 침실로 가고 싶군요."

"물론 허락합니다."

"소치기 여자인 베르트와는 이미 이야기를 나누었습니다. 마담 장이 무언가 잡으려는 듯 허공에 손을 뻗었다가 떨어졌다는군요. 베르트는 비명을 질렀고 그 소리를 들은 요리사와 샤를로트가 곧장 해자로 나갔습니다. 요리사는 빌라르에 구급차를 요청하는 전화를 걸었습니다. 나머지는 무티에 박사님이 이야기해주었습니다. 자, 그러니까 제르멘이라는 하녀가 아침 식사를 가져간 후로는 아무도 마담 장의 침실에 들어가지 않은 것이지요?"

"샤를로트가 들어갔을 수 있어요." 르네가 말했다.

"샤를로트를 좀 불러주시겠습니까, 므시외?" 서장이 내게 부탁했다.

"샤를로트는 내 하녀이니 내가 부르겠소." 할머니가 말했다. 안락의자에서 손이 나와 벨이 달린 줄을 당겼다. "사고 소식을 내게 알려준 사람이 샤를로트였어요. 놀라서 제정신이 아닌 상태였지. 아마 다른 사람들도 마찬가지였을 게야. 어차피 거기서 들을 수 있는 이야기는 별로 없어 보이는군요. 하인들은 재난 상황에서는 넋이 나가버리니까."

벨 소리를 들은 가스통이 들어오자 할머니가 서장님이 샤를로트를 만나고 싶어 한다고 말했다.

"저는 잘 모르겠군요." 폴이 말했다. "샤를로트나 제르멘이 형수한테 무슨 말을 했는지가 왜 중요한 거죠? 형수가 현기증을 느끼고 창문에서 떨어진 사실과는 아무 상관 없지 않은가요?"

"죄송합니다, 므시외." 서장이 사과했다. "이 과정이 가족 여러분께 얼마나 힘들지 잘 이해합니다. 저는 다만 법의 요구에 따라 추락의 원인이 사고라는 점을 아무 의혹 없이 밝혀야 하는 입장입니다. 이 정도 높이에서 사람이 떨어지는 일은 흔한 것이 아니지요."

르네가 깜짝 놀라 창백해진 얼굴로 물었다. "무슨 뜻이지요?"

"신경이 아주 날카로워지면 자칫 위험한 행동을 저지를 수도 있다는 말입니다." 서장이 친절하게 설명했다. "물론 이것이 그런 경우라고 보는 것은 아닙니다. 이미 말씀드린 대로 원인은 갑작스러운 현기증일 가능성이 가장 큽니다. 다만 저는 확실히 해두어야만 합니다."

"그러니까 올케가 의도적으로 창문에서 뛰어내렸을 수도 있다는 말씀입니까?" 블랑슈가 물었다.

"가능하다는 것이지 그랬을 거라는 뜻은 아닙니다."

갑자기 정적이 감돌았다. 나는 곤혹스러운 표정들을 하나씩 살펴보았고 정적이 신속한 거부로 채워지는 것을 보았다. 자신이 프랑수아즈의 죽음을 야기했다는 내적 죄책감에 대한 거부였다. 어머니에게 갔어야 마땅할 사랑을 마리노엘에게서 얻어 낸 블랑슈, 결혼 계약 조항 때문에 프랑수아즈가 가족 사업에 기여할 수 없게 된 점을 끊임없이 불평했던 폴, 장과의 불륜이 혹시라도 꼬리를 밟혔다면 프랑수아즈를 불행하게 만들었을 르네, 어머니의 강한 집착으로 프랑수아즈에게서 남편의 사랑을 빼앗고 집안에서 정당한 지위를 차지하지 못하게 한 할머니, 그 누구도 프랑수아즈를 자살로 내몰았다는 책임에서 자유롭지 못했다.

샤를로트가 들어오면서 긴장감이 깨졌다. 불만스럽고 의심 많은 표정이었다.

"부르셨습니까, 마담 라콩테스?"

"경찰서장님께서 몇 가지 물어보시겠다고 한다." 할머니가 대답했다.

"오늘 아침, 사고가 일어나기 전에 마담 장과 무슨 대화를 나누지 않았나요?" 경찰서장이 물었다.

샤를로트는 얼굴이 화끈 달아올라 화난 표정으로 나를 보았다. 내가 무언가 언급하는 바람에 이런 질문을 받게 되었다고 보는 듯했다. 자신이 침실에 들렀던 일을 내가 말해버려 질책을 받는다고 여긴 것이다.

"그저 몇 분 동안 마담 장을 뵀을 뿐입니다. 허튼소리도, 허튼짓도 하지 않았습니다. 므시외 르콩트께서 제가 문제를 일으켰다고 생각하신다면 그건 틀렸습니다. 저는 전화 통화에 대해서도 마담 장에게 아무 말 하지 않았습니다."

"전화 통화라고?" 서장이 끼어들었다. "어떤 전화 통화 말인가?"

샤를로트는 실수했다는 걸 깨달았다. 원망스러운 표정으로 나와 할머니를 번갈아 보았다. 과거 행동을 덮어야 한다는 불안이 오히려 그것을 폭로한 셈이었다. "용서하십시오. 저는 므시외 르콩트가 제 잘못을 들추려 한다고 생각했습니다. 우연히 므시외가 파리에 건 시외 전화 내용을 듣게 되었습니다만, 절대로 마담 장에게 말하지 않았습니다. 저는 제 역할을 잘 압니다. 마담의 걱정을 크게 하는 건 안 되는 일이지요."

모두가 내 쪽으로 고개를 돌렸다. 의혹에 찬 르네 얼굴부터 화들짝 놀란 르브륌 선생에 이르기까지 그 표정들은 샤를로트의 가시 돋친 문장에서 명백한 결론을 끌어냈음을 보여주었다. 침묵을 깬 것은 할머니였다.

"아들의 전화는 사업에 관련된 것이었어요. 현재 상황과는 아무 관련이 없습니다."

서장은 헛기침을 했다. "저도 므시외 르콩트의 재정 상황을 캐물을 생각은 없습니다, 마담. 하지만 아내분의 불안감을 크게 할 수 있는 일이라면 현 상황과 관련이 없다고 할 수 없습니다." 서장이 내 쪽을 보았다. "아내분은 전화 통화에 대해 알고 계셨습니까?"

"알고 있었습니다."

"그것이 불안감의 원인이 되지는 않았을까요?"

"아니었다고 봅니다. 파리에서 협상한 계약에 대한 통화였으니까요."

서장이 샤를로트를 보고 물었다. "어째서 파리와 통화한 것이 마담 장의 걱정을 크게 하는 일이라 생각했지?" 날카로운 말투였다.

이미 적대적이 된 샤를로트는 이 질문을 또 다른 책망으로 받아들였다. 그리고 심술궂은 시선으로 나를 보면서 "그건 제가 아닌 므시외 르콩트께 물어보셔야죠"라고 답했다.

폴이 끼어들었다. "이건 정말 우스꽝스러운 일이군요. 형은 파리 카르발레사와 계약을 갱신했습니다. 저희 유리 제품의 주된 고객이죠. 우리는 그 결과에 모두 기뻐했습니다. 계약에 실패했다면 유리 공장이 문을 닫아야 했거든요. 다행히 다음 6개월 동안 지금과 같이 생산을 계속할 수 있는 조건으로 계약이 갱신되었습니다. 형수님도 우리처럼 기뻐하셨을 겁니다."

탈베르가 의아한 표정으로 나섰다. "반박하려는 것은 아닙니다만, 므시외, 뭔가 잘못 아신 것 같습니다. 카르발레 측이 오늘 아침에 제게 새로운 계약 사본을 보내왔습니다. 지난 계약과는 전혀 달랐습니다. 명백히 불리한 조건입니다. 계약서를 살펴보면서 제가 깜짝 놀랄 정도로요. 오늘 비극적인 사건이 일어나 잠시 잊고 있었는데 마침 이야기가 나와서 말씀드립니다만," 그가 나를 흘낏 보았다. "마담 장은 상당히 신경이 쓰였을 겁니다. 아들 출산이 그 어느 때보다도 중요하다고 생각하셨을 테고요."

폴이 멍한 표정으로 그를 보았다. "무슨 말씀인가요? 어떻게 계약이 우리한테 불리하다는 것이지요? 조건은 가장 유리하게 잡았는데요."

"아니야." 내가 말했다.

서장이 슬쩍 손목시계를 확인했다. 드게 가문의 복잡한 재정 문제는 그의 관심사가 아니었다.

"계약에 대해서는 나중에 제가 동생에게 설명하겠습니다." 내가 서둘러 말했다. "제 아내는 계약과 관련해서는 조금도 걱정하지 않았습니다. 이건 분명합니다. 제가 충분히 안심을 시켰으니까요. 제가 말씀드릴 것은 여기까지입니다. 자, 이제 위층으로 올라가 침실을 보시겠습니까?"

"고맙습니다, 므시외." 서장은 샤를로트에게 마지막 질문을 던졌다. "따님 때문에 불안했던 것을 제외하면 마담 장이 평소와 다름없어 보이셨던 건가?"

샤를로트가 어깨를 으쓱해 보였다. "그런 것 같습니다." 뚱한 말투였다. "마담 장은 쉽게 낙담하고 괴로워하는 분이었습니다. 아끼던 도자기가 깨지는 바람에 몹시 기분이 상했다는 말씀을 하셨습니다. 자기 물건을 워낙 애지중지하셨거든요. 저희는 만지지도 못하게 하고 직접 먼지를 떨 정도였습니다. 그러면서 '이것들은 내 것이야. 생질 성의 일부가 아니라고'라고 말씀하시곤 했지요."

악의적인 그 마지막 말은 우리 모두를 겨냥한 것이었다. 성 전체가 심판받는 꼴이었다. 서장은 내가 보는 대로 프랑수아즈를 보게 되지 않을까. 친정에서 가져온 물건에 집착하는 외롭고 고독한 여인, 다들 그 재산에만 관심을 보일 뿐 아무도 제대로 배려해주지 않은 여인으로.

서장이 이제 침실로 올라가자고 하여 내가 위층으로 안내했고 나머지 사람들은 거실에 남았다. 복도를 지나갈 때 서장이 말했다. "다시 한 번 이렇게 성가시게 구는 것을 사과드립니다. 힘드실 때 더 괴롭혀드리는 꼴입니다."

"사과하지 않으셔도 됩니다. 참으로 사려가 깊으시군요."

"이런 비극이 일어난 후 고인과 가장 가까운 사람들이 마치 심판받는 듯 느끼게 되는 건 참 흥미로운 일입니다. 자기 잘못은 무엇이었을지, 사전에 막을 방법은 없었을지 고민하지요. 하지만 이 경우에는 식구들이 모두 성 밖에 나가 있었으니 상황이 특별합니다. 불행한 사건이지만 누구의 잘못도 아닌 것이지요. 비난받아야 할 사람은 단 한 명, 므시외의 따님이지만 물론 따님은 그걸 몰라야겠지요."

나는 침실 문을 열었다. 분명히 닫아놓았던 덧문이 활짝 열려 있었고 창문 역시 열린 채였다. 아이의 작은 몸이 한 손으로 창틀을 잡은 채 밖으로 내밀어진 상태였다. 다른 한 손과 머리, 어깨는 안쪽에서 보이지 않을 정도로 밖으로 뻗어 있었다. 서장이 헉 숨을 들이쉬는 소리가 들렸다. 나는 서장의 팔을 잡았다. 선불리 달려갔다가는 아이가 놀라 창틀을 놓쳐버릴지도 모를 일이었다. 영원과도 같은 10여 초가 흐르는 동안 우리는 움직이지 않고 기다렸다. 마침내 아이 머리가 올라오고 온몸이 창틀 안쪽으로 넘어왔다. 돌아선 아이의 헝클어진 머리 아래 두 눈이 기쁨으로 반짝였다.

"찾았어. 아래쪽 튀어나온 부분에 걸려 있었어." 아이가 말했다.

서장이 먼저 입을 열었다. 나는 목소리가 나오지 않았다. 얼마나 위험했는지 모르는 아이, 이제는 다행히 안전해진 아이를 쳐다보기만 했다. 아이 손에 먼지떨이처럼 보이는 것이 들려 있었다.

"뭘 찾은 거니?" 서장이 부드러운 목소리로 물었다.

"엄마 로켓요. 아빠가 지난주 파리에서 선물로 사 오신 거예요. 엄마는 항상 그렇듯 창밖으로 먼지떨이를 털다가 로켓이 걸리면서 같이 떨어뜨린 게 분명해요. 먼지떨이하고 로켓이 같이 아래쪽에 걸려 있었어요. 제가 몸을 내밀었더니 보이더라고요." 아이는 내 쪽을 보았다. "이것 봐. 로켓 핀이 먼지떨이에 붙어 있어. 최대한 몸을 내밀지 않으면 손이 닿지 않을 위치였어. 엄마가 벨을 울렸다면 가스통이나 누가 와서 집어줄 수 있었을 텐데 엄마는 기다리지 못했나 봐. 엄마 스스로 잡을 수 있다고 생각한 거지." 아이가 서장을 바라보았다. "종교를 믿으시나요?"

"그렇다고 말할 수 있구나." 서장이 깜짝 놀라 대답했다.

"아빠는 아니에요. 회의론자지요. 하지만 로켓과 먼지떨이를 찾은 건 제 기도에 대한 응답이에요. 성모님한테 '엄마가 살아 계실 때 해드린 것이 거의 없어요. 이제 돌아가신 후에라도 뭔가 할 수 있게 해주세요'라고 기도했거든요. 성모님이 창문 밖으로 몸을 내밀어보라고 하셨어요. 사실 난 그러고 싶지 않았어요. 즐거운 일은 아니니까요. 하지만 로켓을 찾았네요. 천국에 계신 엄마한테 로켓을 가져다드릴 수는 없지만 그래도 저 아래에 놓여 슬프게 잊히는 것보다는 엄마 딸이 로켓을 목에 걸고 있는 편이 더 좋을 거예요."

23

서장은 떠나기 전에 프랑수아즈가 사고로 창문에서 떨어진 것임을 완벽히 확인했다면서 다음 날 11시에 빌라르 경찰서로 와달라고 했다. 그 이후에는 폴이 시신을 성으로 모셔 올 예정임을 알고 있었던 것이다. 서장은 다시 한 번 조의를 표했고 나도 다시 한 번 감사 인사를 했다. 1~2분 후 그는 자기 차로 떠났고 두 의사도 뒤를 따랐다. 이제 변호사만 남았다. 그는 자기가 남은 것에 대해 먼저 용서를 구했다.

"제가 남은 이유는 동생분과 이야기를 나누면서 새로운 카르발레 계약의 내용을 전혀 모르고 계신다는 걸 알았기 때문입니다. 상황을 명확히 하기 위해 설명이 좀 필요하지 않을까 생각합니다."

"동생이 직접 계약서를 읽는 것만큼 상황을 명확히 해줄 방법은 없겠지요. 위층 옷 방에 있으니 동생이 원하는 때 언제든 읽을 수 있습니다."

폴이 머뭇거렸다. "이런 상황에서 자꾸 물어 미안하지만 형도 이해할 거라고 봐. 므시와 탈베르 말로는 새로운 계약이 이전 계약과 핵심 조항에서 다르다고 하는군. 그럼 형이 파리에서 돌아와 나와 자크에게 했던 말은 다 거짓이었다는 뜻이야?"

"그래."

"그게 무슨 상관이란 말이냐?" 할머니가 끼어들었다. "유리 공장 소유주는 장이지 네가 아니다. 장 마음대로 어떤 계약이든 할 수 있는 거야."

"하지만 제가 운영하고 있지 않나요? 그게 얼마나 힘들고 보상도 없는 일인지는 하느님만 아실 거예요. 전 그 일을 원한 적도 없어요. 달리 맡을 사람이 없어 맡은 거라고요. 어째서 형이 거짓말을 했는지, 그래서 우리 모두를 바보로 만들었는지 그건 알아야겠어요." 폴이 말했다.

"바보로 만들고 싶었던 건 아니야. 그게 유리 공장을 살릴 유일한 길이라고 생각했어. 파리에서 돌아온 후에 마음이 바뀐 거야. 이유는 묻지 마. 넌 이해하지 못할 테니."

"돈은 어떻게 마련할 작정이었는데?" 폴이 물었다. "탈베르 말로는 새로운 계약 조건을 따르자면 완벽한 적자 운영이 될 거라는데."

"나도 몰라. 생각해보지 않았어."

"아들을 기대하셨던 게 아니었을까요?" 변호사가 말했다. "이 문제를 마담 장에게 털어놓으신 것도 당연해 보이지 않습니까? 물론 만약……"

그가 말을 멈췄다. 신중해야 한다고 여기는 모양이었다. 할머니가 벽난로 옆 의자에서 변호사를 노려보았다.

"만약 뭔가? 말을 끝내시오. 만약 어떻게 된다는 거요?"

변호사가 미안한 표정으로 나를 보았다. "가족분들 모두 아시겠지만 결혼 계약에 따르면 아내분이 사망할 경우 남편이 큰돈을 받게 됩니다."

"물론 다 아는 일이오." 내가 대답했다.

"그 점을 고려한다면 카르발레와의 계약이 유리하든 불리하든 별문제 없습니다. 재산이 늘어나면서 손실을 감당할 수 있으니까요."

아무도 눈치채지 못하고 신경도 쓰지 않았지만 마리노엘은 할머니 옆 의자에 앉아 오가는 대화를 열심히 듣고 있었다.

"그러니까 므시외 탈베르 말은 아빠가 이제 큰돈을 받게 된다는 거예요? 난 남동생이 태어나야 돈이 생기는 것으로 생각했어요."

"조용히 해라." 할머니가 아이를 가로막았다.

"그래, 우리 모두 아는 일이었지." 폴이 천천히 말했다. "하지만 가족이 논의할 내용은 아니잖아. 당연히 우리 모두는 형수님이 아들을 낳기를 바랐지."

변호사는 아무 말도 하지 않았다. 그가 할 수 있는 말이 없었던 것이다. 폴이 나를 보았다. "미안하지만, 형이 괜찮다면 나도 계약서를 좀 보고 싶은데."

내가 탁자 열쇠 꾸러미를 던졌다. "옷장 안 작은 가방에 들어 있어. 가서 찾아오렴."

마리노엘이 벌떡 일어나 열쇠를 챙겼다. "내가 가져올게." 그러고는 누가 말릴 틈도 없이 순식간에 나가버렸다. 사실 말릴 이유도 없었다. 계약서는 읽어야 하는 일이니.

"폴, 당신은 참으로 배려심이 넘치네요. 므시외 탈베르도 말씀하셨지만 불쌍한 프랑수아즈가 죽은 마당에 사업 이야기를 시작해야 하나요. 전 마음이 불편하고 장이 얼마나 힘들지도 걱정이에요." 르네가 말했다.

"가족 모두가 힘든 일이야." 폴이 대꾸했다. "형수가 죽었다고 해서 유리 공장 계약 건을 내버려둘 수는 없어. 난 바보가 되는 게 싫다고. 그뿐이야."

탈베르 변호사는 거북한 모습이었다. "이렇게 오해가 있는 줄 알았다면 아예 계약서 얘기를 꺼내지도 않았을 겁니다. 죄송합니다." 그는 내 쪽을 보았다. "장례식이 끝나고 언제든 좋으실 때 만나서 이런저런 일을 의논하기로 하겠습니다."

"장례식은 금요일에 열릴 겁니다. 신부님과 이미 약속을 해두었지요. 내 며느리는 모레 이리로 데려와 친구들과 지역 주민들이 예를 표하도록 할 것이고요. 손님들은 물론 내가 맞을 겁니다." 할머니의 말에 변호사가 고개를 숙였다. "그리고 오늘 저녁 신문사에 보내 내일 신문에 나가도록 할 부고를 좀 읽어주시겠소? 내가 직접 쓴 거요." 할머니는 변호사에게 종이 몇 장을 내밀었다. "신부님이 로레 수녀원 원장 수녀에게 연락해 수요일과 목요일 밤에 수녀들이 성에 와주기로 했어요." 할머니는 잊어버린 것을 생각해내기 위해 잠시 말을 멈추고 손가락으로 안락의자 손잡이를 톡톡 쳤다. "운구는 우리 영지 사람들이 맡아야겠지. 날씨가 좋아야 할 텐데. 내 남편은 겨울에 떠나는 바람에 눈이 많이 쌓여 있었고 운구하는 사람들이 다리에서 미끄러질 뻔했다오."

마리노엘이 계단을 달려 내려와 홀을 가로지르는 소리가 들렸다.

"너무 시끄럽구나, 얘야." 아이가 들어오자마자 할머니가 말했다. "상가에서는 조용히 다녀야 하는 법이다."

마리노엘은 곧장 폴에게 가 서류를 전해주었다.

"읽어도 되겠어?" 폴이 다시 내게 물었다.

"물론이지."

잠시 동안 계약서 종이 넘기는 소리 외에는 고요했다. 마침내 폴이 고개를 들고 나를 보았다.

"이 계약서에는 형이 파리로 가기 전에 우리끼리 합의했던 내용이 하나도 없군." 속을 드러내지 않는 사무적인 말투였다.

"그래."

"벌써 서명하고 한 부를 보내버린 거야?"

"토요일에 사무실에서 서명하고 집으로 오는 길에 발송했어."

"그럼 어떻게 해볼 도리가 없군. 엄마 말대로 유리 공장은 형 것이니 형 마음대로 계약할 수 있지. 나로서는 더 이상 형을 위해 공장을 돌리는 것이 불가능해진 거고."

그가 일어서 계약서를 돌려주었다. 화나고 지친 표정이 갑자기 늙어 보였다. "내가 아무리 머리가 나쁘다 해도 그래도 내가 파리로 갔다면 이것보다는 결과가 나왔을 거야. 어마어마한 재산을 가진 사람만이 이런 조건에 합의할 수 있을걸. 내 결론은 파리에 있는 내내 형이 신중하지 못하게 굴었다는 거야."

한동안 아무도 입을 열지 않았다. 그러다가 할머니가 벽난로 옆 벨에 손을 뻗었다. "므시외 탈베르를 더 이상 붙잡아둘 필요는 없을 것 같구나. 유리 공장의 미래에 대한 이야기는 지금 이자리에 맞지 않아. 변호사님은 빌라르에서 할 일이 많을 테고 우리도 여기 성에서 할 일이 많다."

변호사는 우리 모두와 악수를 나누고 가스통을 따라 거실 밖으로 나갔다.

할머니가 나를 보았다. "장, 피곤해 보이는구나. 길고 힘든 하루를 보냈다. 좀 쉬는 게 어떠니? 프랑수아즈를 위해 신부님이 주관하시는 특별 미사까지 한 시간 여유가 있다. 그다음에는 병원 예배를 위해 차를 타고 빌라르에 갈 거야."

할머니가 흑단 십자가 옆에서 대롱거리는 안경을 더듬어 찾아 썼다. 그리고 종이에 이름과 주소를 쓰기 시작했다.

나는 밖으로 나와 해자 너머 초지에 섰다. 소들이 풀을 뜯으러 와 있었고 태양은 나무들 뒤로 떨어져 있었다. 비둘기 집 옆으로 희게 변한 모닥불 재가 보였다. 곧 안개가 일어 성을 뒤덮고 이미 덧창과 창문이 굳게 닫힌 성은 바깥의 저녁 세상으로부터, 무리 지어 숲을 날아다니는 갈까마귀들로부터, 초지 위를 오가는 희고 검은 소들로부터 동떨어지게 될 것이다.

폴이 나오더니 내 옆에 나란히 섰다. 잠시 말없이 담배만 피우다가 신경질적으로 꽁초를 던지고 말했다. "조금 전에 한 말은 진심이야."

"무슨 말 말이냐?"

"더 이상은 형을 위해 공장을 운영할 수 없다고 한 것."

"그렇게 말했니? 미안해. 잊어버렸다."

나는 뒤돌아 그를 바라보았다. 혼란스럽고 지친 얼굴이 누나 블랑슈의 얼굴과 합쳐졌다. 병원에서 기다리는 그 긴장되고 조심스러운 순간에 블랑슈도 그렇게 나를 바라보았지. 나에 대한 불신과 거부는 어린 시절의 상처와 시기, 다툼에서 비롯된 것이 분명했다. 이후 의혹과 질시로 바뀐 것이다. 내가 그들의 형제라는 이름으로 저지른 실수들, 설명하기 어려운 내 온갖 잘못과 나약함 탓이기도 했다. 내가 노력했다면 충분히 동지이자 친구가 될 수 있었을 텐데 그만 동생을 적으로 돌리고 불화와 불신만 심어버렸다. 폴의 지금 기분도 결국 내가 만든 것이었다. 병원 침대에 누운 프랑수아즈의 고요한 얼굴이 그랬듯.

"이유가 뭐야?" 내가 물었다.

"이유가 뭐냐고?" 폴이 해자를 내려다보았다. "우리는 함께 잘 지낸 적이 없어. 좋은 건 늘 형 차지고 나는 꾸중만 들었지. 평생 거기 익숙해졌어. 모리스가 죽은 후 아무도 유리 공장을 맡을 사람이 없었을 때 형이 나한테 부탁했어. 형은 그런 일을 하기엔 너무 게을렀으니까. 난 형 때문이 아니라 가족 때문에 그러겠다고 했고. 그리고 지금까지 다른 건 몰라도 형의 사업적 판단은 존중해왔어. 하지만 이젠 그것도 못 하겠어."

자기 일뿐 아니라 자신에 대한 신뢰조차 잃어버렸다는 듯 비통한 목소리였다. 수년 동안 열심히 해온 일이 아무 소용 없게 되고 목표도 사라진 것이다. 낯선 사람이 5분 동안 통화하면서 만들어놓은 바보 같은 계약서는 의도적인 비웃음으로, 폴이 인내심으로 쌓아온 모든 것을 산산이 부숴버린 공격으로 비쳤으리라.

"그럼 앞으로는 네가 내 사업적 판단에 따르는 게 아니라 내가 네 사업적 판단에 따르는 것으로 하면 어떨까?" 내가 천천히 말했다.

"무슨 소리야?" 폴의 지친 눈이 어리둥절해 커졌다. 사진첩 속 모습 같았다. 한중간에서 주목을 받기에는 어울리지 않는다고 생각해 늘 가장자리에 어색하게 서 있던 폴의 모습.

"거실에서 네가 말했지. 네가 머리는 나쁘지만 그래도 파리에 갔다면 나보다는 협상을 잘했을 거라고. 그 말이 옳아. 너라면 잘했을 거야. 그러니 앞으로는 네가 그쪽을 맡아. 출장을 다니고 주문을 받고 파리, 런던 등 네가 원하는 곳에 가서 새로 계약을 따내고 사람들을 만나는 거야. 내가 여기 있을 테니 너는 세상을 돌아다니도록 해."

폴이 몸을 똑바로 세우고는 믿기 어렵다는 듯 나를 보았다.

"진심이야?"

"그럼." 여전히 폴이 의아해하는 것 같아 나는 덧붙였다. "출장 다니고 싶지 않아? 나가 돌아다니기 싫은 거야?"

"싫으냐고?" 폴이 서글프게 웃었다. "당연히 다니고 싶지. 늘 그랬어. 하지만 돈도, 기회도 없었지. 형이 나한테 그걸 허락하지도 않았고."

"이제는 얼마든지 허락할게."

잠시 사라졌던 긴장감이 되살아났다. 폴이 시선을 돌렸다. "이제 부자가 되니까 자선가 역할을 하려는 거야?"

"그런 생각은 전혀 없어. 문득 네 삶이 쉽지 않았을 거라는 생각이 들었어. 미안해."

"그 오랜 세월이 흐른 후에 뒤늦게 사과하는 거야?"

"그래. 그런데 넌 아직 내 말에 대답을 안 했어."

"그러니까 내가 유럽이고 미국이고 다니면서 다른 공장, 우리와 비슷한 작은 공장들이 어떻게 최신 생산 방식으로 운영되고

있는지 한 반년 정도 둘러보고 돌아와서 여기 생질에 적용해봐
도 좋다는 말이야?"

분노와 비통을 담았던 목소리가 갑자기 활발해졌다. 그런 제
안이 나오리라고는 생각도 하지 못했고 그저 폴 삶에 개입한 것
만이 미안했던 나는 나도 모르게 그의 삶에 새로운 의미를 부
여하는 아이디어를 만난 셈이었다. 늘 짐만 지고 고맙다는 소리
한번 듣지 못했던 동생이 이제 직접 결정을 내리고 쇠락해 죽어
가는 공장에 새로운 활기를 불어넣는 존재로 거듭난 것이다. 전
통과 자기 자신을 함께 구원하면서.

"넌 그 이상을 할 수 있을 거야. 르네한테 말해봐. 억지로 하
게 할 생각은 없으니까."

"르네⋯⋯" 폴이 얼굴을 찌푸리고 생각에 잠겼다가는 조심스
럽게 말을 이었다. "우리 부부한테도 그게 답일지 몰라. 형도 알
듯 우리는 별로 행복하지 못했어. 일단 여기를 떠나면 모든 것
이 달라질 거야. 르네도 생질에서 삶을 낭비한다고 여기는 대신
여행하고 사람들을 만나면 생각할 거리가 생기고 더 이상 지루
해하지 않겠지. 나도 더 좋은 동반자가 될 테고. 지금처럼 시골
뜨기로 여겨지지는 않을 거야."

폴은 앞쪽을 바라보며 서 있었다. 점차 형태를 갖춰가는 자신
의 새로운 이미지를 생각하면서. 묘하게도 내 눈앞에도 새로운
폴이 보였다. 고급스럽게 차려입고 화려한 넥타이를 맨 채 대서
양 횡단 여객선 갑판에서 고리 던지기 놀이를 하는 폴, 르네와

함께 바에서 마티니를 마시는 폴의 모습이. 르네는 우아하고 세련된 폴에게 미소를 짓고 부부는 스스로 이루어낸 성공의 후광 속에서 더 친절하게 사람들을 대할 것이다.

"오늘 밤 당장 르네랑 의논해도 될까?" 폴이 불쑥 말했다. "혹시라도 형 마음이 바뀌기 전에 말이야."

"내 마음은 바뀌지 않아. 하여튼 잘해봐, 폴." 그리고 나는 엉뚱하게도 희극 무대의 구식 등장인물처럼 손을 내밀었다. 폴도 어색하게 그 손을 마주 잡았다. 둘 사이에 맺어진 조약을 확인이라도 하듯. 그건 내가 저지른 바보 같은 실수에 대한 용서인지, 아니면 나 아닌 사람이 과거에 저지른 잘못까지 포함한 용서인지 불현듯 궁금해졌다.

폴이 돌아서 성 안으로 들어갔다. 나는 계속 거기 서서 검은 나무들을 배경으로 보이는 희고 검은 소들을 바라보았다. 길게 자란 풀에서 처음으로 한기가 느껴졌다. 아무도 다가오거나 방해하지 않았기에 나는 나만의 기도를 했다. 어리석음과 무관심 속에서 죽어간 프랑수아즈를 위해. 특별 미사나 병원 교회에서는 올릴 수 없는 기도였다. 그곳에서는 거짓 남편 행세를 해야 했으므로.

적막을 깨며 교회의 종이 장중하게 울렸고 나는 성으로 들어가 식구들과 합류했다. 일요일에 그랬듯 마을까지 걸어가지 않고 이번에는 차를 탔다. 차 두 대가 테라스 앞에 대기 중이었고 제복을 입은 가스통이 한 대를, 폴이 다른 한 대를 몰았다. 검은 상복으로 갈아입은 세 여자와 검은 겨울 코트 차림의 마리노엘이 미리 약속이라도 한 듯 나누어 차에 올랐다. 할머니와 나, 아이가 르노에, 폴이 모는 시트로엥에는 블랑슈와 르네가.

천천히 우리는 출입문을 빠져나와 다리를 지났다. 금요일의 장례 행렬을 연습이라도 하는 듯했다. 2분 동안 이동한 후 조용히 차에서 내려 교회로 들어갔고 일요일에 앉았던 지정 좌석에 자리를 잡았다.

나는 미사가 진행되는 동안 무릎을 꿇고 앉아 주변 사람들이 열정적으로, 혹은 겸손하게 어떤 탄원을 할지, 어떻게 프랑수아즈의 안식을 빌며 용서를 구할지 궁금해했다. 어떤 기도든 결국은 다 마찬가지, 자신들의 불안과 고통을 없애기 위한 것으로 보였다. 어머니와 딸, 며느리가 머리에 쓴 미사보는 세 사람을 비슷하게 보이도록 했고 한 사람의 세 측면, 한 얼굴의 세 표정 같았다. 슬픔에 빠져 있는지, 감정을 숨기고 있는지는 알 수 없었다. 미사보 없이 짧은 머리를 드러낸 마리노엘만이 애도의 대상인 지나간 일, 잃어버린 순수함, 사라진 젊음을 상징했다.

미사가 끝나고 우리는 병원 예배에 잠시 참석하기 위해 빌라르로 떠났다. 이상하게도 예상했던 것처럼 고통스럽거나 섬뜩하지 않았다. 프랑수아즈는 더 이상 우리 때문에 괴로워하던 사람이 아닌, 밀랍 인형처럼 혹은 고대 이집트 무덤에서 나온 미라처럼 보였다. 아이가 불안해하거나 눈물을 흘리지 않을까 걱정스러워 지켜보았지만 아무 일 없었다. 수녀 두 명과 촛불, 꽃을 관심 있게 지켜볼 뿐이었다. 다른 식구들이 그랬듯 아이에게도 슬픔이나 회한은 없는 모양이었다. 호기심과 약간의 놀라움이 있을 따름이었다. 눈물 흘린 사람은 르네뿐이었다. 르네는 손수건으로 눈가를 닦아냈고 어른이 우는 것을 보고 놀라 얼굴이 빨개진 마리노엘은 급히 고개를 돌렸다.

성으로 돌아오니 8시 반이나 되었다. 사제가 저녁 식탁에 합류했다. 식당에 있는 모습은 처음인 할머니가 내 반대편에 자리를 잡았다. 엄숙한 분위기임에도 할머니가 거기 있다는 것만으로도 따뜻함과 특별함이 느껴졌다. 추도 모임 대신 새해 만찬에라도 앉아 있는 기분이었다. 나는 가스통이 칠면조나 거위를 들고 오지 않을까 생각했다. 색색의 종이에 싸인 초콜릿, 천장에 매달린 겨우살이 장식도 어울릴 것이었다. 처음에 낮고 조심스러웠던 말소리는 식사가 진행되면서 높아졌고, 디저트가 나오고 커피 쟁반이 들어온 후에는 하인들만 없다면 당장이라도 종이 모자를 쓰고 가장 행렬을 벌이거나 모닥불에서 밤을 구울 수 있는 분위기였다. 사제가 떠난 후 할머니는 처음으로 기운이 빠진 듯했고 얼굴빛도 회색으로 변했다. 이마에서 땀방울이 솟아 뺨을 타고 흘렀으며 쉴 새 없이 방 안을 훑어보던 두 눈은 생기와 초점을 잃었다. 폴은 사제를 바래다주러 나간 상태였고 블랑슈와 르네, 마리노엘은 책을 보고 있어 아무것도 눈치채지 못했다.

내가 조용히 말했다. "위층에 모셔다드릴게요."

할머니는 이해하지 못하겠다는 듯 나를 바라보다가 내가 팔을 내밀자 몸을 떨며 그 팔을 잡고 섰다. 나는 큰 소리로 "나머지 처리할 일 얘기는 어머니 방에서 하는 것이 좋겠어요"라고 말했다.

할머니는 내 팔을 한층 더 세게 잡고 몸을 똑바로 세웠다. 그리고 방을 나서면서 또렷한 목소리로 "다들 잘 자라. 괜히 쓸데없는 생각으로 괴로워할 것 없다. 장하고 나는 위층에서 의논을 좀 해야겠다"고 말했다.

모두들 자리에서 일어섰다. 블랑슈가 앞으로 다가왔다. "아래층으로 내려오시지 않는 게 좋겠어요, 엄마. 너무 힘드세요."

할머니를 자극하기에 충분한 말이었다. 할머니는 즉각 내 팔을 잡은 손에 힘을 빼면서 반박했다. "네 조언을 듣고 싶을 때는 내가 먼저 부탁하마. 내일 저녁 전까지 주소를 써야 할 봉투가 400개야. 오늘 저녁에 바로 작업을 시작해주면 좋겠다. 아이도 도울 수 있을 거야."

우리는 방을 나서 계단을 올랐고 첫 번째 복도까지 갔다. 할머니가 잠시 멈춰 숨을 돌렸다. "내가 뭐라고 했니? 무슨 봉투를 보내는 거지?"

"장례식요. 금요일 장례식 부고예요."

"누구 장례식?"

"프랑수아즈 장례예요. 오늘 죽었어요."

"그렇구나. 잠깐 잊어버렸다. 블랑슈 결혼식 청첩을 보내던

때 생각이 났어. 청첩을 다 인쇄해놓고도 결국 쓸 일이 없었지."

할머니는 다시 내 팔을 잡았고 우리는 한 층을 더 올라갔다. 복도를 지나 탑의 방으로 가다 보니 그림자가 길게 드리워지고 침묵이 깊어졌다. 늘 거기 머물러 있던 과거로 퇴각하는 기분이었다.

샤를로트가 문을 열어주었다. 공포에 질린 표정이었다. 샤를로트는 내게 의혹의 시선을 던졌고 할머니가 방으로 들어가자 속삭이는 소리로 말했다. "옆 방의 상자들이 없어졌어요."

"나도 알아. 내가 치웠어."

"아니 왜요? 오늘 밤에 필요할 텐데."

"필요 없어."

나는 샤를로트를 밀치고 할머니를 뒤따라갔다. "옷을 벗고 침대에 누우세요, 어머니. 잠이 올 수도 있고 안 올 수도 있어요. 어느 쪽이든 괜찮아요. 오늘 밤은 제가 여기서 어머니랑 함께 있을 거예요."

천장에 비친 할머니의 그림자는 마녀처럼 무서웠고 무거운 커튼과 침대 휘장의 일부처럼 보이기도 했다. 하지만 할머니가 몸을 돌려 나를 바라보자 그림자가 작아지면서 바닥에 떨어졌다. 아래층에서 위트와 자부심으로 비극적 추모 분위기를 축제로 만들었던 얼굴에 미소가 떠올랐다.

"어느새 입장이 바뀌었구나. 아주 오래전에는 네가 침대에 누워 있고 내가 지켜보았는데. 열두 살 때 열이 많이 났지 않니. 그

때 내가 네 방 침대 옆에 앉아 얼굴을 닦아주었어. 오늘 밤에는 네가 그렇게 해줄 거니?"

할머니는 소리 내 웃고는 내게 나가라는 손짓을 하고 샤를로 트를 불렀다. 나는 거실로 내려갔다. 모두들 불을 끄고 방으로 돌아갈 준비를 하고 있었다. 마리노엘은 블랑슈 손을 잡고 계 단으로 가는 길이었다. 하루가 끝난 피로 때문인지 작은 얼굴이 창백했다.

"잘 자라고 인사하러 올 거지, 아빠?" 아이가 물었다.

"그럼." 나는 담배를 찾으러 식당으로 들어갔다. 다시 홀로 나 왔을 때 르네가 계단 아래에서 나를 기다리고 있었다. 첫날 밤 이 떠올랐다. 테라스로 이어지는 문을 잡았을 때 갑자기 뒤에서 발소리가 들렸고 잠옷 차림에 머리카락을 어깨에 늘어뜨린 르 네가 서 있었지. 이제 르네는 열정적이지도, 화내지도, 비탄에 빠지지도 않았다. 조금 더 현명하고 조금은 수줍은 듯했다. 오 늘의 비극이 우리 사이의 최후 장애물임을 깨닫기라도 한 듯.

"그래서 폴과 나를 치워버리고 싶은 거야? 파리에서 돌아온 후부터 이런 계획을 세웠던 거야?"

나는 고개를 저었다. "계획 같은 건 없어. 저녁때 테라스에 나 가 있을 때 갑자기 떠오른 생각이야. 싫다면 신경 쓰지 않아도 돼."

르네는 잠시 말이 없었다. 무언가 생각하는 듯했다. 그리고 천천히 말했다. "장, 당신은 변했어. 오늘 사건 이후를 말하는 게 아냐. 벌써 얼마 전부터 느꼈던 일이야. 당신은 전과 달라."

"내가 어떻게 변했는데?"

르네가 어깨를 으쓱했다. "우리 사이에서 변했다는 뜻이 아냐. 당신이 몇 달 동안 그저 즐겼을 뿐이라는 건 나도 알아. 삶이 지루했고 달리 할 일도 없는 상태에서 우연히 내가 거기 있었던 거지. 하지만 이제 당신은 다른 사람이 된 것 같아. 더 강하고 더 내성적인."

"강해졌다고? 난 반대로 생각하는데. 더 부드럽고 약해지지 않았나."

"아니." 르네는 생각에 잠겨 나를 바라보았다. "그건 내 생각만도 아니야. 폴도 엊그제 그런 말을 했어. 당신이 손을 데었을 때. 당신은 나뿐 아니라 모두에게 거리를 두고 있어. 당신이 떠나는 대신 우리 부부한테 떠나라고 한 것도 놀라웠어. 지난주의 당신은 곧 떠나버릴 사람 같았거든."

나는 당황해서 물었다. "내가 그런 느낌을 줬다고?"

"솔직히 그랬어."

"그건 사실이 아냐. 난 밤낮으로 우리 가족을 생각하고 있어. 성, 유리 공장, 어머니, 마리노엘, 나머지 식구들. 늘 내 마음속에 있는 존재들이야. 떠나는 건 원치 않아."

르네는 못 믿겠다는 표정이었다. "당신을 모르겠어. 진실은 내가 모르는 것인가 봐. 한때는 바보같이 다 안다고 생각했는데. 한순간도 나를 사랑한 적 없는 거지?"

"지금은 당신을 사랑하지 않아, 르네. 과거는 모르겠어. 과거 역시 마찬가지였던 것 같기도 하고."

"이것 봐, 당신은 더 강해졌잖아. 변했어. 더 이상은 꾸며낼 생각도 하지 않는걸." 르네가 잠자코 있다가 마지못한 듯 천천히 입을 열었다. "폴이 말한 적은 없지만 그렇게 생각하는 모양이고 나도 그렇게 믿게 되었어. 오늘 이런 일이 일어날지도 모른다는 걸 염두에 두고 치밀하게 그 계약을 한 것 맞아?"

낮은 목소리였지만 다급함이 느껴졌다. 자신이 열정을 느꼈던 상대가 그렇게 행동함으로써 자신 역시 공범으로 끌려들어가버렸다는 충격과 공포로 인한 다급함이었다.

"프랑수아즈가 죽을 것이라 믿고 내가 그 계약을 했다고 생각하는 거라면, 그건 아니야."

르네가 숨을 내쉬었다. "다행이야. 저녁때 갑자기 이 모든 일을 감당할 수 없다는 생각을 했어. 한 주 전만 해도 생질을 떠날 수 없었겠지만 지금은······" 르네는 돌아서 계단을 오르기 시작했다. "이제는 여기서 살 수 없을 것 같아. 떠나야 해. 폴과 내게는 그게 유일한 미래의 희망이야."

나는 르네가 복도로 사라지는 것을 지켜보았다. 정말로 프랑수아즈의 죽음 때문에 수치심을 느낀 것인지, 아니면 무관심해진 내 태도 때문에 욕망이 사라진 것인지 알 수 없었다.

불을 끄고 어둠 속에서 계단을 오르다 보니 폴과 르네에게 했던 말과 행동은 이전의 고독한 나로부터 나온 것도, 내가 역할을 대신하는 장 드게로부터 나온 것도 아니라는 깨달음이 들었다. 그건 제삼자, 나와 장 드게가 섞인 누군가, 형체는 없지만 본능에 따라 움직이며 두 사람의 모습을 담아내는 누군가로부터 나온 것이었다.

마리노엘이 잘 자라고 인사하러 오라고 했기에 나는 아이 방으로 이어지는 계단을 올랐다. 아직 옷을 입고 있거나 기도대에 앉아 있으리라 예상했지만 긴 하루의 피로를 견디지 못했는지 아이는 침대에서 자고 있었다. 기도대 모양은 또다시 바뀐 상태였다. 아래쪽에 선 불 켜진 초 두 개 사이에서 오리 인형이 무릎 꿇고 기도하는 모습이었다. 머리 부분이 망가진 플라스틱 인형이 마리노엘 품에 안겼고 침대 머리에 압정으로 붙여둔 종이에는 '여기 마리노엘 드게의 유해가 누워 있다. 성모 마리아에 대한 신앙으로 초라한 생질 마을에 평화와 회개를 가져온 후 1956년 주님의 품으로 돌아가다'라고 쓰여 있었다.

나는 촛불을 불어 끄고 창문은 열어둔 채 덧창을 닫았다. 그리고 방을 나와 다른 탑의 방으로 갔다. 이 방에는 촛불 없이 침대 옆 램프만 켜져 있었다. 할머니는 아이와 달리 잠들지 못하고 날카로운 상태였다. 회색빛 지친 얼굴의 움푹 꺼진 두 눈이 나를 응시했다.

"안 오는 줄 알았다."

나는 난로 옆에서 의자를 끌어와 침대 가까이에 앉았고 할머니 손을 잡았다. 할머니도 세게 맞잡았다.

"샤를로트는 가라고 했다. '므시외 르콩트가 오늘 밤 나를 봐 줄 테니 넌 필요 없다'라고 했어. 네가 원한 그대로지?"

"맞아요, 어머니."

할머니가 다시 손을 세게 잡았다. 어둠에 대항하기 위해 밤 새도록 그럴 것이었다. 나는 움직여서도 물러서도 안 되었다. 그랬다가는 연결이 끊어지고 의미가 사라질 터였다.

"일을 다 치르고 나면 이 방을 떠나 예전에 쓰던 아래층으로 내려가야겠다. 그게 훨씬 편리할 거야. 집안일도 잘 관리할 수 있고."

"좋으실 대로 하세요."

"여기 누워 있으면 기억이 사라지더구나. 내가 현재에 있는지 과거에 있는지도 모르겠어. 악몽도 많이 꾸고."

침대 옆 금박 시계가 째깍거리는 큰 소리, 유리 안 진자가 좌 우로 흔들리는 움직임, 이 두 가지가 합쳐져 시간이 느리게 흘 렀다. "간밤에는 네가 성에 없는 꿈을 꾸었어. 다시 레지스탕스 와 함께 싸우고 있더구나. 난 네가 모리스 뒤발을 쏘아 죽인 날 남몰래 내게 보낸 편지를 읽고 있었어. 난 그 편지를 읽고 또 읽 어 외워버린 후 태웠지. 하지만 네가 모르핀을 놓아준 후로는 더 이상 꿈을 꾸지 않았다."

빌라르의 벨러에게는 작은 가죽 상자에 든 야광 시계가 있었 다. 검은 바탕에서 시곗바늘은 희게 빛났고 아무도 들을 수 없 을 만큼 빠르고 조용한 째깍 소리를 냈다. 빠르고 힘차게 뛰는 사람의 심장처럼.

"또 꿈을 꾸신다 해도 오늘은 제가 여기 있으니 걱정할 것 없어요."

나는 몸을 굽혀 다친 손으로 불을 껐다. 곧바로 어둠이 주위를 감쌌다. 그림자 속에 있던 절망이 나를 공격했고 할머니는 반쯤 잠든 상태에서 알아들을 수 없는 말을 중얼거렸다. 그 이야기를 함께 나누지 못하는 나는 그저 째깍거리는 시곗바늘 소리에만 귀를 기울였다. 할머니는 소리치며 욕설을 하기도 하고 애원하기도 했다. 한번은 느닷없이 깔깔거리고 웃기도 했다. 하지만 절대로 약을 요구하지는 않았고 내 손을 놓아주지도 않았다. 새벽 5시가 막 지났을 때 할머니는 잠들었다. 나는 몸을 굽혀 할머니를 내려다보았다. 더 이상은 두려움 가득한 초췌한 얼굴, 몇 달 몇 년의 고통을 감춘 가면 같은 얼굴이 아니었다. 평화롭고 편안한, 늙었지만 아름다운 얼굴이었다.

24

이제 할머니는 계속 잘 것이었다. 나는 의자에서 일어나 방을 나섰고 조용한 집을 걸어 거실을 통해 테라스로 나갔다. 해자를 건너 밤나무들 아래 오솔길로, 오솔길들 한중간에 선 아르테미스 석상으로 갔다. 해뜨기 직전의 공기는 차고 맑았고 하늘은 한밤중처럼 캄캄하지 않고 흐릿해졌으며 별들은 창백하게 멀어져 있었다. 플레이아데스성단은 이미 서쪽으로 물러나 검은 나무들 위에 자리 잡았다. 여기 조각상 옆 고지대에서 보이는 성과 뒤쪽 마을, 하늘로 치솟은 작은 교회의 탑, 교회 옆집들이 다한 덩어리로 보였다. 동쪽으로 높아지는 그 땅을 숲이 둘러싼 것도 생질이 성, 교회, 마을로 이루어진 단일한 존재인 양 보이게 했다.

나는 아르테미스상 아래 앉아 새날을 기다렸다. 하늘이 흐릿해지고 빛이 밝아지면서 마을과 성이 형체를 갖추었다. 땅은 더 단단해지고 따뜻하고 축축해 보였다. 밤의 습기와 아침 이슬이 함께 섞여 땅을 기름지게 할 것이었다. 나무들을 감싼 부드러운 흰 안개는 곧 증발되어 태양이 마을 너머 평원에서 떠오르자마자 나무들은 황금빛 도는 붉은색을 띠고 마을이 깨어날 것이다. 금방 굴뚝에서 연기가 솟아오르고 개가 짖고 소들이 풀을 뜯으러 나오겠지. 그럼 나는 더 이상 피곤으로 몸이 뻣뻣해져 혼자 있는 것이 아니라 생질의 일부로 많은 것들 사이에 존재할 것이다. 나는 사제에 대해 생각했다. 성의 사건을 떠올리면서 그 근심 없는 얼굴에 살짝 그늘이 드리웠다가도 곧 기도를, 사랑하는 사람을 잃은 모두를 위한 기도를 올리는 사제에 대해. 누구든 해악에서 보호해주겠다는 부적과도 같은 신앙, 주변으로 뻗어 나가는 그 신앙은 탄탄했다. 나는 마을 사람들, 개인적으로는 모르지만 어젯밤 프랑수아즈를 위한 미사에 참석해 고개를 숙이고 시선을 떨궜던 이들에 대해서도 생각했다. 트럭을 몰았던 에르네스트도, 쥘리와 어린 손자 피에르도 참석했다. 그 사람들에게 마음이 끌렸던 것은 낯선 이의 호기심, 아름다운 풍경에 대한 감상적인 이끌림이 아니라 더 깊고 더 친밀한 감정, 그들의 행복한 미래를 기원하는 고통에 가까울 정도로 절실한 애정 때문이었음을 불현듯 깨달았다. 이 강한 염원은 개인적인 차원이 아니었다. 잘 어울려 지내고 싶은 바람에서 나온 것이 아니었다. 그 애정은 마을 사람들과 이제는 내 일부가 되어버린 성의 식구들뿐 아니라 오르락내리락하는 언덕, 구불거리는 모랫길, 공장장 집에 매달린 포도송이, 숲의 나무 등 무생물까지도 포함하는 것이었다.

그 감정이 깊어지면서 내 존재 전체를 사로잡았다. 마치 사흘 전 손을 데었을 때의 신체적 느낌이 온몸에 퍼져가는 듯했다. 토요일의 그 혹독한 아픔이 내면의 애정과 섞여 들면서 합쳐졌다. 조각상 아래 앉아 있는 동안 해가 떠올랐고 아침 이슬이 사라졌다. 성은 아직 잠들어 있지만 선명한 모습을 드러냈다. 갑자기 서쪽 탑의 어느 방 덧창이 열렸다. 그 열리는 소리가 날카롭고 선명했다. 내 쪽이 아닌 하늘 위쪽을 보며 긴 창문가에 잠시 사람이 서 있었다. 아득히 멀고 쓸쓸한 모습, 혼자만 새벽녘을 보고 있다고 믿는 듯한 모습이었다. 블랑슈였다. 느닷없이 덧창을 활짝 여는 걸 보니 블랑슈 역시 꼬박 밤을 새우고 추운 방에 빛과 공기를 채우며 새로 밝은 날을 환영하는 모양이었다.

나는 일어나 성 쪽으로 걷기 시작했다. 해자를 건너 그 창문 아래 서기 전에 블랑슈는 나를 알아보았다. 창문을 닫으려고 손을 뻗는 블랑슈에게 나는 "손이 좀 아픈데 한번 봐줄 수 있어?"라고 물었다.

블랑슈는 말없이 방으로 사라졌지만 창문은 열어두었다. 늘 그렇듯 내 존재에 무관심하다는 뜻으로 침묵하긴 해도 도와는 주겠다는 뜻 같았다. 나는 블랑슈 방으로 가서 문을 두드렸다.

대답이 없었으므로 손잡이를 돌려 문을 열고 들어갔다. 블랑슈는 붕대를 들고 탁자 옆에 서 있었다. 딱딱한 얼굴에 표정이 없었다. 짙은 갈색 가운을 입고 머리카락은 어제 내내 그랬듯 뒤로 모아 핀으로 올린 채였다. 침대는 말끔하게 정리되어 덮여 있었다. 제자리를 벗어난 물건은 하나도 없이 완벽하게 정돈된 상태였다. 밤새 잠 못 이룬 흔적 또한 전혀 없었다. 쓸쓸하고 적막한 방이었다. 살아 있는 것, 색깔이 있는 것이라고는 기도대의 꽃들뿐이었다. 달리아, 빌라르 시장에서 벨러가 안고 가 자기 집의 작은 거실을 생기와 온기로 채웠던 바로 그 꽃이었다.

블랑슈는 나를 보지 않고 내 손만 잡아 벨러가 일요일 밤에 바꿔놓은 붕대를 풀었다. 자기가 해둔 것과 다르다는 것을 알았겠지만 놀라는 빛은 없었다. 그 움직임은 로봇처럼 조용하고 침착하기만 했다.

"침묵의 서약을 한 것이라면 어제 병원에서 이미 깼어. 더 이상 효력이 없다고." 블랑슈는 대답 없이 붕대만 감았다. "15년 전 한 사람의 죽음이 우리 사이를 갈랐고 어제 또 한 사람의 죽음이 누나 혀를 움직이더군. 이제 침묵을 끝내는 것이 우리 둘에게, 또한 가족에게 좋지 않을까?"

붕대가 다 풀린 내 손이 갑자기 무방비 상태로 여겨졌다. 하지만 움직일 수 있고 주먹도 쥘 수 있었으며 더 이상 아프지 않았다. 블랑슈는 새 붕대로 상처를 감쌌다. 산뜻하고 시원한 느낌이었다.

"너한테는 그게 좋겠지." 블랑슈가 눈을 내리깐 채 말했다.
"프랑수아즈를 죽게 한 것처럼 말이야. 그 죽음으로 네 삶이 편해졌잖아. 더 이상 방해물이 없는 셈이고."

"난 프랑수아즈를 죽게 하지 않았어."

"혈액형에 대해 거짓말을 했잖아. 계약에 대해서도 그렇고. 오랫동안 늘 모든 것에 대해 거짓말만 해왔어. 난 지금도, 앞으로도 너랑 말을 하고 싶지 않아. 할 말도 없고."

붕대 감기가 끝났다. 블랑슈가 내 손을 놓았다. 단호한 거부였다.

"그렇지 않아. 난 누나한테 할 말이 많아. 나를 가장으로 인정한다면 동의하지 않는다 해도 내 말에 귀를 기울여야 해."

블랑슈는 잠깐 나를 쳐다보더니 서랍장으로 가서 붕대 뭉치를 집어넣었다. "돈이 생기니 권력을 누리려는 모양이군. 하지만 돈이 존경심을 불러오지는 않아. 난 널 가장으로 생각하지 않아. 다른 사람들도 마찬가지고. 그 이름에 걸맞은 행동을 한번도 한 적이 없잖아."

나는 주변을 둘러보았다. 엄격하고 차가운 방의 장식 없는 벽에는 채찍질당하는 그리스도며 십자가에서 내려지는 그리스도 같은 고통스러운 그림들이 걸려 있었다. 좁고 높은 침대에 누운 블랑슈를 내려다보았을 그림들. "그래서 저 그림들을 벽에 걸어두는 거야? 용서하지 못한다는 걸 기억하기 위해?"

블랑슈가 고개를 돌려 나를 보았다. 그 눈에는 비통함이, 그 입에는 단호함이 담겨 있었다.

"하느님을 조롱하지 마. 내 삶의 모든 것을 파괴했으니 이제 신만은 내게 남겨줘."

"공장장 집에도 걸어둘 생각이었어? 모리스 뒤발에게 가져가는 지참금으로?"

나는 마침내 뇌관을 건드렸다. 오랜 고통이 표면화되면서 블랑슈의 눈과 입은 갑작스레 불이 붙은 듯했다.

"어떻게 감히 그 사람 얘기를 해? 어떻게 감히 그 이름을 입에 올려? 네가 그 사람한테 한 짓을 내가 한순간이라도 잊은 적이 있었을 것 같아?"

"아니, 잊지 못했을 거야. 나도 잊지 않았고. 날 용서할 수 없겠지. 나도 나를 용서할 수 없어. 그렇지만 어제 마리노엘이 우물에 들어갔다는 걸 알았을 때 우리 둘 다 마음이 움직였던 이유는 뭘까?"

내가 기대했던 일, 그러면서도 동시에 두려워했던 일이 일어났다. 블랑슈의 눈에 눈물이 고이더니 뺨을 타고 흘러내렸다. 급작스러운 상실의 슬픔이나 고통에서 나오는 것이 아닌, 오랜 세월 동안 억눌렀던 감정을 인정하는 데서 나오는 눈물이었다. 블랑슈는 창가로 걸어가 밖을 보고 섰다. 그 등에서는 아무 감정도 읽어낼 수 없었다. 나는 블랑슈의 삶 중 얼마나 많은 것이 여기 갇힌 채 낭비되었을지, 앉거나 눕거나 무언가 읽을 때나 기도할 때 얼마나 비통함이 파도처럼 끊임없이 밀려왔을지 생각했다. 블랑슈가 돌아섰다. 눈물의 흔적은 없었다. 여전히 단정한 모습이었지만 내 앞에서 슬픔을 내보였다는 것 때문에 조금 더 취약해 보였다.

"내 꼴이 보기 좋았겠군. 넌 어릴 때부터 내가 우는 걸 보고 재미있어했어."

"그때는 그랬을지 모르지만 이제는 아니야."

"그렇다면 뭘 기다리고 있는 거야? 왜 아직도 내 방을 나가지 않는 거냐고?"

나는 내가 하지 않은 일에 대해 용서를 구할 수는 없었다. 희생양으로서 나는 그저 잘못을 안고 갈 수밖에 없었다.

"지난주에 사진첩을 봤어. 우리 어릴 때 사진들이 있었지. 조금 더 자란 다음의 사진도 있고. 유리 공장에서 다 같이 모여 찍은 사진에는 모리스도 있었어."

"그래서? 그게 어떻다고?"

"아무것도 아냐. 그저 15년 전의 그 일이 아예 일어나지 않았다면 좋았겠다고 바랄 뿐이야."

장 드게답지 않은 말을 해서인지 블랑슈는 순간적으로 놀라움을 드러내며 나를 바라보았다. 내가 비꼬거나 조롱하는 기색 없이 진지하다는 걸 확인하고는 "왜?" 하고 되물었다.

내가 줄 수 있는 건 나 자신의 진실뿐이었다. 믿지 않는다 해도 할 수 없었다. "모리스 얼굴이 좋았거든. 전에는 그 사진들을 본 적이 없었어. 사진첩을 넘기면서 그가 좋은 사람이었고 일꾼

들이 모두 그를 좋아하고 존경했다는 걸 깨달았지. 그리고 그가
죽임을 당한 건 질투심 때문이라는 생각이 들었어. 그를 쏜 사
람, 아니 쏘라고 시킨 사람은 비뚤어진 애국심이 아니라 질투심
때문에 그런 거야. 모리스 뒤발이 자기보다 더 훌륭한 사람이었
기 때문에."

블랑슈는 믿을 수 없다는 듯 나를 쳐다보았다. 장 드게가 하
리라고는 도저히 상상할 수 없는 말이어서 받아들이지 못하는
것 같았다.

"거짓말이라고 생각해? 아니야. 진심이야. 한 마디 한 마디가
다."

"고해를 하고 싶다 해도 나한테는 하지 마. 15년이 지났으니
너무 늦었어." 블랑슈는 방 안을 오가며 깔끔한 방을 정돈하는
척했다. 감정을 숨기기 위해서였다. "이제 와서 네가 자책한들
무슨 소용이 있을까? 과거를 되돌릴 수는 없어. 모리스를 살려
낼 수도 없고. 넌 모리스를 직접 쏠 용기조차 없었어. 혼자인 척
유리 공장에 가서 모리스에게 숨겨달라고 부탁했지. 모리스가
문을 열어주었을 때 넌 살인자 무리와 함께 있었어. 신께서 널
용서할지는 모르겠지만 나는 그럴 수 없어."

블랑슈가 다시 한 번 창가로 가서 섰다. 신선하고 차가운 공
기가 방으로 들어왔다. 내가 창가로 다가가 옆에 섰을 때도 블
랑슈는 움직이지 않았다. 그 자체가 용서로 보였다.

"처음부터 너랑 엄마는 모리스를 싫어했어. 그가 유리 공장에

처음 일하러 온 때부터. 아버지가 모리스를 아끼는 게 싫었던 거지. 정작 유리 공장에는 관심도 없고 그 근처에 가지도 않았으면서. 그리고 아버지가 모리스를 공장장으로 세우고 통제권을 주자 본격적으로 미워하기 시작했어. 아직도 생생히 기억나. 거실에서 엄마가 '깔끔 떠는 아가씨인 블랑슈가 그런 사랑을 할 수가 있겠니?'라고 말하고 너랑 같이 웃어대던 일이."

블랑슈는 나를 보지 않고 정원 너머를 바라보았다. 그 옆모습이 사진첩 속 소녀와 똑같았다. 마음속 비밀을 드러내고 싶어 하지 않는 우울하고 조심스러운 모습.

"너랑 엄마의 방법은 늘 유치했어. 너는 모리스가 평민 출신이기 때문에 문제 삼는 척했어. 아버지는 절대 그러지 않으셨는데. 아버지라면 너처럼 우리 결혼을 반대하지 않으셨을 거야. 휴전이 되고 독일 점령기가 오자 넌 기회를 잡은 거야. 살인을 영웅 행위로 만드는 것이 얼마나 쉬웠어? 다른 가족에서도 그런 일이 벌어졌지. 우리 가족만의 일이 아니야."

블랑슈가 말을 멈췄다. 역시 과거는 과거 그대로였다. 블랑슈는 뒤돌아서 수녀원 방처럼 황량하고 단순한 공간을 둘러보았다. 구석의 기도대와 그 위의 십자가까지.

"이제 난 공장장의 집 대신 여기 있어. 어제 아침에 내가 감정을 드러냈다면 너도 그 이유는 알 거야."

그나마 내게 반말을 하는 것이 친밀감을 주었다. 평생의 습관은 15년의 침묵으로도 깨지지 않았던 것이다. 그 반말 속에 한

가닥 희망이 남아 있었다.

"누나가 공장장 집으로 가서 자기 공간으로 만들면 좋겠어." 내가 말했다. "다시 살아 있는 공간으로 만들어줘. 모리스 대신 공장장이 되어서 말이야." 블랑슈는 어리둥절한 표정으로 나를 쳐다보았다. 거절할 틈을 주지 않기 위해 나는 재빨리 말을 이었다. "폴한테는 떠나라고 이미 말했어. 전쟁 후부터 의무감에서 유리 공장을 지켜왔던 거잖아. 폴의 마음은 거기 없어. 폴과 르네는 멀리 떠나 여행해야 해. 그게 두 사람의 결혼 생활을 유지시킬 방법이야. 폴은 생질 바깥에서 사람들을 만나면서 어떤 사업상 기여를 할 수 있을지 보여줄 기회가 없었어. 이제 그럴 때가 되었어."

내 목소리의 긴박함이 충격을 주었는지도 몰랐다. 블랑슈는 자기도 모르게 의자에 앉았다. 그리고 두 손을 꼭 잡고 나를 응시했다.

"가족 중 누가 유리 공장을 맡아야 해. 난 못 해. 일단 필요한 일을 알지도 못하고 배울 열망도 없어. 누나도 말했잖아. 내가 공장에는 조금도 관심이 없다고. 모리스와 결혼했다면 누나가 공장을 잘 관리했을 테고 지금처럼 쇠락하도록 방치하지 않았을 거야. 마리노엘이 다 크면 물려줘도 좋아. 결혼할 때 지참금으로 줄 수도 있어. 어떻든 공장 일을 알고 좋아하는 유일한 사람은 누나야. 공장을 책임지고 맡아주면 좋겠어. 모리스를 위해, 마리노엘을 위해."

여전히 말이 없었다. 그저 그 어느 때보다도 충격을 받은 듯 아연한 표정뿐이었다. "그 집은 누나를 기다리고 있어." 내가 말을 이었다. "15년 동안 기다리고 있다고. 그림, 그릇, 탁자, 의자, 모리스의 책까지 모든 걸 누나가 사용하면 돼. 누나는 여기서 자신을 낭비하고 있어. 메뉴를 결정하고 가스통과 하인들을 부리고 아이를 가르치고 하는 일은 다른 사람이 해도 돼. 누나는 유리 공장에, 그 집에 속한 사람이야. 새로운 모형 디자인을 시작해도 좋아. 우물 속에서 아이가 찾은 성 모형 같은 걸 만들어봐. 그럼 카르발레에 향수병이나 의약품병을 보내며 대량생산 제품과 어차피 불가능한 경쟁을 벌이는 대신 새로운 시장을 개척할 수 있어. 폴이 시장을 찾아올 거야. 오래전에 생질이 자랑했던 장인의 기술과 손길을 되살리는 거라고."

나는 갑자기 에너지가 다 빠져나가 기진맥진해졌다. 더 이상 생각이 나지 않았다. 지난밤 내내 어머니 손을 꼭 잡아줌으로써 회한이라는 과거의 망령을 상대하게 했던 것이다. 블랑슈의 눈빛이 바뀌었다. 비통함 대신 성찰과 배려, 심지어 다정함이 떠올랐다. 슬픔이 치료되기 시작했다. 반면 블랑슈 것이었던 고독이 이제 나의 고독으로, 암흑 속에서 견뎌내야 할 고통으로 바뀌었다.

"난 피곤해. 잠을 못 잤어." 내가 말했다.

"나도 마찬가지야. 그런데 기도도 할 수 없더라고."

"그럼 이제 그만하자. 우리 둘 다 바닥에 있었던 거야. 마리노엘이 먼저 두려움 없이 움직여줬지. 블랑슈, 유리 공장에 가면 누나가 해줄 일이 있어. 일꾼들을 시켜 우물 바닥의 돌을 치우고 다시 물이 샘솟게 해. 우물에는 물이 있어야지."

나는 앉아 있는 블랑슈를 놓아두고 방을 나와 옷 방으로 갔다. 간이침대에 누워 눈을 감고는 10시에 가스통이 흔들어 깨울 때까지 꿈도 꾸지 않고 잠들었다. 경찰서장을 만나러 11시까지 빌라르에 가야 했다.

나는 일어나 면도하고 씻은 후 다시 옷을 입고 가스통과 함께 빌라르로 갔다. 가스통의 아내와 베르트도 병원 교회에 가고 싶다고 해 동행했다. 서장과의 만남은 금방 끝났다. 전날 기록을 한 번 읽고 확인하면 되는 것이었다. 경찰서를 나서는데 경찰관 한 명이 누군가 차 옆에서 나를 기다리고 있다고 알려주었다. 벨러의 골동품 가게 일을 돕는 뱅상이었다. 작은 상자를 들고 있었다.

"죄송합니다, 므시외 르콩트." 뱅상이 말했다. "마담께서 달리 므시외를 만날 방법이 없어서요. 어제 파리에서 물건이 왔습니다. 너무 늦게 도착한 셈이라 죄송하지만 따님을 위해서라도 전해드린다고 하십니다."

내가 상자를 받았다. "이게 뭐지?"

"도자기가 깨져서 따님이 가게에 왔었습니다. 마담께서 말씀하신 대로 깨진 조각은 수리할 수 없었지만 파리에 연락해 같은 물건을 받았습니다. 그래도 따님께는 새 도자기라는 말을 하지 않으셨으면 하십니다. 조각을 이어 붙여 만들었다고 생각하는 편이 아이에게 더 좋고 어머니를 추억하며 간직할 수 있을 거라고요."

나는 감사 인사를 하고 잠시 머뭇거리다가 물었다. "마담이 다른 전하는 말씀은 없던가?"

"없습니다. 그저 깊은 조의를 표한다고 하셨습니다."

나는 차로 돌아갔다. 가스통 부부와 베르트가 나를 기다리고 있었다. 우리는 병원 교회로 갔다. 프랑수아즈는 다음 날 집으로 올 예정이었다. 전날 저녁 이후 몇 시간이 지났을 뿐인데 프랑수아즈는 한층 더 아득하게 멀리, 닿을 수 없는 시간에 있는 듯했다. 가스통의 부인은 금방 눈물을 쏟으면서 내게 말했다. "죽음은 아름답습니다. 마담 장은 하늘의 천사가 되셨을 겁니다." 나는 동의하지 않았다. 죽음은 꽃이 활짝 피기도 전에 꺾어 버리는 사형집행인일 뿐이었다. 하늘은 충분히 찬양할 만했지만 땅은 아니었다.

생질로 돌아오자 마리노엘이 테라스에서 나를 기다리고 있었다. 내게 달려와 안긴 아이는 다른 사람들이 차를 타고 차고로 가버린 후 나를 쳐다보며 말했다. "할머니가 11시도 되기 전에 일찍 내려왔어. 엄마를 위해 거실을 꾸미고 있어. 내일 엄마가 거기서 손님들 인사를 받을 거라고." 아이는 감동하고 흥분한 모습이었다. 검은 원피스에 로켓을 꽂고 있었다. "마담 이브가 할머니를 돕고 있어. 할머니가 오라고 했어. 할아버지가 돌

아가셨을 때 일을 기억하는 유일한 사람이 마담 이브라고. 그런
데 탁자를 어디 두어야 할지를 두고 둘이 싸우는 중이야."

아이가 내 손을 잡고 거실로 이끌었다. 커다란 말소리가 들렸
다. 들어가보니 덧창은 여전히 닫혀 있고 불이 켜진 가운데 소파
와 의자가 방 한가운데를 향해 돌려진 상태였다. 레이스천이 덮
인 긴 탁자가 창문과 문 사이에 놓였다. 할머니는 탁자 옆 의자
에 앉았고 쥘리는 다른 천을 팔에 건 채 할머니에게 반박했다.

"하지만 마담 라콩테스, 분명히 테이블은 더 가운데로 와야
하고 그 위에는 레이스가 아니라 이 다마스크 천을 덮어야 합니
다. 방금 전 직물 보관실에서 제가 찾아온 겁니다. 므시외 르콩
트 장례식에서 사용한 이후 아무도 건드리지 않고 거기 놓여 있
었나 봅니다."

"무슨 소리야. 레이스천을 썼잖아. 우리 어머니가 주신 레이
스야. 100년 동안 내 외갓집에서 사용한 거라고."

"그거야 그렇겠지요, 마담 라콩테스. 거기엔 저도 이견이 없
습니다. 그 레이스천은 분명하게 기억하고 있습니다. 아이들이
세례받을 때 사용했고 케이크 장식으로도 사용했지요. 하지만
장례식 때는 맞지 않습니다. 이 흰 다마스크 천이 마담 장에게
조의를 표하는 데 더 적합합니다. 1938년에 므시외 르콩트를 위
해 썼듯이 말입니다."

"레이스가 더 잘 늘어지는 거라니까. 이게 제단 천이 아니라
는 건 아무도 모를 거야. 신부님도 속아 넘어갈걸."

"신부님이야 그렇겠지요." 쥘리가 대꾸했다. "근시이시니까요. 하지만 주교님은 아실 겁니다. 매처럼 눈이 날카로우시니."

"상관없어. 난 레이스천이 좋다니까. 이게 더 호화로워. 난 며느리한테 최고를 해주고 싶은 거야."

"그러시다면 더 드릴 말씀이 없군요. 레이스천을 쓰셔야겠습니다. 그럼 이 다마스크 천은 또다시 직물실로 들어가 한 20년 동안 처박혀야겠습니다. 요즘은 성의 살림을 누가 관리하는 걸까요? 옛날에는 이렇지 않았는데 말입니다."

쥘리는 한숨을 쉬며 탁자 한끝에서 다마스크 천을 접었다.

"요즘 하인들 다루기가 얼마나 힘든지 알아? 자기 일에 자부심 가진 사람은 하나도 없어."

"그건 안주인 잘못이죠. 안주인이 훌륭해야 하인도 훌륭한 법입니다. 예전에 마담께서는 정말 무서웠지요. 한번 부엌에 내려오시면 한 30분 동안 아무도 말 한 마디 못 할 정도였지 않습니까. 때로는 밥도 거르고 일했다니까요. 집안은 그래야 하는 거죠. 하지만 요즘은……" 쥘리가 고개를 저었다. "상황이 완전히 다릅니다. 오늘 아침에 제가 오니 글쎄, 제르멘이 라디오를 듣고 있지 않겠어요? 교회 방송이긴 했지만 그래도……" 쥘리는 말을 맺지 않고 손을 내저었다.

"내가 그동안 아팠잖아. 그러니 일이 흐트러졌던 거야. 앞으론 달라질 거야."

"그래야지요. 이제 때가 된 겁니다."

"자네는 예나 지금이나 질투가 많아. 자기 일도 아닌데 간섭을 하는 거지."

"제 일이 아니라니요, 마담이나 가족들에게 일어나는 일은 모두 제 일입니다. 전 생질에서 태어났고 이 성, 유리 공장, 마을 모두가 제 인생이지요."

"자네는 독재자야. 자네 며느리가 정비공하고 도망친 것도 자네가 괴롭힌 탓이라고 하더군. 이제 앙드레와 손자를 혼자 돌보게 되었으니 속이 시원한가?"

"제가 독재자라고요? 전 세상에서 제일 참을성이 많은 여자랍니다, 마담 라콩테스. 아침부터 밤까지 절 괴롭힌 건 제 며느리라고요. 며느리가 나가버린 것이 앙드레한테도 좋은 일이에요. 적어도 평화롭게 살 수는 있으니까요."

"자네는 할 일이 별로 없었어. 그게 문제였다고. 닭 몇 마리 키우면서 유리 공장 땅이나 갈고 있었으니. 앞으로는 한 주에 두 번씩 성에 들어와 날 도와줘. 그럼 금방 자리가 잡힐 테니. 그리고 레이스천은 내 기억이 맞아."

"마담 라콩테스 의견대로 하시지요. 전 그대로 따르겠습니다. 그래도 마지막으로 한 마디만 덧붙이자면 므시외 르콩트 장례식에 사용했던 건 이 다마스크 천이 맞습니다."

두 사람은 탁자 양쪽에서 서로를 바라보았다. 언쟁을 벌이긴 해도 서로를 충분히 이해한다는 표정으로. 그리고 그제야 내가 들어왔다는 걸 안 할머니가 "다 잘 처리한 거냐?" 하고 물었다.

"네, 어머니."

"서장이 다른 말은 안 하더냐?"

"안 했어요."

"그럼 계획대로 일을 진행하면 되겠구나. 봉투에 주소를 쓰고 있는 르네를 도와주려무나. 블랑슈가 어디론가 사라졌어. 아침 내내 못 봤다. 교회에 간 모양이야. 자, 이제 둘 다 나가봐라. 쥘 리와 나는 할 일이 많아."

우리는 홀에서 가스통과 만났다. 내가 차에 두고 내린 꾸러미를 들고 온 것이다. "이걸 안 가져가셨습니다, 므시외 르콩트."

나는 꾸러미를 들고 위층 침실로 올라갔다. 아이가 따라오며 물었다. "그게 뭐야? 뭐 산 거야?"

나는 잠자코 끈을 풀고 포장지를 펼쳤다. 깨진 것과 똑같은 개와 고양이 도자기였다. 나는 도자기를 본래 자리에 올려두고 아이를 보았다. 마리노엘은 활짝 웃으며 손뼉을 쳤다.

"아무도 모르겠어. 정말 완벽해. 깨진 적이 없었던 것처럼. 이제 잘못을 용서받은 기분이야."

"용서받다니 무슨 말이니?"

"내가 재주를 부리면서 부주의하는 바람에 깨뜨렸잖아. 그래서 엄마도 병이 나고. 내일 저 도자기를 거실 초 옆에 세워두면 좋겠어."

"그건 좀 이상해 보이겠는걸. 다른 엄마 물건하고 같이 그냥 여기 두는 게 좋아. 그래도 의미는 똑같을 테니까."

우리는 도서실로 갔다. 책상 위에 명단이 놓여 있었지만 봉투를 쓰는 사람은 아무도 없었다.

"다들 어디 간 거야?" 내가 아이에게 물었다.

아이는 벌써 봉투 하나를 집어 와 명단 제일 위의 이름을 쓰기 시작한 참이었다.

"아까는 할머니가 있어서 말 안 했지만 르네 숙모는 침실에 있어. 겨울옷을 고르는 중이야. 장례식이 끝나면 폴 삼촌이랑 멀리 떠난다고. 여행을 하다가 파리에 작은 아파트를 얻을 계획이래. 아빠랑 할머니가 허락한다면 나도 다니러 오라고 했어."

"그럼 폴 삼촌도 옷을 고르고 있어?"

"아니, 삼촌은 유리 공장에 갔어. 블랑슈 고모도 교회가 아니라 유리 공장에 같이 간 거고. 비밀이야. 할머니가 알면 간섭할까 봐 싫대. 블랑슈 고모는 공장장 집에 있는 가구들을 살펴보러 간 거야. 그 집에는 15년 만에 처음 들어가본 거라고 어제 말해줬어. 또 아무도 거기 안 사는 건 낭비라고, 이제 다시 누가 살 수 있게 만들어야 한다고 했어."

"블랑슈 고모가 그렇게 말했다고?"

"응, 오늘 아침에 그랬어. 할 일이 많은가 봐. 그래서 폴 삼촌이랑 같이 간 거야." 잠시 동안 아이는 말없이 봉투를 만들었다. 그러다가 고개를 들고 펜 끝을 입에 물고 말했다. "방금 좀 무서운 생각이 떠올랐어. 아빠한테 말해야 할지 말아야 할지 모르겠는데."

"말해봐."

"갑자기 생각난 건데, 엄마가 돌아가시고 나서 모두들 원하는 걸 얻은 것 같아. 모두의 관심을 받기 좋아하는 할머니는 아래 층으로 내려왔고 폴 삼촌이랑 르네 숙모는 여행을 떠나게 되어 기뻐하고 또 블랑슈 고모는 내가 태어나기도 전, 오래전에 살려고 했던 공장장 집으로 가게 되었고 말이야. 장례식 준비로 바빠진 마담 이브도 중요한 일을 하게 되어 즐거워해. 아빠는 원하던 돈을 얻어 마음대로 쓸 수 있고. 나는……" 아이 눈빛이 흔들렸다. 잠시 망설이던 아이가 말을 이었다. "나는 원치 않는 남동생을 만나지 않고 계속 아빠를 차지할 수 있지."

나는 아이를 바라보았다. 잊어버렸던 혹은 억눌렸던 문장이 의식에 떠올랐다. 탐욕에 대한 말. 식당과 연결된 문 쪽에서 전화벨 소리가 들렸다. 갑자기 울린 그 소리에 생각이 흩어졌다. 아이가 한 말이 제대로 대답해줘야 하는 아주 중요한 얘기로 여겨졌다.

"엄마가 돌아가시지 않았어도 이런 일들이 일어났을까?" 아이가 물었다.

절박하고 끔찍한 그 질문은 모든 믿음의 근간을 흔드는 것 같았다. "그럼." 나는 재빨리 대답했다. "다 일어날 일이었어. 엄마가 돌아가신 것과는 관련이 없어. 엄마가 살아 계셨어도 모든 일이 똑같이 일어났을 거야."

아이는 여전히 완전히 믿지 못하겠다는 표정이었다. "좋으신

하느님은 모든 것을 가장 좋게 만들어주시지. 하지만 때로는 사탄이 자신을 숨기고 우리를 유혹하곤 해. 『마태오의 복음서』에도 자기 앞에 절하면 모든 것을 주겠다고 하는 사탄이 나오잖아."

전화벨 소리가 그쳤다. 가스통이 전화를 받은 것이다. 잠시 후 그의 발소리가 가까워졌다.

"그러니까," 마리노엘이 말을 이었다. "우리가 원하는 걸 누가 주었는지 제대로 구별하는 게 중요해. 하느님 아니면 사탄인데 그걸 어떻게 알 수 있지?"

가스통이 들어왔다. "므시외 르콩트께 전화가 왔습니다."

나는 일어나 홀로 나갔다. 구식 수화기를 집어 들었다.

"여보세요?"

"끊지 마세요" 하는 목소리가 나오더니 장거리 전화인 듯 직직 소리가 났다. 이어 남자 목소리가 들렸다. "므시외 르콩트이십니까?"

"그렇습니다만."

잠시 정적이 흘렀다. 상대는 무슨 말을 하려는지 생각하는 듯했다.

"누구시지요? 무슨 일입니까?" 내가 물었다.

그러자 속삭이듯 부드러운 목소리가 대답했다. "나요, 장 드게. 오늘 신문에서 부고를 봤지. 지금 그쪽으로 출발하는 길이네."

25

본능이 그를 거부했다. 내 마음과 몸, 영혼이 모두 그를 물리치기 위해 연합했다. 그는 더 이상 존재하지 않는 인물이었다. 전화기 속 속삭임은 피로로 인한 환청이었다. 나는 대답하지 않았다. 그가 다시 말했다.

"어이, 대역 배우, 지금 듣고 있소?"

발소리가 나는 것 같았다. 가스통인지 누군지 알 수 없었다. 나는 극도로 조심스러워졌다. 지시를 내리고 계획을 세우는 가장의 목소리로 다시 돌아왔다.

"네. 듣고 있습니다."

"지금 도빌에서 전화하는 거요. 당신 차로 운전해 가면 오늘 늦게 생질에 도착할 거야. 누가 볼지 모르니 해 진 후 들어가겠소. 7시쯤 만납시다."

어차피 나는 자기 계획대로 움직일 수밖에 없다는 확신이 드러나는 목소리. 그 목소리 때문에 나는 그가 더욱 미웠다.

"어디서?" 내가 물었다.

잠시 침묵이 흘렀다. "유리 공장 공장장 집을 알겠지?"

우리가 마지막으로 함께 있었던 르망의 호텔을 얘기하지 않을까 하던 예상은 빗나갔다. 그 중립적인 장소 대신 공장장의 집이라니. 이건 도전이었다.

"압니다."

"숲 옆길에 차를 두고 과수원을 지나 걸어가겠소. 집 안에서 나를 기다리다가 문을 열어줘. 7시에 도착 못 하더라도 많이 늦진 않을 거야."

작별 인사는 없었다. 전화가 끊겼다. 나는 다시 홀로 나왔다. 가스통과 제르멘이 부엌과 식당을 오가며 점심 식사 준비를 하는 중이었다. 바깥에서는 시트로엥 차가 원형 진입로를 돌아 들어왔다. 유리 공장에 갔던 블랑슈와 폴이 돌아온 것이다. 곧 다 함께 모여 식사할 시간이었다.

한편으로는 격한 감정에 휩싸였지만 다른 한편 나는 신중하고 평온함 또한 느꼈다. 이제는 내가 주인이고 그가 침입자였다. 이 성은 내 성이고 가족은 내 가족이었다. 몇 분만 지나면 함께 식탁을 둘러싸고 앉을 이들이 아닌가. 내 피와 살처럼 이들은 내 일부였고 나 또한 그들의 일부였다. 장은 돌아올 수 없고 가족을 다시금 자기 것으로 만들 수 없었다.

나는 거실로 들어갔다. 할머니는 아직도 거기서 바빴다. 가구 위치가 다시 조정되어 있었다. 쥘리는 다마스크 천과 함께 사라지고 없었다.

"누가 전화를 한 거냐?" 할머니가 물었다.

"중요한 사람 아니에요. 오늘 아침 신문 부고를 봤다고요."

"예전에는 그럴 때 전화하는 법이 없었다. 무례한 행동이지. 위로의 편지와 꽃을 보내는 것이 옳아. 하지만 예의범절은 모두 과거의 일이 되었구나."

나는 할머니에게 다가가 손을 잡았다. "상태가 어떠신지 걱정입니다. 쥘리 앞에서는 물어볼 수가 없었어요."

할머니가 나를 보며 미소 지었다. "우리 다 어차피 잠을 제대로 못 잔 것 아니냐? 넌 의자에서 잤지. 난 한숨도 못 잤다. 이런 일이 쉽다고 생각하는 건 아니겠지."

"쉽다고 생각한 적 없어요. 아마 어머니가 하신 일 중 제일 어려울 겁니다."

"난 너를 위해 평화와 즐거운 꿈을 포기하는 거야. 하지만 그럴 만한 가치가 있지 않니? 네가 원했기 때문에 내가 여기 있는 거야. 물론 언제 네 마음이 바뀌어 나를 다시 위층으로 쫓아낼지는 모른다만."

"절대, 절대 그럴 일은 없어요."

내 반응이 재미있는지 할머니는 내 뺨을 어루만져주었다. "너는 제멋대로야. 그게 네 문제다. 쥘리와도 아침에 그 얘기를 했지. 우리는 모두 너 때문에 순교자가 되었다. 내가 병이 난다면 그건 네 잘못이야." 할머니는 만족스러운 눈으로 잠시 주변을 둘러보고는 말을 이었다. "병원 교회에서 난 프랑수아즈에게 감동을 받았다. 프랑수아즈가 처음으로 피를 흘렸다는 걸 알았거든. 난 내일 자랑스럽게 조문객을 맞고 인사를 받을 거야. 죽은 며느리가 부끄럽지 않다는 건 커다란 위로가 되는구나."

가스통이 거실로 들어와 점심 식사를 알렸다. 추모 분위기에 어울리는 쉰 목소리였다. 함께 홀로 나오면서 할머니가 말했다. "꽃이 장식되면 거실이 완전히 달라 보일 거야. 백합이 제일 많이 필요해. 값이 비싸도 상관없다. 어차피 프랑수아즈가 값을 치르는 거니까. 우리는 이렇게 빚을 지는구나."

다른 사람들은 이미 식당에 앉아 있었다. 폴과 블랑슈는 공범자 같은 표정이었다. 은밀히 감추기보다는 신나는 비밀을 공유한 아이들인 양. 늘 그렇듯 블랑슈가 감사 기도를 한 후 나를 바라보았다. 미소는 없었지만 무언가 확신에 찬 표정이었다. 침묵이 끝나지는 않더라도 최소한 고통은 사라졌음을 짐작할 수 있었다.

할머니가 내 맞은편 의자에 앉자마자 내가 입을 열었다. "이제 어머니도 돌아오셨으니 다른 것들도 바꾸고 싶어요. 블랑슈, 폴, 르네와는 이미 의논을 했습니다. 폴은 더 이상 유리 공장 관리 일을 하지 않을 거예요. 르네와 함께 여행을 떠날 겁니다."

할머니는 놀라지 않았다. 그저 접시 위의 콩팥 요리를 포크로 찍어 양쪽에 매달린 테리어들에게 먹일 뿐이었다. "좋은 생각이구나. 진작 떠나야 했어. 안타깝게도 그럴 돈이 없었지. 그럼 누가 폴 자리를 대신하니? 자크는 아니겠지? 그럴 만한 위인이 못 돼."

"블랑슈가 맡을 거예요. 우리 중에서 유리 공장 일을 가장 잘 아는 사람이니까요. 앞으로는 공장장 집에서 살게 될 거예요."

이조차도 할머니를 놀라게 하지는 못했다. 어떤 반응을 예상했는지는 나도 몰랐다. 비난이나 조롱, 하소연이 나올 수도 있었다. 하지만 할머니는 차분하게 답할 뿐이었다. "블랑슈한테 사업 재능이 있다는 건 내가 늘 하던 말이야. 그게 어디서 왔는지는 모르겠다. 나는 물론 아니고 너희들 아버지도 그만큼 똑똑하지는 않았으니. 너희들 아버지는 가문의 전통 때문에 유리 공장을 운영했을 뿐 사업적 구상은 없었어. 하지만 블랑슈는……" 할머니가 맞은편의 딸을 바라보았다. "블랑슈는 다르지. 곧 관광객이 몰려들겠구나. 공장 안 상점에서는 성과 교회의 유리 모형을 팔고 쥘리가 만든 아이스크림도 팔게 될 거야. 전쟁만 일어나지 않았다면 벌써 오래전부터 그랬을 게다."

할머니는 식사를 계속했다. 폴이 나를 흘깃 보더니 할머니에게 물었다. "그럼 반대하지 않으시는 거예요? 다 받아들이시는 거예요?"

"반대하지 않느냐고?" 할머니가 되물었다. "왜 반대를 한다는 거냐? 둘 다 아주 마음에 드는 계획이다. 내가 아래층에 매일 내려오기로 했으니 더 이상 블랑슈가 집에서 할 일은 없지 않니?" 할머니는 손으로 빵을 잘게 잘랐다. "르네도 그렇다." 할머니가 며느리 쪽을 보았다. "여자가 할 일이 없으면 못된 짓을 하는 거야. 종교에 빠지거나 남자에 빠지거나."

그것으로 논의는 끝났다. 아이 말이 옳았다. 모두들 원하는 것을 얻었다. 모두의 얼굴에 안도감이 떠올랐고 그런 모습을 바라보고 있노라니 미래의 모습이 눈앞에 떠올랐다. 폴과 르네는 내가 사준 새 차에 짐을 가득 싣고 파리에 도착할 것이다. 처음에는 낯설고 주눅도 들겠지만 자유를 만끽하며 그 감정은 곧 사라지리라. 블랑슈는 공장장 집에서 가구를 정리하고 책을 펼쳐보면서 다시 디자인을 시작할 것이다. 그러면서 비통함에서 벗어나 새로운 자유를 찾겠지.

마리노엘이 식탁 반대편에서 나를 빤히 쳐다보았다. "왜? 왜 그러니?"

"아빠는 모든 사람에게 계획을 만들어주었는데 아빠 것만 없네. 다들 가버리고 나면 아빠는 어떻게 할 거야?"

모두들 궁금하다는 듯 내 쪽을 바라보았다. 블랑슈마저도 잠시 고개를 들었다가 다시 시선을 떨어뜨렸다.

"난 여기 생질에, 성에 있을 거야. 떠날 계획은 없어. 늘 여기 머물 거야."

그렇게 말하다 보니 앞으로 해야 할 일이 분명해졌다. 도서실 책상 서랍의 권총이 생각났다. 토요일에 나는 총을 쏠 줄 모르는 탓에 치욕을 당하지 않기 위해 내 손을 모닥불에 집어넣었다. 오늘은 상황이 달랐다. 지켜보는 눈은 없었다. 이런 기회를 놓치는 것은 바보 천치나 할 일이다. 아무 가책도, 후회도 없을 것이었다. 장 드게는 받아 마땅한 대접을 받을 뿐이다. 그가 선택한 장소가 공장장 집이라는 것도 정당성을 부여했다. 한 가지 마음에 걸리는 것은 내 차를 불태워야 한다는 점이었다. 하지만 그가 가져간 것이니 더 이상 내 차가 아니라 생각해도 좋겠지. 이미 잊어버린 과거에 속한 물건이다. 순간적으로 떠오른 계획이 점차 형태를 갖추면서 분명해졌다. 나도 숲을 지나 공장장 집으로 걸어갈 것이다. 과수원을 통과해 뒤쪽으로 들어가 창문을 타고 넘어야지. 목격자는 한 사람도 없을 것이다. 눈앞에 검은 숲의 나무들과 젖은 땅이 펼쳐졌다. 다음 순간 온 식구가 어리둥절하다는 표정으로 나를 바라보는 모습이 눈에 들어왔다. 내 마지막 말이 너무도 강렬했던 모양이다. 어리둥절해하지 않았던 단 한 사람, 마리노엘이 말했다. "갑자기 조용해지고 아무도 말을 안 하면 그건 방에 천사가 들어온 거래. 제르멘이 말해 줬어. 그렇지만 알 수 없어. 사탄이 들어온 것일지도 모르거든."

가스통이 채소를 가져왔다. 침묵의 순간이 지나갔다. 나만 빼고 모두들 다시 말을 시작했다. 할머니는 나를 바라보며 소리 없이 무슨 일이냐고 물었고 나는 고개를 저으며 아무 일 없다는 몸짓을 했다. 장이 도빌에서 차에 오르는 모습, 자기를 기다리는 작은 세상을 향해 자신만만하게 다가오는 모습을 상상해 보았다. 문제가 해결되고 원하던 돈을 손에 넣어 갑자기 편해진 그 세상을 향해. 그의 의도는 처음부터 이것이었다. 악수와 미소로 내 역할을 해제시키고 잠시 버려두었던 삶으로 복귀하는 것. 그렇다면 그 계획은 소용없었다. 이제는 내가 실체고 그가 그림자니까. 그림자는 아무도 원하지 않으니 없애면 된다.

점심 후에 기회가 왔다. 블랑슈와 마리노엘은 위층으로 공부하러 갔다. 할머니는 다른 식구들을 거실에 불러 가구 배치에 대해 의논했다. 나는 도서실로 가 책상 서랍을 열었다. 사진첩 옆에 권총이 있었다. 꺼내 열어보니 권총은 장전되어 있었다. 장은 왜 권총을 여기 두었을까. 어떤 비상 상황을 염두에 두었을까. 이제 이 권총은 그를 향해 사용될 것이다. 바로 이 목적을 위해 그가 오랫동안 총을 장전해둔 것이다. 나는 코트 주머니에 권총을 숨기고 위층 옷 방으로 가 모르핀과 주사기 상자가 든 서랍 안에 넣어두었다.

아래층으로 내려오니 모두들 도서실로 향하는 중이었다. 기회는 아까 그 순간뿐이었던 것이다. 거실은 내일 장례식을 위해 비워두어야 할 공간이었다. 폴이 책상에, 르네는 탁자에 앉아 봉투에 주소를 쓰기 시작했다. 할머니는 두 사람을 바라볼 수 있는 의자에 앉아 내게 손을 뻗었다.

"한시도 가만히 있지 않는구나. 대체 무슨 생각을 하는 거냐?"

할머니를 바라보면서 나는 내가 죽이려는 사람이 그 아들이 아닌, 애정도 양심도 없는 냉혈한이라는 점을 상기했다. 할머니는 나를 아들로 생각했다. 앞으로 나는 그가 하지 못했던 모든 걸 해드릴 것이다.

"과거를 묻어버리고 싶어요. 그게 제 마음속 유일한 생각이에요."

"너는 최선을 다해 과거를 회복시키고 있잖니. 블랑슈를 위해 계획을 세우면서."

"아니, 어머니는 모르세요."

할머니가 어깨를 으쓱해 보였다. "좋을 대로 생각하렴. 난 어떤 방법이 효과가 있다면 더 이상은 안 바란다. 그 정도에서 결탁하는 게 삶을 더 편안하게 해주니까. 이리 와서 앉으렴."

할머니가 자기 옆 의자를 가리켰고 나는 계속 할머니 손을 잡은 채 거기 앉았다. 곧 할머니는 잠이 들었다. 폴이 고개를 돌리고 조용히 말했다. "일이 너무 많았어. 샤를로트도 방금 그러더군. 곧 병이 나실 거야. 형이 어머니를 그만 쉬시게 해야 해."

"아냐. 이렇게 하는 게 나아." 내가 대답했다.

르네는 탁자에서 나를 쳐다보았다. "늘 그러셨듯 위층에서 쉬셔야 해요. 폴 말이 옳아요. 장례식이 끝나면 완전히 쓰러져버리실걸요."

"그건 내가 책임지고 감당할 몫이야."

긴 오후가 지나갔다. 사각사각하는 펜 소리 외에는 고요했다. 나는 잠든 할머니 얼굴을 쳐다보며 깨시기 전에, 그리고 아이가 위층에서 내려오기 전에 나가야 한다고 느꼈다. 폴과 르네는 모두 내게 등을 돌리고 있었다. 내가 어디로 가는지 모를 터였다.

위험을 피하는 주문을 걸 듯, 나는 충동적으로 할머니 손에 입을 맞췄다. 그리고 일어나 방을 나섰다. 돌아보거나 부르는 사람은 없었다.

나는 옷 방에서 권총을 꺼냈고 테라스를 통해 나간 후 성 옆을 돌아 정원 입구로 향했다. 첫날 몸을 숨겼던 삼나무 아래 잠깐 멈췄을 때 세자르가 개 장에서 나왔다. 개는 고개를 들고 냄새를 맡더니 나를 바라보았다. 짖지는 않았지만 그렇다고 꼬리를 흔들지도 않았다. 생질에 속한 사람으로는 인정하되 주인은 아니었던 것이다. 이건 앞으로 해결해야 할 과제였다. 나는 정원의 밤나무들 아래를 지났다. 숲이 그토록 아름답고 멋지게 보이기는 처음이었다. 뜨거운 햇살이 낙엽을 황금빛으로 물들이고 있었다.

공장과 맞닿은 벌판에 이르렀을 때 나는 엎드린 채 기다렸다. 자크와 일꾼들이 하루 일과를 마치고 나면 아무도 공장장 집에 드나들지 않을 것이다. 트럭을 세워두는 근처에 휘발유 통이 있다는 걸 기억하고 있었다. 휘발유가 필요했다. 공장 굴뚝에서 한 줄기 연기가 피어올랐다. 점차 조급한 마음이 들었다. 어서 사람들이 가버렸으면 싶었다.

두 시간쯤 지났을 것이다. 시계가 없어 정확히 알 수는 없었지만 공기가 차가워졌고 태양이 나무들 뒤로 사라졌다. 공장은 정적에 잠겼다. 나는 일어나 산울타리 뒤에 몸을 숨긴 채 과수원을 들여다보았다. 아무도 없었다. 공장장 집의 사무실 창문은 닫혀 있었다. 버려진 집 같았다. 산울타리에 바짝 붙은 채 이동해 과수원을 지나 공장장 집 벽 앞에 섰다. 포도 줄기에 숨어 잠시 멈춘 채 창문으로 안을 들여다보았다. 자크가 퇴근해 사무실은 빈 상태였다. 나는 그 집 반대쪽으로 가서 창문을 타고 넘어 들어갔다. 블랑슈와 폴이 남긴 흔적이 가득했다. 일부 가구는 벌써 옮겨지고 탁자와 의자를 중앙으로 잡아당겨 두었으며 그림 위치도 바뀌었다. 블랑슈는 시간을 낭비하지 않았다. 원하는 바도 분명했다. 그 방은 더 이상 과거를 품은 빈껍데기가 아니라 새로운 삶을 준비하는 공간이었다.

나는 자리에 앉아 기다렸다. 내가 죽일 사람이 올 때까지. 햇살이 들어와 그림자가 드리워졌다. 30분 정도 지나면 어두워질 테고 그러면 그가 창문이나 문을 두드릴 것이다. 그리고 자신이 저질렀던 범죄가 자기를 대상으로 저질러지는 상황과 맞닥뜨리겠지. 그가, 내가 아닌 그가 15년 전으로 돌아가게 될 것이다.

문손잡이가 돌아갔다. 오랫동안 사용하지 않은 탓인지 손잡이가 바닥에 떨어졌다. 문은 열리지 않았다. 내가 빗장을 걸어놓았던 것이다. 나는 문 앞으로 걸어가 손잡이를 집어 들어 제 위치에 끼워놓았다. 서서히 빗장을 열면서 권총을 고쳐 쥐었다. 문은 돌바닥에 닿아 끼익 소리를 내면서 열렸다. 모리스 뒤발도 이렇게 문을 열었겠지. 그리고 어둠 속에 선 장을 보았으리라.

다음 순간 장이 아닌 다른 사람의 목소리가 들렸다. "여기 누가 있는 거요?" 사제였다. 깜짝 놀라 어찌할 바를 모르는 나와 미소 지으며 고개를 끄덕거리는 사제가 마주 섰다. 사제는 권총을 보자 표정이 바뀌었다.

"자, 이건 내가 맡아두어도 괜찮겠지요?" 사제는 이렇게 말하면서 손을 뻗어 내가 미처 대응하기도 전에 권총을 빼앗아버렸다. 그리고 총알과 권총을 분리한 뒤 자기 주머니에 집어넣었다.

"난 이런 걸 싫어합니다. 전쟁 중에, 그리고 점령기에 신물 나게 보았지요. 총으로 엄청난 피해가 있었고 지금도 또다시 그렇게 될 수 있습니다."

사제가 나를 보았다. 동의를 구하듯 고개를 끄덕였다. 나는 뭐라 입이 떨어지지 않았다. 사제가 내 팔을 두드리며 "화내지 마십시오. 언젠가는 내가 이렇게 해준 걸 고맙게 여길 겁니다. 자살할 생각이었던 거지요?"라고 말했다.

잠시 머뭇거리다가 나는 대답했다. "네, 신부님."

"뭐 논쟁은 그만둡시다. 므시외의 양심과 하느님에 대한 문제니까. 잘못된 일을 요구하는 건 내 일이 아닙니다. 가능한 한 생명을 구하는 것이 내 일이지요. 방금 내가 그런 일을 한 거라면 몹시 감사하고 또 감사한 일입니다." 사제가 어두워지는 방안을 둘러보았다. "앙드레 이브를 만나고 오는 길입니다. 다행히 팔을 다시 쓸 수 있게 될 것 같습니다. 잘 참아냈지요. 한 주

전인가는 자살하고 싶다는 말을 나한테 하기도 했답니다. 나는 '그러면 안 돼, 앙드레. 미래는 오늘 시작되는 거야. 매일 아침에 일어나면서 받는 선물이지. 그걸 내버리지 말고 잘 사용해야 해'라고 대답했지요." 사제는 잠시 말을 멈추더니 가구들을 가리키며 물었다. "오늘 오후에 내가 성에서 들은 말이 사실인가요? 마드무아젤 블랑슈가 여기 와서 살게 된다고요? 므시외가 그렇게 제안하셨다고요?"

"사실입니다."

"그렇다면 마드무아젤이 마음을 바꿔먹게 만들 행동은 하시면 안 되지요. 나쁜 일을 두 번 한다고 해서 옳은 일이 되지는 않습니다. 내가 우연히 여기를 지나가지 않았다면 우리 모두를 슬픔에 빠뜨릴 일이 벌어졌을 겁니다. 안 그래도 드게 가문의 비극은 충분한데 말입니다."

"비극을 더할 생각은 아니었습니다. 원인을 제거하려고 했습니다."

"스스로를 죽임으로써? 그게 므시외에게나 가족들에게 어떤 좋은 점이 있나요? 므시외는 살면서 가족들의 세계를 새로이 만들 수 있습니다. 벌써 이 공장장 집에서 그 노력이 나타나네요. 이 유리 공장뿐 아니라 성에도 마찬가지입니다. 필요한 것은 삶이지 죽음이 아닙니다."

사제는 내 대답을 기다렸다. 나는 아무 말 하지 않았다. 사제가 머뭇거리며 다시 입을 열었다. "자, 자전거를 타고 왔으니 내가 모셔다드릴 수는 없군요. 밖에 차도 보이지 않고요. 어떻게 성으로 갈 생각이죠?"

"걸어왔으니 다시 걸어가면 됩니다."

"내 옆에서 걸어가면 어떨까요? 아시다시피 내 자전거는 아주 천천히 가거든요." 사제가 시계를 보았다. "7시가 다 되었네요. 성에서 므시외를 찾을 겁니다. 특히 아이가 간절히 기다리겠지요. 지루한 동행이라 미안하긴 하지만 나랑 함께 가시지요."

"아닙니다, 신부님. 혼자 있고 싶습니다."

여전히 사제는 불안한 눈빛으로 머뭇거렸다. "이렇게 므시외 혼자 두고 가서는 안 될 것 같습니다. 더군다나 아까 상황을 본 입장에서는요. 무언가 후회할 일을 저지를지 모르겠군요."

"이제는 그럴 수 없습니다. 신부님이 총을 빼앗아 가셨잖아요."

사제가 미소 지었다. "그렇게 생각한다면 다행입니다. 총은," 그가 주머니를 두드려 보였다. "며칠 안에 돌려드리지요. 그럼 가겠습니다."

사제가 문을 나가 어스름 속으로 사라졌다. 우물에는 눈길 한 번 돌리지 않고 공장 쪽으로 걸어갔다. 나는 다시 문을 닫고 걸쇠를 걸었다. 방이 어둑어둑했다. 과수원 쪽 창문 앞으로 가자 권총을 든 사람 하나가 몸을 일으켰고 창틀을 넘어 안으로 들어왔다. 내 가슴팍에 총구를 대며 그가 가볍게 웃었다. "전에도 이렇게 한 적이 있지만 이번에는 훨씬 쉽군. 보초병도 다른 방해물도 없으니. 게다가 나를 막아서는 청년들 대신 우리 친절하신 신부님이 지나가주다니 말이야. 아무래도 행운은 늘 내 편이군. 내가 총을 가져오길 참 잘했지? 르망의 내 짐 가방에서 챙겼던 유일한 물건이 이 총이라네."

그는 블랑슈가 아침에 옮겨둔 의자 두 개를 앞으로 잡아당겼다.

"앉아. 손을 위로 들 필요는 없어. 이건 협박이 아니라 예방책이니까. 1941년 이후 내가 늘 지니고 다니는 물건이지." 그가 다리를 벌리고 의자에 뒤돌아 앉았다. 그리고 의자 등받이에 총신을 올려놓았다. "날 없애버릴 계획이셨구먼, 그렇지? 생질에 눌러앉으려고? 갑자기 큰돈을 만지게 되니 아까웠나? 하긴 나라도 그랬을 것 같군."

26

어두운 탓에 장의 눈은 볼 수 없었다. 그저 형체만 희미하게 보였다. 어둠은 그의 모습을 더욱 사악하게 만들었지만 동시에 조금 더 참을 만하게 만들기도 했다.

"어떻게 된 거야? 프랑수아즈는 왜 죽은 거야? 부고에는 사고라고 되어 있더군."

"침실 창문에서 추락했어. 당신이 파리에서 사 온 로켓을 떨어뜨리는 바람에 주우려다가."

"혼자 있었단 말이야?"

"그래. 경찰 조사가 끝났어. 서장은 추락사라고 인정했고 사망 증명을 발급했지. 내일 시신을 생질로 옮겨 올 거고 장례식은 금요일이야."

480 희생양

"그건 읽었어. 그래서 돌아온 거고."

나는 아무 말 하지 않았다. 그가 집으로 돌아온 것은 아내의 장례식이 아니라 아내의 죽음으로 그에게 돌아갈 결과물 때문임이 분명했지만 말이다.

"이렇게 내 역할을 대신해내리라고는 예상 못 했어. 한 주 전에 자넬 호텔 방에 두고 떠날 때 난 곧 경찰에 신고하고 말도 안 되는 설명을 늘어놓을 거라고 생각했지. 그런데 그러기는커녕……"그가 껄껄 웃어댔다. "꼬박 칠 일 동안 나로 행세하고 무사히 살다니. 축하하네. 12년이나 15년 전에 만났다면 우린 정말 좋은 친구가 되었을 텐데. 그런데 아무도 의심하지 않던가?"

"아무도."

"어머니도? 아이도?"

"그 둘은 특히나 의심하지 않더군."

그렇게 대답하다 보니 묘한 만족감이 생겨났다. 아무도 그를 그리워하거나 아쉬워하지 않았으니 말이다.

"자네가 얼마나 많은 것을 배웠는지 모르겠군. 특히 르네를 어떻게 다뤘을지 흥미로운걸. 떠나기 전부터 난 진력난 상태였어. 또 프랑수아즈를 어떻게 달랬을지도 궁금해. 상황도 모르고 블랑슈한테 말을 걸었을 수도 있지. 우리 어머니의 집착도 대단했을 테고. 앞으론 병원에 들어가셔야 할 거야. 벌써 파리에서 의사를 만나보았다네."

나는 그의 의자 등받이에 올려진 권총 총구를 바라보았다. 어떻게 해볼 방법은 없었다. 상대는 나보다 한 수 위였다.

"어머니를 파리에 보낼 필요는 없어. 집에서 치료를 받으셔야 할지는 모르지만. 약을 끊고 싶어 하셔. 지난밤에 내가 같이 있었어. 처음으로 참아내는 데 성공했고."

어둠 속에서 그가 날 응시하는 눈길이 느껴졌다. "무슨 말이야? 밤새도록 같이 있었다고? 대체 뭘 어떻게 한 거야?"

나는 할머니 침대 옆 의자에서 보낸 시간을 떠올렸다. 반쯤 꿈꾸는 상태로 위협적인 그림자가 흩어져 사라지는 걸 지켜보던 일. 그 설명을 하는 건 의미 없어 보였다. 할머니가 잠을 잤다는 것 외에 다른 성과는 하나도 없지 않나.

"어머니 옆을 지켰고 손을 잡아드렸어. 결국 잠드셨지."

그의 웃음소리가 어두운 방을 울렸다. "바보 같기는. 그게 모르핀 중독의 치료법이라 생각하는 거야? 오늘 밤에는 아마 미쳐 날뛸 걸세. 샤를로트는 두 배를 주사해야 할 테고."

"아니야. 아니라고." 나는 이렇게 대답했지만 자신은 없었다. 몇 시간 전 의자에 누워 잠든 모습도 아프고 지쳐 보였던 것이다.

"그리고 또? 또 무얼 했나?"

또 무얼 했느냐고? 생각을 더듬었다. "폴, 폴하고 르네는 생질을 떠날 거야. 6개월이나 1년 정도 여행하기로 했어."

그가 고개를 끄덕였다. "이혼이 한층 앞당겨지겠군. 르네는 늘 바라던 대로 연인을 찾아낼 테고 폴은 그 어느 때보다도 열등감이 심해질 거야. 세상에 나가보면 자기가 형편없는 시골뜨기에 불과하단 걸 알겠지. 또 다른 건?"

볼링을 하는 것 같았다. 공을 굴려 핀을 쓰러뜨리는 경기. 그는 그렇게 내가 애정으로 만들어낸 계획들을 하나씩 쓰러뜨리는 중이었다. 아니, 실상 그건 애정이 아닌 혼란스러운 감정이었을지도 몰랐다.

"카르발레 계약에 실패했었지?" 내가 말했다. "새 계약서에 서명했어. 유리 공장은 문 닫지 않을 거야. 아무도 직장을 잃지 않을 테고. 이제 돈도 있으니 손실을 보전할 수 있어."

이번에는 그가 웃지 않았다. 휘파람을 불었다. 그가 실망한 듯해 기분이 좋아졌다. "이번에야말로 벗어날 수 있을 거라 생각했는데. 시간이 좀 더 걸리겠군. 다른 일은 뭐 사소하지만 이건 심각한걸. 프랑수아즈의 돈이 있더라도 망해가는 사업을 떠받치는 건 관심 없어. 폴이 떠나고 나면 대체 누가 공장 일은 맡게 되지?"

"블랑슈."

그가 몸을 앞으로 숙여 의자를 젖히면서 얼굴을 바짝 들이댔다. 이제 그 이목구비가 눈에 보였다. 르망 호텔에서 그랬던 것처럼. 나와 똑같은 그 얼굴이 극도로 혐오스러웠다.

"블랑슈랑 정말 말을 한 거야? 그렇게 하겠대?"

"하고말고. 오늘 아침에 블랑슈가 여기 왔었어. 지금부터 유리 공장은 블랑슈 것이라고 말해줬지. 뭐든 하고 싶은 대로 해 보라고. 공장을 키워서 나중에 마리노엘 지참금으로 주게 될 거야."

"흐음, 오랜 시간이 흐르면 그렇게 될 수도 있겠군." 그가 천천히 말했다. "블랑슈가 다시 디자인을 시작한다면 관광 기념품을 생산할 수 있어. 그럼 카르발레 같은 회사에 납품할 필요 없이 새로운 시장을 개척하는 거지. 관광객들이 빌라르를 거쳐 르망으로 가는 대신 생질로 오게 될 거야. 자네는 알지도 못하면서 제대로 계획을 세웠구먼." 그가 잠시 말을 멈췄다. "그래, 생각할수록 마음에 드는 계획인데. 어째서 진작 그 생각을 못 했을까. 블랑슈 하는 짓이 워낙 마음에 안 들었던 탓이야. 대체 어떻게 구슬린 건가? 예전에 블랑슈는 늘 자기가 디자인을 맡는다고 했지. 그 거만한 놈하고 좋아지낼 때 말이야. 이제 여기 내려오면 보나 마나 과부 행세를 하게 될걸." 그가 주머니에서 담뱃갑을 꺼냈고 내게도 하나 건넨 뒤 불을 붙였다. "하여튼 썩 나빴던 건 아니군. 마리노엘은 어땠나? 이번 주에도 뭔가 환영을 보거나 꿈을 꾸지 않았나?"

나는 대답하지 않았다. 아이를 욕보이는 건 정말 최악이었으니까. 어머니를 깎아내리고 누나와 동생을 조롱하는 건 몰라도 마리노엘을 웃음거리로 만드는 건 듣기 싫었다.

"잘 있어. 어제 사건도 잘 이겨냈고."

"그건 그랬을 거야. 모녀는 늘 사이가 안 좋았으니까. 프랑수아즈는 아이를 질투했고 아이도 그걸 알지. 자, 이제 자네도 가족에 묶이는 게 어떤 건지 알았겠지. 돈을 위해 다 참아낸 건가? 그리고 날 죽일 작정으로 여기 내려온 것이고. 나만 없으면 평생 풍족하게 살 수 있을 테니."

그가 몸을 뒤로 빼며 담배 연기를 뿜어냈다. 그 얼굴이 다시금 흐려져 형체만 보였다.

"믿지 않겠지만 난 돈 생각은 하지 않네. 자네 가족을 사랑하게 되어버렸을 뿐이야."

다시 한 번 그가 웃음을 터뜨렸다.

"세상에서 제일 이기적이고 탐욕스러운 괴물인 우리 어머니를 사랑한다고 말하는 건가? 멍청한 약골에 성격도 까다로운 폴을 사랑한다고? 르네는 그 외모 때문에 사랑할 수도 있겠군. 하지만 그 내면은 텅 빈 상자와 같다네. 또 억눌린 본능과 공포에 질린 열정으로 비뚤어진 나머지 그저 피 흘리는 십자가상 앞에 무릎 꿇는 것밖에 할 줄 모르는 블랑슈를 사랑한다고? 마리노엘은 다정하고 천진해서 사랑한다고 할 건가? 그렇담 말해주지. 그 아이가 정말 좋아하는 건 자기 응석을 다 받아주는 거라네."

나는 대꾸하지 않았다. 그의 시각에서 보면 옳은 말이니까. 내 시각에서도 마찬가지일지 몰랐다. 결국 중요하지 않은 일이었다.

"그래, 자네 가족은 그런 모습이야. 그래도 난 사랑하게 되었다네. 그게 다야. 이유는 묻지 마. 대답할 수 없으니까."

"나도 애정이 있어. 그러니까 이해할 수 있지. 다들 나한테 속한 사람들이니까. 하지만 자네한테는 이유가 없지 않나. 겨우 일주일 동안 알고 지냈을 뿐이야. 자네는 정말 대책 없는 감상주의자군."

"그런 모양이야."

"자네를 구원자라고 생각하나?"

"아니, 바보 멍청이지."

"솔직하군. 자, 이제 어떤 일이 일어날 것 같은가?"

"모르겠어. 자네한테 달렸으니."

그가 권총 손잡이로 머리를 긁었다. 그 순간 덤벼들 수 있었을지 모른다. 하지만 별 소용 없었으리라.

"맞아. 생질에서 일어나는 일은 다 나한테 달렸지. 내가 원한다면 자네가 만들어놓은 계획을 그대로 이어갈 수 있어. 아님 다 망가뜨릴 수도 있지. 자넨 어떤가? 숲으로 나가서 무덤이나 파볼까? 자네 차를 불태우는 건 쉬운 일이야. 아무도 자네를 찾지 않을 테고, 자네는 그냥 사라지는 거야. 예전에 다른 사람들이 그랬듯이."

"그렇게 결정했다면 나가지. 난 자네 손에 달려 있으니. 날 우물에 던져버릴 작정은 아닌가 보지?"

보이지는 않았지만 그가 미소 짓는 걸 느낄 수 있었다. "그것까지 알아낸 건가? 정말 날카로운걸. 벌써 다 잊힌 일이라 생각했는데. 충격받았겠지?"

"아니. 자네가 그렇게 행동한 이유를 이해하지 못했을 뿐."

"이해하지 못했다고? 물론 그랬겠지. 자네 나라는 1066년 이후 침략받지 않았으니. 평화롭게 살아왔다고 거만을 떠는 건가. 우리는 가끔 가혹해지기도 하지만 최소한 위선자는 아니야. 자네는 자네가 만들어낸 모리스 뒤발의 이미지도 사랑하게 된 건가?"

나는 잠깐 생각했다. 사랑이라니 너무 강한 단어 아닐까? "애석하게 생각했네. 듣자니 좋은 사람이었다더군."

"그놈은 출세에 눈이 멀었을 뿐이야. 우리 아버지를 잘도 구워삶았지. 블랑슈는 그놈이 잡은 최고의 카드였고 난 그 카드놀이를 중단시킨 거라고. 편안하게 등을 기대고 앉아 침략자와 보호 조약을 맺을 수만은 없지 않나?"

나는 대답하지 않았다. 그 논쟁은 내 논쟁이 아니었고 그 전쟁은 내 전쟁이 아니었다. 나는 그저 사람들이 고통당하고 죽었다는 걸 알 뿐이다.

"뒤발이나 가족에 대해 토론하는 건 별 의미가 없군. 내게도 나름의 판단이 있는 거니까. 자네가 무슨 말을 하든 그건 바뀌지 않아. 내가 자네를 죽이려 했듯 날 죽일 작정이라면 어서 끝내게. 난 준비가 되었으니."

"자네를 죽이고 싶은지 아닌지 잘 모르겠어. 낭비 같기도 하고. 한번 속였으니 또다시 그럴 수도 있지 않겠나. 다시 자네한테 연락해 내 자리를 채워두고 한 주나 한 달씩 떠나버릴 수 있단 말이야. 어떻게 생각하나? 물론 당분간은 자네가 했던 일들을 되돌려야겠지. 그래도 자넨 상관없을 거야. 어쩌면 그게 날 대신했던 삶의 묘미를 더할지도 모르지."

증오심이 끓어올라 대답조차 할 수 없었다. 내 침묵을 심사숙고로 받아들인 그가 말을 이었다. "아직 벨러는 만나지 못했겠지. 시간도 없었고 기회도 없었을 거야. 빌라르에서 가게를 운영하는 여자야. 자기가 헝가리 왕족 후손인 척하기에 내가 벨러라고 불러주지. 요리 실력이 아주 좋지만 그게 유일한 매력도 아니야. 난 가끔씩 지루할 때 그 여자를 만나러 간다네. 우리가 합의한다면 벨러도 한패가 되어야지. 만나보면 후회 안 할 걸세. 내 장담하지." 여전히 나는 대답하지 않았다. "벨러까지 속여 넘겼다면 한층 재밌었을 텐데 말이야." 그가 덧붙였다.

나는 일어섰다. 그도 즉각 일어서며 총을 겨누었다.

"이제 끝내지. 난 더 할 말이 없어."

"난 아직 할 말이 남았는데. 나한테는 왜 아무것도 묻지 않는 건가? 내가 지난 한 주 동안 무엇을 했는지 궁금하지 않나?"

궁금하지 않았다. 도빌에서 전화를 걸어 오지 않았나. 거기 머물렀겠지. 도망가 있기엔 좋은 곳이니까.

"아니. 솔직히 관심 없네. 상관도 없고."

"상관이 있을걸. 상관이 아주 많아."

"어떻게?"

"다시 앉아봐. 불을 비춰주지." 그가 라이터를 켰다. 불빛에 드러난 것은 내 라이터였다. 그가 입고 있는 옷도 내 옷이었다. 하지만 르망에서 입었던 코트가 아니었다.

"봤나? 나도 공정한 게임을 했다네. 자네가 내 자리를 차지했으니 나도 자네 자리를 차지해야 하지 않겠나. 런던에 갔었어. 자네 아파트에 살았고. 오늘 비행기로 프랑스에 도착한 거야."

나는 그를 바라보았다. 아니, 정확히 말하면 그의 그림자를. 지난주 내 생각 속의 그는 더 이상 존재하지 않는 유령 혹은 그림자였다. 그 유령은 파리나 남프랑스, 이탈리아, 스페인 등 어디든 놓일 수 있었지만 내 삶, 내 세상을 속이는 역할은 아니었다.

"내 아파트에 갔다고? 내 물건을 사용했나?"

그도 똑같이 내 역할을 했다는 데 나는 격분했다. 믿을 수 없었다. 누군가 막아서지 않았을까.

"왜 아니겠나? 자네가 생질에서 했던 대로지. 자네도 내 가족을 맡아 원하는 대로 사용했지 않나. 난 똑같이 할 수는 없었지만 나름대로 기회를 활용했지. 내 쪽에서 벌인 게임을 비난할 수는 없을 텐데?"

나는 생각하려 했다. 상황을 그려보려 했다. 아파트 입구 수위는 그저 고개를 끄덕이며 아침 인사나 밤 인사를 건넸겠지. 집을 청소하는 여자는 10시 반이 넘어야 오게 되어 있어 마주칠 일이 없었다. 저녁에는 친구들과 약속이 없는 한 집에서 혼자 밥을 먹었다. 대부분 내가 지난주 휴가라는 걸 알고 있었으니 누가 전화하거나 달리 연락하지도 않았으리라. 당황한 채 나는 여전히 그가 거짓말을 한다는 증거를 찾으려 했다. "어디로 가야 하는지 어떻게 알았지? 어떻게 한 거야?"

"멍청한 질문이군. 가방에 명함도, 노트도, 수표책도, 열쇠도, 여권도 다 있지 않나. 내가 원하던 전부지. 배 승선 날짜도 바꿀 수 있었네. 빈자리가 있더군. 자네처럼 내성적인 사람을 대신하는 일은 식은 죽 먹기였어. 난 충분히 즐겼어. 아파트가 쉬기에 딱 좋더군. 조용할 날 없는 생질에서 **빠져나와** 만난 천국이라고나 할까. 서랍을 뒤지고 편지를 읽고 강의 노트를 들여다보고 수표를 현금으로 바꾸었지. 자네 서명은 흉내 내기도 쉬웠어. 닷새 동안 한가롭게 지냈네. 나한테 정말 필요한 일이었지."

나는 사람들의 삶을 카드 패로 삼았지만 그는 아니었다. 난 그의 가족을 바꾸기 위해 최선을 다한 반면 그는 그저 하품을 하고 쉬었을 뿐이다. 나는 간섭하고 끼어들었지만 그는 그저 엿보기만 했다. 그리고 결국 돌아온 것이다. 변호사가 신문사에 보낸 프랑수아즈의 부고를 보자마자 도빌로 날아온 것이다.

"런던에서의 내 고독한 삶이 좋았다면 어째서 다시 프랑스로 돌아온 건가?"

그가 어둠 속에서 나를 응시하는 것이 느껴졌다. 그는 당장 대답하지 않았다. 천천히 어색한 목소리가 흘러나왔다.

"그 점에 대해서는 사과를 해야겠어. 그래도 계약을 갱신해 나한테 엄청난 손해를 입힌 자네에 비해서는 덜 미안하지만. 실은……" 그가 잠시 멈췄다가 말을 이었다. "실은 닷새로 충분했네. 더 이상은 자네의 지루하고 고상한 삶을 계속할 수 없었어. 곧 사람들이 찾아오고 친구들이 연락하고 대학과 접촉해야 할 상황이었지. 남의 역할을 대신하는 것에도, 영어를 쓰는 것에도 자신은 있었네. 둘 다 전쟁 때 충분히 연습했거든. 하지만 자네만 한 확신은 없었나 봐. 그래서 자네 이름으로 살면서 할 수 있는 제일 쉬운 일, 삶의 모습을 바꿔버리는 일을 해버렸어."

이해가 가지 않았다. 무슨 소리를 하는 건지 따라갈 수 없었다.

"무슨 말인가? 어떻게 내 삶의 모습을 바꿔버렸다는 거야?"

그가 어둠 속에서 한숨을 쉬었다. "충격받을지 모르겠군. 자네가 생질에서 한 일로 내가 충격받았듯이 말이야. 우선 대학에 편지를 써서 사직하겠다고 알렸어. 집주인에게는 당장 해외로 떠나게 되어 남은 임대 기간을 채울 수 없다고 했고. 파리나 마찬가지로 런던에도 셋집이 귀해서 그런지 당장 좋다고 하더군. 그리고 경매 회사에 부탁해 가구도 다 팔아달라고 했어. 마지막으로 자네 거래 은행에서 잔고를 확인하고 전액을 여행자수표로 만들었어. 기억하겠지만 몇백 파운드 정도더군. 큰돈은 아니어도 한두 달은 편안히 돌아다닐 수 있을 거라고 생각했지."

나는 그때까지만 해도 그가 어떤 짓을 했든 난 다시금 과거의 존재로 돌아갈 수 있다고 생각했다. 하지만 내 옷을 입은 이 그림자는 불과 몇 시간 만에 내 삶을 완전히 파괴해버린 셈이었다.

"프랑화로 바꿀 수는 없었을 텐데. 200파운드를 어떻게 프랑으로 바꾸었나? 여행자 한도 이상으로는 내주지 않을 테고 난 이미 그 한도의 4분의 3을 써버린 상태였는데."

그가 바닥에 담배꽁초를 던지고 발로 비볐다. "그거야 간단하지. 그런 일을 처리하는 친구를 알거든. 몇 시간 만에 해결했지. 자네가 자네 주소를 주지 않았다면 그가 런던에 와 있다는 걸 몰랐을 거야. 왜 그랬나? 하여튼 나한테는 하늘이 준 기회였네. 월요일 아침에 그 친구 전화를 받고 얼마나 놀랐는지 몰라. 그 순간 자네가 생질에 있다는 걸 깨달았지. 자, 이제 내가 자네를 죽이지 않는다면, 그리고 가끔씩 역할을 바꾸어 살자는 내 계획에 동조도 하지 않는다면 이제부터 뭘 할 생각인가? 자네한테는 아무 미래도 없는걸."

그의 말이 무겁게 나를 내리눌렀다. 다시 대학에 편지를 써다 실수였다고, 사직할 생각이 없었다고 알리는 바보짓을 하지 않는 한 난 실업자였다. 돈도 없고 집도 없었다. 당장 런던에 돌아가서 조치하지 않는 한 내 가구들도 몽땅 경매되고 말 판이었다. 나는 존재하지 않는 사람이었다. 런던에 살았던 나는 영원히 사라지고 말았다.

"물론 나도 집에 올 생각은 아니었어. 프랑스에서 자네 돈을 쓰면서 즐길 작정이었지. 내 친구는 외화를 다루는 전문가여서 프랑스 어디든, 아니 세계 어느 나라든 말만 하면 돈을 바꿔 보내줄 수 있어. 시칠리아나 그리스 어느 한적한 동네에 가려 했어. 벨러도 데려가려 했고. 나중에는 어떻게 될지 몰라도 당분간은 좋은 동반자니까. 헝가리 여자한테는 묘한 매력이 있다니까. 한 꺼풀만 벗기면 완전히 다른 사람이 되거든. 그런데……" 그가 말을 멈췄다. 어깨를 으쓱해 보이는 몸짓이 희미하게 보였다. "프랑수아즈가 죽으면서 계획을 바꿀 수밖에 없었지. 가난한 시골 귀족 대신 백만장자가 되었으니 말이야. 운명인지 뭔지는 알 수 없지만 하여튼 원하던 일이 일어난 거야."

그가 여전히 총을 겨누면서 일어났다.

"재미있는 일이야. 인간의 나약함을 드러내는 일이기도 하고. 돈을 떠나서라도 갑자기 마음이 바뀐 것 같아. 도빌에서 운전해 여기까지 오면서 나는 감동했다네. 이 땅의 풍경이 기막히게 아름답더군. 결국 내가 속한 내 조국이니까. 생질의 성이야 될 대로 되라지. 조각조각 무너져 땅속에 파묻혀도 눈 하나 깜짝 안 할 거야. 태어난 장소가 특별하다는 말 따위는 안 믿어. 그곳이 내게 한 일을 저주하고 맞서 싸울 거라고. 내 어머니한테 맞서는 것도 마찬가지 이유고. 그렇지만……" 그가 웃음을 터뜨렸다. "도빌에서 남쪽으로 운전하고 오다 보니 어머니가 그립더군. 참 이상하게도 떠나 있는 동안 그리웠어. 어머니는 사악한 짐승이 분명하지만 그래도 난 어머니를 이해하고 어머니는 날 이해하지. 자네가 일주일을 함께 보냈던 것과는 비교도 할 수 없을 정도로."

갑자기 그가 다정하게 내 어깨를 흔들었다.

"일어나게. 난 자네를 죽이고 싶지 않아. 여러모로 자네가 해준 일에 감사하네." 그가 지갑을 꺼냈다. 내 지갑이었다. "그 돈으로 얼마간은 살 수 있을 거야. 이제는 자네를 속일 필요가 없지. 언제든 정체를 숨기고 싶다면 기꺼이 바꿔주겠네. 어떤가? 이제 다시 본래 자리로 가볼까? 옷을 벗게."

나는 사제를 떠올렸다. 사제가 한 말을 기억하려 애썼다. 미래가 어떻다고? 매일 아침에 일어나면서 받는 선물이라 했던가? 사제는 이제 생질에 돌아가 세발자전거에서 내렸을 것이다. 성에서는 저녁 식사를 기다리며 내가 어디 갔는지 궁금해할 것이다. 마리노엘은 테라스에 나와 서서 나를 기다릴지도 모른다. 나는 코트를 벗기 시작했다.

어둠 속에서 옷을 벗는 일은 오싹했다. 하나씩 하나씩 벗을 때마다 나는 새로 찾은 자아를 잃어버리고 있었다. 마침내 알몸이 되었을 때도 그는 여전히 총을 겨누고 있었다. "그냥 끝내주게. 난 살고 싶지 않아."

"말도 안 돼. 삶을 거부하는 사람은 없어. 게다가 난 자네를 죽이고 싶지 않다고. 그럴 이유가 없으니."

그도 말하면서 옷을 벗기 시작했다. 다친 손 때문에 힘들게 옷을 주워 입는 내 모습을 보며 그가 물었다. "손은 어떻게 된 건가?"

"데었어. 불에."

"불이라니? 성에 불이 났었나?"

"아니. 정원 모닥불에."

"이런, 부주의하긴. 하긴 자네 입장에서는 손을 다친 게 다행이었겠군. 운전은 할 수 있겠나?"

"할 수 있어. 많이 나았으니."

"붕대도 벗어주는 게 좋겠군. 내가 붕대 없이 나타날 수는 없으니."

예전의 내 옷은 줄어든 것처럼 작았다. 재질이 너무 부드러웠고 잘 맞지 않았다. 그가 내 옷장에서 꺼낸 옷들은 평소 내가 잘 입지 않는 것들이었다. 준비를 마치고 나는 그 앞에 섰다. 몸이 자라기 전의 옷을 입은 것처럼, 다시 옛날 교복을 꺼내 입은 것처럼 어색했다.

그가 만족스럽다는 듯 한숨을 내쉬었다. "좋군. 이제 다시 내가 된 기분이야." 그가 창가로 다가갔다. "이쪽으로 나가자고. 그게 안전해. 혹시라도 말 많은 쥘리가 볼지도 모르거든. 자네라면 쥘리 역시 사랑할 것 같지만."

그가 먼저 창문을 타 넘었고 내가 뒤를 따랐다. 무성한 과수원 냄새가 저녁 공기를 가득 채웠다. 어깨에 포도 덩굴이 스쳤다.

"미안하지만, 자네가 앞서가야겠어. 내가 차 둔 곳으로 안내할 테니."

과수원을 지나 벌판으로 나갔다. 늙은 흰말이 산울타리 앞에 서 있는 모습이 희미하게 보였다. 말은 우리를 보자 힝힝 소리를 내고 가버렸다.

"불쌍한 자코브. 너무 늙었어. 이빨이 다 썩어 제대로 먹을 수도 없지. 나도 이렇게 때로는 감상적인 사람이라네."

캄캄한 숲이 시작되었다. 그때까지도 확신할 수 없었다. 그는 날 죽여 영원히 사라지게 할 작정일지도 몰랐다. 나는 어둠 속에서 덤불과 이끼에 걸려 비틀거리며 걸었다. 나는 현재도 과거도 없는 사람, 심장도 감정도 없는 존재였다.

"저기 차가 있네." 그가 불쑥 말했다.

익숙한 포드 차가 진흙을 뒤집어쓰고 숲길 옆에 서 있었다. 이 역시 옛날 교복 같은 느낌이었다. 손으로 후드 부분을 두드려보았다.

"타게." 그가 명령했다.

나는 잘 아는 좌석에 올라타 시동을 걸고 전조등을 켰다.

"길로 빼내게."

그가 조수석에 탔고 우리는 출발했다. 숲길을 따라 언덕 꼭대기까지 올라갔다. 아래쪽으로 마을의 불빛이 보였다. 교회 시계가 8시를 알렸다.

"쉽지 않을 걸세. 다들 달라졌거든. 어머니도, 블랑슈도, 폴도, 르네도. 아이만 그대로야. 아이는 변하지 않았지."

그가 웃었다. "변했다 해도 곧 내 딸이 될 거야. 그 애한테 나는 세상에서 유일하게 중요한 사람이거든."

우리는 라임 나무 가로수 길을 지나 다리를 건넜다. 대문 앞에서 나는 차를 세웠다. "더 이상은 안 돼. 안전하지 않아."

그가 차에서 내렸다. 잠시 선 채 짐승처럼 킁킁거리며 공기 냄새를 맡았다. "좋군." 그가 말했다. "이 공기는 이곳의 일부야. 이것이 생질이지."

마침내 그가 총의 총알을 비웠다. 그리고 총과 총알을 주머니에 집어넣었다.

"잘 가게." 그는 미소를 지었다. "참, 한번 볼 텐가." 그가 두 손가락을 입에 집어넣더니 호루라기 소리를 냈다. 즉각 세자르가 반응했다. 짖기 시작한 것이다. 하지만 낯선 이를 보고 내는 소리가 아니라 기쁘고 환희에 차서 내는 소리였다. 짖는 소리가 우는 소리로, 낑낑거리며 애원하는 소리로 바뀌었다. 멈추지 않는 그 소리가 공간을 채웠다. "이건 못 배웠겠지? 하긴 어떻게 알 수 있었겠나?"

그는 손을 흔들어 보이고 대문을 통과해 집으로 걸어갔다. 테라스 쪽을 보니 누군가 기다리고 서 있는 것이 보였다. 문 위의 채광창에서 흘러나온 빛에 드러난 사람은 마리노엘이었다. 아이는 아버지를 보자 환호성을 지르며 달려 나왔다. 아버지는 아이를 두 팔로 번쩍 안아 들고 성큼성큼 계단을 올랐다. 두 사람은 성으로 들어갔다. 개는 아직도 낑낑 소리를 내고 있었다. 나는 차에 올라타 출발했다.

27

 나는 기계적으로 움직였다. 아무 생각도 나지 않았다. 라임
나무 가로수 길을 따라가다가 우회전해 빌라르로 향했다. 이제
는 너무도 익숙한 길이었다. 다친 손이 아직 불편했기에 조심해
서 운전했다. 혹시라도 실수해 포드 차가 도랑에 처박히면 큰일
이라고 경고할 정도로는 내 두뇌가 움직이고 있었다. 나는 길을
살피며 운전에 온 신경을 쏟았고 덕분에 다른 생각은 차단되었
다. 두고 온 삶은 떠오르지 않았다. 그가 성으로 들어갔을 때 철
문이라도 내려져 나와 그 세계를 분리하기라도 한 듯. 나는 어
둠을 틈타 숨어야 했다.

 빌라르로 들어가니 이상하게 안심이 되었다. 시골길은 위험
했다. 생질로 연결된 신경세포와도 같았기 때문이다. 빌라르에

는 불빛이 밝았고 사람들이 돌아다니고 있었다. 나는 시장터를 지나 성문 바로 앞에 차를 세웠다. 운하 쪽을 보니 벨러의 방 창문이 발코니를 향해 활짝 열려 있었다. 불도 켜져 있었다. 벨러가 집에 있다는 의미였다. 그 불빛과 열린 창문을 보니 장 드게와 어둠 속에서 옷을 바꿔 입은 이후 무감각해져 있던 내 안의 무언가가 움직이기 시작했다. 철문은 나와 성 사이를 갈라놓을 뿐 나와 벨러 사이를 가르지는 않았다. 벨러는 금기 영역 바깥에 있었다. 그 집 창문에서 나오는 빛은 친절하게 나를 위로했다. 현실과 진실을 상징하는 빛이기도 했다. 진실과 거짓을 구분해주는 빛이라는 점이 특히 중요했다. 나는 더 이상 두 가지를 구분할 수 없었기 때문이다. 벨러라면 그걸 알려줄 수 있을 것이었다.

나는 인도교를 건너 발코니로 갔고 열린 창문을 통해 안으로 들어갔다. 방에는 사람이 없었지만 통로 너머 부엌에서 움직이는 소리가 들렸다. 나는 방에 서서 기다렸다. 곧 벨러가 방으로 와 나를 보았고 문을 닫고는 내게 다가왔다.

"오실 줄 몰랐어요. 미리 알았다면 저녁을 준비했을 텐데요."

"배고프지 않아. 아무것도 필요 없소."

"아파 보여요. 여기 앉아요. 마실 걸 가져올 테니."

안락의자에 앉았다. 무슨 말을 해야 할지 알 수 없었다. 벨러는 코냑을 가져와 내가 마시는 모습을 지켜보았다. 코냑 덕분에 몸은 따뜻해졌지만 멍한 머리는 여전했다. 안락의자의 단단한 팔걸이가 안전하다는 느낌을 주었다.

"병원 교회에 다니러 오신 거예요?" 벨러가 물었다.

잠시 시간이 흐른 후에야 무슨 뜻인지 이해가 갔다.

"아니. 거기는 아침에 갔었지. 아, 도자기 고맙소. 아이가 좋아하더군. 깨진 것이 말끔히 수리되었다고 믿고 있어. 당신 말대로 하는 게 옳았어."

"맞아요. 그게 좋겠다고 생각했어요."

벨러가 위로하는 시선을 보냈다. 내 꼴이 영 피폐하고 괴상한 모양이었다. 내가 아내의 죽음이 가한 충격에서 아직도 벗어나지 못했다고 생각하는 게 분명했다. 그렇게 생각하도록 놔두는 것이 좋을 듯했다. 물론 확신할 수는 없었지만. 나 혼자만을 위해 무언가는 남겨두고 싶었다.

"언제 다시 볼지 몰라 이렇게 왔어."

"그래요. 다음 며칠은, 아니 몇 주는 당신한테 아주 힘들 거예요."

며칠, 몇 주라고. 그런 건 내게 존재하지 않았다. 하지만 그 얘기를 하기는 쉽지 않았다.

"아이는 괜찮아요?"

"대단한 아이야. 괜찮고말고."

"어머님은요?"

"어머니도 괜찮아."

벨러가 여전히 나를 응시했다. 내 옷을 보고 있었다. 처음 보는 옷이었던 것이다. 프랑수아즈가 죽은 이후 입고 있던 검은 양복이 아닌 색깔 있는 트위드 자켓이었다. 셔츠며 타이, 양말, 신발까지 벨러에게는 다 낯설었다. 묘한 침묵이 흘렀다. 상황을 설명해야만 한다는 마음이 들었다.

"고맙다는 인사를 하고 싶어. 지난 한 주 동안 많이 이해해줘 서 고마워."

벨러는 대답하지 않았다. 갑자기 모든 것을 이해하는 눈빛이 떠올랐다. 아이의 고백을 듣는 어른이 순간적인 직감으로 상황 을 파악하듯이. 벨러는 내 옆에 무릎을 꿇고 앉았다.

"그가 돌아왔군요? 다른 당신이?" 벨러가 내 어깨에 손을 얹 었다. "진작 알았어야 하는데. 그가 신문 부고를 보았던 거예요. 그래서 돌아온 거지요."

크나큰 안도감이 나를 사로잡았다. 긴장이 다 사라져버렸다. 출혈이 멈추고 고통이 사라진, 공포가 해소된 느낌이었다. 나는 코냑 잔을 내려놓고는 참으로 유치하고 우스꽝스러운 행동을 했다. 벨러 어깨에 내 머리를 얹고 눈을 감아버린 것이다.

"어째서 당신은 알아차렸는데 다른 사람은 아무도 모르는 거 지? 어머니도, 아이도?"

벨러가 두 손으로 내 머리를 쓰다듬었다. 그건 항복이고 평화 였다.

"전 본래 잘 안 속는 사람이거든요. 처음에는 몰랐어요. 겉모 습이나 말하는 것으로는 알 수 없었지요. 나중에야 알았어요."

"어떤 행동을 보고?"

벨러가 웃었다. 조롱이 아닌 편안하고 즐거운, 따뜻함과 이해가 담긴 웃음이었다.

"행동 때문이 아니에요. 당신 자체 때문이죠. 몸을 섞은 남자 둘을 구분하지 못하는 여자는 없을걸요." 나는 한 방 맞은 기분이었지만 괜찮았다. 벨러가 함께 있었으니까. "당신한테는 그에게 없는 뭔가가 있어요. 그래서 알았지요."

"그게 뭔데?"

"글쎄요, 부드러움이라 할까요. 표현하기 어렵네요." 갑자기 벨러가 내 이름을 물었다.

"존이오. 이름까지도 장이랑 비슷하지. 어떻게 된 일인지 말해줄까?"

"말하고 싶다면요. 대략은 짐작이 가요. 과거는 이제 두 사람 모두에게 흘러간 것이고 지금 문제는 미래지요."

"그래. 내 미래가 아니라 그 사람들 미래."

나는 그 말이 진실이라는 다급한 확신을 느꼈다. 르망에서의 옛 자아는 죽었다. 장 드게의 그림자 또한 사라졌다. 그 자리에는 살도 피도 없는 무언가, 감정에 태어난 무언가, 신체라는 껍질 안에서 타오르는 불길 같은 무언가가 남았을 뿐이었다.

"그 사람들을 사랑해. 이제 난 영원히 그들의 일부야. 당신이 그걸 이해해줬으면 해. 두 번 다시 만나지 못하겠지만 그래도 그들 덕분에 나는 살게 될 거야."

"이해해요. 그들도 마찬가지예요. 당신 덕분에 사는 거죠."

"내가 그걸 믿을 수 있다면 더 이상은 아무 문제 없어. 모든 것이 제대로 된 거지. 하지만 그가 돌아왔으니 다시 예전으로 돌아가게 되지 않을까. 방임과 불행, 고통이 다시 시작되지 않을까. 그렇게 될 거라면 당장이라도 나가서 제일 가까운 나무에 목매달아 죽어버리겠어." 나는 벨러의 어깨 너머로 창밖의 어둠을 바라보았다. 철문이 얇아지면서 내가 성 안의 장 곁에 서 있는 것 같은 느낌이 들었다. 그가 미소 짓는다. 할머니가 그를 바라본다. 블랑슈, 폴, 르네, 쥘리, 앙드레도 보인다.

"모두 행복하길 바라. 장이 생각하는 식의 행복이 아니라 그들이 내면에 묻어 가둬두었던 행복을 찾았으면 해. 그 행복은 빛처럼 내면에 존재하는 거야. 밖으로 나올 날을 기다리면서."

말도 안 되는 소리라는 생각에 말을 멈췄다. 나 자신을 설명할 수가 없었다. "장은 악마야. 다들 거기 다시 속하게 될 거야."

"아니, 그 생각은 틀렸어요." 벨러가 말했다. "장은 악마가 아니에요. 사람, 평범한 사람이죠. 당신하고 똑같은."

벨러가 일어나 커튼을 내렸다. 그리고 다시 내 쪽으로 돌아섰다. "전 그 사람을 잘 알아요. 약한 면과 강한 면, 장점과 단점을 다요. 그가 악마였다면 제가 왜 여기서 인생을 낭비하겠어요? 오래전에 떠났을 거예요."

나는 그 말을 믿고 싶었지만 그러기 어려웠다. 사랑하는 남자를 제대로 판단하는 여자가 얼마나 되겠는가. 악마를 보지 못한다면 그건 눈이 먼 것이다. 조금씩 조금씩 나는 내가 아는 것들, 지난 한 주 동안 찾아낸 과거의 조각들을 말해주었다. 그중에는 벨러가 이미 알던 것도 있었고 추측만 하던 것도 있었다. 하지만 장을 비난하려고 시작했던 말이 어느새 그림자를, 장을 대신해 움직이고 말하고 행동했던 사람을 비난하고 있었다.

"소용없는 짓이군." 마침내 내가 말했다. "난 당신이 아는 남자에 대해 말하고 있지 않아."

"그러고 있어요. 동시에 당신 자신에 대해서도 말하고 있고."

공포스러웠다. 둘 중 누가 진짜일까? 누가 살아 있고 누가 죽은 것이지? 나를 거울에 비추면 아무도 없이 허공뿐일 듯했다.

"벨러, 날 잡아줘. 내 이름을 불러줘."

"당신은 존이에요. 장 드게와 자리를 바꿨던 사람이죠. 한 주 동안 장의 삶을 살았어요. 이 집에 두 번 왔고 장이 아닌 존으로 나를 사랑해줬어요. 이게 현실이에요. 이렇게 말하면 당신이 자신으로 되돌아가는 데 도움이 되나요?"

나는 벨러의 머리카락, 얼굴, 손을 만졌다. 거짓은 없었다.

"당신은 우리 모두를 위해, 나와 그의 어머니, 그의 누나와 아이를 위해 중요한 것을 주었어요. 조금 전에 부드러움이라고 했던 그것, 그건 없앨 수 없어요. 이미 뿌리를 내렸으니까. 앞으로도 계속 커질 거예요. 그리고 우리 모두가 장에게서 당신을 찾으려 하겠지요. 당신에게서 장을 찾는 대신." 벨러가 미소 지으며 내 어깨 위에 두 손을 올려놓았다. "난 당신에 대해 아무것도

모르네요. 어디서 왔는지, 어디로 가는지. 이름이 존이라는 것
외엔 아무것도 몰라요."

"더 이상 알려줄 것도 없어. 그 얘기는 그만하자고."

"돌아오지 않았다면 장은 어떻게 할 작정이었대요?"

"여행을 하려 했다더군. 당신을 함께 데리고. 장과 함께 떠났
을 것 같아?"

벨러는 대답하지 않았다. 처음으로 당혹한 표정을 지었다.

"그는 3년 동안 내 연인이었어요. 내 삶의 일부로 익숙한 사람
이죠. 절 좋아한다고 믿어요. 하지만 곧 다른 여자를 찾을 거예
요."

"아니, 절대 그러지 않을 거야."

"어떻게 그렇게 확신하죠?"

"잊어버렸군. 내가 한 주 동안 그 사람이 되어 살았다는 걸."

나는 커튼이 내려진 창문을 바라보았다.

"어째서 커튼을 친 거지?"

"저건 신호예요. 커튼이 쳐져 있으면 장이 들어오지 않아요.
누구 다른 사람이 와 있다는 뜻이거든요."

우리 둘은 동시에 같은 생각을 했다. 저녁을 먹고 아이에게
잘 자라는 인사를 하고 나면 그는 다시 차를 타고 빌라르로 와
조금 전의 나처럼 인도교를 건널 것이다. 그는 생질에 속한 동
시에 여기 속한 사람이었다. 소유한 사람은 장이고 나는 침입자
일 뿐이었다.

"벨러, 장은 내가 여기 왔었다는 걸 몰라. 앞으로도 몰랐으면 해. 그렇게 해줘."

나는 의자에서 일어났다.

"어디로 가세요?" 벨러가 물었다.

"그가 오기 전에 여기서 나가야지. 내가 아는 한 장은 오늘 당신을 찾을 거야."

벨러가 생각에 잠겨 나를 바라보았다. "커튼을 내려놓고 있으면 돼요."

그 말을 들으며 나는 그가 내게 한 짓을 떠올렸다. 자기 삶을 되찾으면서 내 삶은 완전히 파괴해버렸지. 난 직장도, 집도 없었다. 내 것이라고는 옷 몇 벌과 포드 자동차, 프랑스 돈이 든 지갑뿐이었다.

"조금 전 내 질문에 답을 안 해줬어. 장이 함께 떠나자고 하면 갈 건가?"

"그럴 것 같아요. 장이 절 원한다면."

"하지만 실행하기는 어려운 계획이지. 누가 알아볼지 모르는데 빌라르에 나타날 수는 없지 않았겠어?"

"직접 오지 않았겠지요. 편지나 전보를 보낼 수도 있고 전화를 걸 수도 있으니."

"그랬다면 당신도 떠났을 것 같다고?"

벨러는 잠시 머뭇거렸다. "그래요. 떠났을 거예요."

나는 창문 쪽을 보았다. "내가 나가면 커튼을 다시 열어. 난 계단으로 내려가 문으로 나갈게."

벨러가 뒤에서 나를 따라왔다. 복도로 나왔을 때 "손은 어떻게 된 거예요?"라고 물었다.

"손?"

"붕대가 없잖아요."

벨러가 욕실로 가서 붕대와 약을 챙겨 왔다. 그리고 내 손을 잡고 처치해주었다. 아침에 블랑슈가 똑같이 해주었던 생각이 났다. 밤새도록 내 손을 잡고 있던 할머니 손도 생각났다. 아이가 힘차게 내 손을 잡던 일도.

"그 사람들을 돌봐줘." 내가 말했다. "다 당신만이 그렇게 할 수 있을 거야. 장도 당신 말은 들을 테고. 장이 그 사람들을 사랑하도록 도와줘."

"장은 이미 그들을 사랑해요. 그걸 믿어줘요. 장이 돌아온 건 돈 때문만은 아니에요."

"그럴까. 정말 그럴까……"

붕대를 다 감은 후 벨러가 물었다. "어디로 가는 거죠? 어떻게 가는 거예요?"

"밖에 차가 있어. 장이 한 주 전에 가져갔던 내 차지. 당신을 태우고 시칠리아나 그리스로 가려 했던 차."

벨러가 함께 계단을 내려와 어두운 상점 입구에 섰다. 빗장 걸린 문을 열고 나를 내보내기 전에 벨러는 잠시 머뭇거렸다. 그리고 떨리는 목소리로 물었다. "혹시라도 자신을 해칠 생각은 아니지요? 이게 끝이라고 여기는 건 아니죠?"

"아니, 이건 끝이 아니야. 시작이겠지."

벨러가 빗장을 벗겼다. "한 주 전," 내가 말했다. "나는 실패를 어떻게 다뤄야 할지 모르는 존이라는 사람이었어. 그걸 배우러 가던 길에 장 드게를 만나 생질로 오게 되었지."

"지금은 다시 존이 되었고요. 하지만 실패에 대한 걱정을 할 필요는 없어졌네요. 실패를 다루는 법은 생질에서 배웠잖아요."

"아니, 그건 배우지 못했어. 형태가 바뀌었거든. 생질에 대한 사랑으로 바뀐 거지. 문제는 그대로 남아 있어. 사랑을 어떻게 다뤄야 하는 걸까?"

벨러가 문을 열었다. 맞은편 상점과 집들은 덧창이 내려진 채 굳게 닫혀 있었다. 개미 새끼 한 마리 없었다.

"당신은 사랑을 충분히 주었지만 그 사랑은 여전히 당신한테 남아 있어요. 그게 문제지요. 우물 속 물처럼요. 깊은 곳의 수원이 마르기 전까지는 계속 물이 샘솟는 거예요." 벨러가 나를 껴안고 입을 맞추었다. "편지 보내줄 거죠?"

"그럴게."

"어디로 가야 할지 아는 거예요?"

"알아."

"거기 오래 있을 건가요?"

"그건 모르지."

"먼 곳이에요?"

"그리 멀지는 않아. 겨우 50킬로미터 떨어진 곳이니."

"실패를 어떻게 다룰지 알려줄 수 있는 곳이라면 사랑을 어떻게 다룰지도 알려줄까요?"

"그러길 바라. 당신이 지금 주었던 답을 그쪽에서도 얻을 수 있겠지."

나는 벨러에게 입을 맞추고 거리로 나왔다. 벨러가 문을 닫고 빗장 거는 소리를 들었다. 성문 아래로 가 차에 올라 지도를 꺼냈다. 내가 두었던 그대로 운전석 의자 뒷주머니에 있었다. 한 주 전에 파란색으로 표시해두었던 길을 찾았다. 마지막 10킬로미터는 어둠 속에서 찾기 힘들지도 몰랐다. 하지만 페르슈 숲을 오른쪽에 두고 가기만 하면 모르타뉴 다음으로 트라피스트 대수도원이 나올 것이다. 빠르면 한 시간, 아니면 한 시간 반 정도면 도착할 수 있었다.

나는 지도를 내려놓고 벨러 집 창문의 커튼이 열리는 모습을 보았다. 창에서 나온 빛이 운하와 인도교를 비추었다. 차를 후진해 출발했다. 병원을 지날 때 그 앞에 서 있는 르노 차가 눈에 들어왔다. 병원 출입구가 아닌 교회와 연결된 쪽문 앞이었다. 탄 사람은 없었고 가스통도 없었다. 프랑수아즈를 보러 누군가 혼자 온 것이다.

나는 빌라르 거리를 빠져나와 모르타뉴를 향해 좌회전했다.

다른 사람이 되어 살아보는 이야기,
그 얘기가 남기는 것

『희생양』은 프랑스 혈통의 영국 소설가 대프니 듀 모리에(1907~1989)가 1957년 열한 번째로 출간한 장편소설이다. 다섯 번째 작품 『레베카』(1938)로 이미 세계적 베스트셀러 작가가 된 이후였다. 『희생양』은 『레베카』나 단편 「새」에 비해서는 유명세가 떨어진다. 이는 수차례씩 영화나 뮤지컬 등으로 각색된 다른 대표작들에 비해 관객과 많이 만나지 못한 탓으로 보인다. 작품이 발표된 지 2년 후인 1959년 앨릭 기니스 경 주연의 동명 영화로 한 차례 제작되었으나 크게 흥행하지 못했고, 이후

● 이 장에는 『희생양』의 주요 내용들이 언급됩니다. 소설의 미스터리한 재미를 있는 그대로 즐기길 원하는 독자들에게는 「옮긴이의 말」을 본문보다 나중에 읽으시길 권합니다.

50여 년이 흐른 2012년에 영국의 한 방송사가 한 시간 50분짜리 텔레비전 영화로 방영한 것이 전부니 말이다.

하지만 『레베카』, 그리고 「새」가 포함된 단편선 『대프니 듀 모리에』에 이어 번역자로서 세 번째로 만난 듀 모리에의 작품 『희생양』은 전작들에 비해 재미 면에서도, 삶에 대한 성찰 면에서도 전혀 뒤지지 않는 모습이다. 『레베카』와 『희생양』 사이에는 공통점이 여럿 있다. 과거의 기억을 고스란히 담은 채 아름답지만 동시에 음산한 성이 배경이라는 점도, 소심하고 존재감 없이 살았던 주인공들이 도전에 당면한다는 점도, 세상을 떠난 누군가의 자취가 깊이 남아 있다는 점도 그렇다. 하지만 갓 결혼한 부부를 중심으로 이야기가 전개되었던 『레베카』와 달리 『희생양』에는 각자의 상처와 아픔을 지닌 노년의 어머니, 누나와 남동생, 아내와 딸 등 대가족이 등장해 뒤얽힌 삶의 모습을 보이고 이야깃거리가 한층 풍성해진다. 여기에는 작가가 거친 삶의 경험이 반영된 것 같다. 『레베카』를 쓸 당시 갓 서른의 '새댁'이었던 작가 듀 모리에는 자녀 셋을 다 키우고 제2차 세계대전이라는 역사적 격동까지 지켜본 후 오십을 코앞에 두고 『희생양』을 썼던 것이다.

『희생양』의 내용을 한 마디로 정리하자면 '일주일 동안 다른 사람이 되어 살아보기'이다. 다른 사람이 되어 사는 경험이란 어릴 때 읽었던 『왕자와 거지』 이야기부터 시작해 여러 영화와

드라마를 통해 익숙해진 소재이다. 하지만 언제나 매력적인 소재이기도 하다. 누구나 지금과는 다른 삶을 꿈꾸는 마음을 갖고 살기 때문인가 보다.

『희생양』의 주인공 존은 프랑스 역사를 가르치는 영국인이다. 결혼을 하지 않았고 다른 가족도 없이 혈혈단신이다. 휴가 겸 자료 수집을 위해 프랑스를 여행하다가 자신과 똑같이 생긴 프랑스인 장을 만난다. 장은 대가족의 가장이자 성주城主로서 해결해야 할 온갖 문제들에 짓눌린 상황이다. 하루 저녁을 함께 보낸 후 장은 존을 자기 자리에 대신 앉혀두기로 하고 그의 물건을 모두 챙겨 사라져버린다.

숙취에서 깨어난 존은 어리둥절할 뿐이다. 생질 성에서 모시러 왔다는 운전기사는 아무리 자기가 장이 아니라 해도 요지부동이다. 장이 아니라 존임을 증명해줄 신분증이나 목격자는 전혀 없다. 하는 수 없이 차를 타고 생질 성으로 들어가는 존. 이때부터 독자들은 가슴 졸이며 존과 함께 낯선 세계를 탐험하게 된다.

거대한 성에서 자기 방이 어딘지 찾아야 하고 자신을 맞는 가족들의 외모와 나이, 분위기를 바탕으로 관계를 추정해야 한다. '아니, 아내가 있었어?' 혹은 '아니, 딸도 있었어?' '세상에, 불륜 관계도 있었어?' 하는 깜짝 놀랄 발견들이 이어진다. 낯설기 짝이 없는 계약서를 들여다보며 가업인 유리 공장을 유지시킬 궁리를 하고 총 한번 쏘아본 적 없는 입장에서 사냥 모임을 주관

해야 하는 난관에 봉착하기도 한다. 그러면서 장을 원망하거나 증오하는 아내, 누나, 남동생, 동생댁과의 관계도 풀어나가야 한다. 그리하여 다른 사람이 되어 살아본 일주일은 그 어떤 모험에 뒤지지 않는 흥미진진한 경험이 된다.

소심하고 조심스럽게 살아온, 그리하여 세상에서 동떨어진 실패한 외톨이 인생을 한탄하던 존은 일주일 만에 많은 것을 이뤄낸다. 가족들은 과거를 떨쳐내고 새로운 도전을 시도하기 시작한다. 어느새 장을 잊고 모든 것에 익숙해졌을 때 존은 다시 그 자리를 장에게 내주어야 했고 다시금 외톨이로 돌아간다.

누구와도 연결되지 않은 쓸쓸한 존의 삶과 온 집안을 책임져야 하는 장의 부산한 삶 중에서 일단은 후자가 승리한 것으로 보인다. 존은 새로 찾은 삶에 빠져들었고 그 삶을 포기하고 싶지 않아 극단적인 시도까지 하는 반면, 장은 존의 외로운 생활을 경험하는 것이 닷새로 충분하다고 판단했으니 말이다. 하지만 존과 장을 둘이 아닌 한 사람으로 본다면, 그리하여 우리 안에 늘 공존하는 두 마음으로 본다면 어떨까. 여럿이 함께해야 할 때는 혼자이기를 꿈꾸고 혼자 있을 때는 여럿이기를 꿈꾸는 우리를 돌이켜볼 때 이 소설은 두 면 모두를 긍정하라고 말해주는 듯, 그리고 어디서도 충분히 만족하지 못하는 우리를 위로해주는 듯하다.

존은 자기 정체가 언제 들통날까 가슴 졸이지만 장의 가족 중 누구도 그를 의심하지 않는다. 조금 거리가 먼 다른 식구들은 물론이고 장남을 무한히 사랑하는 어머니조차, 아빠를 독차지하고 싶어 하는 어린 딸조차 존이 가짜 장이라는 것을 전혀 눈치채지 못한다. 심지어 존이 제 입으로 자기는 장이 아니라고, 우연히 옷을 바꿔 입고 왔을 뿐이라고 실토한 순간에도 식구들은 이를 썰렁한 농담으로 여겨 제대로 대꾸조차 해주지 않는다. 존이 장이 아님을 알아차린 것은 집 안의 테리어 두 마리, 그리고 사냥개 세자르뿐이다. 또한 처음에는 장이라면 어떻게 했을지 고민하며 말하고 행동하던 존도 점차 자연스러운 모습이 된다. 본래의 자기 모습과는 전혀 딴판인 적극성과 결단력까지 보이면서 말이다.

이런 상황은 정체성에 대해 되묻게 만든다. 한 사람의 정체성은 무엇으로 구성되는가? 외모가 똑같다는 점만 제외한다면 존은 장과 성격도, 인생 경험도 다르다. 심지어 다른 나라 사람이기도 하다. 그런데도 불과 일주일 만에 존은 스스로도 자신이 누군지 분간하지 못할 정도로 완벽하게 장을 대체한다. 물론 장이 예측 불가능한 제멋대로의 인간이었다는 점도 작용했겠지만 어떻든 놀라운 일이다. 누군가 단 일주일 만에 나를 대체할 수 있다면, 정말 그렇다면 과연 나의 정체성은 어디에 존재하는 것일까? 남들의 시선, 이미 방향이 결정되어 내가 어떻게 행동하든 일정하게만 해석하고 마는 그 시선에 내 정체성은 철저히 의존할 수밖에 없는 것일까?

『희생양』에 깔린 전쟁이라는 소재에도 주목할 만하다. 등장인물들에게는 전쟁의 기억, 구체적으로는 제2차 세계대전 당시 독일 점령기의 기억이 선명히 남아 있다. 전쟁터로 보낸 두 아들을 떠올리며 독일군 소년병의 군복을 빨아준 촌부는 이후 집단적 따돌림을 이겨내야 한다. 점령기 동안 유리 공장을 관리하고 운영했던 공장장은 부역자라는 낙인이 찍혀 레지스탕스 손에 죽임을 당한다. 이들이 정말 적과 내통했는지의 여부는 중요하지 않다. 전쟁을 핑계로 개인적 원한을 갚은 것에 불과하기 때문이다.

6·25를 겪은 우리에게도 전선이 아닌 후방에서 일어나는 또 다른 전쟁은 낯설지 않다. 독일과 프랑스라는 두 나라 사이의 전쟁도 아닌, 한 민족 간에 일어난 전쟁이었으므로 부역이니 내통이니 하는 혐의를 쓰기도, 그로 인해 보복을 당하기도 더 쉬웠을 것이다. 이렇듯 이 작품은 우리의 과거사까지도 다시 한 번 떠올리게끔 한다.

마지막으로 생각해볼 것은 이 작품의 제목인 '희생양'이다. 희생양은 과연 누구인가? 책 속에서는 존이 두어 차례 자신을 '희생양'이라 부르는 장면이 등장한다. 장의 계략에 빠진 희생양이라는 것이다. 하지만 그것은 존 자신만의 생각에 불과하다. 등장인물들 중 희생양을 자처할 사람은 한둘이 아니다. 부역자로 몰려 죽임을 당한 공장장 뒤발도, 약혼자 뒤발을 남동생 장손에 잃은 후 종교에만 의존해 사는 블랑슈도, 상속재산에만 관심을 보이는 냉정한 시댁 식구들로 인해 괴로운 삶을 살다 결국 사고로 죽는 장의 아내 프랑수아즈도, 모든 관심과 사랑이 집중되는 형 뒤에서 늘 조연으로 만족해야 하는 장의 동생 폴도, 심지어는 뒤발을 죽인 후 늘 몸에서 권총을 떼어놓지 못하고 사는 장조차도 희생양인지 모른다.

어쩌면 작가 듀 모리에는 누구의 삶에든 희생양이라는 요소가 있다고 말하려는 것은 아닐까. 그리고 어떻게 그 요소를 이해하고 받아들이며 극복할 것인지 각자 깊이 생각해야 한다고 보는 것은 아닐까. 온 가족이 '원하는 것'을 얻고 행복해진다는 결말, 조금은 진부한 홈드라마를 연상시키는 그 결말도 어쩌면 우리가 희생양이라는 굴레를 충분히 벗을 수 있다고 용기를 주려는 것은 아닐까.

1957년에 처음 출간되었으니 이 작품은 곧 환갑을 맞는다. 하지만 아직도 여전히 자신의 진가가 발견될 때를 기다리고 있는 듯하다. 이 번역서 출간이 그 계기가 되기를 기대해본다.

2016년 3월
이상원

옮긴이 **이상원**

서울대학교 가정관리학과와 노어노문학과를 졸업하고 한국외국어대학교 통번역
대학원에서 석사 및 박사 학위를 받았다. 현재 서울대학교 기초교육원 강의교수로
일하고 있다. 저서로『서울대 인문학 글쓰기 강의』와『글로벌 인재들을 위한 한국
어 특강』(공저)을, 역서로『레베카』『대프니 듀 모리에』『유린되고 타버린 모든 것』
『아버지와 아들』『프리메이슨』『살아갈 날들을 위한 공부』『독서의 탄생』『콘택트』
『시간을 정복한 남자 류비셰프』등 80여 권을 냈다.

희생양

지은이 대프니 듀 모리에
옮긴이 이상원
펴낸이 김영정

초판 1쇄 펴낸날 2016년 4월 20일
초판 2쇄 펴낸날 2022년 12월 1일

펴낸곳 (주) **현대문학**
등록번호 제1-452호
주소 06532 서울시 서초구 신반포로 321 (잠원동, 미래엔)
전화 02-2017-0280
팩스 02-516-5433
홈페이지 www.hdmh.co.kr

ⓒ 2016, 현대문학

ISBN 978-89-7275-773-3 03840

* 책값은 뒤표지에 있습니다.